韩乃寅◎著

七七级的爷们儿

QIQIJI DE YEMENER

1977-2017
谨将此书献给恢复高考40周年

人民东方出版传媒
東方出版社

1977—2017

谨将此书献给恢复高考40周年

1

牡丹江师范学院农林系到处洋溢着恢复高考后七七级毕业前夕面临分配的浓郁气氛。罗平凡走出七七级毕业典礼大会堂回到宿舍，刚要和等他的几名同学搭茬儿，叶小冬穿个特宽特长的大背心子追随而来。他一转身，撅起屁股，胳膊往后一弯伸出拿笔的手说：“罗爷们儿，你的学生会主席当到头了，在背心上签个字留念吧……”

“去去去，小屁孩儿。”罗平凡照着叶小冬撅着的屁股踹了他个前趔趄说，“我们有正事儿呢，完了再说……”他话音刚落，脚刚落地，丁奇峰等三名同学齐上手把叶小冬推出门，“砰”的一下上了栓。

“呸——”叶小冬恼羞地冲门缝吐口唾沫说，“你们这爷们儿帮有什么了不起的，罗平凡，你听着，别以为你还是恢复高考前的县委副书记，也就是个牡丹江师范学院农林系的毕业生，小屁孩儿怎么了……”他说着一梗脖冲着门里放大了声音：“小屁孩儿怎么了，和你们这些七七级老爷们儿的毕业文凭是一样的，分配工作后的工资也是一样的……”

丁奇峰迈开大步又要上手，罗平凡拽住他说：“自从入学那天，你和叶小冬为了小老爷们儿大学生，小屁孩儿大学生一直吵个不休，丁奇峰，按着咱老一辈的俗话讲，人有幼儿、童年、少年、青年，等结了婚就称小老爷们儿了，年龄再大一大，就称是大老爷们儿了，咱们参加恢复高考时就有老婆有孩儿了，说是老爷们儿就老爷们儿呗，和他较什么劲儿呢……”

叶小冬在门口听得清清楚楚，双手攥着拳头说：“丁奇峰，我知道你小子的心思，考上大学和老婆离了婚装小伙儿呢，怕人家说你是老爷们儿。”

丁奇峰听了这刺耳话，又要上手，又被罗平凡和几个同学拉住了。其实，叶小冬心里也就为这小屁孩儿一直恼火，他是顽皮、滑稽一些，正在追恋一个漂亮的女生，他觉得应该是丁奇峰总喊他小屁孩儿、小屁孩儿的，怕对他有影响，没准给喊黄了呢……

说老实话，七七级大学生里有“小老爷们儿”，又有“小屁孩儿”是邓小平恢复副总理职务后积极主张恢复高考政策下的一大特色。你想呀，一九六六年“文化大革命”开始，国务院转发了教育部关于高等院校延期招考的通知，一延就是十整年，甚至大有取消高考制度的态势，“文化大革命”前的“老三届”，“文化大革命”中的“新三届”，面对这千余万人恢复高考，同一份考题，分两个录取分数段选拔考生，就像大海淘金一样，招进各时期学习好的学生进大学校门，就拿这个牡丹江师范学院农林系来说，在一个班级里，入学时年龄大的老高三考生大者已三十三岁，小者只有十七岁，这就有了他们喊叫的小老爷们儿、小屁孩儿了。即使是像叶小冬说的是一样的毕业文凭，却仍然是不一样的水平，比如说罗平凡报考前就是清河县的县委副书记，丁奇峰就是松花江行署农科站的站长，同学中还有兵团的营长，中学的校长，他们多数都是因为第一志愿没被录取，填写了“服从分配”，又因为他们都是从带“农”的单位来的考生，就被分配到这农林系里来了。

丁奇峰听着叶小冬的脚步声远了，问罗平凡：“平凡，眼瞅就是离校了，你有什么打算没有呀？”

“能有什么打算，”罗平凡说，“咱俩都分到牡丹江市了，到那里的人事局报到呗，怎么分配就怎么算……”

罗平凡左右的几名同学刚要开口，丁奇峰一皱眉头说：“车到山前还不找路，我想起乍来报到时你老婆和你吵架说的，凭着县委副书记不当，来念个什么破农大，我问你，那人事局还能给你官复原职……”

丁奇峰正说着，辅导员老师敲门进来说：“罗平凡同学，院里接到电话通知，让你马上去一下省委组织部。”

“什么？省委组织部？”罗平凡一怔，从兜里掏出七七级毕业生报到通知书一亮，说，“王老师，没错吧？我的毕业分配单位是牡丹江市人事局呀。”

“没错，”王老师回答说，“去吧，我联系院办给你安排了车。你先去吧，等回来再给你祝贺。”

丁奇峰等都怔住了。

罗平凡问：“王老师，你知道这是什么意思吗？”

“当然知道了，是好意思呀，”王老师为给七七级学生当辅导员感到骄傲，似乎掩饰不住内心的兴奋说，“院长告诉我说，前些日子，省委组织部就罗平凡你这四年大学期间的表现和学习成绩情况，已经和负责大学毕业生分配的部门沟通并做出决定，让你回清河县，继续做你的县委副书记。”

室友们兴奋起来，有的鼓掌、有的狂跳、有的狂喊，丁奇峰没有这些动作，也没有祝福的话语，只是对准罗平凡肩头就一拳，罗平凡也不知说什么，一挥胳膊还了一拳，俩人你一拳，我一拳地对打起来。回到寝室门口的叶小冬已经听了个仔细，推门见此状况说："喂喂喂，你们两个老爷们狂什么狂呀，罗平凡，你回清河县继续当县委副书记，等于回炉，念了这些年大学，还不等于脱裤子放屁费二遍事……"

"叶小冬呀，你个小屁孩儿懂个屁，"丁奇峰停住了和罗平凡的拳击转身说，"你是不知道我的罗师兄的内心情节……"

王老师一旁说："算了，算了，你俩别争执了，罗平凡同学明天一早就要去县委报到了，我提议你们三班开个欢送会吧？"

室友们一哄声响应："好——"

三班教室里的同学们各就各位，黑板上用彩色粉笔描写出了"祝贺罗平凡同学继任清河县委副书记"十六个大字。

王老师站在讲台一角说："同学们，我们牡丹江师范学院农林系七七级三班的罗平凡同学将官复原职，第一个离开校门走向工作岗位，说句心里话，我真为给你们七七级当了四年的辅导员感到骄傲和自豪，让我们一起为罗平凡同学表示热烈的祝贺！"

教室里响起了一片经久不息的掌声。

"同学们——"王老师很激动地说，"那就由罗平凡同学说几句！"

罗平凡在掌声中从座位上起立走上了讲台。

"尊敬的王老师，同学们，此刻，我的心情十分激动，我真不知道先从哪里说起，"罗平凡瞅一眼第一排的叶小冬说，"我就从叶小冬同学的那句话说起吧。"

叶小冬忽地站了起来："罗平凡，挺大个老爷们儿，别小心眼儿好不好，我说你那番话是红眼病儿，是气话……"

王老师已经坐到了罗平凡的座位上问："叶小冬同学，那你内心是什么意思呢？"

"王老师，这些老爷们儿大学生，真让我羡慕死了！"叶小冬还是一番那屁溜溜的小屁孩儿风味儿，俏皮地说，"他们说是十年"文革"耽误了的一代，耽误个屁儿了，你想想，就因历史大转折，邓小平同志决策恢复高考，这一转折，一恢复，这帮老爷们儿大学生是三没误呀……"

罗平凡瞧着叶小冬可爱的样子问："叶小冬同学，哪三没误呀……"

叶小冬伸出右手一个手指头说："没误洞房花烛夜，没上大学之前就把孩子给生出来了……"

教室里响起哈哈大笑声。

“别笑，别笑，建国以来，这是第一次有老爷们儿大学生，在学校里我们谈谈恋爱，他王老师都不让”，叶小冬俏皮地瞧瞧王老师说，“就例如，我们现有35名学生，28名老……不对，18名老爷们大学生，还有10名老娘们儿大学生……”

曹玉姝是已婚女同学，站起来反对说：“叶小冬，你文明点儿，什么老娘们儿，老娘们儿的……”

“曹玉姝同学——”丁奇峰站起来说，“别抠这个字眼里俗气的含义，你琢磨琢磨这是多幽默的时代话题呀！”

“就是呀，缺少幽默！”叶小冬嘿嘿一笑做了个鬼脸说，“话说回来，王老师呀，你太偏向这些老爷们儿，老娘们儿大学生了，不让我们谈恋爱，他们爱人来了，你还跑到学校招待所给他们联系免费房间，太美了，可真把这些不让恋爱的小屁孩儿，但——已经性成熟的小屁孩儿都羡慕死了，晚上这灯一黑，我就琢磨，这老爷们儿在干什么呢？羡慕得都憋出尿来。”

“哈哈哈……”，教室里又是一片哄堂大笑。

王老师笑出声来了，说：“叶小冬，继续说，那两不误呢？”

叶小冬说：“二是没误生儿育女，三是没误金榜题名。”他说完装生气地猛一坐，曹玉姝早站在他身后把椅子撤了，让他“扑噔”一声摔了个大腚墩儿，教室里又一阵哄笑。

“行了，”王老师也笑得停不下来，站起来说，“同学们静一静吧，让罗平凡同学接着说——”

罗平凡说：“我们正处在中国历史大转折时期，百废待兴，邓小平同志决定恢复高考，搁置十年之久的高考恢复，这是我国历史大转折中冲出的第一股激流，我们在激流中勇进，将成为载入中国历史史册的七七级大学生，有人说，我们是有责任的一代，也有媒体说，我们是天之娇子，国家和人民对我们太‘娇’了，在国家经济极度困难的条件下给我们这些老爷们儿大学生带工资上学……我深知，清河县财政困难到什么状况，企业频临破产，公务员不能及时发工资，只好吃国家财政补贴，……”他停停说：“可是，县里月月一天不差，每月一号准时给我寄来工资，我难为情地退了一次又一次，县里就派人用我的工资到学校给我买成饭票、肥皂、牙膏……”他说着说着眼眶湿了。

教室里变得鸦雀无声，静得出奇。

“王老师，同学们——”罗平凡说，“说句心里话，当我接到让我去牡丹江市人事局报道的通知书时，心里纠结极了，其实，我说不出回清河县的理由，担心别人说我，是不是还惦着那个县委副书记的职务呀？我想说，当初我当县委副书记的时候，没有现在这么懂农业科学技术，没有现在的胸怀宽厚，没有现在感到能报孝父老乡亲的底气。我以后就是当一名农业技术员，成为一株领头壮秧，长成丰实的稻苗，扎根在那有着梦想的土地上也就心满意足……

“好，太好了，”王老师止不住感动一下子站起来说，“同学们，你们这些七七级爷们儿大学生，太爷们儿了，根据我的感知，你们中的娘们儿大学生也是爷们儿的气概……

掌声经久不息。

省委组织部部长办公室里，罗平凡坐在稽文斌办公室对面。

“罗平凡同志，”稽文斌说，“我就直说了吧，你没上大学之前，梁威书记到你那清河县视察，你的改革意识、聪明智慧和民本思想给他留下了深刻印象，他现在已经是省长了，几次研究干部提到缺人才时，都提到了……”

罗平凡点点头：“谢谢部长，也谢谢梁书记。”

“当时，你都当县副书记，是不上大学争议很大，你该知道，是梁威书记批准你上的大学，今天又是他点将让你回来的”，稽文斌一派很严肃的神情说，“今天，梁书记指示我亲自来和你说话，我就直说了，我说的话只能心知肚明，没有和任何人讨论的必要，这对你作为一条特殊的组织纪律。既然让你去，我不能把你蒙在鼓里，应该对你说清楚，但是，你不能对任何人说起或透露。

“稽部长，我懂，”罗平凡有些纳闷儿这种交代，下识意地重复说，“我懂。”

“懂就好”，稽文斌说，“当前我国农村面临新的暴风骤雨，安徽小岗村土地联产承包的事你知道吧？

罗平凡点点头：“知道。在报纸上看到的，争议很大。”

“对待这个问题，我们省的两位主要领导也发生了分歧意见”，稽文斌说，“说来也巧，你上学前当过县委副书记的那个清河县清河村产生了两派不同意，一部分农民在学习小岗村拼死拼活要搞土地联产承包，另一部农民更是要玩命似的说什么要固守社会主义阵地，他们上访找到了省政府，梁威书记接待的，他同意学习小岗村的那些农民可以试试，那些不同意的一听说，又找了省委主要领导，省委主要领导又坚决支持他们……”

罗平凡一皱眉头：“这就不好办了。省里两位主要领导就坐在一起交流交流吧。”

“交流不到一块儿呀，多少年的思想意识不是一下子就能交流清楚的——”

稽文斌给罗平凡的杯子里添上点水说，“梁威书记想到了你，让你仍然回清河县去做县委副书记、县长。组织部已经讨论研究做出决定了。”

“噢——”罗平凡有些难为情地说，“那里的马县长呢？”

“马县长调行署农委当主任去了，”稽文斌说，“你是副书记、县长，主持县政府的工作。”

罗平凡说：“稽部长，我这可是在走省长和省委书记之间的钢丝绳呀。”

“可以这么说，也不可以这么说”，稽文斌笑笑说，“我和你说这些话，本来不该这么直白的，说得这么透，只是让你心中有数，思考如何把握分寸、讲究策略，拿出有效方法，也是部里对你工作的支持。”

“谢谢稽部长，”罗平凡说，“我明白，梁威书记是很钟情这次土地革命，想让我当个带头羊吧！”

“当然了，”稽文斌说，“梁威书记本来就是很欣赏你的，你又念了四年大学，是七七级，天之骄子呀，他就更刮目相看了。”

“请稽部长代我谢谢梁书记，”罗平凡说，“即然这样，我只好从命了，其实，我看到报纸上的报到，也很钟情这次农村的土地改革，从土改到现在，这是我国农村的又次土地革命呀，就走走这钢丝绳。”

稽文斌站起来握着罗平凡的手说：“祝你成功！”

罗平凡深吸口气点了点头。

罗平凡问：“省委领导该知道我去清河的事吧？”

“那当然了，”稽文斌说，“他并不知道你的底细，只是我们介绍说你是一名很懂农业的优秀领导干部。”

稽文斌说：“罗平凡同志，看来，你和梁书记心有灵犀，一拍即合，鉴于上下各种微妙与玄机，对你去上任就不准备搞那套就职的程序了。”

“好啊，”罗平凡说，“这是我重新回家，各方面都熟，自己去就行了。”

“哈哈哈……”稽文斌笑笑说，“那怎么行啊，说简单也不能简单得没谱了呀，起码，我们省组织部要去名处长宣布一下吧 。”

罗平凡勉强地笑了：“也好。”

稽文斌安排了车，让党政干部处的处长李雷陪同前去。罗平凡问：“稽部长，我能不能缓两天去？”稽文斌表情坚定地说：“那肯定不行，清河县有两派势力正针尖对麦芒，村长、乡长，包括主管农业的李副县长都来电话告急，他们已经招架不住了。不知是不是夸张，说大有当年农民起义的劲头儿。”罗平凡说，“好，即然这样，那就从命，不过我心里也没底儿呀。”稽部长说：“我相信你会有办法的。”

北方的七月也是骄阳如火，刚下了一场透地雨，天空像被洗涮一新，那么高，那么蓝，不像雨前那么热了。碧绿的庄稼扯起了一望无际的青纱帐，那拔节的谷子，正分蘖水稻都那么绿，绿得让人心醉。

罗平凡坐在吉普车里，一进清河县这片绿地，心情就格外激动。吉普车一进清河县的地界，罗平凡是那么迷恋地望着这里的一草一木，突然发现前面小清河村农田路两旁站满了黑鸦鸦的人群。他让司机加足马力开了过去，只见两伙人各站路边，你向我伸胳膊攥拳示威，我向你双手高举摩挲着叫号。这边有人领头大喊：“坚决走社会主义道路，打倒资本主义！”他旁边的人随声齐呼；这声音刚落，路那边人群里有人领喊：“向安徽小岗村学习，坚持打倒腐朽的旧势力！”接着，他身边的人便是一阵惊天动地的跟着喊。罗平凡看清楚了，村长、乡长和主管农业的李副县长站在中间直叫停。可是，谁也不听……尤其那伙大喊要走社会主义道路的人群，大约有六七十人，还都剃了光头，这可能是表示坚决走社会主义道路的决心吧，这里雨后的阳光虽没那么毒热了，还是把他们那些光头都照得湿淋淋的了，像刚被大雨倾泼了一样。

罗平凡急忙走下车，李副县长、乡长和村长也都满头大汗地一起围拢了过来。两伙农民也都散了自己的队形，这个喊罗书记，你给我们做主吧！那个嚷，罗书记，决不能让毁坏社会主义江山的人得逞。

李雷处长见轻声说没人听，让司机摁喇叭发信号，自己大喊：“乡亲们，我就在这里宣布吧，罗平凡同志回咱们清河县任县委副书记、县长了！”

人群里立刻爆发出了热烈的掌声。

“乡亲们——”罗平凡扯着嗓子说，“既然大家欢迎我，那么，你们的情况我都知道了，我说个意见，看你们能不能听？”

人群齐声呼应，“听——”

“好，就这么办，”罗平凡说，“按着你们两种不同意见的人，包括家庭人口，平均分摊全村土地亩数，赞成土地联产承包到户的就分地到户选一个负责人，不赞成的就还集体经营，是好是坏，干它几年比比看，怎么样？”

“好——”赞成的声音形成，波浪般向四面八方翻滚而去。

罗平凡平息了这两伙农民的纷争，提出要回县里，那伙不同意承包的是村长王吉善挑的头，拦住罗平凡说“罗书记，到晚饭口了，到村委会办公室去随便吃吧，你也不是外人，我去弄几个菜，咱喝几盅，我家里还有瓶好酒，四年不见，想你呀！”他的话音刚落，挑头要承包的农民叫秦琼，也来拦住罗平凡说：“罗书记，不能去，你去了，他们就要往你脑瓜子灌铅，让你和他们一起拉社会主义的车走老路，到我家去吃吧……”罗平凡忙打断他的话说：“秦琼老弟，不能这么说，千万不能这么说，不争论这个，都好好种地，到时候谁带领农民致了富，发了财，我就到谁那里去吃。”然后转身对王吉善说：“王村长，谢谢你了，我就都不吃了，回县里还要和领导们见面，抓紧去领任务呢！”

这样一来，王吉善和秦琼谁也不争了，省委组织部干部处的李雷见李副县长上来问坐谁的车，李雷半开玩笑地说：“罗书记，你这么办事从简，我就回去了，我把罗书记官复原职的毕业分配任命书给你，你交给县委车书记吧！”李副县长接过来说：“好吧，你和罗书记这种简朴作风真值得我学习。”他接过信函握手告别，在村民热烈招手欢送声中上了吉普直奔县城而去。

李副县长坐在车上一看信函说：“罗书记，你不只是副书记，还是县长呀，咱俩回去，我陪你一起去向车书记汇报，开个大会宣布一下。”

“不用，不用，千万不用，”罗平凡说，“县长毕竟不是书记，也是个给车书记打工的，等哪天有大会的时候顺便宣布一下就行了。”

李副县长知道执拗不过罗平凡，便说：“那，你爱人不在家，去省委党校学习去了，我回去找几个县领导陪你吃点饭总行吧？”

“不，”罗平凡问，“咱们机关食堂还办着吧？”

李副县长说：“当然是办着了。”

“你看——”罗平凡从兜里掏出一串钥匙指着一把最小的说，“要是还办着，我的餐具肯定还在那个大柜的小格箱里锁着，我兜里还有咱食堂的饭票没退呢……”

李副县长忍不住开玩笑说：“罗书记，你这是走时就算计着还能回头呀，太好了！”他知道别不过他，一看手表，正好是开饭时间，便把他送到机关食堂门口乘车走了，他解释说行署的水利局长来了，要去陪着吃饭，罗平凡连忙示手说：“快去，快去，可别误了陪上级部门的领导，他们很重要。”

罗平凡一进了机关食堂大门，正排队打饭的机关干部围上来一片热情，问这问那。罗平凡兴奋地说：“组织上又分配回原位了，念了书，有了文凭，还没丢岗位，真是太幸运了！”机关干部可不全这么看，有的说，像罗书记这样有水平的人，回来太好了，你一句，我一句，罗平凡不好逐一应酬回答，那满足的话，喜悦的笑脸，感染得大家都兴奋了，有人感叹说，罗书记，你上大学和嫂子分居四年，这回来了，嫂子又在省委党校学习，真够清苦的了，罗平凡说，清苦也是一种幸福。他说着打开小柜取出餐具排队，炊事班长出来喊他不用排队，机关干部都让前，他说什么也不肯，说只有排号买饭，吃着才香甜，机关干部各自散开始去排队，都议论说，罗书记上了大学有了资本，还是那种朴朴实实，喜欢与民同乐的老样子。

2

罗平凡正和衣躺在宾馆房间的床上瞑目思考，门“砰”地被推开，闯进了门卫和宾馆服务员拉也拉不住的背着行李、张口喘气的丁奇峰和叶小冬。罗平凡向他们笑着摆摆手，他们才明白闯进来的不是一般人，便有点儿难为情地退了。

丁奇峰和叶小冬的形象十分狼狈，叶小冬背挎行李，右手拎着网兜里的脸盆等用具，歪往床沿上一坐，仰壳儿瘫躺在床上直喘着粗气；丁奇峰背挎着行李仰躺在了地板上，手拎网兜里的脸盆等用具，顺手扔在了一边，在用衣角擦汗。

罗平凡关上门，转身哈哈大笑说：“哎呀，瞅你俩这狼狈样儿，这是演的哪出戏呀？是坐车逃票让人撵的吧。”

丁奇峰喘着粗气一骨碌坐起来说：“平凡，别开玩笑了，我找学校要求改派，才分派到你这里来……他……他这个小屁孩儿死皮赖脸也要来！”

“喂，你个小老爷们儿少说废话，你就是不来，我也来！”叶小冬脱开行李绳，边要站起来理论边指着丁奇峰说，“这屋开着窗户了漏风，你也不怕风大闪了舌头！”他说着转脸冲向了罗平凡：“师兄，是我先提出来要来，他也凑热闹到学校去申请要来……”

丁奇峰站了起来，刚要冲着罗平凡申辩，罗平凡打个手势说了声“停！”然后故意用噎话问：“你俩是不是为了小老爷们儿大学生和小屁孩儿大学生没吵够，要到我这里来继续吵搅我呀？”

丁奇峰说：“师兄，我不是说了吗，别开玩笑了，你是知道的，我的毕业论文就是关于水稻叶龄诊断栽培技术研究，全省只有你这里发展水稻种植力度大，我来了有用武之地呀。”他要继续往下说，罗平凡手一抬说“明白”，然后问：“叶小冬，你呢？到我这里来想干点啥呀？”

叶小冬难为情地说：“师兄，你们说我小屁孩儿就小屁孩儿七七级吧，好孬也是你的七七级学弟呀，你和丁师兄搞水稻叶龄栽培技术，我也没闲着呀！”

“好——”罗平凡问，“那，你俩奔我来就是这个目的：既想施展才华，又大树底下好乘凉……”其实，罗平凡知道他俩的内秀和心机，这两个学弟都很聪明，而且胸怀大志，为了毕业后大有作为，一入学就扬言，古人曰，术业有专攻，都在学业上有点小特长呢，在来报到的路上，他还真想过，要是他俩来这里就好了，果然送上门来了。他看看手表，既像师兄又拿出副县委书记的样子问："你俩是想来干一番事业，为咱七七级大学生争光是不是？"

丁奇峰和叶小冬几乎是异口同声："当然是！"

"那么，我问你俩，"罗平凡抑制不住兴奋问，"咱们不是自夸，都知道七七级大学毕业生是在十年积累的人才里捞金，再说，这大学生毕业分配各地是有竞争的，别把芬河市看成是我家的，这么说来就来了不行！"

"懂，我懂！"丁奇峰掏出张表说，"其余你就别问了，我该跑的都跑了，校长已经答应了，只要你签字肯收，我就能来了……"

叶小冬也掏出一张表说："师兄，我也是。"

罗平凡沉沉一笑，像在学校当班长组织出操一样喊起了口令："稍息！"俩人做了稍息动作后，罗平凡更加逗趣地喊起了口令："立正！"

俩人规规矩矩地肩挨着肩做着立正姿势站在了罗平凡面前。

罗平凡克制着内心要迸发出的笑说："你俩听着，七七级小老爷们儿，七七级小屁孩儿本是咱七七级最显著特点，你丁奇峰虽然离婚了，本来就是小老爷们儿，你叶小冬上大学的时候还不满十八周岁，本来就屁溜溜的，就是个小屁孩儿，但是，你俩都很聪明，学业也好……"

俩人情不自禁地鼓起了掌。

"停！"罗平凡说，"如你俩所说，我以清河县县委副书记和县长的名义提两点要求，你们能不能答应？"

俩人竟像小学生一样回答："能！"

"好！"罗平凡说，"第一，从此以后，再不准为小老爷儿们和小屁孩儿的叫法争执……"叶小冬抢先回答："没问题！"

"停！"罗平凡制止叶小冬说，"等我说完一起回答。第二，不准依仗师兄是这里的县委书记做出格的事儿；第三，服从组织分配，让干啥就干啥，干啥必须出色地完成任务。当然，我会量体裁衣，向有关部门交代，眼前呢，就听我安排到小清河村去帮着村民发展水稻生产。"

丁奇峰抢先，叶小冬随后，飞步蹿上去紧紧抱住了罗平凡。罗平凡伸展开胳膊把两个人抱在了一起，久久，久久，罗平凡推开他俩的时候，发现他俩的眼角上都挂着泪花，一下子变得随和了，让他俩坐下说："明天一上班，我签个字，让人事局出个同意接收的证明，你俩就不用回去了，我安排人去给你俩办手续。”他俩刚要兴奋，罗平凡说：“我让宾馆的人给你们俩安排住下，明天一早就跟我去小清河村。”

一清早，罗平凡就去敲丁奇峰和叶小冬的房间门，还使了大劲儿，担心睡得死声音小了敲不醒。他敲门的手还没脱开，门“吱”地开了，原来，这两个人早就醒了，洗漱结束正等着，还担心他罗平凡醒不了呢。

罗平凡看看手表说，两位师弟，离机关食堂开饭还有一个多小时，咱们找个浆子馆吃一口就去小清河村好不好？丁奇峰说，当然好了，改革开放，也要快马加鞭，叶小冬说，别乱捅词儿好不好？罗平凡说，你看你看，又呛上了，叶小冬说，该咋咋地，你布置工作时是我们领导，别摆县太爷架子好不好，罗平凡“砰”地要给他一拳，他刺溜跑走了。

罗平凡领着他俩一进小清河村的村口，只见随着王吉善在那棵老榆树下敲钟，农户们正扛着锄头来集合出工，见罗平凡来了，忽地都围了上来。

“乡亲们——”罗平凡指指他俩说，“他俩都是我七七级兄弟，靠我站着的叫丁奇峰，在学校是专门研究水稻生产的，他搞的学校试验田，水稻能亩产一千四百斤，站在身后的叫叶小冬，也是研究这个的，已经随我分配到咱们县来了，我想让他俩在咱们村搞水稻科学种田……”

王吉善说：“罗书记，让这两位大学生在我们坚持社会主义道路的集体田地做指导吧！”

秦琼跑来张口气喘地说：“罗书记，我们准备搞土地联产承包的农户喜欢种水稻的多，去我们那儿说吧。”

“王村长，”丁奇峰知道，赞成罗平凡支持搞土地联产承包的这些农户，客客气气，有种诙谐的口气说，“我只是搞试验，怕搞不好影响了你们走社会主义道路，我先在他们那些散户中试验，好了就在你那里推广。王吉善刚想说什么，叶小冬说：“王村长，我们这也是爱护社会主义道路呀。”

王吉善听着像是不对味儿，又说不出什么，罗平凡说：“好，就先这样吧。如果你需要打个招呼，他俩也可以去。”

秦琼身边的人都鼓起掌来。

“罗书记，其实，地里没什么活儿了，就是溜溜达达拿大草，”秦琼说，“让两位专家给我们说道说道吧。”

罗平凡说：“好啊。”

王吉善不吭不语地一挥手，带着他那一把子人走了。走出没几步回头说：“秦琼，咱可说清楚，今天上午你们那些人可都没有工分。”

“王村长，我们不要了，”秦琼说，“你们去挣吧。”

罗平凡说：“秦琼，少说两句。”

秦琼嘿嘿一笑，带步朝前面一片水稻田边走边指指身后的农民说：“丁专家，别说我们这些人是散户，我们都起好名字了，叫小清河村土地联产承包合作社。”

“好啊！”罗平凡赞成说，“好，时髦极了，我赞同。”

丁奇峰和叶小冬也应和说赞同。

“要是行的话，”秦琼说，“我自告奋勇当社长，看大家选不选，搞定了就开始按罗书记说的和王村长分地，先摊大块儿，然后再分田到户。”

“好，”罗平凡说，“遇到什么困难尽管找我。”

罗平凡和丁奇峰、叶小冬随秦琼走上稻田埂。秦琼说：“罗书记没上学前领着我们发展水田，亩产达到800斤了，比种小麦、大豆翻了一番……”

“这还不够呀，”罗平凡说，“奇峰，你把我们在学校的实验成果说一说吧。”

丁奇峰滔滔地讲开了：“乡亲们你们这种撒播的方式不行，出来苗会密的密，稀的稀，不易管理，不易收割，又影响产量，有了好种子以后，咱们要用‘盂育摆栽’的方法育苗栽种，就是把稻种育苗在小纸袋里，成苗后原封种上不缓苗，有句农谚说得好，不播六月秧，定要插在丰产期上，另外，我们在学校还借鉴日本‘叶龄诊断栽培技术’，就是种时上什么肥，每个叶期上什么肥，怎样管理，就照这么说的办就行了，我还有张图，你们看。只要这样种，我就保证亩产一千二百斤左右……”

大家围着丁奇峰画的一张“水稻叶龄诊断栽培技术图”，争着看着，议论着。

丁奇峰讲得很激动，秦琼和他的村民们听得看得都很兴奋，说分完地就请两位专家来，而且和罗平凡叫号，千万不能让他俩到别的地方去。罗平凡一一承诺，秦琼高兴地说，“咱们没有村民委员会办公室，他们就住在我家，管吃管住！”旁边那些跟着秦琼想搞土地联产承包的人这个说：“秦琼，罗书记派来的专家你不能蒙被窝里睡觉，放屁独吞呀！”那个说：“我家要一个！”罗平凡见又要争执起来，一摆手说：“这样，秦琼负责找个固定地方住，忙的时候在这里，一般情况还要回县里去住。关于吃饭的问题，在谁家吃交伙食费，交粮票，就在你们几十家轮班吧！”在场的鼓起掌来，秦琼只好说：“胳膊拧不过大腿，那就听罗书记的吧。”罗平凡笑笑说：“两位师弟，你俩就留在这里开始水稻种植技术培训，秋后分完地后能旱改水的就改，我回去和县里有关领导研究一下，凡是旱改水的地适当给点补贴。”大家欢呼起来，他接着说：“包括育种等基础工作都要扎扎实实做好，明年只要没有不可抵御的自然灾害，如果不超大丰收，我就唯你俩试问！我走了！”丁奇峰和叶小冬亮堂堂地回应：“是！”

秦琼截住罗平凡说：“罗书记，我用小蹦蹦车送你，不掉价吧？”

“掉什么价，那玩意突突突地让人心里直难受，”罗平凡一拍大腿说，“我坐这11号大卡车，要想好好看这儿的地种得怎么样呢。”

他说完一拍手，头也不回地走了。

罗平凡来时不要车，回去不用车送，果真不是假廉洁出什么“洋相”。他真的是要走一走，看看离开这四年，各乡村庄稼种的到底怎么样。他拐小路，穿田埂，除了叹息、自嘲地笑就是摇头。已是该铲完三遍地的时令了，那大豆、玉米地里还草欺苗，水稻地里不少稗子草在疯长，苗不齐现象严重，太阳这么高了，还听见远处村里传来敲出工的钟声。他从心里觉得省委梁副书记，不，是梁书记了，学赶改革潮流的思想太可贵了。可能是省长那边有说法，县里、乡里，甚至一些农民会有争议，就凭着自己没上学之前留下的人员，先搞好小清河村半个村的试点，恐怕人缘和身上散发的热量还是够的，他暗暗下定决心，一定要把这带头羊当好……

罗平凡不知不觉进了县城，路人打招呼他只是哼哈，路过家门口楼房的时候，他瞧了瞧四楼那晾台，突然一阵冷清的感觉涌上心头，是啊，多长时间没见妻子和女儿了，他真想与妻子好好说说话，说说他这七七级的骄傲，让他分担高兴，工作再忙，也要替她分担些家务，帮着带孩子，她又要照顾老人……，不用说，一想就知道她特劳累的了，他处在了工作激情与家庭观念清冷的交织中，扫一眼寂冷的晾台，有些心酸，急忙大步朝县委大楼走去。

“爸——爸——”突然，让他感到寂冷的晾台上传来了脆响的呼叫声。

“小芸？”罗平凡喜出望外地问，几乎是在喊，“你什么时候回来的？”

“我妈妈听说你回来了，昨晚上火车，把我从奶奶家接来了。”六岁的小芸说，“妈妈说，你肯定想我了……”

罗平凡飞步上楼，冲进已敞开的门，把小芸抱了起来亲了又亲，吻了又吻，抱得紧了又紧，妻子在旁边抿嘴直乐，罗平凡侧身一看，妻子的脸上飞起了红晕。他的心一下子砰砰跳起来，要不是有童童在，他也上去这么亲，这么吻，这么抱，甚至去拉上窗帘……他只好无奈地说：“老婆，我马上要去县委书记那里报个到，晚上，有好多话要对你说呢……”

“去去去，”妻子嗔怪的声音里充满了久别期待的爱，“去吧，快去吧，早点回来——”这种口气里的恩爱感悟，罗平凡是能听出来的。

罗平凡来到县委书记车永年办公室，有两位正汇报工作的机关干部笑笑打招呼立即退出了。车永年高兴地站起来，紧握着罗平凡的手说：“平凡同志，今早才听李副县长说你昨晚来县里直接到了宾馆，我去看你，听说你出去了，问谁谁也不知道，还是当年那个作风，神出鬼没让人摸不着足迹呀……”

“车书记，我觉得先斩后奏应该检讨，”罗平凡说，“有两个我的七七级农大毕业的师弟要到咱们县工作，我同意了，一早就把他们送到小清河村帮农民研究发展水田生产去了。”

“坐下，坐下，快请坐。你定的事情我没意见。”车永年说，“你昨天路过小清河村的事儿李副县长和我汇报了，你这么处理还真挺好，咱俩可以一个红脸，一个黑脸来应付省里。”

“噢，我明白你的意思，”罗平凡问，“车书记，你说的具体是指什么？”

车永年说：“秦琼没和你说吗？”

“没有，”罗平凡说，“可能还没来得及，也可能怕和你说了就不敢那么干了！”

罗平凡问：“车书记，这里的水还挺深吗？”

“说深就深，说不深就不深，”车永年说，“这水不好蹚呀！”

罗平凡问：“车书记，怎么个不好蹚法？”

“那，我就给你细说说吧，”车永年给罗平凡倒了一杯水说，“话说这是两年前的事了，秦琼有个亲戚是安徽小岗村的，向我说，那里有十八户农民订把土地分到户，实施包干到户的合同书，还秘密按下手印，一起宣誓，誓死如归要这么干，第一年就超过了集体生产的粮食产量，第二年更好，他组织了四十多名农户也要这么干，这是个新鲜事儿呀，我就去省里汇报，梁书记很支持，可是苗书记不同意，说小岗村地少人多，穷逼的，我们黑龙江地多人少，情况不一样，不能那么干，这不，这事儿一直闹腾了两年多了……”

“车书记，小岗村的事情是1978年11月1号的事情，我在学校里就听说了，我和几个同学还进行了讨论，”罗平凡说，“我觉得这样好啊，十一届三中全会已经开始了改革开放的新时代，这样做，我通过查看种地情况，有四五点好处，一是可以解放农村生产力，充分调动农民的劳动积极性；二是打破不合理的统购派购制度；三是可以打破农村旧的经营管理体制；四是改变单一的所有制体制，这正是一条农民寻求奔小康的途径……”

“呦，你这个七七级大学毕业生，到底是有新的文化内涵了，”车永年说，“可是，省里两位主要领导顶牛顶得很呀！”

“我知道苗书记怎么想的，”罗平凡说，“咱们只用还不到半个村搞试点，也算没改变原来大体经营模式，等做出成绩来去向苗书记汇报，我想他会支持咱们的……”他接着又说：“全国不少地方已经有这么干的了。”

“咱就别说这个了，平凡同志，”车永年说，“我向上边汇报行不通，我说下边下边不听，这回，你也算给我解了围了。”他说完突然想起来什么似的说：“平凡同志，你这回是副书记、县长了，听李副县长说，你把人家省组织部的李处长打发来了，我安排明天开个全县科级以上大会宣布一下省委的决定。”

“不用了吧，”罗平凡说，“其实根上还是副书记，上大学前不就是吗，等于又回到原位了。”

“那可不是，”车永年说，“那可不是，你现在是县长了……”

罗平凡说：“那时候没有县长，你让我主持县政府工作，是副县长也顶县长用，现在跟那时候一样，到小清河这一趟，我看呢，乡亲们还没把我看成是新派来的什么县委副书记、县长；就像新媳妇走娘家，没几天又回来了，既然是回娘家，就不用那些程序了……”

“哈哈哈……”车永年笑笑说，平凡同志，“你的思想总是那么深邃，又很风趣，我愿意和你搭班子呀，好吧，等有什么大会的时候我顺便说一下。”

说来也有意思，一连几个月过去了，县里也没开什么大会，也怪社会上很快就传开了，说罗平凡又回原位了，没人宣布，也没来人提要求，他说召集开会有人来了，说下乡要谁去，谁跟着去了，说签字批钱，财政局认真办了。就这样过去了几个月，有人算计着，小清河村那里他至少去了二十多次，秦琼和王吉善分地出矛盾了，那四十八户农民以前的工分怎么算了，分地时候你好我坏了，罗平凡听听汇出了主意，两伙总算都听了，这让丁奇峰和叶小冬心服口服。

秋收已经基本结束，县里要召开经济工作会议。主席台上，罗平凡挨着车永年坐，正式开会前，车永年拿出省委组织部文件凑到罗平凡耳朵上说：“你任副书记、县长的令，我还得正式宣布一下。”罗平凡笑笑说：“黄瓜菜已经凉了，你一宣布，大家准会笑。”车永年说：“笑就笑吧，这是组织程序，让你用这程序把我绑架了。”罗平凡笑笑说：“绑架无罪吧！”车永年也笑了。

台下济济一堂的人见这两位主要领导一会儿你笑，一会儿我笑，都猜不出是什么事情，可以看出十分和谐。

车永年展开文件刚要宣布，机要员拿着文件夹走上主席台对车永年说：“车书记，省委的紧急密传电报。”

车永年接过机要员已展开的文件夹一看，吃了一惊，脑子嗡的一声，用手捂了一下。罗平凡忙问：“车书记，什么事儿？”车永年镇静一下，站起来要走开主席台的样子说："平凡同志，你来……"

两人到了主席台后的小候会室，车永年把紧急密传给罗平凡一看，原来密传的是省委组织部的文件，上边有这样一段话"……经有关部领导和部门研究决定，免去罗平凡同志清河县委委员、常委、县委副书记、县长职务，立即停止工作，县长一职问题，由县人大常委会旅行组织程序再对外公布。"当然，前面那段文字，就是无组织、无纪律支持分田到户的问题，还举了一封不露真实姓名的农民举报信说："罗平凡的做法是辛辛苦苦数十年，一夜回到解放前。"

两人沉默半天不语。

车永年终于心情沉重地说："平凡同志，你冷静一下，我宣布一下散会，择日再开。"

"车书记，"罗平凡心里很不平静，表面上却很自然，"那，也把这特急密传电报传达一下吧！"

"不，"车永年坚定地说，"你任命的文没传达，这个也就不传达了。"他心思沉重地说："县委书记、县长的任命省里说了算，副职的任免市委说了算，我去找找市里领导，给你任个副县长照样主持县政府工作。"

"车书记，"罗平凡有些镇定自然了，"不用了，那样会给市领导找麻烦。"

车永年说："我不怕惹麻烦，可是，我只能和常委的商量，给你安排哪个委办局当领导，那可是个科级呀，你随便挑。"

"车书记，你别说，科级是科级，那是正的呀，"罗平凡说，"有些科级单位可都是实权部门，我原来级别再高，我主要的副书记职务总归是个副的吗，在县里也是二把手，那也不去了。"

"平凡同志，我真佩服你，这个时候了还这么诙谐和幽默！"车永年却表现出了心情很沉重，"那，你打算怎么办？"

"车书记，"罗平凡说，"一看到这个电报的刹那间我就想了，到小清河村去和秦琼他们一起去包地当农民。"

车永年愣愣地瞧着罗平凡，紧紧地抿着嘴唇说："要是这样，你还继续干，上头对你再也没有什么可免的了！"

"有呀！"罗平凡脱口而出。

车永年笑笑说："再就是免户口？"

"不，党内党外的职务，从县委委员往上一溜免了个光，"罗平凡说，"还有一个没免。"

车永年问："什么呀？"

罗平凡说："党票呀！"

车永年说："不至于吧！"

罗平凡说："我做好了这个准备！"

"哎！"车永年说，"你这才真正叫位卑未敢忘忧国呀！"

罗平凡说："认准了的事情，尽点自己的微薄之力吧。"

车永年感动地紧紧地握着罗平凡的手说："你等着，我宣布一下散会，陪你一起去小清河村。"

罗平凡感动了，眼眶湿了。

罗平凡跟着车永年乘坐着1号轿车来到了小清河村，恰好是中午时间，直接找到王吉善让他召集个全村村民大会，王吉善问什么事儿，车永年说，到时候你就知道了。

村民大会就在那颗挂着大钟的老榆树下召开，车永年说了情况以后，可真是有情者同情弱者，王吉善再不计较罗平凡为什么支持秦琼，并不支持自己了，打破沉静第一个说："罗书记，我从集体的地拨给你一份儿，你不是三口家吗，那就按平均数给你三口家的地，应该是四十五亩，可是四舍五入给你五十亩！"

"好啊，"罗平凡高兴地说，"先说一点，我接受这五十亩承包田，但要说明一点，是加入秦琼的土地联产承包合作社搞试验，我妻子和儿子那两份地打了粮食到时候给你做公积金。"

秦琼早就忍不住了，跑上来抱着罗平凡呜呜直哭，呜咽着说："罗书记，你这是为了支持我们呀，我这个合作社社长让给你！"

"噢——那可不行，"罗平凡说，"我要当这个社长，说不定有一天罪过就更大了，这么吧，我主动申请当个副社长吧？"

丁奇峰和叶小冬在一旁含着辛酸的泪水没掉下来，却破涕为笑了。

"那就这样，"秦琼说，"我当正的，你当副的，你说了算。"

"噢——"罗平凡说，"你想垂帘听政呀，那可不行，听说你在小岗村有个亲戚，详细了解过那里的情况，你比我有资格，能正儿八经当好这个社长，我当副的，就像给车书记当助手一样，听你指挥，服从命令，出弓没有回头箭，咱们，再加上我，四十九条心拧成一股绳，坚决把土地承包做好！"

在场的人，包括车永年，听着罗平凡幽默诙谐的叙说，心酸里都飞进了他幽默诙谐的分子，不约而同地鼓起掌来。

"王村长，咱们观点不同，这会儿我佩服你了！"秦琼走上去撸了一把王吉善的头说，“你和你的弟兄们剃了光头长出头发了，开始我们剃了——”他看着围着他的四十八户村民说：“乡亲们，都回去，有推子的拿推子，有剃刀的拿剃刀，向车书记显示一下咱们的决心……”

车永年，罗平凡竟不知如何是好，没有话语，也没有阻止，他们知道，这种激情的民间行动，阻止也没用，甚至适得其反。秦琼带头，很快，四十八名农民全把头剃了个溜溜光，秦琼挨个验收，发现茬儿高的，没剃净的就大喊：“返工，一定要比当时王村长他们剃的还要干净，还要溜溜光，向世人昭示，他妈的，这事儿要是干不好，农民也不当了，进庙当和尚去，隔离尘世，一尘不染！……”

秦琼发现罗平凡怔着问：“罗书记，你在想什么？”

罗平凡说：“我在想，和你们成一个合作社了，你们都剃，我剃不剃？”

“哎呀，”秦琼说，“我这正的都剃了，你这副的也剃吧！”

罗平凡说：“好，听正的的。”

秦琼说：“我这正的亲自给副的剃，也算不摆官架子了吧！车书记，你说呢？”

车永年被他们逗得笑了。

丁奇峰、叶小冬凑过来也要剃光头，罗平凡制止说：“我已正式成为农户了，你们不是农户，秦主任，这事儿我这副的说了算不算数？”

秦琼边给罗平凡剃头边说：“算数！”

大家又都笑了，包括王吉善那伙子农民，这笑，这你挑我逗里，隐藏着多少表面幽默背后的心酸心痛呀，谁知，又隐藏了多少坚定的意志和决心呀！

秦琼向王吉善借来党旗，对罗平凡说：“罗副组长，别让人认为我们这是背叛社会主义，咱们在党旗下宣个誓吧！”

罗平凡笑笑说：“好啊，听正职的。”

秦琼让两名家属扯着党旗，他第一个跪下，接着大家都跪下了，罗平凡犹豫一下，也跪到了秦琼身边。

秦琼握起拳，举起右手，嘎巴好一会儿嘴，什么也没说出来，对罗平凡说：“罗副主任，你带头捅个词儿吧！”

罗平凡想了想说：“这样吧，我先把想的说一遍，看大家同意不？”

秦琼说：“好，请说吧！”

罗平凡举起右手攥紧拳说：“我们小清河村四十九户村民，搞土地承包，要忠于党，忠于祖国，忠于社会主义，忠于党的四项基本原则，永不叛变……”

罗平凡的声音刚落，车永年说：“罗平凡同志，梁书记来了！”他回头一看，不知什么时候，梁书记已经站在他身后了。

罗平凡激动得走上前两步，一句话也说不出来。

梁书记说：“罗平凡同志，我让你受委屈了，你的誓词我全听到了。同时，你又给了我力量！”

罗平凡激动得说不出一句话来，双手紧紧被梁书记的双手握着，情不自禁地掉下两颗热泪时，他发现，梁书记的眼眶也湿了。

3

小清河村口生锈铜钟的那棵老榆树挂的老铜钟锈了，它的年轮却不停地增加了一圈又一圈。一转眼整整增加了好些圈。

这些年，小清河村发生了翻天覆地的变化，国家发了文件在全国正式推广安徽小岗村土地联产承包的经验。小清河村是全省第一个冲破封锁搞土地联产承包，成为全省最富裕的村。三年前，车永年退休，罗平凡接任了他的县委书记，并被评为全国优秀县委书记，出席了全国一百名优秀县委书记表彰大会，受到了党和国家领导人的亲切接见。

今年，清河县是一个特大丰收年。

清河村头一个接一个，一家一户的小场园连成了一个偌大的场园群。

每个小场园都分别堆着带穗的稻谷、谷子，也有金灿灿的玉米棒子，两百多农户集聚在一起，喜气洋洋地议论着，抽着烟，一辆吉普开了过来，罗平凡一下车，农民就都站起来不停地鼓掌。

“乡亲们——”罗平凡摆手打着招呼说，“别鼓了，别鼓了。”

掌声仍然不停。

王村长用扩音喇叭喊：“乡亲们，静一静啦，罗书记刚才给我来电话了，有重要话要说……”

掌声算是停了下来。

“乡亲们——”罗平凡放大声喊：“80年代初，我们清河县小清河村是全省最早实行土地联产承包责任制的村，结合大力开发水田，成为全省最富裕的县，农村人口人均收入超过了两万元。省委决定下月一号要在我们村召开全省土地联产承包现场会……”

伴随着一阵掌声，一辆吉普车开到罗平凡面前；县组织部长走下车说，“刚才，我接到省委组织的通知，说你工作有变动，让你马上到省委组织部去谈话……”

罗平凡身边的农民听到了，一传十，十传百，二百多名农民激情成了一锅开水，这说，罗书记，你不能去，那个说，你要走，我们就到省里上访去……大家团团围绕着罗平凡，几乎到了水泄不通的地步，组织部长解围说：“乡亲们，我和你们的心情何偿不一样呀，罗书记就是不走，也得向省领导去说一说呀……”他这么一说，显然奏效了。

罗平凡走出人圈子问组织部长：“说我到哪儿去了吗？”

组织部长说：“我问了，说是让你去芬河市。”

罗平凡“啊”了一声，让已成为县长的当年李副县长安排现场会，要上吉普车，被丁奇峰一把拽住，指指叶小冬说：“罗书记，亦步亦趋，我和小冬也跟你去！”

罗平凡松开拉车门的手说：“奇峰，你很快就要提拔了，到了新地方大家都不熟悉不好说话呀。还有小冬也是这个情况！”

“嘿，罗书记，”叶小冬抢话说，“我们自从跟着你干那天，就没想到要当官儿，别小瞧我们！”

“是啊，”丁奇峰说，“我俩都不像你，是块当官的料，这水稻叶龄诊断栽培技术已经成熟，并被不少县接受，到了你那里，我们再完善完善。有你支持，推广到全省，水稻产量还能提到1400斤，我算了一大笔账，比当个副县长，县长价值大多了。”

“人各有志，”叶小东说，“师兄，苟不贵，勿相忘嘛！”

“你小子——”罗平凡给了他一拳说，“好吧，到时候咱们一起做做清河县的工作，别让人家说我挖墙脚呀。”

丁奇峰说：“没问题，我头拱地也要说服王县长，再说了，他是你的哥们儿呀，我扛着你的大旗，他还能这点面子不给——”

“谢谢两位师弟的捧场，”罗平凡说，“同意，谁让咱们是七七级的爷们儿了，这叫本是同根生，携手不分离。”他接着又说：“丁奇峰，你这个爷们儿，有时也不爷们儿，和你老婆还置什么气儿呀，这回要是跟着我去，不解决和你老婆的复婚问题，有话在先，别怪我把你撵回来！”

丁奇峰说：“男人膝下有黄金，就为当年她死拽不让我考大学，只好离了，这个，我也认了！”

“爷们儿，够爷们儿！”罗平凡说着拽开车门上了车。

车轮飞转，引起了罗平凡思绪万千，他知道，芬河市距清河县不远，是座处于中俄边境的小古城，火车开到这里到了终点，公路伸展到这里到了尽头。那些年除年节稀稀拉拉来点串门走亲戚的，除偶尔来几个做小买卖的，来几个收购山产品的，客流极小。自从改革开放，这里忽地红火起来，双边物贸的中国大东风、俄罗斯卡玛斯，每天几十辆几十辆地来来往往，如同穿梭，你运来木材、钢材，我送去蔬菜、服装。双边易货贸易开展不久，又开通了双边一日游、三日游和七日游。什么这游那游，几乎都是个体商贩借旅游倒包，背大包拎小裹做买卖的，很是热闹，像是一片睡醒了的土地，一下子红红火火起来。这个小小的县级行政区因此而得宠，被国家批准撤县设市（县级），市里借机大搞城市建设，筑高楼，修公路，热火朝天。省里觉得这个面临俄罗斯远东地区的城市前景无量，对这里实行计划单列，行政级别比原来高半格管理，干部级别比县处级也就高半格，比地厅级低半格，五大班子一把手由省委任免，地区行署代管，成为全省一绝，曾引得议论纷纷。有人说这是不伦不类；也有人说纯粹是瞎整，管这里叫半格子市，笑称这里的书记是半拉书记，市长是半拉市长。自从有了这个半格子市，连牡丹江市的抬头行都改成了“芬河市各县、区、地各单位”，省里一些直发地市和厅局的文件、通知，在最后一款也多缀了个“芬河市”。于是，这个芬河市不仅在地区，在全省政界、商界，都成了引人注目的地方。

罗平凡来这里任市委书记，自然也就提了半格，比在清河县当县委书记跨越了半个格儿。他静下来一思忖，很快理出了个自以为是八九不离十的头绪。那是梁县长当省委书记时到清河县调查研究，通过问答、召开基层干部和农民座谈会、视察现场，对这儿的经济发展战略和廉政建设产生了极大的兴趣，加上他被免职，甘愿当农民这做法，更加厚爱。最初罗平凡是省委政策研究室的一名副处长，组织选派到清河县挂职锻炼，任县委副书记。因县委书记去世时尚未配上，他就成了挑大梁的。当时，清河县是个全省出名的贫困县，因地势低洼，十年八涝，只有遇上偏旱年景，那里才能丰收。他经过一番苦苦思索和调查研究，提出了“以稻治涝”的发展战略，县委、县政府积极拥护支持，三年光景，全县百分之八十的旱地改成了水田，产量大增，农民致富；清河摘掉了贫困帽子。罗平凡挂职期满，县里的干部和农民联名给省委写信，又有上百人的上访十多起，强烈要求罗平凡留在清河县。但是，什么劝说和阻拦也没挡住他参加恢复高考的强烈愿望，当时的省委梁副书记知道他因被录取考进了牡丹江师范学院农林系，正和爱人争执不休，爱人不同意他去，他坚决要去，还是梁副书记放弃重用，并说服了他爱人，让他顺利地跨进了牡丹江师范学院农林系的大门。而且给他爱人做思想工作，强调上大学是比当清河县委书记更有价值……国家拨乱反正的重大战略举措，任何阻拦都不成理由。连省委打算提拔罗平凡任县委书记的安排都放弃了。

罗平凡赶到省委组织部。按常规，提个副厅级干部，省委常委、组织部长或党群副书记谈谈也就是了。他们谈完以后，又由党政干部处处长李雷送到梁威那里，说是省委书记要亲自谈话。刚一谈话，他就证实了自己的判断，这次到芬河市任职确实是梁威书记亲自点的将。谈话时特别提出，这之前，省委组织部曾专程到清河县进行了考察，尚无一点不满意的地方。谈完以后，罗平凡觉得压力太大了：他听说梁威书记到芬河市搞调查研究，一住就是七天，认为那里不仅仅是一个有发展前景的开放城市，而且又是集全省经济建设经验教训与拨乱反正为一体的典型地区；希望他作为被称为“七七级”一代天之骄子的佼佼者，有实践经验，又有理论知识，要精心研究，身体力行，带领广大干部群众，探索出指导全省经济工作的思路来，研究出消除腐败的办法来……罗平凡怯生生地请梁威书记对芬河市谈点具体要求的时候，梁威书记哈哈一笑说：“不给你带任何框子和施加影响，还是靠你自己去体察，待到认为情况摸熟有思路时可以来谈谈。”接着，他又打开抽屉取出一沓来自芬河市的上访信，并指着一封厚厚的上访信说，这是他去芬河市调查研究时，上访人不知通过什么渠道，悄悄送进他下榻的卧室的。据判断，应该是一个非常熟悉情况又有一定层次的人写的，并嘱咐进入角色时，要格外注意一下信中提到的线索是否有价值……最后特意嘱咐了一句，芬河市正面临着召开党代会换届选举，时间紧，任务重，没有推迟的任何条件和机会，全省各地市的党代会必须在省党代会之前召开，要借党代会之际选出出席省党代会的代表。这之前，省委组织部和地区组织部都曾去芬河市有目标地考核过班子，提议市长计时策做市委书记工作，副书记曹晓林做市长工作，去了你个罗平凡，他们就都提拔不了了，到任后要注意他们的情绪，注意团结他们一道工作，调动好他们的积极性。

罗平凡走出梁威书记办公室，党政干部处处长李雷从秘书室迎上来说，省委常委、组织部长嵇文斌按梁书记要求，要亲自去芬河市送任。现在就必须去省委机关食堂吃点便餐马上出发，今晚赶到芬河市，明天工作。嵇部长后天上午赶回来，下午就要去北京参加全国组织工作会议。罗平凡顿时思绪万千起来，他脑海里翻腾着清河县八年的日日夜夜，特别是那里的车书记、秦琼、王吉善等，是那么让他留恋……

饭后，罗平凡打发随来的司机回清河县，让他打电话向妻子说一下临时接到通知要去芬河市任职的情况，乘上省委组织部安排的轿车，匆匆向芬河市赶去。轿车经过市委交通收费处时，嵇部长会了市委书记胡晓冬一起去芬河市送任。这芬河市的主要领导干部由省委任免，市委代管，这样的场合，市委当然要来主要领导了，何况送任的又是省委常委、组织部长。再说，芬河市委、市政府主要领导人选业经考察，已经宣扬出去，计时策为市委书记人选，曹晓林为市长人选。突然间，微妙地来了个罗平凡，这就更引起了胡晓冬书记的注意，他必须到场，还要讲一讲，做做计时策和曹晓林的思想工作，让他们正确对待省委派书记的这个问题。

太阳落下山尖的时候，车子进了芬河市的地界，计时策带着曹晓林和人大、政协、纪委的头头们以及市委常委、秘书长史永祥早已恭候了。五辆漆黑锃亮的“沙漠风暴”4500日本产越野大吉普，靠路边竖着排成一列，很是气派。车停下来，胡晓冬书记等下了车，和来迎接的握手，简单地介绍省里领导，上车又继续前进了。报社摄影记者的相机闪光灯左一闪右一闪，电视台记者扛着摄像机左侧身、右倾斜地抢下了一个个镜头。这时，罗平凡欣喜地发现，市委常委、秘书长史永祥是五年前省委党校培训班的同学，在模糊的记忆中似曾听说他被调整到地区党委办公室当副主任了，万没想到在这里见了面，心里非常高兴。

欢迎的晚饭很丰盛，但持续的时间并不长。罗平凡和送任的省、地领导都被安排在市宾馆。计时策处处以主人的身份，又以不嫉妒新任书记的磊落姿态，言谈热情、安排周到。他先到了罗平凡的房间，以私人身份表示如何欢迎罗平凡来芬河市任市委书记，如何当好助手，又将房间里热水、电话等如何用细细吩咐一番后，以让罗平凡好好准备一下明天的就职宣言为由辞身，说要陪着省、地的领导去“活动活动”。

罗平凡想，自己也确实需要静下心来想一想，在明天的与干部见面的大会上说些什么，嵇文斌、胡晓冬毕竟是上级至关重要的领导，计时策是该去看看，陪着“活动活动”。改革开放以来，不少地方接待上级领导和贵宾的方式变了，不再是以吃喝为主，时兴晚饭后“活动活动”，特别是对那些上级实权部门，管钱管物的。这“活动活动”有的真也能活动出效益来。自己当县委副书记时也是这样，上面来了这样的人，即使自己不能去，也要暗示办公室或相关人员领他们去桑拿浴、夜总会那些场所。大有人得意这种活动呢，包括上级有些领导干部，有的真就是因为“活动”得好，故意拖延工作时间，会在你这里多逗留几天，这逗留、活动方式一加码就加出效益来了。当然，一猜便知，嵇文斌、胡晓冬是不会去那种场所的，自然也有去处，保龄球、台球、游泳馆啦，那些司机、秘书们可就没准了。

相邻的开门关门声、脚步声传来，这大概就是“活动活动”的前奏曲吧。

罗平凡"咔"的一声锁紧了门，不管哪种活动，自己本来就不好这套，自己是该思考思考，明天见面会上说点什么呢！这种特殊环境、特殊情况下，全市关心班子建设的干部和群众也一定是以一种出其不意的特殊心情在观望着新任市委书记见面会上要讲些什么。通过讲些什么，他们就可以大致把握和研究，怎么迎接第一次视察，怎么准备汇报材料。此时，他想起了在学校里谈的一些西方国家经济发展论著，官场应酬接待，想想他任清河县县委副书记和眼下这些烦琐又形式主义的套路，从内心里觉得太颇有官僚体制和形式主义了，又感到自己对这些的无能为力，真想象不出该怎样干好这梁书记期待的这个芬河市市委书记。

"丁零零，丁零零零……"

锁门的声音刚刚落，床头柜上便响起了急促的电话铃声。他急忙去接，刚"喂"一声要询问来话的人是谁，便传来了妻子的嗔怪声："这是怎么了？也不来个电话，简直要把我急死了！"罗平凡笑笑，忙解释："唉，真是的，在省委谈话呢！我不是让司机传信儿了嘛。"妻子又嗔怪说："司机司机，司机知道个一知半解，囫囵半片，说了一遍又一遍，就知道你从哪儿上车，又到哪儿下车，半天也听不出个子丑寅卯来，都要急死我了。我询问打听，拐一个弯儿又一个弯儿，好不容易才打听到你住在这里！真怪，你每次换地方上任都是这么匆忙，劳累命儿！"不容罗平凡再解释，妻子就一个劲儿地抱怨，然后听出了一本正经的声音："平凡，我可是知道也又打听了，你的前女友白华可是在芬河市工作呢，干什么没打听到消息，我不是多心，有言在先，你是那里的一把手，与她相处可要给我检点一些，不要惹是生非……"罗平凡急忙截话说："老婆，你不说我都忘了这个人了，别胡思乱想些没用的！"妻子一听，转了话锋说："我也是给你打个预防针，那我就不说了，喂，对了，我好像觉得你穿的那件夹克衫、裤子都该换了。"罗平凡抬起头来边听妻子唠叨，边抬头往梳妆镜里一照，可不是，浅蓝色的衫衣领上浸着明显的汗渍。妻子又唠叨："头是不是也该理了？"罗平凡又抬头一照，可不是，头发长不说，还蓬乱着。妻子继续唠叨："你新上任，给人的外观形象很重要，不能这样不拘小节呀！这会儿，不像在清河县，要是没啥事儿，你出去剪剪头，回来自己把衣服洗一洗，要不就去买一件，那里好赖是个市，晚上肯定有开业的商店。要不，让人家芬河市的干部群众一照面就议论，新来的市委书记怎么是个邋遢鬼，对了，还有，以后应酬少不了，现在官场吃喝都不像话了，要记住，少喝酒……"

"是是是，"罗平凡开了个玩笑说，"我的行动准则是，听老婆的话，跟党走，有应酬时多吃菜，少喝酒！”听妻子在电话里嘿嘿直笑了一阵儿，便放下电话自己出了市宾馆。傍晚，华灯初上，眼前的夜景，一种不像置身于城市，又不像置身于县城的异样感觉迎面扑来，说白了，就是土不土洋不洋。说它洋，现在城市的装饰应有尽有，霓虹灯、星星灯、轮廓灯、路灯、广告等各色各样的时装灯，尤其把夜总会、迪士高厅、大酒店、保龄球馆等娱乐场所装饰得五颜六色，缤纷照人；说它土呢，门口既穿梭着出租的士，又有人力三轮，还不乏一辆辆小毛驴车。对面文化宫广场上唢呐吹奏着东北大秧歌的曲子，加上一伙伙穿着花花绿绿的男女们那样尽情地扭啊扭啊，又让人感受到了北方县城或乡镇里的乡土气息。

夜幕刚降临，便是这样热闹和繁忙。

罗平凡走下台阶往右一拐，穿过市公安局门口，注意地寻找着理发店，走了一段儿又一段儿，见到的几乎全是洗发城、泡脚房之类的店。他知道，这种场合多数是去不得的，那里搞色情服务的很多。他走到一个路口，发现很热闹，是个正要收摊的小农贸市场。小商小贩们为把剩下的瓜果蔬菜兜售出去在大喊贱卖，吆二喝三，此起彼伏。烤羊肉串的，卖烀苞米的，毛驴叫，小四轮子蹦蹦车响，让他感到了格外的亲切。身边没有司机，没有秘书，也没有三步两步就打招呼的熟人，以一个老百姓的身份随意转转走走，心里油然产生了一种好惬意、好舒服的无拘无束的享受感。他这时才注意到，在一条条宽路或窄街两旁，楼房也罢，平房也罢，门市房中最多的是小饭馆，其次是洗头按摩房，再就是歌厅、休闲茶座之类。他沿街向深处走着，正端详着理发店时，从右侧一家挂有五个幌名叫“山珍大酒店”的饭馆里走出几个喝得摇摇晃晃、似醉又非醉的大盖帽来，一看就知道是城市监察大队的。走在前面的一个胖子指着拴在门口一棵柳树上的小毛驴大喊大嚷：“他妈的，这是谁的驴子啃树了，罚款罚款罚款……”树前菜摊一位有些弓腰、白发的老汉听到喊叫声，急急忙忙走上来，不屑一顾地瞧瞧大盖帽，细瞧瞧树，又用手摸了摸光滑的树皮，自言自语念叨道：“不省心的驴子，幸亏没有啃着树皮……”接着左右开弓照着驴脸就是两巴掌：“你他妈的，你以为你是实权部门的干部呢，不花钱，走哪儿吃哪儿！”胖子大盖帽骂一声“他妈的”，趔趄一下要去伸手抓卖菜的老汉，那驴子挨了打，抬着脖儿嗷嗷叫起来。老汉一伸手朝前跐一步，躲开了胖子大盖帽，气急败坏地使劲一拽缰绳：“他妈的，你是什么东西，白吃白喝不过瘾，还想不花钱唱卡拉 OK！”这一拽把驴子拽疼了，一旋身把前蹄伸进了主人让它饮水的皮桶里，卖菜老汉猛地一脚把皮桶踢得骨碌碌而去，嘴里大声奚落道：“嘀，还他妈的夜生活三部曲呢，唱完卡拉OK还要再桑拿桑拿……”那胖子大盖帽尽管醉醺醺，也听出了卖菜老汉的指桑骂槐，刚伸手抓住老汉的胳膊，他身后一个戴眼镜的小个子大盖帽发现旁边罗平凡正聚精会神地卖呆儿看热闹，一看就断定不是本地人，也不像一般人，肯定大大小小是个官儿，就拽一把胖子大盖帽，朝罗平凡努了努嘴。胖子大盖帽心领神会，瞪一眼老汉走开了。

盏盏路灯，光辉明亮，灯下要收场的小农贸市场，像一幅杂乱纷繁的图画。

罗平凡见这老汉幽默得很，就走上去，笑着问卖菜老汉：“老乡，能在一起聊聊吗？”老汉端详着罗平凡，没等回话，邻摊一个卖猪肉的凑上来，像是奚落，又像是逼问：“嗬，冷锅里蹦出个热豆来，官不大管闲事不少，你是想抓辫子，现在改朝换代，改革开放了，还是想拽尾巴呀？！”他不屑一顾地用鼻子哼了一声，阴阳怪气地说，“哼，操闲心不抗老，抓‘右’派打反革命的年头一去不复返……”他说话挤眼耸肩、伸脖，高低调错落不齐，一打眼就给人一种老百姓玩世不恭的感觉。

罗平凡听了不但不恼不火，经历了十年“文化大革命”和四年的七七级大学生活，让他从内心里觉得舒服，他看着卖猪肉的：“喂，我说老乡，你怎么知道我是小官？！”他是想避一下嫌，听听老百姓的心里话，口气里还有否定的反诘语气。

“怎么知道你是小官？”卖猪肉的一眨眼，把剔骨刀往案子上一撂，那油渍渍的手一拍胸脯，“挨过饿，下过乡，又下岗，阎王爷没见过几个，小鬼我可是见着过一帮一帮、一群一群的”。他见罗平凡神情集中，又玩世不恭地哈哈一笑说：“说着玩的，说着玩的，当真是说玩的！”接着又假正经起来，一伸脖子：“说你是小官你别生气呀，在我们老百姓眼里，那县太爷和地区专员不过一个是芝麻官儿，一个是绿豆官儿，你肯定不是县太爷，也不是专员老爷，他们都是电视明星，我们不天天见，也隔三差五。这芝麻、绿豆本来就不大，咱芬河市又是个高半格的半拉市，县太爷才称得上芝麻官，这里的市长也不过就是比芝麻大，比绿豆小，或者说吧，顶破天是个半拉绿豆官，你再大也是他们下边的，说是个小当差、小官我看蛮可以吧……”

“马老弟，”卖菜老汉责怪说，“你少说，少说……”

罗平凡知道攀谈不上，他想起了那个心里装着群众，和群众打成一片的兰考县委书记焦裕禄，心里由衷地感叹，群众离我们怎么这么远了，微笑着朝他俩点点头，两手往夹克兜里一插，失意而不言语地走开了。

他边走边撒眸寻找那种正规的理发店，走了好一段距离，才发现这叫太平街，眼看就要到街横头了，左侧一家长长的柱形红蓝条理发幌滴溜溜转得格外耀眼，那宽敞的门市房楣沿上闪烁着一排醒目的霓虹灯大字：“小白桦美容美发中心。”门口不像那些洗发城有个大垂帘，窗户也没有用布遮掩。看来，这应该是个可去之处了。

他一迈进门槛，十多位小姐从靠窗坐着的沙发上一起站了起来，像是一种集体迎宾礼仪。一位戴着洁白口罩，遮住了多半个脸庞，还梳着大卷儿流行烫发，身着洁白衣裤的小姐笑盈盈走前两步：“请问这位哥，洗头还是按摩？”她隔着口罩说话声音有些发闷。罗平凡脑子里嗡的一声，怎么叫哥呢？有生以来活了三十来岁，还从来没有姑娘叫自己哥的，在机关姑娘小伙子之间要是没有什么特殊关系就称哥道妹，除玩笑之外，肯定被人视为不正经。他的脸忽地红了起来，不自然地回答：“我的头发长了，想剪一剪，再刮刮脸。”“噢，正规理剪！”白衣小姐眼神里露着异样的光芒，大方坦率，顺手示意靠门口的一把椅子：“哥，请坐！”罗平凡尴尬得竟使他忘了一切，脑子里像有什么在嗡嗡响，他想离开，可白衣小姐一言一行又使他难以开口，心里嘀咕，这芬河市的一切一切，可真不同于当年的清河县了，又一想，这毕竟是个口岸开放城市，要将这种感到“别扭”进行到底时，并体察一下社情，再说人生地不熟，也不会有人知道谁到这里来。这是，恰好在第二把椅子给一位大肚皮顾客洗头的小姐柔声说：“这位哥，来这里冲冲吧。”大概称哥道妹是这里的店俗吧，他想走开，又看不出这里有什么不健康的东西，犹豫之中就坐到了椅子上。白衣小姐像是压抑着细柔的嗓子给罗平凡围完脖巾，搭着围布问：“哥，你喜欢用什么洗发香波？”罗平凡实在忍不住了，瞧着镜子里的白衣小姐说：“你别再叫我哥了！”白衣小姐一侧脑袋娇嗔地问：“那叫什么？”罗平凡脱口而出：“同志嘛！”“哈哈哈……同志？”从白衣小姐憋闷的口罩下发出了大笑，捂一下嘴止住，“你听听去，满大街，满商店，满市场，满企业，还有叫同志的吗？都是什么经理、老板、先生、小姐、太太什么的，喂——八成你是哪个偏远乡镇的干部吧？”这边冲完头回到椅位上的大肚胖顾客斜一眼罗平凡说：“你以为那乡镇干部就怎么怎么的呀，嘿，洗桑拿找小姐按摩炮的不少都是乡镇干部！现在呀，这乡镇干部权大了，能搂能抱，还乱收这费收那费，肥着呢！”第三把椅子上的瘦顾客说：“要不，这位老客就是在哪个和尚店里打工的，还是哪个小清水衙门口的官呆子吧！”他的话引起客厅里一片笑声。罗平凡忍着，正不知说什么好，白衣小姐坦率里有责怪，脸上闪着献媚的神情，冲着那两位顾客爆豆似的说：“干什么，干什么，你们这是干什么！来我这里就是我的贵客，我的上帝，你们少给我闲言淡语的，再整这些不济的，别说我老板娘不客气！”她围完裙布，平展着肩头上的裙皱，对罗平凡说：“同——志——，别见怪呀。”她是有意把同志两个字咬得狠而不爽口，引得满屋子人一阵嘻笑。

笑声停止了，胖顾客说：“老板娘可别不客气，我知道计市长是你的后台……”白衣小姐立刻反驳，罗平凡觉得胖顾客落了下风，心里却画上了一个大问号，他更想在这里坚持下去了，顿时感受到了一种被嘲弄的感觉，他想离开，又一想，到哪去呢？人生地不熟，管他嘲弄不嘲弄呢，剪剪头刮刮脸也就得了，奚落就奚落，嘲弄就嘲弄。这几年来，除了在学校里苦读书，就是挂在清河县埋头工作，说实在的，还从来没有尝受过这种受嘲弄的滋味儿。

这是一种更诡谲的奚落，甚至是嘲讽。其实，罗平凡有混这种局面的心理承受能力，别说在这种乡里市井，就是在清河县和秦琼一起承包种地时也没少挨讽刺和挖苦，特别上头一些部门，想着想着，反而有些坦然了。他看一下手表，尽管不是自己要找的那种正规理发店，只要能剪剪头、刮刮脸就行，走了再去找，说不定还是难找到，再说，那种理发店一般晚上是不营业的。

白衣小姐又问：“您喜欢用什么香波？潘婷、飘柔，还是海飞丝？”罗平凡说：“我就是剪剪头，再刮刮脸，用不用都行。”白衣小姐淡淡一笑：“时下，哪有不洗头就剪头的！”她说着拿起一瓶洗发香波在罗平凡面前一晃：“就用这海飞丝吧，里面有薄荷，凉爽醒脑又解乏，还营养头发。”她说着倒向手心一撮抹在头发上，又拿起小喷壶浇掺些水，双手轻重有度地搓摩起来。

罗平凡在镜里稍一留神发现，这位白衣小姐起码也是三十出头，既有妙龄少女的苗条婀娜，又有少妇的丰韵，真像丛林里那亭亭玉立的小白桦。身材和影像都似曾相识，只是发闷的声音让他陌生，他发现白衣小姐向镜里投去注视的目光，急忙凝眸闭上了眼睛，心里责怪自己，怎么注意上她了呢！

这位白衣小姐名字叫白华，有名的“市花”，是这里的老板娘，“小白桦美容美发中心”就是从她自己的名字引意而起的。开业以来，生意一直红火，有后台不说，她也确有经营之道：凡第一次来这里的顾客她都要亲自洗、剪，只要有要求，还亲自按摩。在同行业里，她手里的活就属正规的，的确比那些不正规的店里客多，十个有八九个顾客都是来一回惦着第二回，正规洗剪的顾客是来享受，带腥味来的是想撩逗这位老板娘，来撩逗一次觉得差不多了，结果不行，见她不上套，又来一次……

罗平凡从白衣小姐的眼神和语言里联想起了一些往事，想着想着，自己都有点不相信自己，避开白衣小姐的目光，轻轻合着眼，香波与水相溶，由浓变稀，在白衣小姐轻轻搓摩下渗散着，冒起一簇簇白沫沫，薄荷的凉爽和淡辣酥麻刺激得头皮有点轻痒，随着搓摩力度加大加快，淡辣、酥麻、轻痒迅速扩散，全身感到了一阵阵清爽惬意。她那两个纤细滑软的手指轻轻捏着鼻梁眼窝处缓缓揉动，继而，两个拇指摁点着太阳穴，两个指背绕着两只眼睛轻轻揉划起圈来，一圈又一圈，逐渐缓慢，罗平凡紧紧闭合着眼睛，有种说不出、想尽快离开的感觉，只觉得像缥缈在高高的空中，脑袋朦胧在一簇浓黑浓黑的彩云里，身子却飘荡在蔚蓝的天空中。

改革开放以来，外面的世界浩渺迷离，花花绿绿，罗平凡几次听人说什么“不到北京不知官小，不到深圳不知钱少，不到海南不知身体不好”，也听人说过海南如何是男人的世界，听人描绘过夜总会、桑拿浴、泰式按摩、港式按摩等，耳朵里听了不少，但从没涉猎过，就是这种美容美发中心，也是第一次踏门。在省委机关工作时，机关事务管理局管辖下的理发室，是他一月一次的去处，那里有位机关干部都迷信的姓王的老理发师，传说毛泽东、朱德来这里视察时他给理过发。渐渐，迷信的人越来越少，他仍然坚持，一直坚持到去清河县挂职锻炼；到了清河县，又好上了一位从国营理发社退下来后开的个体理发店。今天是怎么了，明明是找理发店，即使是神使鬼差，真是连自己也莫名其妙地说不清了。

“喂，请到这边来刮脸，完了再冲一下头。”不由分说，白衣小姐转身朝里走去。拐弯是一条小走廊，并列排着软间壁成的一个个小单间。她拉开一个小间门先走了进去。罗平凡的困意已经有点儿清醒，他在一脚刚抬起要迈进小间门时，发现小间很窄，摆放着一张长方形的小按摩床，床头墙上悬挂着大概只有几度的暗红色灯泡，红晕晕、黑糊糊，隔壁小间忽然传来了男人和小姐的嬉闹声。

罗平凡脑袋嗡的一声，脸刷地白了，细碎的汗珠瞬间沁满了额头。他迅速扯下围布、围巾，抽身就往外跑。

白衣小姐追到门口大声喊：“罗平凡——你回来，回来。”

罗平凡小跑着，听着白衣小姐喊他的名字，而且感觉声音那么耳熟，一下想起了妻子来电话一开口就说的那番话，更加证实了自己坐在沙发上洗头时的联想，心突然怦怦跳了起来。原来，她就是妻子没打听出在芬河市干什么的白华，罗平凡急促地走出好远，拐进横街回头看了看才放慢了脚步。堂堂的市委书记，要是让人知道了自己只身一人来了这种场所，这里老板又是自己当年的恋人，那简直是说不清道不明，跳进黄河也洗不清！清醒的刹那，他想，要是事后谣言飞传，实在可怕……

罗平凡心里极不平静地走着，问路边一位烤羊肉串的老汉，附近是否有那种正规的老理发店？老汉瞧着他头发被洗搓得蓬乱的样子，啧啧赞叹说，你是正经人呀，正经人呀！手指着前边说，立交桥旁有个个体理发店，是原县老理发社一位退休的老师傅开的，只是天有点晚了，不知开不开业。他加快脚步走过去一敲门，老师傅热情地接待了他，很快理完了发，刮完了脸。那沙沙的刮脸声，咔叽咔叽的手工推子声，才使他的心渐渐平静了下来。

走出个体理发店，他一看手表，时间已经不早，不知不觉过去了两个多小时，不想再走回去了，一招手，一辆深红色的出租车戛然停到了面前。

4

出租车司机是个愣头愣脑的小伙子，车一启动速度就很快。罗平凡和他并排坐着，一辆接一辆的枣红色出租车迎面嗖嗖开过来，又一辆辆从左侧嗖嗖地超过去，在万束灯光交映下，就像一道美丽的风景线。这夜里纵横交错的大街小巷，似乎成了出租车的世界，没有大城市那种市闹人挤，也没有县城那种寂寥空旷，难道这就是说的“半拉市”的写照？瞬间，一股雄心勃勃的意念涌上心头：我在这里的奋斗目标，就是带领父老乡亲们把这个“半拉”变成一个不缺棱不少角的整数，用数字表示的话，也就是由零点五变成一吧！

司机目视着前方问：“老板，到什么地方？”

“市宾馆。”罗平凡话音刚落，小伙子司机换挡加大油门，躲左超右地飞驶起来。

“师傅，慢一点开。”罗平凡斜睨一下，“我不着急。”

“老板，大概是外来的吧，老弟这把手开车，你就把心放在肚子里吧。”小伙子司机头不歪，眼不斜，嘴不停，车速在继续加快，“你不着急我着急呀，我们这卖手腕子的，哪能像你们当老板的，我就趁这时候多挣点钱呢！”

罗平凡问：“这是什么时候呀？”

小伙子司机有点儿卖关子了：“白天路口有的交警找点茬儿就罚你个百八的，他奶奶的，我他妈罚得起吗，还不趁这会儿挣点钱怎么的！”他说着摁摁喇叭响，朝左一打轮，嗖地超过了一辆夏利牌的出租车，接着又长鸣喇叭要超一辆车棚悬有警灯、车后挂有公安牌照的普通北京吉普车。那北京吉普车似乎没听见喇叭响，仍不左不右不快不慢地在街心线上行驶着。

罗平凡略有所思，如今，不仅是在这出租汽车上，贸易场所、宾馆、饭店等，随时可以听到怨声怨气，可谓一大社会现象——社会牢骚。

“没听说过吧！”小伙子司机有点出气的样子，“实话告诉你，咱们这个芬河市，有三大人宝，就是官仙、酒仙、卦仙。”

“这里人这么信迷信？卦仙？”

“不是迷信，”小伙子司机歪歪头，“专门能给当官的、有权专门勒老百姓大脖子的算卦编歌，还把算的卦编成歌儿，一唱就是千家万户，气得那些当官的鼻涕一把泪一把！”

“这么有威力？”

“嘿，可别小瞧，”小伙子司机格外自得的样子，“听说——”他说着缓了缓车速，接着说，“我可是听说，给咱们市一个大官儿编的一首歌，美国之音还广播了呢！”

罗平凡注意起来：“给哪个大官编的？什么歌？”

“这，这……”小伙子司机见罗平凡神气这么注意，刹住口，摇摇头，“算了算了，我可不说了，我们那个大官儿在大会上骂过娘，追查过编歌的人呢！”

“哈哈哈，”罗平凡轻轻一笑，“没那么严重吧，师傅，追查出来了没有？”

“现在，编歌的、骂娘的、发牢骚的满天飞，抓谁呀……”

“喂，师傅，”罗平凡一片诚恳的样子，“你能不能告诉我这官仙、酒仙、卦仙姓啥名啥，在哪儿干事儿？”

“这个嘛，”小伙子司机一皱眉头，“官仙、酒仙不能告诉你，惹不起，弄出一点点事儿来，咱这小小老百姓也吃不了兜着走，全市几乎都知道，感兴趣问别人去吧。”他瞧瞧罗平凡，口气又松缓下来，“我看你这人挺实在，不像大官圈子里的，像是外来的，告诉你也没事儿。那卦仙，大家都叫他老葛头，经常牵头小毛驴拉个三轮车在太平街的‘山珍大酒店’门口卖菜，旁边摆块卦布，不过，这算卦是业余的，以种菜卖菜为主。”

罗平凡恍然醒悟一样，一下子就想到了刚才以驴讥讽那几个大盖帽的略有点驼背的老汉，连声说：“知道了，知道了，喂——你说的官仙、酒仙呢？”

“你不是本市人吧？”小伙子司机斜一眼罗平凡，“得了，得了，我看你这老哥不是本市人，也不是一般人，别整事……”说着加快速度要追超那辆忽慢忽快的带警灯的吉普。

“师傅，”罗平凡提醒出租车司机，“你注意没有？前面那吉普可是挂公安牌照的。”

出租司机显出不在乎的样子：“我知道，坐这车的十有八九是个小蚂蚱子。老板，你是不知道，这几年口岸大桥建起来以后走私走的，不光是县太爷们，就连那些局长、科长，都坐上了嘎嘎新的4500沙漠风暴，要不就是奥迪。坐这种车的，都是跟在官官们屁股后头敲堂锣、抬轿子、溜须拍马屁的，我估计这坐的可能连小蚂蚱子都不是，说不定是司机拉着小蚂蚱子的七大姑八大姨、干亲小舅子去哪儿逍遥呢。再说，铁路警察各管一段，要是交警来了，不管是骆驼还是蚂蚱子，我这脑瓜子皮薄呀，可就得小心了。”

出租车司机嘴里嘟囔着，长鸣一声喇叭，又嘀嘀嘀连鸣几个反复，向前面告示：“要超车，请让路！”出租车前进着，距吉普车已经只差五六米左右了，吉普车不但不理睬，一打轮又向左偏去了一点儿，像是发出警告：就是不让你超！而且放慢了速度，迎面来车它就躲躲让过去，车一过去它就又靠左偏去。出租车司机几次想趁对面来车时吉普车躲让的空隙钻空子超过去，都没有成功，还险些追尾碰车，只好慢悠悠尾随吉普车缓缓前进，想等着它到了十字街口再超，没想到了十字路口，这吉普像是知道出租车去向，也朝市宾馆方向驶去。

“嘀嘀嘀——嘀嘀嘀”出租司机使劲摁响两个三急声相连，又“嘀——嘀——嘀——”按了个有间隔的三单声，按着这里出租车行话，就是骂人了。吉普车听明白了，按着出租司机发出的骂笛连回两遭，那吉普车发出的骂笛又粗又响，比夏利车要粗壮几倍，显示出了猛力还击的气势，接着更加缓慢下来。

“他妈个臭 × 的！”出租车司机破口大骂，牙咬得咯咯响。他见对面没有来车，显出急切要超车的样子，把出租车开得靠左又靠左，等吉普车司机冷不防，他猛一右打轮，紧接着加大油门，“嗖”的一声擦蹭了一下吉普车的边儿从右侧超了过去，“嘀嘀嘀”叫个不停，是示威，也是叫骂不停。

“师傅，”罗平凡看出这年轻的出租车司机争强好斗，就完全以一个普通百姓的身份说，“依我看呢，干出租车这一行，一是要注意安全，二是要少惹是非……”

出租车司机不甚满意地斜睨罗平凡一眼：“你怎么能这么说呢，你看到了吧，不是我要惹是非，而是他要惹是非。他妈的，慢行还不让超，纯粹是横行霸道，也欺人太甚了……”

罗平凡是看得清清楚楚，要是在清河县，他无论如何也要截住吉普车狠狠批评一顿。这种时候，这种身份，他实在不想在这种场合亮相，可以断定，吉普车上的人素质肯定不高，一干预就要产生矛盾，要是用一个老百姓的身份去评理或打抱不平，十有八九无济于事。暴露身份又有种说不清的心绪。心想，算了。

车轮飞转，出租车爬上一个小斜坡，穿过市公安局大门口，一头扎在了市宾馆门前的台阶下。出租车司机从罗平凡手里接过钱，随着罗平凡顺手一推甩车门，迅雷不及掩耳地起车飞跑了。他早已从反光镜里看见，自从超车后，那吉普车就粗喘着气，车屁股冒着一股黑烟，穷追不舍地紧紧尾随着。

罗平凡瞧着飞驰而去的出租车深深叹口气，正要迈上第一个台阶，拾级而上进宾馆，吉普车像一头要被推进屠宰场的老牛拼命呼哧呼哧喘息一样，呜呜爬上小斜坡，嘎地停在他的身后，刹闸的磨击发出了刺耳的尖叫。他侧回头想看一下，一只大手像把重重的钳子，已经狠狠地钳住了他的后脖颈，他被趔趄着拽下了石阶。

一个身着西服、身材魁梧粗壮、大脸膛的汉子嘴里喷散着熏人的酒味儿，满脸凶气，咄咄逼人的样子："那个出租车哪去了？"

"我怎么会知道出租车上哪去了！"罗平凡挣脱着，满脸怒气地反抗，"我花钱坐车，你们不要无理，快松开我！"

车门"咣"的一声，又跳下一个中等个子的小平头，看样子是司机，看了看被擦蹭的车边，倒也没什么大碍，也火冒三丈，一把抓住罗平凡的前脖领，逼供似的："敢擦我的车边儿，胆肥了，你记住出租车的车号没有？"

罗平凡激愤了，但忍着："没记，我只管花钱坐车，还管那么多！松开我！"

"他妈的，还挺横呢，什么地方的？"小平头使劲拽了拽。

大汉又往后一拽："他妈的，一看就是个外来炮！"

"外来炮你们就欺负吗？出租车蹭了你的车边儿，和我没关系呀，我花钱坐车。"罗平凡被前一拽后一拉，脖颈儿一阵窒息难受，"你们这里口口声声喊扩大开放，创造良好的投资环境，就这么创造吗？再不松开，我要找你们领导告你们去！"

大汉使劲钳住罗平凡的脖颈："扩不扩大开放也不缺你这块臭肉，你放走了一个地痞子出租司机还他妈的嘴硬！今天，你小子就借了老子这顿酒的光，也借了那地痞子司机的光了！"说着又使劲一钳，"小子挺有主意呢，还要告我，告，告一个，听着没有，告去啊……"

"哎哟……"罗平凡只觉得一阵钻心疼痛。

"他妈的，愿哪告哪告去！"小平头松开手，冷不丁一个扫堂腿，"不让你小子尝尝厉害，不知道谁是你爹！"

罗平凡"扑通"一声，实实在在被绊倒在了地上。瞬间，尾骨的疼痛通遍全身，他用胳膊支起身子，要与他俩评理。他俩嘴里嘟噜噜骂着进了市公安局大楼。

罗平凡心想，平常在一些报刊上、内部通报的文件上，常看到一些执法干部欺压老百姓的案例，有的恶劣到难以想象的程度，略有党性，甚至降低到只有人性的人来说，也简直不敢相信。今天的遭遇已够人发指，既然不暴露身份就不暴露到底，那么，我就是以一个普通老百姓的身份，亲身尝尝，亲眼看看，他们为非作歹践踏党纪国法能达到何等登峰造极的地步……

他慢慢地站起来，脖颈酸胀，尾骨一扎一扎地疼，满身泥土地走进了公安局大楼收发室。一位鬓发斑白的老者戴着老花镜，正坐在值班床上看报纸。他便随身坐在门口一条长凳上问："老师傅，请问有没有值班局长？"老者缓缓抬起头来，习惯地摘下老花镜，不屑一顾的样子问："你有什么事？可以和我说吗？"说就说，罗平凡毫不掩饰："不知你老注意了没有，刚才进来一高一矮两个穿公安干警服的人，他俩无缘无故打了我，我要找你们领导反映反映……"老者一皱眉，不满地盯着罗平凡："不可能吧，我们公安干警怎么会无缘无故打你呢，肯定你犯着哪一条了，诬告可是违法的呀。年轻人，快回去吧。"他见罗平凡不动弹，接着问："你是哪来的？搞边贸的吧？"

"我是外来的。"罗平凡指指身上的泥土，"他们确实是无理打了我，我一定要见你们领导。你帮帮我忙吧，我新来乍到，人地两生……"

那两个打人的干警就在隔壁，听罗平凡说到这里，小平头忽地闯了进来，伸手抓住罗平凡一把头发就往外拽，嘴里不停地叫骂："他妈的，老子寻思不搭理你，你就快滚蛋得了，给你脸往鼻子上爬，来吧，我就是领导，告吧，告吧……"说一声"告吧"，使劲拽一下，罗平凡皱紧眉头，忍着痛被拽到门口。继而那小平头松开手，把个弓腰忍痛冷不防的罗平凡用两手猛劲儿一推，罗平凡骨碌碌滚下八个石阶，脑袋"咯噔"一声碰地，躺在了水泥地上，后脑勺倏然起了一个大包，疼痛涌遍全身，脑子里嗡嗡嗡像飞满了无数小虫。

5

“罗——书——记——”

从宾馆大楼的后身传来了拖着长音的呼喊，罗平凡一怔，立刻听出来了：“是史永祥，高中同学史永祥！”他斜卧着仰脸回答，“我——在——这——里——”

史永祥循声跑过来，张口气喘地问：“罗书记，这是怎么啦？”罗平凡忍着疼痛站起来没有回答，用手拍打着身上的泥土。史永祥有些着急地问：“哎哟，怎么搞的，我和计市长一起安排完省委组织部嵇部长，还有咱地区的胡书记，等返回你住的房间，服务员说你一个人出去了，我猜想，大概是在门口站站，散散步，看看夜景，肯定不会走远，我就在宾馆跟前左转一圈右转一圈地喊，怎么喊也没有应声，又不见人影，可把我急坏了。罗书记，怎么，摔了？还是遇上抢劫的了？”

“都不是，没啥大不了的，回房间再说。”罗平凡迈开几步以后，疼劲儿轻了点了，脑子也清醒了许多。他挺直腰，拍拍身上的土，迈上石阶，笑笑说：“永祥，你一口一个罗书记，我怎么听着这么刺耳？你怎么变得这么势利了，高中时那股清高、坦率劲儿统统没有了？你这一喊叫，我怎么觉得一下子把咱俩的同学关系隔得老远老远了……”

“哈哈哈……”史永祥就着灯光拍一下罗平凡后襟上的一抹泥土，大笑一声，和他并肩走进宾馆，“哲学上不是讲存在决定意识嘛，这些年不见，谁知道你的存在是怎样决定你的意识呀！这年头啊，有些人一升官就顿觉身价高了，脾气长了，你现在是正儿八经的副厅级，我呢，半拉市的市委秘书长挂了个代常委，才比正处级稍硬点儿，照你还差大半截子呢。再说，你又将是我的顶头上司，别看我是推荐进校门的工农兵大学生，也是老高三，这几年，就是为那个清高看不惯某些人又坦率才害得我好苦。我也想了，喊你平凡既爽口又痛快，你是不知道，喊这个罗书记，特别是在这没别人的时候，那个别扭，出口直觉得刺刺扎扎锯嗓子……”他说着瞧瞧罗平凡，“其实，我也是在投石探路！”

“是想探一探我官升脾气长没有？探探我俩之间还有同学味没有？！我记得你可是咱高三年级的尖子生呀，我一直追赶你呢，哈哈哈……”罗平凡斜瞧着史永祥，大笑着打头进了电梯，“永祥，你呀你，工农兵大学生也罢，七七级大学生也罢，主要还是要看学以致用，看人才嘛……”他点划着史永祥的鼻子，“以后，就叫我平凡！”

史永祥听了觉得很舒服，摁一下关梯电钮说：“这话我愿意听，先前我们是同学，现在你是我的领导，你来任市委书记我确实很高兴，而且很有信心支持你！说句心里话，要不是你来，我真的对这个地方没信心了。”他稍停停，“芬河这个地方很复杂，我俩是同学关系，很快就得传出去，说不定有人会在咱俩的关系上造舆论，甚至做文章。官场嘛，常常有逢场作戏的时候，我看这样，以后当别人的面，我还要像在计时策面前一样，规规矩矩，喊你罗书记；没人的时候就喊你平凡，还像在读高中住一个宿舍时掰腕子、弹脑崩、抠腚沟……”他说着，狠狠撸了罗平凡一个后脑勺。两人会心大笑的同时，罗平凡一皱眉，脑勺的大包被撸得一阵钻心疼痛。

两人乘电梯到了六楼，服务员开了房间。一进门，史永祥就说：“平凡，太好了！你的能力、水平我清楚，在清河县那些年的政绩我也有所闻。再加上读了四年农大，咱虽然是口岸市，其实是以农业为主，你这一来，芬河市有希望了，我由于教训压缩出的假性格也可以现原形了。”说到这儿，他见罗平凡脱掉上衣，在轻轻摸后脑勺，走了几步问：“平凡，刚才到底是怎么回事？”

罗平凡让史永祥坐到沙发上，把乘坐出租车的情况从头到尾说了一遍。史永祥顿时气得额头鼓起了青筋，情不自禁地紧握拳头，“砰”的一声狠狠地击砸着茶几说，“土匪！土匪！”茶几上四只茶杯，随着他的拳头的捶落，有三只杯的杯盖震落在茶几的玻璃砖面上，咣咣咣交叉响着，有的滚落到了地面上。

史永祥忽地站起来，两眼瞪圆盯着罗平凡问：“就这么干让他们打？！你怎么不说你是新来的市委书记呢？！”

罗平凡风趣地笑笑：“嘿，我要那么说，他就不打了！我就是要看看他们想怎么对待老百姓！”他已转话题问：“永祥，怎么听说小白桦美容美发中心老板娘的后台是计市长？”史永祥昂头一笑说：“不光计市长是他的后台，还是你高中时候的恋友白华呢！”这证实了的事实，再一次让罗平凡发蒙了，史永祥看出了他的心思说：“那虽然是个不洁净的地方，不要紧，脚正不怕鞋歪，这里的舆论不太在乎这些事儿，上面来人了，计市长还让人有意识地往那里介绍。只是以后不去就是了。”罗平凡点点头问：“这个计市长有什么背景吧？”史永祥说："听说除了上头有点关系外，他和你的背景正好背道而驰。"罗平凡问："这话怎么说？"史永祥回答说："他善于内心隐蔽，又是个善于周旋的人，废除高考制度以后，他是这里的副县长，强烈要求进江西共产主义劳动大学读了三年书，还参加了电影《决裂》的拍摄，回来的时候，曾模仿主人翁的姿势，在主席台上伸出茧手说：'这就是我的文凭！'"他接着说："邓小平恢复职务当上了副总理，强调科技就是生产力，首先拨乱反正提出了恢复高考，太英明了！所以说，你和他这是两种教育制度培养出的人才的较量呀。"

"先不说这个了。"史永祥一转话题说，"你可真是虚怀若谷，海纳百川呀！"说着拔腿就往外走，"我现在就去，非查个水落石出，把这两个家伙开除公安队伍不可……"

"嗬，我的老同学，你说现原形可真现原形了。"罗平凡一把拉住他，"你不是说这里情况很复杂嘛，照你这样弄，人家还不说你史永祥在为他的老同学出气？说不定会说咱俩是帮帮伙伙，地方上往往好这样。谁主管政法？"

"主管的不管了，现在由曹副书记管。"

"你就找他处理，"罗平凡说，"这是秃脑瓜顶上的虱子，明摆着的事，非常好调查，别说打的是市委书记，就是普通老百姓，人家告上来也得调查处理吧！"

史永祥一听有道理，急不可待地拨通了曹晓林家的电话，又说情况又穿插建议、意见，说一段又一段，一气讲了二十多分钟，最后把电话使劲一撂："市委书记挨了自己分管的一亩三分地上的警察的打，传出去恐怕在全国都是奇闻，是新闻媒体的一个多好的素材！"他自言自语地说话，一转话题问："平凡，打你的两个警察是什么样的家伙？"

"一个魁梧大个子，一个小个子，小个子开车，留个小平头。"

"魁梧大个子？会不会是尤老大？"史永祥自言自语着。

罗平凡问："尤老大是谁？"

"尤老大叫尤熠光，是公安局副局长，"史永祥问，"有点像特型演员？"

罗平凡略有沉思地回答："有……点像……怎么？"

史永祥长吁一口气："要是他，事情可就要复杂了！"

罗平凡问："怎么个复杂法？"

"哎——"史永祥说，"群众称，这个尤老大是计市长的左膀右臂之一，据传说是省里哪位领导的亲属。这个尤老大呢，就凭着这棵大树，给市里要来不少钱，盖了楼，修了路。这辘轳把儿整天在市里这么响，谁也摸不太清井在哪里，里面的猫腻儿大概只有计市长清楚。他平常只说尤熠光对市里贡献如何如何大，总是话吐半截又咽回，含而不露，给人的印象是来头不小，背后有棵大树。你没来报到时，市里到处传说计时策要由临时负责市委书记工作，改为市委书记了，迹象很明显，计市长已经和常委们串联了，要提名曹副书记任市长，要提名尤熠光在这次党代会换班子时作为市委常委、组织部长人选，咱们市的组织部长提拔到地区后这个职位一直空着。”

罗平凡摇摇头：“不能吧，要是像你说的这个尤熠光，身为公安局副局长，素质再低也不至于低到这个程度。”

“是，”史永祥说，“我也是这么想。但尤熠光这小子平时看还可以，如果喝上酒，也会干出没准星子的事来！”

罗平凡想起当时那副醉醺醺的样子：“怎么，这个尤熠光，爱喝大酒？”

“当然，人称酒仙，斤八不醉。”史永祥说，“有人还说，他喝酒是为了给市里办事，领着有关部门到省里要钱，全凭这个喝。财政局的干部有次从省里回来传得神乎其神：在要钱的酒席桌上，喝到较劲处，管钱的说，你尤熠光多喝一杯加一百万，这尤老大举杯连喝二十杯，定好的数又多拿回两千万来。”他说着摇摇头，“这年头，你也真难评说是非。”

罗平凡笑笑：“照你这么说，这也真是个宝贝，现在，有的地市想有这么个人……”他说着，想起了出租司机说的酒仙，大概就是这位公安局副局长。刚要说什么，史永祥接过话：“要是他，估计不会坐北京吉普。公安局倒还有几个大个子，尤熠光常坐的是4500沙漠风暴。”他说到这儿，又摇摇头否定自己，“那伙子人可也没准儿，有人反映说，尤熠光执行公务就坐正车——4500沙漠风暴，也常坐不显眼的车去隐蔽的地方洗桑拿、打麻将……”

“用而不疑，疑而不用嘛！”罗平凡笑笑，“我们先不把我们用的干部往坏堆里推想，当然，也不排除那种可能。现在的经济建设和干部队伍建设同时都面临一些复杂的关系。”

“复杂？！”史永祥一拍罗平凡的肩膀头说，“我记得当年在党校学习时，你不是说过，就喜欢到一个复杂的环境去锻炼自己的创造性思维吗，这回算是有用武之地了！”罗平凡笑笑，没有接话，讲述了在太平街“山珍大酒店”门前看到听到的故事，还估计说，那个卖菜的老汉就是“卦仙”。乐得史永祥也前仰后合，直说，这还真是新段子，幽默，实在是太幽默了，这故事对官场时弊讽刺得入木三分，淋漓尽致。然后应和罗平凡的判断说，对，十有八九就是那个“卦仙”，接着，活灵活现地叙述了卦仙的一段不平常经历：“他的名字叫蔡如歌，差不多有七十多岁了，原来是咱这个小县城的农业技术员，后来调到省城，赶上反右斗争，据说有人揭发，他在这小县城时有右派言论，调省城后在省城被打成右派，被送到劳改农场。等落实平反政策时，省城和咱这小县城就来回踢起皮球了，省城说应该在咱芬河落实政策。咱们这里的干部说，应该在省城落实政策。省委书记、省长以及信访等部门把一份份落实政策的信批转来批转去，连同蔡如歌的上访信，堆在一起大约有一米多高，这个蔡如歌光往返京城、省城和咱们县城共一百九十八次，整整十一年零三个月的时间。这人也很有个能耐，不落实政策不刮胡子，不剪头，头发搭到了肚脐，胡子到了膝下……还是我来当秘书长以后勉强在这里给他落实了政策。虽有不满意之处，后来也就将就了，总算把头理了，把胡子剃了。现在，已经办了退休手续，在郊区租了几亩地种菜，常发牢骚。没落实政策时，专门给当官的算卦，算的还编成歌，他编的那些玩意儿顺口，很好流传。计市长最记恨他。他给计市长起绰号叫'官仙'，编了首歌，听说那歌美国一家广播电台还广播了。"

"噢，"罗平凡心想，真巧合，我听出租车司机讲的那三仙都对上号了，又问，"给计市长编的什么歌？"

史永祥说："你听着，时策呀时策，老谋深算真花花，农业不懂，工业不抓，想干的，简单的事情就复杂化；不想干的，复杂的事情就简单化。总偷偷摸摸约白华。"

罗平凡问："还挺通俗顺口。怎么，白华变成这样子了？"

"咱俩是老同学，我才全文背给你听，你已经有家有儿子，白华的事情就当没那回事儿了，咱不提她。"史永祥又接着说卦仙，"他编的这玩意儿，你说没有吧，似是而非；你说有吧，又影影绰绰不见实物，加上顺口，所以老百姓才这么风传。"

罗平凡问："怎么个影影绰绰，似是而非呢？"

"你比如说，蔡如歌公开就说，处理他的上访问题，上面批下来了，计市长就仗着上头有人，在群众大会上大称他敢抗上，显示上头大领导都不在乎，在这个小城市还怕谁呢，又一次次把皮球踢回去。在这样一个上访的简单化问题上做了复杂化的文章，最后还是由省里领导亲自给他写信，说让芬河市给省里承担困难，他计时策才接了，由我处理的……"

罗平凡有所感触："一个简单的落实政策案子弄成这样，也确实够一说！看来，我要引导这个计市长干正事儿，搞这一套不行，以后咱们就是要坚持实事求是的思想路线，坚决端正党风、民风、市风，把经济工作搞上去，让老百姓富起来。这才是真格的！”

“好啊，我以后要拜访一下这个蔡如歌，计市长上接天，下连地，很有神通和本事，就是无奈何这个蔡如歌。知情人说，官仙制不了卦仙！”

史永祥说：“一个卦仙每编一首歌都弄得这个小城市沸沸扬扬，引来思想混乱。比如说，卦仙听说是计市长让人在市政府和检察院偏前转盘道口花圃里竖了一幅手指前方、解放这个县城时牺牲的一名英雄的巨幅画像，身后是芬河市城区缩影。卦仙站在画像前琢磨了一首歌谣，很快传了出去，说英雄前辈是在手指着说，往左看（市政府办公楼），里边不少贪污犯，往右看（市公安局），光收礼不办案，往前看，下岗工人路边站（劳务市场），往后看，上访的农民排成串。”

罗平凡苦笑一声：“这个卦仙是有意思！”

“有意思？把计市长的肺子都要气炸了！”史永祥说，“计市长在大会上骂娘不迭，下决心让有关部门去查处他。查又能怎么样呢？再说，他还不承认是他编的。”他停停说，“后来，计市长把查处的任务交给我，还是我把卦仙请到小吃铺，边吃边唠，这一年多来，算是不再编了！”

“这是个民间人物呀，”罗平凡点点头，“好的歌谣，往往是时代的晴雨表，以后有时间，我还真得认识认识这位卦仙，让他算算我在芬河市能干多久？能干得怎么样？”

“那容易。”史永祥话音未落，电话铃响了，他急忙去接，一听是曹晓林，说他刚才接到电话以后，立即赶到公安局，正在认真调查是谁打了罗书记；并说，调查出来一定要严肃处理；还说，这事情已经报告了计市长，计市长很关心，很重视，表示亲自过问、调查和处理这件事情；最后希望史永祥代他向罗书记问好，并表示道歉，没有管好这支队伍，并要以此为突破口，进行政法队伍大整顿。

史永祥刚把电话放下，电话铃又响了，他一听是计时策，急忙把电话交给罗平凡。罗平凡拿过电话，随着对方客气几句，只是“计市长，没什么，没什么”“谢谢”“好好好”的一阵子应酬，就把电话放下了。

史永祥问：“计市长说什么？”

“能说什么，安慰安慰，表示关心，”罗平凡回答，“听口气很重视，说是他已经向曹副书记提出要求，要在最短的时间内查清为非作歹者，一定严肃处理，还说，要搞系列报道，让这一丑恶现象在社会上曝曝光。”

“系列报道？”

“是，是这么说的。”

“你可要慎重考虑。”史永祥严肃起来，“我建议还是查清，处理完了一次性大曝光！”

“为什么？”

“要查得虎头，处理得蛇尾，反倒不好。”史永祥振振有词，“我有两点考虑，一是你当市委书记的让公安干警打了，这样兴师动众，大动干戈，要是一个普通老百姓挨了打，也能这样吗？现在，执法部门的干部欺压老百姓的例子有的是，这无形之中就把你束之高阁了。二是那种系列报道，先报道出去你挨打，再报道如何重视，怎么调查，然后再报道如何处理，无非这样嘛。当然，我不相信处理不好，倘若真的是尤熠光，碰到了硬钉子上，处理不妥，说不定你来芬河市砸锅就砸在这系列报道上。计时策可是老谋深算，他可是会用新闻媒体玩政治呀……”

“怎么说？”罗平凡神情注意起来。

“在芬河市群众还不了解你的时候，你以为报道出去你挨打，老百姓、干部们就同情你，就疾恶如仇吗？”史永祥滔滔不绝地讲起来，“这年头的党群关系，可不能再以为像抗日战争、解放战争年代那样，老百姓用生命保护共产党员了。一些老百姓痛恨腐败分子，已经把气都撒在我们所有干部身上了。你没看《人民日报》头版上那篇报道吗，一位领导干部坐的车摔进河里，围观的老百姓听说里面坐的是当官的，有的还往上扔石头。多么可悲呀！”他叹口气又说，“管他是大官、小官呢，你这又是官打官，说不定报道出去，老百姓当热闹看哩。再说干部们，你以为你正义，挨了打，就同情你、支持你吗？如果处理不好、不到位，有些干部会觉得你这个市委书记是熊包，没能耐，就不靠你了呢！你没看看，现在有些人多实际呀……”

“唉——”罗平凡叹口气一皱眉头，“永祥，还是第一次有人给我上这种民间政治课！怎么，你把社会风气看得这么坏，把人们的心理看得这么鬼神莫测？”

“咳——”史永祥也叹口气，“老同学，我告诉你，现在是官越大听到的真话越少；官越小，欺骗上头的事干得越多。我提醒你，你不可把这里的一切都估计得过高。”他见罗平凡皱眉头，眼珠子瞪了瞪一展神采，“刚才说了，我对你这个有创造性思维的书记还是充满信心的，所以，决心好好陪伴你一场！”

“谢谢！”罗平凡知道史永祥党校学习时看问题就富有洞察力，分析问题有时偏激点儿，但多少都贴边儿，激动地使劲拍了拍史永祥的肩膀头，这一拍，震得后脑勺上的大包像针扎一样疼，不由自主地去摸了一下。

史永祥站起来走到他身后：“来，我瞧瞧怎么样。”接着用双手轻轻拨开头发，就着灯光一看，说：“老同学，没事，没有破，刚有点儿血洇洇的，睡觉时注意别压着就行，侧点儿身子睡……”

“唉——”罗平凡自惭地说，“你说多晦气，常言都说新官上任三把火，我却来了个新官未任先挨打！”

史永祥突然眉舒纹展，兴高采烈地一挥拳说：“我敢保证，有未任先挨这顿打垫底儿，你那三把火准得烧得哗哗旺！”

“我的老同学，”罗平凡苦笑一下，“你可别拿我开心了！”

“不是拿你开心，而是真心。”史永祥笑笑，一本正经地说，“平凡，我们的古人不是用‘鲤鱼跳龙门’的故事来比喻入官入仕大展宏图吗？说的是，大江里的鲤鱼千万条，只有那最强健、最灵活、最有毅力的鱼才能大展宏图。能不能大展宏图，要看能不能先跳过龙门。这跳龙门可非同一般，首先要经过雷电交击，要在隆隆的雷电中把尾巴烧掉，喘息未定，还要经过烈火再烧，经过九死一生，才能跳过龙门，化作一条龙。这样，一经成龙，就可以跃出海面，直插云端，任意地吐云吞雾，在海阔天空间大显身手了……你可是人们期待和关注的七七级大学生呀！”

“嗬——要说七七级读这四年书呀，真过瘾，觉得就像孙悟空一样有了本领。”罗平凡一下子被挑逗得兴奋起来，“这么说，别看我挨这顿打，就看看怎么在跃龙门前经受‘雷电交击’‘烧尾’和‘火烧’了？！”

“哈哈哈……”

两人几乎同声地大笑起来。

6

计时策接到省委组织部要来新任市委书记罗平凡上任通知时，禁不住大吃一惊，尽管提倡大胆改革，以往“摸着石头过河”的例子，听说这个罗平凡上大学前后曾担任过清河县的副书记，不管什么“七七级”，让这样一个人来担任芬河市委书记，而且是挤了自己的位子，未免有些太荒唐吧？不管他罗平凡是什么高才生，写文章，可能做算数在行，讲务农种地，协调这五大班子干事情，恐怕不会像自己这样轻车熟路。他想着想着，在郁闷中似乎又找到了希望……自从带人到路口去迎接，他就一直在琢磨着如何迎接这次挑战。

其实，他算计着召开党代会换届的日子，心里就有了盘算。准备向地委呈报曹晓林由副书记改任市长、尤熠光由公安局副局长改任空缺的市委常委、组织部部长，并同意了地委书记胡晓冬提出的，他的秘书何天才来接任曹晓林的角色，任市委副书记，交换走正闹情绪的常务副书记李迎春，继续让元宝乡党委书记杨小柳做市委常委的差额人选。在他的心目中，接任市委书记大局已定，因为他专程去地委汇报党代会筹备情况，其实也是去探风儿。胡书记表态非常明朗，并当面给省委常委、组织部长嵇文斌挂了电话，电话里回答很干脆。看来，芬河市的市委书记人选非他计时策莫属了！接到罗平凡要来任市委书记的电话通知，他简直不敢相信，脑子里先是一片嗡嗡嗡乱响，接着又是麻木，直至麻成了一片空白。冷静之后，凭着混迹官场多年养成的敏感，他觉得这次派市委书记必有大来头，很快就联想到新任省委书记梁威前不久来视察，所讲所谈的和其他来过的省级领导大不一样，那些几乎都是看完口岸大桥、城市建设，听完汇报大加赞扬。只有他，经常打断汇报，听听问问，问问听听，特别是问的那些数字，让他冒了一次又一次冷汗，不过有业务部门在一旁搭腔，也没显露出什么尴尬。总之，给他的印象，尤其是这位新任省委书记最后做指示时说的那些，给人的印象总像是有种说不出的味道……难道他知道了这里的什么蛛丝马迹？不，不可能，我计时策所做的事情都经得起法律推敲，除了有点男女关系，那也采不出任何证据；要不就是李迎春又捅了上访信……想到这儿，他的心沉了一下：李迎春能告我什么呢……这些年来，特别是当了市长，并负责市委全面工作一年来，心里常乱常静，很快乱又很快静。说起来，这种心态还是在批判“四人帮”后养成的，林彪的什么这个工程那个纪要统统一阵烟云似的在脑子里一闪即逝，唯有林彪那句“每临大事有静气”在他心里一留影就渐渐扎下了根。

他这次焦虑后平静，平静后又焦虑，不像以前有过的一焦即静，总是反反复复。就在这平静后焦虑，焦虑后平静，焦虑平静和平静焦虑经常交叉中去市界迎来了嵇部长一行，陪同完晚饭，看完罗平凡，又陪同嵇部长、胡书记打了一会儿台球。其间，他有意隐晦地试探，嵇部长和胡书记也有意隐晦地暗示，他俩暗示的口径一致，证明了他猜测的罗平凡的来头是对的：梁威点的将！从胡书记另一种隐晦的暗示中，他又充满了信心。尤其说明罗平凡的就职宣布大会已安排连夜通知，因为一些乡镇距市区较远，必须明天下午开会，省和地区来的领导觉得也只好如此。总算应酬完了，总算摸着底儿了，他该回家冷静下来好好想一想下步棋该怎样走了。

他琢磨着，回家？回去是既心疼又头痛。老婆丽娜患子宫恶性肿瘤，发现时已是晚期，腋下和脖子上已发现明显的淋巴结转移，手术后接连的放疗、化疗也没有控制住癌细胞继续转移，已经到了卧床不起、靠注射盐酸氟桂嗪维持的状态，看着她疼时一头汗，心里真是难受。她已知道将不久于人世，就是不愿意住在医院，就回家来，独生女计美娟是省外贸学校七七级中专毕业生，刚分配工作回市里，主要还靠小姨子秀娜常住照料。秀娜是妇联挂号的大龄女青年，高不成低不就，清眉秀目，仍不减青春妙龄时的风姿。那还是丽娜没得病前，计时策与秀娜今天嬉闹，明天说笑，嬉来闹去，说来笑去，暗暗生情，就差闹到一个被窝里了。最近，秀娜见她姐姐命在旦夕，不顾年龄相差二十多岁，公开提出要替姐姐续房。那老丈母娘也一天天神神叨叨，声称会算卦会圆梦，痛苦之余不止一次说是步好棋。晚上和老婆同床，常休息不好，单独去另室住。小姨子就抽空去撩情，甚至脱光了衣服往被窝里钻，硬被他推了出去，不方便时就抽小空这抓你一把那搔你一下。他心里有个小九九，说什么也不能走到那一步。这种时候回去心不静，肯定是头痛的事儿。对，他拿出手机打了个传呼，要到白华家里去。他让司机送到楼门口，在楼口处站了一会儿，见司机开着车走了，又走出来躲着人影，悄悄溜进了白华家。

计时策轻轻推开虚掩的门走进去，白华早已在门后等候了。她“咣”的一声关了门，咔啦又上了一道锁闩，搂住计时策的脖子深情地亲了一口，然后松开，诡秘地笑笑，打一个响指问：“老公，我的市长，可把我想死了！”

计时策怎么也不像以前那样开心，连忙推开白华说：“你坐，你坐下，让我安静下。”

白华从计时策的脸上发现了什么似的，“你今天这是怎么了？”她见计时策皱眉头，媚笑着说：“哎呀，生老病亡，人之常情，就别再为你那个老婆焦心了，不是还有我吗？”她说着去给计时策脱衣服，说：“反正早晚我是你的老婆了。”计时策把她推按着坐下，说：“你让我安静一会儿。”白华每次要求做爱，计时策都不肯，都没有这次这么冷漠，都是好好规劝。其实，他和白华交往有点神出鬼没，有那贼心没那贼胆，直怕让她沾上。惦着秀娜是从心里的。白华问：“我的市长老公，在你那里还有什么过不去的火焰山？”

计时策沉闷着不吱声，停了停说：“别这么叫！”

白华板着脸问：“你不会是来向我告别分手的吧？为什么不能这么叫？”

计时策深吸口气又呼出去说：“白华呀，怎么可能呢！”

“我可是心里没底儿，”白华坐在计时策右侧，抱起他的胳膊，“我可得把社会上的一种舆论给你说说了。”

“你说嘛！”

“你家我嫂子还没有归天，听说大姑娘小寡妇的就排成串等着了……”

“别说了，别说了，”计时策一皱眉，吁口气，“我一听这话怎么就揪心呢，我和你嫂子毕竟是结发的夫妻呀。不管和谁，包括你，到那一步才能说那时候的话。”

白华一甩计时策的胳膊，噘了下嘴：“揪不揪心是你的事，可你总得面对现实呀，听说已经有保媒的，把你号下了！”

“无稽之谈，别让我揪心了好不好！”计时策像是生气了，“这么无礼，这是谁呀？”

白华也不示弱：“谁？就是你那个老丈母娘呗，别人听她亲口说的，要让你小姨子秀娜给你续房！”

“哎呀哎呀，可能吗？！”计时策显出烦躁的神情，“秀娜比我小二十来岁呢！”

白华激言反驳：“你比我不也大二十好几岁嘛。那时候，情人这个词儿还不流行，是你说的，咱俩是只管要好，不越雷池，等到你妻子归天就和我结婚。”

计时策心里一阵疙疙瘩瘩的不是滋味，他想了想，是说了，确实是说了。他见白华有些不平静，怕激化她的情绪，故做沉思的样子，问：“白华呀，当时我是这么说的吗？”

“当然了，还有——”白华记忆犹新的样子，“当时，你把我搂进怀里又松开，像在台上做报告一样有条有理，给我定了三条，也算约法三章：一是不准破坏你的家庭；二是不准向任何人泄露咱俩的隐私；三是不准找你办这事办那事。”

“对，好像是这么说过的。”计时策扯过白华的手轻轻地抚摸。

白华抽回手去擦了擦眼睛，计时策才发现她落泪了：“这些年，我一直恪守诺言，从不给你找麻烦、造影响，有人给你编歌，那是望风捕影糟践你，我嘴里是没撒过一点点气儿……你在我心里一直是崇敬的偶像，是市长，是长辈，是久久等待要成你的妻子……”她擦擦眼泪，“有时听到别人议论计市长长计市长短，或者是在电视里看到你，心里暗暗感到自豪，觉得你心里有我占有着的一份感情。有的时候呢，又心灰意冷，这算什么感情？我想找你，你总是忙啊忙啊，每次都是按照你找的时间相见。我偷偷流过泪，发过誓要找对象，你每来一次我就动摇一次……为了不找你麻烦，就连市宾馆效益不好，面临下岗，我都没找你安排个工作，才开了这个小白桦美容美发中心……”

计时策听着，心里也有了点酸溜溜的滋味。他曾下过决心，特别是她开了小白桦美容美发中心以后，自己无论如何是不能娶她的。现在，心里浮起了隐隐约约的怜悯。她已近三十，还仍这般散放诱人光彩！十八岁花季的时候，就是全县妇孺皆知的县花，二十岁那年高中毕业没考上大学，在县宾馆当了服务员，参加了建县史上一次重要的接待工作，给一位北京来视察的大官端了端饭，倒了倒茶之后，更加招蜂引蝶地出了名。据她自己讲，当时说媒的、追求的小伙子可以用鞭子赶。和计时策有了这层关系以后，别看年纪一大一小，似比父女，她内心深处还真是动了感情。计时策垂涎白华的妩媚性感，白华崇拜计时策的官位，心里只有敬仰。她忘了在哪一本书上看到过这样的话：共产党员是特殊材料做成的。那么共产党的干部就是特殊材料中的真金。她觉得骄傲自豪。计时策每次和她虽只能约会，都带着一种想永远满足和占有的担心，总是说，我们会有结婚的那天。每到这个时候，白华就娇滴滴倚在计时策的怀里，也不知是真是假地说，那我就一辈子不嫁人！计时策的患得患失，欲近欲离，像一张网紧紧扣拢了她七年多的时间，等她觉得计时策似有玩弄自己之意的时候，已经到了高不成低不就的分上。人世间千变万化，风云莫测，计时策万万没想到老婆患了不治之症，将要给另一个女人留出一个空白。其中白华就想，自己是理所当然要去填这个空位的女人，但愿他说的是心里话。

“小华，现在还没到时候。”计时策拿定了主意，即使老婆过世，只能娶小姨子，“你在这个特种行业上干事儿，可要格外介意呀。”口气里充满了深情、关怀、爱护、心疼。

白华躺在计时策怀里，献媚地斜睨他一眼：“老公，当时我要开这个美容美发中心，可是和你商量过的呀。要是知道你老婆有这么个结局，我是死活也不能干这个的！想想看，你板着脸定了那么三条，我要工作没工作，要钱没钱，连个家庭归宿都没有……我也知道，社会上对干我们这一行的都另眼看待，你该相信，心里有了你，我能洁身自好……”

“是是是，我理解我理解，你能洁身自好。”

“要是你觉得不好——”白华双手搂住计时策的脖子，一伸脖亲了他一口，“我现在就关业！”她看看计时策的神色，滔滔不绝地表示起来，“老公，我洁净的女儿身永远属于你。我干的这一段你就放心，连常去我那儿的建委齐主任都老说脏话，多少次说我是光撩骚不卖骚。他说的话难听，可也能说明我清白。你说也真怪，要是去个生的客人，只要我伸手去洗头，做做脸部、头部按摩就能留住，领进按摩房，见到要发邪性时，我就急忙撤出派送个小姐进去，你要理解这也是为了生意呀……”

计时策听着，瞬间，觉得似乎有一片黑乎乎的薄云从心海上飘过，更坚定了再死两个老婆也不能娶她的意念。他把白华抱得更紧了，话语更润滑了，也甜些了，主动把脸贴到了白华的脸上问：“华，生意怎么样？”白华很少得到这种亲近，刚冒出的胡子茬有点儿扎，却感到舒服极了，甜甜的情丝在心里流淌起来，兴奋地回答：“我的生意是那一片几十家洗发城、泡脚房、歌厅、夜总会里头效益最好的，每天能有一百多人去消费。”计时策闪开脸问：“怎么消费法？”白华回答：“洗头，按摩，泡脚，一票到底五十元。”计时策心深深地沉了一下。他只是多少听到些反映，说这些特殊行业是高消费，没想调查，也没想过问，没想到这都是真的，问：“他们都是公款消费？”白华回答：“是啊。我每次都给他们开发票。”计时策问：“小姐工资呢？”白华回答：“别处都发工资，我这里就靠挣小费。比我挣的还多！”计时策点点头：“这么算算，你一年可有不少的收入呀！”白华笑了：“差不多吧，每天来一百多客人，那个零头就够房租、水电、工商税、小姐伙食费了。”计时策第一次了解到这个新生产业里有这么多奇妙：“还管小姐吃饭？”白华笑笑：“管吃管住，我告诉你，你千万可别说他们呀，公安局的尤副局长，他的司机，还有建委主任是我这里常客……”

计时策听着，有些要晕过去的感觉，怎么，我重用的人都是到这里的常客？他一咬牙，非修理他们不可！又一想，不，慢慢再说，先暗暗教训教训。现在来了这么个罗平凡，别修理不善，惹起后院着火。

“老公，老公！你也太封建了，现在都成一个大产业了。”白华躺在计时策怀里摇摇他，“你怎么啦？是不是累了？”

计时策一怔睁开眼，立刻恢复了神志抱紧白华：“没有，没有，有你在身边，再累也不累。”

“老公，我的好老公！”白华亲吻了一口计时策，娇嗔地说，“你以后得思想解放点儿，到我那里消费的人也都夸你，特别是干这个行业的大老板、小店主们，没有一个不夸你的。要是哪天你调走了，这些人打着旗十里相送；假如上头不公平处理你，我是假如呀，这些人能集体去给你请愿……”

“假如，假如……”计时策喃喃地重复着，苦笑着，“乱弹琴，简直是乱弹琴……”他是在一次大会上说过，公安不要老去骚扰这些地方，有问题处理问题，要为发展经济、为外商投资创建一个良好的开放环境，万万没想到会有这么多事情，有点紧张了……

白华没有理解计时策笑笑的内容，撒娇地摇晃一下计时策：“对，假如，假如……就是假如嘛！我老公那么有本事，那么谨慎，连对我都那么约法三章，那种事是不可能的。‘假如’，假如也是一种享受……”她刚想说，假如他老婆今天归天，明年立春那天结婚。她一下子发现，计时策似乎情绪有点不对劲，忙试探：“假如，假如，假如老公遇到困难，我说是你个人，想要赞助和集资的话，全市两万多小姐都会对你慷慨解囊的……”

“呀呀呀，”计时策急忙止住，苦笑一声，“我的小华，你可别再假如了。假如得我要受不了了。”接着问，“怎么，你说咱芬河市有两万多小姐？”

“是啊，”白华十分认真地回答，“这是尤副局长亲口对我说的，他们公安统计过。他还说，他在一个资料上看到过。”

“两万多？”计时策皱皱眉头，自言自语地问，又自言自语地重复着说，“两万多……”

白华使劲搂着计时策的脖子撒娇：“老公，老公，你们这些搞政治的真有意思！那天尤副局长也这么说，不过，他还说，当年知青下乡是城市包围农村，现在是农村包围城市，多数都是农村姑娘……”

计时策一怔，不得不把心里话说出来：“‘文化大革命’前的时候，歌里都唱‘姑娘好像花儿一样’，姑娘是纯洁、美丽、神妙的化身，哪个男人要是无意碰一下哪个姑娘就像占了多大便宜，连不少书上都写成像触了静电一样的感受；姑娘呢，要是随意去碰别人，被看成是失了大雅……”

“不对，不对！”白华脸上现出了不悦的表情，显然是自尊受到了刺激，她挣开计时策辩白起来，“算这笔账，不是姑娘廉价，而是那些男人廉价。中国百分之八十以上的人口是农民，那就得用农民创造价值的付出与小姐的付出比较，我看不是廉价，是高贵。有的姑娘说这叫吃青春饭，我看这青春饭高贵还不够味儿，应该是昂贵！我知道一个农民种一亩玉米，总计投入需要一个月，获利不过二百元，这种用一个月劳动的汗水，就拿洗头按摩来说，也就是两个钟头送进去了，小姐还廉价吗？我这里的小姐，就是不和男人办事，每年也挣八到十万元呢。听说，有的城市扫黄，银行的储蓄不到一周就被取走几十个亿……”她直瞧一眼计时策，用强有力的口气说，“有个客人到我那里去时，指着等台的一群小姐说，什么粮食市场，家电市场，什么市场也没有这青春市场看好！”

“得得得……”计时策笑笑，一把把白华搂进怀里，“小华呀小华，我真第一次听说这叫青春市场。尽管再昂贵，也是文明史上一个可悲的市场呀！”

白华说：“你看你，这是你思想解放开辟的市场，你又说成是可悲的市场！”

“你到外边可不能这么说呀！”计时策说得一本正经，“今天，省里新派来了市委书记，群众对这事嚷嚷大了，他肯定要提出扫黄，我看……”他略一皱眉，“不等他开口，我就让公安局先整顿整顿。”

“你想怎么整法？到时候可提前给我个信儿。”白华请求完又收回，“没等动手，就有给我报信儿的！”

白华接着问：“你不是说，这市委书记的位子是你的吗？”计时策叹口气说：“是个从清河县调来的七七级毕业的县委书记。”白华问：“县委书记就能提拔成市委书记？”计时策冷笑一声：“是啊，有他难看的那一天！”白华略有所思地问：“新书记哪来的？多大的门子呀？”计时策说：“叫罗平凡，不会有什么门子，不知省里哪位领导，想捧七七级大学生的好。”白华发问：“这罗平凡是不是清河县当过县委副书记？”计时策回答说：“是，你认识？”白华煞有介事地说：“就是我和你说过的我那个高中时的初恋，六八年他下乡当知青了，我因为是独生女躲了过去，经人介绍来这里县宾馆当了服务员。就和他吹了。”

计时策一皱眉：“这么巧，不会错吧？”白华忙说：“不会错，六点多钟，天还不黑，到我店里去了呢！”计时策振作起来问：“找小姐没有？”白华回答说：“那倒没有。”

计时策问："那，他去你那儿干什么去了……"他正要刨根问底儿，衣兜里的手机响了，他急忙拿出手机，一听是曹晓林，刚听他说出几句，就惊得几乎呆了："……什么？你说什么？罗平凡挨打了，是尤熠光的弟弟？！怎么能呢，好，你马上到我办公室……"

7

计时策一走出白华家的楼梯口，急忙拿出手机拨通了尤熠光的手机，气急埋怨地说：“熠光呀，怎么搞的，曹书记来电话向我报告，说是你弟弟把新来的市委书记罗平凡打了……”

“不……”尤熠光懵了一样，一怔，结结巴巴地说，“不……是……是……”

计时策急忙截住他的话：“什么不是他，就是他！曹书记刚放下电话，在人证物证面前，你可不要包庇你弟弟了。我知道，常委们都同意你作为这一次党代会选举的常委、组织部长人选……”他说着加重了语气，“这事虽然不能株连，作为你现在这种身份会有些影响，我估计问题不大。关键的关键还是要做好你弟弟的思想工作，不就是个交警队长嘛，有个什么处分，都要让他经得起，千万可别闹情绪，这份工作关键的关键还是要靠你呀……”

刹那间，计时策把如何处理这件将影响大局的突发事件就在脑海里全盘谋划好了，而且胸有成竹，滴水不漏。

计时策语气更重了：“熠光，那是你同胞弟弟呀，当兄长的，一定要好好批评他。作为党的领导干部，又是身负重任的执法人员，怎么能这么做呢？先让他好好认识错误，挖挖思想根源，至于怎么处理再说。你要考虑到，这件事情很快就会传遍全市，传到地区，传到省里头的，不然是没法向省和地区交代的。处理好了，不会影响到你当常委、组织部长，甚至你弟弟的前途……”

都说计老爷子老谋深算，这回，尤熠光算是真正体验到了。这番不长的话里含意多了，暗示多了，对自己来说，妙就妙在让你能听懂理解透。对他来说，妙就妙在一句也不真露。应该相信，跟着计老爷子就没有过不了的火焰山呀！

尤熠光惊喜地从沮丧中差点儿惊叫起来：“计市长，你放心，我自己家的事情好说，好说！我一定做好我弟弟的工作，你就放心吧！”

“刻不容缓，现在就去！”计时策命令似的说完，又补充一句，“我已经通知曹副书记马上到我办公室，我再详细听听汇报，你就去你的。”

计时策在尤熠光心里又高大了一截子，非常佩服，他策划事儿从来都是天衣无缝的。尤熠光轻松地说：“我马上就去！”

计时策赶到办公室门口时，曹晓林已站在那里恭候了。

计时策不紧不慢地从兜里掏出钥匙打开门，边往办公桌前边走边叹口气说：“熠光这个弟弟真不争气，别人都说他平常挺忠厚老实，关键时刻就给你丢人现眼，往眼里揉沙子……”曹晓林跟在身后，瞧着他大得格外出奇的后脑勺、圆浑的两个肩膀头，嘴上点头哼是，心里却在嘀咕：这可真是个老阴棍呀！他心里明白，目前在芬河市这五大班子成员中，这个计市长最信任的是自己。从内心感谢的是他把自己从一个小小的办公室副主任兼秘书，一直提拔到主任、副县长，去年这个时候又提拔为分管党群工作的副书记。虽然在几次班子成员之间的矛盾斗争中，自己备受他宠爱和信任，却常有“伴君如伴虎”的感觉。这几年算是理解透了，在几件险事上，他常玩阴的，又从不说透说明白，全凭你去理解着办，有时他说让你去办的，你要真办了，他倒不高兴；有时他明明说不让干的，实际上心里是让你干，你要真不干，他倒会借别的由头找茬向你发火。听他的话，就是要听音，特别是听藏在话后面的音。他就是凭这个，成了官场上的常胜将军。跟着这位市长干工作，就像终日在猜谜语，摸着干，猜着干，自己总算是猜出了规律和经验，好不容易要猜成个市长，眼瞧要成的事了，突然又杀来了一匹黑马，来了个罗平凡，一下子搅乱了很难再圆的梦。

计时策缓缓坐到了办公桌旁的老板转椅上，双臂扶案，就像要脱稿做报告那种姿势和神态。当市长以来，在这里接待不同的干部他有不同的讲究，一成不变地遵循着。越是最信任、最能心领神会执行他的意图的人，说话、形态越严谨，这种姿势只有对曹晓林、尤熠光等才有；换成其他干部正常来汇报工作，就比这稍显随便一些，身子则侧一侧，有时还两手扶着椅子随便转转身子；只有地区机关来了同级别干部或省委、省政府部门的领导，他才能坐在外间沙发上，甚至自己倒水，并列坐着交谈。

这一点，曹晓林是瞧习惯了的，看明白了的。

“你给我打电话的时候，熠光的弟弟正在向我检讨，说是喝了酒，还说了些客观情况，我当场又狠狠批评了他，不管什么客观情况，都要以查主观原因为主……”计时策说到这里又把话头返了回去，“他开始还想搪塞过关，我立即严肃批评了他，有物证、人证，搪塞得了嘛！”

“是是是……”曹晓林心里明白，他这是弥天大谎硬当真话说，也是在交代，要把开车司机、公安局收发室老头等那些人证都安排妥当。

没等曹晓林说什么，尤熠光敲门走了进来，本来是山重水复疑无路，这回成了柳暗花明又一村的兴冲冲神色，一下子就让计时策的形态、曹晓林的形态给规矩住了。他往曹晓林旁一把椅子上一坐说："计市长，实在是给惹乱子了。我本以为我那个弟弟为人老实厚道，嘴又拙，受点处分再寻死上吊可怎么办，再说，我那个兄弟媳妇不是省油的灯，我替替他……"

曹晓林心里明白，这又是谎中谎，是在给自己办这件事听的，也是尤熠光这小子在按着计市长的意图往深里演谎戏，一旦扮露了马脚，计市长却是一身清白。

"你想想，能这么简单？你以为你省里有人，你知道咱们罗书记是谁点的将不？是新来的省委书记梁威！"计时策用手指敲得写字台嗒嗒嗒直响，眼睛盯着尤熠光，"这种事情还敢冒名顶替，真是胆肥了……"

曹晓林心里明镜一样，计时策和尤熠光这场二人转又是演给自己看的，说给自己听的。跟着他干怕就怕在这里，他谋划精密有方，一旦出了差错露了马脚，自己就是垫背的。这样的事情干过，开始直冒冷汗，渐渐习惯了，又想想，要是没有这个计时策也就没有自己今天这个副书记，干砸了让上面免职就算恢复本来面目，不干砸就干一天赚一天，何况有这么个老谋深算的上司，也不会出什么大问题。于是，强振精神，把垫背的担子承担了下来，也就积极配合，假戏真做："哎呀，熠光局长呀，还是听计市长的，那就实事求是吧！我保证实事求是地搞好调查，拿出妥善处理意见。你弟弟的事儿，处理轻了重了，你可就得多理解了！"

"好说，"尤熠光笑笑，"理解万岁嘛！"

计时策见曹晓林承担过了他布置的任务，心里一阵轻松，而且有万无一失、不损大局的感觉。这大局何止是为了保个尤熠光呀，还有省里的那个大官呢，这是一系列呀！

"熠光，你也要接受你弟弟的教训，"计时策从内心里气愤，"以后一定要检点一些，不要什么场合都去，我听说，还是公款消费，要像个共产党员和领导干部的样！"

尤熠光苦笑着点点头："是，是是。"

计时策头不抬，眼皮不挑，叹口气说："好，你去吧，好好批评批评你弟弟，你们是亲兄弟，深点儿浅点儿都没事儿，不到十分必要，我就不找他谈了，去吧——"

曹晓林说："计市长，我也去按您的指示落实去吧？"

"熠光，你快去吧，我和曹副书记还有事要交代。"计时策说，"晓林，我找你不光是尤熠亮打罗书记的事——这点事虽然惹到了茬子上，让你去处理还不是小菜一碟，我是一千个放心，一万个放心——还有更重要的事要向你交代。”

曹晓林说：“计市长，你说吧，还有什么指示？”

他所以让计时策得意，就是计时策能假事儿真正经，他能正经干假事儿。

计时策是越大事越端庄，越摆出那副不离谱的神态和模样，不论是形态和说话。“晓林，真是预想不到的事情，按着事先与地委的沟通，我能接任书记的话，你是唯一接我班子的人选，这一点，地委胡书记已有了态度，还说这是民意，也是工作的需要。”他把“民意”说得很重后又平缓下来，“看来，胡书记很欣赏你，我和地区组织部也做了沟通，准备我们呈报后，就沟通省委组织部来考核，没想到省委书记梁威突然给我们派来了罗平凡。这点，不光我要想通，你也得想通啊！我们作为党的这一级干部，在这些大是大非和原则问题上一定要和省委保持一致……”

“这没问题。”曹晓林细领会着意图，知道这只是序曲，应酬一句，细细听着。

计时策轻轻叹气说：“刚才，胡书记特别向我交代了几句话，这次罗平凡来任市委书记，正面临换届选举，让咱们一定要高度重视！”他说着调子变缓，字字咬得很重，“胡书记还指示说，罗平凡同志新来乍到，这选举的事，要靠我们这些老同志在党代会上保证贯彻好省委的人事安排意图……”

“计市长，这您放心。”

“不过，”计时策转了口气，“凡事都要看到顺利的一面，也要估计到不顺利的可能，现在民意难测呀！听说南方几个市、县在换届选举中都出了问题，有的市委书记落选，有的市长落选。据说有一个县城，二十一个乡镇，十五个乡镇长落选！我们党是既讲集中又讲民主的。你是分管党群工作的，现在已经是立秋，春节过后就要开党代会，时间紧，任务重。我们常说这句话，这回，这句话里可是有特殊含意。形势摆着呢，明年三月份省委班子换届选举要召开省党代会，我们必须在市党代会上选出出席省党代会的代表。按理说，罗书记要是能来工作上一段就好了……”他把最后一句格外加重了语气，“你的任务很重要啊！”他尤其把“很重要”三个字说得很重，和前面“民主”两个字同等语气，同等重要。

曹晓林听出来了：“民主”和“很重要”是这番话的主题。那个地委胡书记究竟怎么说的无法考究，计时策市长的心迹已很清楚，要借这次罗平凡来的时间短，匆匆参加选举来……

“晓林啊，”计时策仍然没有改变神态，但换成了长者的口气，“你是我看着成长起来的，我可以这样说，你提这么一个半拉子市的市长还是称职的，失去了这次机会也别灰心，除了对你以外，我从来不对任何干部许这样的愿，可以说是手中有原则，心里有感情！话这么说吧，地委的认可，说明你已是成熟的后备干部了，不能在这里当候选人，还可以到别的地方当候选人嘛……”

曹晓林听着心里明白，这可不是他的真心主意，这是他让自己策划“民主”，一旦出了问题，这是垫背词。他像一个死了的鬼又被勾活了，心里也活跃起来，计市长要通过民意来当市委书记，罗平凡就得由省委另行安排，那么市长人选还是自己的……越想越来情绪，恭敬地瞧着计时策说：“计市长，我真不知道该怎么感谢您好了……请您放心，我一定理顺民意，顺乎民意，落实好省委的意图！这一点，确实‘很重要’。”

计时策见曹晓林把他加重的词儿都点出来了，知道他已经理解了自己的意图，站起来送曹晓林走的时候，拍拍他的肩膀头说：“晓林啊晓林，我现在就有力不从心的感觉了，毕竟是五十出头的人了，最多再干一届也就转业到地区人大，或者政协了；你还年轻，这里的事业还得靠你们……”

曹晓林说：“计市长，不管往下再经几届班子，谁也得承认计市长任市长又负责市委全面工作这段干出的辉煌业绩！”

“哈哈哈……”计时策笑了，“不是都这么说——为官一任，造福一方嘛！”

曹晓林走出办公室回头告辞的时候，计时策首次这样伸出手来主动与他握手，而且握力很重很重。

夜，已经十一点了。

8

崔二妮正在看电视，听到门铃响，一挪屁股蹭下床，趿拉上拖鞋去开门。她拉亮门灯眯起眼从门镜上一看，边拉门闩边一扭头朝卧室里风风火火地喊：“熠亮，熠亮啊，快拿烟泡茶，大哥来啦！”

尤熠光随着门闪开走了进来，崔二妮回头一看，不见尤熠亮出来，嘟囔了一句：“这个死木头疙瘩！”扭着一对滚圆的屁股，颤悠着两个皮球似的大乳房又去泡茶，又去拿烟。

“大哥，这么晚了还来——”崔二妮把打火机和中华烟往茶几上一放，格外殷勤，满脸堆笑地问，“是不是报喜来了，市里传说你要高就，当常委、组织部长呢！有这事儿吧？”

尤熠光坐在沙发上刚点着一支烟，崔二妮端着泡好的一壶茶凑上来，“扑通”一坐，短粗胖的身子挤满了旁侧沙发的空间，探探头说：“大哥，你要是当了大常委，当了组织部长，就把我调到交通局‘车管办’去。我没有大要求，提个小副科级就行……”

“提个副科级干啥？”尤熠光猛吸一口烟呼出来，在他和崔二妮中间缭绕着，透过烟雾盯了她一眼问，“去搂啊？！”

崔二妮这几天做梦都盼着要进车管办，要是尤熠光不来就要拽着尤熠亮去，隔着缭绕的烟雾，也没看出个火候，一拍大腿说：“大哥，你可不知道，那里贼拉有权，落一个走私车牌照就弄个三万五万的……”前几天有人求她帮忙，她打着尤熠亮的旗号办了，干得好处费三万元。她往前探探身子说：“大哥，你说得对，这是在家里说话，这年头谁不搂啊，不搂白不搂，搂了咱俩对半劈……”

尤熠光不耐烦地说：“我怕你搂进去！”

“大哥轻易不来一趟，你嘞嘞些什么玩意儿！”尤熠亮趿拉着拖鞋走出来，往旁侧另一个沙发上一坐，憨声憨气地埋怨，“你别一天搂啊搂啊的，长了钱串子脑袋呀！”

尤熠光和尤熠亮是双胞胎，尤熠光比尤熠亮只大半个小时，哥俩身材的魁梧劲儿、脸模样实在难区分，常被市里人叫混了。细心的人的区别是，知道尤熠亮上牙床有颗凸出来的龅牙，再就是眼眉比尤熠光淡点儿。性格上有很大区别：老大办事儿活泛，能说会道；老二话迟发憨，忠厚老实，在家里是受气包。

“熠亮，你大哥摊事了。”尤熠光把事情过程和打算说了一遍后说，“我看，你就委屈点帮我圆圆场吧？”

“不中！不中……”崔二妮把脑袋摇得像拨浪鼓，“我明白这玩意儿，这叫偷梁换柱，露了馅儿你该怎么的还是怎么的，你上头有人吗，我家你兄弟可就吃不了兜着走了。再说，你兄弟什么样你还不知道吗，三扁担打不出一个扁屁来，叫人家这么问那么审，非露兜子不可，你要看我行我去！”

尤熠光有点怒气冲冲了，把半截烟往烟灰缸里一捻：“怎么，我把你们从农村弄来了，我出了事儿你们不管了，看笑话是不是……”

崔二妮爆豆似的不让步：“大哥，不是那么回事儿，叫我说，现在不是兴用钱填坑摆平吗！你要用钱，我们有多大能耐使多大能耐；用我们家的人填坑，这事儿就是不行。我明白，打了人家市委书记，倒是进不了笆篱子，起码也要撤职，一撤职，我们老婆孩子不就……”

尤熠光“啪”地一拍茶儿，怒发冲冠的样子：“不行也得行！”

“二妮，你这是干什么，商量着来嘛，”尤熠亮见大哥发火了，冲着崔二妮说，“你就少说几句，让大哥再说说，看看能不能弄好不出事儿。”

“你懂个屁！”崔二妮忽地站起来，双手掐腰，唾了尤熠亮一口，“这事儿我说了算，说不行就是不行！”

尤熠光忽地站起来：“我们尤家的事儿你少管，就这么定了！”

“你要这么定，我就敢告你去！”崔二妮翻脸不认人了，“不光告你这个，连你的祖坟都掘出来晒一晒……”她气得满嘴冒着吐沫星儿，斜斜着眼说：“上个月你给我领了个大肚子小姑娘，还骗我，说是一个朋友的女儿未婚先孕，让男友甩了。我掏着底了，那姑娘小月这几天直哭，是你们给省里的大官儿送保姆，大官儿把人家孩子干大肚子了，弄虚作假！把我惹急眼了，我都给你们兜出来……”

“二妮，二妮……”尤熠亮沉不住气了，“你就少说几句，听大哥的，没有大哥能有咱们今天吗……”说着摁崔二妮坐下。崔二妮不听，“啪”地给了尤熠亮一个耳光，嘴里骂着：“你他妈也太熊包了，从你妈肚子里是软胎下来的呀！别人欺负不说，怎么也不能让自己家里人骑在脖子上拉屎呀……”

尤熠亮不知哪儿来的勇气，见崔二妮不进盐酱，抬腿就是一脚。咣啷啷，茶儿翻了，茶水满地，崔二妮被踹倒在地上，拼命地扯头发，捶胸脯，号啕大哭起来："我没法活了，没法活了，家里家外都欺负啊，哇哇哇……"

小月悄悄从门缝里探探头又缩回去了。

"你他妈像个什么玩意儿！"尤熠亮哈腰捂住崔二妮的嘴，"深更半夜的，你叫人家邻居听了像什么！"

尤熠光一跺脚，指着崔二妮说："好，你不是说我弄虚作假吗？咱就把假的都改过来！我把熠亮和你从农村弄到这里来，学历证、转干材料都是假的，统统都抖落出来，反正我也不想干了……"说着扭头转身就往外走。

尤熠亮急忙把尤熠光拽住："你不能和她一个老娘儿们家一样呀，你咋说你弟弟就咋办！"

"不办了，什么也不办！"尤熠光使劲往外挣，手已伸向门闩。

崔二妮一听懵了，见尤熠亮一边六神无主地拽尤熠光，一边回头瞧她。见丈夫没主意，她躺在地上直做用手往回使劲拉的姿势。

"大哥，大哥，"尤熠亮来了劲儿，使劲拽回尤熠光让他重坐在沙发上，"你怎么说，兄弟就怎么做。"他心里有了底儿，知道大哥把老婆给镇住了，走上前两步，佯装使劲踹了崔二妮一脚，"滚，进屋去，以后男人的事儿你一个老娘儿们家少插言。"

崔二妮借这个台阶爬起来进了卧室，关上灯，把关上的门又轻轻敞开点儿缝，耳朵贴在门缝上屏住呼吸听着。

"熠亮，"尤熠光重新点着一支烟，叹口气说，"你就委屈点吧，不这样就全完了！"他吸烟瞧着憨厚的儿熠亮说，"别的我都周旋好，你承认就行了。这样保住我，咱有省里、地区和计市长的关系，说不定还能保住我当这个市委常委、组织部长，你想想，你大哥要是当上了组织部大部长，就是这回撤了你，找个小机会再提拔起来还不是一句话嘛……"

"是是，我就这么想。"尤熠亮一边捡地上的茶壶和杯子一边说，"你兄弟媳妇那个人你也不是不知道，刀子嘴，豆腐心，来一阵儿，插上根尾巴就是个驴；来了好劲儿呢，拔了尾巴还是个好媳妇！她还真心疼你弟弟。你看在弟弟的面子上担待点儿，别和她老娘儿们家一样……"

崔二妮一听有了台阶，一步两高蹦出来，抹抹眼泪说："大哥，这一听，还是你们老爷儿们有种。我老娘儿们家头发长，见识短，千万别和我一样。再说，我这也是为你兄弟好呀，为你兄弟好，不就是为大家好嘛……"说着又重新去泡茶。尤熠光斜瞧她一眼，没吱声，事到如今，就像自古华山一条路一样，没别的路可走了。他刚才要走，也不过是佯装吓吓她，既然吓住了，他就赶快见好就收，按计划进行。

“大哥——”崔二妮泡好茶倒上一杯送过去说，“咱可是有言在先，你要真当上组织部大部长，好说好商量，我可有三点小要求……”

“包括到车管办提个小副科长？”尤熠光心想，管他妈的这滚刀肉提什么要求，先稳住她，让她好好配合，安安稳稳过了这座火焰山。

崔二妮点点头，两个脸蛋子上的肉颠了颠：“就算额外一条吧，到时候，我家你兄弟得上公安局当大局长。”

“行行行。”

崔二妮一听乐了：“要是撤职了，可得保我家你兄弟工资；再就是小月的事情，也算公家的事儿，得给我们加生活费！”

“好说，”尤熠光乐了，点点头，“这都好说，也是合情合理的！”

崔二妮声音洪亮了：“你兄弟媳妇没文化，粗是粗点儿，心眼儿好啊……”

“行啦行啦，你以后别事儿婆似的。”尤熠光声严色厉地盯着崔二妮说，“小月的事儿，你只管照顾好，别一天闹的没事儿抠根问底的。要是弄出事来，教训你的可就不是我和熠亮了，说不定，到时候你小命往哪根绳上拴，连你都不知道！”

崔二妮怔着，没寻思好要说什么，尤熠光起身走了。

9

市会议中心。宣布罗平凡就任市委书记的干部大会就定在这里进行。

这是在市宾馆内与正门相对，拆掉后墙重新接续的一个大礼堂，非常现代化，大理石地面，高级隔音材料，进口音响设备，漂亮美观的小沙发椅和长条桌，把这个能容一千多人的礼堂装点得富丽堂皇，从施工到装修都是在计时策指挥下进行的。其实，它的名堂叫多功能厅，挂两个招牌，开会时就走这个前门，豁亮的“芬河市会议中心”牌匾悬挂在厅门上沿；晚上夜幕降落后，这个前门一关，再开宾馆后门，那个门口霓虹灯闪闪，礼堂里的桌椅一撤，又成了夜总会。

昨天晚饭后，市委办公室、市政府办公室，还有市委组织部，这三家通知会议的权威单位，共二十多部电话分别向各单位发出了紧急通知，对参加会议的人员、参加会议的时间都做了严格要求。这是近几年来以市委市政府名义召开的一次市内领导干部参加人数最广、通知要求最严的大会。按照省委组织部嵇部长先提出的建议，这个会议由市五大班子成员，人大、政协、纪委内设机构主要领导，各委办局、市直各单位主要领导，各乡镇党政主要领导参加就行了。问题就出在地委胡书记提出让计时策主持会议并在会上讲一讲，这就使计时策从一时的萎靡中振作了起来：是的，是要讲一讲，特别是全市哄哄自己要当市委书记已经满城风雨，突然间，杀出来这么一匹黑马，不光是讲一讲，还要好好讲一讲。省里派来的前任市委书记怎么样？不也是来势汹汹吗？终了还不是个蔫退！计时策是有这个信心的，要讲，要讲出威严，要讲出形式上不是而实质是一把手的形象来！计时策提议，省、地领导，特别是像嵇部长这样的省委领导，来一次这个偏远的地方不容易，请副科级以上干部，包括科级以上的“员”，都参加会议，请嵇部长就干部队伍建设问题做做指示。胡书记一应和，会议的规模就大起来了。计时策见省、地的领导都同意了他的意见，就不怕会议规模大，又提议副处级以上的离退休老干部也参加会议。会议通知早八点准时开会，刚到七点钟，那会堂门前，市委办、市政府办、市委组织部的干部就摆好签到桌等待有人进会场了。到了七点半钟，就开始稀稀拉拉有人来了，上午十点半至五十五分到了签到高峰，连续十多分钟，干部们簇拥着进了礼堂，很快，楼下和小半截子探空的楼上也很难再找到空位子了。

“丁零零，丁零零……”

预备铃一响，会场顿时肃静下来，接着，从台幕右侧，走出了到主席台就座的领导。其实不用介绍，大家一看主席台上的牌名，就认出了常在电视里看到的嵇部长和胡书记，除了计时策和曹晓林之外，那个中等个儿穿夹克衫的陌生面孔，就是牌名上写的罗平凡——新任市委书记了。当然，台下多数目光先是注意着他。企望的、怀疑的、无所谓的……

一些有心的干部注意主席台时发现，还缺一名副书记，只有了解内幕的人才知道这里的微妙。

“同志们静一静，现在开始开会！”计时策朝面前挪挪麦克风，面容端庄，神态泰然，语气凝重，“市委、市政府召开的这次大会非常重要，主要内容是省委领导来宣布我们芬河市委主要领导的安排问题。下面就请省委常委、组织部长嵇文斌同志宣布省委重要决定，并做重要讲话。”说到这里，他带头鼓掌并放大了声音，“大家欢迎！”

全场响起了一阵热烈的掌声。

嵇部长稍稍欠身鞠个躬，首先宣读了省委组织部关于罗平凡任芬河市市委委员、常委、市委书记的任职决定，继而，开始了这些会议公式化的讲话。

嵇部长开始了公式化的开头语：“省委认为，罗平凡同志是芬河市委书记的合适人选，这样安排，是对芬河市领导班子的加强，也是进一步调整芬河市市委领导班子的年龄结构，是使年轻干部脱颖而出的需要。”

嵇部长接着便是填鸭式的介绍：“罗平凡同志一九四九年十二月生，原籍山东省，六八年下乡到黑龙江生产建设兵团，先后担任过排长、副连长、连长、副营长、营长，返城后曾在省政府政研室工作，任科长，之后在清河县挂职任副书记，一九七七年恢复高考后考入牡丹江师范学院农林系……”

嵇部长很快又转入了格式化评价：“罗平凡同志在牡丹江师范学院农林系担任学生会主席，表现了很强的领导能力，政治上成熟，立场坚定，能认真贯彻落实党的路线方针政策，思想解放，改革意识强，熟悉经济工作，尤其熟悉农村经济工作，具有带班子和宏观驾驭一个地区局面的能力，在清河县的水田开发、发展乡镇企业、实施扶贫工程上做出了积极贡献。我觉得罗平凡同志除适合当地方一把手外，还有军人的气质，请同志们日后领略，并支持罗平凡同志的工作……”

台下投来了一片片仰慕的目光。

嵇部长最后是模式化的提希望："省委希望罗平凡同志要尽快进入角色，多深入实际开展调查研究，坚持实事求是的思想路线，不辜负省委的希望，带领芬河市委一班人扎扎实实地搞好两个文明建设，为省委召开的扩大会议提出的各项任务做出应有的贡献。省委同时希望芬河市五大班子的领导干部以及在座的各位同志要积极支持罗平凡同志的工作……"

嵇部长讲完后，会场竟一片寂静。计时策忙把双手伸向头顶鼓掌，引出了一片掌声后，接着说："同志们，下面，让我们以热烈的掌声欢迎地委书记胡晓冬同志做重要讲话！"

胡晓冬略微起起身，很有风度地将右手频频招示几下，掌声落后，亮着嗓子讲了起来："同志们，首先，我代表地区党委坚决拥护省委的决定，并按着省委的这种安排，切实抓好芬河市市委班子的建设。刚才，嵇部长代表省委做的指示很重要，希望芬河市委要认真抓好贯彻落实。嵇部长讲话涉及的，我就不再重复了。下面，我代表地委提三点要求：一是要切实做好市委班子的换届选举工作。现在算，十月份已过去一周，省委明年二月下旬召开党代会，芬河市要在这之前召开完市的党代会，以便选出出席省党代会的代表，这就有个时间紧、任务重的问题。又加上罗平凡同志新到任，要熟悉情况，这就有个调查研究的过程。罗平凡同志必须紧紧依靠老同志，老同志也要积极支持罗平凡同志把这件事办好……"

计时策听得入神入情，心里感激不尽：还是胡书记关心支持自己，讲这一点就已经说明，他不仅给了自己暗示，还在为暗示做潜移默化的工作。

"二是要做好农村的社会稳定工作。由于土地二轮承包引发了一些矛盾，一定要层层建立责任制，一级抓一级，做好稳定工作，确保不出现去省和进京上访，把矛盾化解在基层。三是要抓好扩大开放工作，主要是要发挥口岸大桥的作用，注意创造良好的外商投资环境……"

"最后，就省委对芬河市市委书记的配备问题，我再谈一点个人意见。"胡晓冬不再低头念稿（或许台子上放的是份讲话提纲），两臂一支，双手很自然地揉搓了几下，开始了即兴讲话，一副放松的架势和神态，"可以说，省委做这样的考虑和安排，是经过认真考虑和调查……"他把"调查"两个字说出口以后，觉得似乎欠推敲，很快改口，"或者可以说是充分考虑和酝酿，事先就征求了地委的意见……"

胡晓冬说到这里，稍一斜脸瞧了瞧嵇文斌。嵇文斌虽然点了点头，心里却在画问号。据他所知，罗平凡来这里任市委书记，是梁威书记在书记碰头会上提出来又让自己进行了解、对罗平凡的情况考察后才决定上会的，怎么能有事先征求地委的意见这一种说法呢？可能，也可能是梁书记直接打了电话，或者是通过党群书记征求的意见，不管知道不知道，他也要点点头，逢场作戏。这种逢场作戏对自己是只有好处没有坏处，倘若不点点头认账，或者还要问一问谁征求的，那不太有失常委、组织部长掌管干部大权的形象了嘛！

胡晓冬一改这种会议讲话的俗套，大讲起来："同志们刚才都听到嵇部长讲了，省委这样配备干部，除基于对芬河市市委班子的加强外，重要的问题是调整这个班子趋于年龄偏高的结构，让年轻干部脱颖而出。据了解，罗平凡同志是我们省内地厅级干部中最年轻的干部，在清河县政绩突出，不能怀疑有带好这个班子的能力。那么，计时策同志任市长已经四年多，负责市委全面工作也一年多了，也不能说不称职，同样是政绩突出。仅'负责'这一年来说，地方财政收入、国内生产总值的增幅名列全省三十多个地、市和八十多个县前五名。那么，省委为什么还要这么安排呢？我理解，这样新老一搭配，就是通过新老互相学习促进，年轻的优了再优，老了的贡献了再贡献。这就需要：年轻的要尊重老的，老的要支持年轻的，老的要学习年轻的，年轻的要学习老的；年轻的尊重了老的，就是接受了老的支持；老的支持了年轻的，就是接受了年轻的尊重……"

"哈哈哈……"

会场突然爆发出了一阵哄笑，这胡书记怎么像说绕口令呢？他曾是芬河市的市委书记，大家很熟悉他，过去说话不这样啊。

"你们笑什么呀，"胡晓冬很自然地笑笑，"听着像绕口令吧，其实这是个辩证统一的关系……"

他不这么说不要紧，说到这里，大家哄的一声又笑了。台下不少年纪稍大一些的干部，让他这么一"辩证"，想起了"文化大革命"中学哲学热潮时那个辩过来辩过去的典型词句：坏事可以变好事，好事可以变坏事。辩证来辩证去，简直弄得辨不清这"好事"和"坏事"放在一个天平上的价码，究竟是谁轻谁重了。胡晓冬把老干部、年轻干部这么一辩证，辩得这儿一调班子闹不准将来决策时谁当班长了。

台下这么一笑，胡晓冬也觉得表达不够得体，匆匆结束了讲话。在计时策的示范下，又是一阵掌声。

“同志们，方才，省委常委、组织部长嵇文斌同志和地委书记胡晓冬同志分别做了非常重要的讲话，”计时策说，“我作为大会的主持人，应该最后说，决定宣布完了，嵇部长和胡书记的重要讲话讲完了，我要代表五大班子对省委这一决定表个态……”他说着一侧脸向胡晓冬示意一下：“这样，我就得先说，请罗平凡同志最后说。”

胡晓冬会意地微微点了点头。

这时的计时策距心潮澎湃已经不缺多少浪花了，主持这个大会，大会产生的情绪，使他心里隐隐有一种还在掌握着芬河市方向盘的感觉。

台下已经不像开始那样肃穆井然了，窃窃私语、交头接耳的已经不在少数。坐在靠太平门旁边的建筑公司总经理房小虎似乎从省、地两位领导讲话中和从计时策的神态口气里悟出了什么门道，心里暗暗琢磨道，计市长这个人是特够哥们儿又讲义气的，就拿对曹晓林、尤熠光来说吧……对，立功的时候到了！本来对自己就不错，一定要借这个机会再锦上添花。想着想着，他拿出笔又掏出兜里的小笔记本，撕下两页，分别写了两个条子叠好，委托站在太平门旁的一位服务小姐说，上面一张给计市长，下面的一张给新来的罗书记。小姐点点头，乖乖地办去了。

罗平凡细听着每位领导的讲话，观察着台下干部们的情绪动态，心情乱了，心绪乱了，乱了又清，清了又乱，已经感觉出了这个宣布大会格外的味道。

计时策的精神显得很振作：“同志们，我代表市五大班子完全拥护省委的决定，并要认真落实好省、地两位领导同志刚才做的重要讲话。省委能把培养重点年轻后备干部的战略举措的具体任务落实给我们芬河市，是省委对我们的信赖（听胡晓冬和他这么一讲，下边听来，好像罗平凡在这里任职锻炼一段，还要当什么大官儿似的），我个人要积极支持罗平凡书记的工作，主动维护班子的团结……正确处理好胡书记批示的那个辩证关系……罗平凡书记的政绩、能力早有所闻，我们除拥护支持外，还应该感谢省委给我们派来了一个好班长……”

计时策正讲着，见服务小姐上来送条子，断定肯定有什么重要的事情，急忙打开一看，只见上面写着：

计市长：

就是这个新来的罗书记，昨晚九点多钟一个人进了小白桦美容美发中心，还进了小间，没错！绝对没错！是白华给洗的头，按的摩，我可以用党性保证，我可以对天发誓！

房小虎

匆匆于台下

计时策细细一看，不错，是房小虎的笔体。这么说，罗平凡是从小白桦美容美发中心出来后搭出租车回宾馆时挨的打。这么说，白华说的是千真万确，可惜没问清他罗平凡在白华那里到底干了些什么。刹那间，他心里像乐开了花，看来，这个罗平凡是个色鬼，也不是省油的灯，一定是觉得新来乍到没人认识，去偷偷潇洒去了，又是白华洗的头，按的摩，这叫异性按摩，上级文件有规定，这是不允许的……他心里有点发痒得坐不住了，想马上就去找白华再问个清楚，再找房小虎弄个水落石出，即使没有过大格的事情，传出去也会大大降低这个新任市委书记的形象。

"令人不能容忍的是——"计时策一下子变得声严色厉起来，他举起来抖抖手里的条子说："大家都看到了，我收到一个是实名实姓的条子，说罗平凡书记昨晚九点多钟从……"他刚要说"从小白桦美容美发中心出来"，话到嘴边又咽了回去，不行，还是不这么说好，于是改了口气，"从宾馆散步出来，也可以说是微服私访吧，走得远了一点，搭了个出租车回来，因为出租车超了一辆警车，那警车要拿出租车司机出气没得逞，无缘无故地打了坐车的罗书记，又是拳打，又是脚踢，罗书记去公安局找值班局长反映，又被这两名警察扯脖领薅头发，从公安局门口狠狠往下推，罗书记骨碌到了石阶下，满身沾满了泥土，后脑勺磕出了一个血洇洇的大包……"

这起爆炸性的新闻，使台下一片寂静，主席台上的人也都吃惊地瞪着眼睛，屏着呼吸听着。无数目光向罗平凡投去。

计时策激愤地用手敲敲主席台，放大了声音："昨天夜里，我得到报告以后，立即派曹晓林副书记去公安局调查，谁能想到打罗书记的竟是市交警队队长尤熠亮和司机谭小平！"他说着朝坐在主席台最左侧的曹晓林侧侧脸，很快又转向台下说，"我已和有关领导初步商量，对这起恶性事件一定要严肃处理……"

曹晓林向计时策示意一下，伸手要去拿麦克话筒，计时策顺手送了过来。曹晓林说："我说几句：昨天晚上，已经很晚了，我按着计市长的指示，赶到市公安局进行了初步调查，基本情况就像计市长刚才说的那样。我虽然临时代管政法工作，发生这件事情，我应负有重要责任，在这里，算是做个检讨，也算是向新来的罗书记道个歉……"他说着声音一点点放大起来，"计市长把处理这件事情的任务交给我，我一定要认真地处理好。初步考虑是：第一，事后由纪委主要领导牵头，抽调政法委、组织部、市委办等有关部门得力干部参加，立即开展详细调查，写出调查报告；第二，将报告提交市纪委讨论提出处理意见，我的初步考虑，还没有想好，也还没有和有关领导沟通（其实，这是计时策的意图。尤熠光强调，处理越重，就越对他没面子，以后不好收场，这样讲出去是为了投石探路，看看罗平凡的反应），起码要给尤熠亮降职处分，要给谭小平留职察看处分。纪委形成处分意见以后正式提交市委会讨论，最后将调查报告和讨论的意见，以市纪委的名义印发全市，公开通报曝光；第三，用这个反面典型做借鉴，由政法委负责，进行政法队伍大整顿，对素质差、不适应需要的，要停职学习提高或调整出政法队伍……"

"这件事情我还是刚刚听说，"胡晓冬脸侧向嵇文斌，"嵇部长，大概你也是吧？"嵇文斌点点头，胡晓冬接着说，"我看，计时策、曹晓林同志对这件发生在公安干警身上的恶性事件很敏感，很认真，很重视，刚才晓林同志讲的意见很好，我都同意，调查和处理意见正式形成以后上报地委一份，地委要印发全地区进行通报曝光！"

"好，我们一定照办！"曹晓林接过麦克话筒说，"最后，我再提一点要求：由政法委负责实施，究竟采取什么方式我就不管了。七天之后，政法系统的全体干警必须都认识市五大班子所有领导，而且都能叫出名字，特别是人大、政协兼职和党外成员，决不允许再有类似事情发生……"

曹晓林的声音未落，会场就骚乱起来，嘁嘁喳喳，议论纷纷，有的说，现在有些实权干部太不像话了，这回算是打到茬子上了；有的说，该狠狠处分；也有的说，公安部门那帮家伙确实够呛，有的简直是土匪一样。

"静一静啦，静一静啦！"随着计时策拿过麦克话筒，会场一下子肃静下来，"下面请……"他话一出口，下面就都知道下面该请新来的市委书记讲话了，可是他话到嘴边又咽了回去，本来会场已经很静，他却又强调："请静一静！"原因是下面给罗平凡打场子的话没有想妥。按计时策遵循的礼节，主持人宣布让哪一级干部讲话很有讲究，如果是班子成员，位次排列在主持人后面的，就说下面请某某某同志讲话，连职务都不带；如果纯是下级，就说下面请某某发言；如果是巡视员，或挂在各大班子后边那一串串滴溜当啷的秘书长、副秘书长之类，就说下面由某某就某问题说一说。这里就不是某某某，而是某某了。那个某某是去掉姓，只提名字不加姓的，像是一种含蓄的亲切的敬称；那某某某的叫法，就要把姓挂上，直呼其名，这也就显示是泾渭分明的上下级关系。

还有一种作用，这直呼其名又是“说说”，对那些好出风头、讲话多占时间的来说又是一种信号制约。因为那些挂“长”的秘书们大都是搞文字出身，喜欢咬文嚼字，领导们的讲话，多出于他们之手，要是让他们“讲话”，肯定会尽心，一旦讲的那位让下面一听和领导讲的水平一样，就无形之中贬低领导了；如果讲话的人比主持人职务高，那是要请“某某”再加上职务，声音还要大一点儿宣布做“重要讲话”。按着官场上这些不成文的奥妙规矩，计时策理应就是用最后一种方式为罗平凡讲话打场子，如果这样说，按着胡书记讲的“辩证关系”就有点自贬自了，话到嘴边觉得有点儿苦滋滋的不愿吐口。就在那个多余的“请静一静”的一刹那间，计时策想出了一个很活泛的说法，而且为了让大家鼓掌，特意放大声音：“下面，也是最后，请我们的新任市委书记罗平凡同志做就职演说，大家鼓掌！”

会场上果然爆发出一阵极其热烈的掌声，出于礼貌？出于被打的同情？出于初次见面的新奇？出于……错综复杂的感情从不同的两掌击发中响出，在会场空间交织着响成一片，持续了很长时间。

罗平凡借机细看台下又送上来的纸条。他看着看着，心里不禁打了个寒战，那纸条，前没有称呼，后没有落款，是这样写的：原来你这个新任市委书记罗平凡，就是昨晚去小白桦美容美发中心的那位老哥儿，你讲话时能不能讲一讲你是怎样在小间里潇洒的，给了小姐多少小费？亲了没有？摸了没有？干了没有……

罗平凡闭上眼睛，发闷地深深吸了一口气，暗暗骂道，流氓，简直是政治流氓！一时，他又想得很复杂了，这一纸条，也许不是一种偶然行为，而是和台上冠冕堂皇暗藏心机勾连在一起。凭着他的政治敏感性判断：复杂，已经不是一般复杂！一个十分危险的信号忽地在心里升腾起来：初来乍到，要是不清不浑、满城风雨地造出舆论去，特别是再让那位卦仙编上一段，这工作还有个干？

失败和威信降低就要从这里开始吗？后悔，肠子悔青般绞心，后悔不该进那个门，已觉得气氛不对，自己怎么还坐下来洗头，又做了头部按摩……

怎么办呢？

台下写纸条的是建筑公司总经理房小虎，他看出了罗平凡正烦乱焦躁，暗暗幸灾乐祸起来。他回头瞧瞧，凑到建委主任齐贵山座位旁，让别人串走，悄悄地把嘴贴在他耳朵上说了传到台上条子的内容。

“坏了，坏了，”齐贵山一听，脸色顿时有点青了，“你弄这个把戏，是他妈的彻底暴露目标，把我卖出去了……”

房小虎撇撇嘴："别在那里给我故弄玄虚了好不好！"

"他妈的，我怎么故弄玄虚了？！"齐贵山十分不满，"刚才，我也认出这个罗书记就是昨天晚上在小白桦美容美发中心的那个人了。他洗头时，说要刮脸、剪头，我正坐在他旁边的椅子上。白华那小娘们当时是有点显她那里门槛高，说我是建委主任，你是建筑公司总经理。她倒没别的意思，一看是个外来客，提咱俩的职位是显她的门槛高想拉回头客……"

房小虎一听，也有点儿紧张了："我怎么没听见？"

"你耳朵里塞鸡毛了？！"齐贵山越发来气，"白华说的时候，小姐刚给你冲完头，你钻进小间里了，正挑逗小姐，挑逗得欢，按摩床还咯吱咯吱直响！"

房小虎的脸已变得不是好色了，他写条子时，不过是一时冲动。当时，看台上阵势，计时策那神态，这个个子不高、其貌不扬的罗平凡，十有八九干不长，准保就像上次省里派来的书记没干多久就会让计时策硬挤走。当然，现在和计时策关系也不错，急于深化感情，毛手毛脚写了那么两个条子，见齐贵山这么紧张，又一想，要是罗平凡万一能站住脚呢，知道是自己写的，那不就完了吗！

房小虎神情紧张地问："他知道我在小间里干的事吗？"

"怎么不知道？！"齐贵山觉得这样说，比骂比责怪还解气。

"我说伙计！"房小虎朝台上的罗平凡努努嘴，"你瞧那个小样儿，像演出一台戏，不多久，芬河的天下还是计老爷子的？"他是齐贵山分管的部下，背后称是"老铁"，捆在一起，为计时策亲自抓城市建设出力，没少合谋巧妙地赚好处，有了这一点，也就在一起吃喝嫖赌什么都干了，不管怎么挖苦他、损他，都不会动摇根基。房小虎说到这里，肠子里的怨气儿一转，旋出了一个弯儿，怕他再有意无意把自己的情绪传给计时策，那可是猪八戒照镜子两头不是人了。他也安慰自己，说不定罗平凡真站不住脚，再说，也未必就能记住白华那小娘们当时顺口胡嘞嘞的那几句话。倘若知道当时坐在他旁边椅子上的是自己，自己也没干坏事，他也到这种场合来了嘛！至于能不能怀疑条子是自己写的……

"你这家伙呀，也不商量商量！"齐贵山思想上翻江倒海，终于口气缓和了下来，"自古华山一条路，咱俩只能顺着这一条路往上爬了，管他爬个什么样，是死是活屌朝上，认命吧！"

"你看，你看！"房小虎指指台上，合上纸条眯了眯眼、深吸口气皱眉头的罗平凡，"你看！你看！快看……"他又指指计时策，计时策那样端庄，像是满脸都在放光彩，齐贵山点点头，表示看出了点门道儿。

随着计时策话音飞落，全场的目光一起投向了罗平凡。

罗平凡在合眼、深吸气、皱眉的刹那间，激愤、后悔、自强……多股思绪搅缠在一起，在脑海里呼呼呼飞旋，他感到稍有点头晕的时候，多年经营官场的经验底蕴里像阴霾天空中随着一声惊雷划出一道闪电，心胸变得大海一样宽阔，蓝天一样晴朗，主意定了！要说的话也在心里定了！

“同志们，我也要表示拥护省委的决定，并非常感谢省委、地委这么高层次的领导破格送我来就任！”罗平凡接过计时策顺手送来的麦克话筒，不紧不慢地说，“首先，我要说一句话是：不管存在什么辩证关系，我对来芬河市任市委书记还是蛮有信心的，四年的七七级农业大学给了我很多力量和信心，连信心都没有还能当好这个市委书记吗？！”

参加过这种会议的人乍一听，觉得这新任书记开口就不一般，出口不凡，或者不落俗套，加上罗平凡说话距麦克话筒不远不近，不像计时策、曹晓林唯恐讲的话下面听不清，尽量把嘴往麦克话筒上靠，越近声音越粗浑，还不时有吱吱叫响的蜂音。罗平凡这一平和的开头，这不大不小的声音，不仅给下边，连自己都感觉到心情平静了，而且很快进入了一个良好的心理状态。

会场恢复了肃穆，一派沉静。

“好吧，”罗平凡把准备好的几页纸一合，目视着台下，“既然计市长给我出了题目，让我发表就职演说，我就不能按这种会议的惯例念写好的大家一猜就八九不离十的套话了。我发表就职演说的题目，就袭用老百姓的一句老俗话吧，就叫作：当官不为民做主，不如回家卖红薯……”

他说着，没有像计时策那样双手交握胳膊支在桌上，而是双臂一搭贴胸伏在桌上，故意表现出自然不在乎的样子，“围绕这个题目，我要讲五个问题，五个问题的由头和中心点，就是我这个市委书记未到任先挨打：

“第一，挨打引出的联想。从刚才计市长讲话中我才知道，是交警队长打了我这个新任的市委书记，用我听老百姓说过的笑谈比喻，是八路军打了共产党。虽然我没还手，也算是一场‘小混战’，因为我们的交警队长并不知道我是今天就要上任的市委书记，我这个今天上任的市委书记也不知道打我的是交警队长。按情理说，不知者无大过，如果当时我们的交警队长知道我是今天就要就任的市委书记还会那样拳打脚踢地打吗？不会吧，如果知道了还那么打，我当时可就要好好和他理论理论了，前提是不知道嘛！这使我想起了一个故事，忘记了是在哪部反映解放战争题材的电影片子里看到的一个小插曲了，说的是国民党一个旅长，在即将败阵的时候，搜罗了那个地方几股土匪、地痞与我们解放军的一个团做负隅顽抗，要包围我们占领的山头。我们的团长略施小计，国民党那个旅和土匪、地痞队伍互相开火干了起来。那个旅长发现时瞧着自打自的惨重伤亡，只是‘啪啪’连给那个旅的参谋长、土匪头子、地痞子每人左右开弓两个大耳光……而且都没有撤职，也没有降职，想来也有道理，是混战嘛，都不知道嘛，误会嘛，但有一点可以肯定地说，那是指挥官上当形成的混战。昨晚的八路军打共产党没人指挥，为什么也引出了小混战呢？这就是我所说的挨打引出的联想，联想后面又引出了一个为什么？这个‘为什么’我正在思考，也请大家想一想。”

主席台上的人在静静地听，台下也在静静地听。台下的人几乎都感到：这位新来的市委书记很风趣，言辞能力很强，虽然对继续要讲的还摸不清头脑，已经感觉出了他的大将风度，那声音、那言辞都与偏矮的其貌不扬不相符。会场的肃穆气氛，特别是让计时策、曹晓林、胡晓冬制造的又要处分又要整顿的紧张气氛，渐渐平和了。

“第二，接着讲的第二个问题，我要接着发出几大问号。如果我说的交警队长不是打了市委书记，能不能由我们的市长亲自布置、副书记亲自去现场调查呢？如果也是这种情况，交警队长打了比市委书记这个官再小一点的，也能不能这样呢？如果也是这种情况，交警队长打了一个普普通通的老百姓呢？因为我对这里的情况不熟悉，我回答不出，请大家想一想。”

“第三，要按着事件的实质处理这件事情。‘八路军打了共产党’是一场小混战，虽混战两方互不相知，起码各自是很清楚的，我们的交警队长不会不知道自己是共产党的干部吧？不会不知道自己是共产党员吧？不会不知道我们共产党人的宗旨是什么吧？不会不知道在对着党旗宣誓的时候讲了些什么吧？可以肯定地说，这些都知道，就是不知道打的是市委书记。但，他是实实在在把我当成一个普普通通的老百姓，而且是外来的老百姓，所以才打得那么不留情，那么不由分说，那么毫不客气！我作为市委书记是实实在在地替老百姓试身，挨了这么一顿打，又以一个老百姓的身份这么想那么想，对现实产生了不满情绪，党的威信在我这个试身的老百姓心里削弱了，党的这种干部让我愤恨了。就因为是这样，我在这样的大会上，当然，不是我想在这样的大会上要这么说，而是这个大会安排了这个内容，我就要以市委书记的身份提议，不能像曹晓林副书记讲的，按打了市委书记处理，应该按打了老百姓处理，比按打市委书记的处理还要严加一等！”

罗平凡话音未落，会场里像晴天霹雳，爆发出了一阵经久不息的掌声。

“第四，我在曹晓林副书记给政法系统干部限时加的任务中再加上一个任务，这第四个问题的小标题也可以叫作给执法干部的双重任务。那就是在七天内，认识所有五大班子成员的同时，要认识咱芬河市五十八万人民！哟，可能有人要问，你说的是五十八万吗？我可以重复一下，是五十八万。可能你要说，你这个市委书记也太苛刻了，你可能会说，别说是政法系统的执法干部们呀，恐怕谁也办不到。我说能办到就能办到！那就看你是怎样去认识，要是找准办法，比认那五大班子成员还容易！往少里说，咱五大班子成员也有二三十人哩，你要一个一个地记职务、记模样，那才是费劲活儿。因为一个领导一个做派，一个模样，而五十八万人就有一个好记的共同的本质，那就是无时不在用汗水创造着社会财富；有一个对社会共同的特点，那就是奉献，从某种意义上说是用创造的剩余价值，奉养着我们这些吃皇粮的大官小官（当然，大官小官们也不白吃，这是从另一个角度讲算善良）；他们还有一个共同的很朴实、简单而又讲理的要求，那就是公平。其实，我说五十八万，而说明白了，就只有两个字，或者说就一个人，你把‘人民’这两个字写在心里了，就算认识这五十八万父老乡亲了！你们说，这还不容易嘛……”

会场又响起了雷鸣般的掌声，掌声一浪高过一浪，那是震荡着的激情，使罗平凡感到心里火辣辣的一阵阵热。

“第五，不，不叫第五了，在我的就职演说就要结束的时候，留给大家一个十分严肃的课题，请大家认真思考，那就是：目前，党内腐败现象严重，官僚主义横行，假如外来侵略者一下子打了进来，请大家算一算，人民群众中还能有多少像抗日战争、解放战争时期的人民群众那样，不惜牺牲自己的生命去掩护我们大大小小的官儿们，人民群众还能有多少把自己的亲生儿女交给我们，让我们带领着去冲锋陷阵……假如越来越少，那不就如鱼失水吗？鱼失去水结果将怎样，难道这还不是一个十分严肃而又值得深思的课题吗？！”

又是一阵热烈的掌声。

“同志们，我的就职演说讲到这里还缺一点最重要的东西，那就是还缺个‘我’字，我要求别人做到的首先自己做到，那就是要把五十八万人民凝聚成两个大字——人民，深深刻印在‘我’的心里，带着这种刻印在心里的真心诚意，在芬河大地上书写如何为人民服务的辉煌灿烂的篇章！这个篇章的结尾就是我的奋斗目标。什么奋斗目标呢？人们不是都说我们芬河市不过是个半拉市吗？当然，也会说我这个市委书记是个半拉市委书记，奋斗目标就这样说吧，前进——！到那时，咱们由半拉市变成个囫囵个的市，大家肯定也会欢迎我成为一个囫囵个的市委书记！”

掌声，热烈的掌声！有人在叫好声中使劲地鼓着掌，使气氛达到了会议开始以来的最高潮。

掌声中，计时策心里涌出一阵阵不平静，渐渐变得烦躁，几次看手表，几次斜视罗平凡。他见罗平凡声音一顿，伸手要去拿话筒，笑着问：“罗书记讲完了？”罗平凡回敬地笑笑：“没有，再说几句。”

罗平凡瞧瞧眼前那个纸条子，想起了史永祥说的那些话，舆论能杀人啊！这是个极好的机会，必须扼制在萌芽之中。

“同志们——”罗平凡举举手里条子往下说，“真感谢这里的干部监督意识强啊，台下有人写条子问我——”

当然，他不能像条子上质问的那样宣布，这个条子也不会随意给别人看，给这个条子蒙上了一层富丽堂皇的彩纱：“你市委书记深更半夜出去干什么去了，怎么还打出租车呢，是不是出去潇洒去啦？”他说到这里，乐呵呵地笑了一声，接着说，“看来，晓林副书记组织调查组之前，我们的基层干部要先让我做个调查前的说明，好，我就如实说说吧。说实话，昨天我刚参加完牡丹江师范学院农林系召开的七七级毕业生典礼，就按辅导员的当面通知说是让我立即动身，要求十点钟前赶到省委组织部谈话，当时还莫名其妙。我一看手表，只能就地出发了，乘车赶到省城后，部里又安排今天必须赶到芬河市，我和司机在省城分手，就乘省组织部安排的车来了——”他指指上衣，“这不，我穿的便服都没来得及换。晚饭后，省、地、市里的领导把我安排好后，都各自工作去了，妻子风风火火查询到电话找到了我，开口就说，你的情况司机都回来说了，就是有一件事急着找你，我记着你像是穿那件灰夹克衫走的，头发好像很长了，你到了芬河市，人家那里是新开放的城市，兜里要是有钱，赶快到外边买一件，最重要的是去剪剪头，别给人家第一印象就是邋里邋遢的，人的外观很重要。我一照镜子，可不是，头发是太长了，快能扎小辫了，答应妻子马上去剪头。妻子刚要放电话，知道我这方面很呆，在家里只认附近一个小理发店，又嘱咐说，虽然有些和头发的“头”字有关系的店可不是你随便都能去的，那种洗发城是万万不能去的，最好是理发店。我笑笑说，你还真有研究呢。我走出宾馆往左拐到了条横街，找了一个又一个，怎么都是洗发城，还有泡脚房，心里想，这城市和小县城就是不一样，真会享福，还有专门洗发、泡脚的地方。又走了好远，也不知是什么时候，最后找到了一家美容美发中心，也忘记叫什么名字了……”他故意把记住了的“太平街”“小白桦美容美发中心”说是没记清楚，“进去刚坐下没多大一会儿，就发现不是我待的地方，带着满头泡沫，挣着往外走，好不容易才在立交桥旁边找到了一个退休职工开的小理发店。理完发已经时候不早了，我才决定搭个出租回宾馆……”

罗平凡发现，台下的气氛很好。

10

罗平凡走出会场的时候，史永祥已提前走出调来一号车在门口等候了。说是离午饭时间还有一个多小时，两人边走边谈去市委大楼认认办公室的门。罗平凡应承后指指从日本进口的4700沙漠风暴大吉普说：“我认货，知道这家伙跑起来的威风，可是贵不说，耗油量大，跑一分钟就要一元多钱，算了吧，以后我不坐这玩意儿，还是弄台国产牌的。”史永祥说：“都买了，这是前任书记的，坐够公里数，再换国产的吧。”罗平凡说：“不，听说这种车还不好买，就卖给私企老板，现在看才八成新，能买三四台国产车呢，让车少的单位也方便方便，我在清河县的时候还骑自行车呢，别的干部见我这样，也就效仿了。”史永祥说：“我明白了，这就是县委书记的好榜样，焦裕禄说的，喊破嗓子不如做出样子。”罗平凡笑了，他先迈开步，两人边走边谈，直奔市委大楼走去。

史永祥随身进了书记办公室，顺手把门一锁，惊喜若狂地使劲拍一下罗平凡的肩膀说：“当众我不敢表现出来，太棒了，我的书记，你的就职演说太棒了，我听着听着激动得把手掌都要鼓肿了，现在还有点疼。”他搓搓手接着说，“走出会场的人，我听到了，没有一个不赞扬的。看来你不愧是七七级的高才生，比在清河时的风采更风采了，讲话出口不凡，从不落俗套，最能借题发挥，比在清河县时水平更高了，更艺术了，难怪三年改变了清河县的贫困。新来的省委书记梁威有眼力，有眼力！”

“夸张了吧。”罗平凡已体会出就职讲演的成功，心里很兴奋，特别是在这么一种异常复杂的情况下，能借题发挥取得这么好的效果，第一次自己对自己满意，还是说，恐怕复杂的事情还在后头。

史永祥一甩胳膊：“嘿，我就相信这个开头，万事开头难嘛！前任市委书记卞宏远就是开头没开好，雄心勃勃地要烧好三把火，结果引火烧身了，没到半年就蔫退了。”

罗平凡随着史永祥一起坐在会客间的沙发上关切地问：“烧哪三把火？”

史永祥说：“眼下，仅公款大吃大喝，不算，吃完了，还要洗，还要按，更有甚者党员干部家庭婚丧嫁娶大操大办，扫黄。我真担心你最后那段会带出儿句要狠狠打击卖淫嫖娼、色情服务呢！开始就烧火，重蹈卞宏远的覆辙，我白为你捏了一手心汗，白白浪费了感情……”

“永祥，”罗平凡站起来在沙发前走动着说，“这三大丑恶现象几乎成了社会的顽症，刹公款大吃大喝，刹领导干部家婚丧嫁娶，扫黄都是近来的事情，时起时伏，确实是群众深恶痛绝的热点问题。治理这些东西，开始就没从根上治好，就像要用老鼠药去灭老鼠，药力不够，一下子没药死，还用这种药去药，那老鼠反倒有抗药性了。甚至有些人认为这是开放城市的需要，否则，招商引资就困难了，真是岂有此理！现在看来要根治，必须选择一个切入点，选准时间，研究一套很好的根治办法……”

“什么办法？”

罗平凡站在他面前：“只是不能用新官上任三把火这种办法，你想，这些丑恶现象盘根错节着很多关系，治不好反倒跌进去……”

“任其泛滥？”

“那怎么能呢？不能不治，也不能把它作为一个新上任干部的切入点去治。先抓住一个大的切入点；切出名堂以后，选择适当时机，适当办法，再作为小切入点，一刀除根！”他停停又补充说，“我得在这站稳脚跟以后才能大刀阔斧！”

史永祥忽地站起来，高兴地说：“我明白了，就是你刚才就职演说说的前进——！”

“对！”罗平凡一甩手，昂扬地说，“研究经济发展战略，头拱地也要先把经济工作搞上去，等经济的项目有眉目启动了，致富与治腐双轨制并行，即使偏激过分点去治理，让群众看到了美好的前景，什么主要，什么差，群众自然会分辨清楚，我以正压邪，也无碍大局……”

“好了，好了，我的顶头上司！”史永祥说，“我算服了，思路就是和他们不一样，喂——胡书记说的换届选举呢？”

罗平凡坚定地说：“别看是涉及我能否站住脚的问题，也只能当大事来抓，而不能当成压倒一切的重点来抓。经济，经济，一切都要围绕经济发展转，就是要千万百计把经济发展上去！”他停停说：“永祥，我有个想法，要搞现代化农业建设没有人才不行，我设想，等开完党代会，我站稳脚跟儿后，想制定优惠政策，引进一批农大毕业的七七级毕业生……”史永祥兴奋地说：“我双手赞成，就引进你们温春农大的，你肯定有号召力。你说的太对了，十年“文化大革命”，百废待兴，要兴，要发展经济，关键是人才！”

“平凡，英雄所见略同呀，到时候，你出面，落实的事情交给我。”史永祥接着说，“刚才那番讲演那么精彩，大脑已经经过了一番劳累和兴奋，让大脑休息休息吧，不谈牵扯神经兴奋的话题了，进你的办公室里间看看。”

罗平凡走进一看，一切都准备妥当，这个办公室已经以新面貌在迎接它的主人了。

“喂，我说平凡，”史永祥想起了一个纳闷的话题，“谁这么凑趣，还往台上给你递了个条子？”

罗平凡刚想坐到办公椅上，一下子转过身来：“我在那里洗头的时候，旁椅上坐着两个形貌比较有特征的，一个大腹便便，一个年龄不大，留一撮小黑胡。美发的老板大概是想拉我做常客，卖弄到他那里去的人层次高，说一个是建委主任，一个是建筑公司总经理。”

“你这一说我知道了！”史永祥有把握地说，“一个叫齐贵山，一个叫房小虎，这两个都是计市长的得意门生。计市长抓城市建设，他俩是出了力的，一个是全地区的特等劳模，一个是全市的特等劳模。不过群众也有反映，说他们借抓城市建设大捞了一把……卦仙还编歌说：干部要想富，快快抓建筑。给别人筑幢房，给自己筑坟墓。”

“噢？这么巧，碰上了这么要害的人物……”罗平凡想起了一件事，梁威书记谈话时曾交给自己一封信，落款是市委机关干部，反映的就是这个问题，揭发得很尖锐，信里提的就是齐贵山、房小虎，还有计时策，一再嘱咐只是密切注意线索。他立刻就判断出，写那个条子的非他俩莫属。“当时我无论如何也没想到遇上这么两位要害人物，现在看来，写条子的人是有目的的。”

“平凡，你是先发制人了！”史永祥舒心地说，“这个小地方，这头跺脚那头能听响，你不来这一下了，说不定一两天就满城风雨了！”他说完后，也当唠闲嗑，“你到的哪个美发中心？”

罗平凡回答：“在太平街，大概是叫小白桦美容美发中心。”“美发中心的老板白华，你不会忌讳吧，她可是你高中时的初恋呀。”罗平凡笑笑说：“那有什么忌讳的。”史永祥问：“毕业后再没有来往吧？”罗平凡说：“还会有什么来往呀，是因为我下乡了，她踹的我，我又不欠她的，你要不说，要是不见到她，都淡忘已久了。我妻子给我打电话时还给敲警钟呢！”

史永祥说，“听说嫂子可是个贤妻良母，别让她在这种问题上操心。”罗平凡说：“你放心吧，不会的！”

“相信，我真的很相信你的为人和品格。社会上传说，那里是有名的色情窝，还说是公安局某某某给那里当后台。都这样说，谁也没有证据。”史永祥诡谲地一笑，“喂，你能不能把那个条子给我看看，让我琢磨琢磨！”

“好吧。”罗平凡往办公椅上一坐，顺手掏出了那张条子。

史永祥接条子一看，皱了眉，脑里生起了一个疑点：“我倒不相信你去那里干坏事，也不相信你迈步进去前就有什么动机，是不是一见到那位漂亮的白华小姐就洗了头，也想让她给你按摩按摩，偷偷享受享受呀？”

这一下让罗平凡说不清楚，他的脸刷一下子红了。这老同学直炮筒子，子弹瞄得准，在学校时就常这样直言不讳。他连连摇头：“没那么严重，没那么严重……”可是也没完全否认，他知道，有了实话，才能继续换来这位老同学也可以说是当年挚友的真心。

“没那么严重也是有点，好歹你是坦白了！”史永祥走近桌前敲敲桌子说，“我的老同学，我相信，你是一刹那先控制住自己了，要是真的有一点点，可就完了，好险啊！”他说完松了口气，“真感谢你还像当年那样对我坦率！”

罗平凡站起来，脸红过之后便是更加自然轻松：“我也真感谢身边有这么个直炮筒子，以后会经常向我开炮，让我保持清醒头脑，简直太好了，永祥——”罗平凡说着站起来紧紧握住史永祥的手说，“有人说，我们党内所以能产生一些腐败现象，其中一条主要原因就是目前我们国家法制不健全，执法缺力度，对权力缺乏有效的制约机制。如果这话有些道理的话，我身边有你这么个直炮筒子，那就可以不生腐败，多生勤政，加大马力前进啦！”

两人都放声大笑起来。

史永祥主动松开手说：“过去，你有你的聪明智慧，当然也包括小聪明、小狡猾，有靠聪明智慧成大事的时候，也有小聪明、小狡猾误大事的时候；我有的直炮筒子放大炮击中目标的威力，也有炮线过直坏事的时候。咱俩就一如既往，互相制约，共同向着目标——奋斗！”

两人正交谈得热热乎乎，丁奇峰和叶小冬一人捧着厚厚的一摞子材料，气喘吁吁地闯了进来。

“不用问，我一眼就知道”，史永祥手点划着，很不客气地说，“你是丁奇峰，你是叶小冬，都是七七级毕业后跟着罗书记去清河县，现在又转战到我的芬河市这三亩二分地上来了，罗书记安排给我，让人事局派人去给你俩办调转关系，办关系的人回来了，反倒找不到你俩了，我来找罗书记有事汇报，正准备问罗书记呢，好几天了，再不见人影就要发寻人启示了！”

“这是市委常委、秘书长史永祥同志，市委的大管家，”罗书记一听话音就是要开批评了，截住史永祥的话，说：“快老实给我交代，哪里去了，你俩让史秘书长好着急！”

丁奇峰说：“罗书记，你说不让我俩回去了，我俩一商量还得回去，来这里要大力发展水稻生产，除叶龄诊断资料外，还有诸多在实践中总结出来的经验和教训，都在秦琼家，我去要他不给，算是好说好商量到县里找地方复印了一份带回来了，”他抖一抖一大摞子资料说：“你看，多着呢。”

“小冬，罗书记说，“奇峰一个人去就行了，你还跟着去凑什么热闹啊？是不是给奇峰打下手打惯了，连人家去取点东西，你也跟在屁股后面凑热闹啊？”

“哎，不叫你书记了，”叶小冬一梗脖子说：“师兄，这回，你可是翻错眼皮小看老弟了，在清河县这些年，可真就是听喝，给他跑腿学舌，这回来芬河市，不瞒你说，我心里可有了小九九，你们知道，我在学校时，主要是佩服你，才跟着瞎掺和，实践证明，我是掺和不过你俩了，清河这八年，”他学着电影《智取威虎山》常猎户一句台词，加重口气，滑稽地说：“八——年——了——！”然后又平和起来：“这八年，怎么也弄不出名堂超过奇峰，那，我不就等于甘拜下风了吗？”

丁奇峰问：“你想怎么着？”

“怎么着？”叶小冬说，“你俩二位师兄知道，我在咱农林系时喜欢上了农林产品贸易，在清河时就偷偷又捡起来了，在学校时，咱们学俄语，你说，岁数大了，不在外语这门上下功夫了，我小冬可不行，俄语呱呱的，我回清河县取回了存放的俄语课本，俄语对照词典，还有边贸指导，这回当着两位领导的面，我要正式和奇峰兄分道扬镳，小屁孩成大人了请求分到外贸部门。”

史永祥听着两个较劲儿的哥们，这些话过瘾，叶小冬一番话让他脸上的笑纹越展越大，他首先握着叶小冬的手说：“真是人不可貌相，海水不可斗量，听罗书记说，你俩是打小老爷们儿和小屁孩儿的仗，我第一眼见你，真是个小屁孩儿，没想到人小志大，我这么大可不如你，好，咱外贸局正好缺你这样的人才，你就去外贸了。”然后对丁奇峰说：“奇峰同志，根据罗书记介绍情况，你去农委吧。我知道你是清河县的后备干部，先去做技术员，怎么样？”

“好啊”丁奇峰说：“我就喜欢‘农’和‘技术’这几个字。”

“罗书记、史秘书长”丁奇峰照着叶小冬做个鬼脸转身说：“我给二位透漏个小秘密：小冬和我回来在车上还说想去外贸的事呢，这回如愿了，加上另一件事儿，是双喜临门，这小子走桃花运了！”

罗平凡问：“怎么，遇上一见钟情的了？”

“哎呀，”叶小冬说，“人家八字还没一撇呢？”

“怎么没一撇，我看连那一捺都过半了，嘿，这回呀，我可算看见什么是闪电式恋爱了。”丁奇峰说，“你和人家那姑娘眉来眼去，那姑娘脉脉含情，又暗送秋波，这种事情还能瞒过我这经历过的小老爷们儿！”

“小冬这小子，老大不小了，在清河县时，我就发现他闪了几个姑娘了，可惜没闪成，”罗平凡说，“奇峰，快说说，到底怎么回事？”

丁奇峰从头到尾说起了叶小冬闪电式艳遇：罗书记让宾馆安排住宿的那天晚上，宾馆服务员给丁奇峰和叶小冬安排进房间后，忽然听走廊里有说要去火车站的车，叶小冬急忙出去搭讪，原来是位漂亮的姑娘，很好说话，他上前一问车里恰好有两个空位子，那姑娘爽快地同意搭乘，两人高兴地搭上了车，叶小冬有意和那位姑娘挨着坐，并时时偷偷去瞄人家，听姑娘和别人说话中透漏，八二级省外贸学校毕业后，分到芬河市对外贸易局工作的。叶小冬一听说是省外贸学校，便主动用俄语搭讪，可以看出那姑娘对叶小冬也有好感，就用俄语回答，回着回着，叶小冬的俄语问话越来越深，而且很外贸专业化，那姑娘一下子回答不上来了，脉脉含情地说，有机会要向叶小冬好好学习学习。

史永祥听到这里问：“那姑娘是叫计美娟吧？”

叶小冬问：“你怎么知道？”

“这么一说我就猜出来了，”史永祥说，“那是计市长的千金呀。”

“噢，计市长的千金？”罗平凡问，“永祥，那姑娘很轻浮吗？”

“不，”史永祥说，“长得很漂亮不说，非常聪明、坦率，而且直面人生，很尖刻，和她爸爸可不一样，很像她妈妈，多少人求婚她都不应呢。”

“噢，倒挺有意思，”罗平凡问叶小冬，“小冬，能看出人家有那个意思？”

叶小冬不好意思地只搔头：“我还真不知道是市长千金，我问她，她说她家是什么乡下种地的。”

“这就叫不渲染自己。”丁奇峰一旁插话说，“我看俩人都有那个意思了，他俩坐在一起的时候，小冬直往人家身边凑乎，车子转弯时一晃，小冬不知道有意还是惯性，都贴到人家身上了，嘴上说对不起，却好一会儿才离开，姑娘笑着直说没关系，没关系……”

罗平凡说：“是挺有意思，小冬，快交代交代感受到的心灵上爱情火花的碰撞！”

丁奇峰指着叶小冬说：“快交代！”

叶小冬交代说，他给计美娟偷偷写了一个纸条，今晚七点钟在公园门口相约，丁奇峰给了叶小冬一拳说：“你小子真是个鬼子溜儿，我怎么没发现，快坦白，计美娟答应了吗？”叶小冬说：“她看了纸条轻轻点了点头……”

丁奇峰和叶小冬走后，史永祥说：“要是叶小冬真的和计美娟谈上恋爱了，也许从中一调和，计时策就不会那么老谋深算地算计你了。”

罗平凡笑笑问：“计市长听他女儿的？”

史永祥说：“听说计时策不惧妻子，却有几分惧他这个女儿，家庭一些问题上，他的女儿很强硬……”

罗平凡问：“这话怎么说？”

“听说计市长在和白华的关系上由于计美娟的作用，他俩才没有走那么近，”史永祥说，“特别是计美娟毕业回来这几年，她专门打听计市长的时间表，一发现疑点就穷追不舍，弄得计时策很难和白华见一次面。”

“噢，”罗平凡说，“这个计美娟是父母婚姻的捍卫者，可是，她捍卫了外表，却捍卫不了内瓤呀。”

史永祥说：“这就避免了一些是非嘛！”

罗平凡说：“那倒是，但愿这个计美娟与叶小冬终成眷属，也成为我们友好相处的捍卫者。”

史永祥说：“好，那我们也想法尽量促成叶小冬和计美娟的事儿。”

11

午饭后，史永祥陪同罗平凡、计时策送嵇文斌、胡晓冬一程。分手后，径直来到市政府市长办公室请示计时策，怎样安排罗平凡熟悉市情的活动。计时策问："没征求一下罗书记的意见吗？"史永祥说："他新来乍到，还是我们先商量个意见供他参考吧。"史永祥清楚，在罗平凡没有进入角色之前，像这类事情必须向计时策请示。计时策听后略一皱眉，没有回答，他考虑的不是怎样安排活动，而是谁陪着罗平凡下去。当然，他是不能身前身后陪他，那太有失自己的身份。最理想的当然是曹晓林，可是，他要研究处理罗平凡挨打的事情。今天，罗平凡又提出了新要求，不能不考虑怎样应付；让常务副市长去？不妥，他对提名曹晓林做市长人选而没提他，一直耿耿于怀，要是借陪同的机会贴上罗平凡，市政府的工作就难平静了。罗平凡是市委书记，只有史永祥陪同了。史永祥陪同，计时策更不放心。他原来是地委办公室的副主任，负责文秘工作。胡晓冬担任地委书记以后，对自己的一些大报告，比如地委扩大会议等一些重要的讲话材料，喜欢自己出路子，或者是拿提纲让秘书们去写，几次讨论时史永祥都是横加挑剔，语言非常尖刻，什么这段是花架子、形式主义啦，什么那段是浮夸不实了，而且还连同些小证据一起装进他那直炮筒子，咚咚咚就是一阵，他也不管哪一部分、哪种提法是胡书记的杰作，弄得胡晓冬觉得这人在身边疙疙瘩瘩，那么不顺心，不舒服，就以年轻后备干部下基层锻炼为由，流放到了这个边远的芬河市。乍来这里时仍有那些棱角，经计时策几次修理，收敛了许多，有点儿发蔫了。计时策已经察觉，这个罗平凡一来，史永祥似有些还阳，又听说他俩是党校同学，这回他俩要拧一块儿，就成了计时策的一块心病，从今天中午吃饭时他就想这个，想来想去，也只有他了。他瞧瞧史永祥说，走，咱俩一起去和罗书记商量商量。

"罗书记——"计时策和史永祥来到市宾馆，一进罗平凡的房间就握住罗平凡的手说，"你的就职演说太好了！作为一个年轻干部能有这样浓厚的民本思想实在是难能可贵，不像我们这年龄段一茬人，文化水平不高，本身就是从工人、农民堆里成长起来的，当然对人民都有感情，那是一种自然感情；你是从迈出大学门槛就进机关，又从机关到基层……”他说到这儿觉得似乎抬高了罗平凡贬低了自己，补充说，“咳，反正不管是自然的还是后生的都是必须有的，必须坚持为人民服务这个宗旨！你这个就职演说太棒了！只有较高的理论知识才能很好地结合实践，我没像你，但也进过江西共产主义劳动大学，不像你们这样学理论知识，学的是很有实际用处的劳动知识，比如种庄稼这些事儿，书本上是没有的，以后咱们互相取长补短。”

罗平凡听出了这话里有话，陪同计时策坐到接待间的沙发上说：“什么就职演说，你出了题目，我不过是就事借题发挥，日后我们能取长补短就好。”他接着问：“计市长，你在共产主义劳动大学的什么专业？”

“农作物种植……”计时策从罗平凡的神态口气、问话中隐隐感到，这个罗平凡虽然还看不出是凌驾于自己之上，起码是在显露的同时，又在和自己平起平坐，特别是那“取长补短”，那语气间还隐隐感到了在讲演中暗暗挥发出来的一种傲气，只有他计时策才能感受出来的。

“好哇！”罗平凡随意说，“我们就是搞农作物种植的嘛，专业太专业了……”

计时策觉得话不投机，在从共产主义劳动大学毕业回来的那一年，他总喜欢炫耀自己是共产主义劳动大学的毕业生，那时候，手上有老茧，裤脚再有牛粪就光荣，就是资本，眼下不同了，党中央提出以经济建设为中心，还有什么“科技就是生产力”他统统听不进去。当然，他也赶时髦，常引用邓小平的一句话“不管黑猫白猫，抓住耗子就是好猫”来比喻自己，就是一只擅种庄稼、是只能抓住种好庄稼的好猫。罗平凡刚才问到这里，只好转了话题：“罗书记，你这次无故挨打，晓林同志揽责任，其实，我应负主要责任。好长一段时间我在主持工作嘛，没有抓好干部队伍的思想政治建设……”

“计市长，不提这个了，该说的你在会上都说了，该安排的也都安排了，”罗平凡说，“我呢，该说的也都说了，其实说来，这么多干部哪能个个都是呱呱叫。”

计时策接过史永祥泡好倒上的一杯茶：“好好，不说就不说，处理这件事上，曹晓林副书记拿出意见后我们随时碰头。”他停停说，“今天我来，主要有两件事情想和你沟通一下。”

“计市长，你说。”

计时策说：“一个呢，就是党代会换届，常委班子人选问题，你来之前，曾经有过酝酿，我向你做个交代；另一个问题就是你熟悉市情的活动安排。”

罗平凡点点头。计时策说："那我就先说，第一个……"他说着瞧了瞧一旁坐着的史永祥，史永祥会意地起身开门回避了。

计时策说："我们这个常委班子，届中时调整过一次，换届选举的压力不大，你这一来当书记就只涉及补充两个新成员。还在年初时，常委组织部长重用提拔到地区去后一直空位，再就是要有一个差额人选。省委还没决定你任这里书记时，地委就催促过，要抓紧筹备党代会问题，这必须涉及换届人选的酝酿，我和班子成员沟通过，组织部长人选初步考虑是市公安局副局长尤熠光。"他说到这儿发现罗平凡一怔，接着说："我不说，你很快也就会知道，这个尤熠光是打你的那个尤熠亮的哥哥。当时我还想，有那么一桩子事情，对尤熠光真不光彩，但，也不能因为这个影响熠光同志的进步，应该一码是一码。尤熠光这个人政治上成熟、正派，很有魄力，政绩突出，他分管社会治安这一块，这几年的破案率、发案率一个提高，一个下降，我们市连续两年被评为全地区社会治安好的先进市。他是全省公安系统的优秀公安干部。重要的一条，熠光同志很有交际能力，这是我们在家里说，他通过一些关系给咱们市争取了很多项目和钱，实在是难得呀……"

"这么说，可是个难得人才。他弟弟打人是他弟弟，就像你说的。"罗平凡说，"现在是大家口口声声都反对搞关系，可又都在找关系。"这时，计时策很注意察言观色，见罗平凡先只是专心致志地听，现在有了应和，可同时，他又从罗平凡的应和中听出些什么，补充说："按他的专长、政绩不一定当组织部长，但现在只有这个空缺。之所以想这样用他，就考虑他是第一号后备干部，思想路线端正，为人正派，基本素质在这儿，熟悉起某一行来也快……"

罗平凡点点头。计时策继续说："党代会是差额选举，还得有个'差'，考虑元宝乡党委书记杨小柳比较合适，是个接近成熟的后备干部，人的胸怀很开阔，遇事能正确对待，也想得开，去年政府换届做了一次副市长人选的'差'，想再让他做常委人选的'差'……"罗平凡仍点头，就是没态度。在计时策看来，是一种稚嫩中的成熟，心里没了底儿，这个点头他是经常对部下来汇报工作时用的，有时点头是表示同意，有时点头是表示听明白了，又有时点头是在思忖……

计时策继续说："还有一个人事安排就要多说几句了，就是市委常务副书记李迎春。他年龄不算大，但暮气大，比我还小一岁，心胸狭隘，私心太重，我批评过一次就摔耙子不干了，更不应该的是借职权之便从公家弄水泥、砖瓦、木材等，在元宝山下盖了个小别墅，开了二十亩生荒地，听说，还雇工种花种果种庄稼。市里该他参加的大会小会都不参加，今天的大会是你来上任，我特意嘱咐秘书科要通知他参加，秘书科的同志，通知了两次，其中一次是他本人接的，也没来，这么忙，还经常发表对现实不满的舆论，已经不像一个共产党的领导干部了，大概是要过陶渊明式的世外桃源生活吧。群众反映很不好，地区纪委还要来查他，我想就算了，也这把年纪了。对他的安排我考虑，一是征求一下他的意见，是辞职还是当巡视员。二是向地委汇报，他要有积极性换个地方也行。总之，还是宽容为好，这个问题已向地委汇报过，基本同意这个意见，至于人选问题，地委想派一名来……”

计时策说完后心想，不表态也很正常，推门喊来在对面房间回避休息的史永祥，请他先谈一谈，如何安排罗平凡熟悉市情的活动安排。史永祥谈了惯例的两种安排法：一个惯例是先走主干线乡镇，然后市直属企业、文教卫生、流通等单位往后排，这种方法叫认认门，看看人；二是请市长先介绍全市基本情况和总体工作思路，然后由市委、市政府各战线分管领导汇报工作，再由人大、政协、纪委主要领导汇报，这叫作撒大网，捞干的。罗平凡摇摇头都没采纳，强调说，胡书记在大会上已提出明确要求，一定要抓紧做好党代会换届工作，时间紧，任务重，关于熟悉情况可以找些关于市情的有关材料，同时找一份干部花名册，自己抽时间看看，可以初步接触涉及换届人选所在单位，结合熟悉那里的情况，顺便了解一下人选，并提出要轻车简从，只要史永祥一个人和市委办主任陪同就行，以后再到基层熟悉情况调查研究，要去的单位涉及哪个分管部门，哪位主管领导，可以去两三个人。史永祥又提出报社和广播电视台，应该各去一名记者，罗平凡答应了。

计时策说，自己作为市长，应该陪同走一走才是，因为涉及人选问题，还是请罗书记独立考察为好。罗平凡笑了。最后，计时策提出，今天下午已过去一个多小时，就不要下去了，要亲自陪同浏览一下市容，看看城市建设。罗平凡点头同意了。

计时策在大会主席台上略显得意，那是因胡晓冬的暗示；从罗平凡就职演说开始，心里渐渐泛起星星点点烦躁的涟漪，越泛越大，渐渐形成了小小的波浪，冲击得他心神不安。又谈了这短短一小席话，他更不敢小看罗平凡了，不再觉得胡书记的暗示会顺利而成了，眼前这个年轻的罗平凡讲话、办事都不落俗套，这就有个防不胜防的问题。看来，他果断而有主意，你提你的建议，他自有他的路数，他要结合熟悉工作考察干部，李迎春、杨小柳好办，尤熠光怎么办呢？关键的关键是别露馅，要堵住任何让他看出破绽的蛛丝马迹。

“罗书记，这样吧，咱们就来个轻车简从，安排一台海狮小面包。”计时策笑笑，转向史永祥说，“永祥，你安排一下，让建委主任齐贵山和建筑集团的总经理房小虎也参加一下，再通知一下新闻单位。”他说着转过来，“请罗书记稍休息休息，我出去有点事情交代交代，马上就回来。”他说完不等罗平凡表态，点点头示意一下起身走了。

计时策一进电梯就掏出手机，信号显弱，伴着吱吱吱、咔咔咔的杂音，拨通了尤熠光的手机，焦躁气愤地问：“我说熠光，你们都是死葫芦脑袋呀，你弟弟打了罗书记就在那里干等着挨处分吗？”尤熠光回答：“计市长，我也在想呢，是不是找省里哪位领导给他挂电话说说……”计时策不耐烦地说：“那是下一步的事，他现在正一个人在房间里……”尤熠光接话：“计市长，我明白了……”

史永祥刚打完电话，罗平凡正在接待间来回踱步，随着敲门声，尤熠亮战战兢兢地走了进来，瞧了罗平凡一眼，便像小学生犯了错误被传进老师办公室一样在等待挨批评似的低下了头：“罗书记，我……错了，我有罪，你批评吧，骂吧，我昨晚喝多了……”

“你就叫尤熠亮？”罗平凡一打眼就认出来了，厉声中带有愤怒，“你就是我们市的交警队长？！”

“是……是……”

罗平凡问：“今天上午的大会参加了吗？”

“参加……了……”

“参加了，你还来干什么？！”罗平凡“啪”地使劲一拍茶几，忽地站起来，脸色涨红，声音严厉地质问道，“我讲的那些你没听懂是吧？”接着声音变得更粗厉，像要挣破嗓子蹦了出来，“你打的不是我，因为你不知道我是市委书记，不是我，是老百姓！百姓！老百姓！”接着，就是驱逐令：“出去！出去！你给我出去！……”

“是……是……”尤熠亮低着头，眼泪在眼圈里转，战战兢兢地倒退着往外走，一抬头，碰上了罗平凡犀利愤怒的目光，转身要出去，与推门进来的计时策正好撞了个满怀。

计时策身子往后一闪，手指着尤熠亮：“尤熠亮，我正准备找你呢！你身为共产党员，交警队长，酒后打人，损害了党的形象，简直不成样子！”他转脸对史永祥吩咐，“史秘书长，你转告曹晓林副书记，从现在开始就让尤熠亮停止工作反省，由常务副队长主持队里工作，请他们调查时考虑一下这个意见……”

“还不快回去反省自己！”计时策怒斥一声尤熠亮后，面向史永祥，“准备怎么样了？”

史永祥看看手表：“我通知他们两点钟前到宾馆门口，差不多了，我们可以下去了。”

罗平凡在计时策、史永祥陪同下来到宾馆门口，不管怎么掩饰，一眼就认出了候在乳白色面包车门口的两个人，就是在小白桦美容美发中心碰上的那两个，胖的肯定就是建委主任齐贵山，瘦的就是建筑公司总经理房小虎。齐贵山戴上了眼镜，房小虎剃去了两撇小黑胡。罗平凡心想，可谓做贼心虚，这么一化装、一修饰说明这两个人还是没小看我这市委书记。

“罗书记，这位是建委主任齐贵山，地区的特等劳模。那位是建筑公司总经理房小虎，市的特等劳模。”计时策向罗平凡一一介绍后说，“这是两位干将啊，有口皆碑，应该说都为咱们芬河市的城市建设立下了汗马功劳……”

齐贵山握着罗平凡的手，一副很老练会应酬的样子和口气：“罗书记，计市长过奖了，能第一个陪您视察工作很荣幸。”房小虎也握着手想随和几句，舌头直打颤，什么也没说出来，心反倒跳得很厉害，只是点头笑笑。

计时策和罗平凡坐的是头一排双人座椅，面包车缓缓开动了。计时策指着窗外说：“罗书记，宾馆门口这条大街主要是办公区，各委办局基本分布在大街两侧，走到头是一条横街，叫富民街，主要是商业区，连接大街两旁的胡同、小巷里都是些做买卖的，有的是专业性小市场。富民路走到东头往回来，叫新华大街，主要是娱乐区，什么游泳馆、保龄球馆、夜总会等……”罗平凡透过车窗玻璃留心一看，大街两旁的座座办公楼错落有致，间或也有家属楼、专业性商店、夜总会、歌厅、美容美发厅等。

面包车轻轻颠簸着，幢幢楼房在车窗前闪过，这里又是一番风采，人流也多起来，各种大酒店、饭店一个接一个，什么香格里拉大酒店、曼哈顿大饭店、海鲜城等，在一些大城市里见到的名堂这里几乎都有。计时策见罗平凡看得出神，慢条斯理地说：“别人说我们是个半拉城市，其实我看呢，并不比省内几个小点的城市差，城区面积三十一点八平方公里，十九点三万人，城市面貌变成这个样子，也不过就是三五年的光景。南北三条主要街道，横向四条主要街道，二十多条辅街，全都是这样白色水泥路面。这三年来，几乎是每年都有三十万平方米左右的楼房平地而起，二十多公里的路面刷新，路灯、绿化、自来水和地下排水设施正逐渐完善配套……”他说到这里，明明很得意，却变成了略带怨气的口吻，“唉，省里有的领导，有的部门，也不知到底拿我们当馒头，还是当豆包，召开的地、市级会议通知咱们参加，召开县和县级市会议也让咱们参加，去年全省二十三个地、市评出‘八佳标准化城市’咱们进榜，今年七十九个县和县级市评出‘十佳标准化城市’咱们又榜上有名……”

“计市长，”罗平凡想，自己离开了的那个清河县什么时候也能变个市呢？那时候，听说有些县的领导疯狂地跑省、跑国家要求撤县设市，自己那里还是个贫困县，现在形势好些了，心里突然产生了一种美好寄托，问：“撤县设市都要具备哪些基本条件？”

计时策笑笑：“都是硬指标呀，城区人口八万以上，城镇人口二十万以上，工业产值二十亿以上……”

“计市长，”罗平凡原打算也只是浏览浏览这塞北城市风光，听到这儿，突然产生了新的意念，“咱们的城区工业都怎么个分布法，有工业园区吗？”

计时策说：“没有，二十八户预算内企业散乱在城区各地方，很不集中，也没法集中。”那口气像是罗平凡不懂，白帽子一样，“那酒厂、农机修造厂、面粉加工厂怎么集中法？”口气里荡漾出了薄薄的轻蔑味儿，心想，这罗平凡毕竟是一个贫困县城来的，看来，当那几年县委书记，也就是抓了抓种水稻，没有雄厚基层经济工作经验的底蕴。我计时策从副县长到市长，到负责市委全面工作，带干不干二十多年，你说工业、交通、农业、城建、文教、流通、常务哪样没抓过，要说不精，哪样也通，说不出外行话。怎么还出来个工业园区呢？

“计市长，我们的城市建设确实不错，三五年能变成这样，可以想象是怎么干法了！我待过的那个清河县，恐怕再有十年也赶不上啊！”罗平凡感慨几句说，“城建嘛，一览就收眼底，饱眼福，我想就近看看工业企业。”

计时策一怔，这个罗平凡思维真就是怪，安排看城建嘛，又要穿插看工业，纯粹是思维不正规，装模作样的学生派头，心里油然而生一股怨气儿，还从没见过一位领导这么安排检查工作的，解释说：“罗书记，没布置也没安排……”

罗平凡说：“领导下去检查工作，最好是不布置，不安排，必要时也就是稍提前点打个招呼，不少地方你这一布置、一安排，就给你演戏，就给你弄假了，看不到真实情况。”他说着，见左侧挂着厂牌，门口挤挤闹闹一堆人，指指说：“计市长，前边是啤酒厂，走，咱们看看去。”接着就吩咐司机，把车开进啤酒厂。没等计时策再说什么，面包车已经开到了啤酒厂大门口。门口停放着一辆装满啤酒箱的大卡车，车旁簇拥着几十个人，一个人躺在车轱辘前，有的要卸啤酒，却有两个人拼死阻拦，乱喊着就是不让卸。

“罗书记来了！”王厂长从人群里挤出来，自我介绍一句和罗平凡打一下招呼就转向计时策，“计市长，市里规定不准外地啤酒来我们市销售，这酒类专卖局执法力度太弱了，我们打了不下十次电话，来了一位女同志，我们派出四十多人，十多个小组在各路上拦车，厂子还维不维持生产了？计市长，我们建议，请公安局介入吧……”接着转向罗平凡，“罗书记，欢迎您来视察工作，上午您讲得太好了，当官就是要像您说的要为民做主，快给我们做主吧！这外地啤酒不加大力度控制控制，我们市啤酒厂就要完了！”

这时从人群里挤出一个人来，自报是附近月牙市啤酒厂的销售员，只冲罗平凡说：“你是市委书记，我们得向你好好反映反映。你们芬河市这地方保护主义也太凶了，把我们那辆车的司机和推销员打得都住院了，全地区没有一个像你们这样的地方，要是处理不好，我们就上地区胡书记那里告状去！”

王厂长轻蔑地“哼”一声，向推销员示威：“你去吧，胡书记是从我们芬河市提拔走的……”说完一挥手说，“不用卸在这里了，把车轱辘前边那家伙拖走，让咱们的司机把车直接开进成品库，有罗书记和计市长给咱们撑腰，咱们厂的干部、工人团结紧紧的，就要看看这些外地侵略者能怎的！”

“住手！”罗平凡一挥手，大声说，“同志们，酒类专卖是国家出台的政策，社会主义市场经济发展到了今天，这种专卖，就不能再是那种封闭式的专卖，应该是一种面向消费者的，是一种质量和价格上的竞争。王厂长，我现在正式通知你，把各路口的堵截人员全部撤掉，通过新闻媒体并和想要到这里来销售啤酒的厂家打招呼，外地啤酒来芬河市销售，只到专卖局登记，报送质量检验单，物价局限制价格，符合这些条件的，允许在芬河市竞争销售！”

“我，我们厂……”

罗平凡没等王厂长说完就接过话：“你们也要提高质量，降低成本，靠物美价廉去占领市场，可以在市里销售，也可以去外地，如果到外市县遇到你们这种阻截情况，我负责出面交涉……”

簇拥在身边的啤酒厂工人七嘴八舌地议论起来，有的说，这么整芬河牌啤酒不就完了嘛！有的说，厂子恐怕也要保不住了；也有的说，市里下的文件还算不算数了……

“就这么办！要是按我说的走了样，出了人命官司，造成重大损失，我唯你是问！”罗平凡严肃地板起脸，用手点划下王厂长，说完，对身边的人说：“走！”

计时策对这突来的场面，像是束手无策，又像是耿耿于怀，理直气壮的样子要说什么，几次要插话都没有插进去。

“计市长，计市长，”王厂长一把拽住跟随在罗平凡身后的计时策，“完了，这样就全完了，我们厂已经四个月没发工资了，上个月你让我给工人发啤酒当工资，让他们自己去卖啤酒，有的卖不出去，就拿啤酒当饭吃，当粥喝。你快帮我们想想办法吧，这六百号人怎么办呢？计市长，怎么办呢？”

“怎么办？”罗平凡转过身来，“怎么办，唯一的办法就是不能再找市长，要找市场。”然后他语气凝重，用手点划着王厂长说，“我就限你一个月的时间拿出怎么办的办法来。否则——”他没有把话说下去，扭身上车了。他的言行举止和上午站在主席台上那样彬彬有礼，笑容可掬，简直成了两个人。

随着罗平凡上车，一片怨声载道：“这叫什么市委书记，吃里扒外！”“反正咱们要吃饭，要上班！”“吃不上饭就告状、上访！”

王厂长上午参加大会时也曾和大家一样，使劲给罗平凡的就职演说拍了巴掌，留下的好印象一下子来了个一百八十度的大转弯。现在这改革那改革，都是说得好听，什么“不找市长找市场”，“市场不相信眼泪”，那么容易？在共产党计划经济怀抱里长大的孩子，你不管谁管？他是这个厂的建厂元老，六十年代建厂时就是筹备处的工作人员，建厂投产后当了计划科科长，后又提拔为管计划的副厂长，名字叫王纪华，大家都叫王计划，大概因他是由搞计划成长起来的，名字又有个谐音，几乎成了全市干部约定俗成的叫法。因为搞计划，常和市里领导打交道，特别是计时策当副县长管工交那一段，算是和计时策混得熟透了，跑钱要帮助成了轻车熟路，当然就了解透了计时策的心理特征，从计时策登上车门回头一刹那的脸上浅露的表情，判定出了这位上级的心理，从深吸口气又呼出，眼睛一闭一睁中判断出他像是在说，现在我不好表态了，一把手说了，没办法；从那苦笑中判断出他像是在说，工人四个月没发工资实在可怜，上次找我，我已经让财政局给你们点钱够发两个月的，新书记让你们不找市长找市场，你们就去找吧！从他那两眼诡谲地半合不合的动作中判断，他好像在说，解决不了生活问题，工人要闹就闹，工人硬闹干部有什么办法……从上午计时策坐在主席台的面部表情动作，就隐隐约约看出了计时策对罗平凡来任市委书记的言行不一致的尴尬和复杂心情以及微妙的心迹走向……

计时策后悔没说几句，又庆幸多亏没说，从群众激烈的反对情绪中，他仿佛看到了自己的希望。他坐在位子上憋住气想，这个罗平凡要是每到一个单位都这样才棒呢，最好是一直这样到召开党代会……

面包车一开进富民街，立即给人一种进入了大城市商业区的感觉，没了那种中兴街上的歌厅、洗发城、门市房式的酒店，光中兴街的街头就有五六座高耸的三星级、四星级大酒店。面包车往右拐去，便是不间断的商厦，客流也多起来，随时还可见到男男女女的俄罗斯客商。计时策提议进中俄贸易大厦看看，罗平凡应允走了进去。大厦确实很气派，举架高，装饰豪华。在计时策领头上了电梯后，从三层往下走，三层全是国产货，羽绒服、运动鞋、牛仔衣、暖水瓶、毛毯之类各种名牌应有尽有，这几乎都是个体商贩租床位营业，这显然是给俄罗斯人采购提供的市场。到了二层，是一色的俄罗斯货，有俄罗斯人租床位经营，也有中国的倒爷从俄罗斯倒来的货在这里练摊儿，货物多是俄罗斯产的呢子大衣、皮靴、手表、剃须刀等日用品。第一层是蔬菜批发市场，全由中国人占摊经营，摊位多数空着，偌大商场只有数量不多的菜贩，罗平凡上去一问价格，简直吃了一惊，这里的三种蔬菜——西红柿、洋葱、黄瓜价格昂贵，比省城还要贵一倍。他细一打听才知道，每天上午，俄罗斯客商运来货后返回的，中国客商过货的，成车成车地在这里抢购蔬菜，被抢购的蔬菜多数是从外地贩运来的，很自然，这里的蔬菜价格就要贵多了。

他们走出中俄贸易大厦上了面包车，计时策刚要介绍这条繁华大街的情况，罗平凡问："附近还有没有企业了？"计时策回答："往前走往左拐不远，是米醋厂。"罗平凡想起"元宝陈醋"是驰名全省的名牌，兴趣很浓地要去看看。他们下车一看就十分扫兴，厂区的路旁、库房门前、车间门前都长满了没腰高的草，房缺瓦，坑满路，一派倒闭的凄凉景象。

计时策对走出收发室的一位中年女同志问："你们厂长呢？"

魏厂长从办公室快步走过来，先握了握罗平凡的手，又去握计时策的手："计市长，罗书记来我们厂视察工作，怎么不提前打个招呼？"

"打招呼你就不让来了是不是？"计时策觉得厂子办成这个样，确实没了面子，质问道，"厂子办成这个样子，你是有责任的！"

魏厂长说："计市长，我去年一月份就向您汇报，请您来听听我们的汇报，您总是……"

"魏厂长，"罗平凡给计时策解了围，"工人都放假了？"

"没有！"魏厂长说，"都让个体户开醋厂的请去当技工去了。这五六年来市里办起了不少个体醋厂，一办就办吧，偷着印厂子的商标，一名副厂长还偷偷卖商标，一张五分钱。家家国营食杂店和一些个体食杂店都有元宝的陈醋，几乎都是假冒伪劣，这些产品还打到了外地。前几年好的时候，年产一百万吨，销售额二十多万元，能挣三万五万元的，现在产一百吨都卖不出去……”

计时策大发脾气：“我还真不知道你们这里有个卖国家商标的副厂长，说到底，这是在挖社会主义的墙脚，回去，我就找检察院……”

罗平凡截他的话：“那些盗用商标的个体户打击了没有？”

“打击了，说是打击不过来，”魏厂长说，“工商局出面封了几家，罚了款，他们又到外地干去了！”

罗平凡问：“这些个体户规模大一点的有没有？”

“有。”

“大约年产多少吨？”

“二三百吨的有几家。”

“你看这样行不行？”罗平凡略为沉思一下，把脸转向史永祥说，“永祥秘书长，由你出面，请工商局长牵头，让纪委主任参加，召开一个有一定规模的个体醋厂厂主会议商讨一下，成立一个元宝陈醋集团公司，自愿参加，愿意参加的可以依次排为一分厂、二分厂、三分厂……需要时我们派技术员、老职工做技术顾问，经过检验符合我们要求标准的，就公开给他们发商标，我们要收取费用。估计他们能不能干？”

“能！”魏厂长肯定地说，“不少来厂这么商量的，我们不同意，他们就偷着印开了。”

计时策忍不住了，问：“罗书记，咱们得论证一下，这公开卖商标，违不违法？”魏厂长为此曾经请示过他，他没同意，罗平凡这么一说，他实在觉得在魏厂长这个基层干部面前丢面子。

“计市长，”罗平凡解释说，“从内涵来讲，这不叫卖商标，卖商标这话只不过是说白了，用市场经济的理论来解释，应该说是技术投入，派技术员是种投入，验收也是投入，那商标费应该叫作无形资产受益！”

“太好了！”魏厂长紧握着罗平凡的手，激动地说，“罗书记，请你放心，有这条政策，我们的陈醋厂肯定能搞活！”

罗平凡握着魏厂长的手高兴地告别：“祝你成功，希望能早日听到你的好消息！”

面包车一开出醋厂，罗平凡提出还要看企业，计时策瞧瞧后排座的房小虎说：“房总，看看你们建筑总公司怎么样？”房小虎连连点头说可以后，他对罗平凡说：“这可是市里的盈利大户呀。”

面包车疾驶起来，调头一直行驶到富民路的东头，开进了公司大院，房小虎打头，先看机械设备停放场，接着又看预制板厂，又看储备材料库……

罗平凡问：“多少职工？”房小虎回答：“三百八十九人，不包括劳保。”罗平凡问：“固定资产多少？”房小虎回答：“六百多万。”罗平凡问：“去年创产值多少？”房小虎回答：“四亿五千零一百万。”罗平凡一怔：“完成多少工程量？”房小虎回答：“二十八点六万平方米。”罗平凡心里计算着说：“三百八十九名职工，六百多万固定资产，创四亿五千零一百万的产值，算一算全市每年三十万平方米的开发任务几乎都是经你手了，当然你是干不过来，那就是你包下来再往外发包，然后计算产值都是你的！而且产值计算还是按现价。这样重复计算产值，体现不了企业真正创造的价值。比如说，你用的砖，砖厂出售后已计算过一次产值，进了全市统计数字，到了你这里，把销售额作为产值，把进入统计数字的红砖价值又重复算了一次，从明年开始，就按国家新规定，按不变价计算企业产值……”房小虎点点头，罗平凡说：“工程活由你发包，说不定承包商又转包，这层层转包，一是提高了工程造价，二是保证不了质量……你去年利润是多少？”罗平凡本不想提这个问题，因为梁威书记交给的上访信中有这个内容，他是想涉浅水直接探一探。房小虎回答：“一百二十万。”

鬼才相信！罗平凡心里暗暗计算，如果按工程造价的百分之五收取所谓管理费，这四点五亿的产值就可以获利润两千多万元，那么，除一百二十万盈利入库外，其余全部进了个人腰包。

罗平凡刚想说明年要采取招标制的工程承包法，怕他们警觉，放快脚步进了预制板场地，一看这么大的规模积压，一定是招用临时工生产的。看来，所有工地的水泥预制板，又一定是这里垄断供应，仅这一项又是一大笔捞头。

社会上传说一些领导干部要暴富，抓建筑，看来不无道理，而且这个“抓”，是歪门邪道的抓法，这种抓法又在建筑行业普遍流行着，成为各地伴着城建热滋生出来的一块腐败的园地。

这次陪同罗平凡看市容，计时策心里有点懊丧，这是无论如何也没想到的结果，从看啤酒厂、醋厂到建筑总公司，他似乎都感觉出了什么。罗平凡训斥王厂长，声音如雷贯耳，像是敲山震虎在向自己施威；对魏厂长循循善诱，像是在争取人心；和房小虎似淡淡的谈话，却是话里套话，绵里藏针……他曾经检验过自己的这种感觉，似乎都有灵验，他开始觉得从内心里发怯了。在觉得这个年轻人绝对不一般时，又一想，凭着自己喝过的水，也能淹没他趟过的河。他已经没有兴趣再看什么，以时间已经不早为由，提议回去。面包车开到富民路和新华路接头处，他一眼看见了那片刚动迁完的地盘，心里又产生了一阵子不愉快。那是胡晓冬透露已和省里沟通，准备让他接任市委书记时，他第二天就和齐贵山、房小虎，还有建委几名工程师，也是坐这辆面包车，围着全市转了一圈，转到这里时看中了这块地盘，选定在这里新建市委大楼，计划着提前动迁好，等经过完一道道程序，党代会结束，正式当选为市委书记时，第一件要干的大事，就是在这里举行奠基开工仪式，并已立项向地区行署打了报告。反正早晚也要说，就不如顺便提一提，他振作一下，手指着窗外说："罗书记，这块地方准备盖市委大楼，已经立项向地区写了报告，胡书记已经点头同意，只是履行个手续，计划过几天奠基，你可得亲自来剪彩……"

罗平凡问："资金安排了？"

"安排了。"计时策提起兴致回答，"我已经告诉财政把那八千万元的资金留住，任何情况也不准动。"

罗平凡点着头心想，三五年搞了这么多城建项目，多大的财力啊！不知怎么，刚回想了一下这一下午的所见所闻，点头侧视计时策时，脑子里奇怪地浮现了卦仙给这位市长的歌谣，心里还默诵着：时策呀时策……

"计市长，"罗平凡瞧着窗外，漫不经心地问，"我们市的年工业总产值是多少？"

计时策说："五十八亿五。"

"包括私营和乡镇企业这一块？"罗平凡判断着说完问，"农业这一块是多少？"

计时策说："去年统计报表是四亿多点。"

罗平凡问："我们的地方财政收入去年是多少？"

"六千三百万。"计时策解释，"我们在税收上很保守，我的指导思想是能不收就不收，藏富于基层嘛！"

罗平凡点点头，心里却想，保守？没的可收吧？像工业这种状况，哪有什么地方收入，全市二百多万亩土地就占去两千多万，再加上金融、建筑、流通，几乎就没有什么工业、乡企创造的税收财富，那个庞大的五十八亿产值数字，大概有相当大的水分落在里头。他看着眼前这飞快发展的城市建设，虽然没细调查城建资金的来源，肯定是上头要，外商投，但是它与工农业状况是多么不协调，就像插在一架骷髅上的鲜花……

12

丽娜面色淡黄且十分消瘦，躺在病床上听着广播又从秀娜嘴里抠出了几句曾听到的风言风语，见秀娜去厨房了，正偷偷抹泪，刚听见门钥匙开锁的声音，计美娟就一阵风地冲了进来：“妈，告诉你两个好消息……”她发现妈妈眼眶湿了，嗔怪地说：“妈，你怎么又哭了，这样对你的病不利……”

“没哭，妈没哭，”丽娜强打笑容说，“美娟，快跟妈说，什么好消息？”

叶美娟脸上绽着笑窝儿，两眼里闪着兴奋的光芒说：“第一，我刚到地区医院去了，确实如史永祥叔叔所说，日本来了一个治疗癌症的坐诊专家，现在治疗癌症不是手术、放疗和化疗三部曲啦，这回又有了个免疫治疗法，就是从你身上抽出500cc血，通过高科技培养出10的10次方细胞，然后分七次给你输回去，这些细胞就像一支消灭癌细胞的战斗队，还能提高你自身的免疫能力……”

秀娜高兴地一脚门里一脚门外问：“美娟，这些细胞怎么提？”

“这些细胞一下子变成几十个亿，不但提高妈的免疫能力，还像……”她说着卖关子地停了停，丽娜问：“快说，还像什么？”“就像解放南京一样，以万马奔腾之势，”她学着战场上的指挥官一挥手大喊一声：“冲——啊——，直向敌人冲杀而去。那位日本博士医生说在他的日本医界对待癌症不像咱中国人看的这么可怕，只要发现及时是一种可治愈的病，像我爸爸那些年那么崇尚‘赤脚医生’不行，还得是邓小平说的‘科学是生产力’。”

秀娜鼓掌，丽娜笑笑说：“你爸爸这个人，你们是摸不透，我可知道，他口头上崇尚‘赤脚医生’，可是，他有了病却不找‘赤脚医生’看，偷偷让人去找劳动改造的老医生来给他看。”秀娜制止说：“姐，不说这个。”然后问，“美娟，第二个好消息是什么？”

计美娟撒娇又卖关子地说：“妈，你总催我找对象，成了心病，三天不到，不出两天就得嘚嘚一遍，这回有眉目了。”

“骗妈吧？”丽娜禁不住要坐起来，秀娜忙上前摁住让她躺下，催计美娟快说。

“妈，你让这个给我介绍，让那个给我介绍，我都看不中。”计美娟说，“这回可真是有缘千里来相会……”于是，讲起了与叶小冬坐车去地区的段子。

丽娜忙问：“快说说这个叶小冬的情况。”

计美娟说：“妈，我只是浮皮潦草地知道一些，一接触就有感觉，家是清河县的，牡丹江师范学院农林系七七级毕业生分配来咱市工作，学历比我高半截，人的个子呢，比我高半个头，身段苗条，长相清秀，像个体操运动员，不过……”

丽娜忙问：“不过什么？”

“不过——”计美娟说，“只有一点感觉，说话动作有点儿屁啦嘎叽，像是一种幽默，又像是……”

“好，好……”丽娜还是坚持坐了起来说，“幽默点好，屁啦嘎叽也好，我当老师的知道，现在这茬孩子，比我和你爸爸小时候那年代是不行了……”她急问关心的实质问题：“美娟，你答应和这个叶小冬处处了？”

计美娟从兜里掏出那张纸条送过去，丽娜看了一眼说：“这字写得漂亮，漂亮，字如其人，一定不错。”然后语重心长地说：“美娟，答应处可就要处到底，别两天就散。”

“妈，瞧你说的，”计美娟说，“要是处着处着不行，我还能死坚持呀，都什么年代了，还能像你的这代人呀，都心崩肺裂了，还同床异梦一个枕头睡到死……”

丽娜听着却由高兴变得脸阴沉下来，秀娜嗔怪说：“美娟，你净瞎胡说！”

丽娜说：“秀娜，美娟没瞎胡说。”然后身子靠住床头板继续说：“你爸爸这个人呢，我和他多半辈了，我可是像是猜得透，却摸不透，刚才在广播里听说，新来的市委书记罗平凡还没上任，就让尤熠光的弟弟给好一顿揍，你说，你爸爸身边都是些什么人呀……”

“妈，”计美娟说，“爸爸工作上的事情你就别操心了，免得人家说夫人参政，多不好听……”

“好，那有件事儿我可得管！”丽娜说，“可能全城差不多都知道了，就是把我蒙在鼓里，刚才，我好不容易从你小姨嘴里抠出了几句话，社会上传，你爸爸和那个开美发店的白华有没有事儿没法知道，黏糊上是肯定了。是不是看着我不行了，提前安排续房呢？”

“妈——”计美娟说，“怕你生气我才没说，我曾经教训过白华，她吓得不得了，你放心吧，你真的去了，那是另一码事儿，要是现在就那样，有你姑娘在嘛，放心吧，我能治她，包括我爸爸。”然后振振有词地说：“听说那个挨打的市委书记是叶小冬的哥们儿，一起来咱芬河市的，听说这个新市委书记像样得很，爸爸当不上书记对咱家来说倒是好事儿，过去我爸爸是这里的土皇帝，谁也管不了他，他要真那样，我会联合叶小冬通融新的市委书记，一起想辙，不能让爸爸胡来。”

“这只是听风，还没见雨，”丽娜听了很高兴，却一皱眉说，“美娟，那毕竟是你爸爸，咱在家里这么说，毕竟是一市之长，你可不能胡来呀！”

计美娟笑笑说：“妈，你放心，那当然了。”然后看着表说：“妈，不早了，我要走了，吃点东西去约会了。”

丽娜立时又喜笑颜开：“秀娜，快打发美娟吃饭。”

计美娟匆匆吃口饭便乖乖地向丽娜和秀娜告别出门了。

计美娟出家门直奔公园而去，走到新宅区路口那栋房的头，发现一个身影闪进了一单元，像是爸爸，她想起白华就在这里住，便加快脚步进了楼，一通敲门。白华问：“谁呀？”计美娟故意变粗着嗓子回答：“公安局户籍科的，查户口的。”白华和计时策都慌作了一团，白华急忙撬开菜窖板盖，给计时策使眼色，计时策慌忙下了菜窖，白华装作坦然地回答：“请稍等，我穿件衣服！”她急忙把外衣披上，盖好菜窖门开了门。计美娟满脸杀气地问：“我爸呢？”

“笑话！”白华说，“你爸一个堂堂的大市长怎么会到我这里来呢？真是岂有此理，请你进屋找吧！”

白华地板下挖这个菜窖当然不是自己用，她开这店要管十多个小姐吃住的，趁菜便宜的时候就先储藏些。

计美娟该看的都看了，包括大衣橱、卫生间，发现地板上有个方块形的盖板，刚要伸手去掀，让白华的心收紧了。计美娟又一想，爸爸一定藏在这里了，如果打开真是这样，难堪而且不堪设想，想起了妈妈的话“那毕竟是你爸爸”，故意去动手抠不动的样子说：“我以为是藏人的呢，原来是块死板呀。”然后手一指对白华说：“白华小姐，本姑娘告诉你，我妈妈还没死呢，我已经警告过你一次了，你要胆敢勾引我爸爸，破坏我的家庭，本姑娘可不是好惹的！”她说完一甩手扬长而去，把门摔得碰了个来回响。白华关上门擦擦冷汗，让计时策出了菜窖。计时策脸也变得蜡黄，心怦怦地跳：“快，快看看我姑娘走远了没有？”白华走到窗前看了看，不见叶美娟的人影儿说：“没影儿了。”计时策说：“你传我来说有急事儿，日后再说吧，我这个姑娘呀，可是抓住理儿不饶人的主儿。”说完推开门鬼鬼祟祟地走了。

计美娟躲在一边瞧着计时策出了楼洞口，使劲呼出了一口粗气儿，然后朝公园小跑起来。

叶小冬透过朦朦胧胧的夜色一会儿看看手表，又目视前方，十五分钟过去了，还不见计美娟的身影，一种被干部子弟愚弄的感觉骤然涌上心头。要是让计美娟骗了，这可怎么向两位师兄交代呀？正沮丧着，计美娟在天边一片彩云的映照下，翩翩而来。他一下兴奋起来，想起刚才两位逛公园乘凉从身边经过的那番议论，叙说罗平凡挨打不还手以及大会上的就职演说，只感叹这才是真正的“爷们儿”，又想起丁奇峰讲述爱情观时要“爷们儿”，这才领悟到与丁奇峰的争执有些幼稚，在学校里俗称“爷们儿”，是指结了婚的那些七七级大学生，而“爷们儿”真正的含义还表现在两位师兄的气质上，丁奇峰上学前离婚那段故事就是“爷们儿”，爷们儿，爷们儿，真特爷们儿……他冲着气喘吁吁的计美娟说：“嘿，真来了，我以为本爷们儿让你骗了呢！”

“本爷们儿？”计美娟大吃一惊地问，“你结过婚？”

叶小冬问：“为什么这么问？”

“你是七七级大学生，应该知道。”计美娟说，“我们省外贸学校虽是中专，那时也有结婚的，同学们都称他们是小老爷们儿……”

“哈哈哈……”叶小冬说，“我过去也这么理解，通过我罗师兄挨了你爸爸部下的打，以及以后发生的故事，我才悟着，罗平凡和丁奇峰喜欢听别人说他们是爷们儿，这表面含意是结过婚的男人，原来这爷们儿是男子汉大丈夫的意思……他俩是我的师兄，也是我学习的榜样，他俩是七七级的爷们儿，比一般的爷们儿还爷们儿，是钢铁般的男子，他俩的气质感染了我，有了爷们儿的气质，按约定时间超过十五分钟了，你再有一秒钟不来，本爷们儿就撂了……。”

“噢，爷们儿，够爷们儿气质！”计美娟说，“对不起，我临时遇到点事儿误了这十几分钟，下不为例。”有人在学校还说她这个女生是爷们儿呢，要是按以往脾气，听了这硬邦邦的话，来了女人的爷们儿劲头，话赶话顶上尖，她还没深入了解就告吹，回去就辜负了那临危又是那么殷切的期待的妈妈的交代。

叶小冬说，“咱就别绕弯子了，直来直去吧，我才知道，你是皇帝的女儿，为什么我一有意你就答应要和我交朋友？”

“噢——”计美娟爽朗地回答，“你刚才一说我对你又悟出了一点儿，因为你够爷们儿。”

叶小冬问：“为什么？”

计美娟回答：“我发现，别人介绍的，追我的，刚一接触最感兴趣的不是我，是我爸爸的市长这官衔。你不然，我撒谎说爸爸、妈妈是一个贫困县种地的老农民……单从这一点看你就不势利。”

“人之初，性本善，”叶小冬故意卖弄了《三字经》里的一句话说，“那我也要问你，你为什么……”

没等叶小冬说完计美娟就截话说：“你是大七七级呀，我是小七七级呀，第一感想就是佩服……”“坦率，太坦率了！”叶小冬说：“现在我才大概知道，你爸爸的部下打了我的师兄，听说还是他宠的部下的弟弟，不知该问不该，能不能也坦率地介绍你爸爸是个什么性格的人？”

“那，我就直言了。”计美娟问，“你读过鲁迅先生《药》那篇小说吧？”

叶小冬说：“太读过了。”

计美娟放慢了脚步用深沉的口气说起了自已的市长爸爸：“什么样的文化培养人的什么意识，那个年代的封建文化培育了人的愚昧意识，我爸爸觉得自己是能种地的一个好把式，受‘文化大革命’中‘知识越多越反动’的毒害很深，念过共产主义劳动大学，尤其是他小时候上不起学，在书馆里听讲《聊斋》，听那些鬼画符的故事入了迷，没文化却善动心机，‘文革’文化和鬼神文化滋养了他的诡计多端……”她情不自禁地说到这里，觉得太坦率了，叹口气说：“也许我不该这么说我的父亲。”

叶小冬感慨地说：“坦率，太坦率了！爷们儿，太爷们儿了！”

计美娟说：“不过，说句老实话，我爸爸这人并不坏，有很善良的一面，还有，他当这个市长以来，市里的工作不错，常受地区行署和省里的表扬，是全省的先进市呢！”

“请恕我直言，”叶小冬说，“你爸爸就凭着这种意识能干这么好？”

计美娟停止脚步笑笑说：“他也有他的合法理论，他说不反对有学识，但是学问高不一定有实践经验，有实践经验的人不一定有大学问，特别是领导农村工作，常用邓小平的话做尚方宝剑，不管白猫黑猫，抓住耗子就是好猫……”

“噢，也有道理，”叶小冬说，“看来，你父亲是个有杂交文化基因的领导干部，让我们慢慢体味吧！”

“你听着——”计美娟严肃地说，“任何时候都不准对我父亲来不济的，你那两个哥们要是玩不济的，你必须站在我的立场上，否则，我答应和你交朋友就等于没交……”

叶小冬很喜欢计美娟这种坦率又刚强的性格，一转身抱住她边亲吻边说：“否则，我亲了你也等于没亲……”

看计美娟并不拒绝，两人不顾路过的行人，紧紧抱在一起拥抱亲吻起来。

计时策心慌意乱地走出白华家楼梯口，还是在车上的时候，直闭眼睛敲脑门，在车往回开时就在脑子里憋股劲儿，有点儿事想说，又一时想不起是要对谁说，说什么。没想到，让计美娟给虚惊一场。他慢慢镇静一下，拿出手机挂通了房小虎的手机，“我说小虎呀，也没有抽出空儿来问你，你给我往台上写的那个条子是真是假呀？这事儿可不是随便乱说的……”他停停接着又说，“我倒不是想怎么的，说句心里话，就这时代，这事儿算个啥，你既然写了那条子，我是想问问，到底有没有？罗书记可是在大会上公开辟谣了！”

“计市长，”房小虎陪同罗平凡这一个下午，心里有底儿了，罗平凡根本就没对上号说那几个顾客有自己，心里坦然了，说，“确确实实是白华小姐领进小间的，这肯定不是假的，这么样吧，我再策略地调查调查，然后给您汇报。”他本来心里比较清楚，是想以假乱真，没想到这个罗平凡好厉害，先发制人，以真乱假了。他知道计市长的意图，不想打消他的兴趣，企望着能不能再巧妙地弄出点“景儿”来，助计市长一臂之力。接着，计时策又拨通了尤熠光的手机，嘱咐说：“这几天，新来的市委书记可能要借个和你的工作有联系的机会考察考察你，可要有思想准备，你一定要给新书记留下个格外好的印象。”尤熠光连连应诺着收起了手机。

计时策拿出钥匙打开门，刚一进屋。躺在床上的妻子丽娜有气无力地叫喊：“时策，你回来了。”计时策忙脱掉西服上衣往客厅的衣架上一挂，走进卧室回答：“丽娜，我回来了，今天怎么样？”小姨子秀娜在一旁接过说：“姐夫，姐姐今天疼得……”丽娜斜眼瞪了妹妹一眼，面黄肌瘦的脸上强挤出笑容说：“时策，得这种病还能一点儿不疼嘛，今天疼得算轻呢，吃饭也比昨天好。”接着问：“你昨晚没回来，怎么也没挂个电话回来？”秀娜在一旁插话：“姐姐，我不是挂电话问了嘛，省里新派来了书记，来那么多领导，姐夫陪客人呢……”计时策故意问：“美娟去城里回来了没有？”丽娜说：“回来了。”秀娜把计美娟说的两件喜事告诉了计时策，计时策只赞叹好，好，好，并告诉丽娜，她的病有希望了，让她要有信心，而且说了如何安排做生物免疫治疗的车送车往。丽娜心里有了些温暖，家庭气氛一下子融洽起来，东扯西扯都显得很投机，可谓亲亲切切一家人。

昨天晚上，计时策从白华家到办公室以后，和尤熠光、曹晓林谈完话，已是十二点多钟，他觉得身子疲劳，脑袋昏沉，打电话叫个车来，住进了市宾馆。他坐到妻子跟前，深情地给她掖掖被，向前探着身子说：“昨天从家走到了班上，不一会儿，就接到省里来的电话，省委派来了新书记，省委组织部、地区都来了领导，我一看时间不早了，就没回来。”明明秀娜已经给妻子解释了，像是没话找话似的问小姨子：“秀娜，你给我打电话没和你姐姐说吗？”秀娜在厨房里回话：“说了，一点儿也不落地说了，姐姐惦着你。”

“秀娜说了，今天的午间新闻看到了。”丽娜缓声缓气地说，“新来的这个罗书记怎么样？听说尤熠光的弟弟把人家打了。”

“小插曲，误会，误会，你就别操这心了，好好养病。”计时策不想和妻子说得太多，“好，挺好的，年轻干部，有朝气，派他来，省委主要是考虑咱芬河市的班子年轻化问题。”

“时策，别人不知道你，我还不知道你？大半辈子为工作兢兢业业，很检点，办事谨慎，和谁都能配合好。”丽娜说话明显减慢，有点儿累了，喘着粗气说，“时策，当不上一把手就不当，别上火，有多大差使操多大的心，你能这样，我可满足了……”

“姐，你不要洗头吗？”秀娜端着半盆水进来，“你把身子斜一斜，脑袋枕在床沿上，垫块塑料布，就别坐起来了。”

丽娜刚要侧身，计时策抱着她轻轻斜转过来。他见妻子身体轻飘，面色蜡黄，两眼深陷，心里一阵揪心地难受，摆放好妻子，对小姨子说：“秀娜，我来洗，你把热水先放在这儿，去把香波取来，我给你姐姐干洗，多洗洗，多挠挠，让你姐姐轻松轻松。”

“时……策……”丽娜哽咽着，“我知道，你是从心里疼我……我……”说着，两珠混浊的泪滴从干瘪的眼窝里挤了出来。

计时策眼眶也湿了，故作大声爽朗的样子：“丽娜，你看，你又难过上了。我不是说了吗，美娟跑城里这一趟，我都觉得大有希望了，另外报纸上登的长春一个土专家，用偏方救了好多人，我派人买药去了，咱要两条腿走路治好你的病……”说着，从秀娜手里接过一袋香波，撕开抹在丽娜的头上，又掺上点水，轻轻地揉搓起来，其实，这手法，还是到白华家去时从白华给自己洗头时学来的。

随着计时策的手轻轻揉动，丽娜的心地像被抻平了一样，平静了：“时策，我不难过，咱俩结婚这些年来，有你对我这么好，还不说自打你当副县长以后享的福，我知足了。我想了，咱俩夫妻二十七年，没红过脸，没吵过嘴……”

“倒是——”计时策笑笑，“丽娜，有你这么好脾气，能吵起来吗？”

“嘻嘻嘻……”丽娜忍不住笑出声来，那声音尽管很脆弱，却像是打开了心灵的门，“你说反话呢，我动不动就吵、就嚷，你从不和我翻脸，当乡长时那样，副县长时那样，当了大县长还是那样。想想我那好急躁劲儿，现在真有点儿后悔，有点儿对不起你……”

“唉，我还是第一次听你表扬我，”计时策又倒上点水，轻轻搓揉着说，“我知道，你吵你闹都是好心。”

丽娜动情了：“不是第一次，只不过以前是在心里，现在该说说了。时策，我现在心里挺舒服，说这话也不难过。我是说，假如我走了，这个位置可要找个好人来占呀……”

“丽娜，”计时策截住她的话，“咱不提这个，我看你走不了，你命里有我陪你到老，你肯定不会走的，说不定你走不了，我走在你前头呢！”

秀娜在一旁梳头，插话说：“姐姐，别说你走不了，就是真走了，我姐夫说了，不找了！”说着凑过来，藏在计时策身后，给他轻轻捶起背来。

“那不行——”丽娜没等往下说下去，“哎哟，哎哟”地疼得叫起来。

计时策顿时显得束手无策了，秀娜急忙取来注射针，一支盐酸氟桂嗪，迅速装备好，给姐姐扎了一针，不过十分钟，丽娜渐渐恢复了平静。

“姐姐，”秀娜说，“刚才话多累着了，我给你冲冲头，休息休息吧！”

丽娜点了点头，秀娜很快给她冲完，又把她扶正躺好，然后对计时策说：“姐夫，姐姐已吃完饭，你该吃饭了，饭菜都在餐厅，准备好了。”

“去吧去吧，时策，”丽娜说，“时策，你去吃饭，我也眯一会儿。”

“姐夫，吃饭啦！”秀娜不知什么时候进了厨房，脆生生地喊，“再不快来吃，姐姐就要唯我是问了。”

计时策微笑着向丽娜点点头，转身进了小餐厅，秀娜已坐上一把餐椅，双肘支着餐桌，右手拿着一双筷子等着了。

计时策问：“秀娜，你也没吃？”

“等着姐夫呢！”秀娜递给计时策筷子，挤眼、努嘴，挑逗地说，“姐夫不吃，我能吃？”

计时策不论面孔、神态在什么情况下都能保持大度的“市长形象”，只有两个禁不住：一是禁不住白华秀美的形体；再就是禁不住小姨子的挑逗。秀娜这一挑逗，他心里开始发痒。他年近五十，性欲不减当年，照他自己总结，就是当官以后，几乎天天鸡鱼肉虾——营养好。

秀娜又拿起一双筷子点划着一个菜，又点划一个说：“我知道，姐夫就愿意吃渍菜粉，浇汁鱼。”接着，眼荡流媚、口气娇嗔地点划着一盘回锅熟食问：

“姐夫，你猜这是一道什么菜？”计时策探探身子细细一看说：“牛鞭！”秀娜的脸上立刻飞起了一片红晕，她用筷子点划一下甲鱼汤里的枸杞子说：“我才知道，这味药材也有那特殊功能。”

计时策两眼有点发直地瞧着秀娜，被挑逗的心由小痒变成了大痒，想要说什么，秀娜一起身进了厨房。如果说过去是想占小姨子的一点便宜，这次他从内心里接受了撩逗。过去不管老丈母娘怎么放风，怎么没话找话，也都不入心，刚才妻子的一番话“假如我走了，这个位置可要找个好人来占上”，还有秀娜撩情的挑逗，在他心里碰撞起了一朵火花，妻子真的走了，倒可以考虑娶她……

秀娜把热好的酸辣汤端出来，往餐桌上一放，“姐夫，我知道，这是你最爱喝的！”放下汤，她把绒衣脱下来往衣架上一掷，自言自语地说了句：“忙乎得好热呀！”坐到了计时策对面。粉红色的薄衫衣拢不住那对丰满挺起的乳房，凸起着，格外惹眼。计时策低头夹菜、默默斜瞧的神色，早已被秀娜看在眼里，他越斜瞧、偷瞧，她就越往前挺胸。自从前几天发现姐姐一天不如一天时，特别老娘一再明敲暗点，她动了心，特意抽空到医院妇科做了隆胸。难怪计时策这么偷着瞧，那么斜着看，是在暗暗奇怪，秀娜的乳房怎么几天之内就变得这么丰满了。计时策站起来刚要动手，秀娜挡住轻轻说：“不准动，姐夫，我可告诉你，姐姐已经听说你在外面拈花惹草了，这可不是你这个当市长的干的，别自吃苦果，我妈和我姐姐都背后说过，姐姐要是真走了，我就给你续房，那样咱还是一家人……”计时策只好苦笑着坐下说：“好，好……”

面包车送罗平凡到市宾馆的时候，齐贵山、房小虎也下了车。两人正商量是凑局子打麻将，还是去小白桦美容美发中心潇洒的时候，房小虎的手机响了。他的手机一挂，齐贵山就听明白了计时策来电话的意图：“怎么样，瞎他妈的整，老爷子惦记上了吧？”房小虎尴尬着脸说：“喂，我说老兄，姓罗的确实没整事吧？”齐贵山埋怨道：“我不是说了吗，没等进间就跑了。”然后用教训的口吻说：“大会上你没听吗，你那一个条子让他警觉了，他实话实说，先发制人，而且那‘实话’中又掺了点小假话，把你写的那埋汰他的条子，改成了什么这里的干部监督意识强，先声夺人，谁要想造什么舆论都不好造了。小子，我跟你说吧，咱俩跟着转了这一趟，你看出来了吧，这姓罗的不白给！”

“老兄，”房小虎眼珠子一转，“咱们能不能在白华身上做点文章，弄点‘景儿’，助咱计市长老爷子一臂之力。反正姓罗的没注意那天在白华那里是咱俩。”

“哼，你小子就是耍小聪明，那还不多亏老兄我戴上眼镜，让你剃了两撇小胡。”齐贵山卖乖说，“弄景儿，你以为这玩政治是谁都能玩得滴溜转呢，还得学老爷子，人家老爷子弄景儿弄得棒！想在官场上弄景儿，那可是玩政治，玩脑袋，当个包工头还行，玩政治……”

“没准儿！”房小虎蛮有把握地说，“要是鼓捣鼓捣白华，让‘景儿’从她那里出，准保能向老爷子交上差。要不，我写那个条子，好像对老爷子说了假话似的，谁不知道咱俩是一根绳子上的蚂蚱……”

“谁他妈让你溜须舔腚不要命了，臭他妈包工头子，经济上溜就行了，还想玩政治。”齐贵山也担心，要是自己不配合，房小虎这小子会拐弯抹角地到老爷子那里说他的坏话，便放缓了点口气，“我看够呛！”

齐贵山一软，房小虎就硬：“保证没问题，咱俩把她请出来，到大酒店里找个单间，我说你溜缝儿……保证没问题。”房小虎心里画魂儿嘴上硬，也是在给齐贵山打气儿。

齐贵山叫号：“你敢保证？”

“敢保证。”房小虎说，“白华给我按摩的次数多，我能掌握住她的小心眼儿。”

齐贵山也动摇了：“你小子怎么弄吧？”

“打赌，”房小虎从手上摘下那块价值二十八万的金壳手表往他手里一塞，“我要是输了，就输给你这个。”

二十八万的东西在齐贵山那里虽然不算大，也足以引他动心。他往兜里一揣，使劲握住房小虎的手说：“好，一言既出，驷马难追，你这玩意已经戴了好几年了，咱来个固定资产折旧法，要是我输了，我给你二十万。”他心里想，要是真成了大气候，计时策把罗平凡挤走了，就可以去老爷子那里讨好，经济上损失二十万，政治上说不定捞回多少个二十万呢。两人商量好，由齐贵山出头打电话，设点儿小圈套儿，把白华请到元宝海鲜大酒店。小圈套果然很灵，他俩打车来到富民路海鲜大酒店，选了个单间，刚坐下，白华就风度翩翩地来了。白华把风衣一挂坐下，房小虎就递上菜谱说：“白小姐，今天我请客，感谢你赏面子，你先点两道菜。”

“不忙，”白华接过服务小姐倒好的一杯茶说，“等尤局长来了再点吧！”

齐贵山说：“白小姐，尤局长刚刚来过电话，说请你包涵，他突然有点事儿走不开，叫咱们点菜先用，过会儿抽出时间来，一定来。”

“噢，”白华一皱眉头，略显扫兴，忙赔笑脸，“好，那我就点两道菜，四只小青龙，每人一只，再来一只龙虾。”

“好好，”房小虎心里嘀咕，看来真像齐贵山猜的，要是不说尤熠光来，还真请不动她，点小青龙还带了他一只！他对齐贵山说：“齐老兄，我的上司，请你再点两道。”

齐贵山接过菜谱，翻了一页瞧着说：“来一只俄罗斯甲鱼，红烧，再来一只象拔蚌。”点完把菜谱递给房小虎：“你做东也得点两个。”

“行了，等尤局长来了再点，”白华一旁当起家来，话题一转，“怎么芬河市都哄哄说尤副局长的弟弟尤熠亮把新来的罗书记打了？”

房小虎说：“我为这个到他弟弟家去了……”接着对记菜单的服务小姐说：“好，先上这些，一会儿客人来了再点。”小姐问：“需要什么酒水？”房小虎一一征求意见，最后确定随着白小姐的兴致都喝蓝带啤酒。

“唉——”白华叹口气，“看上去尤局长弟弟那人挺老实的，怎么干出这种事？”

房小虎故意把话扯开，先开始了攻心战术：“我说白小姐，有点儿事想求你，不知道行不行？”

“太高抬我了，我一个开美容美发的你们能有什么事求我？太荣幸了。”白华喝口茶说，“我知道，无非来了好小姐叫我给你留着呗！”

房小虎“嘿嘿”一笑：“你怎么把大哥看成这样了？说正经的。”他指指齐贵山又说：“我们哥俩儿常去那里消费，最近我揽了一个大工程，来些体面人，准备全部到你那里消费，能不能打打折呀？要是有君子协议，我先给你转去二十万。”

“好说，你就转吧！”白华一听心里很高兴，“我那里生意火，你们这儿都知道，就是去前也要提前一个小时给我先打个电话。这么样吧，昨天我招来了八个俄罗斯小姑娘，用她们洗头按摩，也收平常的价，这就等于打五折了。”

白华的话音刚落，服务小姐端上了清蒸小青龙，四只八瓣摆满了一盘，房小虎打开一瓶啤酒先给白华倒上，又给齐贵山倒，最后给自己倒上，举起杯来说：“感谢你的关照，敬你一杯！”

“说句老实话吧，到我那里去玩，一是安全，二是小姐漂亮，对你们这些头头脑脑的来说，安全很重要。”白小姐一饮而尽，先后给齐贵山、房小虎倒上，自己也倒满一杯，举起来很感激的样子，“这样吧，借花献佛，感谢你们二位的捧场，下次去玩，我请客！”说完一饮而尽。

互相敬酒间，菜已上齐，礼节已过，相让着品尝起菜来。

“齐主任——”白华瞧着盘里只剩一条小青龙了，便问，“你问问尤局长到底能不能来了？给他打个电话！”

齐贵山抱歉地说：“白小姐，真不好意思，今天真是请尤局长来陪你的，没想到他弟弟为那事要接受处分想不通……等等，咱们再等等，说不定正烦心呢，还是别打电话了！”

“这事儿对尤局长也能有点影响，他得去平一平。白小姐可能听说了，尤局长要当常委组织部长啦！”房小虎故意卖关子后说，“白小姐，你知道不？尤局长他弟弟打的罗书记就是昨晚到你店里那个让你领进小间的……”

“啊？”白华瞪大了眼睛，“他就是新来的市委书记？罗书记？”

“没错，”房小虎乘机而入，“那个罗书记进去多长时间？跟没跟你……”

白华一挺身板：“你说什么？！他根本就没进呀……”

“咱们又不是外人。”房小虎一挤眼说，“白小姐，进就进嘛，他要没要不正经的，你正经就行呗……”

白华有点急了：“没有就是没有嘛，你要干什么，你……”

房小虎有点乞求的样子，“我就是想问问，他和你……没和你要……”

“和你妈要了！”白华听到这里顿时火冒三丈，“哗啦”一声掀了桌子，扭身要走，又斜回身，手指着房小虎连哭带怒斥：

“姓房的，你是什么东西！想拿我开心，我找市长告你去，你瞧着，呜呜呜……”

白华一阵旋风似的走了。

“丁零零……”

计时策听秀娜和妻子对话时屏住呼吸，一阵紧张，心情刚缓和下来，忽听客厅里响起急促的电话铃声，接起来听了两句，就知道了名堂，便“啊啊啊，是是是”的点头应酬，最后说：“那好，来车了，我马上就去！”然后告诉妻子说：“没事儿，不用担心，就是新来的罗书记让交警队长尤熠亮打了那点误会，出了点紧急情况，必须立即去，要是天晚了就住在宾馆不回来了。”丽娜担心地嘱咐了几句。计时策像市长辞别客人一样，告别了没尽兴的小姨子匆匆走了。

打来电话的是房小虎。白华掀桌子大闹海鲜大酒店走后，齐贵山也懵了，房小虎急得满头大汗，团团转，无奈给计时策打了电话，怕白华真的告状，把事弄大了。

计时策刚下楼梯，手机响了，一听是白华，忙说，我马上到你家。走出楼门，便躲路灯，避人影，悄悄溜进了白华家。

这回，白华没有像往常打开门锁后神秘兮兮地在门后等着，上好门锁陪计时策一起进卧室。她把门锁打开，就回到卧室趴在桌上，呜呜哭起来了。听到轻轻的门响，她披头散发、满脸泪痕地一下子坐起来，冲着计时策就说：“我要告状，告房小虎、告齐贵山那两个王八犊子……”

“小点声，”计时策说，“有话慢慢说，深更半夜的，让邻居听着像什么玩意儿？！”

白华还是不放低声音：“房小虎诬蔑我，说新来的罗书记昨晚到我店里，让我领进了小间，和我要了流氓……呜呜呜……”

计时策不由自主地问：“到底要没要呀？”

“啊？”白华忽地坐起来，发疯似的说，“你也怀疑我？！我不活了……”说着拿起床头桌上一瓶安眠药就要往肚里吞。

计时策急忙扑上去：“小华，这是干什么，我不过是问问嘛……”说着把她抱进怀里，把药夺过来装进了自己的衣兜。

白华抽搐着说：“你要是也不相信我，我就写封遗书，死给全市的人看。”

计时策一听怕了，这也是个能弄出惊天动地事的女人，忙堆笑脸：“小华，除了你我还相信谁呀，听见房小虎给我打电话，我骂他个狗血喷头，正要赶到你这儿来，一下楼梯，正好接到你的电话……”

白华一想，可也是，要不来不了这么快，便放缓了口气：“我要是干那种缺德事儿，还怎么有脸见你呀……呜呜呜……”

“我相信，”计时策的心也放松下来，“今儿晚不回去了，这就是咱们重要的纪念日……”

白华心里乐了，脸上还有气样儿，心想，计时策呀计时策，过去你是牵着我走，这回，我可要牵着你走了……

13

曹晓林见妻子倪莉莉在客厅里聚精会神地看电视，走进书房拿出关于尤熠亮打罗平凡问题的调查报告，刚在调查报告右上角写上“请时策市长批示”七个字，倪莉莉进了屋。曹晓林已经知道，外边议论自己夫人参政舆论很大，倏地把调查报告收起来，顺手塞进了抽屉。倪莉莉小旋风似的刮到身后，伸手去拉抽屉：“喂——什么保密的东西，见我来还藏了起来，是不是外边有小蜜了……”这几年来，特别是曹晓林提拔为党群副书记管干部以后，全市皆知他是计时策的大红人，倪莉莉时时都在注意是否有女人在黏糊他。

“你怎么这么让人心烦！”曹晓林用肚子顶住抽屉说，“你怎么一天总是小蜜小蜜的，得小蜜病了？！这几天我是焦头烂额。”他说着张开嘴，“你看，我这舌头上起的泡……是尤熠亮打人的事儿！”

倪莉莉是不见兔子不撒鹰，使劲推开曹晓林，伸手去拉抽屉：“嗬，不就是罗平凡挨打那点儿破事儿吗，碍咱什么事儿？！他们说怎么处理，你就怎么处理呗！”说着拽出了调查报告，胡乱翻了翻，一下子翻到最后一页，看到了调查建议，要给予尤熠亮撤销交警队队长职务，给予司机谭小平开除干部队伍、留用察看一年的处分，接着把调查报告往桌上一扔说：“这帮有实权的小萝卜头比你这当书记的都张狂，我看见他们就来气，活该，这回算是打到茬子上了！”

“在家里叨叨还行，”曹晓林一皱眉头，“你就是嘴碎！到外边可别这么说。尤家兄弟对咱还算不错，尤熠亮前天还给我打电话，说你去找他帮朋友办一个走私车牌照，人家不是给你开绿灯了嘛！”

“这点事儿，还值得给你打溜须报告！”倪莉莉说完突然想到了调查报告的话题上，“我说晓林，你们开完那个全市副科级以上干部大会，我们工商行的回去都说，新来的这个罗平凡挺是个茬子，你可别大姑娘要饭吃——死心眼子啦！不少人说，恐怕计市长站不住脚了！我看呀，你也得多个心眼，别一棵树上吊死，该靠就得往罗平凡那边靠靠……计市长对咱有恩，咱对得起他也就得了呗。”

“这两天，我也想过。”曹晓林虽说烦妇人参政，可觉得这个妇人有些观点还挺实，“莉莉，你是不知道，我给老爷子垫一次背冒一身汗，这回，就是怕垫不好，想靠罗书记又靠不住，落个两头不是人呀！”他吸了一大口气又呼出来，“再说，谁不知道我是计市长的人？现在一些人的价值观念发生了很大变化，能不能靠上且不说，就是靠上了，罗平凡会不会寻思，这曹晓林是计时策的人，是不是来搞身在曹营心在汉呀。再说，那基层干部和老百姓的舆论你就受不了，会说这小子真不够意思，计市长对他那么够意思，他还背叛，甚至以后再换领导也不敢正经用你。我想了，豁出去了，实在不行，就一条道跑到黑。”

“现在大家就传，新来的罗书记和计市长不是一条道上跑的车，”倪莉莉哼一声说，“恐怕你跟着计市长跑的这条道用不多长就是‘黑’了！开会那天我去了，你看那罗书记，小个儿不高，说话多横呀！”

曹晓林说：“管它多长了，反正这么说吧，没有计时策也没有咱们今天！就拿你说吧，要不，能上工商行当出纳？”

“工商行，工商行，我还没和你说呢，”倪莉莉有点儿赌气的样子，“我去时候还行，各行都盖高楼大厦，寻思计市长说一回话，就挑个楼盖得最高的，进了工行。可当个破出纳是一点儿权都没有，看见他们一个个收小红包简直把我气死了！倒好，出纳、出纳，光能储不能拿！再说，现在也完了，市里的企业一年不如一年，家家亏损不还贷，光那呆死账就老鼻子了。行长说，我们下月开支就成问题了。”

她说着说着有点儿数落上了：“我不行，是个老娘们儿，头发长，见识短，你倒是堂堂管干部的副书记，也没干明白。你看，人家我妹夫，在南方一个小县，还不像你当党群书记，才是个小组织部长，哪年都能弄个百八十万的。我妹妹说了，提个乡长、镇长、局长什么的，不拿个五万、六万的……”

曹晓林有点儿不耐烦了：“这穷地方能和南方发达地区比吗！那里是争着抢着当乡长、镇长，这里乡又小又偏僻，当地选不出来就要派，派谁谁不愿意去。你没听着吗，成天有来找的，让去不愿去，去了的想早回来，往乡下派干部像往屠宰场赶猪似的，给他们钱都不去，给你送钱！再说，那叫买官卖官……”

倪莉莉有点不服：“那你们还成天吹得乌烟瘴气？买官卖官怎么的，现在是市场经济，啥不买，啥不卖？你挣那么两个熊钱好干啥，就你——像东郭先生似的，这怕那怕。我妹妹说了，我妹夫当个县委常委组织部长，比家里开个工厂都强，不交费，没人收税，拐弯抹角动点脑袋就收点儿。”她说着说着，又由不服变成了气恼，“好，咱不说别的，你提拔的那些有实权的干部，比方说那个建委主任齐贵山，建筑公司总经理房小虎，别看往党委会上是你提的名单，人情早让计市长送去了。你就寻思寻思吧，每年春节给你送的那两个破钱还不够夹眼皮的！”

“你怎么能这么看问题呢？”曹晓林一皱眉头，“人家是市长，我主管，叫我提名单也是应该的。以后，我们在家里打电话牵扯到干部的事，你把耳朵堵上，不然就回避回避！我不是说了吗，没有计市长哪来的咱们今天！”

倪莉莉见和丈夫争不出个强弱，缓和了口气说：“晓林，现实点儿，说正经的吧，去年，咱们家的收入比前年的收入增长了百分之十八，今年你要努努力，增长个百分之三十，咱们家就有这个数了。”她伸出三个手指头又说：“说不好听的，或者就是说，你明年党代会上落选了，再往坏处打算，新来的这个罗平凡不用你了，这一辈子也够了，咱们就不和他扯那个淡了，到南方买套房子，愿干啥干啥。像李迎春那窝囊废呢，还猫到个元宝山跟前搞小开荒去了……”

“你……”曹晓林刚要反驳倪莉莉，心却在颤抖，这老娘们简直是钱串子脑袋，太可怕了，收礼还计算增加百分比。他气恼地说，“你当是你们银行呢！你没看见吗？今天报纸、电视上曝光，明天发通告，多少干部都因为受贿撤了职，进了笆篱子，太可怕了……”

倪莉莉轻蔑地“哼”了一声，说：“那是不会整，收个人的钱比收公家的钱更有把握，二人转的事儿！到哪儿查去？！像我们银行，年节送礼钱都打到吃喝费里去了，没个犯事儿！这年头，哪个单位不肥吃肥喝？我说晓林呀，那些找你要提拔的，估计能成的就收，提拔不了的，给也不要……”

倪莉莉正说着，电话铃响了，她忙接起电话：“喂——哪位呀？”

“倪姐呀，我是崔二妮。怎么样了？挺好的吧？我很想你呀！”

倪莉莉灵机一动：“嗨，什么叫好，什么叫不好呢？你还不知道，我们工商行下月就开不出工资了。”她说着，突然一转口气，表现出吃惊、关心的语调，“喂，二妮呀，刚才我看见我家老曹在那里改一份文件，正愁得够呛，说是你家尤熠亮打了新来的市委书记，调查都调查完了，就是拿不准处理意见。调查组有人说要开除干部队伍，有人说要降职……”

“你看，多长时间不见面，打电话就找麻烦。”崔二妮着急地接过话，“倪大姐，我打电话就是为这事儿！我求求你了，这事情得靠你和曹大哥多帮忙了。”

倪莉莉为难地说：“二妮，我家老曹那个人的脾气，你也不是不知道，工作上的事我很难掺和进去。他顺心了，咱说一句半句的还哼哼哈哈；要是不顺心，劈头盖脸这么说你不要参政，那么说你工作上的事不要乱掺和……”她说到这儿，又变了点味道：“我就不愿意听他这么瞎叫唤，刚才还让我戗戗了一顿呢！我说，怎么胡掺和呢，怕掺和别和我一个被窝儿……”

“哈哈哈……”崔二妮笑的声音很响，“倪大姐，听你这么说，曹书记是在家呀，我去一趟，怎么样？我要有点儿表示，你可得给我面子呀！”

倪莉莉支支吾吾：“这……这……”

只听“咔”的一声，崔二妮把电话挂了。

曹晓林埋怨：“你让她来干什么，谁不知道那个崔二妮放在锅里煮不烂，放在菜板上剁不碎！再说，处理尤熠亮的问题，人家计市长都定了调子的，让她来磨什么呀？又帮不了什么忙，再说在这种大是大非的原则问题上……”

“行了行了，”倪莉莉不耐烦地说，“我知道在这种事情上你做不了多大的主。刚才我已经有话了，把你开门定好的弦，我再紧一紧，逗弄逗弄她，外边都说他家有的是钱……”

“……”

倪莉莉正和曹晓林理论着，门铃响了。倪莉莉边去开门边斜一眼曹晓林说：“你忙你的，少插话呀！”

倪莉莉拉开门将崔二妮迎进来，神秘兮兮地直接把崔二妮领进卧室说：“大妹子，你说你家老尤挺老实个人，怎么喝点酒就把不住闸了？再说，打谁不行，怎么就偏偏打了人家新来的罗书记呢？那是随便打的吗！”

“唉——”崔二妮叹一口气，“倪大姐，一言难尽呀！就算我们尤家哪辈子没干好事儿做了损，这辈子还上，唉——啥也不说了，倒霉！”

倪莉莉把留点儿缝的门关严，说：“老曹把材料放在桌子上，我去拿东西，扫了一眼，那处理意见上这么写的，是要开除干部队伍呢！”

“不对吧？！”崔二妮瞪大了眼睛说，“是撤职保留干部呀？你看准了？”

倪莉莉一口咬定：“白纸黑字，写得清清楚楚，我看得也清清楚楚……”她说着眼定定地瞧着崔二妮，“当时我还想呢，要是开除干部队伍，这个人不就完了吗，那就是一棍子拨拉到工人堆里去了，以后可就不好爬起来了。”

“倪大姐，”崔二妮不由自主地使劲拽住倪莉莉，几乎有点苦苦相求了，“这回，我可真求你了，让曹书记给串弄串弄，好孬也得保住干部这个小名，我们全家八辈子忘不了您和曹大哥呀！”

“唉——”倪莉莉发现崔二妮兜里鼓鼓的，略扫一眼很快闪开说，“我刚才在电话里不是说了吗，我家老曹这个人，我说话，他也是阴一阵儿阳一阵儿的！”

崔二妮说：“这事儿我也只有求你了。计市长倒能说上话，他布置的，要是曹书记先拿出个意见，计市长就好说话了。保住干部这个小名，以后还有机会，要是一下子开除了干部队伍，可就彻底完蛋了。”

“我试试看吧！”

“你别试呀，就得给大妹子这么办。”崔二妮顺手从腰兜里掏出厚厚一包东西往枕头底下一塞，“好，倪大姐，就这么的，先表示这点意思……”说着起身就往外走。

倪莉莉欲放欲留，拿出钱来故意放慢脚步：“二妮，二妮，咱们姐妹间可不兴这个……”崔二妮紧走两步，甩掉拖鞋，蹬上自己的鞋，急忙拉开门一闪身走了。倪莉莉欲追欲送欲还，推开门哐啷一声，又关上回到房间，从枕头底下掏出那一包东西打开一看，是三捆，心里暗喜，略施小计就得来了三万块，真像妹妹说的，做什么买卖能有这么大红利？正在得意，曹晓林的脚步声传来，她急忙把钱又塞回枕头底下，佯装整理坐皱了的床单。曹晓林进门就问：“崔二妮来和你嘀咕什么玩意儿？”倪莉莉回答：“能说什么，还不是为了他家尤熠亮打罗书记的事儿，让我和你说说，能不能不处分，或者是小处分。”曹晓林问：“你怎么说的？”倪莉莉回身回答：“我说，能帮忙是没问题，晓林那人你还不知道，对谁都是心善，人家计市长早定了论，晓林有什么办法，再说，外边人都嚼舌根子，说我参政参政的，能说的我也不能再说了，好心当了驴肝肺，有些人叫我帮忙，我帮成了，得便宜到处卖乖……”最后说：“这不，崔二妮没坐多一会儿叫我一竿子把她支走了。”

曹晓林听着往沙发上一坐，点着一支烟抽一口说：“莉莉，你做得对，罗书记刚来，我看他这人火气太冲，咱们千万可不能捅出事儿来。现在是特殊时期，多一事儿不如少一事儿……”

“我懂，”倪莉莉接过话说，“晓林，我怎么想，刚才你说的那些话也不对。你还年轻，计市长提拔了咱，咱知恩就是，将来也不能忘他，过年过节看他，死了给他烧纸，对得起良心就行了。咱们怎么也不能在这一棵树上吊死！”

“唉——”曹晓林呼出一口烟，说，“有些事情你不懂，官场上的事情复杂得很哪！”

倪莉莉坐到了旁边的沙发上说：“晓林，就凭着你巴结计市长这套本事，我看你完全有心计、有能力再巴结上罗书记。有人说你专维护巴结一把手，我看说对了，不维护一把手维护你们呀，你们能顶个屁！有些人瞎他妈乱戗戗，我看是嫉妒……”

别说曹晓林总埋怨莉莉参政，这番话还真说到他心里去了。

14

按着罗平凡的建议，凡是独身又安排在市直机关的人员，都安排在市政府宾馆外一头倒出的几个房间，搭成上下铺，每个房间安排四个人，这样吃住行都方便，目的是为他们创造良好的工作环境，虽然四人一间，比在大学时八人一间已经安静多了。

丁奇峰正坐在小桌的灯下重温那位日本水稻专家所著《水稻叶龄栽培技术》，叶小冬带着与计美娟初次约会的满足感兴冲冲推门进了宿舍，刚要开口，被丁奇峰指指正在看书的两位室友，然后“嘘——”了一声，推他一下出了宿舍，开口就问：“约会怎么样？”

“感觉良好，”叶小冬说下好，话题并不往这上引，着急地问，“师兄，你知道平凡挨打的过程吧？”

丁奇峰爽口回答：“当然知道！”

“我在公园听人议论说，平凡在这件事儿上称得上是爷们儿中的爷们儿，”叶小冬说，“我又想，也不能白挨这顿打呀。”

丁奇峰问：“你想怎么的？”

“嘿，怎么的，你说怎么的呢？”叶小冬说，“他平凡不好出面，我俩想办法可以的呀，教训教训打人这家伙，他公安局长的弟弟有什么了不起的！”

“喂——”丁奇峰说，“要照你说的，这么干，那只是社会上说的爷们儿，就不是咱七七级的爷们儿了！再说，这个尤熠亮是个基本素质问题，我刚才和史永祥聊了，市里不少干部都是‘文革’中成长的干部，文化低、素质差，报刊上所说，十年‘文革’，百废待兴，要适应新形势，还要人才待出，社会上说我七七级是一代天之骄子，就要带个头，把树人和兴业结合起来，做不愧七七级的爷们儿！”

叶小冬咂咂嘴闷住了，丁奇峰问：“快说说和女朋友约会的事儿！”

“真只是感觉良好，”叶小冬说，“坦率得不能再坦率了，是我们八十年代新一辈这一伙的，不过，听她那么一说，她那市长爸爸可是个捉摸不透的人物呀……”

“这些，你我都不用多想，”丁奇峰说，“到时候听大师兄平凡的，你我都没他政治方面有经验。”

“那倒是，”叶小冬说，“不过，那个计美娟有句话很令我犯琢磨，她说，要是我们的一些观点和他爸爸闹不协调时，让我要站在她的立场上。”

丁奇峰问：“你怎么回答？”

叶小冬说：“我没有回答，因为这是走着瞧的问题，谁知她的立场是什么立场呀？”

“好，不重色轻友，”丁奇峰给了他一拳说，“有七七级的爷们儿味儿了！”

叶小冬说：“是，我得把有些话和大师兄说说。”

“算了，”丁奇峰看看手表说，“不早了，平凡该休息了，对了，平凡说明天他要下乡，让我跟着去呢，我顺便和他说说。”

叶小冬问：“没说让我去呀？”

“你去干什么？”丁奇峰说，“我下去研究农业是我的职责，你在外贸，又不研究做买卖，怕人家不说咱是“七七帮”呀，咱俩跟着来，已经有这种舆论了。”

叶小冬挠挠头说：“还是师兄想得周到！”

丁奇峰说：“只要看准计美娟是个好姑娘，就要咬定青山不放松。”

叶小冬打趣说：“我已经咬了！”

“啊？”丁奇峰问，“你俩已经亲嘴了？”

“那当然了，”叶小冬说，“不亲白不亲呀！”

丁奇峰给了叶小冬一拳：“嗬，真有你的！”

俩人虽都感到眼前有些迷乱，兴奋却是主流，叶小冬说不能在这里站着唠，指指前面一个烤串店说：“师兄，我请你吃串喝啤酒！”丁奇峰说：“我请你。”俩人兴致勃勃地朝串店走去。

15

刚吃过早饭，罗平凡在史永祥的陪同下走出宾馆，要按与计时策说定的计划进行，到换届选举人选的元宝乡去检查工作。

罗平凡推门走下石阶，见门口首尾相接地排列着一个小车队，回头问史永祥，是不是跟随我去元宝乡的。史永祥问办公室主任小高，小高点头说是，罗平凡问史永祥，我说的那种进口车准备了吗？史永祥点了点头。罗平凡问都是哪些单位，小高回答说："一号车是给你和秘书长安排的，其他都是些涉农单位，有农委、农业局、乡企局、水利局、畜牧局、林业局、水产局，那辆沙漠风暴大吉普就是主管农业的副市长的专车，其余两辆是广播电视局的新闻采访车，交警大队的开路车。"小高见罗平凡脸色不对，一再解释，这是按着常规安排的。

罗平凡边听边数点着车列，正好十一辆车，每辆车的门口都停站着两个或三个人，不用问，除司机之外，就是那些单位的一把手，光一把手不行，其余不是副职就是最了解本行业情况的局内干部，常规都是这样，跟着大领导下去，一旦调查中问个数字或什么情况，一把手答不上来，身边总得有个能递上的。罗平凡心里明白，这些市、县各委办局，如果务实的风气不好，越是一把手越是叫不准情况，真正了解情况的往往不是一把手，而是那些副职或者是那些科员们。

罗平凡吩咐史永祥，让准备随行的人员往前凑一凑，要说几句话。人凑到一起了，在罗平凡面前的石阶下站了黑压压一小片，连围观的大约有五六十人，罗平凡举起右手打个招呼说："首先，感谢各位积极配合我深入基层调查研究，尽快熟悉芬河市的情况。不过，我有个想法，既然是调查研究，主要是向基层的同志和实际去调查。我想，这次就不用大家陪了，等什么时候需要涉及各分管口研究工作时再请大家参加。你们看，怎么样？""好——"随着一声叫好，人群里响起了一阵热烈的掌声。

人群刚要散开，罗平凡招招手："大家先不要动。"接着指指新闻采访车说："我还不知道广播采访车里要去的是局长还是记者，我看，既然是调查研究，又没有决策性的实质内容，也大可不必劳驾我们的记者同志了。这里不知道怎么样，我刚到清河县的时候，县电视台的节目里几乎天天有领导们的光辉形象，老百姓按谁的影像多依次排成了一号、二号……影视明星了。群众这种暗喻的讽刺，有些领导干部还不觉，谁的哪项活动没上电视还直拿广播电视局出气，争论谁的镜头画面多了，谁的少了，谁的长了，谁的短了。后来我就出了一个主意，也可以说叫馊招吧！就像六几年挨饿使用票证那样，规定什么内容上电视，什么内容不上，而且个人工作行动不超几次，让电视台多报道些老百姓的事情……”他说着话锋一转，“从我一出大门，电视台的记者就一直在对准着我，今天我还真想给记者同志分配一点任务，就是把我们出发前的活动作为一条重要新闻播出。你们听着，从今天开始，对于领导下基层工作要轻车简从问题，市委要求要严格按以下三条办事：

“第一，市五大班子领导下基层工作一律不准警车开道，一律不准路旁设岗，一律不准基层上路迎接；

“第二，要轻车简从，特别是领导下基层调查研究、检查工作之类活动，车辆不超过两辆，跟随人员不超过三至五人，今天我是带个头，由永祥秘书长、办公室高主任，还有分配来到农委工作的七七级大学生，一共三人；

“第三，在基层安排工作餐，夜宿时间一律不准参加夜总会之类的娱乐活动。

“史秘书长，你把我提出的意见向计市长和纪检委等有关领导沟通一下起草一个文件，如无异议抓紧下发一个叫市委市政府关于迎来送往的三条禁令，并要求纪委和新闻媒体监管执行。”罗平凡脸一侧对史永祥说，“从下发文件之日起，违者一律先停止工作反省。如屡禁不止，将再根据情节严惩不贷！好，出发！”

他说完，办公室主任小高打开敬候的前门等待罗平凡上车，罗平凡却按着史永祥手指的方向上了一辆普通的国产吉普车，小高急忙紧追着史永祥、丁奇峰身后也上车坐到了后排座上。

国产大吉普离开市宾馆疾驶而去，准备陪同的几十人几乎都两眼直勾勾地瞧着，待车子没影儿了，开始议论起来，几乎都在琢磨，自己也该换换车了。

小高坐在罗平凡身后，想了想说：“罗书记，今天的这些排场都是我安排的。史秘书长昨天下午告诉我，您今天要去元宝乡搞调查研究，熟悉情况，我就按着领导的常规要求安排上了。请您放心，今后，我和办公室的同志们在史秘书长的领导下，一定按着您的工作作风服好务。史秘书长知道，我们办公室的干部是最能接受批评、最能按领导意图办事的。”

“这就好。”罗平凡目视着前方说，“说到这儿，我还真得说几句，办公部门不是有句通常说法吗，就是把办公部门的工作归结为搞好‘三服务’，那就是为上级领导服务，为本级领导服务，为基层服务。这种‘服务’千万不能搞得庸俗化了。比如刚才我要上车时，你给我开车门，这一点，我从进官场就看不惯，而且从心里反感。这一个小小的动作，不仅损坏了你的形象，也损坏了我的形象。现在有些地方的干部，官不大还都配个专职秘书，拎包、开门、拿衣服，这无形之中就成了官场形象。一个领导干部，连自己的衣服、文件包都不拿，还要有人开车门，怎么去为人民服务呢。也可能这是一种派头，这种派头在老百姓眼里就格格不入！”罗平凡说着说着，真的来了气，“现在，秘书成群，简直成了官场一大公害，我见过有一个市，正副市长八职，配了八个秘书，市长带领班子成员到下边开办公会，安排晚饭，不算陪的就得五六桌，市长们一桌，秘书们一桌，专职司机一桌，市长们那边当然是市长坐首席，依职排坐了，连秘书、司机桌，也是按服务对象的官职大小排座次……”又问：“小高，我们这里是不是每位市长、书记都有专职秘书，都有专车呀？”

“是。”小高往前探探身子，把着椅背回答，“罗书记，如果您不配秘书，也把那些领导的撤掉。其实，领导要下基层工作，在办公室或分管战线的单位找个人跟着就是了嘛！”史永祥说：“小高，现在先不能提这个问题。罗书记刚来，先不触及这些涉及班子每个成员的事，等理顺理顺，把一些事一起做个决定贯彻执行。”

罗平凡点点头：“那就选个适当时候。”

北方边陲的初秋是迷人的，在朝阳辉映下，大豆摇铃，玉米晒缨，水稻泛黄，田野灿烂似锦。

“警车开道，已经风靡各地，不光省级领导、市级领导，有些县级干部也常如此！”史永祥发起了感慨，“我们都知道，警车是干警执行特别任务时用的，主要是执行追捕救险之类的紧急任务时使用的，让路人给予先行的让路方便，警笛一响，人们便在脑子里反映出紧迫的信号……我们的一些领导干部下基层使用警车真不知是什么意思，又没有什么急需要办的事情，连与老百姓同往行路都不能，还谈什么为人民服务呢？据说，初兴警车为领导开路时，警车一响，路人都提心吊胆，以为什么地方出了什么事儿。后来知道是给领导干部开路，老百姓也就见怪不怪、习以为常了……”

罗平凡说：“就连封建王朝的官僚们也没造出这种气氛，那时的官老爷坐轿子，无非是一帮小喽啰轻锣慢鼓，举着写有‘回避’大字的府旗开路。”

“罗书记，你说得太深刻了。”史永祥说，“罗书记，你说那三条咱们只能是从我做起，地区领导、省里一些领导来了还要警车开道。其实，这是上行下效，一些不正之风的根子都在上头。”

丁奇峰只是听着，他这时才体味到，罗平凡有实践经验，读了这四年七七级，可谓如虎添翼呀。

罗平凡说：“以后，地区和省里来领导，我们也照此办理。”史永祥说了声坚决照办。罗平凡手指一下左侧一座小山问：“那里是什么光景？”

那里是一幅很不协调的图画，元宝似的山腰上有一座树影中隐隐可见的古式建筑风格的小庙，挨着山脚有一幢砖瓦房，砖瓦房的左侧是片白花花的东西，右侧是一片黄澄澄的东西，一些骑自行车的，开着胶轮小蹦蹦车的，步行的，有去的，有回的，好不热闹。

小高介绍说：“罗书记，那座小山叫元宝山，那座庙叫元宝寺。是改革开放以后，市民委向财政要了点钱，又化了缘，重新整修的一座旧庙，常有人去那里烧香求平安，烧香磕头求富。”

“噢？”罗平凡问，“我们这里信这个的人这么多？”

小高回答：“元宝山和元宝寺很有一番神话色彩的传说呢！”

“你们都去过？”罗平凡问。

“以前去看过，最近一年间没有去，”史永祥说，“计市长批评的李副书记挪用公款盖小别墅，搞小开荒，就指的是在这里。不光我们，机关干部去的也少，都怕闹个给李副书记通风报信儿或者是打得火热的嫌疑。”

罗平凡心想，按着计市长的提议，李迎春也是这次换届选举涉及的人选，说：“走，咱们看看去。”

“罗书记，”小高说，“恐怕元宝乡的杨书记他们早在乡界那里等着接咱们了。”

罗平凡说：“走！我根本不愿意也没安排他到乡界去接。这回，也让他们尝尝苦头！”

大吉普拐进岔道朝元宝山驶去。道路曲折不平，车子摇摇晃晃地前进着。

元宝山因有元宝古祠，被省里确定为自然保护区，山上蒿草茂密，山中天然林丛生，素被称为林中少女的小白桦林、东北大汉的柞树群、林中少年的白杨树，簇簇片片，相挤相拥，绿叶虽微显泛黄，但仍展示着勃勃生机。

“哟，”罗平凡看着眼前的小山说，“这座小山很像元宝呀，大概这座山，大概这个元宝乡，就是因此而得名吧？”

小高点点头，讲述了从老人那里听来的关于元宝山的传说。“相传是宋朝末年，巡抚为抗御外来侵略，派一名京城小吏为知县，并给他移民一千户，令他广招移民落户，来这里屯垦戍边。这位知县骑马赶程数日，一天日当中午，来到这里踏查荒原时，到了现在的市区所在地。他在马上忽见眼前荒地在阳光下闪闪烁烁，形似一块元宝，翻身下马去找时，却什么也没有。他骑上马，又见到了刚才的情景。几次下马又都找不到元宝，几次回身上马都是那种情景，他让随从上马观察，随从也说是这样。随从指着东北角一座元宝似的小山禀告知县大人，你看地上没有元宝，一定是那座像元宝似的小山祥光折照。知县急忙上马细看，果然前面有一座元宝似的小山。随从说，知县大人，这是元宝山向大人显灵气呢，我理解，是让大人在这里建城立府。知县大悟，立即派人报告巡抚。巡抚也大喜，很快对这里投人投物建房移民，并指定以此为元宝的中心，圈出了偌大一块形似元宝的地域，从此便有了历史上最早的元宝县。”

罗平凡的身子颠簸着，听得津津有味，感慨说，这是人杰地灵呀！史永祥也兴致勃勃，开玩笑说：“罗书记，鸿富之地，必有鸿人，天降大任于斯，必有鸿富！”罗平凡摇头笑笑，直说不敢不敢。

传说虽然是传说，蒙着一层神话色彩，却实实在在地寄予了自古以来人们对这里的美妙憧憬。车子一出城区，罗平凡就看到，眼前是一片片流油般的黑土地，远处有茂密的大山林，区域内有奔腾直下的大江，新近又建起了国家一类陆路口岸……不把这里建成在全国数得着的富裕地区，作为这里的父母官，那就对不起这里的父老乡亲！

大吉普到了元宝山下。他们下了车发现，黄澄澄的是水稻，白色的塑料大棚里面的是蔬菜，有刚刚开花的黄瓜、西红柿等，奇怪的是，那些来来往往的人并不是去庙里烧纸进香的，都拎着一小布口袋去那幢红砖房，也有的是从里面出来。

罗平凡先走进去，一下子被一种想象不到的紧张场面吸引住了。一名五十岁左右的人和一名年轻的小尼姑坐在桌旁的微机前，桌面一块白布上平整地摆撒着两小堆细碎如面的黑土。小尼姑像熟练的钢琴师一样操作着键盘。那个五十岁左右的人戴上花镜，在细细地辨别着两小撮细土在屏幕图像上显示出的颜色差异，不时用笔记着，待屏幕上隐去图像后，对身旁的一位老者说：“老张头呀，你这块地的氮肥很足，磷肥差一点，钾肥差得多，给你——”他顺手递给被称作老张头的一张单子说，“这是施肥的比例，我都写在上头了。”接着问：“该谁的啦？”身后一位中年妇女递上一个小布口袋回答：“该排到我啦，靠山村的老刘家。”

“哟——”罗平凡笑笑搭讪，“这是在采用现代技术，用微机科学地检测怎么施肥呢！”

小尼姑回头瞧瞧，见是个陌生人，又低头忙起来。那个五十岁左右的人若无其事的样子，只顾往白布上倒那中年妇女递上的小布口袋里的土。

“李书记，”史永祥打破尴尬局面，对五十岁左右的人说，“我来给你介绍一下，”说着指指罗平凡，“这是省委给咱们市新派来的市委书记罗平凡同志，昨天上午召开的宣布大会，办公室说通知你了……”

李迎春平淡地回头瞧一眼罗平凡又忙乎起来：“你们知道我不能去还通知我。噢，昨晚上电视里看到了，倒是好一个血气方刚的年轻人，咳——”他长叹一声说，“没用啊，我的史秘书长，你还是听我的建议给新书记出出主意吧！”

罗平凡心里一颤，果然如史永祥所说，真有人不相信自己能在芬河市站住脚。

“李书记，”史永祥有点儿被冷落得受不住了，“过去毕竟是过去，新来的罗书记听说你在这里，特意来看望你，你要有点起码的礼貌呀……”

李迎春摘掉眼镜忽地站起来，怒不可遏地一拍桌子：“我对你们统统不感兴趣！在元宝这片土地上，我和你们还讲什么礼貌？！你清楚，我不就是对计时策的政府工作报告提出反对意见，提了个芬河市的经济工作重心必须立即由城建开发热转移到突出发展工业和农业上来吗？！我不就是提出这么多建筑工程应该实行投招标和合同签约管理，这样让建筑总公司一家包揽弊端太多吗？！他计时策大会小会指桑骂槐，挖苦我不懂政府工作。地区省里有关部门领导来检查工作，只不过是他汇报工作时我插话亮亮自己的观点，他就说我当面找他的难堪，告他的状。如果说过去是提建议的话，这回我真就名正言顺地开告了！我知道，他计时策地区有人，省里有人，我明知告不赢，也要告，告，告！告到底……”

屋内空气骤然紧张，赶来的农民们个个目瞪口呆。罗平凡说：“李迎春同志，走，找个方便地方咱们慢慢谈。”

“哼，有什么说的！”李迎春用鼻子轻蔑地哼了一声又大发起牢骚，“之后，我干什么他否什么，我说什么他批评什么。我忍无可忍，到了地区去找胡晓冬书记，胡书记一口一个了解了解，一口一个计市长不能这样吧，让我要顾全什么大局。我到了省里，省里又推到地区，我真没想到这么大个省，这么大个地区，这么大的共产党天下，竟没有我能说通话的地方……胡书记不是在昨天大会上讲了吗，什么新老搭配，什么辩证法，都是让计大市长说了算的变戏法。”

史永祥截住了他的话：“你没看昨天大会的电视节目吧？”

“有什么好看的，那个嵇部长刚说出新老搭配，我就把电视关了。”李迎春不屑一顾地又忙乎起自己手里的事来，“多亏我这些年辛辛苦苦工作，还有点儿人缘，让几个部门给我拉点砖瓦、水泥和沙石料，盖了这么一幢小砖房，开起了点撂荒地，计时策又大做文章，说我利用职权盖小别墅，搞小开荒，过田园式生活，几次让纪检委来找我……”

罗平凡问：“纪检委说什么了？”

“他们能说什么！”李迎春气得喘起了粗气，“我行得正，走得正……地区和市纪检委的几个人来时严严肃肃，听了看了，左右为难。听说把情况向计时策反馈以后，计时策说是我巧立名目，定为以公谋私。”

罗平凡已听出看出这位干部的委屈和对事业的真情，想借他的话继续了解了解他，也是想让他通过发泄，泄泄心里的火：“纪检委的干部怎么个左右为难法呢？”

“怎么个左右为难法？！我李迎春堂堂正正，心底无私天地宽呀！”李迎春忽地站起来，手指着窗外说，“我种的几亩水稻是从清河县引进来的，试种成功了。清河县的县委书记以稻治涝，富了全县，我是想试种成功了推广到老百姓那里去，我们这里一多半乡是涝洼地呀！我种的大棚，也是要推广到老百姓那里去，芬河自己有了口岸，出口的蔬菜都是外进的……”他像是没有把罗平凡放在眼里，频频敲击着桌子继续说：“有了这个口岸，把蔬菜价格都抬起来了，这里老百姓吃菜，差不多要赶上吃肉了！不信你们可以到市场上看看……一个个还口口声声共产党的干部呢，呸——！”

李迎春的激愤、恼怒，引发了罗平凡的激动和敬仰，要以稻治涝，要发展出口蔬菜生产，像两把旺火把人的整个胸膛都烧得火辣辣的，这就是芬河市人民通向富裕的两条路啊！

“李书记，”史永祥介绍说，“这位新任的市委书记就是从清河县调来的，叫罗平凡！”

李迎春先是一怔，接着主动握罗平凡的手：“这么巧呀，久仰久仰，清河的老百姓可都说你不光领老百姓致富，还一身正气……”

“可是，现在的社会到处是歪风邪气，可不能认为凭一身正气就能打开局面，就能干好工作，有些搞歪门邪道的人往往还红着呢！”罗平凡叹口气说，“李书记，近两天内你能不能抽点晚上时间到市宾馆我住的房间，咱俩聊一聊；要不，你定个时间我去找你。”

“不，那怎么行！我有的是时间，我去，我到你住的地方去……”李迎春从内心里感动了。

罗平凡是激动、是同情、是感动、是敬意……连自己也说不清了，也许是这些感觉都有，它们在心里汇合成一股强大的热浪在翻腾着，冲动着，这是他参加工作以后很少有过的。李迎春也来了兴致，心里想，不管这位年轻的书记最后能不能站住脚，能不能为自己伸张正义，难得他这片真诚相待的心啊！他带领罗书记、史秘书长和小高看了水稻试验田和蔬菜大棚，最后非要邀请罗平凡看看他的别墅。他们一坐下，那个使用微机的小尼姑，还有一个中年和尚，急忙洗杯，泡茶，倒水。

“姑娘，看来你是给李书记帮工的啦？”罗平凡问小尼姑，“你能不能给我讲讲为什么要削发为尼呢？既然进了寺庙，为什么又与常人为伍呢？”

小尼姑扑闪一下一对美丽的眼睛说：“李书记人好哇，不像有些当官的那么道貌岸然。”她瞧瞧罗平凡接着说，“我要是说真心话，不会给我扣帽子吧？”

罗平凡说：“现在这年代还有人乱扣帽子吗？”

“有啊，”小尼姑脸色沉郁，“就有的领导在大会上点我，说我对社会不满，还说，要是那个年代，起码判几年。我对这说法更不满，现在不是那个年代了吗！不满就不满，能怎么样？！”

罗平凡说：“不满就是不满嘛，我们当干部的就应该想办法让大家‘满’呀！”

小尼姑笑了：“瞧你这么说，我不就没气了吗！”她接着讲述了自己削发为尼的经历。她叫吕小贞，是从一乡中学考进省城大专学医的。家里很贫困，妈妈爸爸供她念书花了不少钱，借了债，一心指望大学毕业后有工作，挣了钱帮妈妈爸爸还债，没想到毕业分配出了问题，人事局管分配的说，你们两个学医的要一起分配，现在市医院只空一个编制，让等一等。有个在医院工作的上届毕业的校友给她出了个主意说，一定去人事局管分配的那里表示表示。她回家和妈妈一说，妈妈东借西凑借了一千元钱，给管分配的送了礼。管分配的还说让等着，等了一天又一天，听说那个毕业生已经到医院上班了，她急急火火地到人事局找到管分配的。管分配的说只申请了一个编制，你再等一等。她仍是实心眼地等啊等，过了一天又一天，很快半年过去了。她去找那个上届的校友诉说苦处时，校友说，什么编制不编制的，市医院超编进老鼻子人了，主要是你表示得太少了。她问需要多少？校友一伸巴掌，她吓了一跳，啊，五千元！妈妈爸爸供自己念书已经借了三千元的债，这回送礼又借下一千元，全家承包十多亩地，十年六涝不收，好年景收的粮食除了交公粮外，加上养猪，都收不进家三千元钱。她一口气跑到市郊一块地边的树下痛哭一场，觉得生活的路实在是太难太难了。不久，听说市民委给元宝寺招几名尼姑，每月二百元工资。她来到民委，用讥讽的口吻问当尼姑用不用请编制，民委的干部被她问得哭笑不得，说不要，工资是从寺庙的管理费里出，她就这样一气之下削发为尼了。

“这么说——”罗平凡瞧一眼吕小贞，“你削发为尼，是对‘腐败编制’的抗议哟？！”

“可以这么说吧！”

罗平凡问：“小吕同志，你能不能告诉我那个管分配的干部是谁？能不能告诉我那一千元钱给的是不是他？”

“不说不说！”吕小贞连连摇头，“钱是咱主动给的，又不是人家要的。现在社会风气就这个德性，我要干了这种事，以后谁还和我来往？谁还和我家里人来往？！听说不少地方都是不浇油不转轴……”

“嗨——”罗平凡长吁一口气，心想，现在的不少老百姓怎么都这个心态呢？为了克服窘态，他故意岔开这话题，“你既然削发为尼，意为不染尘事，怎么又与李书记为伍了呢？”

吕小贞说：“我见李书记为我们老百姓累得太可怜了！”

“喂——”罗平凡问旁边和尚，“你是怎么回事？能说说吗？”和尚直摇头说，说不说没啥意思。在李迎春的规劝下，他讲了自己的一段在二轻局一个直属小厂当厂长被撤职的经历……

罗平凡听完，心上像挂上了铅坠，直往下沉，直觉得呼吸困难。他忽地从沙发上站起来，瞧着屋里所有的人，似乎是想说什么又什么也没说出来。在场的人都清晰地看出，他有好多不好说的话憋在肚子里，从他那涨红的脸上又看出，他像是憋住了浑身的劲儿，就是发泄不出来。他示意史永祥要走，先握了小尼姑、和尚的手，然后，紧紧握着李迎春的手说：“迎春同志，我希望在住处早日等到你！”说完，大步走出了红砖房。

16

截止到罗平凡来芬河市任市委书记，已经有三任不是因为比不上计时策懂农业，常让计时策搅得没法开展工作，就是不适合这里的人际关系。甚至上面来民意测验或考核班子时，竟有 80% 左右投票画 ×，认为不称职，无奈只好离开，计时策好不容易从上头得来消息，芬河市的市委书记非他莫属，不料又杀来这么一匹黑马。才来几天，他就预感了这个打牌不出正张的罗平凡的头不那么好剃了，让尤熠亮这么一整，简直是太被动了。加上白华闹，妻子疑，令他心烦意乱。白华又打了两次传呼，他还是不敢去，因为计美娟盯他盯得更紧了，到了这份儿上，这个千金可是什么事儿都干得出来。他想来想去，说不定这千金有了叶小冬这个男朋友，能助自己一臂之力呢。可这叶小冬到底是个什么样的人，他需要了解了解。于是商量了丽娜，又找计美娟，决定设家宴欢迎叶小冬认认门儿。丽娜当然是满心欢喜了，一吃完早饭就梳洗打扮，要让未来的姑爷子看看自己，生命力还很强，她要等着抱外孙子呢。

计美娟按约定时间、地点引领叶小冬去她家，刚到副食品店门口，叶小冬就拎着三塑料袋东西走了出来。计美娟问买的什么，没有必要买这么多东西，太破费了。叶小冬滑稽地提溜起一兜示意一下说："烧鸡和竹叶青是给未来老丈人的，这进口的美国深海鱼油和多种维生素是给未来老丈母娘补身子的，这韩国化妆品是给未来小姨妈的，让她好好擦，好好抹，好漂漂亮亮再嫁……"他话音刚落，计美娟问："你溜须这，溜须那，怎么没有我的呀？"叶小冬低头让她看贴心兜，计美娟把头伸过来，叶小冬伸过嘴去就要亲，计美娟伸手揪着他一个耳朵说："昨天咬得我舌头尖都肿了……老不老实？"叶小冬连忙求饶，计美娟才松了手。引得旁边行人都看热闹，叶小冬撇他们一眼说："大惊小怪，北京公园里，大路旁一对对青年男女拥抱的，亲吻的，老了。"计美娟松开手嗔怪他说："北京是北京，这是这，以后少再整这事儿，你瞧着……"叶小冬嘿嘿一笑，和计美娟说说闹闹朝市领导家属区走去。

叶小东一进门，先对站门口迎接的计时策呈上礼物鞠个躬说："伯伯，这是我孝敬您的，这酒喝了千杯不醉，这烧鸡吃了展翅腾飞。"计时策只顾笑着接礼物，不等开口，叶小冬又给丽娜鞠个躬呈上礼物说：“伯母，这是孝敬您的营养品，祝您早日康复。”丽娜支撑着脆弱的身子正抿嘴笑着接礼物，叶小东又给秀娜鞠个躬，呈上礼物说：“小姨，这是我孝敬您的化妆品，您用了美如贵妃……”

不光是受礼物的人，连计美娟都觉得这个叶小冬滑稽可笑，但又不烦人，计时策客气一番，来就来呗，还破费干什么……丽娜、秀娜也都嬉笑着说些类似的话，把叶小冬迎进了客厅坐下。

“小伙子，”计时策拿出一副未来老丈人，又像是市长的派头问，“家是哪里的？”

叶小冬回答：“爸爸、妈妈在北京工作，我寄养在奶奶家，在牡丹江市。”

“噢……”计时策笑笑说，“离芬河市不远。我还有个儿子叫小林，在俄罗斯做生意，不常回来。”

“以后总有机会见到的，”叶小冬说，“还有，我和美娟说了，阿姨去做生物免疫治疗，不用来回跑，也不用住院，来回跑消耗体力，住在医院让人感觉不好，三天、五天的就住我奶奶家……”

厨房里餐具锅和勺叮当响，秀娜和计美娟在厨房准备招待饭，连丽娜也高兴地去了。丽娜听到这话，攥紧着湿手跨出一步说：“小冬，你想得可真周到……”

计时策都想不到这上面去，打断丽娜的话问：“小冬，罗书记跟我说，下去熟悉情况去了，丁奇峰也去了，你怎么没去呀？”

“伯伯，这不是美娟约我来这里吗，”叶小冬解释说，“再说，人家丁奇峰在农业局工作，跟书记下乡是理所当然的，我在外贸局工作，不搭界呀……”

“到这里来什么时候都行，”计时策认真地说，“怎么，听说罗书记没让你去？罗书记这么说的？”

叶小冬瞧着计时策没有吱声。

计时策说：“话这么说，你进了这个门，咱们就是一家人，一家人不说两家人的话，你这就不懂了，咱们的中俄陆路口岸是易货交易，这俄罗斯的国情是重中重懂吗？”他完全把叶小冬当后生，当小学生，当自己未来的女婿了。

叶小冬想起了计美娟说他的那些话，故意摇了摇头。

计时策拿出有学问的派头说：“俄罗斯的经济发展呈畸形，重工业太重。我们国家呢，是轻工业太轻，这些轻工业多属于农副产品加工，我们多数是用轻工业的产品换取他们的重工业产品。轻工业产品的原料来自乡村，去了解了解情况有什么不搭界的。”然后身子一后仰靠住沙发背哈哈一笑。

他这一笑，让叶小冬感到了不是滋味，这一番话，还让叶小冬感到了计时策自以为高于罗平凡多少。这一点，他可是不敢苟同，也不搭茬。而计时策说的什么“重中重”“轻中轻”，他是知道的，他本来想到这里不谈政治，不说知识，不说工作，就是爱上美娟了，来表现日后会对计美娟好，会做懂事儿的姑爷子，没料到，却是闻到了政治气味。

丽娜半个身子探出厨房门说：“美娟爸，小冬是来认亲的，不说这些好不好？”

计美娟也听出不对味儿，急忙说：“爸，快帮我收拾桌子吧，菜要上桌了。”

计时策笑着站起来走向客厅，叶小冬也随之跟出去说：“伯伯，听说你是模范市长，看来，在家里也是模范家长呀——”

计时策笑笑说：“什么模范家长呀，一家人都管着我呢……”叶小冬听着这话倒觉得很风趣，在他眼里，这个未来的老丈人倒算不上什么“老谋深算”，只不过是一碗能看到底儿的水。

饭菜备齐，三位女性一上桌，特别是丽娜和秀娜家长里短，气氛混合起来，计时策难插话了，当谈到叶小冬分配到外贸局工作时，沉默了许久的计时策还证明自己在这个餐桌上的存在，而且是有分量的存在，和叶小冬碰个杯说：“史永祥来征求我的意见，我说，罗书记的意思还有什么说的，去吧，嘱咐他到那里好好干，眼下外贸局可是个有担当的部门呀……”

“谢谢伯伯，”叶小冬接着计时策的话说，“我倒有个想法，想听听您老的指点！”

计时策也咂口酒：“你说。”

叶小冬说：“我想先在外贸局干，以后想搞边贸经商，想请您给我个平台。”

“这可不行！”计时策摆出一副家长的姿态，“中专以上的学校、大学，出校门就是干部身份，连我上的那共产主义劳动大学出来都是干部身份呢，要不是那个机会，我怎么能转干？怎么能当上市长？是，现在有个时髦儿词儿叫‘下海’，那以后你这干部身份不要了？”

叶小冬问：“伯伯，美娟的哥哥不是在俄罗斯做生意吗？”

计时策说：“这你也知道，说句实话，他是不好好念书，考不上学……”

这突如其来的话题，让三位女性都懵了，尤其是计美娟，瞧瞧计时策，又瞧瞧叶小冬，真不知该站在哪一边说话或圆场，只是瞪着圆圆的眼睛，听着计时策说什么共产主义劳动大学，都直皱眉头。

“伯伯，您知道，现在还有一句时髦儿的话叫‘解放思想，更新观念’，”

叶小冬话软嘴硬，却不停地要说话，“你肯定知道，人家温州个体私营经济搞得红红火火，仅打火机一项就占全国出口总额的90%，还有出口的轻工产品，我的一个叔叔在那里，发得呼哧呼哧的，他的孩子一有学习松懈就吓唬他说，再不好好学习，就送你去机关当公务员……”

“行了，小冬，你和美娟都还年轻，我过的桥比你走的路多，”计时策喝口酒还放大了声音，“这都是嬉说，你要是想将来做我的女婿，这条路走不通……”

计美娟刚说了句：“走通走不通好好商量嘛。”叶小冬瞧着计时策那神气的一言堂家长作风和市长气派，再也忍不住了，忽地站起来双手一拱并改口说：“计市长，你家的姑爷我担当不起，告辞了。”

叶小冬转身时计美娟一把抓住他追到门口喊：“叶小冬，你这个混账东西，什么狗屁爷们儿，你亲我白亲了……”

叶小冬回头应答说：“那你亲我也算白亲了，一块钱兑换两个五毛，两不找这就是本爷们儿的脾气……”说着一溜烟跑了。

计时策家里陷入了沉默，这房间里沉默的空气似乎比大吵大闹的气氛还令人感到紧张。

尤熠光算是踏踏实实睡了一宿好觉，因为打罗平凡闯下的祸，在计市长的精心策划下总算天衣无缝般有了解决办法。他真满足给计市长当部下，你回头看看吧，可以说是没有过不去的火焰山。

他泰然地起床、洗漱，刚端起饭碗，计市长打来了电话，说罗书记到元宝乡检查工作顺便考察杨小柳去了，回头可能要到公安局检查工作，但主要目的是考察考察你尤熠光，一再嘱咐，一定要动动脑筋，给罗书记留个好印象，过好这一关。

尤熠光好一阵子为难，这个“好印象”怎么留呢？到公安局检查工作，当然要听一把手的全面工作汇报。公安局成绩很多，包括自己分管的社会治安这一块，这时候，主要成绩就是一把手的功劳了，尤其这个一把手最近几天思想上让人隐隐感到有变化，昨天下班前的班子会上，透露出对新来的罗书记的敬佩，大概是出于知道自己和计市长的深奥关系，才没有说得很露骨。特别使他心里不满意的是，曹副书记来调查罗书记挨打一事，他明明知道尤熠亮是自己的弟弟，在谈处理意见时，丝毫没留一点情面，当着自己就表现出了那种愤慨。他放下电话正为难，手机又响了。

“什么？什么？”尤熠光明明听清楚了，还是在急切地问。

打手机的是崔二妮，急急火火地大声重复着："小月跑了！早晨起来，我见她眼睛红肿，问她是不是又哭了，她不吱声，劝她不要哭，等生完孩子就好好安排她，找个好工作，然后着装就到公安局，可是她就是不说话。我在做饭，她说要去给我买酱油，我说还有，不用你去，你就在家老老实实待着，以后会有你荣华富贵的。我没注意，也不知什么时候，她偷偷开门跑出去了。我撵出去的时候，已经不见人影了。问楼门口一个卖糖葫芦的见没见到一个小姑娘，卖糖葫芦的说见了，大约二十来岁，拎着一根小细绳向东跑了。我回家一看，可不是，她房间里搭衣服的小细绳被解走了……"

尤熠光真的害怕起来。打了罗平凡，在计市长眼里像是惹了天大的祸，他心里虽然紧张，却没有这事儿这么紧张。惹怒了罗平凡，找找"上边"靠山，了不起换个地方。这回，小月的事情直接牵扯到省里那个靠山，如果小月真的上了吊，出了人命，给那个大官儿惹了麻烦，那可是一完百完。虽然当着计时策说省里的靠山是自己的什么亲戚，其实八竿子拨拉不着，真正关系密切起来，就是给他送了个小月当保姆。当时就看出他非常喜欢小月，可怎么也没想到他会把小月睡大了肚子！小月要真有个三长两短，遮不住的话，可真就成了全省甚至全国的重要新闻，自己多难堪，就可想而知了。

他急忙打电话要来车，蹬上鞋小跑下楼钻进车，让司机火速前进，按二妮说的方向寻踪而去。车子出了城，前面的大道，左右的小道上不见小月的人影儿，尤熠光让司机急刹车跳了下来，问路边地里一位收大豆的老乡，见没见到一位二十多岁的姑娘往前去。老乡略一回忆说，见了，没多长时间，像是手里拎着根小细绳子，慌慌张张地直往前走，走走还不时回头看看。尤熠光急忙上车，直催司机快快，快开，疾驶的车轮在沙石路上卷起一股股浓浓的灰尘，腾空遮路地弥漫着，扬卷着。

车子要到去元宝寺的岔道口时，尤熠光发现去元宝山的人不少，细撒眸，不见小月的身影儿，又想，小月怎么也不会到人多的地方，寻思小月能不能……再细看时，一下子发现罗平凡换乘的国产大吉普正在崎岖不平的泥路上摇摇晃晃地朝大道上驶来。他立刻断定，这是罗书记的车，怎么办？冲过去，还是慢行让一号车甩在后边呢？因为过路口不远是一段长长的傍山路，路左侧是一片起伏不平的丘陵，丘陵岗坡上野林丛生，小月很有可能进入那里……不，不能让他们甩在后头，追寻小月十万火急，他让司机挂上五挡加大油门，车子飞一样穿过了岔道路口……

车子飞驶进傍山路，尤熠光两眼不眨地搜寻着山林，车子越过一条与路相衔的坳沟后，他恍惚觉得不远处坳沟的一片小白桦林里有几个撕扭的人影，急忙让司机把车倒到沟路衔接的豁口处。他细一看，三个人影中影影绰绰发现有一个穿花格衣服的女孩，很像是小月。他推开车门跳下车，什么也不顾地沿着坳沟跑去。

尤熠光看清了三个人影，放慢了脚步，没错，那个女孩就是小月，那两个中年男人像在对小月撕撕扯扯地嘱咐什么。奇怪，这是什么意思呢？

眼瞧就要到跟前了，两个汉子发现了追上来的尤熠光，其中一个壮汉回头热情地打招呼："大哥，到哪里去呀？歇歇脚吧！"

"好啊，"尤熠光一看小月蓬乱的头发、被撕破的衣服和那战战兢兢的样子就明白了几分，佯装若无其事地回答："谢谢了，朋友在山里打猎，说是打着了两只狍子，给我打传呼，让我去帮着背出来。"接着又边走边问："你们在这里干什么呀？"

"嘿嘿，"壮汉指指小月堆出笑脸，"我这孩子不好好念书，她妈打了她两巴掌就又跑又颠，又寻死上吊的。这不，我和他叔叔要把她领回去。"

小月刚嘎巴嘴要张口，拽拉着的瘦子偷偷掐了她一下。

尤熠光离他们只有十多米了，他故意漫不经心地揩揩额头，装提裤子的动作，倏地抽出手枪对准两个家伙大喝一声："不准动！动一动，我就毙了你们！"

壮汉机灵地从腰上拔自制手枪。不等他抽出来，尤熠光对准他的手臂"叭"的就是一枪，壮汉的右臂上端顿时鲜血淋漓。他忍着疼痛举起枪对准尤熠光的脑袋"叭"的就是一枪。尤熠光脑袋一闪，子弹削去他一个耳角，鲜血顺着脸刷刷淌了下来。他急了，又是一枪，打中了壮汉的右肩。壮汉边回头打着枪，边仓皇拼命逃去。他又举枪追击时，瘦子从身后扑上来，他一个侧身躲过，换手握着手枪对准瘦子脑勺狠狠击去，那瘦子"哎哟"一声昏倒在地上了。

小月惊慌地捂着脸哭泣着，这时司机已急急火火地赶了上来，和尤熠光迅雷不及掩耳地把地上的小绳一割两段，把瘦子捆个紧，又去追赶壮汉。壮汉手和臂都受了伤，疼痛难忍，见身后两个人追来，乖乖地服了输。

尤熠光和司机捆绑着壮汉赶回来时，罗平凡、史永祥和小高气喘吁吁地赶了来。

史永祥瞧着半个脸上、脖颈都是血的尤熠光问："尤局长，怎么回事？"

尤熠光把枪插进腰里迎上去，依次和罗书记、史永祥、小高握完手，回头对罗平凡说："罗书记，我要赶到口岸去处理一个走私汽车案，车开到这里路口，听见林子里一个女孩子大喊救命，急忙停车赶上去一看，见这两个歹徒把这个小女孩劫持到这山沟里要为非作歹……”

“嗬！”史永祥瞧着两个被捆绑的歹徒，赞扬说，“尤局长，也就是你呀，要是我遇上，可能就不是两个歹徒的对手了！”

小高急忙掏出手帕给尤熠光包扎耳朵。

“罗书记，”尤熠光满脸神采地问，“你们这是要到哪里去呀？”

罗平凡笑着点点头：“到乡里去熟悉熟悉情况。”接着赞扬说：“见义勇为，好啊，好啊！”然后关心地问：“打算怎么办？车不够用吧？要不用我们的车送一趟？”

“不用不用！”尤熠光笑着回答，“我马上安排。”他接着掏出手机摁了几下号码键，又摁完发射键放在耳边，像一位庄严的战斗指挥员在发布命令：“110,110，我是尤熠光，请到医院接名包扎护士，火速赶到口岸的路口坳沟，火速！火速！”他收起手机说：“罗书记，史秘书长，高主任，你们忙公务吧，一切由我安排！”

罗平凡点点头，走上去，蹲下给小月擦擦泪说：“姑娘，别哭了，一会儿这位叔叔送你回家！”小月只顾哭，尤熠光怕话多出破绽，殷切地催罗书记：“罗书记，你放心，我一会儿给我们大局长请个假，把姑娘带到局里取一下证，一定把这姑娘亲自送到家里……”

“好吧！”罗平凡又一次握了握尤熠光的手，眼光略一发直。史永祥看在眼里，不想出现尴尬局面，向罗平凡介绍说：“犯错误的是尤局长的弟弟，哥俩是一对双，长得很像，乍一接触的人差不多都分不出来。”罗平凡点头微笑着说：“虽然是哥俩，一码是一码。”说着朝大道走去。他脑子里翻腾起来，曹晓林和他说过这哥俩，他凭自己的观察力感觉，那个到宾馆房间去低头认错的尤熠亮身上怎么察觉不出那天打他时的一点点感觉呢，眼前这个英勇斗歹徒的公安副局长的举止言谈中倒散发着那天晚上打人的气味。瞬间，尤熠光和尤熠亮，两个形象在脑海里一会儿重叠，一会儿交叉，一会儿又分离，闪来闪去的……

尤熠光拐弯抹角、遮人耳目地把小月送回弟弟家，让弟媳二人回避，要和小月交谈交谈。小月光是哭，尤熠光先是给她毛巾擦脸，端饭，又让她躺下好好休息。尤熠光循循善诱，一再追问，小月终于带着委屈开口了。

“小月，”尤熠光问，“咱们从省城往这里来的时候，你不是说得好好的吗？怎么又寻短见呢？”

小月擦擦眼泪：“没想到那个死老头子官那么大还这么不守信用呀，我越想越觉得活着没意思！”

尤熠光问：“怎么不守信用法？我替你评理。你这事儿要是给他吵吵出去，也够他喝一壶！”

小月一听是给自己撑腰，说：“别提了，死老头子最狡猾最坏！”

尤熠光也真想知道这类大人物的私生活内幕，经过一再启迪，小月终于倾诉了被糟蹋的前前后后。

尤熠光把小月送到那个大干部家的当天，那大干部瞧着小月漂亮的脸蛋和苗条婀娜的身材动了心。之后，他以关心小月学习、成长，并答应在这里干好了给她安排工作为名，常给小月带回刊物和报纸看，其中不少是野报上的一些领导干部、大老板包养小情妇，小情妇生活富裕起来的故事。一次，那大干部把小月叫到跟前，问来到家里这段时间怎么样，发现小月手已变得细腻，变得红润的脸蛋上飞起了羞晕。他先是故作长一辈关心孩子般拉着她的手说些关心的话，见小月没反对，就一下子抱进怀里亲吻起来；时间不长，终于在一个家里没别人的中午占有了小月。小月先是羞涩，挣扎躲避，这大干部使尽种种手段，使小月变得乖乖的，还经常偷偷塞给小月一些钱，让她寄给家里，并答应让小月做他一生的情人，不影响她找对象。小月一时感到了一种满足，掐指一算，这大干部还有五六年才退休，再说，退休也好办事，就也铁心把他作为一棵大树，而且提了些要求，重要的是要一套房子，把爸爸和妈妈接到省城来，只要有一份工作，出力也行，能维持生活就行。那大干部一口答应，小月不幸怀孕被尤熠光接回来以后，几次给大干部打电话，不是一听是小月不接，就是哼哈应付几句，而且一提过去应诺的事情总是支支吾吾，她真想闯进他家大闹一场，骂他告他，可又一想，他官大势大会血口喷人，昨晚整整哭了一宿，决定以死向他抗议……

尤熠光听完说：“小月，你真好，你也真傻。我送你去当保姆只是想你干好了，回到市里来给你安排个好工作。你去了以后，由于方便，没少帮着市里办事，你送上的那几份要钱的报告差不多都批了，没想到关系发展到这样。”

“是啊，我太傻，也太相信人了！”小月说着又流开了泪。

尤熠光用湿毛巾给小月擦擦眼睛说：“小月，死才是更傻呢。我给你出个主意，咱们快快活活地活着！”

“什么主意？”小月瞪大眼睛，一下子觉得这个公安局局长像是自己的亲人一样。

尤熠光说：“找个时间把你送回他家，没别人的时候你就闹他，和他要一大笔钱，他不给你就在家里要死要活，他这种大官最怕这种事情张扬出去……”

“要多少？”

“开口就是五十万元！”

“他能给吗？”

“闹好了就能。”

“什么时候？”

“等你生完孩子。”

“那还得两三个月呢，我受不了这气呀！”

“要我说你就剖腹产好了。”

小月一摇头说：“我没结婚就剖腹产，肚子上有个大刀口，将来怎么找对象呀！”

“哎呀，”尤熠光放下了公安局长的架子，“现在这些男孩、女孩多开放呀，南方大学里的大学生流行试婚，搞对象就开始在一个被窝里睡，觉得合不来就再换个被窝。还有，你看歌舞厅、夜总会、洗浴城、洗头城、洗头房里，光咱芬河市就有两万多小姐，坐台、出台，跟人多了，怀孕流产、剖腹产的多了，人家还都不找对象了？不活了？”

可不是，小月像一下子开了不少窍。

“小月，只要跟省里那老头子要来五十万，咱就算赢了。你是咱芬河市人，怎么的我也得向着你！”尤熠光盯着小月说，“这可是事关掉头的事呀，你和谁都不能说是我出的主意，听见了吗？”

小月点点头：“听见了！”

“小月，你别说，据我了解，现在一些女孩子独身主义思想很流行，也有的真想一辈子又有对象，又有情人。也就是中国落后吧，西方流行得很。不信，等到我有出国的机会，就带你出去见识见识……”

小月瞧着尤熠光，不知他说的这是真是假，着警装的大概不说假话吧？她不知说什么好了。

“小月，”尤熠光又开导起来，“你要真想找情人，就在咱市里悄悄找，找个干部或是老板，要么有权要么有钱，真正心疼你，供你钱花……在这里给你爸爸妈妈买套房子。”

小月摇摇头：“哪有那样的好人？！”

“小月，”尤熠光从椅子上起来坐到床边拉着小月轻声说，“你看我怎么样？我可是真从心里喜欢你，心疼你呀！”

“你——”小月不知如何是好了，“真的，你不嫌弃我？”

“我喜欢都喜欢不过来，哪能嫌弃你。”尤熠光拉住小月的手表示，“我刚才和你说的那些都能满足你，还帮你找对象。”

小月挣挣身子躲开一点，瞪大眼睛瞧着尤熠光说：“尤局长，你要是骗我，我也像你教我闹那个老头子那样闹你，闹出经验来，比那还厉害。”

“小月，”尤熠光又说，“不说那种伤感情的话。”说着眼睛直勾勾盯了一阵子小月那丰满的乳房，又盯起了那漂亮而显憔悴的脸蛋儿。

尤熠光说话间身子酥软了，见小月没有反对的意思，便把她抱进怀里，亲吻了一阵子，给她脱了衣服，自己也随后脱光进了被窝……

尤熠光走出弟弟家，出了楼门，一阵秋风拂面，多么惬意呀。因为他想起了计市长让他在罗书记去检查工作时好好表现表现的话，还没等去检查，这场简直是天公巧安排的英勇斗歹徒的表现是多么生动，多么难得呀！稳定小月的工作做得可以说是高枕无忧了，省里老头子那五十万，就是自己替他筹集，能确保稳定不出乱子，又有何难呢？

17

罗平凡离开尤熠光以后，沙漠风暴继续朝元宝乡前进。他脑子里翻腾得很厉害，万万没想到，仅仅是一天多时间就感到，这个大名鼎鼎的芬河市的经济形势并不像想象的那样，别看市面富丽堂皇，实质呢？比刚到清河县时还糟，啤酒厂面临倒闭，元宝老醋厂已完全瘫痪，女大学生削发为尼，小厂长出家进寺……建筑业、高消费娱乐业的所谓繁荣掩盖了这里正在向困境下滑的实质，口岸的详情还不知怎么样，从在中俄贸易大厦得到的情况看，这个口岸是在给他人造船出海。

这里缺的是宏观指导和致富引领，这里缺的是新时代的焦裕禄。

“永祥，奇峰，还有小高，”罗平凡刻意切断自己的思绪，“关系到我切身的有两件事情，请你们帮着办理办理，或者说出出主意。第一件事情是，不管是马上搬家或是缓一缓，住市宾馆的豪华客房总不是个事儿。第二件事情，我好像有种条件反射，在宾馆门口出发时，我看到副市长，包括一些实权部门主要领导那么多日本进口并号称沙漠风暴的越野车，就常想起卦仙给咱们当领导的编的顺口溜：‘一顿吃掉一头牛，屁股坐着一座楼。’这两件事叫我心里很不坦然……我说的那三条禁令，再加上领导干部不准坐高档豪华车，就成了四条，由永祥来亲自起草，待我回去研究通过后，你们办公室专门负责督办，人手不够就从下面借用，要借调那些坚持原则的干部。”

小高说：“罗书记，车的事情可以照办，我们得考虑你的安全。以往调动，不仅仅是一把手，其他副职也都住宾馆，一直到家搬来……”

“不行，”罗平凡咬得很死，“我就是要破这个例。”

小高接话：“要不，我想法找一个单位的小招待所，肃静、安全一点儿的。”

“不，不，”罗平凡还是一口咬定，“你给我找一个能够接触基层群众的家属区，房子要宽敞一点儿……我知道，这样做，有的干部和群众可能会说我是装洋相甚至说是作秀，爱怎么说就怎么说，我们只要是不装，能一做到底，也就让人相信了。”

“小高，要是今晚住在村里，我就连夜起草，我知道书记的作风，你就照罗书记说的办！”史永祥很赞成这一做法，对车的问题提出了自己的看法，“关于屁股底下坐的这座小楼，还得既针对时弊，又面对现实。据我看，目前领导干部超标准配豪华车，五马倒六羊，弄假手段买进口车，已经很普遍，你要是把这车卖了再买低标准一点的，还要一笔资金，你一换，其他人也坐不住了。我建议能不能面对现实，就是严令下一个文，已坐上高标准豪华车的，只此一辆，更新时要按标准配车。我看，咱们不能像有的地方那样，听说上边下了文要检查，就把豪华车封存起来，又买了一批国产低档车。这种所谓玩廉政游戏，群众更深恶痛绝。再说，上头下文要求领导干部不准超标准坐豪华车的范围里，还不包括这种4500的越野车。我们是多林半山区，山路多，沙石路多，乡道难走，这种车很实用。我给你出个药方，叫作思想病治疗法，你坐上它，只要想想你是在全心全意去为百姓办事，心里就会坦然了……”

“嗬——”罗平凡一笑说，“你这个思想药方有点儿和稀泥，现在摆阔气讲排场的风大有蔓延之势，这种车不好买，还是要求卖掉，价格上不准徇私舞弊，这些歪风邪气不狠一点儿，态度不坚决一点儿不行了，就这么办。”

丁奇峰抿紧嘴赞同地说：“我看平凡说的言之有理，这些东西就该不姑息养奸，毫不姑息迁就，狠下手，猛插刀，带点儿血丝儿也无所谓！”

小高说：“好狠呀！”

“书记，我是怕弯子太急了一些人受不了，”史永祥说，“其实，我早就深恶痛绝，只是忍了又忍，又没办法。对这一做法我是毫不含糊的。狠就狠点儿吧！”罗平凡说：“谁要受不了，就不干，我们执政一天，只要看到了，就不能让当官做老爷的腐败作风存在一天！”史永祥回答干脆了：“就照你说的办！”

没等史永祥应答，小高抢话问：“罗书记，你打算什么时候把家搬来？”

“你们帮我参谋参谋，我倒想早点搬来，说来简单，说来又不简单。”罗平凡说，“要说搬家，主要是搬人。我一个女儿刚上初中，住房一定找个教学质量好些的中学附近，这是妻子刻意要求的。什么都可以耽误，就是她的宝贝女儿的学习不能有误。妻子呢，是省干部管理学院毕业的，毕业后分配到省人事厅工作，我确定留在清河县商量搬家时，妻子提出对口，调到县人事局。在省厅当个小科长不算什么，可是到县人事局就成大官了，科长就可以当人事局长。你们想想，县委书记的妻子一调来就当人事局长，这还得了，我执意给她换个部门，她表面上通，思想上不通。说老实话，你们别看我在工作上嘴硬手硬，偏偏在家里，特别是思想感情方面，常常是妻子的俘虏。她说，我不是从别的行业硬挤进人事管理部门，也不是要到人事部门去捞什么，我学的是这个专业，干的是这个专业，又是随迁，别人也说不出什么理。我说我是县委书记，事事不要沾嫌疑，要让老百姓一心朴实地相信咱……”罗平凡停了停，“你们猜，我妻子说什么，她说我总是本本主义，要像焦裕禄那样当个好县委书记，那你就下乡骑自行车，穿带补丁的棉袄，最后还抢白说，就是焦裕禄当年也不装蒜，国家发给他特贴细粮，他怎么不拿细粮去和老百姓换粗粮吃呢！妻子一阵连珠炮把我打哑了，我做了俘虏。就是这样，我也没有马上把她调走，等真正打开局面以后，也就是还不到一个月才调到清河县安排到人事局，正科当副科级使用，当了人事局副局长……”罗平凡像在对别人叙说，又像在自言自语地打着心里的话匣子，“其实，我对妻子欠账很多，她的能力、人品在同行中都是数得着的，要不是和我结婚，可能有比现在更好的成就。我把精力都用在工作上就苦了她了，工作、家务、孩子，加上身体不太好，我又不在家，照她的话说，几乎天天全负荷，而且对我又是那么体贴入微，她再累，我当天脱的衣服都当晚洗。为了减轻她一点负担，我常常在外出时自己洗完衣服穿着干净的回家。有一次，她见我穿着没干的衣服回家，眼眶湿润了……不说这个。”罗平凡转了话题，“说起来，我不同意她调转人事局，也真是出于个人私心。这不，我在大学读书期间，去了新书记，很支持她，让她就抓人事制度改革，省厅正在总结那里的经验，召开全省人事制度改革现场会呢！”

小高感动加激动地说“罗书记，咱们芬河市就缺这样有改革意识的干部呢！”

“缺就暂缺吧！”史永祥说。

罗平凡问：“什么意思？”

史永祥感慨地说：“你来到这里，必须像初到清河县那样更加克制夫妻感情，甚至要比到清河县加码。你比我知道得多，了解得透，这里的情况，这里的工作，这里的矛盾，比清河县要复杂得多，如果你把爱人调到人事局，不管多么合理，不管妻子在清河县人事局政绩多突出，在别人眼里，转来的市委书记工作尚没打开局面，先给自己的老婆安排了一个实权好单位。我们还能搞新闻发布会吗？我们有多少张嘴也解释不过来……”

“嗨，说得好！”罗平凡说，“我又觉得，只有我把家搬来，世人才会觉得我要在芬河扎根了，要背水一战了！”

史永祥说：“那你就在平房居民居住区找地方，以后再说。”

丁奇峰说：“平凡，我可以和你去做伴！”

“到时候再说，我觉得我们不能吃住不分走得太近，我们没啥，别让人误会！”罗平凡说，“我有一条，既然搬进去，就要住一个阶段，不能打一枪就换个地方。”

史永祥说：“小高，照罗书记说的办，你抓紧落实。”

“好，我一定抓紧。”小高应答着，指着前面说，“罗书记，元宝的杨书记他们在乡界等我们呢，一定很久了。”

“也不知什么时候，也不知从谁兴起，”罗平凡说，“怎么各地都有这种规矩！清河县的这个规矩，算是让我彻底打破了。唉，官僚主义现象明的暗的比比皆是，我们要端正的太多了！”他接着说：“永祥，告诉他们，咱们不下车了，到乡府会议室一起介绍。”

国产大吉普宽宽的轮胎在沙石路面上摩擦出沙沙沙的响声，与冲出来的嗖嗖嗖风响交织在一起，合奏成了一曲豁达、爽朗的奔驰曲，前挟风，后卷尘，就像卷起了股股风暴。罗平凡听着这声音富有诗意地说：“你们听，不是月亮总是国外的圆，你们听，这是国歌伴奏下的沙漠风暴吧！”半天不好搭茬的丁奇峰说：“我们的书记有番诗人情怀呀！”在座的都笑了。

车到乡界缓慢下来，史永祥摁动窗钮落下玻璃探出头，一挥手，示意让他们前行带路，不下车了。

罗平凡问：“还有多远？”

“还有三十多公里。”史永祥想尽量客观地介绍一些情况，协助罗书记尽早进入角色，“罗书记，这个元宝乡是块宝地，可以说是人杰地灵，很有特点。全市有一多半地属地势低洼地，十年八涝歉收，这里处于高岗漫坡地，别处涝时它正好，别处旱时它就不行了。总起来说，十年八收两歉，加上它离市区近，上级来检查工作都到这里来看看。这里是全市唯一由省里命名的小康乡，也是计市长的联系点。老百姓都说这里的风水好，这里也确实出了不少大官，现在省里刚退休下来的组织部老部长、地区的书记，还有计市长都是从在这儿当乡党委书记起家的。现在的乡党委书记杨小柳，去年市政府换届选举时，当了一回‘差额’，计市长已征求了常委们的意见，这回还准备让他当这届党代会的‘差额’，日后再提拔时好说话。估计这次当‘差额’有可能当选……”

罗平凡问：“为什么？”其实他心里明白，市这一级召开党代会、人大会选举，选谁差谁，事先都是有安排的，要通过临时团长会，甚至个别谈心，要求代表要和组织上保持一致，差额代表是很难当选的，识时务的差额代表明知自己是光荣的陪榜，就也好好装着。因为按惯例，凡是陪过榜的，用老百姓打麻将的俗话叫作扣听了，表现得规规矩矩，等着，只要班子中再有空缺就会非其莫属，与其他后备干部比有着不可比拟的优势。倘若觉得自己不错，拉票竞争，跃跃欲试想由差变实，那可就糟了，起码要说，这个人政治上不成熟……

“杨小柳这个人很有实干精神，我认为比任何一届书记干的事都多，招商引资办了二十多户乡镇企业。”史永祥介绍说，“应该说，这里的工作很难干，市里领导，比如计市长抓的点，加上距市区近，这里形势又比其他乡好，所说的有经验，一些实权部门也常来混吃混喝，白拿白要，与其他乡镇比较而言，麻烦事儿就多，工作就难干。杨小柳除了尽心尽力干工作之外，上上下下各方面关系处得也不错，计市长曾不止一次当人面说他圆滑。所谓圆滑，让我理解就是，计市长想栽培他，他却不像曹副书记那样忠心耿耿靠得近，这次准备让他当‘差’，据说杨小柳发了点儿牢骚，传到了计市长耳朵里了，很不满意。”

罗平凡问：“什么牢骚？”

“这是传说，不一定准，”史永祥解释说，“杨小柳发牢骚说，计市长是玩我呢，玩得让我想够够不着，不想够又在伸手向不远的地方……也听说，计市长对这话很恼火，大发脾气说，就是想让他想够够不着，不够又难受，这回我计时策当上了书记，下次政府换届还让他当‘差’，隔届市委换届再让他当‘差’，一直让他当到过了提拔的年龄杠……”

罗平凡笑笑：“计市长真世故，听起来像故事。”

“芬河这个地方是宝地，出的人物多故事也就多嘛！”小高很快觉得和新书记距离近了，不拘束了，主动接话，意在为新书记提供些这里的情况，“我们这些中层干部在一起议论起来，不少人都说杨书记这个人干事儿，正像史秘书长说的，处在这么一个优势位置和特殊情况，乡里的一些矛盾也要捂不住了，一些上访的农民常缠在信访办，也常来办公室要见领导……”

罗平凡打断他的话问：“什么矛盾？”

“我知道的就两件事情，”小高说，“一是计市长招商引资办乡镇企业搞了一个半截子工程，二是二轮土地承包中的矛盾。”

罗平凡问：“上访的群众这么找领导，领导没出面接待解决吗？”

“唉，”史永祥叹口气，“元宝乡群众上访的事情难弄，不是难解决的不愿解决，就是想解决又解决不了。”

小高说：“我也不知道领导是怎么想的，上访群众非要见你，那你就躲了初一躲不了十五，如果躲来躲去，非造成越级上访不可，有时候领导在也让我们告诉上访群众说不在，下班时听说上访的在门口等着，就从后门走……”

丁奇峰感慨地说：“我这回跟着书记下乡可要大长见识了。”

“先别这么说，还不知道怎么样呢，小高，”罗平凡嘱咐说，“遇到这种情况，只要我没有重要的事情就给我领进办公室，不管上访有理没理，我们当干部的不怕没理的，更不该怕有理的。咱们要响当当地当一回爷们儿！”

小高觉得和新书记的距离又拉近了，亲近了，在这拉近与亲近中隐约掺杂着一种敬畏，大概由于职业的关系，心里反倒有了拘谨的味道，比在前任那位身材魁梧、板着脸、总是倒背手、说话声音大、批评人尖刻的书记面前觉得更拘谨了。刚来时，不少基层干部纷纷议论前任书记是个茬子，有魄力，没多长时间他就感到，这种魄力没多大的威慑。一位讲领导科学的教授说，当一名合格的领导干部首先要有魄力。尽管这位教授反反复复强调，并没有说出魄力的含义，给人的理解，就是那种中国特色的“封建家长式”。从这位其貌不扬的新书记身上，他似乎找到了领导干部所具魄力的深刻内涵。所谓魄力就是三种不同特征的果断，一是刚性的果断。在错综复杂的处境中，能把握真理敢说敢为，比如罗书记那本来是简单的就职发言，一举变为就职演说，多么理直气壮，多么有风采。二是柔中的果断。罗书记刚一挨打时，完全可以亮出身份，或调兵遣将显威，没有，而是为老百姓试身，要亲眼看一看这种干部能恶劣到何种地步。三是面临矛盾的果断。上访有理的解决问题，上访无理的做思想工作，这才是党密切联系群众的具体体现……这才是领导干部真正的魄力。

国产三菱大吉普跟在前来迎接的两辆车的后面很快到了乡办公楼门前。罗平凡一下车，毫无思想准备地进入了一个火爆场面：从乡办公楼小门两侧开始，八字队形站了双行，两列少先队员，一色的花裙子，白布衫，披戴着鲜艳的红领巾。他们见到罗平凡就高呼起来：欢迎欢迎！热烈欢迎！致敬致敬！向罗书记致敬……

罗平凡站立不安，显得非常尴尬，他只不过是在电视上看见过，国家领导人出国或在国内视察，还有英模才能受到这样的待遇，就连省委书记到清河县去视察工作，他也没有安排这样的礼遇，在这样一个偏远的小小边城，怎么能这样安排……

杨小柳错半步在罗平凡右侧陪行，他依据就职演说，又从脸色变化猜出了这位新任书记的心情。他是在犹犹豫豫中安排了这些在这里沿用了多少年的礼仪。他当时真想不安排，又拿不定主意，谁知这位新书记讲的那些一口一个“群众”，一口一个“宗旨”，是真还是假呢？杨小柳已经遇到不止是一两位领导了，不是在当“父母官”，而是扣上个父母官衔为达到自己的目的在搞政治，嘴上说的不一定是心里要办的，心里要办的不一定是嘴上说的，真真假假，假假真真，让部下像猜谜语一样跟着他干。倘若不这么安排，他心里真喜欢排场和奉承，事后知道了这里迎接市第一书记都这么搞，唯有我罗平凡来时冷冷清清，心里系了疙瘩，说冷落他，瞧不起他，要再不知道底细，自己又是个党代会常委会人选，一竿子拨拉到计时策那边去，可就系上个难解的大疙瘩了。还是“文化大革命”中一句话有趣味，叫作“宁左勿右”，最后还是下决心照惯例安排了。

杨小柳见罗平凡与小学生们招手示意，试探着解释说：“罗书记，我们并不是对所有上级领导都这样，主要是省级和地、市的主要领导，还有一些实权部门的……你是新来的主要领导，这只不过是表示一下欢迎您来芬河市工作的态度……”

“到此为止，以后不管谁来，没有接到通知就不要这样安排了！”罗平凡又对左侧的史永祥说，“把这一条再补进出发时我讲的那四点里，共五条，一并发文执行。”

史永祥应诺着进了会议室。

罗平凡入乡随俗，按着桌上的牌名坐到了椭圆形会议桌的首席椅上，任凭史永祥安排，听杨小柳一一介绍乡级领导成员，然后听杨小柳汇报。他心情有些沉重，心想，怎么这么一个小小的芬河市，小小的一个乡，时下官场一些庸俗的东西都在这里集合了呢……如果我是一名作家能写小说的话，真是个不用修饰就这么难得的典型环境呀！

罗平凡越发觉得这里的官场程序那么平庸而俗套，这么下去，元宝这些干部，能有多少时间抓经济建设去关心群众疾苦呢？这时，杨小柳开始汇报：

> 尊敬的罗书记、各位领导：
>
> 罗书记来芬河市工作，第一次下乡就来我们元宝乡视察，这是我们元宝乡广大群众的荣幸，为此我代表乡党委、乡政府、乡人大主席团以及三万八千父老乡亲，表示热烈的欢迎和衷心的感谢！
>
> 下面，我代表乡党委、乡政府把元宝乡的有关情况向罗书记和各位领导做一汇报，不妥之处，请批评指正。
>
> ……

罗平凡虽感这些话那么落套，还是耐心地看着材料，听着汇报。当杨小柳另起一段汇报到“我们元宝乡位于北纬五十五度四十九分，六分半山水三分半田”时，又一目十行地扫了下边一大段，截住杨小柳的汇报，口气很平和地说：

“杨小柳同志，我这次主要想听一听经济工作情况，别的以后慢慢了解。”他虽然显得平和，确实没耐心了，想起在省委政研室工作的时候，跟随省领导下基层搞调查研究或检查工作，到一些地、市、县听汇报时也是这么一些话，开始不以为然，走的地方多了几乎是都离不了这些老俗话，老套话，要是作为一个研究当代官场生活的学者，真应该考虑一下是谁先创作的这一格式，他人又是怎样按格式套成一个模式在各地通用的。

“好好好，”杨小柳翻过这几页接着说，“我们元宝乡现在耕地面积十九万三千八百亩，三万八千口人，人均土地五点一亩，去年产粮一点零三九亿斤，全乡二十八村，共有大小乡镇企业六十七家，去年实现产值一点三四二亿元，人均收入二千六百元，实现乡级财政收入二十万。”

“不对，不对，”罗平凡截住杨小柳的话问，“一亿三千四百二十万的乡镇产值，就算发展乡企有各项优惠政策，再把各项税压到最低只占百分之二的话，就是二百多万嘛；十九万三千零八百亩土地，按每亩交纳农业税十二元，又是二百多万，还不算乡里该收的特产、屠宰、墙砖、车船等项税收就应是二百一十多万，怎么才只有二十万的财政收入呢？”

杨小柳尴尬一笑回答：“罗书记，那乡……乡镇企业产值……你是知道的，水分很大，上头要速度，市里要数字……”

罗平凡又问：“你这十九万三千八百亩土地种植结构是怎么个数字？各种作物平均产量是多少？”

“罗书记，”杨小柳有点儿紧张了，“小麦五万五千亩，大豆四万一千亩，玉米三万四千亩，其他七万三千亩是饲料、菜地、小杂粮和经济作物……”

罗平凡又截住他的话问：“这种种植结构，小麦、玉米、大豆平均约多少才能打一亿零三百九十万斤？”

“……我们上报的小麦亩产七百斤，计三千八百五十万斤，大豆亩产六百斤，计二千四百六十万斤，玉米亩产一千二百斤，计四千零八十万斤……”他说着，见罗平凡又要截话，忙红着脸说，“罗书记，这些数字都是假的，您不用抠了……”他说着从兜里掏出一个小本来翻开说，“其实，去年粮食产量只有七千一百万斤，乡镇企业产值二千三百多万，人均收入就是一千六百元左右……”

“这还贴谱，”罗平凡笑笑说，“看来，你纸上一本账，心里还有一本账，心里这本账才是良心账。不错，你心里总归还算有本良心账……”他并没有责备的意思，继续说，“现在，在我们的干部队伍中浮夸风很严重，用数字垒政绩，数字出干部，如果层层都是这套作风，老百姓可就倒霉了。我们真不知道，这些干部的党性哪里去了，良心哪里去了？”

会场变得一片肃然而寂静。圆桌旁坐的史永祥、丁奇峰和小高一阵比一阵激动。

“罗书记——”杨小柳像放开胆了，因为从半路迎接受冷落，门口夹道受批评，虚报成果又受指责，他感到已经基本了解这位新书记的思想路线和作风了，坦然地说，“一个地方如果形成这样一种风气，想实事求是、想干点儿事也得这样呀！”

罗平凡紧接着问：“就得说假话？要是说真话呢？”

“对！”杨小柳回答，“就得说假话。我们也知道，说假话不得人心，早晚得垮台完蛋，但是还能维持一阵子；你要是说真话，马上就完蛋。比如说，人家的数字呼呼上，你在那里老牛慢车，上头一句话，撤！马上就立正，特别是我们这些小萝卜头儿干部……”

罗平凡“扑哧”一声笑了，丁奇峰也笑了，都笑得那么忍俊不禁。

“罗书记，你别笑！”杨小柳说，“我大胆进你一言。你是芬河市的市委书记，是一把手，要坚持民主集中制。假如有一件事情，班子成员都不同意的事情，你明明知道是错误的，一时说服不了大家时，也应按错误的去决策，心里只能深刻体味四个字，韬光养晦。”

“嗬——说假话还讲哲理，搞错误决策还有套逻辑！”罗平凡不想再继续听汇报了，站起来说，“走，到村里村民家里看看去……”他见大家都站了起来，停住步说：“小柳同志，千万别光给我看‘样品’，千万别安排和布置，让我顺其自然地看看，去了解了解真实情况，怎么样？能做到吧？”

“能！”杨小柳爽快地回答，“太能了！”

罗平凡说：“小柳，看来，你是来什么样的干部，就用什么样的方法呀！说起来，作为一个基层干部，也没办法。”

杨小柳说：“罗书记，你太了解基层了！”

史永祥接话说：“不知道你们悟出一个道理来没有，像罗书记这样的七七级大学生，被称作是那届大学生的爷们儿，考上大学前就参加工作，不少有了妻室，他们带着停止十年高考下乡生活的苦涩，有了基层经验，不用说，一定很珍惜那四年的大学生活，会拼命读书学习。有了时间，又有了理论，可不是一般的爷们儿大学生呀。”

罗平凡笑了，指指对面坐着的丁奇峰说：“丁奇峰他也是我们爷们儿那一伙儿的，他在大学读书时曾致力于研究日本水稻专家的叶龄诊断栽培技术。我带他来时就查阅了这里的地形，面临牡丹江，平均坡度为3‰，非常适合发展水稻生产……”

“罗书记——”杨小柳说，“我们知道这个优势，而且种水稻一般情况下要比种大田增收一倍多，也曾想过，这水稻比小麦和玉米、大豆可娇贵多了，枯黄病，失肥症……毛病太多……”

罗平凡笑笑说：“丁奇峰在农学院的试验田做过这试验，已经有成功的经验，你说的那些问题都是不成问题的问题，他改良发明的‘叶龄诊断栽培技术’都能解决你说的问题。”

杨小柳一带头鼓掌，乡干部们都鼓起掌来。丁奇峰站起来敬了个礼说：“谢谢，谢谢，那就请杨乡长安排我单独活动搞搞调查……”

杨小柳回答说：“没问题！”

18

这回，杨小柳不再遮遮盖盖，提议到现实生活矛盾比较突出、农民意见比较大，而且正在酝酿集体上访的元宝村去。罗平凡表示同意，而且让他到自己车上来坐，一方面是领路，并在车上顺便了解些情况，另一方面可以减少一辆下村的车。

国产三菱大吉普按着杨小柳的指点，很快上了乡管沙石路。这比市管的沙石路要粗糙得多，路面上有层薄薄的沙石没有压实，车轮边压飞的一些小石块时起时落，沙沙沙，沙沙沙，中国制造的大吉普宽厚的车轮在远古老式的沙石路上仿佛奏出了一曲催人奋进的交响曲。

“小柳同志，”罗平凡问，“你已经在乡里工作多年，据你的体会和观察，就我们芬河市来说，现实的农村工作中主要存在些什么矛盾？”

杨小柳略思考一下说：“就我的体会和观察来看，我觉得存在三大矛盾：一是实行家庭联产承包责任制以后，存在着家庭经济与市场的矛盾；二是人多地又不均的矛盾；三是干群之间的矛盾。”

罗平凡一听有谱儿，说：“能不能举些例子说说？”对这些问题，他都有体会，这是一个真正做农村工作的基层干部才能总结出来的，他不是要考杨小柳，而是想了解了解在这里的具体反映。现在，他倒觉得这个真真假假、假假真真的乡党委书记有些可爱了。

杨小柳说：“目前农民种地难，卖粮难。现在粮食市场半开放了，农民去年发现大豆价格好，今年种大豆的一多，加上国家又进口，大豆价格又下来了。我觉得土地承包以后，特别是现在，在市场竞争的条件下，做农村工作的领导不是任务轻了，而是更重了，存在着一个怎么把握市场动向，实行宏观指导和组织农民进行种植结构调整……”

“你说的这些，是我们做农村领导工作的各级干部应该研究的，谁引导农民走向市场了，谁就算当领导称职了。”罗平凡感慨地说，“我从中俄贸易市场和李迎春副书记那小园田地里受到了启发，同时也像是发现了一个芬河市农民致富的机遇。目前，俄罗斯市场缺蔬菜，我们又有口岸，应该大力发展出口蔬菜生产，这可是千载难逢的机遇呀……”

杨小柳心情抑郁地说：“罗书记，我们提过，可是市里年年给我们下粮豆作物种植面积指标，年终要粮食产量，特别是硬要农民种玉米，扩大双拿，农民不愿意种，弄得农民直骂娘。我们乡干部是左右为难。”

“怎么还是计划经济那一套！”罗平凡不想问得更深更细，直言说，“明年开始，我们搞计划性指导的思路是，粮豆作物除能完成征购粮任务和做‘三留’外，其余就要大力发展市场农业。具体来说，就是要抓住眼前机遇，大力发展出口蔬菜生产。当然，还需要俄罗斯市场调查，搞好种植方面的经济效益分析。我希望你们元宝乡能带个头！”

杨小柳高兴地说：“好啊，罗书记，我一定努力去实践。”

罗平凡心里惦着另两个矛盾，问：“你说的第二点在元宝村还很突出吗？”

“已经突出体现在二轮承包的调整上了，不但突出，是很突出。我们这里一九八三搞土地承包时提的是四田：口粮田、劳力田、园地田、饲料田，那时全乡农业人口数成了三万三千多人，到了九七年就是三万五千多人，增加二千多人，劳力呢，一九八三年是一万一千多人，一九九七年是一万四千多人，增加了三千多人，在增加的农业人口中，劳力占百分之七十多，这部分劳力一直没得到合理的土地分配，还有一点，一九八三年以后出生的没有口粮田。一九八三年前未成人和一九八三年后毕业回乡的青年学生成为劳动力的，又只有口粮田没有劳力田。还有一九八三年后因婚变等原因迁入的人无田可种，如果具体到一个户说，有的增人增劳力，但不增地；而有的呢，减人减劳力但不减地。这样一来呢，就使有的户人多地少，有的户就人少地多，人地矛盾已经日益突出……”

“说得很清楚。”罗平凡一听，觉得土地矛盾问题和清河县差不多，瞧着路边时有荒岭荒地闪过，觉得这个矛盾在这里应好缓解，说，“开点荒来缓解矛盾嘛！”

杨小柳说：“不行，那荒山荒地早被县林业局号下了，违法开荒要受制裁的，当然也有通过合法手续开荒的。”

“罗书记——”史永祥感叹说，“种地难，卖粮难，难也得种，种就是个难。当今，我倒觉得在劳动群众中，农民大概是最清苦的了。”

罗平凡也感慨：“确实呀！”

史永祥说：“二轮承包在一些村迟迟推不动，上访告状不断，元宝村就是一例。”

“噢——”罗平凡略有所思地说，“今天早晨我下楼去吃饭，楼层服务员说昨晚有七八个农民上访要见我，服务员说我不在给支走了。我告诉服务员，以后再有这种事情，确实是老百姓远道赶来上访的，就给我领进房间。我问服务员，上访人员说什么没有，服务员说，听他们说话，好像是元宝乡的，说是什么领导关了他们的人，会不会是元宝村的？”

“罗书记，你猜得差不多，十有八九是我们乡元宝村的。市里开过信访工作会议，还签了责任状，说是要实行主要领导责任制，发现越级上访，是谁的‘孩子’谁抱走，这个矛盾我们就是化解不了啊！”杨小柳为元宝村农民上访一事没少挨计市长和曹副书记的批评，他像诉冤屈一样侃侃而谈起来，“我们元宝乡本来就是土地值钱，土地总是很敏感，矛盾也就当然突出，矛盾和矛盾挤压在一起了。前年，计市长领来一名香港商人，经过一番考察论证，要利用元宝村一块漫山岗坡地下不深的白黏土做原料，与村里合建一座计划投资亿元的现代化陶瓷厂，共征用了一百多亩土地，作为建厂房和毁田取黏土用。合同上议定，厂子建成后被占用土地的农民转为城镇户口，并进厂当工人。现在，我们的资金不到位，香港商人在海南、广州等地搞了很多房地产开发，还在城里开了大酒店，大量资金被压住，无暇顾及这里，厂房刚起来个框架，就这么干放着，被征用了土地的没活干又没地种……”

史永祥说：“前些天，上访的村民不知怎么闯进了计市长的办公室，计市长发了点儿脾气，可能是村民说了点不好听的。计市长越拍桌子，村民越吵越闹，公安局以干扰公务为名拘留了两名上访的村民。”

“拘留多少天了？”罗平凡问。

杨小柳回答：“算今天，共十八天了吧。”

“按公安条例，只能拘留七天，”罗平凡口气里带有焦虑，“超过拘留时限越长，我们就越被动。”

杨小柳叹口气说：“罗书记，我们已经做了不少工作，结果却是徒劳。上访村民听说新来了市委书记，要找你，还说如果你再不给解决，就去地区、去省、去北京……也有的说，如果讨不出个公道，就给计市长家送个炸药包！”

罗平凡问：“这些情况计市长都知道不？”

史永祥回答：“知道。杨书记向计市长汇报过，信访办还专门给市领导写了一期‘信访动态’，我为此签上意见请计市长批示。我看出，计市长好像也觉得挠头，既不批，也不示，就这么拖了一天又一天。计市长几次说过，他要亲自来村里开座谈会解决问题，前天还说呢……”

杨小柳为难地说：“恐怕计市长亲自来也不好处理，这里有三层矛盾因素纠缠在一起，形成了一个难解的矛盾团。”

罗平凡问：“哪三层？”

“元宝乡十年八收，土地好，二轮承包中土地分配本身就是个全市突出的矛盾，”杨小柳说，“征了三百亩地，涉及农转非问题，陶瓷厂迟迟不能开工，涉及六十多人的生存问题，这是第二层矛盾；第三层，承建这个工程的是计市长点的将，由市建筑总公司总经理房小虎承揽，房小虎派来个工区头头叫张大成，这个张大成在承建过程中又和村长的儿子范小兵拧在一起搞建筑，群众直觉反应这里边有问题……可是他们又说不出什么问题，就这么一门地上访。”

罗平凡一皱眉头点了点头：“看来，情况很复杂呢！”

杨小柳说：“罗书记，选这个地方看看，我可是照你的话实来了，你应该有个思想准备。”

“是这样……”罗平凡有点犹豫了，他听了，也觉得这事情复杂，复杂就复杂在和计市长纠缠在一起了，弄不好就要撞到和他交织的矛盾中。自己刚来，要是再容点时间可能会更好。可事已如此，他想了想说：“没关系，也不过就是受点儿围攻，一时不能解决，就给村民们说个解决的办法和时间，要是可行，就抓紧运作……”他话说到这里，车子进了村。进村不远，他发现一座山墙上贴着一张海报，字很大，有句醒目的话一闪而过。他叫停车，走上去一看，只见上面写着：

父老乡亲们：

我们要求土地承包中合理分配责任田，我们要求尽快解决陶瓷厂兴建征地用工问题，我们要求严惩腐败分子。市里一拖再拖，不但不解决，反倒拘留了我们的乡亲代表洪志鹏、李永晋。为此，如果三天不放人，不解决问题，我们就“罢秋”，去省里和北京上访，不解决问题不罢休！

另外，罗书记带来一名研究发展水稻的专家，要搞调查，这是好事儿，我们同意配合。

望父老乡亲们积极响应！

元宝村上访领导人员

一九九×年×月×日

罗平凡一看，心倏地收紧了，事态比史永祥、杨小柳介绍的还要严重，他告诉杨小柳，原打算让村长说说村里的情况，走访走访农户，这次来就只办一件事，找找集体上访的头，和他们谈谈，细听听情况，拿出一个初步解决问题和制止上访的具体办法来。稳定，首要的是稳定，没有稳定的环境，还谈什么发展经济！

眼下，这里的村民很敏感，罗平凡等在看海报时，市里来车的消息就很快传开了，大吉普驶进村中间的十字路，便被二十多名村民截住了去路。杨小柳先下了车，一个叫秦大成的大个村民上前说："杨书记，你们这是要到哪儿去？就在我们这里停停，回答回答我们的问题吧。"他瞧瞧一号车牌继续说，"车里一定是有市里的大官儿了？"

"老秦呀，不到哪去，就到咱们村来。"杨小柳迎上去说，"新来的市委罗书记要亲自来听听你们的情况。"

秦大成一咧嘴："我怎么不信呢，昨天晚上，我们找到市宾馆，罗书记明明在房间里，服务员一竿子把我们支出了门外……"

"昨天晚上的事情怪我没交代，让乡亲们白跑了一趟！"罗平凡走上前去说，"我就是新来的市委书记罗平凡。你们谁是群众上访的代表？咱们找个地方坐下来好好谈一谈怎么样？"

"我是！"秦大成爽快地回答。

秦大成旁边一位农民捅他一下说："你是个屁，谁选你了？！你还嫌抓代表抓得少啊。"

他接着大喊："我们没有代表，没有头！"

"对！我们没有！"

"没有头！大伙都是头！"

……

这正是个秋头，早熟的庄稼刚刚开镰，秋收旺季还需等几天，村里的闲人比较多。听说市里来了大官儿，男人们风风火火，女人们有的抱着孩子，有的扔下手里的家什儿，一股脑儿地朝这里涌来，把罗平凡一行围了个水泄不通。

"乡亲们——"杨小柳已经大汗淋漓，"你们千万不能胡来呀，没有个代表没有个头，罗书记怎么也不能和你们几百人在这里站着谈呀……"他担心事态发展形成了围攻市委书记的局面。

"代表和头让你们抓起来了。"

"是你们胡来。"

……

有人这么一带头喊，群情激愤起来。团团围挤的人群嘁嘁喳喳地乱成了一片。

“乡亲们——”罗平凡大声说，“你们既然不出代表，又没有头，那么就一个一个地说，都要解决什么问题？”

秦大成抢先说：“先放抓的我们那两个人。”

“史秘书长，你给公安局打个电话。”罗平凡说，“就说我说的，拘留的元宝村两名村民，已经超过了时限，立即放他们回村，如有别的问题，可按法律程序另做处理。”他这样决定，也有原因，一旦被拘的两名村民有别的问题便不好收场，接着又说：“让公安局和计市长打一下招呼，如果有不同意见，可直接打我的手机，号码是……”

史永祥当即就用手机挂通了公安局长办公室，电话挂通了没人接，又挂副局长办公室。接电话的是尤熠光，他从二妮家稳住并睡了小月以后，扬扬得意地一进办公室，就听见电话铃响，一听是史秘书长的电话，又下达的是罗书记的命令，干脆地说：“罗书记发话了，就用不着征求计市长的意见了，也用不着打招呼。秘书长，这谁大谁小我还不知道吗！这是组织原则问题，我马上就放，亲自去放！”一席话，加之痛快劲儿，使处在困扰中的罗平凡和史永祥等心里感到像闷热中有一股凉风吹过，很惬意。

村民中传出一阵欢快的呼喊。

罗平凡让村民静下来又问：“还有什么事情？”

村民们七嘴八舌地都争着要说，史永祥面对乱嚷嚷的人群，用手点着让他们一个一个地说，也算是乱中有序了。

“要求撤换村长！”

“责任田分法不合理！”

“征了我们的地，到底还建不建厂了？市里倒有个话呀！”

“陶瓷厂奠基，计市长又来剪彩又讲话，现在我们连个人影儿都找不见了……”

“好好好——”罗平凡听着点头说，“还有什么问题，乡亲们尽管说。”

一位穿作业服的农民说话时脸憋得通红，“我们几家养了一辆大客车，专跑元宝村到元宝乡到市里这条线，光收费就十八项，老百姓还能不能过了？！”

“罗书记，不知道你们知道不知道，”一位上衣油渍的农民说，“乡农机站让我们每个有小胶轮拖拉机的都必须订本《共产党员》杂志，村里又让党员订一本，我爸爸是党员订一本，我又订一本，我们家要求只订一本都不行……”

“乡亲们——”罗平凡见大家再没有新的话题，放开嗓子说，“大家提出的问题有的是下个文就可以取消的；有的呢，事情的成因和造成是很复杂的，我在这里很难答复大家，做不到一锤子定音就能解决问题。这一点希望大家能理解，但是，请大家相信，共产党的干部是不欠老百姓亏理账的！”他见群众有点骚动，更大一点声说：“大家说的问题，我都记住了，一共三十八条，不信我背一遍大家听听……”他接着把问题简要地列说了一遍，有心人查着，真是背了三十八条，一条不落。

罗平凡说：“乡亲们，我回去以后，立即着手组织一个调查组，到我们村里进行认真的调查研究，等事情全调查清楚了，我组织市委常委在这里召开一个现场办公会，把所有发生在这里的问题都就地解决在这里。很快，这个调查组就要到村，这期间，希望乡亲们就不要到市、到地区，甚至到省和中央去上访了。如果我解决不了问题，乡亲们，要是去地区、去省里告状，我罗平凡负责安排车把大家送去。也可以陪着。但是，得先看看我能不能解决了这些问题。”

“乡亲们——”杨小柳见群众没有反应，接着罗平凡的话音说，“罗书记是说话算数的，咱们大家就等着，怎么样？”

没有一人应答，史永祥提议该回乡里了，也没有一人阻拦。车子启动离开时，那几百人都目不转睛地瞧着，静静地瞧着，静得像一潭死水。

丁奇峰没有随车回去，留下搞调查，研究关于发展水田开发的问题。

19

叶小冬扬长而去，计家久久保持着那种沉默与肃静，计美娟噘嘴，丽娜叹息掉泪，秀娜只瞧计时策眼色，琢磨着要是姐夫继续发火，只有自己为姐姐和美娟解围，但是，还不能深不能浅，不过，她已经觉得，要是姐姐真的走了给他续房，日子也不会舒服到哪儿去。

秀娜牵着丽娜一只手先开了口："姐姐，孩子的事儿你别真上火，这样对你的身体不好。"

"美娟爸，你说，人家孩子下海就下呗——"丽娜终于忍不住了，"确实，进机关不容易，特别是外贸局，那就让美娟慢慢和小冬商量呗，你瞧你，就这么硬邦邦给人家做主，就是自己家孩子也不能这样呀！"

"丽娜，你别生气，"计时策煞有介事地说，"这个叶小冬表面嘻嘻哈哈，又鞠躬又随礼，傲气着呢，你听着了吧，小小毛孩牙子，还给我上政治课来了，什么温州人怎么怎么的，现在社会上正议论纷纷，那温州还是不是社会主义了呢，再说，我也是为他好呀……"他说着，又来气了："我看呢，他是看中咱美娟了，还是看中我这个市长牌位了，说不定呢……"

计美娟忍不住了："人家才不是呢——"说完噘起嘴。

计时策站起来气呼呼地说："是不是你都不要再去找他……"说完推门倒背着手出了家门。

计美娟郎当着脸进了自己的房间，丽娜要跟进去，被秀娜拦住了。

计时策刚进办公室就有人打来电话，说罗平凡下乡前在市宾馆门口摆出了一副包公的样子，办公室安排的所有随从人员，只带史永祥和小高走了，并细细说了罗平凡登车前定的那三条。他听到这里暗暗好笑，是第一次从内心里笑出了对罗平凡的鄙视；省委书记亲自点将安排来的这个一把手，不过是官场干部中犯幼稚病的那伙里头的。我计时策已经摆脱幼稚病十多年了，他罗平凡才刚刚起步，有点官场资历和经验的人，谁不知道，刹公款大吃大喝风、文山会海风、领导下基层前簇后拥风、公车私用风，甚至还有什么婚丧嫁娶大操大办风等，风一阵雨一阵，文件没少发，规定没少做，怎么样？还不是愈演愈烈。

当然，有人吵吵一阵儿就好一点儿，维持不多久就又抬起头了，而且一次比一次抬头严重，按医生的话说，这已成官场的几大顽症。随着这顽症越来越顽，虎超超刹这风的人也就在这顽症中逐渐降低了威信……好，你罗平凡就整吧！那就重蹈前任书记的覆辙吧！

他想到这里，又隐隐觉得这个罗平凡和前任市委书记大有不同，在他的“幼稚病”和虎超超里，闪烁着一些超人的小智慧，比如那番“就职演说”就有咄咄逼人之势，会咬理不说，还有着超出一般人的表达能力。从在罗平凡任职宣布大会上开始，他准备凭着省委组织部和地委领导要以老带新的光环，再凭借着在芬河市经营多年的市场，以说了算的身份，不从职务上而是从实质上压他一头，看来硬那样搞下去一下子僵住了，上边还有个省委书记。他深深吸了口气又呼出来，脑子里旋出了四个大字，那就变变策略——以退为守。

他拿过桌上摆放的“关于对尤熠亮违纪违法情况的调查及处理意见”又翻了一遍。昨天下午，曹晓林就把这份报告送来了，当时就认真看了一遍。共分三个部分，第一部分是违纪违法的基本情况，所说违纪是指酒后驾车，所说违法是作为党员领导干部无理打人。第二部分是处理建议，给尤熠亮党内严重警告，撤销职务，对胁从的司机给予换离岗位，到队后勤烧锅炉兼打扫卫生，留职察看两年，以观后效；在这些处理意见后面还有两点建议：一是先由纪委讨论形成意见，然后提交市委常委会研究决定；二是召开干部大会公开处理。第三部分主要是以此引起的教训及思考。这一段最长，大题套小题也最多，他第一遍看时，就没有认真看，这次又翻了翻，扫了一眼题目，无非是对执法队伍开展教育、整顿之类。他虽然不看，但对曹晓林这一部分写这么多很满意。这份材料后边还有一些小小的附件，有尤熠亮和司机的检讨书，有调查核实证言，这类材料厚厚的一小沓子，包括尤熠亮和司机驾车前在哪里喝的酒、喝多少的证言，公安局收发室老头等的证言材料。材料很细，很规范，内文中每涂抹的一点地方都有出证人的红手印。就这份材料来说，他已无可挑剔。这些年来对曹晓林满意就满意在这个地方，他一旦了解了你的意图，做起事圆起场来，可以说是天衣无缝，哪怕针鼻那么一点点窟窿和漏洞，都能够巧夺天工，堵得严严实实，保证不漏气不透风，所以才觉得没白提他。如果自己能当市委书记，曹晓林是最合适的市长人选。

他昨天看了一遍，之所以没签署意见，思忖好一阵子，就是没掂量好批给谁，怎样批。按常规应该批给罗平凡，请他阅示，又一想，通过这两天接触，罗平凡处理问题有些破常规的“小新彩”，虽然自己觉得已很周密，让他阅示，他就要认真看和签批意见，难说他从字里行间弄出点什么东西，来个“小新彩”，自己就不好再驾驭和周旋了。考虑再三，终于在阅文的领导签批意见一栏里写上了这样一个既有肯定性又有牵制性的意见：“晓林同志：这份调查与处理意见既体现了求真精神，又体现了从严治党的方针，同时还体现了市委对犯错误干部的‘惩前毖后，治病救人’的关怀，所提教训与思考我都同意，请转呈平凡书记，如无异议，请抓紧落实。”在落款名字和年月日时，他使劲压了压笔尖，显得色浓笔重。

这个小小批示里，涵括了计时策要说又不能直说的意念，在“求真精神”下，应是对“偷梁换柱”的掩盖式定论；“体现了从严治党的方针”，是在表白，他计时策对这一丑事是多么坚持原则；“惩前毖后，治病救人”本是句老生常谈，计时策在这儿的用意可就非凡了，现在不少干部喜欢讨好，不愿意也不敢得罪人，这样认识，既给罗平凡一个台阶，是为了帮助犯错误的干部，而不是一棒子打死，也给自己留个台阶，一旦还要在这个官场上经营，也别太委屈了尤熠亮，适当时候再给个合适的安排……

计时策把签批完的报告往旁边一推，暗暗赞叹，能理解自己意图又能办好心里的事情的在芬河市只有曹晓林一个人，借这次党代会的机会，要想达到暗算的目的，也只有让曹晓林去操作。想到这里，他突然产生了一种沉重和灰暗感，人代会落选的干部不乏其例，要想党代会上让市委书记人选落选，却属少见，而且难度很大。因为他要通过代表选出市委委员人选，只要进入委员人选再下榜就不可能了，委员中再选常委就更集中了，这些委员多数是市委、市政府和公检法等部门的领导，这些人都很敏感，一有暗示或动作就会察觉，这些年，难说平时他们没磕没碰，这样的大是大非问题是不能有丝毫暗示的。所以，必须在委员上就落榜……倘若顺利当选，一届就是五年，那时自己就是五十四五岁的人了，按着现在一再提倡干部年轻化的要求，即使罗平凡不再任市委书记，这芬河市一把手交椅的位置也就没自己的事儿了。

他想到这里，立即拿起电话打到秘书科，请通知曹晓林副书记立即到自己办公室来一趟。

曹晓林接到电话很快来到了计时策的办公室，一进门就问：“计市长，找我有事？”

“你请坐——”计时策显得很客气，但，还是那副老神态，轻轻点了点那份刚签批完的材料说，“晓林同志，我认真看了这份调查报告，很认真啊！从文章结构到政策性把握，都看出了你在政治上的成熟，也体现了你对工作、对事业的高度责任心，这样的事情只有你来处理我才真正放心……”

以往，曹晓林按着计时策的意图办完一件事后，有明的，也有暗示的赞许，从来没有达到过这样的高度，曹晓林听了不但没有过去受过一般赞许时的高兴，心里反倒有一种空荡荡、没边没沿的感觉。单凭话语是丝毫听不漏的，从他那偶尔的微妙神情和一些动作中，曹晓林已看出这位久经官场的计时策已经感到了罗平凡的棘手，看出他那要当一把手的天空里有了暗灰的颜色。这番超常赞许的话，看出了对这份活非常满意，也看出了计时策是在这挂马车上绷紧拴自己的套绳。

曹晓林笑笑“计市长过奖，我能做好一点事儿，应该说是你多年栽培的结果。”

“不能全这样说，你个人的政治素质很重要。”计时策对曹晓林的话表示满意，转了话题说，“晓林，还有件更重要的事情等着你去完成……”

“计市长——”曹晓林的心一下子绷紧了，一时猜不出他又要让自己踩一条什么样的钢丝绳，迫不及待地问，“什么事？”

计时策直瞧着曹晓林说：“这党代会的策划安排你该心里有数了。”

曹晓林稍松了一口气，这里的谜意他是向自己透露过，不知他有些什么新的考虑：“计市长，你就指示吧。”他的心神开始紧张起来。这已经是摸透的常规了，属于老谋深算一类的事情，自己的这位上级从来不直言，也有规律，那就是先考虑败露之后，怎么把他摘出去，能左右逢源，而布置时，在他的大规律下，有的时候听话听音，有时是反话正说，有时又正话反说，有时还配有语气轻重，脸色阴晴，眼神明暗，声音大小，来判断他要求做这件事要加大的力度。没有像曹晓林这样精明、勤奋、巴结是难以胜任做计时策得心应手的助手的。每遇这种情况，曹晓林都全神贯注，像释谜一样听着，只是听，稍不留神就会掉出轨道。

计时策目光不打弯地正视着曹晓林说：“晓林同志，你是清楚的，这届党代会因为市委书记人选问题，客观上造成了时间紧、任务重的现实。罗书记刚来，不了解情况，开好这届党代会，还得靠我们这些老同志。这些老同志中你是分管具体筹备工作的，能否开成一个顺乎民意的大会，这一重任就历史地落到了你的肩上，如何掌握开好大会的主动权，可要有番精心的谋划和辛苦的工作……”

曹晓林暗暗释谜，那不打弯的目光表现他的心声，是要背水一战，下边一段话是借罗平凡刚来不了解情况，要暗中掌握这届党代会选举的主动权。

计时策一转目光，清冷着脸说：“把基层代表选好至关重要，要把那些真正有战斗力、发挥先锋模范作用的党员或党员干部选成代表……”

曹晓林见计时策话要藏深，急忙说：“计市长，你能不能举举类型，以免我操作时有误。”

“你比如说，这么三种类型不可忽视，”计时策爽快地说，“第一种，像啤酒厂的王厂长，厂子虽然眼前不景气，遇到了计划经济转轨交叉中的暂时困难，但毕竟是为市里做过贡献，不能伤这些人的心；第二种呢，就是像已当巡视员还没有退休的老教育局长战洪生这样德高望重的老干部，上届是代表，不能因为要退休了就冷人家的心；第三种，就是市委重点培养成长起来的那些干部……”

这个谜底最好破，曹晓林一下子就百分之百领悟了，啤酒厂王厂长是因为罗平凡去检查工作，反其道而行之做出了决定，对罗平凡有逆反心理；教育局的战洪生与计时策关系不错，主要是他在市里是一大家族，在各机关当干部、在各部门当头头的，有一百二十八人，计时策说选为代表的意思之外还应选些他的亲属；所说市委重点培养过的一些干部，主要是计时策亲自点名、能对他感恩戴德的那一部分……这些人能够当代表，就能掌握选举工作的一大部分主动权。

计时策口气刚硬地说：“你要掌握，在代表名额分配的时候，就要注意照顾到这方方面面，使代表真正具有广泛的代表性，还有个关键问题，就是要把代表资格审查委员会的班子搭好，必须是能领会意图，真正和组织上保持一致的……”

曹晓林明白这刚硬的口气，是要让他把这一条作为硬措施抓好落实。

计时策由口气刚硬突然变得声音柔和而脸现笑容：“我要说的就这么些原则，以后就不要再请示我了，多请示罗书记，他是市委书记嘛。这次选举，就是要产生市委新一届班子成员嘛，请示他也不过是个走过场，他不了解情况，主要还是靠你来运作。”说到这儿，他笑得自然，又似深沉，“晓林，这次选举非同一般，咱们可要和省委、地委保持一致呀，选举成功了是对省委、地委，也是对自己负责呀……”

曹晓林完全明白了，如果说罗平凡刚来报到时，在省委组织部长和地委领导的撺弄下，计时策在自己面前表现的那种既踌躇满志又焦躁忧虑，是在酝酿一个谜语的话，现在已经酝酿成熟而且把谜底暗示给了自己——要通过选用心腹做代表，把罗平凡在选委员时就选掉！曹晓林心想，计市长那一笑，可是绵里藏针，什么要为省委负责呀，还不是为自己拴好了一根难走的钢丝绳！所说“也是为自己负责”是在暗示，罗平凡被选掉，我计时策能当市委书记时，你曹晓林仍然是市长人选……

20

《第一号禁令》，由《芬河日报》在头条位置转发了芬河市委、市政府《关于迎来送往有关五个问题的通知》，引起了机关各部门的震动，曹晓林被罗平凡召去严肃要求让他挑头抓落实，并指出他对这项决定不积极的表现，刚沮丧地回到办公室，计时策又召见。他从计时策办公室走出来，额头上沁出了一层冷汗。他摸一把后脑勺，头发也已湿漉漉了。这根钢丝太难走了，就像是横跨山涧的两个山头，脚下是万丈深渊，一旦失脚跌下去便会摔个粉身碎骨。说白了，是被人捅漏，抓住证据，事端处理权可以通天——要是弄到省委书记梁威那里去，不闹个“破坏党代会召开”，也闹个搞“阴谋诡计”的罪名，起码要受到撤职处分。对计时策来说，倒好摘脱，弄不好说是曹晓林策划选掉罗平凡，是为了自己能当市长。何况，眼前这个罗平凡是那么敏感过人，精明敢为，凭那番就职演说，他已经隐隐约约向计时策挑战了，瞧那派头，后发制人，侃侃道来，在省委常委、组织部长和地委主要领导面前那么尖刻无忌，足以说明是个敢捅马蜂窝，更敢摸老虎屁股的人物！这会儿，市委常委会上研究所谓第一号禁令《关于迎来送往有关五个问题的通知》，讨论的时候，史永祥发言，沉默了几分钟再没人接续，罗平凡问有没有不同意见，没人吱声，罗平凡一锤定音：没不同意见就视为通过，然后就如何抓落实说了不少狠话。

曹晓林一进家门，妻子倪莉莉见他面色蜡黄，神情有点窘迫，凑上前去问：“晓林，怎么啦？哪里不舒服？”

“唉——”曹晓林像摊烂泥往客厅的沙发上一坐，“你还出主意慢慢离开点儿计市长，向罗书记先靠拢，别一棵树上吊死呢！这不，小绳子在我脖子上勒得更紧了！”

倪莉莉有点儿来气：“死心眼子呀，他勒得紧了，你不会自己松一松呀！”

“你不知道，”曹晓林有气无力地说，“没法松！”

“你呀你，我说晓林——那歌里不是都唱，没有憋死的牛，只有愚死的汉吗？凭你曹晓林这么精灵，就该是憋不死的牛！”

曹晓林摇摇头。

倪莉莉问：“你说，他那小绳又怎么勒紧法了？”

“唉——”曹晓林长叹一声，自倒一杯水说，“计市长想让我暗箱操作，在召开党代会的时候把罗书记选掉……”他平时嘴上没少说不让倪莉莉参政，主要原因是听了社会上不少舆论，可他有时又觉得妻子说的一些话很入时俗，道理上讲不出去，暗地里或实际上就是那么回事儿。按往常这类重要机密他是不能向妻子透露的，可是，从计时策办公室出来，他光冒冷汗不说，还总觉得心口窝堵塞着什么东西，说出来好像能解堵一样，便不由自主地说了出来。

倪莉莉并不了解这问题的严重性，问：“计市长怎么说的？”

“他要说还好了呢！”曹晓林喝一口白开水放下杯子，“明明白白的暗示，全是暗示，要是出了问题，就得由我吃不了兜着走。”

倪莉莉问：“能选掉吗？”

“太难，太难。”曹晓林连连摇头。

“他又没明说，你就装糊涂。”

“装不了！”曹晓林为难地说，“要是让计市长看出咱和他分心来，罗平凡那边又靠不上，我可就两头不是人了，弄个谁当书记我都得垮台！”

倪莉莉酸溜溜地说：“怪不得社会上都说这老头子是只老狐狸呢。”她一屁股坐在曹晓林身边，“计市长对咱够意思，这些年咱对他、对他们家也够意思，可咱们也不能眼瞧着往火坑里跳呀！”

“唉——”曹晓林又叹口气，“我早说过，社会上谁不知道计市长一手栽培的我？我要离他远了，或者说晒他，去靠近罗书记，社会上都会指破我的脊梁骨，以后就不好做人了……”

“你别大姑娘要饭死心眼子。”倪莉莉说，“晓林，我看这么样，你就推着干，别傻乎乎一根肠子就念计市长那一本经。我还是那句话，也得琢磨琢磨，想法靠靠罗书记。”

曹晓林觉得这“推着干”倒是个窍门儿，约莫露馅儿的事儿就不干，约莫不露馅的事就干，总之，还是得让计时策觉得，是在照着他的意图办，便说：“要是让计市长觉出味来，他那人有什么又不直说，那笑里藏的刀子可是不卷刃呀！”

“嘿，”倪莉莉说，“你就非往刃上撞呀，你也别总觉着计市长对咱好，咱知恩图报就是了，他死咱还跟着进棺材呀！再说，计市长有根小辫子叫我知道了，他要是有一天闹不济时，你就拐弯抹角拽拽他的小辫子，吓死他！”

曹晓林猛然一侧头：“什么小辫子？”

“他儿子计小林办的事，那天叫我发现了，他儿子嘱咐不让我说。”倪莉莉神秘兮兮地说，“说出来吓死你！”

曹晓林追问：“什么事呀？”

倪莉莉说：“他领一个人去我们工商银行办存款业务，他在旁边等着，那人在里边办，用的假名。我正好在业务室里，一看存款余额，一千一百多万呢。我这一眼，他儿子好像有警觉，特意把我叫出去，让我千万不要和第二个人说！”

“哎呀，”曹晓林笑笑，“我以为什么大不了的事呢，官场的人都私下议论，计市长家没有两千万，也约有一千多万。谁心里不明白，全市搞这么多建筑工程，房小虎一手大包又甩出去，都说外揽活回扣好处费是百分之三，别说百分之三，就是给计时策百分之二吧，那就老鼻子啦！”他咂口白开水说，“计市长鬼得很，他儿子本来是税务局的干部，突然又去经起商来了。有人就议论过，建筑的好处费都是他儿子得，这样一做买卖，做买卖挣的和靠他计市长的权力得的好处费掺在一起往银行里一存，就是有多少钱，也可以说明来路了。你以为那计市长就这么简单呢，还能让你抓住小辫子？简直是天大的笑话！”

倪莉莉松口气说：“怪不得他儿子跟谁都说他的边贸公司火呢！”

“俗话说，小鸡不尿尿，必然有道道！”曹晓林说，“门外人知道个啥，我揣量过计市长多少年了，多少事，就是干违法乱纪事儿，在他那里也是万无一失！”

“叫我说呀，你别光一门心思地跟在计市长屁股后边卖命，也学着点儿。”倪莉莉嗔怪地说，“你看人家计市长，官不耽误当，钱还不耽误捞，连后八辈子的事儿都安排好了。”她说着拨拉一下曹晓林，“晓林呀，你可要看明白呀，看没看到那些退休的老头子，都是当过市长、书记的，现在连要个车都费劲。听说那个老王市长前天去市医院看病，不是有权那时候了呢，进医生办公室坐下就要开这营养药那滋补品，医生开完处方，他去取药，药剂员让他交款，他说记账，药剂员说记账得院长批准，院长说现在都承包了，有制度，不交款不能取药。你猜怎么样，这个老王市长从三楼院长办公室出来，踢完了门口的痰盂踢纸篓，丁啷啷，咣当当，从三楼一直踢到一楼，谁理呀……”

“别说了，别说了，”曹晓林仍觉得心里很烦躁，“我比你看得明白，也不是没琢磨，只是有那贼心，没那贼胆，不怕一万，就怕万一呀！”

“什么一万万一的，那么倒霉！”倪莉莉认真地说，“照你这么说，我觉着，罗书记党代会上一过关，能靠就靠他，要是靠不上呢，恐怕你的好日子就不多了，我看能捞就捞点儿！”

曹晓林低着头不吱声。

“晓林，你看这样行不行，”倪莉莉说，“你是党群副书记，还得靠管干部捞摸点儿，我给你定个四项基本原则你看怎么样？”

曹晓林问：“什么四项基本原则？”

倪莉莉说：“一个是收真能提拔起来的干部的钱，收这种礼有把握，不会出事儿；第二呢，要是有人把钱送来了，没提拔上咱再返退回去，钓他们送钱，就得在提拔前。你没看吗，现在这人，比他妈的泥鳅都滑，提拔完了，有的就没事了，要不就是该送一万只送两千了；第三条，我想想……是什么事……”她皱一下眉头，“对，这第三条就是送和收必须是唱‘二人转’；第四个是，来送钱的，千万不能说话，要装哑巴收下，听说有的带录音机，感到不说句话不行了，手里接钱时嘴上也得说，不要不要，我们家从来不收人家的东西……”

“啊？”曹晓林瞧瞧眼前的老婆，有种陌生的感觉，“你什么时候琢磨出这么多鬼道道呢？”

倪莉莉撇撇嘴：“什么时候？你以为你这老婆白给呢？！你当上这个党群副书记以后，我就在琢磨……要是没钱，这市场经济越来越厉害，将来没有钱就是个完呀！你听说过吗，乡里有不少老百姓就是因为没钱看病死在家里……”

“行了，行了，”曹晓林一闪念说，“你就是跟你那个在南方县里当组织部长的妹夫学的！不过，这事情可得万万小心呀，可不能打着我的旗号瞎整！”曹晓林说出这话，憋闷的胸膛里似乎有点儿透气了。

倪莉莉见曹晓林不像过去那样，自己一说这种话他那儿就死堵死挡，心想，我这口子可算是有点儿看透红尘了，以前倒是背着他钓了点儿红包，这回，有他的配合，我可以多找机会大捞一把了。她一下子抱住曹晓林的一只胳膊说：“晓林，你是咱祖坟上冒着青烟长出的摇钱树呀，要是能攒够咱这辈子和下两辈子的，后两辈就得烧高香把你当祖宗供起来了！”

“干什么还要管后两辈子的呀？”曹晓林一皱眉头，“这事儿，得知足者常乐呀！”

倪莉莉笑笑：“子孙子孙嘛，子子孙孙一根筋。”

曹晓林眼睛一闭，身子往沙发靠背上一倚，显出一副疲惫的样子。

“喂，我说晓林，”倪莉莉摇晃一下曹晓林的胳膊，“有个发小财的门道，我想和你商量商量，怎么样？”

曹晓林懒洋洋地睁开眼："什么发小财的门道？"

"我想，我想——"倪莉莉说着把脸往前凑凑说，"我想让你住院割一下屁眼子……"

曹晓林摇摇头："做痔疮手术？"

倪莉莉点点头。

"现在又没犯病，"曹晓林摇摇头，"我好好的做什么手术呀？"

倪莉莉争辩："你那玩意儿哪年不犯两次？犯起来就疼得死去活来直冒汗，忘了？"

曹晓林明白她的用意，不吱声了。

倪莉莉大侃起来："我的意思你明白不？就是要离春节远一点儿割这一刀，春节还能收一茬。你就得做这个准备，罗书记选上书记不会再让你管干部的，或者是计市长看出你不好好给他干，这根钢丝绳开始挟制你。那时候，你再想捞点都不容易了！"她笑笑又说："晓林呀，你挨这一刀，又不伤筋动骨，也就是疼那么一阵儿，我一分一秒不离地陪着你。我算了，割这一刀，一住上院少说能收二十万，这也是为咱子孙后代造福呀……"

曹晓林哭笑不得了。

21

美娟搀着丽娜走出地区医院大门，丽娜对女儿说：“美娟，你哥哥在俄罗斯做生意，一年也着不了几次家，你爸爸又忙，我这病就劳累你和你小姨了。”

“妈，你这是什么话，”美娟抱紧了丽娜说，“这还不是应该的吗，日后，哥哥挣了大钱你说句话，我和他对半分。”

“说老实话，你哥哥做那个生意呀，我都担心，”丽娜说，“可别连他人都赔进去呀。”

“妈，瞧你说的，”美娟说，“我哥哥像我爸爸，又精又灵有心机，别人赔给他吧。”

“他那个精灵妈不放心，这家人唯一让我放心的就是你。”丽娜说，“美娟，后来我也想了，从另一个角度说，你爸爸不同意叶小冬做边贸也有道理，怕你再飞走了。”

美娟使劲挎挎丽娜的胳膊说：“妈，不能，即使我俩成了，他去我也不能去，我还惦着您呢。”

“美娟，”丽娜掉泪了，“这些年，妈不说就是了，就从你身上得到了亲情的温暖，你在学校念书那几年，每周日都回来看我，那么辛苦……”

“瞧妈说的——”美娟笑笑说，“坐上火车哐唧哐唧那么舒服，比小时候摇篮可舒服多了，怎么还辛苦呢，就是回来看你，才养成了在火车上看书的习惯，要是在学校，同学们该约我玩去了，要不，学习还不能那么好呢！”

“乖女儿，”丽娜止住眼泪说，“你和叶小冬的事情，不能就这么拉倒了。”

美娟说：“妈，我也在想呢，他那个样子也够牛的了，反正，我也不能上赶着他……”

走出长长的走廊，要出大门口了，丽娜说：“美娟，听说市里下了文件，对领导干部迎来送往和用车有了规定，我坐学校的这车合适吗？”

“妈，你就是想得太多，”美娟说，“你是学校的职工，这是学校的公车，来看病这不是正常吗！再说，我已经和你们校长说了，这车油钱咱自己出。”

“好，好，美娟，你太像你妈了，”丽娜笑笑说，“我这个当老师的，事事都想着要为人师表呀，再说，你爸爸是市长，咱别给他造成影响。”

美娟说：“妈，我赞成你，要不几个要和我处对象的，一开口就问我爸爸如何如何，烦死了。那个叶小冬就没有……”

丽娜说：“我也挺喜欢他……”娘俩说着上了车，美娟见妈妈今天心情很好，不断找些她感兴趣的话说，不知不觉进了家门。

计时策也下班回到了家，见妻子丽娜倚着床头板坐起来了，虽然脸色蜡黄，瘦骨嶙峋，塌陷的眼窝里闪着微弱的生命力，一副泰然自若的样子。他高兴地凑上前去说：“丽娜，我看你这病要好转呀，咱们家福星高照！”

丽娜有气无力地说：“时策，我这回去地区医院抽血做生物免疫治疗，听大夫这么一说觉得有希望了，还有，我觉得吃了你弄来的那中药好使，我这病要是早一点发现就好了，那时候，看你那么忙，真不好意思打扰你……”

“咱就不说这个了。”计时策边脱上衣边说，“全国大小报纸，还有电视台都有这药的广告。报上说，这药已经传到美国、加拿大等地，很受欢迎，吃了，不管什么肿瘤，维持率在百分之四十，治愈率达百分之二十多，这病是目前世界医学界难题，已经了不起了……”他说到这儿，见小姨子秀娜站在一旁有点儿发愣，把话转向她：“秀娜，我敢判断，你姐姐就是那百分之二十之内的。”

秀娜笑一下，接过他脱掉的上衣，走出卧室挂到客厅的衣架上。计时策高兴地和妻子说了一阵子，起身去卫生间。秀娜把他轻轻拉到卧室里趴在耳朵上说：“我姐姐要是好了，我也等着。我比她小十岁，怎么也是她先走，你心里可要有数。”

“黏豆包！”计时策扭一下秀娜的脸蛋，接着狠狠地吻了她一下，又很快回到了妻子的卧室。

“我知道，你今天心里有高兴的事儿，”计时策一进卧室就对金丽娜说，“小林从俄罗斯回来，他们公司的车已经去接他了，客车从口岸入关是四点，加上验行半个小时，差不多快到家了。”

计时策话音刚落，就听见门铃响。秀娜赶紧去开门，果然是小林。小林一进屋先问迎面的小姨好，又问卧室门口的爸爸好，急不可待地进了卧室，“妈妈，妈妈，病好些了吧？”

丽娜点点头：“小林，妈妈可要想死你了，这回一走就是二十多天。”

“妈——”小林坐到丽娜跟前说，“我打电话，小姨都和我说了，你吃了爸爸托人买的中药很有效。妈，你会好的，要不是这个买卖，我怎么也得赶回来看您。”他说着往前凑凑，“妈，有一笔大买卖，我走了不行啊，妈只要能治好病，多贵的药咱都能买得起……”

还是美娟的眼尖，首先注意到小林的身后还陪着位年轻漂亮的俄罗斯姑娘，身材苗条，微微泛黄的披肩发那样秀美、潇洒，长长的睫毛下扑闪着一对明亮的大眼睛，皮肤娇嫩。瞧瞧俄罗斯姑娘，问：“哥，这是我未来的嫂子吧？——”

“是——”小林兴奋地说，“美娟，怎么样，满意吧？”

“漂亮，漂亮，”美娟连连夸口说，“人家姑娘的家人都同意？”

“人家的家长才不管这么多事呢，还在家里倒出房子让我俩在一起住。”然后说，“爸，妈，小姨，这是我在列索扎沃茨克结识的女朋友莎莎，我们俩正在试婚。”小林转过身给莎莎介绍了屋里的人。莎莎用生硬的汉语按着小林的介绍依次有礼貌地问了爸爸好、妈妈好、小姨好。

莎莎陌生又含笑地瞧着屋里人。

“小林——”计时策皱着眉头，“怎么？没结婚就搬在一块儿住上了？”

小林点点头：“爸，这叫试婚。”

计时策有些气急败坏：“咱这是什么家庭呀？这不是伤风败俗吗？”

“败什么俗啊？我的爸爸——”小林振振有词地说，“咱们中国那些封建保守、抑制人性的俗应该破破了，这在国外很正常呀！我认识的几个俄罗斯朋友都是这样，一恋爱就在一起住，住一段，觉得各方面都很投合，就正式宣布结婚，不投合就再见。省得早早结了婚，日后麻烦，我前些日子到北京去，见到几个大学毕业分配在北京的同学，他们说，一些大学生都这样了……”

计时策想插话都插不进去，听小林滔滔不绝地说着：“爸爸，就你这个市长吧，戴上个乌纱帽就像紧箍咒似的，这方面听到的少，见到的更少。现在，全国一些大城市，别说我们这小年轻没结婚的，就那些半大老头子都有情妇，有老铁，像约定俗成似的，各地都悄声过上情人节了。不信到那天你到一些大城市里看去吧，花店里的鲜花成了俏货……”

计时策和秀娜的眼光无意中碰到了一起，心里尴尬，脸色也就不甚自然。他给秀娜使一下眼色，秀娜热情地领着莎莎出去了。莎莎听不懂计时策和小林说些什么，但看神色、口气，猜测是争论问题，便随和地跟着秀娜走了。

“小林——”丽娜在一边沉不住气了，欲抬手又放下，有气无力地说，“咱家可不兴这个呀，你爸爸说得对。”

“妈！”小林亲昵地说，“都什么年代了，你们还这样！我说这样吧，特别是爸爸，管家里的事儿就像您当市长一样，放开点儿政策，开放搞活嘛！我婚姻的事情，你们就别管了。我的好爸爸、好妈妈，五十年代时就提倡婚姻自由，现在都九十年代了。”

“小林——”计时策紧皱眉头，“五十年代不是说婚姻自由，而是恋爱自由，是说提倡自己找对象，反对封建家长式的包办婚姻，但不能胡来呀！”

小林跺跺脚：“爸爸，咱们这两代人已经有了一道鸿沟，你当市长的，应该思想解放点儿，其实这是社会的进步呀！”

“我怎么不信——”计时策说，“就这个进步法？”

小林仍然词劲话硬：“这怎么不是进步？过去成婚，多数是靠老人摔弄或者是别人介绍，稀里糊涂就登记住一块儿。那时候结婚是以年龄为标准，现在是以感情为标准；那时候成天打骂，也不好意思离婚，现在是只要情不投意不合，就分手。多符合情理呀……”

计时策急躁地说：“小林——”他总觉得找不出强劲的语言和理由去批驳。

“爸爸，你不是读了很多年毛主席的书吗，引用他老人家的话说，你可别闭着眼睛捉麻雀了。”小林笑笑说，“可能就您不知道吧，现在，就连咱芬河人思想都解放得很，大概只有您蒙在鼓里。不信您私访私访，你们市委、市政府不少掌实权的干部，还有那些公司的经理、厂长们，不少人都有婚外恋，常去夜总会、洗头房、按摩房泡小姐。就是您信赖的那几个，在您面前规规矩矩，像封建社会大姑娘似的，玩得才凶呢……”他说完似乎又后悔，加重语气补充说：“爸爸，我今天说这些是让您老的脑袋开开窍儿，这类事情，您可别管人家呀，全国都这样，社会进步潮流不可阻挡。”

小林考进大学是哲学专业的，在学校里就是学生会干部，毕业后又在市团委干了两年，锻炼得能言善辩。以往，计时策很喜欢小林这一点，辩论问题时常常有意留点儿漏洞，叫小林去钻空子来战胜自己，意在培养他的能言善辩，将来当干部；没想到，眼下就是不留空隙，看来他是无理也能胜辩了，他心里隐隐浮出了一丝悲哀。

“小林——”计时策在这方面心里有鬼，身上不干净，总不那么理直气壮，终于找到了批驳的话题，“你再开放进步，也不能挎两头呀！在市师范当老师的张娟娟与你是同学，都公开恋爱这些年，你总得靠一头热呀，总不能脚踏两只船吧？！”

小林说：“我是两头培养，重点选拔。”他见爸爸真是在生气，笑着解释，“爸爸，我只是两头培养，人家还有广泛培养的呢！”

“哎呀！”丽娜说，“小林呀，咱和人家不一样，你是干部子弟呀，你爸爸是市长呀！”

小林坐到妈妈身边：“妈，我的好妈妈，你就别管了，少说一句吧，干部子弟也是人嘛。”

计时策赌气说：“前天，张娟娟到市政府办事儿碰见我，还问我你何时回来，我说大概是今天。那是个多好的孩子，我看你见了娟娟怎么办？！”

“一切都有我呢，保证不给二老添麻烦！”小林神气大振说，“爸爸、妈妈，我最近做成了两笔大生意，可要赚大钱啦！”

计时策问：“两笔什么大生意？”

“爸爸，我现在正交好运，挣钱就像捡钱一样。”小林高兴地说，“一是我买通了两头海关，雇了一帮人在俄罗斯那边江里、海里抓王八。现在中国人吃甲鱼吃疯了似的，人家那边不吃那玩意儿，抓一只大的给他们五十元钱，小的二十元钱，我雇车运过来到了咱的鑫鑫海鲜大酒店，一斤就是二百六十元，抓够一车，过海关就像走平道一样。第二笔就是承包采伐那边一座山的木材，全是一色的水曲柳、红松，雇人采运回来，要比直接交易多赚三分之一的钱，这座山有可采木材五万立方米，可以干好多年呀……”计时策听了心中暗暗赞叹，他觉得眼前这个儿子经商做买卖，虽然利用了自己当市长的影响力，可脑袋活泛多了，想到这里，又很自得，压低声音：“小林，你和齐贵山、房小虎他们承揽转包建筑活的事情，没问题吧？”

“爸爸，您放心吧，”小林说，“这事儿我就不跟您细说了。别说没事儿，就是将来有点事儿也和您老没关系，因为您压根就没参与。不过，您那个建委主任齐贵山可是够机灵的，那次，一个眼神，他就明白了……”他接着又补充，“爸爸、妈妈，自从我开的鑫鑫海鲜大酒店有了俄罗斯野生甲鱼，更火了。”

“小林，好啊，好啊，”丽娜笑笑，“你就好好做生意，能赚大钱，你爸爸妈妈就没有后顾之忧了。”

“好，你放心吧！”小林眉飞色舞地对丽娜说，“要是买座金山能治好你的病，你儿子也在所不惜！”

丽娜握住小林伸过的手说：“儿子，你有这份孝心，就是妈妈走了，也坦然呀！”

“哈哈哈……”小林笑出了声，转脸又对计时策说，“爸爸，我可有自知之明。我做生意所以这样红火，从内心深处感到，你虽然不吱声，不说话，可是你市长乌纱帽这份无形资产，就像缠在我身上的神奇带一样，特别是挤走了那位书记，你负责市委工作以后，明显看出我生意好做，简直是指哪打哪，打哪胜哪，胜哪儿钱就赚在哪儿……”

计时策厉声地说：“小林，当外人可不能透露一点点这样的意思！”

“知道，”小林一下子板起脸，“听说省里又派来个姓罗的当书记，还挺尿性？”

“哎——”计时策掩饰着内心一提这话题就油然而生的烦乱，说，“话不能这么说。”

“他妈的，”小林气势逼人地说，“爸，他要是熊咱计家，我就想法灭他。”他瞧着计时策说，“爸、妈，你们的儿子可不是那些年的文弱毛孩子了，现在白道黑道都行，包括俄罗斯的黑社会高手我都能请动……”

小林这番话，倒给计时策解了不少气，提了胆。他想，如果姓罗的把我逼到份儿上……他似乎觉得眼前的儿子成了一座靠山。他知道，小林是不喜欢乱吹的，说到的，几乎就都能做得到。他严肃地说：“小林，你爸爸的事情，你千万可不能胡来……”

“爸爸，”小林说，“我说是需要时。当然了，没有您的话我不能乱来。”

计时策心里一阵暗喜，正想说什么，忽听门铃响，细一听，是个女孩子的声音，他判定后说：“小林，张娟娟来了！”

小林说：“那有什么！”

计时策一闪念说：“这样吧，你小姨虽说是为你回来准备了几个菜，我们在家吃，你就陪着张娟娟到酒店找个单间点几个菜……”他强调，“你一定要处理好和张娟娟、莎莎之间的关系，二者必选其一，尽快有个确定的选择。”

“好，爸爸，听您的。”小林笑笑又对丽娜说，“妈，你们就陪莎莎用晚饭吧，我走了！”他说完走到门口脱掉拖鞋蹬上皮鞋，边开门边做着和张娟娟一起去外边吃饭的准备。

22

曹晓林为了让计时策不多想，把罗平凡让他亲自负责把第一号禁令落实的情况一说，计时策当然是再上不能说啥，曹晓林一出面，史永祥和小高就更好抓落实了，全市大张旗鼓地开始了这一专项治理。不光罗平凡看清楚了，老百姓早就对此有怨言，有些实权部门也是出于无奈，特别是芬河口岸开通了三日游、七日游以后，对面城市是哈巴罗夫斯市，省和地区一些实权部门的领导常借考察为名，甚至带老婆孩子出游，当然就要找个对口接待，这笔费用很不固定，真是太大太大了。大到有几个沾点儿实权部门边的单位都要支撑不住了。卦仙编了顺口溜说他们是：春天开会布置工作，夏天陪客忙不迭，秋天抽空干点儿事儿，冬天开始搞总结……

市委常委会上，曹晓林让史永祥汇报，抓住了六起公车公费大吃大陪的案例，并提出了没收车辆、主要领导受党内警告处分，另加罚款的三点处理意见，有人提出狠了一点，罗平凡还是坚持这么办了，因为这是史永祥上会前征求过罗平凡的处理意见。而且决定不仅发文件，还要在报纸、电视台、电台公开曝光。继之，又通过史永祥汇报的《关于在元宝乡旱改水问题的调查及建议》，建议市政府对旱改水的农户每亩补贴 500 元，以促进加快发展水稻生产，实现增产增收的目的。并由丁奇峰做技术总指导，也顺利得以通过。

紧接着，市委常委会议又很顺利地通过了曹晓林提交的关于对尤熠亮等违纪违法问题调查及处理意见的议题，同意处理意见，召开公开处理大会，并以市纪委文件通报全市，抄送地区和省有关部门。常委们一致提出要就此事件吸取教训，并借处理大会的时机，部署整顿执法队伍工作。会议最后要形成决议性意见时，计时策一再表示召开大会时由他主持，曹晓林同志做整顿工作报告，请罗平凡做重要讲话。而罗平凡坚持己见，最后还是决定由李迎春副书记主持大会，由曹晓林副书记宣布调查结果及市委常委会处理决定，由计时策市长做整顿工作的重要讲话，自己最后即兴提点要求。这次常委会比前几次多了一个李迎春，计时策虽然觉得疙疙瘩瘩的不舒服，但也无可奈何。你再说李迎春有问题，再想法要调整他，地委尚未做出决定，李迎春还是合法的市委副书记。会议开始时，罗平凡首先宣布一条，李迎春同志提出的辞职报告的问题以及群众反映的问题，待地委调查组有正式意见时再说，目前上班。由曹晓林同志代管的市委常务工作，仍由李迎春同志负责，并希望李迎春同志要切实负起责任来。计时策这才感到，这位新来的市委书记罗平凡已经不顾省委组织部和地区主要领导在大会上的要充分尊重自己的告诫，开始向自己发动进攻了。

计时策仍然表现得很沉着、很冷静，心里正细细盘算着“以退为守”的策略。

罗平凡从元宝乡调查回来，主持完常委会，最后把计时策留下，通报了去元宝村的情况，说明自己已答应近几天内市委、市政府要派调查组，去那里就地调查、研究解决所反映的问题。计时策很敏感地提出，自己要亲自带队去那里调查并处理农民上访问题，罗平凡也就表示同意了。

之后，罗平凡便又开始了紧张的调查研究工作，白天下乡下村搞调查，晚上回来听取分管战线领导和有关经济部门的汇报一直到深夜。他又调查了两个乡，走家串户，坐在炕头上和农民算收入账，商量致富门路，重点听了农委和纪委的情况汇报，听取了水利局关于水资源，包括客水、地下水、静水的蓄水情况，听取了口岸委关于口岸贸易情况的汇报，还拜访了几位俄罗斯驻市搞边境口岸贸易的大老板。今天要召开全市公开处理尤熠亮问题大会，就不能再下去调查研究了，用完早饭就来到办公室准备处理一下文件，翻翻报纸。才下去这么几天，他已经觉得脑子里很充实了。他刚拿起一封群众来信，就被吸引住了，正默默读着，思考着，史永祥敲门走了进来。

罗平凡以为开会的时间到了，看了看手表。史永祥说：“来得及，我们等一会儿再走来得及。我打电话安排车了。”他接着问，“罗书记，你这些天一直听汇报和调查研究，应该掌握一些事情了，你让计市长讲话，我倒觉得，干部队伍建设很重要，你也应该在这次会上多讲一点儿。”

罗平凡离开办公桌来回踱步说：“现在，我脑子里在打乱仗，就是眼前有些急需解决的问题与长远建设问题交叉时，这个‘度’应怎样把握？”

史永祥问：“能不能具体说说，让我听听？”

罗平凡停住脚步，神情贯注地瞧着史永祥说：“永祥，从省委机关到清河县，从清河县到芬河市，在一系列的基层实践体验和反复认识中，我得出了一个现实问题的公式，那就是：体制弊端＋市场经济＝腐败的土壤。”

“精辟，新鲜！”史永祥说，“我明白了，你是说，要抓改革，改革一步又不能到位，在新旧体制交错中惩治腐败，抓队伍建设，经济发展与其相互矛盾，怎样才能抓到好处？”

罗平凡点点头：“那就是审时度势，循序渐进。看到眼前这些若明若暗的乌七八糟的东西，光着急盲目下手不行，确确实实地选好切入点，还是我曾和你说过的那个观点：必须下工夫，卖力气，把经济工作搞上去。那些呀，有的可以交叉治理，有的可以缓步运行。”

史永祥说：“有些群众反映强烈深恶痛绝的东西，我们也必须有个明确的态度或适当的措施，总不能任其泛滥呀！”

“当然了，”罗平凡点点头，“不过，从上到下，在一部分领导干部眼里，谈起思想解放不解放，往往把是不是允许放纵夜总会、洗浴中心、洗头按摩房里的小姐搞三陪作为一个重要标志。有些地方明管暗不管，甚至还开设什么红灯区，把灯红酒绿、热热闹闹看作繁荣开放的象征，实在是太可悲了。”

史永祥迫不及待地说：“如果说把经济这项中心工作搞得骨瘦如柴，而引资、贷款，向上要钱一意搞城市建设，把这一眼皮下的‘辉煌’看成是骷髅上的一朵鲜花的话，你说的这些东西就像是这朵鲜花上的蛀虫，很快就会把这朵没有根基和生长土壤的鲜花蛀蚀掉。”

“比喻得好深刻！”罗平凡顺手递给史永祥一封群众来信，“你看，写得多么尖锐，多么深刻，又多么忍无可忍！”

史永祥接过信，刚看了个题目，办公室主任小高进来说：“该去会场了，车在办公楼门口等着。”

罗平凡把信放进文件包里和史永祥一起走出了办公室。

出乎罗平凡的意料，今天会议的形式和气氛均不同寻常，公安、交警、检察院、法院、司法局、安全局，还有工商、税务等，凡是统一着装的部门，统统衣帽整洁，在单位门口站队，由领导打头，迈着整齐的步伐，按顺序统一入场，从前排依次排到最后。其他单位也都有座排区，特别是那些实权部门，坐整齐后还唱起了老歌，什么“我是一个兵”“共产党人好比种子”“学习雷锋好榜样”，显示出了整顿工作即将开始的良好势头，也在展示着计时策有着统率和治理这片土地的威力。

大会各项议程进行完以后，李迎春副书记宣布请市委书记罗书记做重要讲话时，下面还没来得及鼓掌欢迎，计时策就迫不及待地接过话，指着台下一个角落发出的窃窃私语声大加批评一顿，一改“老爷子”派头，摆在二把手的位置上，强调罗书记的讲话对这次整顿工作如何如何重要，一定要保持大会肃静，认真听，认真记，回去要好好讨论学习，加大力度贯彻执行，并强调，让大家以热烈的掌声表示欢迎。

他是在猜测罗平凡将要讲些什么。其实，他并不知道罗平凡要讲些什么。莫说他，连史永祥也还不清楚罗平凡要讲些什么。史永祥了解，罗平凡有非凡的领导艺术和讲演能力，从上次的即兴就职演说联想起党校同窗的生活历程，他每次讲话都别具风采，都富有新的感染和教育力。

掌声落后，罗平凡一改如计时策、曹晓林等的严肃的面孔和严厉的声音，平和地说："同志们，就职演说大会以来的这些天，我跑了五个乡镇、二十多个村，走进了五十八家农户，同时还调查了十二家工业和流通企业，又利用晚上时间听取了八个部门的工作情况汇报。这期间，成百上千的群众来信向我的办公室飞来。这不奇怪，据我所知，每一个地方调换主要领导时都有这种现象相伴而来，我只不过觉得这里稍多了一点儿。按照市委常委会议研究的意见，两位专职副书记分别做了动员和部署讲话，时策市长讲得已经有条有理，很全面了。我从办公室要来会场时，正琢磨应该讲点什么，突然发现了一封对这次整顿干部队伍有关的来信，我想给大家念念听听。"

作为市委书记，在这样一个严肃、庄重而又正规的大会上，不做指示，不准备个稿子认真讲话，却要念一封群众来信，又是别出心裁！会场上所有的注意力一下子集中到了罗平凡身上。

计时策皱皱眉头，稍斜一下脸，瞥见罗平凡从兜里掏出一封信，心里嘀咕，我这么重视这件由你罗平凡身上引发出来的事情，李迎春还要你做"重要讲话"，你不肯定肯定我的讲话，或者是再提点要求，把这次整顿工作做好，却不知又在玩什么鬼花样，玩吧，玩吧，别以为所谓"就职演说"获得一点掌声就扬扬得意，玩不好一下子就使你威信扫地……

罗平凡抽出信读了起来：

实权干部打了你，也打了我的心

——一名实权干部的妻子给新任市委书记的信

尊敬的罗书记：

您好！

我是一名有实权干部的妻子，我的丈夫在市里是一名掌有实权的中层干部。所谓很有实权就是，他不仅管的事儿大，管这件事儿还能捞钱。起初，我曾为我的丈夫有权能捞钱而骄傲和沾沾自喜，随着岁月的流逝，我越来越感到做一个我这样实权干部妻子的悲哀。我这种悲哀比你的部下打了你还难受。打你，你不过是疼在身上，气在干部素质差上。而我呢，却是自己的丈夫像用无形的鞭子在抽打我的心，气在丈夫的实权把我绑在了可怜的十字架上。我作为妻子，不是追求靠他的实权荣耀，也不想靠这种实权弄来的钱享受荣华富贵，我要从内心大声疾呼：请市委、市政府快救救这些离妻子、离老百姓越走越远的实权干部吧！

罗书记，可以和你坦白地讲，从我发现夜归的丈夫衣领上有口红，衣服上有香水味，就跟踪我的丈夫悄悄搞起了调查。原来所说的忙忙忙，就是利用手中权力，利用各种非法手段得来的钱，中午、晚上吃饭店，夜里就在夜总会、洗发城、泡脚房、洗浴中心泡小姐。说实话，我在跟踪丈夫时，发现为数不少的实权部门干部出入这些地方，也有市委、市政府的干部。什么“有权不用，过期作废，开放年代不潇洒白不潇洒”。最近卦仙给这些人归成三等人编了歌：一等人家外有家；二等人花外有花；三等人现用现抓。

试问，这些人还能像您讲的把精力用在工作上，把心贴给群众吗？他们这样做，不知道扪心问过自己没有，还是不是个共产党员？还是不是共产党的干部了？殊不知，我们市工业不景气，他们挥霍的钱都是农民兄弟用一滴滴汗水洒进土地里换来的。新闻媒体常说，我们市的经济发展进入了繁荣时期，人民生活接近了小康。而据我了解，还有相当一部分人正在温饱线上挣扎。我的叔叔在马家屯，三年来人均收入不足八百元，因患病无钱医治死在了土炕上。我的一个远亲在幸福村，孩子考上北大供不起，只好回来种地。我斗胆向罗书记写信建议，把这个隐藏着的问题作为这次整顿干部队伍的重点，因为他们不仅败坏党的风气、社会风气，也影响了家庭的稳定。

罗书记，说句老实话，当我跟踪抓住我的丈夫后他也不得不“低头认罪”，回家关上门也没少吵没少闹没少打，可是，凭我的感觉，他老实了一阵子又犯病了。说句老实话，我实在是还没有勇气公开和他打，公开和他闹，甚至提出离婚，因为我上有老，下有小，还要顾全这个“大局”。我向你呼吁，救救我的丈夫，救救这些风雨飘摇的家庭吧！

罗书记，请您设身处地地想一想，难道我的这种心情比你挨打还好受吗？

一名实权干部的妻子

一九九×年×月×日

会场上静悄悄，谁也没想到新来的市委书记在这个大会上利用一封妻子的来信，捅破了一层薄薄的窗户纸，公开揭露了一个最普遍的腐败现象，连主席台上的计时策听着听着心里都有几分紧张了。不过他的心情很快就平静了下来。他知道，白华是个只撩骚不跟其他男人办真事的女人，守口如瓶，不会走漏风声，至于和小姨子那更是憋闷在鼓里的故事。想到这里，他很快恢复了平静，而且又产生了几分得意，对在党代会与罗平凡竞争又有了一股力量。他心里明白，像那位妻子说的那种干部是不少的，就在这个问题上做文章，让齐贵山、房小虎从这类干部中能选上代表的去作为一个重要缺口……

他正深深思考着，罗平凡放下信讲话了："同志们，这位妻子反映的问题具有多大的普遍性，我不清楚，因为我没有调查研究。这些天来，我已有所闻，肯定是有，这毫无疑问。我建议曹晓林副书记将这封未署名的信印发给各单位，供他们在整顿干部时就这封信开展一下讨论，作为整顿工作的一记警钟，能够警醒这种干部却步，再有违者，定严加惩处。"他说到这儿，使劲攥起拳头，狠狠地捶了下桌子，说："对整顿中发现的这类严重问题，要视情节轻重，认真处理……"

计时策心想，就要这句话呢，就是这句话里好做文章！

"当然，我相信，我们的干部大多数还是好的。"罗平凡说，"除以上问题外，我还有两个问题交大家回去讨论：

"第一，我们市要迅速从城建开发热转移到以发展'工农业'为主的经济发展上来；

"第二，我们制定扶持政策，大力发展口岸出口蔬菜生产，实施'以稻治涝'、发展水稻生产的种植业结构调整的战略措施，闯出一条富民强市的小康之路。

"我算了一笔账，我们芬河市的二百多万亩土地中，其中一百万亩左右属涝洼地，十年八不收，如果辅以适当的水利工程，把百万亩涝洼地都改造成水田的话，再实施科学种田，如果亩产大约在一千二百斤左右，可以相当于三百万亩地的产量，且国内大米市场看好不说，俄罗斯也有很大的需求。我们所处的积温带没问题，李迎春副书记已经在元宝山下试种成功。倘若大家讨论后觉得可行，我们今秋就可以动手，明春开始大棚育秧、旱育稀植栽培技术，我可以请一批清河县的乡亲们来帮忙。我还算了一笔账，除百万亩涝地外，我们还有百万亩漫冈和平坦土地，如果拿出五十万亩做三留田和完成国家的征购粮田，将其他五十万亩分别种植俄罗斯需求的大西瓜、西红柿、甘蓝、马铃薯等经济作物，效益必将大增。李迎春同志在元宝山下试种的温室和大棚蔬菜可以验证，一亩大棚蔬菜年可获利一万元，要相当于现在几十亩旱田农作物的经济效益……当然，我们还要制定计划，坚持扩大对外开放的方针，大力招商引资，兴办出口商品的合资或独资企业。这些计划和目标实现之日，就是我们芬河市成为全省最富裕的市县之时！”

罗平凡讲到这里，台下刚有带头的掌声，被他一转的内容和口气截了回去：“我出的这两个题目，请各单位结合干部队伍整顿，认真讨论一下，尽快把意见反馈上来。”他话音一落，主持会议的李迎春副书记就如何讨论罗书记出的题目提出了具体要求。他照例征求计时策和曹晓林及主席台上的常委和人大主任、政协主席，是否还有什么话要讲，大家一个个摇头或摆手后，会议宣布结束。

这次会议对罗平凡读的信和讲话，虽然没有“就职演说”时那样的一阵阵掌声，却在每一个参加会议人的心里，产生了更强烈的震动。

23

地区组织部已经几次来电话催问关于党代会筹备情况，要求近几日必须将新组成的市委委员、常委候选人名单报地区组织部审批，否则就要影响地区、省党代会的召开。罗平凡屈指一算，可不是，尽管自己对人选考虑不成熟，尤其是常委的候补人选，只有了一个成熟的想法；至于李迎春，他倒觉得不该交流了，应留在班子里继续发挥作用，担心计时策要强坚持，不管怎样，也要拿上决策日程了。他决定召开书记会。

所谓书记会，就是四个人，除两名专职副书记外，市长计时策还挂一个副书记的衔，这是统一的模式。

其实，在常委的决策程序里，只有市委常委会、市委全委会、市委全委扩大会，根本就没有书记会决策问题这一说，无法考究是谁提议，谁发明的。书记会习惯叫作书记碰头会，据说是实行民主集中制的需要，一些重大问题，比如干部问题、财政年预决算、重大项目等，先由四位书记决策核心统一思想，书记们统一了思想，到常委会上就是走形式了。倘若不这样，直接把议题端到常委会上，哪怕有一两名常委不同意，也无关紧要；要是有一名书记不同意，很可能带起几名常委影响半数通过；就是只有一个书记不同意也不好，下边该大肆猜测，谁和谁有矛盾，班子不团结了。四个书记碰头时，倘若有一个人有异议，书记就该做工作了，书记会通过的事情，就是有的人思想还不通，也不能在常委会上再说了，所以书记会定的东西基本上到常委会上是一声雷，既没有不同意见，也不影响书记决策拍板。

看来，发明者总有发明者的理论和实践依据，这芬河市常委班子里，就有人质疑过这种没有条文的“小班子”决策左右大班子决策的办法，但也是无济于事。罗平凡也曾着急过这个亟须研究的议题，对常委补充人选别说常委会，就是这种不成规矩的书记小会，他都担心通不过。那时，李迎春还没被叫回来。所谓书记会就只有三人，那还不是小班子中又有小班子吗？自己只是一个还未被接受的外来的角色，要是直接拿到常委会，计时策往那里一坐，也很难料定什么结果，这回多了个李迎春，管他这书记会合法不合法，心里总是有点儿底了……罗平凡走出会场，让史永祥通知几位书记到自己办公室，心里开始拟定这次书记会的议题：一、让李迎春融进班子的问题，自己就只好以打马虎眼的办法，给计时策一个台阶下（不管他内心怎么想）；二、市委常委班子补缺人选问题；三、党代会的筹备事宜。

他回到办公室，发现桌子上除又多了一些群众上访信外，还有一封注明直发罗平凡收的传真电报，急忙打开认真看起来：

平凡同志：

您好！

我在省纪委转发的一份情况通报上看到了你未任挨打的消息，且打你的是市交警队长，为之吃惊，可见一些执法干部无法无天已达到何等地步。令我欣慰的是，如通报上所讲，你处理这件事情，能以人民群众为立足点，体现了一名共产党员高尚的宗旨情操。我相信，有这种思想基础，不管复杂环境下出现任何矛盾，你都会把握基点，顺势妥处的。要知道，今天的世界纷繁复杂，在一定特殊的条件下，合理的方法，不一定能得到理想的结果。我去芬河市考察只停留两天，只看到复杂的表面现象，并不掌握内情，希望你要既敢于触及矛盾，又稳扎稳打，谨慎从事，善于解决矛盾。我还是重复你上任前强调的几句话：通过我到芬河市考察接触到的实际，以及从来自芬河市的大量上访信看，隐约感到这个地方的经济发展和社会矛盾很有代表性，希望你能够发现问题，总结教训，深入探索，认真总结经验教训，创造一个省委指导全局工作的典型。

昨天，元宝乡的几位上访农民截了我的车，我在办公室热情接待了他们。如他们所叙，依我看，所反映问题不无道理。我已向他们许愿，把上访提出的问题交芬河市主要领导亲自过问处理，如有不当，我梁威将直接过问处理，并给了他们我的办公室的电话号码。

另，省委正筹备要召开全省扩大对外开放工作会议，届时，你来参加会议时可找秘书联系一叙。

梁威

一九九 × 年 × 月 × 日

罗平凡握着省委书记梁威的信，一股暖流滚滚而来。他真正感到了梁威书记对自己的关心、信任与期望，又想起了就任前的一段谈话：我知道计时策与省里一位领导有密切关系，我点名让你去芬河任市委书记，可能会很快传开，这就增加了你和计时策之间处理问题的奥妙色彩。对于你来讲，从这个角度来说，有上级主要领导的支持，在一个地方开创局面，可能会是一种舆论优势，也只能是一种舆论优势，重要的问题还是靠你自己；也不能不想到，在一个人际关系复杂，甚至盘根错节（古老县城往往这样）的地方，也可能造成部分实权派的逆反心理：你不是有后台嘛，我们就是不理你。现在人们的心理状态与以前已大不一样了。但，你应该坚信，多数群众是会主持正义、支持公道的。

史永祥推门走进来说："罗书记，我将书记碰头会安排在常委会议室里了，还是不在你办公室开好。因为这一段时间你一直在下面搞调查研究，听说你进了办公室，主动找你汇报工作的多，电话多，还有些上访的，点名让你接见，恐怕在这里不会安静，就在常委会议室里吧。"罗平凡看看手表，点点头，把那份传真电报往史永祥眼前一推说，你看。史永祥看完没等说什么，罗平凡说："对元宝村农民上访的问题，计市长主动提出要亲自带队去，这不，拖到现在没去，那几个农民告到省委书记那里了。我看，这次书记碰头会上我还要重新强调一下，如果计市长仍坚持要亲自去，我看，你参加怎么样？"

史永祥摇摇头说："平凡书记，我有个想法，想说一直不知怎么说好。就从这件事谈开来说，对于计市长要干的工作，又无碍大局的，我建议你还是不要咬得太紧。对于我，计市长心里本有小九九；对于你呢，来芬河市讲了些话，处理了几件事情，我估计在计市长心里，已经有了不可言传的东西！他要亲自去处理一个上访案件，还再把我派进去，会让他联想，会激化相互间的矛盾情绪。"说到这里，他指指传真电报，"正如梁威书记所说，你是省委书记点将来这里任市委书记的，有人还背后议论，不知你和梁书记有什么亲密关系呢，要不，你刚上任就这么大刀阔斧，计市长哪能成为这么安稳的角色呀。当然，也可能心里不安稳，总还是表现得对你很尊重，我看，还是按你讲的，主攻方向打开局面以后，其他工作再势如破竹不晚！"

罗平凡问："哪些是明火执仗？"史永祥说："就职演说口气激昂，后发制人，还不是明火执仗？下去调查一出宾馆门口就大破常规，我已将文下发，还不是明火执仗？连通通气都没有，就让李迎春直接上台主持起了大会，还不算明火执仗？你一来能做到这些，已经很不容易了，因为，这不是你的清河县！"

罗平凡点点头："这么说，我忍着忍着，也有些激进了？你可知道，我是这里的一把手呀！"

史永祥语调变得有些沉重了，说："旁观者清，当事者迷。要是我这性子和脾气处在你的位置可能比你还激进。你是一把手！你应该想到，计市长已经代理一把手了，是非常想当一把手的呀。这几天，我是在耐着性子，客观地为你考虑。我想过，要是没有梁书记这一说法，就凭你这么干，计市长早以另一种方式和你火对火、仗对仗了，当然，我也想过，就是现在，计市长也不见得不是暗地里端枪。”

罗平凡看看手表点点头说：“言之有理，不过，不至于这么严重吧？好吧，我去开书记碰头会了，找时间再交换意见。”他想的未尝不比史永祥尖锐，但不愿意把这种想法暴露在第二个人面前。他拿着笔记本，走进常委会议室，见三位副书记都已到场，曹晓林和李迎春挨肩坐着，计时策和他俩对面坐着，罗平凡与计时策挨肩坐了下来。他打算利用这种会的形式先来个由底向尖塔分三步的攻心战术缓缓展开，最后改变计时策拟定的党代会常委拟补人选。几天来，他已经过了深思熟虑的思索，尽管亲眼目睹了尤熠光的见义勇为，在听公安局长汇报工作时，列举了他的政绩和所获殊荣，权衡思量，也不适合是常委、组织部长的人选。当然，罗平凡通过听汇报和观察，心里明白，计时策连同曹晓林牢牢掌握组织大权，况且所提人选已经通过地区组织部和主要领导同意，自己刚来，想改变并不容易，又不能不考虑到，组织部长人选事关重大，倘若组织路线不能起保证作用，实现经济腾飞会变成一句空话。他也画过问号，计时策让尤熠光出任常委、组织部长，是出于什么考虑呢？不管他怎么考虑，要实施好塔形战术。

第一步，垒起宽大的塔底，给计时策个台阶下。

“计市长，有三件事情，咱们几个书记碰碰头。”罗平凡斜眼瞧一眼计时策说，“第一件算是沟通思想，消除误会，就是李迎春同志无组织无纪律问题。让李迎春主持今天的大会，没有事先与你沟通，我事后一想是有点儿主观了，迎春同志在元宝山下尽管做的是有益的事情，毕竟是凭着个人意气，就因为与时策市长工作上的不同意见，挨了点批评，就脱离了领导岗位，抛弃了工作，这是一名党的领导干部所不应该的，迎春同志应该深刻反省自已。我之所以这样安排，是考虑组织上对李迎春还并没有什么说法……”他故意遮盖了矛盾的实质（他和李迎春从吃饭后一直谈到深夜，又经一番观察和了解，基本确认计时策是因为李迎春揭示矛盾尖锐及给梁威书记写信，引起计时策暴跳如雷，想达到排挤李迎春出领导班子的目的），接着便直接给了计时策下台阶的话题，“李迎春在元宝山下的所作所为，时策市长也是听了不了解情况人的反映。有一点倒应该肯定，李迎春同志虽然做的是有益的事情，并不等于就是正确的。”

李迎春了解罗平凡的意图，接过话说：“我认真反省认识到，我确实是做得不对。正像罗书记批评的，是一种无组织无纪律和党性不强的表现，同时也表现出对计市长的不尊重。我应该反省检讨自己，并向时策市长道歉。”

计时策以为李迎春是在大事化小，小事化了，也就顺水推舟：“在对待李迎春同志的问题上，我也有不冷静的地方，只要话说透了，互相理解了，也就行了。”他觉得，来了个罗平凡，与李迎春的矛盾就该降温了，况且没有那么大制约力了，也就在体面中下了台阶。

“好，既然你们二位以诚相待，我当班长的就再没什么可说了。”罗平凡放重声音说，“我来芬河市第一个书记会的第一个议题就这么顺利，心里很高兴。要把芬河市的事情办好，关键在于咱们市委领导班子的团结，领导班子的团结关键又在咱们四个书记，这是全市决策中心的核心呀！”

李迎春虽觉这么说不顺气，想起罗平凡的循循善诱，又主动地面向计时策：“今后，我在反省自己的同时，一定积极支持计市长的工作，有事多请示……”

计时策不动声色地点了点头。

李迎春把脸转向罗平凡，他刹那间觉得这位新来的年轻书记也有一种城府，也有计时策那种点透不说透的味道，也在说违背心迹的话。这种违背里不是阴冷，而是蕴含着良知，用冠冕堂皇的话说，叫作领导艺术。政治？这就是政治？他活了五十多岁，憨直忠厚，在官场直言不讳了二十多年，想起了忘记是谁说过的一句话，按本本上说的那种襟怀坦白，就是政治傻子。假话是为了办好真事而说，办真事的常用假话做佐料，这就是有人说的真假经，真真假假，假假真真，真事假做，假事真做，真需假，假为真。

第二步，由塔底向上缩垒到塔腰，步步为营。罗平凡知道计时策所以要亲自带队去元宝村处理村民上访的问题，十有八九是因为和那个停工的合资企业有关，接着李迎春的话说：“既然时策和迎春副书记都能以诚相待，芬河市的事情就好办了。”他感慨几句一转话题：“时策市长，咱们要商量的第二个问题就是元宝村村民集体上访的事情。来会议室之前，我接到省委办公厅的一个电话说，元宝村的村民截了梁书记的车，让我抓紧处理呢。我知道你这些天政府工作很忙，一直难脱身，岁尾年终，秋收工作，财政保盘子等，我看这样，如果你难抽身，就请永祥或晓林同志带队去一下。我也和你说了，我已经答应那里的村民，市委、市政府近日就派调查组，就地调查研究解决找出的问题……”

曹晓林这时说：“罗书记，计市长，你们定吧，让我去我就去。”

“这几天，我确实忙一些。”计时策似乎没听见曹晓林的话，对罗平凡说，“平凡书记，那里情况我熟，元宝乡是我的点，那里出了问题我有责任。按既定方针，我安排一下眼前几件棘手的工作，抓紧就下去。”

“好吧，市长亲自处理群众上访问题当然更好。”罗平凡步步为营，这第三步开始缩塔体，直垒至塔尖，拿出了已经让了两步再不能让的口气：“这次书记会要碰头的第三个问题，就是党代会空额常委的人选问题。我按着时策市长的建议，边检查工作，边注意考察了拟提人选，人选还是那几个人选，我想置换一下拟定的位置……”

计时策听着罗平凡换了咄咄逼人的口气，心里先是紧张，一听说还是这些人选，又随即松弛了。他来不及细琢磨和猜测以便实现既定方针，罗平凡已一口气全盘托出：“让史永祥同志改做常委、组织部长工作。我过去就了解，这些日子经过接触就更了解了，这位同志思想路线端正，为人正派，是非分明，能把握好正确的组织路线；另外就是李迎春同志，既然大家以坦诚相待，消除了隔阂和误会，李迎春也愿意留下继续为芬河市的发展做贡献，就不再交流了，还继续做常务副书记工作，以后工作重点多向经济工作倾斜一下，也可以在分工问题上加一条，分管经济工作，当然主要是工业和农业；尤熠光，经过了解和观察，也确实是个不错的同志……”他说到这一矛盾的焦点上，故意使自己冷静、坦然，掩饰着言行不一致的心态，他凭自己的敏锐与洞察，无论如何都觉得尤熠光是那天晚上打自己的干警，但又说不出任何依据，难道他们能来个狸猫换太子？所附调查报告，连出租车司机都打了证言，这样天衣无缝，实在是无话可说。这种想法一闪即逝，只好抛开感觉跟着眼前的事实走，接着说:“我目睹了尤熠光同志见义勇为斗歹徒的场面，在当今情况下是难能可贵的，而且很突出。凭我这几年的工作经验，让尤熠光同志任常委、组织部长有点儿不量体裁衣；让他做常委秘书长呢，他缺少点文字功夫，秘书长要常把文字关，有点难为他，这个衔也不得体。我的意见是，也作为常委候选人之一，定位去接任杨小柳同志的元宝乡党委书记职务。这样做，考虑他没在第一线干过，缺少全面的工作经验。我考虑如果尤熠光本人素质不成问题的话，这一步时间不要太长，这样既利于干部成长，也符合党的选人用人路线。杨小柳呢，既然作为上次政府换届的市长差额落选，我发现这位同志很适合做协调性工作，文字功夫也可以，目前，元宝乡工作中出现了一些问题，比如土地二轮承包，元宝村村民集体上访，原因也是多方面的，还不能归咎于他。”

计时策听着，当目光和罗平凡转来的目光相遇，只是点点头，心里却沸沸扬扬起来：罗平凡对每一个人的评价和使用简明扼要，他正考虑怎样提出反驳意见，还是要坚持让尤熠光做组织部长人选。

“我还有一点想法，”罗平凡迅雷不及掩耳地说，“这次党代会差额选举问题，我的意见是打破有些地方那种强奸民意的官衙作风，在物色人选时还要暗示，甚至以组织的名义做非法思想工作，透露谁是差额，让大家对准一个人画叉，这纯粹是践踏党章，践踏选举法，甚至有的地方为了醒目，把差额人选排在名单尾数上。我建议，我们这次按姓氏笔画排列，代表们画谁就是谁……”

李迎春说：“太好了，我同意。”

罗平凡问曹晓林：“晓林同志，你的意见怎么样？”

“同意，”曹晓林拟瞧瞧计时策，但罗平凡的目光直盯着，有点茫然，只好说，“没意见。”

计时策见大势已去，沸沸扬扬的心田里让罗平凡最后一段话开出了一片稍平静的小天地，也趁机而入，“好，我没意见，罗书记真是看人入木三分，用人恰到好处。这样吧，就让晓林同志抓紧起草文件上报地委，把筹备工作纳入重要日程，地委已来电话催几次了，我以为罗书记心里有底儿，也就没催，果然有底儿。”

“时策市长，什么底儿？”罗平凡瞧着计时策笑笑，“心里是有底儿也没底儿呀。”

这句话，使计时策一愣，他开始真正感到这是个不好斗的年轻人。

24

下午下班时间已到，全市公开处理尤熠亮大会还没有结束，计美娟上班时就和妈妈、小姨打好招呼，晚上要请小林和莎莎吃串儿，喝啤酒，还准备按爸爸、妈妈说的，劝说一下他们这对涉外“闪电婚姻”，她一迈进串店门口，小林和莎莎并肩鼓掌欢迎，小林风趣地说：“嘿，请客的没来，吃请的倒先来了，东道主，快来坐吧。”美娟先和莎莎握手致歉，莎莎大大方方地用极不流利的中国话说：“没关系，不客气。”

小林已经点了一瓶啤酒、烤羊肉串、烤蚕蛹、烤蘑菇、烤红肠……摆了满满一桌子，美娟说：“哥，你点这么多？”小林说：“没关系，你请客，我埋单！”美娟说：“真看你是大款了！”说着，随小林和莎莎各自坐到了餐桌旁，小林起啤酒，美娟和莎莎开始往餐桌的小烤箱摆放烤串。

美娟先试探着问：“莎莎，你嫁给中国人，爸爸、妈妈同意吗？”

“爸爸、妈妈只是问问，不管的。”莎莎回答说，“我没有考上大学，十八周岁就搬出家自己住了，挣钱养活自己，不过，和小林的事情已经和妈妈、爸爸打招呼了，要尊重他们。”

“啊？”美娟问，“打招呼就行了？”

小林说：“打招呼算好的，有的结了婚才告诉家里，人家是自己的婚姻自己做主，不像咱们中国人，爸爸不同意就杆儿戏了。”

美娟无语了。

小林说：“美娟，我听妈妈说你和有个叫叶小冬的事儿了，人家要下海去和俄罗斯人做生意有什么不好呀？啊？他要是做，哥还可以帮他呢，你不要听咱爸的，咱妈那边，你好好解释解释，我再帮你说说，当那个公务员有什么意思，叶小冬干好了，你也干，像我和莎莎似的，开个夫妻公司……”

“别胡说——”美娟感到无法劝小林和莎莎，对于自己和叶小冬的事情，在他们面前似乎也没什么说的了。

他们正说着，喝着，烤着，吃着，叶小冬和丁奇峰也来吃串儿。美娟一介绍，小林热情地说：“别再要桌了，一起烤吧，我们这里的东西多着儿呢。”

其实，小林是假客气，正想找机会凑乎美娟呢，美娟心情躁躁中也想找叶小冬，叶小冬半推半就，被小林一拉坐下，丁奇峰也只好就范了。他们围着这张六人台边烤边吃起来，说来奇怪，很快就随和起来，只是丁奇峰感觉上有点儿疙疙瘩瘩的。

小林先开了口："丁大哥，你是七七级的爷们儿吧？"

丁奇峰回答："是啊。"

"我看这年龄也该是。"小林问，"嫂子在什么地方？有孩子了吧？"

丁奇峰直来直去地回答："离了！"

"噢，离了？"小林问，"是上大学前？"

丁奇峰回答："是。"

"恕我直言，"小林问，"是感情不和呀？还是当了个陈世美？"

美娟瞧瞧丁奇峰嗔怪小林："哥，别胡说！"

莎莎挺感兴趣这个话题问："小林，什么是陈世美呀？"

小林解释说："我们国家历史上有个叫陈世美的，考中了状元就不要老婆了。"

莎莎连连摇头："不好，这可不好！"

叶小冬说："你们这帮小屁孩儿……"

小林反驳："你说谁是小屁孩儿，你比谁大怎么？"

"不对，不对，"叶小冬说，"我是说，你们是些不懂七七级感情的小屁孩儿，没错。"然后对丁奇峰说："师兄，给他们说说你的婚事儿。"

丁奇峰只好照本实发，讲了他农场下乡参加高考中榜后，当地职工的妻子如何纠缠不让他上学去，丁奇峰如何好话说尽，吵得鸡飞狗跳，凶险不安，无奈只好离了婚……

叶小冬说，师兄的农场老婆眼光短浅，太短浅，小林说该踹，莎莎说，这妻子是不该要了，美娟刚想问点什么，丁奇峰站起来看看手表说："小冬，咱俩要说的事儿找机会再唠吧，史秘书长在办公室约我去找计市长，研究开发水田资源落实问题。"在座的谁也没拦住，小林等只好送到门口告辞又返回了烤桌……

齐贵山从走出公开处理尤熠亮大会会场，心里就一直焦躁不安。他越琢磨越觉得给罗平凡写信的是自己的老婆麻丽，信中列举的现象和故事都发生在他和老婆之间，嘴架没少吵，仗没少打，就是没公开对外。他边往家走边下决心，他妈的，现在大姑娘多的是，干脆踹了这个娘们儿。又一想，不行，这几年积攒的钱都在她手里不说，还有，这娘们儿的脾气秉性自己是了如指掌，在女人当中，是属味浓的醋罐子，老爷们儿沾不得女人一点边儿，平时处事心细如牛毛，体现在这醋罐子特征上尤为明显，来了股虎劲儿又不怕天不怕地似个母老虎。平时她的同事都说她，没事儿时咋好咋好，惹着她就像插上尾巴的大叫驴，蹦跳起来没完没了。离不成，最终再让她闹个身败名裂，人财两空，实在划不来，忍，只有忍。

这些天来，齐贵山一进家门，麻丽就像一只爱斗的公鸡，总是找茬儿要出气似的。这回，脸上现出了五彩情：玩笑、戏谑、开心、教训、畅朗凝聚在一起说："怎么样？我的大建委主任，我治不了你们这套号的，总有人能治你们吧？罗书记念的那封信，我听了那个开心呀！我注意看了，那么多头头脑脑的，都像见了猫的缩脖子老鼠！"麻丽是市畜牧兽医站的副站长，是个事业单位，她是药剂员，也按干部管理。这次会议的范围是计时策定的，规定除教师、医生外，属干部名称的都参加，麻丽也就有幸到会了。

"是不是……"齐贵山想问，那信是不是你写的，话到嘴边又咽了回去，这不是找气生，白问吗？是她写的她也不能说呀，忙改口，"人家那些干部是不是像信里说的还两码事呢！"

麻丽几乎要点划着齐贵山的脑门了："就是那么回事儿，比如你，你就是有过之无不及，我抓住你几次小辫子了？你就是属卖炕老婆的，不摁住你手腕子都不行，提裤子就不认账。你不泡小姐，那领角上的口红，脸上的金星哪来的？"她说着得意地一回身，要去摆放饭桌，"行了，行了，以前的事我也不生那气了，以后有管住你们的就行了……"

"丁零零，丁零零……"电话响了。

"哪位？哟，是你呀，"麻丽接起电话说，"……好吧，我和我那口子商量商量再告诉你。"齐贵山正脱上衣，麻丽转身说："喂，贵山，刚才辛彩霞来电话，说是明天省城要举办国际服装博览会，约我一起去。她家房小虎感冒了，参加完会就一头扎在床上了，你能不能给我们买两张今晚七点十分快车的卧铺票。"

齐贵山带搭不理地说："能不能都让你说了。"

"大老爷们别像老娘们似的，酸臭酸臭的。你说能不能吧，别以为离了臭鸡子儿做不成寿蛋糕。"麻丽爆豆似的叫号，显出很急切的神态和口气，"要是不能就干脆点儿，我求别人。"

"能能能！"齐贵山放大声发泄似的，"你是大爷好不好。"

“不是大爷，是大娘吧？！”麻丽戏谑地说完开怀大笑起来，笑得那么开心，那么豪放。

齐贵山哭笑不得地拿起电话找人订了两张软卧票，放下说：“我告诉你，听说这个罗书记要大抓廉政建设，你和房小虎老婆到博览会上可别买些奇装异服，也别买那些高档的东西给我招摇过市惹事儿。”

“嘿，”麻丽冷笑一声，“看来，还真有怕的人呢！”

……

房小虎对这事儿特别热心，他亲自取来车票，又亲自带车把麻丽和辛彩霞送上火车，接着就给齐贵山打手机：“喂，我的顶头上司，这些天可让这些老娘们儿给咱折腾坏了，今晚好好潇洒潇洒吧。”齐贵山说：“我家那老娘们儿可是猴精猴精的，能不能你一转身她们又下车了，设的圈套呀？”

房小虎忙说：“不能不能，你以为我就没防她们呀，我亲眼看见乘务员关上车门，车开动了我才走出站台的。”他接着说：“我都联系好了，计小林从俄罗斯回来了，今晚他请客，吃完饭咱们打麻将玩一会儿，玩累了去桑拿也行，洗头按摩也行。”

齐贵山问：“还有谁？”

房小虎回答：“尤局长。”

“和他俩说好了？”齐贵山精心地说，“你没听罗书记大会小会讲吗，最近气候可不咋好呀。”

“说好了，尤局长答应得很痛快，”房小虎说，“什么气候好不好的，人家尤局长根本不理那个茬儿，上头有人！再说，又是市长的儿子请客，你怕啥？告诉你吧，尤局长要报常委了，现在不好好溜须可别后悔不赶趟呀。”

齐贵山吃惊地问：“真的？”

“真的，今天上午刚开完的书记会，马上就要上报地区了。”房小虎得意地说，“现在没有保得住的秘密，我这消息绝对可靠。”

齐贵山拿定了主意：“好吧，我准时到场。”他放下电话，抓紧吃饭，在蒙蒙的夜色中徒步来到公安局招待所三楼麻将室。这麻将室说是供上级领导和老干部消遣用的，其实呢，多数是被他们占用了。开始还有别人来玩玩，一听说是尤副局长常来的地方，也就都退却了。他一推门，房小虎正一个人无聊地摆弄麻将，见他来了，一看手表说：“你老哥来得最早，还迟到了五分钟，那两个家伙真他妈能磨蹭。”

“不守信用，”齐贵山说，“快打他们的手机，催一催。”

房小虎着急的样子:“我打了，手机都不开，我传传看。”说完要通了传呼台。

看来，传是传过去了，就是不回话。

尤熠光关了手机在忙。自从救回并睡了小月以后，出于政治和淫欲的双重需要，甜言蜜语把小月哄得总笑得抿不上嘴。小月有了五万多元的存折不说，还希望快生了孩子送人，好在芬河市安排个舒心如意的工作，把爸爸妈妈从乡下接来。尽管身孕已久，她压根儿就不想要孩子。尤熠光呢，就不想这个小月是不是被省里一个大人物占有过，也不管怀不怀孕，就图小月的漂亮脸蛋和细腻皮肤。此时，他正把小月搂在怀里如痴地疯狂着，听到BP机响，又一看表，才知道已经失约，急忙穿好衣服告别了小月。

计小林关了手机，也在忙。从俄罗斯领回莎莎以后，让计时策那么一说，特别是那天晚上，和张娟娟谈得玩得很动情，真有点儿舍不得张娟娟了，现在是吃着这碗想那碗，骗了这头瞒那头。张娟娟虽不十分漂亮，但身材苗条，文静，素质高，堂堂的名牌大学毕业生，从没处过对象。浪荡的男人真正娶妻时又都不喜欢浪荡的女人。莎莎呢，漂亮超人，性欲强，每次做爱都使小林痴情如醉。但莎莎的朋友多，她自己就承认曾与三个男孩睡过觉，想想这点儿，又觉得不是滋味。这几天，特别是晚上，小林常出去陪张娟娟，有时晚回来，惹得莎莎很不高兴。房小虎打来手机的时候，正和莎莎在房间里挑逗得火热。房小虎一个电话，惹起了他的麻将瘾，便答应了。那边还答应张娟娟饭后去打保龄球。三根线牵他一个心。突然，一个传呼，被莎莎撩逗起的兴头一下子大减。他怎么说有要紧事，莎莎就是不放他走，只好忍着，哄着，好不容易才把莎莎打发得基本满意。

房小虎确实感冒了，淌着鼻涕，流着眼泪，还不住地打喷嚏，本来就难受，打麻将等局的滋味更难受，两个难受加在一起，急得在地上嘟囔着直打转转。正着急，听见走廊一串脚步声，推门一看，尤熠光和计小林脚前脚后正走来。奇怪的是计小林拎个大皮兜，尤熠光身后还跟着白华。一阵尴尬，齐贵山的脸上也露出了难为情的样子，自上次在酒店白华掀了桌子以后还互没见面，他们也再没去过小白桦美容美发中心。

尤熠光带着白华走进麻将室开口就说：“齐局长，房老总，听说你们俩与白华小姐在大酒店里吃着吃着饭闹了点口角，到现在还不说话了，嘿——”他转身又对白华说，“多大个事儿呀，来，握握手，言归于好！”

“就是嘛，多大事儿呀？”计小林一步跨进门来说，“咱们总到人家白华小姐那里去玩，照顾那么周到，别一点小口角就伤了大和气，握手握手，言归于好！”

齐贵山、房小虎几乎同时伸出了手，白华也就随即伸了过去："都怪我脾气不好，二位别见怪。"

"就像尤局长说的，多大个事呀！"房小虎说，"说来，也怪我们俩说话不注意。"

白华笑了。

服务员拎来一壶开水，齐贵山说："小姐，不麻烦你了，我们有人照顾了。"

白华瞧瞧齐贵山一笑说："好，我来伺候局儿。"

顿时，气氛缓和了。

"快，把这副破麻将拿走。"计小林等他们把麻将桌上的麻将收进麻将盒后把自己拎来的麻将往桌上一倒，哗啦一下，一副白玉闪光、淡蓝色做衬底的麻将散乱在了麻将桌上，蓝底闪光，白玉如雪，麻将鬼们爱不释手地一人抓起一个欣赏起来。

计小林显示起了风采："哥们儿，这副麻将是一位香港老板送给我的，三万多元。"

"真棒！"房小虎划拉一把说，"嘿，玩他妈的这麻将，就是输了，心里也亮堂。"

计小林开始码牌："来来来，抓紧时间玩，就这么坐吧，下四圈儿再调庄。"

尤熠光问："今天什么说道？"

计小林边码牌边说："这么好的麻将玩一把是一把，长长豆吧，二百元一个豆，还是老打法？"

齐贵山嘟囔了一遍："两三色，夹、钓、边、搂焖和都是双份儿，清一色、飘和、杠上开花一律双，带自豆的，小鸡儿、红中、自豆双，起牌抓四个红中算天和，不管庄不庄，每人八堤……"

计小林点点头："谁打骰子找庄？"

尤熠光说："你就来吧！"

"加一个豆儿，码儿可不小啊。"房小虎算了算账眨眨眼说，"最大和是二万五千六百呀。"

齐贵山说："没那么多吧？"

"有了，"计小林一掷骰子是五，把庄打到了自己身上，说，"好，我的庄，还是老规矩，抓对家。"

"可不是，"尤熠光边抓牌边算起小账，"我要庄站着和，站着和两番，夹四番，搂八番，清一色十六番，坐庄三十二番，杠上开花六十四番，输家站着一百二十八番，二百元一个豆，可不是，二万五千六百整。”

房小虎说：“谁能有那运气呀？”

“今天我就看看你们谁有那运气！”白华边说边给每人倒茶水，“谁要是大和，别忘了我这伺候局儿的，可得请客呀。”

说时迟，那时快，四个人都进入了紧张状态。当她走到尤熠光跟前时，发现他的牌已上听，和夹八饼，转到计小林跟前倒上杯茶不走了，见他正好单闲一张八饼，打出这张牌和三六万。计小林思忖一下刚要伸手，白华心里刚想喊“咣——”，却见他拆听摘了个五万扔了出去，禁不住暗暗赞叹，他老爸当市长，他打麻将都聪明过人，真是龙生龙，凤生凤，老鼠生来会打洞。又抓一圈牌，计小林抓来个九饼，又打掉四万和边七饼。轮到尤熠光抓牌时抓来个七饼，舍不得拆听，掷出七饼，给计小林放了炮。

白华搬来个小方凳，索性坐在计小林身旁观阵学几手。这回该计小林的庄了，起手就是一把好牌，除一张幺鸡和二条外，一手饼子，打掉多余的红中，站着和三条。下家房小虎顺手抓来张三条，嘴里嘟囔着：“他妈的，鬼牌。”随即扔了出去。下家齐贵山不吃牌伸手去抓，白华刚要惊叫，被计小林推了一下说，老实看牌别说话。白华这才明白，要好自为之，别插言，人家不是没看见和牌，而是不和。轮到又抓牌时，抓来一张五饼，他往两个五饼跟前一放顺手摘掉幺鸡掷了出去。他这张牌一出手，联想起白华刚才的动作，三家都警觉起来，这是站着和三条没和，肯定要看清一色。尤熠光料到他手里还有张二条，扔出一张九万看他是否有碰牌，结果没有动静。转到计小林时又抓来一张三条，他又扔了出去。房小虎眨眨眼，怎么样，打丢了吧？计小林不吱声，又轮到抓牌时，还无一人开门，伸手抓来张七饼，形成了绝妙的阵势。他往三个五饼和三个九饼中间一放，指指五饼和七饼中间，又指指七饼和九饼中间，最后点点七饼，白华也早就看明白了，暗暗叫好，夹六夹八捎带钓七饼。很快又到计小林抓牌，仍是三家门清。他伸手抓来一张七饼，“啪”地往桌上一拍，兴奋地说道，清一色站立钓七饼，悠然地一下把牌推倒，亮到了三家门前。他接着说，站着和两番，庄四番，清一色八番，搂十六番。你们三家都站着三十二番，每个六千四百元。三人发傻一般开始掏兜点钱，哗哗哗，计小林桌前摆起了似砖头厚的一沓一色百元的人民币。接着又抓牌时，下家房小虎弄了个小和，下一把又是计小林和。又打两圈，计小林坐庄三次，共和九把，多数不是边和就是夹和，他们三家一共和三把。计小林桌前的钱摞得越来越高，要是出牌稍敲一下桌子，钱摞就塌垛。轮到尤熠光坐庄，他一摸兜里只剩几百元钱了，一推牌说，算了，我这庄也不坐了，计老板今天太幸，差不多已经一扫光了，留几张压兜吧。他兜里本来三万多元，给小月留下一万，输了差不多两万。齐贵山、房小虎摸摸兜，也只有薄薄一小沓了，都借尤熠光的话下了台阶，站了起来。

计小林边往小手提包里装钱边说，我请客，你们说吃什么吧。尤熠光等三人都说刚吃完，白华说："各位都好几天没到我那儿去了，计老板就更不用说，到我那儿去休息吧。这几天，我那里添了个新节目。"房小虎急忙问："什么新节目？"白华神秘地笑笑说："到那儿再告诉你们。"就是没有房小虎鼓动，齐贵山也动了心，好几天没到这种场所去，心里早痒痒得难受，再说，老婆子和房小虎的老婆已登上了去省城的列车，正是放心潇洒的好机会。四人一起朝小白桦美容美发中心走去。

走出不远，白华瞧着计小林的身影，想起了计时策，心里突然生出了一种疙疙瘩瘩的感觉：要是哪一天，他妈妈一命归天，我进了他家，年龄虽只差七八岁，不叫妈，也得叫个婶儿。今晚尤熠光这几个人到店里去肯定没好事儿，要是计小林也掺和进去，日后进了家门，这留在记忆里的东西该有多难为情。想到这里，她佯装要去厕所，偷偷给计时策挂了个电话。果然，没出厕所门，计小林的手机就响了，接着就推说有急事回家去了。一离开他们，他赶紧换下了能透视麻将的隐形眼镜。

房小虎一进门，十几名小姐一齐簇拥上来，搂胳膊的，抱腰的，牵手的，房哥长房哥短地争着给他洗头按摩。房小虎推开她们问白华："白老板，到底什么新节目？"

白华笑笑："我这节目得单兵教练。"

齐贵山虽然说和白华言归于好，上次叮咣那一阵掀桌，觉得自己作为城建局大局长实在没面子，何况是让这么个假姑娘真婊子的家伙耍了那么一阵儿有点儿窝火。他猜测这些年，白华没跟男人睡过觉才怪呢！别看在这里光撩骚不卖骚，自从跟着尤熠光到这里来捧场，就没拿她当好玩意儿。听她说这话，心想，卖他妈什么关子，来到你这个熊地方，终归就那么点事儿，女的为了挣钱，男的为了解决问题，便说："白小姐，这样吧，东西少，可领导，你先给尤局长单兵教练。"房小虎早就惦记上了新来的一位漂亮小姐，急于马上领进按摩间去，大加拥护："对对对，东西少，可领导，现在我们不溜须，再过些日子就不赶趟了。"他说完和齐贵山各选好了小姐进了按摩单间。

麻丽和辛彩霞被房小虎送上火车进了软卧车厢以后，火车用四十五分钟行驶到第一站兴和镇，车一停稳就跳下车，打个出租车奔芬河市急驶而去。省城正举办国际服装节是真，她俩说去是假。麻丽和辛彩霞按照事先策划，从房小虎送上车开始，麻丽的弟弟麻志就步步跟踪，并随时用手机向麻丽和辛彩霞报告房小虎和齐贵山的行踪。麻丽和辛彩霞乘出租车进市区后，直奔小白桦美容美发中心旁侧的一家小食铺。

麻丽的弟弟迎出来说："他们进店已经有半个多小时，我看怎么教训法要慎重，一起进去的还有公安局副局长尤熠光。你们知道，他可是计市长的红人，省里的后台嘎嘎硬，把他也一起抖搂出丑来，又治不了人家，可就引火烧身了。"

"哼——"麻丽长叹一口气，"你说怎么办吧？想不想豁出来？想不想和姓房的那小子离婚？"

辛彩霞一皱眉头："我不是说了吗，离什么婚呀，扯家带口的离了怎么整，我就是想抓住把柄教训教训他，让他改。我看你弟弟说得对，得慎重，就是和自己家的打翻了，咱还得生活在这一亩三分地上，要是尤熠光和计时策合伙给小鞋穿，可够受的。"

麻丽气得像小牛犊，哞哞直叫，一跺脚说，有了。商议一下后，悄悄走到小白桦美容美发中心门口，让走出来的迎宾小姐叫出白华，满口硬叫看见自己的丈夫等三人已经进了里面，提出要现场教训教训自己的丈夫，希望她帮忙悄悄清退其他客人，就留齐贵山和房小虎二人，避免给店里和别人造成影响，要是不配合这么整，只好立即报告罗书记，经官。白华乍一听，想讲价钱，又一想，也没什么了不起，只要放走尤熠光别出丑就行，本来齐贵山、房小虎在酒店里大闹那场，说是言归于好，心里一想起来还是觉得不痛快，麻丽又有报告罗书记的要挟，便答应了。

麻丽担心这一着让弟弟参加，齐贵山和他结下仇，让他走了。

麻丽和辛彩霞商量好，按白华的提示先进了齐贵山的去处。齐贵山玩完小姐后穿着裤衩搂着小姐正打着鼾声睡得香，那小姐没睡着，听见开门声警觉地一骨碌坐起来下了按摩床。麻丽悄然急步跨上去捂住她嘴，要挟她不准喊。辛彩霞按着麻丽的嘱咐，握紧准备好的注射器放进药瓶抽一下，把药瓶扔在地上，将针猛一下朝齐贵山屁股上扎去，等齐贵山哎哟一声醒来时，药水已注射进一半，辛彩霞担心扭断针头，忽地拔了出来。

辛彩霞和麻丽在一个单位工作，是畜牧兽医，由于怀疑房小虎到这种场合来，也没少吵闹，气得死去活来。麻丽没和她商量要假进省城时，她知道房小虎感冒了，准备好了兽用青霉素，准备给他打上再让他看看药瓶出出气。她把出气着儿一讲，麻丽又气又笑又恨地说：“要是到了白华那里，咱俩一个个收拾，方便时，就先给我那口子扎上。”两人担心很难做到，不想到今天这么水到渠成。麻丽气急败坏地喊着求辛彩霞帮忙，两人齐动手，劈头盖脸连脑袋带屁股给了齐贵山一顿打。辛彩霞见麻丽像有永远出不完的气，拉着去找房小虎出气，对门按摩间里的房小虎听到了陪齐贵山的那个小姐的惊叫声，早夺窗而逃了。

齐贵山像做了场噩梦一样，见两个老娘们急忙跑出去，知道是去收拾房小虎了，捡起地上的药瓶一看，哭丧着脸像哭又像喊：“你们这两个老娘们真混蛋，怎么给我扎兽药呢……啊……啊……”到后来，全变成了哭声。

25

尤熠光被“清场”时，知道齐贵山和房小虎的两个老娘们是气急败坏了，要搞家丑不外扬的恶作剧。估计，就是知道自己在这里，也不会向外张扬，心想，等两个老娘们过去这阵儿抽风似的闹剧，让齐贵山、房小虎再嘱咐她们一下，千万可不能露出自己来这种场合。

他刚进家门，电话响了，得到一个不好的消息，说是四个书记开会，罗平凡不同意他当常委、组织部长，提议让他也做常委候选人，到元宝乡任党委书记，心里忽地冒出一股火，骂道，他妈的，这不明明是让我陪绑当差额吗。他放下电话又抓起来拨通了计时策家。计时策声音很小，说是老伴有病正难受，对这个问题没正面回答，口气中未置可否，不承认开书记会；但一再解释，罗书记要是真有这种想法也是好意，这么安排顺乎自然，符合培养干部稳步成长的规律。他听出尤熠光几乎暴跳如雷，心里高兴，但又怕惹出乱子，嘱咐说，要是还想实现起初的设想，有一个有把握的办法……

他一听还有挽回的余地，放下电话，气消了一点儿，余气全集中到了罗平凡身上。对，得学着计市长点儿，遇事要冷静，不能凭着有后台，就那么枪对枪、炮对炮地直来直去，搞政治的人说叫“阴谋诡计”，我来个阴谋阳搞，明使棒子，给姓罗的眼罩戴。

“喂，白华小姐，”尤熠光拨通白华的手机，“有件事我早就想和你说说，为了咱小白桦的生意和你的人品，得说明一下……”

白华莫名其妙：“尤局长，什么意思，你直说不好吗？”

尤熠光说：“就是罗书记那次大会上做完就职演说，有人给他往主席台上写条子，说他在洗发城如何如何，其实说的就是在你这个小白桦美容美发中心。我看不怪罗书记发脾气，堂堂的市委书记想搞什么样的女人没有，怎么会到你那里胡扯呢？”

“后来我才知道，那天来的确实是罗书记，我敢保证没什么事儿。计市长拐弯抹角地问过我。”白华一提这事儿就来气，“哪有那事儿，我不想再闹翻了，就是房小虎、齐贵山两个东西搞的名堂，要不的话，那天晚上我怎么能在酒店里把桌子掀了呢？”

尤熠光说：“我看这事儿你得解释解释，要不，罗书记还以为你搞的名堂呢！”

白华紧张了：“能吗？”

“怎么不能呢！”尤熠光说，“在场就那么几个人嘛，你也是重点怀疑对象。别看罗书记再没追究什么，现在是刚来，正忙着熟悉情况，说不定心里系多大疙瘩呢，也说不定什么时候还能爆发，到时候，就是有人想保护你也保护不了呀，他是这里的皇帝，又年轻。”

白华有点六神无主了，“那怎么办呢？”

“你亲自去向罗书记解释清楚，实事求是嘛。”尤熠光见白华上了圈套，继续施添加剂，“我看，罗书记那人还是宽宏大度的，会通情达理，也能明辨是非。只要你诚恳表白，罗书记那天晚上在你那里又确确实实没什么事儿，就会消除对你的误会。”

“确实没事儿，该咋的就是咋的，我估摸就是齐贵山、房小虎下蛆，尤其是那个房小虎，鬼头蛤蟆眼的。”白华气不打一处来。

尤熠光应酬一声：“那就好，人家罗书记总归是大干部嘛！”说完，觉得似乎在白华面前贬低了自己，又说：“其实有点儿小事儿也没啥，男人嘛，爱色之心人人有之，要不，他就不是男人了。再说，这改革开放年代有点儿那也不算个啥，我看，还是社会的进步哩！”

“不不不，”白华拿着手机连连摇头，“没有就是没有，尤局长，你说我什么时候去好？”

尤熠光回答：“我看，要去现在就去，听说明天罗书记就要出国去俄罗斯考察了，你顺便可以问问他，用不用给他剪剪头？要出国了嘛！”

“还提剪头？”白华说，“弄不好，人家罗书记以为要拉他去那里呢，再说他好像警觉出我那店里有事儿。”

尤熠光说：“这你就不明白了，对这种事儿，一般领导是嘴上说狠抓狠打，就是不组织动手，睁一眼闭一眼，要不，扩大开放，招商引资，谁来……”

白华截住他的话问：“你的意思是我带着理剪工具去？”

“先别那么露骨，”尤熠光说，“你去了，先解释后问问，他要答应剪剪，你就回去取嘛，再带来个人给你帮工，免得你一个人在房间里剪，让人说三道四。这样，罗书记也就坦然了。”

尤熠光步步为营，句句入理，白华已经完全进入了要去解释、要主动提出为罗书记剪剪头的角色，跃跃欲试地问："我好长时间没去市宾馆了，到罗书记房间去，有没有人挡驾呀？"

尤熠光不以为然地说："你当年在市宾馆是唯一曾给中央大干部服务过的，名声大震，谁能挡你驾呀！"

白华心想，言之有理，我白华进入市宾馆不就像走平道一样吗！说了声好吧，揣起手机，站在梳妆镜前简单梳拢梳拢头发，像有紧急任务似的走出了小白桦美容美发中心。

尤熠光关上手机又拨通了公安局值班室，对值班干警说，你带领巡警值班队到市宾馆转转，也可以到罗书记住的五楼巡视巡视。这些日子，集体上访的不少，别干扰罗书记休息或找人谈话。布置完，他又拨通了计时策家，一听是计时策接的电话，高兴极了，这消息告诉他，他自然会有办法整出事儿来，让自己看热闹的，忙说："计市长呀，你不是怀疑有人说罗书记到小白桦美容美发中心是瞎忽悠吗？这不，今晚白华一个人到罗书记房间去了。"计时策摇摇头，不能吧？听谁说的？尤熠光知道计时策老谋深算得很，回避说："你老就别问谁说的啦，肯定是事实，现在就在那里。"他口气说得很硬，毫不含糊。

计时策乍一听，半信半疑。尤熠光这么一说，他有些相信了，心里骂道：这个婊子娘们，我这么宠爱她，也还脚踏两只船，大概是觉得我计时策要站不住脚了，要提前去攀高枝儿。这时，他比自己的老婆被别人占了还难受。这里有醋味儿，还有政治味儿，心里也暗暗认为自己明智，已有打算，就是老婆子走了也不能要她。但，那是两码事儿。想到这里，他咬咬牙，有了，罗平凡下午打招呼说，明天要去俄罗斯，不妨以送行顺便问一下还有什么"指示"为由，突然去闯闯红灯。想到这里，他蹬上鞋，边穿衣服边推门下了楼，这几天来，他正在找缝下蛆找不到呢，要是闯上红灯，该是多么开心呀……

罗平凡在宾馆住处听完外经贸局领导班子集体汇报关于对俄边境贸易的情况后，刚要进卫生间冲冲澡睡觉，电话铃响了。他拿起电话，"喂"了一声，高兴地说："玉芬，是我，怎么样？你好吗？"女儿小芸抢过电话说："爸爸，我想你了，我和妈妈打几次电话都没人接，妈妈的胃病又犯了，刚打完吊瓶，妈妈还掉眼泪了呢……"罗平凡急切地说："小芸，爸爸这几天忙，一直下基层，过几天就好了，快让你妈妈接电话。"没等罗平凡开口，妻子弱声弱气地说："平凡，你要注意身体，抓紧安排个房子，把我们娘俩接过去吧……"

"咚！咚！咚！"传来了脆响的敲门声。

这么晚了，还有谁来？罗平凡偏开电话筒说："请进。"

罗平凡一看是白华，心里立即涌上一阵不愉快，上次的纠缠，现在又正和妻子通话，也怪自己没来得及锁门，一皱眉头又舒展开来，对妻子和蔼地说：“玉芬，有客人来了，过会儿我再给你打电话。”说完，把电话挂了。

白华笑着走上几步：“罗书记，有件事情，我要向您解释一下，听说宣布大会上有人给你往台上写条子，我……”

罗平凡脑子立刻闪出夜晚人静，女人单身进自己房间会招惹是非的信号，截住她的话：“你先回去吧，以后再说……”为了表示驱客，他主动往门口走去。

白华被带步到门口，见罗平凡脸色冰冷，口气生硬，开口说：“好，罗书记，那就以后再说。”

接着罗平凡“以后再说”的落音，迎着白华“以后再说”的起音，计时策听得清清楚楚，正站在门口要伸手敲门，白华把门拉开了，计时策做着敲门的姿势和白华撞满怀。白华装不相识，招呼也没打一侧身走了。

计时策心里很是高兴，果然如此呀，他发现罗平凡似乎很尴尬，就像侦察员一下子破案一样，心花怒放，掩饰得非常好。罗平凡正感到突然：他这么晚了来干什么？这时，计时策开了口，说：“平凡书记，听说你明天要过口岸去俄罗斯，对岸几个城市的市长和咱们关系都不错，口岸剪彩通车时都来了。我们给了很好的招待，你去看看很好，考察考察贸易市场。我也早有个想法，既然把通商大桥建起来了，就得好好利用，把边境贸易搞它个热火朝天……”

“你请坐，计市长。”罗平凡听着边示意请他坐在客间的沙发上。

计时策接过罗平凡倒好的水问：“平凡书记，办公室的同志和我说，你吃完早饭就走，我是想来看看，家里的工作你还有什么交代的没有？”

“没什么了吧，该说的书记会上都说了，”罗平凡惦着女儿电话中说妻子病了的事情，漫不经心地说，“主要就是党代会的事，我已经和晓林副书记交代了，你再嘱咐一下，人选名单抓紧整理报地区组织部，筹备工作、代表问题还有我们市参加省党代会的代表候选人也应该考虑了。请晓林同志先拿出个意见，这件事情你这一来，我想起来了……”罗平凡觉得这名单让曹晓林先提没问题，因为大概有个范围。

“我就想来说这个事呢，”计时策笑笑，发现罗平凡脸上似有尴尬的颜色（其实是焦虑，心里在惦着妻子的电话），猜想是大概因自己碰上了白华，那种尴尬真是滴水不漏，“我来和你说，还是刚才晓林副书记给我打电话，他说不好意思打扰你，让我和你沟通沟通。”他心怀叵测，心如针尖，担心撞上白华让罗平凡怀疑是得到消息有意而来的。

“没有没有，没有像你说的那样。”罗平凡脸上仍显焦躁，言行也有些不安，但他不能驱客，只好耐着性子应付。

计时策把罗平凡这种焦躁看成尴尬，越察觉出来越觉得高兴和开心，又找话题说：“平凡书记，元宝村村民上访的事情我抓紧时间，安排下眼前几项重要工作，我按你的意见组织调查组下去，亲自去就地解决问题……”

他滔滔不绝，自打罗平凡来芬河市，他还从来没觉得心情这么舒畅过。见罗平凡点头应酬中，尴尬劲儿越来越明显，他又找了一个话题，“平凡书记，整顿干部队伍的问题，这回一定要下功夫，各单位动员工作已经开始了……”

他又找了一个话题……

他又找了一个话题……

他又找了一个话题……

直到罗平凡一看表，发现他已讲了一个多小时，不得不说：“时策市长，不早了，明天还都有工作，休息吧，等我回来咱们再谈。”

罗平凡送走计时策，急忙给妻子挂电话，连响三声都没人接，大概是妻子睡着了，怕打扰了她，赶紧放下了电话。

他哪里知道妻子根本没有睡着，她是在想刚才在电话里传来的敲门声和进来的是个女人的声音，这么长时间才回电话，再说，天这么晚了，和一个女人在房间里谈什么呢？谈什么能持续这么长时间呢？这个女人或许就是白华……

26

叶小冬和小林等一直吃喝到很晚，本想早点结束去找罗平凡说说自己的情况，他察觉出美娟还是找话题挽留，想起那天在她家有几分冒失，就不好意思告辞，其实，他很喜欢美娟，只是这种场合不能说软乎话，美娟呢，也很喜欢叶小冬，特别是他这种爷们儿性格，只是在这种场合，还要保留爸爸、妈妈的面子，尤其妈妈的身体不好，不能让她受刺激，她和叶小冬继续的事情，成一层窗户纸了。只是怎么继续的问题。

叶小冬一大早就到了罗平凡的房间敲门，罗平凡还像在学校时那样，穿着大裤衩子又来给他开门，令他十分欣慰，心里想，当了书记了，是这里的土皇帝呀，够哥们儿，也够爷们儿。他把和计美娟的情况一说，没想到罗平凡满口称赞，并且说，正准备找他，吃完早饭就要去对面俄罗斯考察，而且出境手续都给他办好了，叶小冬高兴得简直要飞了起来。

早饭过后，国产三菱大吉普朝芬河口岸疾驶而去。

罗平凡身后坐的是史永祥和翻译，后面车上坐的随行是外经贸委主任、边贸公司总经理、中俄贸易大厦总经理。加上叶小冬一行六人组成了芬河市赴俄A市考察团。口岸路旁，有落实市委市政府第一号禁令的检查组，显眼的是扛摄像机的电视台记者，车上的人都在议论纷纷这一号禁令如何得人心，唯有罗平凡沉默不语。

“平凡书记，”史永祥发现罗平凡一直沉默不语，问，“你怎么像有什么心事？”

罗平凡摇摇头，心里仍在疑惑：昨晚给妻子拨电话不接，睡得会那么沉？今天早晨又拨电话，正是做饭或吃早饭的时间，为什么还是不接呢？病重住院去了？心里火急火燎，他给清河县办公室主任打了电话，请他去家里看看有什么事情没有。摇头间手机响，清河县办公室主任才回话说，家里没什么事情，一切正常，请他放心。罗平凡这才像心里有一块石头落地，心情也便松弛下来。

史永祥指指前面说：“罗书记，前面就是我们和对面俄罗斯A市共建的芬河边贸口岸。”罗平凡仔细一看，已隐约可见那悬挂着国徽、飘扬着五星红旗的雄壮国门了。车进国门后，并列着八道来往的路检通道，左侧一座座金碧辉煌的小楼是海关和五大联检的办公室、口岸工作人员家属宿舍，右侧是宽敞的货场。国产东风牌卡车和俄罗斯的白箱货车、卡玛斯交错穿过，罗平凡瞧着这与其他县城别具一格的风景线，心里顿时升起了一种另有重负的感觉。省、地区把这里弄成半个市，乍听来不伦不类，亲临其境，细细品味，这半个市，到底是有些道理。比不了市，但又有县不能比拟的优势与特点。

史永祥指指右侧一片山丘说："那是当年日本侵略者修筑的元宝地下军事要塞。"罗平凡从一个日本侵华资料上看介绍时就产生过一种神秘感，如今到了跟前，禁不住提议去看一眼，问史永祥对出国时间是否会耽误。史永祥回答说，我们这次出国是礼节性拜访和进行市场考察，没有硬性的谈判任务，无所谓时间早晚。出境十公里就是我们要去的A市，早到一会儿晚到一会儿都无所谓，还没有通知对方我们出境的准确时间。罗平凡一听，便让司机转轮下了白色水泥路面，颠簸着奔地下要塞而去。这里已经成了国家级重点文物保护单位。文物管理站的站长做向导引路，罗平凡等随后，从山丘旁侧的一个门洞猫腰进去，下了一百多石阶到了隧道，灯光昏昏，阴凉潮湿。站长边走边介绍说："要塞共分三层隧道，这是第一层，再深二十米是第二层，继而再深二十米是第三层。"接着带路参观了弹药库里残留的枪支、炮弹，参观了浴池、军官宿舍、士兵宿舍、妓院、厨房、陷阱等。罗平凡听着，感叹着，多么惊人的数字啊，日本侵略者为修筑这一军事要塞，专门修铺从芬河到这里的小火车专用线，工期六年，耗资巨大，抓劳工和浮浪三十多万人，要塞完工后骗到山坳说要举行篝火晚餐庆祝，惨无人道地用机枪扫射全部突突掉了。站长领着从另一个塞口走出后，站在山丘上指着另四座小山说，这要塞绕连五个山头，塞道总长三百多公里；接着指指境外说，当年日本侵略者所以叫这里是要塞，主要是芬河市的地理位置非常重要，这里处在俄远东海参崴和哈巴罗夫斯克两大城市中间，就像一个三角形的顶角对着两个边角。日本侵略者的野心大得很，既想把这里作为永远侵占东北的守卫、屯兵要塞，号称东方马其诺防线，又想作为伺机侵俄的跳板。

罗平凡想想问："这地下温度是多少？"

站长回答："常年温度两度左右。"

"你说——"罗平凡问，"从这里拿出一部分，作为冬储大菜窖行不行？"

站长回答："太行了。我们站里面几个同志就在这里储菜，一年四季吃新鲜菜。要搞，可以拿出一部分通道，没有可参观的内容，再和国家文物管理部门打打招呼，我看可以。”

“太好了。”罗平凡兴奋地说，“当年侵略者的军事要塞，今天成了国际大贸易的重要经济要道。他们当年虽称是东方马其诺防线，我今天号称它是东方冷储蔬菜、食品第一仓。”众人都忍不住为罗平凡的激动笑了。

史永祥给芬河市驻对面A市的办事处打了电话，交代了出境的准确时间，请他们马上告诉A市市政府。

“天意！天意！”罗平凡双手掐腰，气宇昂然地瞧着对面啧啧感叹。

史永祥问：“什么天意？”

罗平凡仍然神态不变地瞧着对面说：“从我们的口岸出发，只有二百多公里到达海参崴，取道这个远东大海港，航运可以直通日本和韩国，这是个多么重要的通商口岸啊！当年的日本侵略者无论如何也没有想到，事隔多年之后来了个罗平凡当市委书记，要把他们当年的狂想曲变成富民曲。”他转过头问随从人员：“我在这儿调查得知，远东地区是个蔬菜、水果极短缺的地区，我们可以囤积南方水果，生产北方蔬菜，一年四季向对面销出水果和蔬菜，是不是一笔大生意呀？”

“是，太是了！”边贸公司总经理说，“我们只是搞了一些小打小闹，太没气魄了，怎么就没想到呢？！”

口岸办严主任说：“我们都有这么大气魄，就都当市委书记了！”

大家都累了。罗平凡等乘车进了国门，开始了出境的各种证件检查。他发现对面的海关联检楼旁是一色的中国式建筑，新奇地问：“永祥，俄罗斯朋友怎么喜欢上中国式建筑了？”史永祥回答：“都是我们的建筑公司建的呀。”

罗平凡问：“这是什么意思？”

“意思多了。”史永祥说，“当时，我们急于开通口岸，急于撤县设市，对面A市经济萧条，他们的边区政府列入了计划，每年只投一点点，我们这边设施已完全能进入工作状态，那边还需要五年。A市市长向我们提出借款搞建筑，计市长考虑再三提出了条件，一是欠款用补偿贸易形式兑现以物抵资，在三年内偿还；二是由我们的工程队承建，用我们境内的砖瓦砂石及水泥、钢材等；三是建成中国式建筑，表示一种支持性的纪念。A市市长都同意了……不过，当时也有不少人反对。”

罗平凡笑笑：“不少人反对，那是短见，计市长好长我们中国人的志气呀，真扬眉吐气！”他接着说：“前苏联解体后，俄罗斯独联体国家正调整产业结构，加速私有制进程，他们的重偏重、我们的轻偏轻产业结构，正好是一个贸易互补的大好机遇。”

“对，我过去考察过一次，”史永祥说，“从对面一个城市就可以明显看出，他们重视发展重工业，轻工业、农副产业相当滞后，连毛毯、热水瓶之类都是稀缺物资；我们呢，虽然毛主席早就明确提出优先发展重工业，由于国家底子薄，基础差，还是轻工业步伐快。再说，我们这个以农业为基础的经济结构，农副产品就更成了对俄出口的优势。”

罗平凡更加兴奋了：“我在报纸上看到，南方一个老板用我们商店里积压的一些服装、化妆品等轻工业品，换回了两架飞机，一夜之间成了全国的首富嘛！我们不需要那么快，能用三五年时间，换来半个市就行。”

史永祥也激动了：“到时候，我们这个半个市就成了囫囵个儿的了！”

“计市长的决策很英明，”罗平凡啧啧赞叹，“为全市人民做了一件大好事儿。别说对面五年建成开通口岸设施，倘若三年就晚三春。这样，既长了我们中国人的志气，起码把我们芬河市大开放的步伐早迈开三年，当然，也就使我们芬河市提前三年跨进富裕之门。”

“问题是——”史永祥反唇相讥，“建这个口岸就像画了一幅好画一样，贴在墙上只看不用，贸易由民，不管了。”

罗平凡一挥拳：“这回，我们就要做画中人，闹他个春色满园！”两人说话间，已由翻译持证通过了入俄境的各种证件检查，翻译指着对面刚停在路边的两辆伏尔加车说：“罗书记，A市长来迎接我们了。”接着半真半假地介绍说：“A市长很精明，用计市长的话说是很狡猾，我们都叫他老狐狸。”说话间，A市长和随从已经迎了上来。翻译刚介绍完，A市长就紧紧拥抱住罗平凡，连连说：“欢迎，欢迎罗书记——我们A市的新朋友！”罗平凡顺话应酬，感谢萨巴洛夫市长的热情接待，第一次见面是新朋友，再有一次就是老朋友了，我们永远是朋友。翻译借机打趣说：“你这个老狐狸，可不要狡猾狡猾的了。”A市长一耸肩，一摇头，用生硬的中国话说：“你和计市长才是老狐狸、小狐狸，我的不是，不狡猾，很好很好的。”

大家笑了。

萨巴洛夫市长面临竞选，一心想建成口岸，用开展大贸易收拢人心，没想口岸建成后计时策来的次数少了不说，两次谈判都没成功。罗平凡上任没几天，萨巴洛夫就通过A市驻芬河市办事处得知罗平凡气魄大办法多，能干大事，对他的这次访问很高兴，很重视。警车开道进驻宾馆稍事休息后，带领罗平凡一行先乘上小飞机低空飞行，鸟瞰A市市容，然后参观了卡玛斯车制造厂、木材加工厂、饲料加工厂等大型企业，用丰盛的午餐招待，商定好活动议程。午休后，开始了正式访问和考察活动。

萨巴洛夫市长带领着进了远东大厦，罗平凡为之一震：从一层到十层，各种进口商品琳琅满目，土耳其产的皮服，韩国产的各种服装，日本产的各种轻工产品，德国产的各种化妆品……应有尽有，要出大厦门口的时候，罗平凡问萨巴洛夫，这里为什么没有中国货？萨巴洛夫出了门口指了指分别用中俄文字写的牌子：此店无中国货。

罗平凡一时有点儿不解，问："萨巴洛夫市长，这是什么意思？"

"我说了，你不要见怪，"萨巴洛夫说，"挂出牌子说这里没有中国货，就是声明这里没有假货……"

罗平凡一怔，自尊心受到了极大的伤害。

萨巴洛夫说："这里刚开放的时候中国货非常受青睐，轻工产品火爆得很。后来大量的假货和次品涌了进来，我亲自看见，羽绒服里是粉碎的稻草，运动鞋穿上几天就掉底儿，暖水瓶倒进开水就爆炸……"

罗平凡有点尴尬，回头瞧瞧随从们，不由自主地问："是这样？"外经贸主任说："有这种情况，不那么严重。可以说，几条臭鱼腥了一锅汤，我们在这里的轻工品市场是越来越小了。"他似乎有噎着的话不好说。外经贸主任看出罗平凡的意思，一转脸笑笑说："萨巴洛夫市长，你这只老狐狸，不要当着我们的书记告我的状，你的商人也大大地坏，把成坨不能用的化肥给了我们。我们的化肥商店里几乎都是美国二氨，商店门口也写着：此店无俄罗斯货！"

萨巴洛夫苦笑一下，一耸肩，点划着外经贸主任说："你才是真正的老狐狸……"

罗平凡一看这两人既是商战，又有不受辱的民族色彩，双方既是真事，又是半玩笑，听汇报时就知道这种情况互有，心里像找到了平衡，也随着他们一起笑了。

"萨巴洛夫市长，你这只老狐狸，"外经贸主任说，"我知道你先领我们罗书记到这里的意思，你知道我们罗书记这次来访问调查要研究大贸易、大市场，想先给我们点儿颜色和下马威。我们是老朋友了，你少整这一套。上次我就说过，你也答应了，把店门口这牌子摘掉，不然我们就要……"

"好好好，"萨巴洛夫苦笑一下，"你才是真正的老狐狸！"

大家都笑了。

罗平凡说："萨巴洛夫市长，以后我们要各自教育自己的国民，善意经营，友好往来，市场竞争，各自的口岸也要把好质检关……”

外经贸主任说：“罗书记，进来的假货都是那些倒包的小商小贩搞的，我们市经贸委贸易公司组织的货源没发生过这种情况……”

罗平凡点点头，萨巴洛夫在一旁听翻译说完后连连说：“明白明白。”外经贸主任半真半假说：“明白明白，你还尿炕。”萨巴洛夫拍拍外贸主任的肩膀又说：“你这只老狐狸。”大家又笑了。

萨巴洛夫前车领路来到了农贸大市场，这里又是另一番景象：一排排摊床，纵横交错，有甘蓝、西红柿、黄瓜、土豆、西瓜……熙熙攘攘的人群南来北往，有批发的，有零售的。罗平凡问：“萨巴洛夫市长，这些货物多数是哪儿产的？”

萨巴洛夫一耸肩回答：“当然是你的芬河市啦！”

“罗书记，”史永祥说，“据我了解，出口的蔬菜、水果中，真正是芬河市产的微乎其微，多数是地区附近县城的，还有从山东寿光等地方长途贩运来的。”

罗平凡感慨地说：“当年，在自然灾害和困难面前，焦裕禄站在兰考火车站见到一列列救灾物资从祖国各地运来兰考，他感到社会主义大家庭的温暖的同时，又感到父老乡亲吃国家救济粮，是他当书记的羞愧；今天，在市场经济条件下，我看到一车车自己能产而不去生产的物资从芬河口岸通过出口，比焦裕禄那种羞愧的滋味还难受，特别是我们的父老乡亲还有不少在贫困线上……”

随从的史永祥、外经贸主任等被罗平凡的一番话感动了。

“永祥，我们回去以后，应该召开两个会议，以大气魄研究占领远东两个市场。”罗平凡激动地说，“一是召开一个在俄罗斯走俏商品的省内厂家座谈会，一些高科技产品我们比不上发达国家，这些小轻工品还不如吗？！我们一定要以物美价廉夺回失去的市场；二是召开乡村干部座谈会，加快蔬菜出口生产基地建设的步伐……”

史永祥没等开口，萨巴洛夫抢话说：“太好了，太好了！罗书记，你很精明，我也希望这样，你生产多了，就用不着小商小贩来搞了，真成的话我在这边建大的批发市场。”

外经贸主任插话：“老狐狸，你狡猾狡猾的，也想从中赚一笔呀！”

“对了，”萨巴洛夫笑笑，“搞市场经济就是要狡猾嘛，当傻子怎么能行哇！”

罗平凡紧紧握住萨巴洛夫的手说：“咱们联手合作，互惠互利，共同来占领这两个大市场！”

“好——”萨巴洛夫说，“你那边运作好了以后，咱们正式谈判研究操作办法，签订合同书。”他也激动起来，“罗书记，我还有个大买卖想和你做。”

罗平凡说：“你说。”

萨巴洛夫问：“听说你们地区有座年产两百万吨的炼钢厂，矿石是从一千多里外的地方运来的？”

史永祥插话：“是，炼钢厂离芬河市三十多公里，矿石大部分是外运，其中一大部分还是从我们辽宁省鞍山市运来的，外运的这些铁矿石含铁量很高。”

萨巴洛夫点点头又问：“听说，你们那里煤矿很多？”

外经贸主任回答：“大小煤矿五十多座，年产两千多万吨，一些国家大型钢铁公司都是用我们地区的煤。”

“非常好，非常好，”萨巴洛夫兴奋加激动，声音大起来，“我这里有个发电厂，每年用煤二十万吨，加上工厂、住宅楼取暖，每年大约二百多万吨左右。可惜，我这里没有煤矿，需要靠从新西伯利亚远程运输，成本很高。我让人算了，每吨运到这里合你们的人民币三百八十多元，如果你给我运到每吨能合上三百元，我就高兴了……”

罗平凡听着，心里暗暗算着，去掉各种费用、关税等，这个价每吨要赚一百元左右，简直太好了，这笔生意做成了每年能赚近两个亿，大大超过地方财政一年的收入。外经贸主任早就算明白了账，暗里捅捅罗平凡。罗平凡明白了，应承说：“好，按这个价，二百万吨煤我们包了！”

外经贸主任知道萨巴洛夫不了解中国煤炭市场的行情，故意卖乖说：“萨巴洛夫市长，你这只老狐狸，又占我们的便宜了！”

“谢谢，谢谢！”萨巴洛夫接着说，“离我的城市不远，有座储藏量很大的铁矿山，经过勘探化验，含铁量在百分之七十五左右，开采价值很大。罗书记能不能考虑考虑，我办矿，你组织劳力开采，直接运回芬河市……”

外经贸主任问：“萨巴洛夫市长，这账怎么算法？”

“这账——”萨巴洛夫略加思考说，“好算好算，采出矿石以后，除去各种费用和关税，矿石落地到你们钢厂，比你们从远程购进价格便宜百分之二十，怎么样？”

外经贸主任一琢磨，萨巴洛夫让芬河市给他进煤，按他从新西伯利亚进煤让我们价格降到每吨三百元，恰好便宜百分之二十左右，他这又用百分之二十回报。其实矿石哪有煤值钱，对于A市价格来算，萨巴洛夫像赚了多大便宜，要按芬河市价格算，他吃了大亏，忙接话说："萨巴洛夫市长，你这只老狐狸，我一猜就知道你的心里账，是想用矿石换煤再补差，你里外可要赚大钱了，你要有这么一大政绩，竞选市长是没问题了！"

"谢谢，谢谢！"萨巴洛夫神采飞扬，"罗书记，怎么样？"

罗平凡也算明白了，里里外外还是自方合算，坦荡地说："我看行，我回去以后就派有关人员组团来具体与你们商议，签订合同，制订实施方案。"

"事业家，事业家！"萨巴洛夫伸出大拇指称赞罗平凡说，"到点了，回宾馆休息，咱们共进晚餐，今晚要好好喝一顿。我的意思是你这次来，咱们先根据商定的定下基本原则，签个协议书，之后你派专家，我也派专家根据这个来做具体事情，怎么样？"

罗平凡见萨巴洛夫更急，也正中下怀，爽快地回答："好吧！"

晚饭后，罗平凡一进房间，史永祥就跟了进来，借着酒后的兴奋劲儿一拍罗平凡肩膀说："平凡，有气魄，太有气魄了，通过你来芬河这些天的所作所为我算服了，你是名副其实的一把手的料。抓大事能抓到点子上，抓小事也能抓到点子上……"

罗平凡多喝了几杯，脸红扑扑的，问："你是说，我这个市委书记是事无巨细，胡子眉毛一起抓了吧？政府官员们会不会认为我书记干了行政官员该干的事了？"

"不不不，"史永祥往沙发上一坐说，"抛开大事不谈，你抓小事儿可是大路线呀！比如群众上访问题，这叫密切联系群众，还不是大路线吗！你把群众情绪理顺了，这一个大项目一成，别说是在地区，就是在全省都会成为短时间内经济发展最快的地方，有可能成为全省最富裕的地区。"

罗平凡非常兴奋："永祥，芬河市可真是宝呀，资源优势太大了。出发前我觉得有这一百多万亩水田开发项目，再加上五十万亩蔬菜出口基地建设，就不得了啦，没想到当年的地下要塞可以变成水果、蔬菜'冬储要塞'，从南方进水果，秋储春出，该有多大的利呀……"

"喂，平凡书记，"史永祥一皱眉头，"实施这两个大项目，你还要准备过计时策市长的关，就双方在这里建设面向远东地区的蔬菜批发市场一事，萨巴洛夫曾和计市长商议过，计市长哼哼哈哈，没说不干，可也没说干，不知他怎么想的。"

罗平凡说："这很明显，计市长忙于城市建设，口岸大桥和联检设置建设还没腾出时间顾及。"他这俄罗斯一行，感触到计时策能把口岸设置建成开通，应该说是一大贡献，对他第一次在心里升腾起好感，抛弃了别的猜想和分析，“他会回去研究的！”

史永祥却一碗白水看到底似的，“他就是好大喜功，搞面子工程，心思不在这点上，我觉得这是最大的官僚主义！”

“不管他，也不管他什么主义，能给咱们打这个基础，就算有功。”罗平凡沉浸在兴奋中。他是最喜欢干大事业的人，甚至产生了一种朦胧的意识，如果计时策只是个工作作风问题，而不是思想路线问题，以后即使有些分歧，也要宽容他，让着他，逐渐营造共识的环境。他瞧着史永祥说：“永祥，一会儿你把大家召集到我房间里来，咱们开个考察团的集思广益会，把这两个大合作项目宏观上的东西再考虑稳妥一些，咱们共同把一些动作中的具体问题再算得周密一些，以便把这个协议书搞得更实际，更贴近实践。”他停停又说：“我还想，为了在这样重大的问题上实行民主决策，市委要集中班子成员的智慧，派技术人员来这里具体论证。拿出可行性报告以后，咱们以常委成员组成考察团，都亲临铁矿山看看。签正式合同时，就在这里开个跨国口岸的市委常委现场办公会。如果研究同意，形成集中意见后，顺即就与A市方面签订合同书，怎么样？”

“平凡书记，你性子急，雷厉风行，说干就干，指挥有方而周密！”史永祥更加振奋起来，“我可以断定，要是论证可行组织实施时，这两大项目，可能成为全市父老乡亲共同的一大兴奋点！”接着他话题一转，提醒说：“平凡书记，芬河市这地方人际关系复杂，上下左右藤藤蔓蔓的瓜葛太复杂了，我在处理具体工作、研究解决一些矛盾时就发现，触着了这根藤，没想到连着那条筋。你干大事儿，也要提防小人用小事掀风起浪捣乱！”

“话说起来，我有件事觉得很出乎寻常。”罗平凡恢复了曾一闪即逝的警觉，“昨天晚上，我正接妻子从清河县打来的电话，突然那个白华小姐敲门走了进来，一是要道歉我赴任前那天晚上去小白桦美容美发中心的事；二是听说我要出国，要给我理理发。晚上九点钟了，一个姑娘闯进我的独身宿舍，这白小姐又是风流人物，我三言两语就把她推辞走了。说来又巧，她刚要出门，又和要进来的计市长几乎撞了个满怀。计市长来的目的是请示我出国这几天有什么吩咐和交代的没有。给我感觉，我来这些天，计市长是第一次这么主动热情来请示工作。”

“你很警觉，但也不必想得过多。我看，计市长去很正常，他会做表面文章。至于白华，我想，这个风骚女人大概就是想溜须，她最能巴结大官儿，千万不能搭理她。”史永祥说，“过去外调来一名副市长独身住宾馆，晚上有名女干部前后两次去汇报工作，这就来事了，弄得满城风雨。这种舆论最能臭人，败坏人。我建议你不必考虑那么多，你来的时间不长，已经很快进入了角色，以后会更忙更累，为了生活和工作上的方便，快把家搬来。我现在就打个电话，让办公室主任小高去清河县嫂夫人那里看看去，和她商量商量，怎么样？”罗平凡犹豫一下，想起女儿说妻子感冒了，很是放心不下，从昨晚到现在，就是睡醒起夜小解之际，脑子里也闪念惦记着妻子，点点头说：“好，派小高去商议一下吧，听取她的意见，越快越好。”

史永祥打完电话说：“平凡书记，我现在就去召集考察团的成员们，让他们马上到你房间来。”

史永祥给办公室小高这一个电话，像是一下子驱散了罗平凡心头的一小片阴云，连连回应：“好好好，让他们马上过来！”

……

27

计时策从罗平凡房间里出来，证明了尤熠光提供的信息是准确的，一时思绪万千起来，更加拿定了主意，就算老伴过世了，死活也不能娶白华。他想着想着，不娶，也有醋意，白华毕竟是自己占恋过的女人，今天又向罗平凡怀里扑，醋意加嫉恨点起的火焰在胸膛里由小到大，腾腾燃烧起来。想着想着，情绪又变了，自己也奇怪，怎么能对白华这么大劲儿，不要就不要嘛，何必呢！渐渐思绪转了弯子，心头大病不是白华，而是这个新任市委书记罗平凡！基于他上台之后那个“就职演说”和一些廉政措施，又加上他有省委书记做后台，如果说对他那气势心里还有所敬畏的话，眼下几乎全没了。原来他口口声声“为人民服务”，把自己装扮成堂堂正正的党的好干部，看来不过也是个暗地里勾搭漂亮女人的道貌岸然的伪君子！官大一级压死人，如果说书记碰头会上让尤熠光作为常委人选，去元宝乡充实基层经验，还有一点想接受的话，这回，思来想去完全不接受了，必须想方设法让他当常委、组织部长！好在尤熠光已进了市委常委的视线，找上头说话已经具备了最根本的基础，让谁插手呢？能求得动又理想的人选是刚退下来的原省委常委、老组织部长晋志富。虽然市委这么呈报，扭过劲儿来，起码有四种意义：一是对上头有个好交代；二是灭了罗平凡的威风；三是将来仍可大插手干部工作；四是等于向全市干部宣告，在用干部问题上，别看来了个罗书记，我计时策仍有重大作用！

他苦思冥想，越想越觉得应让尤熠光找找他有密切联系的省里那个大官。可他管钱管物不管人，办事儿说话喜欢拐弯儿转圈儿，要不是尤熠光用小月制服了他，他才不会为芬河卖这么大的力气呢，这只有自己和尤熠光明白。想来想去，最后还是拿定主意找晋部长，晋部长凭他的关系和余威出面协调扳这个道岔，是小菜一碟。计时策心里有底，由他出面，就是将来有个三长两短，哪怕是尤熠光打罗平凡的事情露了馅，老部长也能担当得起。他曾经了解过，晋志富和新来的省长梁威可不是一般关系。梁威还是厅级干部的时候，作为援藏干部，晋志富被抽调去了。那时，他还仅是一个副处长，他在那个组负责考核梁威。梁威政绩突出，考核材料由晋志富执笔，写得也好，梁威被破格提拔为

A省的省委副书记。梁威从A省来这里任省委书记，计时策曾想过找晋志富去拉近关系，但又一想，自己当书记的事情地区和省委常委、组织部长嵇文斌已沟通定局，这次换届当市委书记似乎是不成问题了，万万没料到梁威上任来芬河市检查工作，派了个罗平凡来。要论，老部长晋志富和自己没说的，没利用上这层关系，他的肠子都要悔青了。让老部长晋志富协调扳这小道岔肯定没错，计时策心里清楚自己在老部长那里还是有些面子的，在嵇文斌和胡晓冬来宣布罗平凡上任时，在大会上讲的那番话，就是因为自己给晋志富打了电话，晋志富又给嵇文斌过话，才有了那套新老干部的辩证法……

计时策想到这里，脑子里忽地闪出了罗平凡不同场合的一张张面孔：在啤酒厂训斥厂长那样主观不可一世，"就职演说"那样夸夸其谈。——威胁，对自己是太大的威胁了！寄希望于选举大会须慢慢地稳步操作，眼前让尤熠光做组织部长人选，一定要力争实现。他迫不及待地拿起电话拨通了晋志富家的电话，刚说出以后需要老部长继续关心，晋志富先声夺人地说："正好你们地区胡书记约我去看看，我顺便到芬河市看看。"老部长雷厉风行，说来就来，在罗平凡去俄罗斯的时候，他也起程往地区赶了。罗平凡不在家，请来老部长叙情，多么好的机会呀！

晋志富来到地区，胡晓冬亲自安排接待，副地级以上干部正陪同共进午餐，计时策就来电话催，要求老部长尽早到芬河市来看看，一顿饭没完，竟来了三次电话。这位老部长并不心烦，退了还有人这么热情，那是一种荣耀和自得，当着这么多人的面子，难得退休后基层的干部还这么热情，这么看重。老部长心里喜滋滋的，尽管有心脏病，身体不算好，不顾疲劳，午饭后连休息一下也没有，就匆匆上路了。胡晓冬要陪同前往，老部长稍一推就却步了。他断定，计时策急着约老部长去，十有八九是要老部长帮忙，自己不去也好，更利于计时策施展他的本领。

计时策驱车越过市界去迎接，表现出了异乎寻常的热情，把老部长接到宾馆以后，指派曹晓林亲自安排晚餐，又亲自点名陪餐人员：曹晓林、尤熠光、计小林。

晚餐安排在芬河野味大酒店。这家酒店没有香格里拉大酒店、曼哈顿酒楼、天天海鲜大酒店那样豪华、气派，却十分别致：三层小楼的每一个单间都是用不同的树枝、野藤、山石装饰而成，走进的第一感觉颇有回归大自然的味道；吃的当然都是捕猎于自然界的、采自自然界的天然绿色食品，在食品畜禽饲养化学元素充斥的年代，特别是对来自大城市的客人，都有极大的吸引力。

计时策领着老部长登上二楼，一进“白仙阁”包间，三位陪客肃然起立，表现出了极大的恭维。老部长一下子感觉到了与在位时一样被人敬重，心里又增添了一份喜滋滋的味道。

五人围坐后，服务小姐端上了擦手擦脸的湿巾。计时策先介绍曹晓林说：“这是位年富力强、德才兼备的好干部，负责党群工作，是成熟的副地级后备干部，只是现在倒不出位置。”老部长与其握手致意说：“党群书记大都是优秀、可靠的。”计时策接着介绍尤熠光说：“这是公安局主管社会治安的副局长，政绩非常突出，书记会碰头提议，是这次党代会换届的常委候选人之一。”老部长一边与尤熠光握手一边微笑着称道：“很好很好，都是我们党的优秀干部。”介绍计小林的时候，老部长刚要半起身去握手，计时策推辞说：“不用了，不用了，他叫计小林，是我的儿子。要是部长不退休，我是不会让他来陪的。今天让他来，代表着我的一份深情厚意，对老部长的栽培，我今生今世都不会忘记。以后，逢年过节由小林代我去看望您！”

“谢谢，谢谢！”老部长边坐下边说，“现在我才真正体会到，人在位有权时应该一边当领导一边交朋友。那些不是朋友的，你提拔了他，在位他毕恭毕敬，在我面前有孙子、儿子的感觉，一退下来呢，就不成了。现在常来看看我的几乎都是当领导又当朋友交下的，可惜，像我交下的你计时策和胡晓冬这样的，太少了……”

说话间，服务员报着名端上了一盘红烧大雁肉，曹晓林介绍说：“老部长，打大雁才费劲呢。你老知道，这些雁是成群飞成群落，尤其那头雁，非常精灵，看着它们落到地下，你再蔫悄悄去端枪瞄时，距一里多路脚步碰响一点东西，它们就呼啦啦一下飞走了。打大雁的人知道它们常落哪种地方吃食，就提前仰躺在地上端枪等着，有时一等几天，等它们距落地一百多公尺的时候，悄悄举起枪来，砰砰砰一梭子子弹出去，才能打落一只两只的！”

老部长还是第一次听说，笑笑：“哟，吃大雁肉真不容易呀，我还是第一次哩！”

“老部长，”尤熠光接话说，“雁肉香啊，劲道得很，雁南飞，雁北归，尤其是翅膀和腰部，脊肉紧箍在骨头上，那里的肉太有味道了！”说着用公筷给老部长夹一块，“老部长，这是翅腋下的肉，你尝尝。”计时策也喜笑颜开：“老部长，先吃口菜再喝酒！”

“老部长，我说句话吧！”计时策先端起酒杯说，“老部长德高望重，今天请老部长来没别的意思，主要是请老部长来看看，您在位时工作忙，这回有时间了，但我估计，请的人也不能少了。不管谁请，我这里必须抢先头。老部长帮着串联省、市有关部门，芬河县变成了芬河市，干部又是您老配的，自从这里建市升半格以后，您还没来过呢！今天吃完饭好好休息休息，明天安排您老看看市容，看看地下要塞和口岸，老部长有兴致的话，可以到俄罗斯去看一看。罗书记去俄罗斯考察市场去了，就由我全程陪同……"

老部长听着这话非常顺耳顺心，就像炎热天里喝下一杯清爽的饮料那样舒畅，微笑着点头："听你安排！"

"好，那我可就安排了！"计时策示意其他三位陪客，"来，为了老部长的长寿健康，咱们干杯！"说着都一饮而尽。

老部长举起杯说："这些天，心脏病有点儿复发，来时刚停针。我就随意了，谢谢你们各位！"说完，稍稍抿了一小口，就把酒杯放下了。

服务员报着名，又端上了一盘清蒸鹿宝。计时策介绍说："老部长，这个菜是我点的，也可以说，这桌席就是奔这个菜来的……"

曹晓林接过话说："老部长，计市长让我亲自来安排这顿晚饭，我来了找经理一问，经理说正巧有一只新鲜的马鹿鹿鞭，是从一个猎手那里高价买来的。"然后伸出一个手指头说："这一盘菜就是这个价。"老部长明白，显然不是一百元，也不是一万元，是一千元。要是在位，他不仅推辞，怎么能用这么高贵的菜，甚至还要批评，大雁、马鹿都是禁猎动物，违法呀，怎么随便猎取呢，如今退了下来，就没有这些说道，只是点头微笑接纳了。

"来来来——"计时策举起筷，要老部长先夹一块说："尝尝尝尝，老部长，这可是大补啊！""说来也怪，没退下来时，一天忙忙乎乎，应应酬酬，还觉得自己有力量；退下来以后，闲心多了，不知受失落感心情支配，还是怎么的，只觉得力不从心了。"他故意不让人看出心思，慢条斯理地吃了一块，又连续吃了两块，直说，"有味道，有味道。"

品尝完这道菜，曹晓林举杯说话时，又上了爆炒野鸽、山兔儿。还是这般程序，服务小姐介绍一下，计时策请老部长先品尝，轮班由尤熠光和计小林分别敬酒。每个人的敬酒都那么甜蜜蜜，让老部长听来，既不是吹捧，又不是趋炎附势，分寸得当，心情舒畅。

八个菜上完，这样周而复始地进行着，老部长并没感到絮烦，反而觉得把把新鲜，碟碟有味道。计时策一直在寻找时机切入主题，眼前，他觉得经过这样巧包妙裹，说了那么多话，插上一句，不会影响向老部长道白请他来的"主题"了，便说："老部长，今天您来，顺便有件事想向您汇报汇报，请您带着出出主意……”

老部长虽然感到了疲劳，心脏有点儿隐隐作痛，兴致不减，回应说：“你说，你说。”

计时策指指尤熠光说：“老部长，熠光这青年干部确实是块好料，不瞒你说，这不，晓林副书记也在这里，我们书记碰头会已经初步酝酿上报地区了，地区很快就能和组织部沟通，已经把他作为常委候选人，拟定去元宝乡任党委书记，充实基层经验……”

老部长问：“怎么当常委还要到乡里任职呢？是不是拟定的差额人选？”

“不。”计时策忙回答，“拟定的差额人选是办公室主任小高，”他接着上边话题说，“干部已经成熟，还充实什么基层经验呀！我的想法是要加快我的这个班子年轻化，对成熟的干部能用就放在重要岗位上用，不能那样黏黏糊糊，这样，有利于干部的成长呀！”

“对呀，”老部长说，“我在位时一直是这个意见！”

计时策乘机而入：“即使您不在位了，也应该使我们省的干部路线有一定的连贯性。按着我的意思，是尤熠光出任市委常委、组织部长。”他说到这里，瞧了瞧曹晓林。曹晓林心领神会：“老部长，其实尤熠光是市委常委组织部长的最佳人选！”

老部长问：“这么说，这是新来的书记的意思？”

计时策又瞧一眼曹晓林，觉得让他说更能感染老部长，见曹晓林一怔，似乎不知该怎么说，自己道了出来：“老部长，你猜得对，我提这个想法，不是说平凡同志看人不准，而是说，一名主要领导干部，初来乍到，必定要有个熟悉干部的过程，匆匆决策，也难免主观。我心里不平衡的是，罗书记提名史永祥出任常委、组织部长，这个史永祥极左，是地区甩包袱放下来的干部，胡晓冬书记再三做工作，我才接收了他。还有，罗平凡也太不讲点回避政策了！他俩是党校时的同学。”

老部长真的动感情了：“我们的干部就怕在用人问题上任人唯亲和搞小圈子，这怎么能行呢？”

“老部长，您是知道我计时策为人的。”计时策说，“罗平凡刚来，我作为老同志得支持他的工作，书记会以后，就这件事而言，我又觉得这样于事业不利。”

老部长问：“你的意见怎么办好？”

“老部长，您知道，”计时策说，“芬河市是个比县多半格的单位，党政一把手的配备权在省委组织部，其他职务地区负责任命。按理，这个常委、组织部长也是地区任命，可是，关于组织部长的任命，省委组织部又要协管、备查……”他说着瞧瞧老部长，“我的意思是，您老能不能巧妙地为芬河市干部配备的公平合理做点贡献，要不您直接提出来不好，最好是请省委组织部和地区组织部派人来考核时，让他们提出变过来……”

“这好说——”老部长雷厉风行，应酬着接过尤熠光手里的手机就给地委书记胡晓冬和省委组织部长嵇文斌挂电话，对方应答照办的声音，计时策等人都听得清清楚楚。

晚宴的气氛达到了高潮。

尤熠光激动地站起来拿过酒瓶走到老部长跟前说：“老部长，我不知该怎么感谢您了，来，我给您点一点，你喝一杯，我喝十杯！”不由分说，连量出十杯倒进一个大玻璃杯里，仰起脖一饮而尽，然后端起老部长的杯子说：“老部长，您喝了它！”

老部长连连推辞：“不行不行，我近日心脏不太好，心意领了，还是不喝吧。”

尤熠光又连喝十杯双手捧起老部长的小杯，扑通一声跪在了地上：“老部长，您就喝了吧，我感谢您，您就赏赏脸！”

老部长感动了，激动了，还是理智地推辞：“不不不……”

这时，计时策的传呼频频响，手机也响。先看传呼，是小姨子打的，说有十分要紧的事。打开手机一接电话，又是小姨子打的，仍说是有急事。他立即猜测，十有八九是妻子病重，忙起身说：“老部长，我有点急事，应酬一下就来。”接着又对跪在地上的尤熠光说：“熠光，老部长能喝则喝，不愿意喝别勉强……”说完，急急忙忙走了出去。

28

计时策走出芬河野味大酒店，他没学着罗平凡换辆国产三菱大吉普，而是换了一辆国产的轿车，显示他默认这种做法，但并不亦步亦趋。国产轿车仍停在门口右侧，他还没走到车跟前，秀娜从车旁迎了过来，还没等张口，大步流星从左侧过来的白华抢了话头：“计市长，我那么打手机怎么不接呢？有句话我得说明白，你可别以为我是去巴结姓罗的，是尤局长派我去的。”计时策在小姨子面前迅速掩饰了窘迫，搪塞说：“你这是什么意思？有事以后再说，我有急事处理。”说完，随着司机推开车门一哈腰入了座，金秀娜也顺手拉开后门上了车。

秀娜见打手机、传呼都不回，风风火火赶来，本来是受姐姐委托，要报告一些紧急的传说消息，一下子冒出个白华来，她凭着未婚女人的敏感，听白华那番表白，像话里有话，一阵醋意直冲鼻尖，身子往后一靠，生起了闷气。计时策知道，她是吃了醋，司机在一旁又不好去问，直到下了车，上一楼楼梯才问：“丽娜找我有急事，还是觉得不好？”秀娜所问非所答：“那个风流白华和你说话那种口气，什么关系？什么意思？”计时策哈哈一笑：“通过尤熠光对我巴巴结结，这种女人，我一见就躲她远远的，先一竿子支出去再说，再来再支下一竿子，主要是碍于要给尤熠光一点面子。”金秀娜停住脚步，心里像是宽松了一点点，轻蔑地说：“现在，社会上传得很盛，说是她晚上到罗书记房间里去，还传说让你堵住了，社会上传得沸沸扬扬，罗书记去俄罗斯躲风去了。”计时策不知说什么好，嘱咐：“让别人随便说去，你可不准乱说！唉，谁知道罗书记怎么会搭理这种女人。”秀娜一听乐了，见计时策眼瞧就要登上三楼取钥匙开门了，一步两个台阶跨上去，瞧瞧楼上楼下静悄悄，靠紧计时策身上把脸一仰张开嘴，计时策顺势狠狠亲吻了一口。

计时策应付了秀娜，心里一阵轻松，把拿钥匙开门的手缩了回来，拨通了尤熠光的手机问，昨晚是你派白华去罗书记那里吗？尤熠光矢口否认，简直是弥天大谎！计时策自言自语地骂，这个婊子，玩把戏玩到我头上来了。秀娜在一旁讥讽，哼，那种女人，什么屎不拉。他刚要开门，手机又响了，是二妮，一听就是幸灾乐祸的样子，大声说：“计市长，听说白华和新来罗书记出桃色新闻了，还在宣布大会上道貌岸然地嚼舌头呢。”计时策心里高兴，嘴上却说，你们不准这么不负责地乱说呀，说着开了门。

计时策一进门就问：“丽娜，有什么事吗？”

“唉——”丽娜叹口气，有气无力地埋怨说，“还什么事儿呢？你们心里怎么没数呢？叫你说吧，你白天工作，晚上在外边吃喝，小林也是一天天不着家，手机不开，传呼不开，扔下个从俄罗斯带来的姑娘，让人家怎么想。听说小林明天就要走了，也该回来和我说会话儿。还有，这些天我看莎莎这孩子漂亮不说，挺文静，让人喜欢，可是这边还有个小娟，到底要哪头呀？我身体不好，操不了这么多心，一想想这些事儿，脑子就轰轰地直响，心里也直发闷。”

“姐——”秀娜接过话说，“我以为你急着让我找回姐夫什么事呢，这事我就劝过小林。他开始说，想国内娶一个，国外娶一个，一边安个家，还振振有词地说，人一辈子就抱着一个人睡多枯燥。我把他说服了，他说最近就选中一个好好处。”

“嘘——”丽娜指指外边，意思是小点声，别让在另间休息的莎莎听着。

计时策坐在床沿上往前一伏身，压低着声音说：“丽娜，这事儿你放心，我教育小林好几次了，他已经承诺二者选其一。我说他，你这还得了，莎莎是警察局局长的姑娘，你小林还在那边做生意，要是弄不好，别说做生意，连你小命都没了。苏联解体，那边社会秩序也不那么好。”

“我还真不知道这些！”丽娜十分担心的样子，“这还得了，你让司机各酒店去找找，把小林给我找回来！”

计时策说：“今晚他没去打牌，也没和别人到酒店吃喝，和我在一起呢。这你知道，省里对我帮助很大的那个叫晋志富的老部长，退下来了，罗平凡一来，为了市里的班子搭配的事情，我请他来帮忙，现在正在野味大酒店，就让小林也参加了。这是一种对过去的感谢之意，说明咱们全家不忘他，你要是好好的，也应该去。”他说着挂通了尤熠光的手机，让小林和丽娜说了几句话，丽娜心里才踏实些了，情绪也稳定了下来。

“丽娜，还有什么事吗？”计时策有些着急，“我见你找得急，就立即赶回来了，那边，只有曹晓林、尤熠光和小林陪着老部长喝酒，我打个招呼说，有急事儿去去就来，别时间长了让老部长有想法呀。”

丽娜看出计时策着急，有句心头话还是说了出来：“时策，怎么社会上都传说新来的罗书记挂上那个白华了？还说让你给堵住了？怎么回事呀？”

计时策问：“你听谁说的？”

“我躺在这里还能听谁说。”丽娜说，“听秀娜说的。秀娜说，就像刮风一样，社会上传得邪乎着呢。”

计时策瞧瞧秀娜，秀娜认账地点了点头。

计时策含糊其辞:“让人家说去，咱们家的人可不能说，刚才我嘱咐秀娜了。”

“唉——”丽娜叹口气，“我就是担心这个。社会上传说让你堵住了，那不明摆着是你说的，要是传到罗书记耳朵里，还不成了解不开的疙瘩呀！”

“不是让我堵住，而是让我碰上了。这是咱在家里说话。晚上九点多钟了，我进罗书记的房间，白华出罗书记的房间，当时有楼层服务员，有保安，好像还有几个上访的在楼梯口等着，罗书记都看见了，不会怀疑是我说的！”

丽娜说：“要不说，这社会传言，一传十，十传百，传着传着就长了尾巴，长了翅膀，说得有鼻子有眼。说罗平凡搂着白华睡觉没关好门，让你推门进去堵在被窝里了。”她说话过多，显得有些吃力了，“我很少过问你班上的事，这闲话传得这么厉害，你得主动把那天在罗书记门口的工人找到一起教训教训他们，是谁说的，这么瞎造谣，一旦罗书记听说了，你也好有个清白。”

“是，”计时策说，“你还这么懂政治。”他说着笑了，妻子的话真给了他启发。圈内人问起，他要支吾其辞，等听到别人议论，就要来个严加训斥，训斥与支吾之间，还是要造成一种从自己嘴里说出去的效果，真真假假，假假真真，让社会上继续传去，越盛越好。他身子往前一探，亲切地说：“丽娜，我走了。”

丽娜点点头，计时策刚站起来，手机响了，他听了几句就急忙说：“贵山哪，咱们共产党员可不能这么信谣、传谣，罗书记怎么能呢……”说完刚到门口，手机又响了。他听了几句就表现出非常不耐烦的口气：“小虎同志，你是全市有影响的企业家，可别听信社会上这些流言蜚语。”

计时策开门刚走出一层楼梯，手机又响了，他想看看关掉，一看来电显示是曹晓林的手机，急忙打开。曹晓林的声音里充满着颤抖、惊慌和手足无措：“计……市长……老部长喝死了，喝死了……”

计时策惊呼两声，曹晓林又一次回答，才确认是自己没听错，老部长喝死了！他不知自己是怎么下的楼，怎么进的车，一进野味大酒店就听见喊喊喳喳的，有名惊慌着从二楼边往下跑边喊的小姐脸色苍白：“不好啦，不好啦，二楼喝死一个……”

……

29

罗平凡身在异国他乡，兴奋不已，昨晚竟失眠了！

昨天下午，罗平凡带领的考察团和萨巴洛夫等有关官员进行会谈时，达成了在A市共建蔬菜、水果批发市场，共同开发铁矿的协议。在此基础上，经过初步测算论证，还决定各自修筑在边境线接轨的小火车铁路。令人高兴的是，萨巴洛夫更是心急如火，雄心勃勃，简直像个事业狂。他当着罗平凡的面给边区行政长官挂了电话，简单说明了合作意向。行政长官表现出很大的热情，表示要进一步论证，可行的话，边区将给予A市一大笔资金支持这几个联合开发项目。

夜深了，罗平凡怎么也睡不着。他把史永祥找到自己房间担心地问："永祥，人家边区政府要给萨巴洛夫那么大支持，根据我们那里的情况，地区不会有多大力度的，就是贷款，恐怕也要费很大劲呢！"

"这你不用担心，过去你在内地县城工作，接触这种边境开放城市少，过一段你就知道了。"史永祥说，"只要项目好，资金不用愁，开发行很有实力，多次表示要给市里上大项目做财柱子。还有，口岸刚一开始，一些来考察投资的香港、日本、新加坡的大老板都是联合对象，他们和计市长谈过几次。计市长对这类项目钻研不进去，就是对城市建设开发热心大。咱们市那几座大酒店，都是外商搞的，就是吃喝再盛，我们这么个小地方能有多少人，大规模的双边贸易并没开展起来，回报率一低，就挫伤了外商的积极性。"

罗平凡兴奋起来："还能不能找来这样的大老板？"

"能啊，"史永祥满有把握地说，"一个叫小野的日本老板，来这里考察了半个多月，来时踌躇满志，走时明显扫兴。据他说，是他年迈的老父在一张香港的报纸上看到了芬河市开通口岸搞大开放的消息，动员他来的。他父亲是忏悔当年随从日本侵略者来这里修筑地下要塞的，一再向他讲，那战争年代，当年的芬河是重要的军事要塞，如今世界经济大流通，这里必然是开放的经济要塞，动员他来这里投资上项目，替他老父表示赎罪，当然也是赚钱。"

罗平凡听得很入神，点点头问："他没说想干什么项目吗？"

史永祥说："他提出要投资十四亿人民币左右，利用这里的山林资源，粮食作物秸秆为原料，上一座年产二十万吨的造纸厂。经过请示上级环保部门没有同意。这种项目一上，对环境污染很厉害。"他冷冷一笑说，"我看出来了，这家伙是打着赎罪投资的名堂，看中我们落后，来上这种发达国家严格控制的项目赚钱！"

"永祥，有他的联络电话吗？"罗平凡问，"我们论证的这种项目，让他投资能不能干？"

"有。估计他能干，可以找他来谈谈。"他又说，"回去后，拿出项目论证，我们把招商引资再炒火起来。口岸刚开通时，搞了一次招商引资新闻发布会，只吸引来了几家搞饮食业开发的，搞工业实体的都走了。"

"永祥，你发现我们国家一种普遍存在的社会现象没有？"罗平凡说，"研究搞产品生产项目的人少，琢磨搞饮食业的人多。从城市到乡镇，特别是从中等城市到小城市、到县、到乡镇，越往下越明显。你就看吧，道两旁挂幌开饭店的比比皆是，有一条街上一个挨一个，幌幌相连，你到一些发达国家就很少看到这种现象。"

史永祥问："你说这是为什么？"

罗平凡回答："这说明从大城市往下，真正懂经济的人越来越少，因为搞生产产品型企业需要工艺，而办饭店简单，支上灶，点着火，端起大马勺就能干起来。要从宏观上研究这一现象，这也是发展速度趋缓，经济运行质量较差的一种因素。"

"噢，"史永祥笑笑，"也能增值，都围绕肚皮增了，不能产生社会财富呀。"

罗平凡说："我们的老祖宗不早就说过了吗，民以食为天，把这个'天'保住了，才能去创造财富价值。我是说饭店过滥过多，怎么就是迎合了公款大吃大喝呢！"

史永祥说："大概我们这国情和发达国家不一样，可以用公款吃喝报销，而且吃喝越来越盛，档次越来越高，花点子越来越多，我们的卦仙不是说吗，如今酒店一大怪，叫作鸡鸭猪羊赶下台，王八蛇虫爬上来。这是迎合着吃喝风有禁止而滋生的。"

"是啊，到了该整治的时候了，是不是来个二次禁令呀！"罗平凡说，"还有一点，这种现象里还有一种现象，就是越在小市小县小镇越明显。幌牌上吹牛，你叫狍肉王，我叫饺子王，你叫第一鲜，我叫天下美。假如说谁家从外边新学来一种饮食美餐，一火起来，这种餐类马上一哄而起，林立而生，直到大家一起冷落衰败。”

“好啊，我们的书记同志，一号禁令大见成效，我们对腐败现象穷追猛打，我回去就起草！”史永祥笑笑说，“要说呀，你观察社会可真细，颁发一号禁令时心里就有二号禁令的谱儿了。你观察社会现象真入木三分。按你说的，我倒提点儿建议，我们的成人教育如雨后春笋，什么电大、农广校、自学考试，这类中专，那类技校，你要从本地实际出发，要多培养科研型、实践型人才，比如说边贸、采矿等。”

罗平凡会意地点点头：“对，记着，回去以后，你和教育局的局长们说说，认真研究一下，适应市场经济，特别是围绕我们芬河市的经济发展，通过调查论证，拿出一套培养人才的思路、措施来，别一弄就是开饭店！”

“好！”史永祥非常赞同，“我们的书记同志要抓本哩！”他说完看看表，午夜已过，带着兴奋说：“平凡书记，该休息了，明天还有任务等着我们呢。”罗平凡也看看表，点了点头，史永祥走了。

史永祥走后，罗平凡仍沉浸在兴奋之中，一股强大的求发展热浪和要带领人民群众致富的强烈愿望交织在一起，在他心里腾滚着，汹涌着。从内地清河县来到这开放城市，才真正感到国家改革开放政策的无比正确，打开国门与世界经济融合接轨无比伟大，芬河市啊芬河市，腾飞发展的机遇到了。他踱来踱去，越想越兴奋，越想思路越清晰，想着想着，踱着踱着，竟情不自禁地翻开本提起笔，沙沙沙地写起了芬河市的经济发展和远景规划来了。

罗平凡一宿没合眼，这是他参加工作以来的第一次。他写着写着，史永祥走了进来说：“平凡书记，昨晚睡得那么晚，早晨又起得这么早？”罗平凡一抬头才发现，一片灿烂的阳光已经进了房间，太阳在东方天空冉冉升起，这些全没有进入他的视觉和感觉，包括窗外的汽车声，孩子们的嬉闹声。

史永祥伏身一探头看到本子上那密密麻麻的字行，禁不住把罗平凡拥抱起来：“我的书记，书记同志，你一宿没合眼呀……”不知是感动还是激动，他的眼眶湿了，心里想，嘴上却没说出来：好书记！芬河人民的好书记——焦裕禄式的好书记。当年，焦裕禄面临灾害和风沙，身心交瘁地奔波于贫瘠的兰考大地上的风沙雨水之中；时代不同了，罗平凡倾心于研究探索富民之路，这种精神和劳动的价值，应该说仍不亚于焦裕禄的那种付出。

按着出访计划，吃完早饭口岸一开关，罗平凡一行就要回国了。昨晚的宴会桌上萨巴洛夫非要请罗平凡一行看看芬河人在这里干的一个项目——一片原始森林转让采伐，意在让罗平凡一行看一看他萨巴洛夫对开放联合的诚意，然后从采场直接奔口岸，罗平凡答应了。

史永祥松开罗平凡说：“平凡书记，快洗漱准备一下，萨巴洛夫马上就要赶到陪我们用早餐了。”罗平凡点点头，恋恋不舍地瞧瞧自己这页才写了一半的笔记本，轻轻合上，收起笔进了洗漱间。

萨巴洛夫驱车打头，带领着罗平凡一行进了一片原始森林，停在山路边，指着油锯声沙沙、工人劳动号子声声的采场说：“罗书记，请相信我的诚意吧，这片原始森林，共二十公顷，多是红松、水曲柳，就是我们转让给芬河市计小林老板采伐后对你们出口的。”

“计小林老板？”罗平凡问。

“是啊，”萨巴洛夫说，“这你都不知道？就是计时策市长的儿子——计小林老板呀！”

言者无意，听者有心。罗平凡、史永祥一阵惊讶，外经贸局长却不觉突然。他们在芬河市曾听到点风声，因为是计市长家的事情，谁也不想去多探问，怕生惹是非。

史永祥问：“萨巴洛夫市长，怎么个转让开采法？”

“很简单嘛，”萨巴洛夫说，“计老板组织采伐，在这儿伐倒、打杈、归楞，形成原木后按当地现场原木价和我算账，其他费用由他承担。他在这给我交中国货物，我们是按巴克做比价结算的，只是个比价，我们进行的是易货贸易，其他麻烦就少。”

罗平凡说：“明白了，我们的计老板也是赚个组织费吧？”

“不对哟，”萨巴洛夫说，“计老板很精明，你们中国劳动力便宜，包括运输也是他组织的，也比我们这里便宜，他有赚头。我不管他赚多少了，我按这边价格算不亏，对市民有个交代就行，不和计老板在小处争执。还有，听说木材在中国销路不错，这样，也利于加快流转。”

“噢，我明白。”罗平凡细一想，计时策的儿子借助老子的影响，或者有他老子说话来赚钱。党和国家一再明确机关干部，特别是领导干部子女亲属不准经商问题，可是，这一点全国比比皆是。他说：“萨巴洛夫市长，所以，你是按着这个路子的办法，来研究咱们开矿等项目？”

萨巴洛夫点点头，也显出几分得意：“计老板组织人剪枝，打下一些枝枝丫丫。我问他怎么处理，他说要用人清理。我们就雇人在山里直接打成屑末，送到了造纸厂和刨花板厂，也算额外又得了点小小收入。”

史永祥问：“他们每天能采伐多少木材？”

萨巴洛夫双手一摊："我们的林场晓得。"罗平凡问贸易局长："计老板的公司是什么性质的，国营？集体？还是私营？"

"都不是。"贸易局长想了想说，"应该属于私营的，那个鑫鑫海鲜大酒店是计小林的大本营，是外商承建，计小林租包的。他是一边开大酒店，一边搞边贸，买卖做得很大，特别是大酒店，很火。"他停停接着又说："省领导来时听过他的汇报，还表扬过了，号召个体私营户要向他学习。他是咱们市个体私营户中交税最多的一个，一年交一百多万呢！"

"哼——"史永祥刚要说什么，突然意识到身边几位中层干部在，"这里面……"话到嘴边又咽了回去。

罗平凡知道史永祥想要说些什么，明面上交一百多万的税，说不定背后还有多少猫腻。心想，计小林的买卖做得确实不小，起码也要有成千万以上的销售额，作为计时策这般聪明的人来说，这些明面上的东西，是不会让人挑剔出什么东西来的。

领导干部子女经商问题，国家、省里文件没少发，但只是对领导干部的一种约束，是纪律不是法律。纪律又怎么样？多少领导干部子女经商、经大商，已经司空见惯，自古以来官商勾结挣大钱，如今官与亲属勾结经商比上者有过之而无不及，比贪污的捞头更大，难以治罪。混乱的经济秩序，执法的不全不力，在当今中国暴富了一批又一批。

萨巴洛夫发现罗平凡像在想什么，自信他应该满意："怎么样？亲爱的，我们对贵国做生意的人够诚意吧？"

罗平凡点点头，主动向前走去，只见这片原始大森林越走越茂密，高树参天，飘落的树叶，年复一年，像给林地铺上了一层松软的地毯。走着走着，前面传来哗哗的流水声。

"罗平凡书记，有个问题呀——"萨巴洛夫说，"请不要忌讳我的坦率，贵国的贸易人员中有的很不规矩，晚上偷我们市民房檐下的鸽子，有的还把狗偷走杀了吃……"他说着指指传来哗哗流水声的大江说："那里边有很多的乌龟，其实，我们俄罗斯人没人抓那种东西吃，听说你们那边吃得很盛，连续一年多，一些人可没少打那里的乌龟呀。有人给我反映，说是计老板组织人打的，我就问计老板，他不承认。这伙人很有本事，打了乌龟能运到你们那儿去。我为这种事找过计市长，计市长说是要管管，至今毫无效果。我们的环保部门很不高兴，我们总不能为这点区区小事，又是少数人的个人行为伤了我们的和气吧！"

“萨巴洛夫市长，你说得好呀，”罗平凡说，“你就通知你们的海关，不让过货不就完了吗！”

萨巴洛夫说：“海关归我们的军队管。我也没有下功夫去做。”

罗平凡听着，不住地点头。他真心觉得，这位市长是个可合作的好伙伴。

“亲爱的——”萨巴洛夫指着前面的大江笑笑，用幽默的口气说，“听我们的人说，岸边的乌龟能听出你们芬河市人的脚步声，一听到就没命地往河深处游。”

“你这只老狐狸，别诬蔑我们芬河人好不好？”外贸主任说，“你市的外贸人员在我们芬河市更胡作非为，有的偷杀我们老百姓的羊、牛，有的到饭店吃饭不给钱，有的少给钱，还有的到夜总会去跳舞，一跳就是多半宿，还不给小姐小费。你们A市搞贸易的人到夜总会去，就吓得小姐到处跑，已经吓黄了好几家了，夜总会小姐见了你们的贸易人员就跑！”

“哈哈哈……”萨巴洛夫大笑一声说，“你这只老狐狸，我说不过你，说不过你，你才是地地道道的老狐狸哩！”

“萨巴洛夫市长，”罗平凡说，“你和我们贸易主任说的，不管有也罢，无也罢，多也罢，少也罢，我们的大项目建起来，来往的人员多了，要各自培训好自己的人，共同遵守地方的法律和公德。首先，请您放心，我一定会把这项工作做好。”

“谢谢，谢谢！”萨巴洛夫市长高兴地笑笑，“我相信，我相信。我知道，我们这里布尔什维克被解散了，你们那里还是共产党说了算。你是芬河市最大的官，说了算，你回国以后抓紧派专家来考察，你的考察组一到，我就派考察组到芬河市，分头互相考察，然后集中在一起谈判商议，我们要同时加快步伐才好！”

其实，罗平凡比他还心急，一侧身紧握着萨巴洛夫的手说：“论证结束后，我准备在你这边开领导班子现场决策会，让我们领导班子都亲自看一看，都支持这项工作。”他接着说：“萨巴洛夫市长，我们该回国了。”

萨巴洛夫笑着使劲握了握罗平凡的手，表示了诚意和亲切，接着，各自上了尾随在身后的车。萨巴洛夫上了车，颠簸着打头朝口岸开去。

萨巴洛夫用心准备了送别仪式，入检前，让随行人员从车里取出酒瓶、酒杯和香肠，一起用托盘端出后斟了满满两大杯，与罗平凡碰杯共饮，祝贺他和随行人员返程顺利，生活工作愉快。罗平凡一饮而尽，与萨巴洛夫再次握手拥抱，祝他竞选市长成功，频频挥手进了俄方联检大楼。

每天一开关，是较忙的时候，俄罗斯这边的车上拉着化肥、木材、废钢铁等，从芬河过来的车拉着西红柿、苹果、西瓜、土豆、胡萝卜等。还有些走旅游渠道背大包挎小裹的。

“永祥——”罗平凡坐在车上等待验证，说，“我相信，贸易和开放开发的热潮很快就会在这里澎湃起来！”

“我相信。”史永祥话音刚一落，司机指着前边正接受俄方边检的车说：“前面过的货是一车甲鱼。”

罗平凡细一观察，很像，货车上盖着大帆布，他顺手打开车窗时，听得车里传来了碰撞声。

“走，下去看看去。”罗平凡说着，和史永祥一起下了车。前面押车的小伙子正隔着窗口和边检人员嘀咕什么，发现走上来两个人，正揭帆布看车里的东西，小伙子把叼着的香烟一掷走过去，拨拉一下史永祥，冷眼一斜，不客气地质问：“你要干什么？”

“想看看。”

“经过我们允许了吗？你要看看，”小伙子盛气凌人，不屑一顾的样子，“你看进眼里扒不出来，我收多少钱？”

“多少钱？这好说，你先说个价。”罗平凡厉声质问，“我也问问你，你们违犯俄罗斯生态环境保护法，又违犯动物类出口检验的规定，特别是你们损害了中国人的国格、人格，你知不知道应该值多少钱？知不知道是用多少钱都赎买不来的？！”

小伙子一听口气，又一看车牌子，知道是个大官儿，支吾着不知说什么好了。

这时，从运输车里下来一个人，是计小林的叔叔，叫计永恒，急忙上前赔礼解释说：“这位领导别生气，其实，做这个生意是两边默许的，还是我们得利多。这是在国外说话，我们中国人谁富了不好？再说，俄罗斯这边餐饮不认这个，我们那边饭店一火，还安排了待业人员……”

“住口，狭隘！狭隘！”罗平凡听不进去了，大喝一声后对史永祥说，“我们在这里等着，你坐我们的车跟随，让他们把这车甲鱼一个不留地统统放回江里！”

“行行行！”计永恒点头哈腰，倒退几步后反转身进了驾驶室。他这样规矩而顺从，一是看出这车牌子是一号车，猜测是大家传说的新来的市委书记；再有，计时策有交代，做生意虽有赚头，但理亏的时候千万别顶风上，能让就让，哪怕眼前损失也要豁得出。

萨巴洛夫想目送着罗平凡等车开出国门，见此情景，跑过来紧紧拥抱住罗平凡激动不已："你真棒，大官的风度，由你出面指挥我们共同搞那两个项目，一定能够成功……"他久久拥抱着罗平凡，直到罗平凡感到呼吸困难了，主动解脱时，他才松开返回了。

到了海关入口，罗平凡才发现，要过关的人很多，外经贸主任要去打招呼越过这列排号的人过海关，罗平凡不肯，借这个时间开个小会。罗平凡和众人席地而坐，让大家说了感受，叶小冬尤其兴奋，罗平凡不让他说，说了自己的看法："第一，就目前中俄边境贸易来看，是以小打小闹为主流，日后要抓大项目，比如我们这次意向的项目要抓住不放；第二，我们要规范边贸人员的行为，请外贸局开个外贸人员会议，教育他们合法经营，公平贸易，以后凡有违规行为要严肃处分；第三，成立一个有权威和代表性的边贸公司，国营为主，个人参股，做大项目同时，要在俄树立我们中国人的良好形象，请外贸局帮助成立公司，帮助配备人员和资金支持，让叶小冬作为副总经理加入，我知道，他在学校里就专门研究过对俄贸易问题，毕业论文获奖，是七七级小屁孩儿中的尖子人才。"叶小冬不好意思地反驳说："谁是小屁孩儿，我是七七级的爷们儿，不是结了婚就称的爷们儿，我是爷们儿中的那个有男子气质的爷们儿。"大家都笑了……

罗平凡说完，大家都表示赞同，排队的那边喊，便急忙都起身赶了过去。

30

国产三菱大吉普刚开入国门，罗平凡一眼就看见靠右侧路旁停着两辆车，三个人站在第一辆车前头，是来迎接他出国归来的，有曹晓林、李迎春，还有办公室主任小高。

“平凡书记——”史永祥往前伏一下身子说，“曹晓林副书记出来接你，就说明形势大好，起码也是形势有转机，这个人专门维护、恭敬能站住脚的一把手。前任市委书记他就压根儿不尿他。不知是哪位给他的处世哲学归纳成了一句话，叫作溜上踹下中间蹬，中间是指低于一把手的各班子成员，下就是指那中层干部。我不是说过吗，他的本事就是专门能溜须住一把手，还得看你能不能站住脚。”

“没这么尖刻吧？”罗平凡说，“我从来主张不信传言，从一两件事就主观上把我们的同志猜测和判断得那么坏，还是慢慢让实践去证实。再有，一个人的一时的处世哲学，往往偏离本质，受客观诸多环境的左右和影响，表现出一些非本质但又是劣性的东西，还要具体问题具体分析。我们再也不能用那种‘左’的观念去分析人、看待人了……”

史永祥不服气：“要是他们用‘左’的观念去对待你呢？你要是不以毒攻毒就会后患无穷……”

没等罗平凡说什么，车子已开到他们仨跟前。罗平凡先推门下车和他们一一握手，他们又一一寒暄，称罗平凡一走就是一星期，实在辛苦辛苦。曹晓林一再说明自己来接，是受计时策市长的委托，他有件事，实在脱不开身，不然，也要来口岸接书记。

外贸主任进联检大楼办回国销号手续，罗平凡急于了解一些情况，对两位副书记说：“咱们慢慢走走。这些天，市里怎么样？”

曹晓林靠右侧，慢随着罗平凡的步子先开了口：“罗书记，书记碰头研究的换届人选报地区组织部以后，我又催了一遍，部里回答说，现在人手紧张，过几天就要开部务会讨论一下，再征求一下主管和主要领导的意见就要下来考查。关于各级党代表的选举工作也布置下去了。”

罗平凡点点头说："好好，这事要再催一下，需要抓紧时间操作了。"

李迎春兴冲冲地说："按照你的指示，让我参产水田开发，我和史秘书长交换了意见，关于搞水田开发和出口蔬菜基地建设问题，我搞调查时，一些乡镇长、村长，特别是农民，几乎都拍手叫好。看来，市委这两项重大举措是很有群众基础的。"他说着指指不远处一伙正在测量打线的人，"我安排设计院的专家已在那里开始搞规划了。"

"这太好了！"罗平凡说，"只要群众有积极性，我们的事情就好办了。"

办公室主任小高上前一步说："罗书记，从你出国那天到现在，李书记已经五天五夜没好好休息了，他把市委的开发规划一说，这个乡请他做报告，那个村请他去给农民算算经济账。现在，有不少到元宝山下去参观水稻试验田的，全市已经搞得热火朝天。我有一种感觉，咱们市一下子就像变成了'大跃进'那年代的气氛，水利局正组织打机井，农委正组织旱改水的地号打田埂，蔬菜办的正组织建蔬菜温室和大棚……"

李迎春说："我通过在元宝山下搞的那点试验田给农民算经济账，把他们的心都算活了。种一亩水田的经济效益要比种三亩旱田效益高，大米市场国内看好，俄罗斯也看好，种好一亩蔬菜大棚一年要有一万元的效益，相当于几十亩地的经济效益。"

"开始还有人以为是吹，"小高接着说，"李书记把账算到每棚栽西红柿多少棵，黄瓜多少棵，每棵结多少斤，每斤多少钱，一一计算，再扣掉成本，听得人都服服的了！"

"可以说，我们的农民是人心思变，人心思干。罗书记，连元宝寺里你见到的那个尼姑和和尚也下山了，让我给他俩找点事儿干，我就让他俩先给测量队当小工。我看，比当年兰考人民日念夜思要治理黄沙还要心切。"李迎春说着停下步，"我细测算了，改水田的打一眼机井得两千多元，扣一个大棚得三千多元，盖一栋温室约一万元左右，这还得是我们市里给优惠。根据调查统计，百分之八十以上的农户有困难，迫切要求政府能帮助解决点资金。"

"好啊，连出家的和尚、尼姑都参战了！"罗平凡问，"你们算了没有，统计了没有，如果三年完成我们所说的水田和蔬菜基地建设规划，多少农民想参加开发，多少农民能自筹多少资金，缺多少资金，按三年完成规划的话，共需要多少资金？"

"罗书记——"李迎春从兜里掏出厚厚的一沓子统计表说，"各乡农民自愿填表，经过累算，共需资金九千二百万，每年需要三千万左右，是笔不少的资金呀。”

这时，罗平凡身左侧的曹晓林心里翻腾得很厉害，他感到山在动、地在晃，山在转、路在旋，好像世界变了样。他听着，像在看小说，像在看电影。给计时策当了多年助手，从来没见过像罗平凡这样把心都沉浸在事业上，心和老百姓一脉相通。他似觉得身后有计时策在监视着他，回头一看，只有躺着伸向国门的一条静静的路，放心地凑上一步，接着李迎春的话说：“有件事不知该说不该说，有笔资金可以解决燃眉之急。”

罗平凡忙问：“什么资金？”

曹晓林说：“市计委安排了一个项目，已经上报地区计委，正待批复。计划批复一到，要动迁中兴路中段左侧五万平方米的一片平房，建市委大楼和市委招待所，计划土地上冻之前打好楼基，明年完工……”

“噢，”罗平凡想起来了，来芬河就任的第二天下午，计时策陪同看市容经过中兴街时，指着因不景气已关闭停产的市蛋糕厂一片旧厂房说过这件事。他侧脸瞧瞧曹晓林，脑子里迸发出一个兴奋点：“晓林同志，你说——”

“罗书记——”曹晓林从罗平凡的眼神和语气里感到一种亲切，随着罗平凡放慢了脚步，“照迎春副书记说的，你来以后群众对两个大项目开发建设积极性这么高，上级对建设楼堂馆所又有严格要求。计委主任把报告报上去以后，几乎是一天一个电话，两三天就去地区一趟。我倒有个想法——”

罗平凡见曹晓林把脸侧过来停了话题，有点犹豫的样子，催促说：“没关系，你说。”

“我有个建议，”曹晓林说，“我们在城市建设上确实投了不少财力、人力和物力，到了把有限财力往生产项目上投放的时候了！是否可以撤回这个项目申请报告，把这笔资金用到这两个项目开发上。”

“我同意！”李迎春高兴地说，“咱们的市委办公楼还能用，在省内比地区、比一些大市比不了，比一些县城、县级市和一些小市还属中上等的，就是略显挤一点，一些事业单位也挤在里面。我看，可以在外边租个小楼，让有的部门搬出去，百货批发站就可以嘛。现在市场经济了，国营、个体商店都直接去厂家进货，有的送货上门，还批发什么！”

“关键是——”史永祥走上来说，“还要和计市长商量一下，计市长对这个项目很关心，是他亲自筹措资金，亲自安排计委列项报这个计划的……”他知道，这是计市长蛮有把握要当市委书记时提前立的项，现在书记当不上了，从内心也不一定感兴趣了。可计市长呢，还是总催计委抓紧，让地区批复项目申请报告，以示对罗平凡来任的欢迎、支持，也显示自己襟怀坦荡。他瞧瞧曹晓林说："晓林书记，你的想法很好，我完全赞同，咱们得好好征求一下时策市长的意见，好好商量商量。"

"我看时策市长会同意的，不用什么还要好好商量商量。"罗平凡果断地说，"我来报到的第二天，时策市长陪着我看市容经过中兴路中段时给我说过这件事，说是迎接我的到来，要新盖一个市委大楼。计市长的心意我领了，晓林书记，不，还是迎春书记吧，因为你管常务，负责找计委主任谈谈，立即撤回项目报告书，时策市长那边我打招呼。"他接着问李迎春，"一共筹措了多少资金？"

李迎春摇摇头，曹晓林接过问话回答："我知道。大概是六千万，听计市长说过好像还差三千多万，他说由他想办法。"

曹晓林凭着多年混迹官场的经验，心里隐隐感觉到，不管计市长怎么周旋，暗地里谋划，罗平凡能站住脚似是大趋势，意识到身边这些人就是将来在芬河市掌大权的，这一重大建议得到采纳，好像心海里有种潺潺细流在与他们交汇的感觉，心里产生了一种自罗平凡到任以来第一次拥有的喜悦，霎时间，心里勾画出了巧妙回避计时策，去巧妙攀结这位新任一把手的小算盘，神情和语言都变得自然得体起来："罗书记，其实这件事情，思想上也不统一。比如说，主抓工业的副市长就有些不同看法。要动迁的那个市糕点厂是个集体企业，在岗的再加上离退休人员共三百三十多人，已经近两年没发工资了，多次打着'我们要工作'的标语，到市委、市政府门前上访。管工业的副市长最近给他们引进了一个项目，要转产生产食用菌。职工很有积极性，已有不少要筹资入股。要真动迁了，这集体企业财产，没有给他们满意的补偿是难做工作的。计市长让我出面做思想政治工作。这工作不是那么好做的。他们的养老保险还没开展起来，弄不好就是没完没了的官司。我看，要是不动迁会是一举两得的事情。"

"你的意思是——"罗平凡问。

曹晓林回答："我的意思就是让糕点厂转产，生产启动一有效益，赶紧进入养老保险。"

"好！你的意见非常好！"罗平凡觉得曹晓林还有些很规范的思路，思想路线也不全像有人说的那样，应该调动一切积极因素，为经济建设服务，便说："晓林同志，时策市长的工作我做，恐怕将来在经济工作上也要给你压担子哟！"

曹晓林心里甜滋滋的，他觉得与罗平凡又近了一步："罗书记，只要能做好的，你就尽管安排，我一定尽力就是，跟着你也学些东西。”

“你的思路很好。我看这样，你抽时间就帮助工业市长一户一户地调查危困企业，一户一策地让它们死而复生。我到啤酒厂去说了一些话，你看看他们落实得怎么样。要是把工业都搞活了，你的贡献就大了。”

曹晓林心里顿时涌出了一股劲儿：“罗书记，对这一块，你总的指导思想是什么？”

“破产、变卖、股份……”罗平凡说，“要紧紧抓住体制创新、转换经营机制，技术创新、开发、研究和引进新产品，来适应市场经济发展的需要，还有，能私营就私营，要特别注意加速发展私营企业的步伐。”

曹晓林高兴地说：“罗书记，太好了，我回去就找管工业的副市长传达你的指示，认真落实。”

“晓林同志，”罗平凡笑笑说，“咱们在一个班子里工作，我当班长，你也算个副班长，别批示指示的把距离拉大，有事在一起商量，一个目的，为了老百姓的富裕，为了把芬河市的事情办好……”

曹晓林听着，觉得和这位新书记又拉近了，和他一起谈话，交流工作，完完全全不像与计市长那样，也不用猜谜语。他在觉得浑身清爽的同时，忽地想起计市长对罗平凡的嫉妒、暗算，心里又飘上一层黑云，怦怦跳起来……

罗平凡问：“晓林同志，回去我就找时策市长，他在忙些什么？”

“罗书记——”曹晓林心跳得厉害起来，“有件事情，我正想和您汇报呢！您走的那天，出了一件极不愉快的事情，省委组织部老部长退休了，应地区邀请下来看看……”他如实说，忽然觉得身后计时策变成了一把巨大钳子似的大手在紧紧钳着他的脖子，卡着他的嗓眼，脑子里高速旋转后说：“计市长听说，请他来看一看，让我陪着吃饭，吃着吃着，突然心脏病复发，没抢救过来。”

这是计时策从家里到野味大酒店以后，精心策划这么安排的，无论如何不能说他在场，是听说赶来的。这也符合事实。而且强调，千万不要说尤熠光和计小林在场，如有人问或主动散布舆论，就说他俩是碰巧在这里请客来敬酒的。计时策千叮咛万嘱咐，就说受他委托，一个人陪同老部长，并让他放心，不会有什么责任，后事处理由他周旋。

罗平凡问：“是不是喝酒多点了？”

“没有，”曹晓林按着计时策的策划打圆场，“我不怎么喝酒，也不会劝酒。”他开始打马虎眼，“有些在那里吃饭的干部，乡里的、镇里的，还有几个局的听说老部长来了，特别是过去相识的都来敬酒，他都推辞不喝，我也不让他喝。老部长见有的推辞不过了，也就是端起杯舔舔杯沿。”

“有这么说的！”李迎春接过话说，“也有说是大吃大喝喝死的。社会上议论纷纷，难听的话不少。还有的说，刹不住大吃大喝风，能喝愿意喝的都喝死，公款大吃大喝风就刹住了！”他说完笑笑自知话说得太狠了，缓和一下口气说：“平凡书记，请你理解，我这是对腐败现象恨得咬牙切齿，从牙缝里挤出来的，你别介意，我是想说你倡导的一号禁令已大见成效，快来个刹公款大吃大喝的二号禁令。”史永祥接话说：“英雄所见略同，罗书记在俄罗斯就布置了。”

“唉——迎春同志，你的意思我全理解，”罗平凡有一种说不出的味道，“走，上车，往回走！”

李迎春说：“平凡书记，我就不回去了，搞蔬菜基地测量那些同志还有事找我研究。”

“好吧！这项工作要抓紧，”他上车时嘱咐李迎春，“你告诉后边随我出国的那几位，让他们各自回去吧。”

曹晓林、史永祥和小高把罗平凡送到宾馆房间，曹晓林对史永祥、小高说：“让罗书记休息吧，咱们走。”小高说：“曹书记，你回去休息吧，我把到清河县去的情况向罗书记简单汇报一下，再把住房的事情也汇报一下。”

曹晓林一听走了。因为他已经把常务工作又交还给李迎春了，其实也真想掺和这件事儿，又觉得没有理由，就告辞走了。他看出来，老部长死在餐桌前的事情，罗平凡一听，脸色一下子变得惨然起来，他很想在这里多待一会儿，多解释一下，多打打圆场，否则，计时策露馅，自己也跑不了。

小高向罗平凡汇报了两件事，一是按照史永祥的吩咐去了清河县，罗平凡的妻子确实有病了，又点滴又吃药，连续了一周多，已经见好，但心情不好，像有什么心事，问又不说，就是不想来。罗平凡解释说，大概妻子是生病带来的郁闷，慢慢会好的。二是按着罗平凡的要求，在居民区里找到了处住房，小高一再说是平房，要选那地方的原因是那里社会治安好，人际关系好。小高问罗平凡什么时候搬家，又说，要是住阵子觉得不习惯，办公室再找。罗平凡提出，现在就搬，晚上就可以在那里住。史永祥劝罗平凡，应该先看看那地方怎么样，罗平凡说，看什么，只要是有人住过的地方就不用看。史永祥顺手从兜里掏出五百元钱递给小高说，带着买套行李，我也不住宾馆了，和罗书记做个伴儿，嘱咐小高现在就去，自己有几句话要和罗书记说一说。小高应声走了。

31

罗平凡吃过午饭，已经到了下午上班时间。他急匆匆来到办公室，心情纷乱起来，老部长的死乍听时只觉一惊，越想越觉得事情很严重。不管自己在不在场，毕竟是死在芬河市的酒店里，不用说，很快就会成为全省风传的新闻。先给老部长家挂个电话问问情况？还是先打一下计时策的手机？还是专程去省城一次……

他思索着往椅子上一坐，满桌子报纸、文件、上访信，尽管公务员摆放有序，还是堆满了桌子，光上访信就方方正正高高地摞了半面办公桌，旁边还有几十份会议通知、剪彩邀请函，那会议通知有地区的、有省里的，几乎都是要求一名党政领导参加，有的是要求双双参加，不少会议时间已过。没在地市和县当过主要领导的，光从报纸上、电视里听说文山会海，真不知文山会海就是这个样子。

这里已不是计时策主持全面工作时在这里办公，当日报纸、文件、信件当日毕，当日邀请剪彩当日去，上边有会议提前一天就报到的情景了。

门口传来小高挡驾上访人的争执吵闹声，电话铃又丁零零响了……

不管文山会海，不管千头万绪，罗平凡还是像在清河时那样，他先到门口与上访人见面，说明刚出国回来，事情很多，请他们稍等一等，处理一件急事后就接待他们。他让小高召集有关部门领导来到办公室，安排完去俄罗斯考察论证两大项目，接待了硬冲进市委大门的十多伙上访群众……

他有一定之规，再繁忙杂乱的情况，也必须先把头等重要的事情处理好，其他就是群众来访。这么多通知和文件，尽管不少是官话、空话，没有什么大价值，不看看也不行，里边总是还有些需要知道一下的，他先逐个看会议通知，什么扫黄打非会、计划生育会、科教兴区大会……多数已经过去，都由小高签署意见，有的是李迎春签署意见，由其他副职代替参加了。他们参加不过来，不少会议是由人大主任、副主任、政协主席、副主席们去代替参加的。

他看完第一本文件夹，接着是第二本，有的看看题目就签字，有的一目十行就签字，厚厚的三大本文件夹很快就看完了，至于那些剪彩邀请函，连看也没看一眼，就整沓子放到看完的文件堆里去了。

电话铃响了，他习惯性地一听话头就说，请办公室安排个时间……

他开始精心工作，三个多小时才批阅了十多封群众上访信，按着惯例，他是要带回住处认真批阅提出意见的。看着看着，眼瞧到了下班时间，小高他们去收拾新居去了，他找来秘书科小马，对群众来信提了三条要求：一是以后来信帮助拆开登记好；二是批阅以后再登记，要详细记上批阅的内容；三是及时转有关部门处理，按要求时间反馈，并认真地说了对下边处理群众上访信的要求，以市委办名义专门下发一个文件。

电话铃又响了。

罗平凡拿起电话，刚说出："请办公室安排……"对方一听要撂电话，急忙说："我是梁威书记的秘书，梁书记让你给他打电话，号码是4321794。"

罗平凡拨通了电话："梁书记吗，我是芬河市的罗平凡，你有事情找我？"

"罗平凡同志，现在是满城风雨，老部长去时好好的嘛，老干部局的同志说，出门时还检查了一下身体，怎么回来就成了一具尸体呀？传言说是喝酒喝死的？"

"梁书记，"罗平凡有点儿紧张了，"这件事发生时，我正在俄罗斯考察，今天中午刚回来，等我把情况调查清楚了，专门去向您汇报。计时策市长就在省城，我让他去您那里汇报一下，怎么样？"

梁威说："什么计时策，计时策！他到组织部汇报了，也到老部长家里说明情况去了。大家听了总觉得不那么入情入理，老部长老伴和孩子很有想法呀……"

"怎么？"罗平凡急忙问，"梁书记，还有什么大麻烦吗？"

"麻烦倒不会有什么麻烦，"梁威说，"这一级的领导干部，就是有些不满意，也不会闹出什么大麻烦来，只是这件事情影响太坏，让群众议论说是喝死了。"接着问，"元宝村的上访问题处理怎样了？"

罗平凡支吾了一会儿："……计市长说一定要亲自去，这不，又出了老部长的事了吗……"

"这样吧，"梁威说，"省委决定要召开扩大对外开放会议，办公厅正起草通知，明天上午电传下去，后天报到。我抽点儿时间，让秘书找你来我办公室坐坐。"

"好吧，梁书记。"罗平凡放下电话，心绪正烦乱时，史永祥走进来告知，去俄罗斯考察论证两个项目的专家队伍后天就去俄罗斯。罗平凡点点头，史永祥接着又说："老部长死在饭桌上一事，根据得到的情况，老部长咽气时，计市长确实不在场，主陪是曹晓林，还有计小林和尤熠光。他俩去那个酒店吃饭，听说老部长在，是赶去敬酒的。又向地委办公室印证了老部长是地委约来的，来这里是顺道。"史永祥说，"有传言，尤熠光已知道市委向地委报了材料，对作为常委人选要安排到元宝乡当党委书记，很是不满，在一些场合发过牢骚，说过俏皮话。"接着，史永祥又说："找到计委主任问关于市委办公楼所筹措资金要改变用途和怎么撤回报告时，计委主任说，这简单，只要计市长一句话，其他由他安排。我当即让他给计市长打电话探听一下口气。不料计市长一听说是罗书记的意见，一下子就答应了，只是嘱咐，这笔资金很大，用在帮助农民发展水田、蔬菜大棚建设上，一定要制定出还款的办法。"罗平凡点点头，这件事倒是从心里让他高兴。

史永祥看看手表，提醒罗平凡，下班时间已经过了很久，从今晚开始，就要乔迁新居，小高和办公室几个同志都在那里等着，他这才收拾一下文件包，和史永祥一起下楼上了车。

小高选择的新居在中俄贸易大厦后边，多数是市房产局的房子，许多人搬进楼房后，一直空着。小高给罗平凡选的这套房，是从路边上数第三栋靠中间一个三居室，房子显得陈旧，但质量蛮好。趁罗平凡出国的时间，小高去清河县前就布置管理科的同志紧锣密鼓地粉刷，安装电话，购买简单炊具、行李等，已经能居住。

罗平凡、史永祥一下车，正踏着砖头甬路往前走，新居门口突然响起了劈劈啪啪的鞭炮声，紧接着，李迎春身前脚后簇拥着十多个人迎了上来。李迎春说了句："祝贺罗书记乔迁之喜！"大家笑着鼓起掌来。

"罗书记——"李迎春停住脚步问，"你看看，这些来祝贺你乔迁之喜的都认识吗？"

罗平凡瞧一眼，一一点了管理科的几名干部、工人的名字，又瞧瞧三个似曾见面，又一时印象模糊的两男一女，稍一愣，点一个说一个："你是元宝寺里削发为尼的吕小贞，你是削发为僧的厂长黄新华，你呢？"他瞧着一位干瘦但炯炯有神的老人，紧皱眉头凝神想了想，说："噢，我想起来了——你就是太平街上，在山珍酒店门口的卖菜老汉——人称卦仙！"

管理科的几名干部和工人都非常高兴，他们有的只不过是到宾馆罗书记住处送过东西，或领去过客人，有的走个对面时，身旁随从的史秘书长或小高顺便介绍一下，对罗书记能痛痛快快叫出自己的名字感到非常高兴。这些年来还是第一次。有的市委书记，包括副书记们，管理科的干部、工人过年过节常到他们家送米送肉，几年时间，甚至十几年时间，一直到退休，连他们的名字都叫不出来，只知道是办公室后勤人员打杂的。吕小贞、黄新华，还有卦仙，就更不用说了，他们作为普通市民，能和市委书记打成一片，感到无比荣耀。罗平凡呢，能和这些人欢聚一起格外兴奋，比和那些五大班子成员们、局长们在一起更惬意，一时间感到空气新鲜多了，心情也放松多了。

“我乔迁新居，大家受累了，”罗平凡边往新居走边高兴地说，“谢谢你们了！”

他们进了新居，罗平凡依然以主人的身份热情地说：“大家请坐，大家随便坐。”卦仙抢先说：“罗书记，咱们是邻居。我是听说主动赶来凑热闹的。市委书记搬到贫民区里来住，大概是多少年来见不到听不到的新鲜事了。不瞒你说，我已听到社会上有闲话，说你装洋相呢，还有的说，像刘备摔孩子——收买人心。”

“噢，这很正常，现在社会都关注领导，评论家也多，不管他们怎么说，我们只管一心为老百姓办事儿。”罗平凡说着悄然一笑问，“我说卦仙同志，你能不能给我编那种歌呀？”

“不能不能！”卦仙尴尬一笑说，“通过看电视，听机关干部讲，我是相信，你要把根扎在咱老百姓中间。”他说着站起来，十分认真地说，“我还可以让芬河市那些喜欢编俏皮嗑的人都不胡说八道。”

大家哈哈笑了。

“罗书记，”吕小贞试探着说，“你出国以后，李书记和丁奇峰就着手水田开发准备工作。我向李书记申请，能不能把元宝山下那试验田移交给我搞良种繁育，算农业局的科研站。让丁奇峰当后台，老黄是厂长出身，让他筹建大米加工厂，咱们搞种加销一条龙，可以增加效益呀！李书记说了，让我们请示您定。”

“哈哈哈……”罗平凡一笑，“什么事儿我都管，我还不活活累死呀，这事儿就由李书记定。”

李迎春说：“我正这么想呢！”

吕小贞激动地流下了眼泪，黄厂长眼睛也湿润了。他眨眨眼忍着内心的激动说：“大米加工厂一建起来，不用农民一家一户去卖粮了，直接和我订合同，都交给我来加工出售。”

“好啊，好啊！”罗平凡连连称赞，“现代意识，现代企业家的意识。你的意思是，把农民的稻田当成你的第一车间，发展订单农业。太好了，你的工厂要干就干大，让水稻形成一个大产业化集团，成为一条产业龙，你当龙头，带着龙身龙尾连摆带甩，在市场经济大潮里，舞它个耀武扬威！”

李迎春一伸手：“罗书记，你检查一下新居吧，这里都是我设计的。”

罗平凡对三个卧室、厨房都扫了一眼，到处简朴大方洁净；同时发现，他的卧室贴了副对联，上联是：民不畏严而畏廉；下联是：吏不服能而服公；横批是：堂堂正正。

李迎春见罗平凡瞧得入神，问：“罗书记，你知道这是谁的词儿吗？”

“这——”罗平凡一转身，发现卦仙神情有异，手一指说，“准是我们的卦仙了！”

李迎春点头。卦仙笑了。罗平凡指着卦仙说：“好，今后，我就把它作为当官的信条了。”

一阵热闹之后，李迎春留下管理科的几名干部，还有吕小贞和黄厂长，一起与罗书记共进晚餐。副食是土豆炖牛肉，蘑菇炖小鸡，外加一盘蘸酱菜，主食是大米和小米两掺焖饭。小高去清河县时，从罗平凡小女儿口里听说，这是罗平凡喜欢吃的饭菜。十多人欢聚一堂，有站着的，有坐着的。大家边吃边议以稻治涝发展水田、筹建大米加工厂的事，越谈越兴奋。卦仙主动提出要到黄厂长未来的大米加工厂里打工，成立一个广告科，自荐当广告科长，专门研究给这大米编歌编词儿上电视、报纸做广告，承包销售。大家你一句、我一句，都说行行行，说说笑笑，边吃边说，热闹非凡。罗平凡真正感到，与民同乐是最大的快乐。

吃完饭，李迎春示意让管理科的几名干部、工人和黄厂长、吕小贞回家休息，对罗平凡说：“罗书记，这些天，我工作起来不觉累，不睡觉不觉困，浑身的兴奋细胞在不停地跳跃……要不是你来当市委书记，我晚年的故事就是一桩冤假错案！”

罗平凡说：“不会不会，事情总有公论。”

“今天公正，我要是赶不上公正呢？”李迎春激愤地说，“这次要是给我点小处分，或打入冷宫，换届后班子一配齐就没我的位了。五十有三的年龄了，又难交流出去，年龄不饶人呀——”

“嘿——”这话引起史永祥的同感，“当今多少风云录，常有英雄无用武之地！李书记，这回好了，我们一定要把芬河市干它个天翻地覆慨而慷！”

“有这种气魄就好！”罗平凡说，“我到元宝山下一眼就看明白了你的潜心作为，很佩服你，踌躇满志，一派干大事的风度。我提出的要开发水田，要搞出蔬菜基地建设，其实你早就想了，只是实现不了。要是你说了算，早就上马，早就干得红红火火了！迎春书记，你遇上这七七级学农的高才生，算是如鱼得水了，你说。”

丁奇峰说：“李书记，我有信心再助你一臂之力，会更红红火火了！”

“好啊——”，李迎春高兴地说，“咱芬河这个农业大市，正需要像你这样懂高科技农业的人！”

丁奇峰说：“那倒不见得，不过，英雄所见略同，你我的思路还是大致相吻合的。你比我更大度，更有气魄，路子更清晰。”

罗平凡说：“丁奇峰我是知道的，这四年大学生活，他专门研究了日本、美国、以色列等国家的高科技农业，必要时，你们可以边探索自己的发展道路，也出国去学习学习。”“我们要敢想敢干！”丁奇峰感慨说，“‘文革’十年，百废待兴，一切都要正本清源了！”史永祥感叹说：“太好了，迎春书记明明是在潜心研究实践芬河市发展思路的问题，虽说是赌气，在其位不谋其政，也不至于弄成个搞小开荒，过世外桃源生活的小罪名！官僚！连我也是官僚了！”他接着问：“李书记，你是这一级的干部，又不是那种小小的老百姓，地区、省里的领导又不是不认识，怎么不到地区、到省里去找呢？”

“是的，那年头真没办法！你怎么知道我不找呢？我作为一名党员领导干部有良知，只要有一口气就要干自己能干的事情。”李迎春说，“这话现在我在这里可以说了，我去过省委组织部，就是在咱们这里出了事的老部长接待的我。那时，他还没退休，满口推辞的话，什么，当好副职找准位置，增强配合意识等。我找到地区，一听，胡书记更是与计市长一脉相通，我一个小小市委副书记，想见再大点的官儿就难了，写了几次信，都层层转下去了。计市长摸到点我反映问题的影儿了，才开始下茬子嘛，就是让你越告越难受……”

罗平凡听着，尽管相信李迎春说的话是真的，计时策毕竟是行政一把手，自己身为班长，没有插言，只是默默听着。

“现在，官场有一种现象，”史永祥说，“说是民主集中制，但一把手的决定权太大。有的人昨天还是副职，一夜之间成了一把手，就变得什么都懂，什么都明白，什么工作都能做批示、拍板了。没有群众基础，不认真调查研究，一些重大决策失误就是这么造成的。其实，决策失误造成的损失，哪一笔都不小，我觉得，这比大吃大喝等是更腐败的现象。还有，上级领导专听一把手的意见就做决策，对于副职的意见不想听，或不认真听……通过这几天接触，我觉得像平凡书记这样深入实际调查研究，决策时注意听取大家的意见的一把手，不是很多的。”

“嗬——又在表扬我了。”罗平凡说，“梁威书记不就是这样吗！他在和我谈话时谈到，他来芬河市检查工作，听了计市长的汇报，不知谁偷偷给他住处送了一封匿名信，之后，又打过一次匿名电话，反映在这里听的汇报不真实，诸如经济发展、廉政建设等，就引起了他的深深思考，觉得有道理，而且评价说，匿名信提出的问题、剖析的问题很有普遍性，才产生动议，经过向省委组织部了解后，派我到这里来。实质上，梁书记是想抓典型剖析，以便指导面上的工作……”

李迎春深吸一口气又呼出来：“罗书记，别看接触时间不长，我敢和你说实话，送到梁书记房间里的那封信就是我写的。原来，这事是只有天知、地知、我知的事情呀。这回，又加上你和永祥知道了。”

“嗬——”罗平凡已经往他身上猜测这个问题，对李迎春的坦率和他对自己的高度信任很感动，“这回可找到根了。李书记，原来我到芬河市来任市委书记，实质性的调令是你发的呀！没有你给梁书记写的那封信，梁书记可能还想不到让我到这里来呢。”

李迎春喝口茶一探身子，动情地说：“罗书记，真是千里有缘来相会呀，这句话在这里说最确切。”

“罗书记，李书记，”史永祥被感动了，“你们是千里有缘来相会，我是流放芬河来相会。能够在事业上这样心贴心、劲拧劲凑到一起的三位一体，还真少见。只要我们勤奋工作，把人民装在心里，就不怕芬河市建不成全国最先富裕起来的地区！”

丁奇峰赞叹：“说得好！”罗平凡激动地站起来：“毛泽东同志不是说过吗，调查研究就像十月怀胎，一朝分娩。我看，就让我们吹响把芬河建成全国富裕地区的前奏吧！明天下午，我就要去省里报到开会，在我去前，召开一个芬河市经济发展战略调查研讨报告会，把我们的想法交给群众讨论，广泛征求意见，集中意见以后，常委会形成决议，就一以贯之地抓落实。”

史永祥急切地问：“你来芬河市讲话两次都震动满座，事先谁也不知道你暗藏心机。这回能不能给我们透露透露，这第三次讲话要讲些什么？”

“那是即席讲话，以变应变，这次讲什么，还要经明天一上班开个常委会，简单汇报一下咱们出国考察确定的项目，通报一下我讲话的内容，征求一下常委们的意见。”罗平凡说，“我想，这次讲话的主题，就是要实现以城市建设热向以发展经济为中心的大转移。”

史永祥、李迎春一同赞成叫好。

罗平凡情不自禁地说：“先讲调查研究情况，作为这次讲话的重要依据，重点明了地讲芬河市重心工作的转移和相应的国内两个大项、国外合作的两个大项目的策划思路。然后讲两个问题，一是为什么要实现城建热向发展经济方面的重心转移，讲讲经济发展与城市建设的关系，讲经济发展与人民生活水平的关系，讲大力发展水稻生产与龙头企业的发展和实现产业化的关系；第二个问题，要讲一讲全市上下开展战略研究大讨论，要转变作风，转变观念，机关转变职能，如何为工作重心转移服务，特别要强调一下在曹晓林副书记组织整纪刹风的基础上，如何转向为经济建设服务，树一批好典型，撤一批挡道又不干事的干部；最后讲一讲科技兴县问题，要组织起科技力量，为水田开发和以种植水稻为基础的产业化运作中的项目做技术服务，一入冬就开始搞培训，组织有关人员外出考察……”

“系列工程，系列思路，太棒了！”李迎春说，“罗书记，你怎么一说就能说到我心里去呢。有的我已经想到了，有的还没想出来。我敢断言，芬河市的经济腾飞就从这经济发展战略研究起步了！”

史永祥说：“我们与其他领导有两大不同，一是不直接抓不正之风，先以强大的正气压邪气，格外注意自身洁净！还有一点就是重视经济战略研究，尤其这一点，是现代领导者的风度。”

“是，上梁不正下梁歪，自己的屁股不干净，怎么去说别人？！”李迎春说，“有多少领导就是春抓种，秋抓收，上面开了口又照着葫芦画瓢，年复一年，稀里糊涂过春秋，坐圆了屁股，吃大了肚皮，坑苦了老百姓。”

罗平凡说：“你们可不要总夸奖我了！”

“我们是在总结你的领导经验和方法，仿照学习，绝不是那种投其所好的吹捧，你也不是那种受捧的人。”李迎春说，“我们怎么不吹捧计市长呢？”他说着一下变得激愤起来，“罗书记，你以为都这样客观地认识你吗？不，要是从实际出发都这么认识你，今后芬河市的事情就好办了。你们在国外这几天，芬河市社会上哄哄着两大新闻，一是老部长喝死在酒桌上，二是……”他犹豫了一下说，“说你和白华——桃色新闻！”

“真卑鄙，”史永祥气急败坏，“抓两个家伙起诉他个诬陷罪。”

“唉，”罗平凡轻轻叹口气，“当今社会不少地方，干群矛盾紧张，给领导编顺口溜、传瞎话的比比皆是，让他们说去吧，我们还是现身说法。等经济发展了，人心顺了，就没得编了。”罗平凡这么说，表面比较平静，心里已经沸腾起来。

李迎春接着说：“恐怕不那么简单，单单是老百姓讹传吗，这里能不能有名堂？”他想说又不想说，犹豫一下还是说了：“小高从清河县回来就和我汇报，总觉得有件事不好和罗书记汇报……”

罗平凡忙问：“什么事儿？”

李迎春说：“小高一见到弟妹，弟妹就扑簌簌掉起了眼泪。小高不管怎么问，弟妹就是不说什么。后来小高从你女儿小芸那里套出了几句话，前几天弟妹接到从咱们芬河打去的一个匿名电话，说罗书记找了一个情妇……说得有鼻子有眼。小高猜测，罗书记曾说要将弟妹调市人事局，后来又说缓调，大概就更加引起了弟妹的疑心。”

“哎呀——”史永祥一跺脚，“当时市人事局空一个编制你非要给一个上访落实政策的，我看，赶快把嫂夫人调来。”接着说，“平凡书记，你回清河看看去吧！”

罗平凡笑笑：“你看，能脱得开身吗？”是的，明天下午开大会，完了就到省里报到，老部长的死，两个大项目的等待，还有元宝村上访案也火烧眉毛一样在告急……

罗平凡冷静一下说：“这么样吧，天不早了，都休息吧，有一个问题，你们也动动脑筋，根据我们调查的，要干的，总结出一个精辟的芬河市经济战略的思路和方针来……”

32

经过这一段时间的调查研究和所见所闻，罗平凡觉得首要的是把芬河市工作的重点引领到如何以经济建设为中心的轨道上来，决定召开一个芬河市经济发展战略研讨报告会，除请省内外著名专家讲讲外，他最后要做一个报告，为了少开会、开短会，研讨会召开之前，他请史永祥先沟通形成意见的市委、市政府关于严禁公款大吃大喝的通知，定义为第二号禁令。史永祥提意见说，计时策对这个禁令有些过于敏感，因为刚喝死了老部长，这二号禁令是不是针对他去的，罗平凡让他解释，不是针对哪个人，是针对这种现象，并说明一下，在俄罗斯时就有这个意向了，这事再不能迁就了，“这么一说，”史永祥表态说，“那就硬到底吧。”研讨报告会顺利通过了这个二号禁令。

经济发展战略研讨报告会上，罗平凡讲得兴奋又激动，从国际、国内的开放环境、实践，到芬河市扩大开放具体的优势、规划、措施，讲得人心沸腾，跃跃欲试。罗平凡受到很大安慰，不管有人怎么搞名堂，给自己大造谣言，他觉得，总体上还是人心所向的，同时，心里也清楚，在这特殊的历史时期，即使是人心所向的事情，由于各种条件和因素的制约，也未必能变成现实。那明知山有虎，偏向虎山行，做一次无愧组织带工资上学的七七级大学毕业生。

罗平凡走出会议室，乘坐着国产三菱大吉普一驶上奔往省城的公路，心思立即进入了另一个境地。说句老实话，刚听到老部长餐桌之死的消息时，感到的是吃惊，心里很难过。他对老部长也有尊重和感情。当年，从省委政策研究室去清河县挂职当副书记时，是老部长亲自谈的话，那印象永远难忘，要去锻炼是自己要求，积极写申请给老部长，自己能去上清河县，是老部长同意的。这个老同志和蔼又不失原则。为了感谢老部长，自己花钱买了两条大白鱼送去。后来，老部长让秘书在过春节时给自己送来了两箱新流行的烤串，这明明是一种还情。就是临近要退休这一年，官场对他传说多了，大都是干部问题上多了人情味，少了原则性。其实这也难怪，有人说，目前官场有种普遍存在的五十八现象。官场上一些掌大权的人物批评这种现象，可自己到了这个年龄，也演绎这种现象。

这个事情还没理出个头绪，又一个烦乱悬上心头，怎样解除妻子的误会呢？她身体怎么样呢？应该拐弯多绕八十多公里回家看看，然后再到省城。他看看表，不，绕到清河县在家里待一会儿，天就太晚了，明天早饭后就要开大会，还是先到省里，回来时无论如何绕清河回芬河。对了，还有件事情要找县长，请他派一些稻农，分派到每个乡，今冬就要传授“旱育稀植”“温棚育秧”等技术……

他让司机将车直接开到省委家属大院，轻轻敲敲门，进了老部长家。计时策刚走，家里还有组织部、老干部处的几名工作人员，多数是女同志。老部长的老伴听说芬河市的书记来了，刚刚平静的心情又悲戚起来，一阵痛哭，一阵抱怨，痛哭老部长过早离开人世，抱怨不该让老部长去下面，悲悲切切，泣不成声，痛苦和怨气之中，浸满着对芬河市的不满和谴责，谁也劝不住。随着老部长老伴的哭泣，罗平凡眼圈湿了，几次要掉泪，强忍着咽了回去。

老部长老伴断断续续的哭诉，可以整理连缀成这样一段话：我们家老晋都退休了，就不该管事了。你们芬河市的市长计时策三番两次来电话让去，说是有名干部的事情帮着参谋参谋。我们都退休了，还参谋什么？老部长搞了一辈子组织工作，人心很实，心脏一直不好，不喝酒，怎么也不至于走在酒桌上呀。再说，清清白白一辈子，就是去见马克思，也不能让我们留这个名声去呀……

“有名干部的事帮着参谋参谋？”罗平凡反复琢磨着这句话，是计时策想当市委书记？是曹晓林提拔的事？是尤熠光当组织部长的事？

罗平凡不知该向老部长的老伴说些什么，临走都没解释，什么出国之类，后事已近尾声，他无须再解释什么。能说什么呢，人已经没了，这一来，只不过算是尽份心，可是，一进入这环境，又不知说什么好，心没尽上，反而让老部长老伴又一阵哭诉。不，不单单是哭诉，简直像控告！自己已经不知说什么好了，他尴尬地走出了老部长的家，还应该说，是带着阴影走出了老部长家的。计时策呀计时策，表面上的计时策和背后的计时策太不一样了啊，看来是——树欲静而风不止！史永祥猜测得果然不错。

罗平凡赶到省委召开会议的东方宾馆，先到会务组报到，等进到房间已经很晚了。和他同间住宿的是一名县委书记，桌上扔着领的会议文件袋，床头柜上有喝剩的半杯茶水，人不知哪里去了。罗平凡冲冲澡进了被窝，其实，并没有多少睡意，也不想躺下就入梦乡，脑子很乱，想静静地躺着梳理梳理头绪，最好是等同寝伙伴回来，不然，等你刚睡着，被他一开门惊醒，寒暄几句，就困意全无，很难再入眠。他一次次看表，已经深夜十二点多了，还不见回来，断定这位书记是自找方便去了。其实，何止这一位，许多省城外来开会的领导一签到就无影无踪了。

罗平凡对这种层次很高的会也渐渐淡化了兴趣。他刚任清河县县委书记参加这类全省大规模高层次会议时，心情异常激动，特别是主席台上坐满省领导，台下座无虚席，省里大领导要讲话时，他感到周围的气氛就像奏国歌时一样严肃庄重。从这庄严时刻开始，就开始向松懈降调了，或许是会议多的关系，也许是中央已开过类似会，这里只是传达贯彻，重要精神已通过电视、报纸披露了出来，参加会议的头头们都把开这种会看成是休息，也看成是跑跑省有关部门的大好机会。因为有材料，听一会儿就溜之乎也的大有人在，讨论的时候就几乎没人溜了，这种会大多是一个市、地划分一个讨论组，市、地的主要头头想溜，碍于是讨论组的召集人。划分到组里的区、县委书记，县长们想溜，碍于召集人是现管，还要装模作样，也就借机会表现表现，只要有一个会议话题为由头，联系自己那里的工作，就开始吹吹乎乎；只要召集人一插话表扬赞许上几句，另一发言的就应和着吹，一个接一个地吹起来。了解内情的人都能觉得出已经吹得暴土扬场，乌烟瘴气，有的还在加码吹，谁都明白这是吹，谁又打着反对弄虚作假，高唱着要“实事求是”的调子也在吹，你吹我吹，就这样大家齐心协力吹出了一个用字码做载体的大好形势。等吹得差不多了，会议还安排继续讨论，头头们只要又有一个人调节空气，就开始讲段子，先素后荤，虽然不像低俗的人那样扯大膘，也不乏腥味儿。罗平凡还清楚地记得，那是前任省长要退休前召开的那次经济工作会议，大家都知道他不足一个月就到点，对报告讨论起来也就不那么认真了，讨论着，就走了话题。罗平凡看看手表，一点多了，同寝还不见回来，闭了灯索性睡觉了。

出乎罗平凡的意料，这次全省对外扩大开放会议开得别具风采。开始就是梁威书记做报告，他一会儿看稿子，一会儿抛开讲话稿，从国际到国内，从理论到他在沿海地区时的实践，博得了台下一阵又一阵热烈的掌声。使罗平凡奇怪的是，今天大会的气氛，就像他到芬河市任职大会的那天的气氛一样。罗平凡自己也奇怪，自己讲话的思路、风格、措施就像模仿梁书记抄下来的！他太兴奋，太受鼓舞了。

梁书记讲完后，主持会议的省长严肃地强调了要认真讨论的问题，加上梁书记讲话中多次提到干部作风，省长这么一要求，会风来了个一百八十度的大转弯，讨论时间还没到，人们就乖乖地到齐了。

讨论一开始，梁书记让秘书把罗平凡找到办公室，开口就问：“你认为这次会议开得怎么样？”

“我还是第一次参加这种扩大开放工作会议，梁书记报告很有深度，也有鼓舞性。”罗平凡删去了到嘴边的几个修饰词，担心有吹捧之嫌，“梁书记，坐在我周围的几名干部都有这种体会。”

“嗬——”梁威略显笑意，“官场可有个通病啊，尤其有那么一部分人，一个地方每换一名主要领导第一次讲话后，都是好好好，说什么我从来没听过这么好的报告，然后便开始否定上届……”

罗平凡心想，果然猜得不错，急忙说：“梁书记，这种现象的确有，这回确实不是。十一届三中全会近十多年来，我们这里口头上说是开放开放，还是第一次开这样的会议，把扩大开放摆到了省委主要议事日程，确定的开放战略、措施、抓落实的办法都非常好……”

“好，不说这个了。”梁威是个很有个性、处理问题果断的领导干部，说话很坦率，“芬河市这地方怎么就好别出心裁呢。你看看吧，你刚去这么短时间，就有两件事轰动全省，你上任前挨打，老部长又死在饭桌上……”

罗平凡的心怦怦跳起来，是不是传说中自己的桃色新闻也到了梁威耳朵里呢？

梁书记说：“计时策让我批评了，不过，你是芬河市领导班子的班长，不论老部长出事的时候你在不在，你都有责任，一定要尽快搞清楚，到底是怎么回事。还有，一定要管好班子，调动大家的积极性，使那里的经济和社会风气尽快有一个大的好转，为省委指导面上的工作探索些经验……当然，也不能操之过急……”

罗平凡的心算是平静了一些，他有好多话想要对梁书记说，换届人选问题，老部长老伴说的一些话引起的思想，但又觉得太琐碎了，况且还没有确凿证据，只是听说，念头一闪，又犹豫起来。

梁书记一转话题问：“到任这段时间，感到怎么样？”

罗平凡毫不掩饰地说：“梁书记，我去芬河市虽然时间不长，一直在基层跑，有四点感觉很明显，一是那里的领导们热衷于搞眼皮政绩。说白了，就是热衷于搞城市建设。你执政修几条路，我上来就要修几座立交桥，其实与经济发展的速度很不相称。盖了楼修了路，表面富丽堂皇，内里十分空虚，多数企业难以维持，都不去认真研究经济和发展问题，我觉得这是种虚假繁荣。”他接着列举了芬河市城建与经济的一些数字说："我说过一句俏皮话，这种表面繁荣，内里空虚，像是一朵'骷髅上的鲜花'……"

"好！"梁书记插话，"继续说。"

罗平凡说："二是虚夸风严重，从上到下乱报数字，用数字垒政绩。我认真剖析了一下芬河市的经济发展数字，从上到下虚数为百分之五十，群众称我们书记、市长是半个书记和半个市长。起初这么说，我还以为是从芬河市规格高半格说的，真正的含意是在这里；三是扩大开放力度太小，说在嘴上，而不是抓在手上；四是由于领导作风、腐败现象、经济不景气等各种原因，群众情绪不好，积怨太深，老百姓上访告状的太多太多，我在清河县时，这些问题也有体现，但不明显……还有一点，不少领导干部上行下效，创造能力差，不注意研究经济发展战略，还是计划经济时那一套，习惯于开会布置工作……"

"平凡同志，"梁书记听得很认真，"你通过调查研究，有些初步想法没有？面对这么多问题，应该怎么办？从哪里入手？"

罗平凡说："我来前开了个经济发展战略研讨大会，做了个报告，正让全市上下讨论这个问题，我只是有个初步想法。"

梁书记忙问："什么初步想法？"

"一个初步的经济发展战略方针，"罗平凡说，"总体是一岸带全面，两轮互促进，三加促发展。"

梁书记步步紧逼："细说说。"

罗平凡说："一岸带全面，就是依靠口岸扩大开放来带动全市经济工作发展；两轮互促进，就是把发展内地经济与在俄建批发出口市场作为经济发展的两个轮子互相促进，经济发展促进了贸易，贸易额增大又促进内地经济发展，用互促来实现大发展；三加就是加深改革，加速开发，加快开放……"他接着讲了些具体项目。

"好！"梁威一拍桌子，高兴地站起来说，"你总结的那四点感觉，正是目前普遍存在的弊端，也可说叫腐败现象，有些地方明显，有些地方不明显。你制定的这个经济发展战略精辟而具有针对性和可操作性，你把它抓出成效来，省委就有指导面上的典型了！我已经看出来了，你先从发展经济入手提高人民生活水平来凝聚人心，是要最后再下大力气治理社会风气和党内腐败现象，切入点很好，这是领导艺术……"

罗平凡点点头："腐败现象、不正之风也要下气力抓。我已经下发了第二道禁令，一动真格的效果很好……”他把详细情况说了一遍。

“平凡同志，好啊——”梁威觉得这个年轻市委书记的思路、作风竟和自己这么合拍，对于起用这样一个难得人才感到很兴奋。他从办公桌抽屉里拿出一本书朝罗平凡坐的沙发走来说：“要实施好你制定的经济发展战略，还要牢牢掌握领导艺术的最基本方法……”

罗平凡恭敬地要站起来，梁威说：“你坐，你坐。”说着也坐在沙发上，左手拿着书，右手点划着说：“一位在美国任教授的朋友给我寄来一本书……”

罗平凡侧身一看书皮，书名叫《领袖论》。梁威说：“这是受西方社会推崇的一本著作。”他接着翻开内里的一个折叠页往罗平凡一边一斜身说：“这里引用了毛泽东同志的一段话：要联系群众，就要按着群众的需要和自愿……这里是两条原则：一条是群众的实际上的需要，而不是我们脑子幻想出来的；一条是群众的自愿，由群众自己下决心，而不是由我们代替群众下决心，我们必须关心群众的疾苦，从土地到柴、米、油、盐等问题……我们必须从这些具体的事情中帮助他们了解我们所提出的最高任务……这就是领导艺术的基本方法。”他合上书继续说，“应该说，西方推崇这本书，推崇这段精辟的论述，是作为领导艺术来运用的，他们运用它，根本不了解毛泽东同志是从我们党同群众的血肉联系，是从党的全心全意为人民服务的宗旨提出来的。刚才你说的那四点，群众上访多，群众情绪急躁，在我脑子里引起强烈的信号，像毛泽东同志所说，如果不运用这一领导艺术的基本方法，就不能实现你提出的经济发展战略这一‘最高任务’。因此，要善于运用这一艺术方法，用实践去理顺群众的情绪……”

普通易懂的道理，罗平凡听起来却像入神入迷一样。梁威侃侃道来，也显得那样津津有味，他讲得更来劲了：“第一，理顺群众情绪，就要实事求是地正视改革中出现的客观矛盾。由于我们处在初级阶段，生产力不发达，改革中又引起了新旧体制的矛盾冲突，出现一些这样那样的问题总是难免的，比如工业普遍不景气，要让群众理解，主要还是个体制和机制问题，引导群众支持改革，这就是你说的那个‘三加促发展’中要加深改革、理顺群众情绪时务必注意的。第二，我们党的领导干部理顺群众情绪，一定要树立民本思想，即要积极主动地满足群众提出的各种要求，一时满足不了的，要做耐心细致的思想疏导工作。元宝村的村民截我车的问题，屡屡上访问题，至今你们没摆上日程，这类事情决不能轻视……当然了，你刚去，千头万绪……”

罗平凡想解释，又觉得说不出，他确实是想亲自去调查、处理元宝村的上访问题，确实是计时策一下子接了过去。计时策也不是不想去解决，老部长这一死，把他拖住了。罗平凡不想多解释，只是说：“梁书记，你这一讲，我更加明了了。这次回去以后，我亲自处理好元宝村上访问题，并要求全市干部按您的要求，学会这一领导艺术的基本方法。”

“我相信你能做好。”梁威书记点点头，继续说，“当前，一些地方的老百姓给领导编顺口溜的现象，体现了群众一种情绪，暴露出了干群之间的一些矛盾，甚至有的顺口溜很尖锐。听说，芬河市有人编的顺口溜就流传很广，这也代表了群众一种情绪。对于群众情绪一时激烈的，当然最好是就地化解，一时化解不了，要切实维护群众的权利，保证群众向上反映问题的渠道畅通，否则就会激化矛盾……”

“梁书记——”罗平凡说，“你的一席话，使我更加深了对一个深刻道理的理解，不学会这一基本领导艺术，就一事无成。毛泽东同志的话多么伟大——群众是真正的英雄。”

梁威高兴了，他正要用来作为总结语的话，不料从罗平凡的口里说出来了，再一次为这位年轻人高兴、感叹，真是心有灵犀一点通呀！他兴奋地站起来，用幽默而玩笑般的口气说：“平凡同志，我们俩不是在照着本子说相声，演双人剧吧，我用毛泽东同志的话开头，你用毛泽东同志的话来结尾，有意思，有意思……”他拿着书站起来握着罗平凡的手说，“平凡同志，就把这本美国朋友送给我的书送给你吧——”接着，还提笔签了赠书题字：党的工作，就是新工作。

罗平凡回到讨论组，这一下午虽说已近尾声，与会者情绪仍很激昂。第二天又讨论了一上午，下午由主持大会的省长做总结，结束了会议。罗平凡一走出会议室，被纪检委案件室的主任叫到一边说：“罗书记，最近连续收到一些告你的信。”罗平凡问：“什么内容？”主任回答说：“几乎都是告你和一个叫白华的美发中心老板有不正当关系，有写给省信访办的，有写给纪委领导的，有省委办公厅转给我们的。”罗平凡情不自禁地冒了一句：“怎么？你们要去查查？”主任说：“不，纪委领导让我和你谈一谈，也就是告诫一下，有则改之，无则加勉。”罗平凡说：“谢谢了。这样吧，我有急事需要马上回去，找个机会你们去查查吧。”说完抽身走了。

国产三菱大吉普出了省城，一直朝清河县驶。罗平凡在会议期间本已找到了县长，请求派些有经验的稻农、菜农去芬河市做指导，县长也已满口答应。这次来，他又找到主管农业的副县长和农委主任，点了一些熟悉的名字。副县长和农委主任说，马上就着手落实，一再保证请罗书记放心。他急忙赶到家门口，怎么敲门也不开，打电话也不接，因匆匆到省城开会，把这边的一串钥匙都放在办公桌忘带了。他急得火烧火燎，一直敲了一个多小时的门，中间还不时拨打电话，无奈，只好进了车里，打开车灯，写了一封信从门缝塞了进去，急匆匆乘车奔芬河市而去。

33

计时策是硬着头皮把老部长的尸体护送到省城的，没少听冷言冷语，没少受冷落，他还真从来没受过，这回都受了。特别是让梁威书记狠狠批评了一顿，窝火得一宿没合眼。但他见到熟人，仍表现得很平静。安葬老部长时，即使是受冷落、遭冷语，包括梁威书记批评时，他都表现得那样痛苦，又让人觉得真无可奈何。他一直陪同将老部长的遗体送到火葬场，还亲自买了骨灰盒，将骨灰盒存放进了安息堂。正好和罗平凡来省城开会的时间相交叉，匆匆赶回了芬河市。

计时策一回到芬河市，心绪纷乱中一气又遇上了三件不愉快的事。

第一件事：他刚到楼门口下了车，二妮正风风火火地走出楼门，看那样子准是到家里去没有找到，一见到计市长便不由分说："计市长，我家尤熠亮背这口黑锅啥时候能给卸掉呀？！"计时策故作莫名其妙："怎么叫背黑锅呢？"二妮忍不住了："不叫背黑锅叫啥？尤熠光打了罗书记，愣往我们家尤熠亮的头上扣屎盆子。我听尤熠光话里话外，像是你知道这事呀，你要是不知道，我可就要说道说道了……"计时策想要打马虎眼："好，我有急事，等有时间你详细和我说说是怎么回事……"说着就要上楼，二妮堵住不让步："不行，我找你太费劲了，现在就说，几句话就完……你要是不听，我就去找罗书记……"司机见二妮缠着计时策，急忙给尤熠亮打电话。尤熠亮自知没招儿，打电话找到尤熠光，兄弟二人一起来到计时策家门口。计时策一见尤熠光，对老部长之死，本来就对他一肚子气，但不能明发，只是在心里呼呼烧着没冒出来。这回有了发泄的话题，厉声说："你们连自己的家属都管不好，还是称职的领导干部吗……"有些刺激的话一到嘴边又咽了回去。

计时策太能忍，肚子里也太能装了，事到如今，不能忍不行，不能装也不行，尤熠光省里有人呀！还有，给省里领导送保姆，特别是那个小月，也是他计时策的主意。

最后，还是尤熠光又显威力，把二妮镇住了。尤熠亮心里很矛盾，最后对计时策说："计市长，我待着难受呀，怎么也得给我找点儿事干呀。"计时策说：

“别着急，慢慢会有办法的。”他说完，又觉得后怕了，怎么能说这话呢？哎，主要是脑子里太乱了，太乱了……

第二件事：他进屋还没坐下，小林就气呼呼地从卧室里蹿出来，气急败坏地说：“爸爸，姓罗的这小子这不是骑在咱脖子上拉屎吗？”计时策问：“小林，怎么啦？”小林说：“我从俄罗斯进了一车甲鱼，在俄罗斯口岸验关时，赶上他去俄罗斯回来，人家俄罗斯海关都不管，我疏通好了，他妈的，他姓罗的狗咬耗子多管闲事，还知道是我的货，硬逼着押车的把甲鱼倒进江里了。”计时策知道小林一急眼什么事情都能干出来，心里明白，不能再放纵或怂恿他了，说：“小林，这事情不能全怪罗书记。口岸委和我说了，俄罗斯萨巴洛夫市长几次提出这事了，知道你是我的儿子，才没再干预。罗书记不管你，我也该管管了。”他把语气说重后停停，又变缓地说，“小林呀，你还年轻，做生意也要注意政治，特别是咱们这种干部家庭里，就更应该注意。我和你说过，大概你还记得，你刚要成立公司做生意时我就告诉你，中央和省里的文件中，领导讲话中多次提到领导干部子女、配偶不准经商。我为什么同意你干了呢？我听说，也见到，从中央到地方好多干部子女都在经商，而且经大商，赚大钱，这个所说的‘不准’不过是纪律约束，并不是法律。说是不准，就是做了也没见制裁谁，所以，这是个法律与纪律之间的擦边球。再说淡了呢，这种做生意，你只要不打老子旗号，我也不吱声，让别人心领神会地去支持你，只要不犯党纪国法，也难治罪，按生意经做生意，有什么呢？所以，这又是一个纪律与情理之间的擦边球。不少当官的看准了这一点，有的是干部暗示怂恿，有的是干部子女主动挺身而出，全国到处可见这些人在刷刷刷、嚓嚓嚓打这个擦边球……”他说到这里，见小林默不做声，又加重语气，“打好这个擦边球，所说犯规不犯规的，重要的一条‘规’就是要注意政治……”

“哎呀，”小林赌气地说，“我的爸爸呀，注意政治，注意政治！注意政治能注意来钱吗？”说完，双手抱头往沙发上一坐，生起了闷气儿。

计时策也往沙发上一坐：“小林，这你就不懂事了。地区胡书记常在干部会上讲，当领导干部的一定要懂辩证法。小林，你打这个擦边球就得有辩证法的学问呀，注意好政治了，球打好了，效益常有；注意不到，触犯到了这个‘擦’外的法规纪律，不但没了效益，还会导致难以想象的后果……”

小林不吱声了。计时策心里却不平静，罗平凡这是硬往我眼里揉沙子哩，硬把党政两个一把手的关系往僵化上加温。你罗平凡要是懂领导艺术，顾全大局，可以把这一车甲鱼放过来，严令下不为例嘛，或者是让我出面干预嘛……

好，走着瞧吧，我计时策的肚子里就是能吃能咽，不是不报，时机不到！

第三件事：计时策知道已基本说服了小林，刚脱掉西服挂在衣架上，正要摘领带，电话铃响了。他接起一听，是计委主任。“计市长，昨天，史永祥秘书长找我到他办公室，传达罗书记的指示，说是要把建市委大楼的项目书撤回，那七千万的项目款，要用到水田改造和出口蔬菜基地建设上，说是给您打了电话，您同意了。”“什么？什么……我同意了？！”计时策随着话出口，突然想起在模模糊糊的记忆里，史永祥是打了电话，接电话时，正在老部长家，身边一片悲切泪水，再说，又刚让梁威训了一顿，没加思索就哼哈应了一声，这回自己清醒过来，他罗平凡我商量的意见都没有，就要撤上报的项目书，眼里还有没有我计时策这个市长了？当不上书记，我还是市长嘛，这完全是行政上的事情……又一想，罗平凡东西能站住脚呀，僵下去恐怕不好，中央和省里三令五申要慎重建楼堂馆所，何况，原先需建市委大楼，是有把握自己要当市委书记，去他妈的，愿怎么就怎么吧，“是是是，我同意了，就按罗书记的指示办！”放下电话，他的心盘上又增加上一块嫉恶罗平凡的砝码。

丽娜疼痛难忍，见丈夫心情烦躁，乱事缠身，枯瘦的面孔上强挤笑容，表示自己还好，让计时策好好休息。计时策吃完晚饭时，小林早一赌气不知哪里去了，小姨子秀娜一再调情，他也难入境地。他躺到书房的床上进了被窝，秀娜瞧准姐姐不注意，偷偷溜了进来，费尽极大努力，计时策才算完成了任务。不管金秀娜怎么拥抱、挑逗，他抱着秀娜，脑子里翻腾的一直是老部长死在饭桌上的情景，老部长老伴抽搐般的哭泣，梁威的训斥，小林的暴跳，计委主任的来电……

计时策睡了醒，醒了睡，这是从来没有过的事情。不知睡睡醒醒多少次，几次醒来看看手表，看看窗户，总算挨到了天亮，挨到了上班。可是，又没有什么重要事情等着去做。

他刚坐下，机要员进来递上一个文件说：“计市长，请您阅批一下这份紧急明传电报。”

计时策急忙翻开文件看起来：

罗平凡、计时策同志：

今天早八时五十分，省委、省政府两位主要领导分别收到你芬河市元宝村一名自称是“反腐败小组”名叫蒋永庆打的电话，口口声声说领导说话不算数，省和地区领导都口头答应要很好地调查处理元宝村农民反映的问题，可就是迟迟不动，眼前又有一千多名村民正准备出发集体上访。之前，梁书记曾就此做过批示，省委、省政府主要领导要求你们，必须立即派调查组去元宝村调查研究，做耐心细致的思想工作，就地化解矛盾，切实把群众上访问题解决在当地，严格控制越级上访。如不及时处理，造成严重后果，要追究市、乡主要领导的责任，请将落实情况，于今天下午报省信访办。

省信访领导办公室

一九九 × 年 × 月 × 日

计时策还没有看完明传电报，电话铃响了。

“喂，计市长吗？我是元宝杨小柳……”

“行了，行了，”计时策心急火燎地截断了杨小柳的话，“别的事先别说了，元宝村上访闹事的情况怎样了？”

杨小柳回答：“计市长，我正是为这事呢，情况十分紧急，我给罗书记挂了手机，罗书记说他在省里开会，让我向您汇报。”

计时策催促：“说吧，说吧。”

“好。”杨小柳说，“就是你下令要拘留三个上访的村民，只拘留了两个，跑掉的那一个。罗书记上次来时，村民们大闹，提出放人，罗书记把那两个放回来以后，他不知躲在什么地方听到信儿，也回来了，他吵得最欢。”他停下来接着说，“计市长，情况很紧急，我派乡干部和派出所的干警去维护治安秩序，劝阻越级上访。这个蒋永庆大肆鼓动，扬言乡政府是来镇压农民上访的。元宝村的男女老少，几百口子几乎都出来了，有拎棒子的，拿叉子、铁锹、洋镐的，势头不好呀。省信访办不知怎么知道了信息，刚才来电话问情况，我说您正在组织劝阻，省信访办有话，要把情况随时向上反映……”

“他娘的，还拎棒子、扛镐头，要起义反共产党怎么的！如果商量都不行，还怎么的，听兔子叫唤还不种黄豆了。”计时策很少骂人，这时出口不逊了，“蒋永庆？元宝村合资项目设备被盗，他不就是那个嫌疑犯吗？”

“是，就是他。”

计时策皱眉头盘算，是要正确处理人民内部矛盾，是不要激化矛盾，是要对上访群众做耐心细致的思想工作，但抓破坏经济建设的嫌疑犯总没毛病吧。对，处理元宝村的群众上访案，就以抓蒋永庆为切入点，杀一儆百，敲山震虎，让那些成天闹着上访的也瞧瞧！

主意拿定，说了声我马上就到，亲自去村里解决群众上访问题。他把“亲自”两个字咬得特别重，像是有点委屈，一个堂堂的市长怎么能到村里亲自去处理这种鸡毛蒜皮的事儿呢；又像是一种威风，市长“亲自”的事情并不是太多的，只是身边的人才知道这个“亲自”的分量。以往只要“亲自”到哪里，哪里就像挟风闪电一样，警车开道，前簇后拥，不知有多少人在暗地里准备餐宿，做安全保卫工作；以往，计市长到哪里，都是怕集体上访的群众堵路拦车给市长找麻烦，这次，计市长要亲自冲着上访群众去，分量还不重，风度还不够吗？

他从贴心兜取下钢笔，在“明传电报”上重重地批了一句话：“我亲自带迎春、晓林副书记及信访、公安等有关部门去处理元宝村群众集体上访问题，请市委、市政府各位领导并人大、政协主要领导同志阅知。”最后签落上“计时策”三个字，像是龙飞凤舞，又像在专横跋扈，连那年月日写得都是洋洋洒洒的神采，这一改常态的签署落字，像是要留给历史什么珍贵的纪念。

当然，这个签署主要是留给罗平凡看的。他知道罗平凡参加省里的会只有两天，很快就会回来。据估计，他回来时，自己正带领调查组住在元宝村，和最基层的农民兄弟同吃同住研究解决问题。签署意见带上个“迎春副书记”，是经过反复思考的，寓意很多。他从内心里是不愿带他的。自从上次书记会，这个李迎春像换个人似的，对罗平凡布置的工作，风风火火，没早没晚地干。这次带他去，从某种意义上说，体现自己过往不咎，涵养天下。还有一点，就是他分管的常委工作里包含信访工作，还有重要的一条不可告人的杀机……

计时策合上文件，向秘书科的同志口述名单，通知他们马上到自己办公室来。

李迎春、曹晓林以及公安局副局长尤熠光等很快来向计时策报到。计时策简单说明了元宝村村民集体上访的情况后说：“目前，我们正在由计划经济向市场经济过渡，各种利益矛盾摩擦，机制转换，引起一些意见，甚至上访，加之有坏人捣乱，并不奇怪，我们要谨慎从事，妥善处理。我的意见是，这次处理元宝村集体上访问题，采取步步为营的策略……”

“计市长，你说吧，”李迎春虽然工作繁忙，还是表现得很积极主动，“你说说想法，就不用去了，我和晓林书记去就可以了。”

“不不不，”计时策严肃地说，“对于这样重大的信访案件我要亲自去，省政府和我们市签的责任状，我是第一责任人嘛！”他接着说，“据了解，村民上访中有乘机煽动闹事的，那个盗窃合资企业财产的蒋永庆叫嚣得最厉害。我的意见是对上访群众要区别对待，分类处理，先把蒋永庆抓起来。这一步请迎春副书记负责安排。”他瞧瞧李迎春说：“你负责政法嘛，调动二百名公安干警、巡警、武警，全副武装，当然，这只是一种阵势，千万不能开枪，列队进村，警车开道，一进村就用广播喇叭宣传党的政策，强调打击趁群众上访之机浑水摸鱼、煽动闹事的别有用心分子。至于在这阵势中怎样抓获蒋永庆，就由迎春副书记亲自缜密安排了，这是处理这次群访群闹的开局，只能胜不能败，也就是说，不能让蒋永庆再逃跑了。”

“计市长——”李迎春一怔，“这事儿是不是请示一下罗书记？”

计时策心里不高兴，脸上并没有明显表示，轻蔑带笑地说：“这点事儿，我们这么多人还处理不了吗？罗书记正在省里开会，让他静下心来想大事儿，干大事儿，我看就别打扰他了。”他一侧脸，“晓林副书记，你说呢？”

曹晓林点点头，又微妙地瞧瞧李迎春点了点头，这也是近来很少有的态度，他知道李迎春在罗平凡身边的分量。

“好吧，”李迎春说，“计市长，一旦蒋永庆又逃跑，第二步呢？”疑虑像团雾在他脑子翻腾起来。

“按我的要求，不应该有第二步。好，那就给以防万一准备个第二步吧！”计时策说，“第一步你和公安局长王晓钟同志冲上去，一旦蒋永庆跑掉，镇不住上访群众，晓林副书记在村头等候着，带领信访办主任谢伟立即进村，开始做群众不准越级上访的思想工作，至于这思想工作怎么做，就由晓林副书记全面考虑，”他瞧瞧曹晓林，“你负责意识形态工作，这就要发挥你的才干和思想政治工作的威力了。”

曹晓林说：“计市长，我想思想政治工作必须和解决村民反映的问题相结合，他们反映的问题我大致知道，该答应哪些，不该答应哪些，我得听听你的意见，或者大致给个原则呀。”

李迎春在旁边一皱眉头，也确实听说蒋永庆这人有盗窃行为。但在这种场合抓人，容易混淆视听，起连锁反应，一旦酿成激发矛盾的残局，自己可就要负主要责任了。计时策呀计时策，你的计谋可真是到家了，一箭双雕呀！处理好了是你的功劳，处理不好是我的责任……

“你把问题理清楚了，”计时策说，“你去后，我在村头等候着，群众上访队伍稳定了，问的问题清楚了，我就进村，然后……答复群众上访提出的要求。”他扫了屋里所有人一眼说：“这三步也就是说，把我们这次处理元宝村的领导同志分成了三线，迎春副书记和王晓钟属第一线，晓林副书记和谢伟同志属第二线，我属于第三线。把你们推在第一、第二线，我先不去，一是发挥你们的作用，二也是一种策略，做到稳妥解决元宝村整体上访问题，处理好了，总结经验时，也有的话说嘛！”

李迎春心里嘀咕，什么事儿都先想到总结经验，有点儿为难地说：“计市长，两类问题搅在一起了，问题很复杂，这样处理……”

“哎呀——”计时策不屑一顾地说，“问题要不复杂，还要我们这些领导干部做什么？还要我们这些共产党员干什么？”他说着站起来一挥手，“好了，好了，迎春同志，要克服畏难情绪，只能胜，不能败，我知道，你处理问题是有股子劲头的，尽管……”他想带几句过去的“问题”，在这个时候，还是话到嘴边又咽回去了，“如果大家没有意见，迎春同志立即去安排一下，你一安排妥当，我们就出发。”他接着又强调，“时间刻不容缓，蒋永庆正煽动村民们集中，我们一定要争取尽早赶到元宝村。”

元宝村村委会办公室门前挤满了黑压压的人群。这天，正是乡里逢十大集，远处二十多个村子的村民去乡里赶集都要经过元宝村。本村上访的，赶集路过的，男男女女，老老少少，成了一窝蜂，挤成了一个团，水泄不通的人群冲着村办公室的叫喊乱嚷响成了一片，有人还扯出了标语：“严惩腐败分子江永天！”

江永天就是这个村的村长，此时，江永天和杨小柳都在办公室里急得团团转，不知所措。杨小柳好不容易打通了罗平凡的手机。讲明情况后，罗平凡说要立即向计市长汇报，杨小柳说计市长知道了，马上就要到，罗平凡便关了手机。

村办公室右侧小学校广场上开来了一百多台小四轮蹦蹦车，车主们挤在一起喊喊喳喳，严阵以待的样子。口径逐渐统一起来，不是拉着乡亲们去地区、省上访而是等待统一说法，要把这一百多辆小四轮车在火车临通过十分钟前开上火车道，制造阻塞火车事件，目的是引起国家注意，快派人来解决元宝村上访久拖不解决的问题。

“乡亲们，”蒋永庆站在一张从小学校搬来的课桌上，拿着电池话筒，声嘶力竭地喊：“现在，我代表元宝村反腐领导小组发布集资命令：为了我们上访的胜利，每家每户集资二百元，多者不限，今天晚饭前交到我这里来。省委书记梁威光说空话不办实事，市里和地区又是那个味儿，如果再不来人解决问题，我们就把一百多台小四轮车开进火车道，引起国家重视，国家不来人，我们就派一百名代表去北京天安门前静坐，不达目的决不罢休……”

“不好——”人群里不知谁指着路上大喊一声，“市里派警察来抓人啦！”

人群里一阵骚动，众人看去时，只见四辆敞篷教练车上站满了严阵以待的公安和武警战士，汽车正在加足马力，扬起一片片尘土飞驶而来。

蒋永庆见人群骚动，厉声喝道：“乡亲们，谁也不准动，市里抓上访群众是违法的，怎么抓，还得怎么放，不要慌，不要怕！”

四辆车驶到离村办公室大约只有三十多米的地方，一辆车戛然而止，另三辆绕道向其他三个方向三个路口驶去，那阵势像就要包围村子。人们正奇怪，有的老人、孩子开始惊慌，汽车上的高音喇叭传来了激越的声音：“乡亲们，请你们不要慌，我们是受市领导指派来执行紧急任务的，是来抓盗窃逃犯归案的，请你们协助。坏分子已在人民警察的重重包围之中了，请正常上访的乡亲们不要上他们煽动闹事的当，千万……”

喇叭声吸引着群众，那三辆车已从三面与这辆车同时加大马力向人群疾驶而去。车到人群跟前时，个个跳下车的干警“咔咔咔”全部拉响枪栓，显示子弹上膛，其实全是空的，只有尤熠光的手枪压上了子弹。

“蒋永庆，快跑呀——”

随着人群里的惊喊，蒋永庆像猴子一样跳下课桌，扔掉话筒，倏地猫腰进了办公室，冷不防跳出窗户，窜进了办公室房后的玉米地。尤熠光带领干警们追进玉米地抓获的都不是蒋永庆。

尤熠光返回村办公室门前时，激怒的群众响起了呼喊：

“不准把枪口对准老百姓！”

“严惩腐败分子！”

“不获全胜，决不收兵！”

“……”

尤熠光挤进人群，跃上学生课桌大声说：“乡亲们，你们快回去吧，市里不是不重视大家的上访问题，主要是因为这几天太忙。大家商量商量，派五名代表，市领导要亲自听大家的意见，凡是合理的，当场就拍板解决问题。”

“我们不派代表，问题早反映完了！”

“我们不再上当了！”

“快答复我们提出的问题！”

“市里、省里不解决，我们就去北京！”

“……”

叫喊声响成了一片，乱乱哄哄，先是一个，两个，后来接二连三都喊起来。

“说谁是盗窃嫌疑犯？”一个大个子农民一跃跳上课桌，尤熠光冷不防被挤得一趔趄跌了下来。大个子村民说："我叫秦大成，一品百姓，今天我豁出去了。"他指指尤熠光，不屑一顾地说，"还让我们派代表呢，别耍那套耍弄老百姓的鬼把戏了。新来的罗书记答应很快派人来，一晃十多天过去了，也不见人影。我们无奈去省城截了省委书记的车，省委书记说他已批下了文，市里再不解决就去找他，还是空话……"他愤怒地指了指小学校操场上那一百多辆小四轮子，"我们就从路口上把它们开进火车道，堵上两天火车，看中央来不来人解决……"

尤熠光拿出手机，走出人群和计时策通上了话。计时策把尤熠光一通埋怨，二百多干警，四面包围，怎么能连个盗窃嫌疑犯都抓不住呢？然后点名让李迎春去，吩咐说，这回不抓嫌疑犯，要从别有用心的聚众闹事的角度，找准机会，抓他几个。

尤熠光给计时策打电话时，秦大成又大声说："乡亲们，不管市里要什么花招，不解决问题，我们就是不答应。我们估计到，他们可能要抓人，"他指指站在四面路边的公安、武警队伍，"看来，市里是要抓人啦！我们不怕，我们上访有理，我们相信党中央还是为老百姓撑腰的。乡亲们，没拿家什的快回家去拿，不能干等着他们抓呀，手里有家什的就抵挡着，决不能让他们抓去一个人！"他说着见李迎春走了过来又说："乡亲们，市里头头过来了，不要怕，他要真下令开枪，真抓人，咱们就赢了，抓得越多越好……"人群呼啦散开，跑回家拿家什去了。

秦大成的话使李迎春的眼里闪亮了一下，如果说，计时策刚才布置时他还犹豫，现在已经完全清醒了，不能开枪，无论如何不能抓人！

李迎春挤进人群，刚站上课桌，秦大成不让地方，只站个边儿，下面嚷起来，"他说了不算！""他是靠边站的干部！""我们要见计市长！""我们要见罗书记……"他还没等说什么，就被围观的群众故意左拥右挤，把他从课桌上挤下来了。

秦大成见回家的农民拎叉子，扛棍棒，还有拿猎枪的，都呼呼跑了回来，激愤地说："乡亲们！我们眼睛要擦亮，刚才那个尤熠光，是公安局副局长，我认识，口口声声说是抓合资企业的盗窃嫌疑分子呢，屁话去吧，那合资企业占了咱们的地，半拉房茬子挺尸一样好几年了，咋不抓呢！就是拿抓来吓唬咱们老百姓，咱们不怕！"他一拍胸膛嘴里冒出了沫子，"哼，说蒋永庆是盗窃嫌疑犯，有什么证据？我们还怀疑市里的那几个官是贪污犯呢！"他有点儿声嘶力竭了，"蒋永庆替咱老百姓说话，咱就拥护他，抓蒋永庆我们就是决不答应。乡亲们，对不对？”

“对——”

“决不答应！”

“……”

人群里传来异口同声、如雷贯耳的回答，响彻天空，向四处飞扬。

秦大成情绪更加激昂了：“乡亲们，昨天晚上，蒋永庆领着我们反腐败领导小组开了会，主要提出五个问题，要求市里必须答应解决：第一，市里必须公开承认抓人是错误的，计市长批准抓的，计市长就得来元宝村向村民公开道歉，电视台要报道道歉的事情；第二，罢村长江永天的官，改组村委会，来人查处村委会的腐败问题；第三，二轮土地承包调整不合理，要求重分土地，把村里五百亩新开荒地统统分下去，不留腐败田，不让租种得的钱都让村干部吃喝了——”

“好——”人群里响起了一片掌声。

“静一静！”秦大成一挥手说，“第四，计市长引资的陶瓷厂问题，必须由计市长来说清楚，光说设备被盗、外商有意见等破案后再动工，不行，到底干不干了？什么时候干？给我们个准信儿。当时说得好，征谁家的地，谁家派人进厂，招收成全民工，占了地没用的退回来，退不了的，用新开荒地还，征地造成的这三年损失，市里必须如数赔偿……这些问题，我们已经说多少次了，信写了多少封了，我们不能再听这些官僚们的谎言了！”

“对——”

“好——”

“……”

人群里喊着，手举着棍棒和铁锹、铁叉、木棍等。

“乡亲们——”秦大成一挥手，“看来计市长又派了些说了不算的来唬弄我们。我们这么办，兵分两路，一路把小四轮车开进火车道，一路去北京！”

“同意——”

“什么时候行动？”

“……”

群情激昂，乱成了一团，嚷成了一片。

有人喊：“市里又来人啦——”

随着喊声，人们朝路上望去，只见一辆大吉普缓缓驶来，车到人群跟前停下，车门一打开，走下了曹晓林。人群里又呼喊:“不行，他解决不了问题……”

“噢——”

“噢——”

人群里喊着起哄的口号，挤得水泄不通，曹晓林根本就挤不到讲话的课桌上去。

不知谁起的头，人群里一起抑扬顿挫地呼喊起来：“计市长——必须来——计市长——必须来——”

声音一浪高过一浪，搅乱了乡村初秋的宁静。

计时策接了曹晓林的手机电话，加上那呼喊声如排山倒海之势传来，心里有点儿紧张了，他让司机把他扶上路旁一棵老榆树的枝杈上，后身紧靠着树干，拿出望远镜望去，只见举胳膊伸手又呼喊的群众就像大海的浪涛一样。他的手久久举着望远镜想，看来，第一道防线被突破，第二道防线又被突破，自己这第三线非要上去不可了……

“嘻嘻嘻——”电视台的记者摄下了计时策站在树上举望远镜的镜头，突然忍不住笑了。

计时策扭过头怒斥一声：“笑什么？！”

记者急忙回过头去，他当然不能说出是笑什么。他在把摄像机对准树上举望远镜的计时策市长的一刹那，突然想起在哪部写抗日时期的电影里看过这种镜头，一个日本鬼子小队长奉命进村追剿八路军游击队时，怕踩上地雷，怕突然袭来的游击队，就是这样爬上树小心翼翼地举着望远镜担惊受怕地瞧着瞧着，久久不拿下来……

34

罗平凡没有敲开妻子的门，心里火烧火燎地难受，和主管农业的副县长、农委主任谈完所需稻农、菜农数量，到达芬河市的时间，惦着芬河市千头万绪的工作，急匆匆上路了。随着车的颠簸，他猜测，妻子或许是去她妈家了。心想：妻子误会怄气不见自己，早一阵儿晚一阵儿会云散天晴的，芬河市的这些个事可不是早一天晚一天的。杨小柳来电话反映元宝村集体上访形势严峻，让他找计市长请示汇报再没来电话，心里总惦着是回事儿，因为不仅仅是村民的利益、社会的稳定，梁威书记和省信访办都在关注这一上访事件。

罗平凡到芬河市时，已经是小半夜了，他推开车门一迈进院门槛，随着屋门推开闪出一片亮来，屋里拥出一簇男女老少来。史永祥走上前一步说："罗书记，这趟房的邻居们听说你今晚赶回来，说什么也要等着你会邻居。"罗平凡笑着迎上去："谢谢左邻右舍，谢谢乡亲们。"

"罗书记——"一名中年妇女说，"这房子开始收拾时，听说你要来住，我们都不信。这回你真搬来了，那些说你是装洋相的人就没嗑了。"

罗平凡笑笑："这哪是洋相，是土相呀！"

大家都笑了。

史永祥指着中年妇女说："罗书记，这是咱们居民委员会的蔡主任，今后，八小时外，咱们就归蔡主任领导了。"

"蔡主任，你好——"罗平凡去握蔡主任的手，"请你放心，我们一定服从你的领导。"

大家轰地又笑了。

"喂——你们笑什么？"罗平凡一本正经地说，"我在市里是市委书记，在家里是丈夫和爸爸，那么，在这里呢，就是个普通的居民呀。"他指指史永祥，"你陪我在这里住，咱们可不能做超级居民呀"。

"好——"史永祥说，"我一定遵守居民委员会一切纪律和制度，参加居民委员会组织的一切活动。"

蔡主任问："打扫卫生，组织秧歌队，给困难户送温暖活动都能参加？"

“只要在家，只要有时间，”罗平凡接过话来，“保证参加。没说嘛，绝不做超级居民。”

有人一带头，大家都鼓起掌来。

罗平凡说：“有人瞧不起居民委员会主任这个小官，叫我说，这个官儿可不小，市长管什么，居委会主任就管什么，什么计划生育、卫生、社会治安、外来人口登记管理……其实，就像个小市长。蔡主任，我刚有个初步打算，还没酝酿成熟，过些天，想开个全市居民委员会主任会，不，开个小市长会议，布置给你们这些小市长一项重要任务——就是组织居民委员会有劳动能力的闲散人员发展个体私营经济，到时候，要出台一些政策——我想过，这项工作，要是居民委员会重视，就能把个体私营经济发展起来，人家温州，就是家家户户办个体小作坊，小工厂。”

蔡主任高兴地说：“罗书记，你可早点儿组织我们干呀。”她这一说，旁边的人都七嘴八舌起来。她指着罗平凡左侧的一位年纪较大的妇女说，“罗书记，你看看，光说话，都忘了给你介绍介绍了，这位是西头第一家的李大妈。”

罗平凡急忙上前握住手问好：“李大妈，你身体可好吧？”

“好啊好啊。”李大妈双手握着罗平凡的手激动不已，“这么大的官儿，还叫我李大妈，我这一辈子算没白活呀。”

罗平凡为和群众的心紧紧连在一起激动不已：“李大妈，你要好好活呀，咱芬河人的日子很快就会好起来。”

蔡主任介绍站在她身边的一位老汉说：“罗书记，我们都叫他老王头，你也这么叫就行，他是西头第二家，在原县糕点厂退休了。厂子不景气，连劳保钱也得不到。他们工人要用厂房办个食用菌厂，他也想算一份去干，听说计市长有话，要动迁盖市委大楼，就没指望了，现在捡破烂呢。”

“老王头，”罗平凡问，“我估计也就是捡个硬纸壳、饮料盒什么的吧，一天能捡多少钱？”

老王头回答：“三四十块钱吧。”

“老王头，”罗平凡拉起他的手说，“我和计市长商量了，你们那个糕点厂不动迁了，该办食用菌厂就办，这个项目不错。”

老王头握着罗平凡的手说：“罗书记，你可真是我们的好父母官呀，糕点厂的工人叫天天不应、叫地地不灵的事情，你给我们做主办成了，我代表大家谢谢你了——”说着就要下跪。

罗平凡一把拽住：“老王头，你这是干什么，咱们可不兴这一套呀——”

说着，他眼圈湿了，中国的老百姓太好了，太容易满足了。他同时也觉得，能和最底层的老百姓血脉相通，真可谓是最神圣的、最大的幸福。

没等蔡主任再介绍，一位中年妇女自我介绍说："罗书记，我叫吴玉清，从东头数第三家，是市纺织厂的女工，下岗了，每天蹲劳务市场卖小工。"

"别着急，用不多久，我就让你当工长！"罗平凡说，"邻居们，走，别在外头站着，进屋坐。"

蔡主任说："罗书记，都快半夜了，你也辛苦了，早点儿休息吧。"

"不不，"罗书记情绪很激昂，"你们这一来，我心里很高兴，疲累劲儿全飞没了。等了我半天，我回来了，你们倒走了，这成什么体统！快进屋，蔡主任，你打头！"

罗平凡进屋一看，刚才左邻右舍等自己时围着圆桌嗑了不少瓜子，对史永祥说："永祥，这回得屈尊你了，烧开水，泡壶茶，我正渴呢。"

大家又重新围坐桌前，边嗑瓜子边唠，史永祥很快端上了一壶新泡好的茶水。

一个中年汉子说："罗书记，还没人介绍我呢，我也自我介绍一下吧。"罗平凡笑笑："是啊，怎么落下一个呢？"

中年汉子说："我住西头第二家，叫马广地，是下乡知青，返城后分配到一个集体企业。企业黄摊了，我在市环卫大队当临时工扫大街。我有个想法，想请书记帮着参谋参谋。"

罗平凡说："好吧，你说。"

"罗书记，"马广地敞开了心怀，"我扫大街，从楼口垃圾桶里掏垃圾时发现，计市长住的那栋楼，前面还有两栋，每天的垃圾里都有不少剩馒头，剩菜，还有发霉的粮食，真是大鼻子他爹——老鼻子了。我想辞职不干了，租下后面那栋动迁了的空房子养猪，那垃圾堆里的剩饭剩菜，准能养个十头八头的。"

"好啊！"罗书记说，"租那栋房子好，因为不用也是闲着嘛，可以便宜点，我给你说话。我给起个名，这个猪场的名字就叫倡廉养猪场！"

"好——"随着马广地的叫好声，屋里的人都不由自主地鼓起掌来。

罗平凡抓起一撮瓜子儿："左邻右舍们有什么事儿尽管说！"

"罗书记，你刚搬这里来，我们真不好意思，要不是看你对老百姓这么热心肠，怎么也不能说。"蔡主任说，"咱们这个居民委员会就两个厕所，有一个已经塌了一半，不遮风不挡雨了。你要是有空早晨起来瞧瞧，男厕那边手里攥着纸儿解大手的排号，女厕那边更不用提了，说句不好听的话，要是坏肚子都得拉裤兜子里。”蔡主任见罗平凡听得很认真，补充说，“排号那阵子，常有人犯口角，什么你来早了，他来晚了的。有的人讽刺挖苦我说，蔡主任呀，一九六一年那阵子自然灾害困难时期发什么粮票，布票，豆腐票，现在不用了，咱居民委员会发上厕所序号票吧，规定谁家几点，免得在这里排号闹意见。”

罗平凡问：“没和城建局反映吗？”

“没少反映呀，”蔡主任说，“光我找城建局长齐贵山就不下二十趟，他今天说来看看，明天说来看看，初一支十五，十五支三十，就这么支我。后来没办法了，我找一个人大代表，去年人代会上为群众上厕所难写了一个提案，听说提案转到了计市长手里，计市长批示说，目前，芬河刚撤县设市不久，城市基础设施建设欠账太多，需要一项一项来，承诺要统一规划全市厕所建设问题，现在重要的问题是筑楼镶边，搞好重点街道的白色路面建设……”

罗平凡听了没有吱声。

蔡主任继续说：“这里的居民一听火了，骂娘声声，别的居民区也有这种情况，全市为厕所问题引起不小的骚动。不知哪些好事者，十多人一齐夜里到市政府门前排大便，气得计时策大发脾气。后来，盖了几个厕所，就再不管了。”

“这样——”罗平凡说，“史秘书长，你通知建委主任齐贵山和主管城建的副市长，明天一早陪我参观群众上厕所现场。”

李大妈坐在罗平凡对面耳不聋、眼不花，弯一下身子问：“罗书记，我有件事不知当说不当说？”

下岗女工吴玉清一听就知道李大妈要说啥，截话说：“李大妈，别说了，清官难断家务事，别给罗书记出难题了。”

“说说吧，”罗平凡在一旁看出了李大妈伤心的样子，鼓励说，“李大妈，没关系，想说啥就说啥。俗话不都说领导就是父母官吗？要看成是父母官，就啥都能说，父母官就啥事都得管。”

“咱们看了，现在有些领导不是父母官呀，纯粹是官老爷，”蔡主任插话，“像罗书记这样的有几个？”接着怂恿李大妈，“你说，要不，你这后半辈子算是窝囊透了。”

“我说就说。”李大妈面对父母官，诉说起了家庭伤心事。

李大妈叫魏冬梅，今年七十三岁，苦苦巴巴，养活七个儿女成了人。有一年年关，家里连续两天揭不开锅了，一个邻居见了，帮不了，又实在看不下眼，联系别人背来半口袋粮食，抱走了小女儿。魏冬梅泪水涟涟，心在颤抖中猛然惊醒一样，趺趺撞撞背着粮跑出去扔下粮袋，抱回来孩子。年关孩子挨饿，父母怎么受得了，怎么办？几个小时以后，她和丈夫拎回了十几斤米。原来，夫妻俩到医院去卖了血。要步入老年的时候，老伴去世了，孩子们也都成人了，有的当了干部，有的当了经理。这七家，在芬河市大搞城市建设热潮中，单位补贴，个人凑份子，都住进了楼房。其他六个儿女把平房都卖了，老大还算是孝敬点儿，把这房子给了她住。老伴去世时，她得了两千多元的工资和丧葬费，李大妈舍不得花。七个儿女都盯着这笔钱。前几天住院出院时，七个儿女谁也不到场，李大妈自己结了账。现在，李大妈靠给别人带孩子维持生活，李大妈曾掉着眼泪说，花掉这一千五百多元就上吊……

罗平凡进入了角色，比听汇报还认真。他气愤地问："李大妈，你没找儿女单位的领导吗？"

"找了，"李大妈说，"人家领导都忙，说给教育，也都没当事儿，儿女们反倒跟我为仇了。"

蔡主任说："我帮李大妈给市里领导写过信，没有回音，我又领李大妈找到市老龄委，主任说帮助协调一次。七个儿女倒是都到了，当面说得好听，就是背后谁也不拿一分钱，都说老太太有钱，等花完了，不会干瞧着。"

"岂有此理，"罗平凡气得把手里的瓜子儿往盘子里一掷，"李大妈不是说，七个儿女中有的还是干部吗？我不敢相信，连父母都不养的人，还能谈得上当共产党的官去为人民服务？！我看，应该把这些人看成是我们贯彻实施党的宗旨的钉子户。"他脸一侧，对史永祥说，"永祥，你想着落实，就说是我说的，每月从他们每个儿女的工资里扣五十元养老金，由单位指定专人按月送给李大妈。等李大妈需要照顾时，李大妈不愿意进敬老院，他们每月还要交钱，给李大妈雇个保姆。"

史永祥说："如果他们捣乱，或者单位协助不积极，就用文件通报，让电视、广播、报纸给他来个综合大曝光。"

罗平凡说："永祥同志，你让民政局，或者是老龄委调查统计一下，全市城乡有多少这样的钉子户，以李大妈的事为突破口，轰一下子。"

蔡主任等听着，觉得这个罗书记比刚接触时体验的、想象的还亲切，见时间晚了，想提议休息，可罗书记仍兴致勃勃，没有与大家分开的意思。

罗平凡说："老蔡，咱们这栋房不是七户吗，算上我才六户呀。"

"罗书记，我刚想说，你可别叫我蔡主任，这个老蔡叫得我心里好舒服。

还缺一户，就是从头数第二间，户主叫张维录，在煤炭局的一个小煤矿上班，听说犯了事儿。”

罗平凡问：“什么事儿？”

蔡主任说：“听说偷了矿上的什么东西，不知到哪儿躲风去了。派出所来他家两次了，只有他的老婆孩子在家，还到我家打听，我也说不清会到哪儿去。”

“怎么，是不是有前科？”罗平凡问，“常偷偷摸摸的吗？”

蔡主任摇摇头：“没发现呀。”

“走，咱们看看去。”罗平凡说，“俗话不是说远亲不如近邻吗，咱们不是邻居吗，老张就是犯了丢脸的事情，咱们左邻右舍也别瞧不起他，大家帮助他嘛。”

李大妈说：“你跑一天了，天又这么晚了，该歇着了，再说，老张家现在该休息了。”

罗平凡摇摇头：“不会，家里摊上事儿，不会睡得那么轻松。”

左邻右舍更感动了，罗书记可真是父母官呀，什么心都操！

蔡主任打头，来到了张维录家门口。正好两名警察站在门口，见了罗平凡，急忙立正恭敬地打招呼：“罗书记好！”

罗书记问：“怎么回事？”

一名警察回答：“罗书记，这家张维录是市跃进煤矿的工人，前天晚上用斧子偷剁了井口旁边的两米半电缆到废品收购站卖了。尤局长接到举报信，派我们来调查了，事实基本清楚。盗窃国家生产用电缆，已经构成严重犯罪，我们来两次，罪犯都不在，这回算是堵住了。”

“罗书记——你可是我们的父母官，要给我们做主呀……”罗平凡刚迈门槛，满脸泪痕的主妇扑通跪到了罗平凡面前，“罗书记呀罗书记，救救我们一家吧！我家孩子他爸不是小偷呀！矿上已经八个月没开工资了，靠我在一家饭店刷碗洗盘子打扫卫生糊口，两个孩子上学交不上学杂费。他爸爸没办法了，到废品收购站问一米电缆能卖多少钱，约莫着两个孩子的学杂费砍了一段卖了……我不让他去砍，他偏要去，我家孩子他爸是个老实人呀，一辈子没偷人家一针一线一根稻草……”她哭泣着，一扭身，冲着两个早吓成一团的孩子劈头盖脸打起来，“不争气的王八羔子，叫你们闹你爸，要上学，要念书，我看把你爸爸闹进笆篱子，咱这日子还怎么过……”

罗平凡欲扶不便，欲说不能，只是说：“起来起来，不要这样，不要打孩子……”

蔡主任急忙拦住不让主妇再打孩子，刚拽住主妇的手，主妇回手抱住她的一条腿号啕大哭起来："蔡主任，我们的好主任呀，你快帮我们全家，跟罗书记求求情。别抓孩子他爸啦……"

两个孩子一男一女，早已成了泪孩儿，一边一个，抱着爸爸的胳膊哭喊着："爸爸，我再也不要钱念书了，再也不要钱念书了……"

罗平凡是个刚性汉子，听着看着，一时不知所措，一阵阵心酸，酸味儿一阵阵加浓，眼眶湿了，腿软了，浑身都充满了酸酥的感觉

"闪开闪开。"警察走上来，手里出示拘留证给罗书记看，"罗书记，这是拘留证。我简单给你汇报一下，我们来两次了，罪犯都不在，罪犯的老婆孩子已经哭闹几次了，我们两个办案的也考虑是个特殊案件，回去请示尤局长；尤局长拿不准，又请示主管公安工作的副市长；副市长也拿不定主意，又请示了计市长。计市长指示说：'法律不相信贫困和眼泪，杀人偿命，犯罪伏法，不能含糊。'"

"让我想想——"罗平凡皱眉想了想，突然问干警，"砍电缆的井口生产没有？"

干警回答："煤炭市场不景气，停产了。李迎春副书记开了会，安排这些井口生产，说是要盖暖窖、温室要用一大批煤，发展出口蔬菜生产。"

罗平凡眼前一亮，这还好，煤井没有生产，他接着对干警说："张维录砍盗电缆确有特殊情况，又是初犯，先不要拘留了，请你们重议一下，还是以法律为准绳。"

"罗书记，"干警递过拘留证说，"我们是执行特殊任务，请您在这上面签个字吧。我俩回去好有个交代。"

史永祥没好气地插话："书记说话了还签什么字？"

"史秘书长，不行。"干警毫不含糊，"我们俩是奉命执行公务，人抓不回去空口无凭。还有，你也知道，交警队长尤熠亮的事出了以后，我们整纪刹风工作抓得很紧。"

"好了，好了。"罗平凡说，"我签。"他略加思考，拿出笔来刚要落字，犹豫了一下，是签给计市长还是主管副市长呢？不，都不能，主意拿定，挥笔落字，"公安局：鉴于张维录盗窃电缆的具体情况，请重议一下再做处理。"最后署上了自己的名字。

两名干警走后，罗平凡对张维录说："你到废品收购站把电缆赎回来，想法再给接连上……"

“不，”张维录激动地说，“罗书记，电缆早被派出所当罪证取走了。钱还没来得及收走。”

“是，是，”罗平凡说，“我怎么糊涂了呢，这样吧，你把钱交到井口去吧。”说着从兜里掏出四百元钱递过去说，“用这个钱先给两个孩子交上学杂费。”

张维录先是不肯接罗平凡的钱，大家劝着说着才算接了。在泪水与感激中，罗平凡离开了张家，也劝大家回去休息，和史永祥回到了新居。

“罗书记——”一进屋，史永祥说，“张维录盗窃一事你感情用事了，计时策市长能不能挑理呀？抓就抓嘛，拘留几天，你再做指示放出来不判罪就完了，这样，恐怕于法不容呀。”

罗平凡心里也觉得是个事儿，嘴上还是说：“做了就不后悔，反正井口没生产，犯不上是破坏生产罪……”他也想过了，计市长会不会就此……他心里一阵烦乱，叹口气说，“永祥，这个时代，当老百姓难，当官也难呀，可谓人人都有难唱曲！”

史永祥感叹说：“我忘记哪位领导人说过，老百姓最伟大，老百姓最可敬，老百姓最可爱，老百姓最可怜。”

罗平凡一听觉得很新鲜，问：“为什么？”

史永祥说：“最伟大是因为他们创造了历史和财富，最可敬是因为他们那种纯朴善良的品格，最可爱是因为他们最通情达理，最可怜是因为他们一些人生活太艰难。”

“有道理，”罗平凡说，“通过今晚和左邻右舍相聚，我更加明白了。目前，我们正从计划经济向市场经济过渡，经济价值观念与道德价值观念正在猛烈撞击的时候，加之官僚主义，腐败现象，一些应该的事情，老百姓也难办。我有个想法，不知成熟不成熟。”

“我感觉到，群众要解决的问题，要求领导要办的事情太多太繁杂，我们想去帮助群众办点实事，其实并不知道应该去做什么群众才最需要。”罗平凡说，“公安部门创造的110报警很受群众欢迎，我们能不能创建一个180群众应急服务中心，仿照110报警的形式，中心一接应急电话，就由值班领导立即派人去解决。我任总指挥、三位副书记任副总指挥，市委、市政府两个班子成员分别为成员，轮流值班，也可以说是个为人民服务站。”

史永祥说：“罗书记，你脑子里创新的东西咋这么多，这是件大好事，是咱们领导干部密切联系群众、为人民服务的有效形式，让我好好想一想，拿出一个方案，然后向市委常委会汇报。”

“好——”罗平凡说，“要快，老百姓有多少事情需要我们去做呀！”

史永祥笑笑：“要快，快快快，你想做每件事情都这么性急，我这个当秘书长的恐怕要吃不消了！”

“我敢说——”罗平凡莞尔一笑，“你这种吃不消要比在地区当办公室主任时那种吃不消好受。这种吃不消里有一种很好受的滋味，对吧？”

“是是，”史永祥看看表说，“平凡书记，已经过十二点了！”

罗平凡一拍史永祥的肩膀说：“急也没用，饭得一口口吃，休息！”

35

距离人群大约有二十米左右，计时策下了车。他正正领带，拽拽西服下襟，心里思忖，这种场合一定得保持威严，往往威严就可使下属或群众不寒而栗。那种不拘小节，领歪衣斜，就不成个领导者形象。那罗平凡要不是穿件夹克衫，衣领上还有汗渍，活像个屯老二，能让尤熠光和司机给打了吗！他发现上访人群开始向他瞧来，在这二十米距离里，一定要走出个样子来，胳膊摆来摆去，要摆出个威风来，两眼正视前方，要视出锐气来。他要让这些闹事的村民们瞧瞧，他出场处理问题，可不是小小的公安局副局长，也不是那两个副书记，而是我计时策——一市之长。

李迎春、曹晓林和尤熠光迎上去，丁奇峰也要去，李迎春说，你就别去了，他们也不熟悉你。丁奇峰留下了，李迎春错半步左右跟随着。计时策步履沉稳，表情端庄，目光严厉，通过人群里闪出的夹缝小道，径直走到了村办公室前的学生课桌跟前。李迎春和曹晓林左右一扶，上了课桌。

丁奇峰心里很不平静，悄悄来到了人群的外围，细细观察着这里的一切。

来了市长，果然和来个公安局副局长、两个副书记不一样，顿时，人群里喊喊喳喳起来，计市长来了，大市长来了，人群的目光全向计时策投去。其实，他在元宝乡工作近十年，并没有来过元宝村，大家只不过是在电视里熟悉了比左邻右舍还熟悉的这张面孔。计时策站稳，扫视一下黑压压的人群，当然，一个也不认识，认识的杨小柳等几个副乡长都在身后。他咽口唾液润润嗓子，脸色由阴变得似晴似阴，扯长音调，不紧不慢地说："乡亲们，你们辛苦了！首先应该说明一下，我从省城刚刚回来就到咱们元宝村来了。我从从内心里对解决你们反映的问题还是很重视的……"

下面有人接话："重视，怎么就是不解决问题？"接着就有人应和："是啊，重视怎么不解决问题？"一声接一声，一声重叠一声，肃静一时的秩序又乱起来。

"静啦，静啦！"尤熠光大喊，"让计市长把话说完嘛，我看谁在捣乱！"

人群静了下来，计时策说："你们选几个代表，到村办公室和我细谈谈要求解决的问题。"

秦大成在一旁大声喊："还谈什么？我们到市里上访，说是找几名代表谈谈，结果呢，把代表一拘留就是半个多月！不用谈了，要反映的问题给省里、地区包括给你计市长不知反映多少次了，想解决问题就快答复。乡亲们，我说呀，他们要是像踢皮球似的耍弄咱们，不想解决问题的话，就干脆说一声，我们找能解决问题的地方去！我不相信，共产党这么大个天下，就没有说理的地方！"他说着，跷脚一挥手大声说："乡亲们，干脆就是当面鼓，对面锣，解不解决问题痛痛快快说，你们说行不行？"

"对，是要当面鼓，对面锣。"

"快答复吧。"

……

人群激昂，呼喊声像排山倒海一样。

计时策从来没受过这个，讲话音调、端庄打扮做成的市长尊严早被这乱糟糟的呼喊声剥得干干净净。刹时间，他觉得个子缩小，脸皮发胀，脑子里嗡嗡嗡像有一群苍蝇在乱飞乱撞，把脑子里撞搅得乱浆浆起来。

尤熠光掏出手枪对准天空开枪示警，大声喊："我看谁再扰乱秩序！计市长有多少耳朵听你们乱戗戗，秦大成要是说完了，另一个人说，说完了举手，允许再说。"

果然奏效，人群里静下来。这一枪，把计市长的威风又提起来不少，脑子里也平静些了。他一看这架势，改变了态度，也改变了口气："乡亲们，不管是到办公室谈，还是在这里谈，都是为了解决问题，大家总得一个个谈嘛。尤局长说得对，我有多少只耳朵听大家这么乱戗戗？！"

秩序果然静了下来。计时策的威风又开始往上升。他镇静一下，给自己打圆场："既然大家不愿意派代表到办公室，那咱们就不派。其实，大家反映要解决的问题早都在我心里了，主要是想请大家派代表再谈一谈还有什么新问题，我这次来带着两位副书记，就统统解决它……在答复大家要解决问题之前，我要说几句必须说的话……"他停停，见人群里更加肃静，心想，对这种无政府状态不能放任自流，必须软硬兼施，又拉开了腔调说，"首先应该肯定地说，元宝村村民们集体上访要求解决问题的出发点和愿望都是好的，是无可挑剔的。造成今天这个局面，对大家也没有可责备的，我应该负有一定的责任，乡党委要负主要领导责任。村支部负有不可推卸的直接领导责任，除了解决大家反映的问题之外，这种严重的官僚主义作风，也要一一追查，认真严肃地处理……”

他扫视一下人群，开始触及上访的实际问题：“第一，市委市政府同意大家的要求，撤销村委会，按着村委会组织法的原则，民主选举村长。第二，村里集体搞的那三百多亩小开荒，怎么就不同意分呢？村里少留一点机动田就可以了嘛，我看留个三十亩、五十亩的就可以，以便有公用占地时，可以做个补偿，这样，第二轮土地承包就不能推倒重来了。‘大稳定，小调整’这是中央制定的政策，有那三百来亩的小开荒，就可以弥补明显人多地少的矛盾了。等新的村委会产生以后，根据大家的意见，拿出个补地的方案，报乡党委审查批准，就可以执行了。第三，关于曝光问题。对大家上访问题，我已经检讨了，这个问题，你们不能太苛求呀！你们看一看，问一问，哪里有对市委、市政府曝光，还在电视上公开做检讨的……”

计时策答复一收尾，秦大成就质问：“计市长，有一个重要问题你怎么不答复呢？我们都想知道，你招商引资的那个陶瓷厂项目这个乱摊子怎么办？征了村民的地怎么办？说是征地户一年后进工厂当全民工，现在算，两年多了，怎么算？还有，光撤销村委会不行吧，那些腐败问题查不查？村里人都说，也有不少看到了，这个合资项目的建筑工程，可是你儿子计小林和村长的儿子合伙找的工程队，都说房小虎提走了建筑款，借丢了点设备为借口，推给村里就不管了。这建筑工程款有问题，回扣不说，造价也有问题……”

计时策想回避这一问题，看来是回避不了了。罗平凡提出要来村处理这一上访案，他也是基于这一点，自己才揽过来的。村里除土地入股外，还有笔贷款投资，这是要害。他估计这里肯定有问题，过去是想推卸自己不知道，都是他们操作的，这下子，这个秦大成已经把小林揭出来了，他也只得以大义灭亲的姿态出现：“乡亲们，这一点请放心，不管是谁，我儿子也罢，村长的儿子也罢，谁有问题就依法处理谁……”上访群众正等待他有点儿具体办法，不料又转了话题：“最后，我还得强调一点，听说那个盗窃合资企业财产的重要嫌疑犯蒋永庆又跑了。他掺在我们上访队伍里这么乱搅，我作为一市之长，作为一级地方政权的主要负责人，不能不向大家严肃地提出——”他开始敲山震虎了，“我们在认真研究处理群众上访、解决人民内部矛盾的同时，也不能忽视敌我性质的坏人乘机捣乱，把水搅混，钻大家上访的空子……”

“我们都是本分老百姓。”

“没有坏人捣乱！”

“怀疑蒋永庆有什么证据？”

“……”

他本想敲山震虎，没曾想没震住，反倒震虎惹怒，虎虎更有生气了。声声质问，像虎啸山涧，震荡回环，如雷贯耳。

“静一静啦，静一静啦——”秦大成一跷脚，挥着手扯着嗓子喊，“瞎戗戗他妈的什么玩意儿……”

人群很快静了下来。

秦大成说：“计市长答应了我们一些上访要求，那些没答应的这么乱戗戗也不是个事儿。只要计市长有诚意就行，乡亲们都等着别动，我们反腐领导小组的成员到村办公室去和计市长细商量商量，行不行？”下面几乎是异口同声地做了回答：“行！”

计市长一听，正是个解围的好机会，再说，他讲话时直冒汗，口也渴了。他和李迎春等一进办公室，只见呼啦一下子，办公室的窗户跟前都围上了人，办公室的门也“咔嚓”一声上了锁。

秦大成晃一下，根本就没进办公室，他一纵身又蹿上课桌，声嘶力竭地说：“乡亲们，计市长是大帽子底下开小差，我们这一逼，答应了点芝麻绿豆粒大点的事儿，光撤村长就行吗？腐败问题怎么查？他根本不提。合资企业的事更是打马虎眼，有他的儿子计小林掺和着，他解决不了。”他一转身对窗跟前的几十个村民说，“前门后窗堵好，不能让他们溜之乎也了！”然后又一挥手指指一百多辆小四轮车子发布命令似的，“谁是驾驶员？赶快各就各位，一个挨一个有秩序地往火车道上开。看来，我们元宝村的上访问题，不惊动中央是解决不了问题了。你们就放心吧，咱们上访有理是无疑的，要是打赢了合资企业的官司，别说一家买一台小四轮子，就是买一辆大四轮子也富富有余……快行动吧！”

挤在人群中的小四轮子驾驶员呼啦一阵风似的跑了，接着一声声“嘟嘟嘟”的小马达启动声，随着烟筒里一股浓黑的油烟排出，一辆辆小四轮车启动了，向火车道进发了……

残阳如血，尘埃飞扬。

这一切，被软禁在村办公室里的计时策听得清清楚楚，特别是听着远处传来轰响成一片的“嘟嘟嘟”“突突突”的小四轮子声，心里毛了。不好，事情要闹大了，火车一堵，从中央到省，还有地区的各种通报，调查组……他眼前一黑，只觉得金花四溅，像从高高的天空往深涧里坠落。

“慢——动——”罗平凡突然在人群里出现了。这情形让丁奇峰吃了一惊，只见他左肩斜背着绳子打捆的简单小行李，办公室主任小高也是这般打扮，紧跟在他身边。他大声呵斥着，挤到课桌前，手扶一下小高的肩头，一跨腿上去了。

“乡亲们——”罗平凡放亮嗓音，“可能你们大多数还都不认识我，那么，我就先自我介绍一下，我是省委刚派到芬河市的市委书记——罗平凡……”许多人细端详，开始和在电视里见到的对号，对，是新来的市委书记罗平凡。他虽然到任不久，流传在乡村里的故事很多，未上任挨警察打，开除交警队长，起用打入冷宫的李书记，要组织种水稻……特别他上次来后，下令放回了计市长拘留的两名村民，在村里也有传闻，都觉得总算有点儿好干部的味儿。

“那些小四轮子车，统统给我站住——”罗平凡大喝一声说，“乡亲们，你们不是说，市里、地区解决不了你们提出的问题才越级上访吗？我看，现在还不到时候！请问，你们认不认账，我这个新来的市委书记上次来后，你们提出放回拘留村民问题，我一听要求有理，当即答应就放了嘛。因为琐事缠身，没来得及继续来调查处理大家提出的所有问题，我承认并检讨过失，但毕竟我是有诚意要解决大家提出的问题的，你们还没让我处理处理，看看怎么样，就这样走，恐怕不合适吧？！”

罗平凡见启动的小四轮子车停了，人群静了，情绪格外激昂，声调也放大起来：“正好，省政府来了一份紧急通知，计时策市长必须马上参加一个会议……”

他刚说到这里，人群里一声呼喊：“计市长走，你就得留下。”罗平凡耸耸肩上的小行李卷儿，用右手一拍又说：“要不是来替换计市长，想把大家提出的问题了解透，研究透，我会背着行李卷打算在这里住下吗？而且我已向地区、省委领导请了假，不管什么会议，也不管来什么客人，我都雷打不动，一直在这里蹲下去，直至把问题调查清楚，处理完。还专门带来了一个调查组，有市农委、招商办、监察局、民政局、检察院、公安局等十三个部门，加上市委办公室的一共十四名干部……”

罗平凡说到这里，不少群众才注意到在他身边十多人都这般背着行李还一起举了举手。罗平凡朝远处一挥手：“公安干警，武警战士们，统统给我撤离——”他猛地一侧身，咄咄逼人地冲着被自己挤下课桌的秦大成说：“我知道，你叫秦大成。在没拿出调查处理问题的结果前，谁要是煽动村民闹事，我就唯谁是问，而且由你负责。”

“那——”秦大成觉得罗平凡像是要戳到了他的额头，往后一闪，其实还离得很远，嗫嚅着说，“我负责——负——责——，有一条，你不能住在村长家，要住在我们村民家。”

“这不用你操闲心！”罗平凡用指责的口吻说，“就由你安排！”

不知为什么，秦大成在这其貌不扬的新任市委书记面前一下子显得那么嘴拙腿软，结结巴巴地回答：“可——以——可以——可——”

罗平凡更加逼人地冲着秦大成，主要是给大家听的：“你不是提出就拘留村民一事，市委市政府必须在电视台承认错误，道歉并曝光吗？要是我处理不好，我还在电视里宣布辞职——告老还乡！要是处理好了，也准备让激化矛盾、企图制造事端的人曝曝光，还要大曝。怎么曝，到时再说。不管怎么曝，有一条是必需的了，那就是要算一下有意制造事端扩大矛盾造成的损失和罪过。”

厉害，厉害，秦大成的心被震撼了。

“小高，”罗平凡像发布命令，“你到村办公室里去通知计市长，马上回市准备一下，去省参加紧急会议。”

秦大成像发傻一样听着瞧着，没有一句话，也没有一点迹象要动手阻拦。小高很快从办公室把计时策领了出来。

计时策知道自己是被村民软禁了，对罗平凡这一来能镇住混乱局面，又喜又忧。喜的是自己解脱，免出大乱子；忧的是他在这里处理问题，能不能拔出萝卜带出泥，牵扯到小林呢？又一想，牵扯又何妨，反正是与我计时策本人没有直接关系，到时候再说嘛。他走到课桌前，握着罗平凡的手激动地说：“罗书记，你辛苦了。”然后，走出人群直奔停候的大吉普而去。他再也要不出来时的威风了。拂在脸上的，夹着两臂的，不管是左来的右来的，似乎都是一种灰溜溜的风。人们在这么看，他自己也这么感觉。这是他计时策在芬河二十多年来，第一次进入这种尴尬的场面和境地。

“秦大成，”罗平凡说，“你既然挑头就挑到底，能代表上访各种意见的村民都给我找几个，比如土地、合资企业、反映腐败等方面，可以多找点没关系，先到办公室来，我讲讲调查组的安排和打算，听听他们的意见。”他接着像教师给学生布置作业一样，“你上这课桌上来，宣布让村民都回家，让开小四轮子的都开回去！”

秦大成满口答应：“是是是。”

村民代表加之调查组全体成员，坐满了村办公室的小会议室。罗平凡没有坐在小主席台上，而是挤在大家中间，听秦大成说，该到的都到了，自己打场子后说："乡亲们，大家是村民代表。我是这么考虑的，把我带来的调查组分三个小组，分别管第二轮土地承包，合资企业，腐败问题，在座的乡亲们根据反映要解决的问题，由秦大成分别分到三个组里去，和我们一起工作。"

"同意！"一位村民喊了一句后，村民们随即一声接一声地喊："同意！同意！"

"大家同意就好。"罗平凡说，"看来，你们反映的腐败和合资企业问题可能认为是最重要的，从每个人的角度，因为涉及切身利益可以这样理解。我觉得这不是我要关注的重点，这点问题，有的都是秃脑瓜子顶上的虱子，只要检察院、公安局、监察院的同志认真负责，只要大家配合，搞清问题，很快拿出处理意见，应该是不成问题的问题。"他说得轻松而自然，"重点是搞好第二轮承包。听说好多村民都要来反映这个问题，希望你们要代表大家说公正话，提供真实情况。你们写的信我看了，元宝村的第二轮承包问题，不算认真，连简单修修补补都没有就算结束了，我建议推倒重来！"

会场响起了稀稀拉拉的掌声。

罗平凡说："我还要强调几句，目前，我国改革成果最明显的就是农村的土地联产承包责任制，这二轮承包能不能搞好，关系到这项改革的成败。我建议，以农委为首的这个组要认真学习中央关于二轮承包的有关文件和政策，既要掌握大稳定、小调整、少留机动田这个基本原则，又要从元宝村的实际出发，灵活地提出符合本村实际情况的处理意见，重要的一条是，要照顾多数农民的利益。所以，这就要把第一轮承包时的政策，这个村的基本情况，实行了这些年以来出现的弊端一一搞清，来不得半点马虎，最后有针对性地提出解决矛盾的办法。其他两个组，也有共性问题，就是一定要把情况搞清楚……"

"罗书记，"杨小柳说，"我建议把合资企业的香港程老板也请来。他很有意见。依我看，拿出妥善解决问题的办法，这个企业还应继续上马。"

罗平凡问："他在什么地方？"

"就在市里，"杨小柳回答，"开了一个大酒店。"

"应该。"罗平凡说，"这事处理不好，影响我们今后的扩大开放，招商引资，一定要掌握一个原则，多给投资商让一些眼前利益，我们从长远利益和社会效益去算总账。"他把组分好后对秦大成说："今晚工作组的住宿都由你来安排，住老乡家，统统交伙食费。你不会再在吃谁住谁上有意见吧？"

秦大成有几分尴尬，点了点头。

"杨小柳同志，"罗平凡说，"你和村长谈一谈，不要闹情绪，要正确对待这次调查，多多配合。你也不参加调查组了，这样好了，陪着我搞搞抽样调查，开开座谈会。”他接着又吩咐小高说，“这次调查，我要做到帅不离位。你给永祥同志打个电话，让他考虑一下有关人员，今晚七点钟在元宝村，对，就是在这个办公室，召开一个市委办公会，研究一下水田开发、蔬菜基地建设、地下要塞储备库问题。再让永祥和外贸局领着叶小冬以及专家们去俄罗斯考察论证组联系一下，问问进度怎样了，给我个信儿”。他扫一下屋里的村民又嘱咐，“来参加会议的，千万别忘了农业银行和发展银行的行长。计市长呢，就让他安心去省里参加会议，可以征求一下他对这几项工作的意见。”

罗平凡这一演绎，村民们相信计市长真的要去省里开什么紧急会议。其实是罗平凡施的调虎离山计。他要是留下，问题已经僵住，难以处理村民上访问题。又据反映说，计市长对开发水田、出口蔬菜基地建设都有点儿意见，曾公开说这么搞，国家、地区要求的种植计划都不考虑了，是不是合适，请农委拿出意见。

夜灯亮了，各调查组分头行动的同时，村办公室灯火通明，市委办公会议开得激昂热烈。李迎春先汇报水田开发方案，不仅处于涝洼地区的乡镇，就连元宝乡不少村的村长、村民们一算旱改水的经济效益，投入和产出比，也都积极性很高。对六千八百万元盖市委办公楼的资金转移安排和良种、育秧栽培等环节的安排，以及蔬菜基地建设，都讨论得细致入微，环环紧扣，步步周全。最后决定，通过元宝村第二轮土地承包出现的问题，由罗平凡亲自抓，总结经验教训，来规范全市矛盾较多的乡村，尽快落实承包方案，以不误秋收结束立即进行土地调整，尽早落实水稻、蔬菜地块，做好实施准备。会议开得正热烈时，在俄罗斯的专家考察组又打来电话，报告了调查、论证顺利，两个大项目都可行，可望早日动工的消息，使办公会议又增加了热烈的气氛。

群情热烈，激情荡漾。会议结束时，东方已经泛白。罗平凡送走常委们和有关部门的领导后对杨小柳说，不惊动老乡了，就在这里的沙发上睡吧。杨小柳执拗不过，只好依了。

罗平凡正要和衣躺下，见丁奇峰的身影从窗前的路上闪过，开门把他叫了下来。

36

罗平凡问："奇峰，你怎么走到这儿了，是不是找我？"

"是，也不是。"丁奇峰看看手表说，"本想和你说几句，又觉得你太累了，就想走，明天抽空再说吧。"

"嘿，咱不是七七级爷们儿吗，"罗平凡笑笑说，"你怎么还娘们儿起来了，你们不也是一样跟着累吗，有话就说！"

"大师兄，"丁志峰咂咂嘴赞叹说，"处理元宝村民上访一事儿太精彩了——"他说着伸出大拇指说："爷们儿，特七七级的爷们儿……"罗平凡被感染来了情绪，朝他肩头猛来一拳说："嘿，你也学会吹捧了！"丁奇峰想要回拳，罗平凡躲一边去了。他收回拳说："我在人群里观察得、听得清清楚楚，刚才，我在散会的人群里听，也问，农民的群情激奋，发展水田补贴的事情我听李迎春书记说，款项已到村里的账户了，加上这一上访事件处理得这么妥当，群众求发展致富的积极性起来了，就像一堆已经点燃了的干柴，咱们可得引导好了呀！我觉得，你就是新时期的焦裕禄，当年，焦裕禄是带领兰考人民治沙解贫，你如今是带领芬河人民治乱致富……"

"停——"罗平凡说，"这话只能是老同学背后开开玩笑，当旁人可不能乱说呀，特别是叶小冬那小子，嘴快……你说，怎么引导好？"

"那当然了，只能是背后这么说，"丁奇峰忍不住转了话题说，"我在你忙中偷闲，通过调查发现，要发展现代化高科技农业，这里缺的是人才……"

"好，说得好——"罗平凡问，"你说该怎么办？"

丁奇峰说："我想，能不能引进些农大毕业的七七级爷们儿……"

"我也想过，"罗平凡说，"恐怕很难，现在，到处缺人才，听说有的地方为争七七级毕业生都打起来了，特别是我们这种七七级爷们儿生，有实践经验，又学了知识……"

"你听我说，"丁奇峰说，"这件事情别人干不成，只有你这个七七级爷们儿的爷们儿才能干成，别的农大是没门儿，你想呀，你是咱温春农学院的学生会主席，在学校就有号召力……"丁奇峰开个玩笑说："那几个对你好的女生，你一动员就能颠颠跑来！”

“拉倒吧，可别开国际玩笑了……”罗平凡想起了和妻子的纠结说，“可别没事儿找事儿了。”

“你我的女人都心细如牛毛，”丁奇峰说，“嫂子的事情我去搞定。”

“不赖人家心细如牛毛，”罗平凡说，“现在婚姻开放，不能让人家不多想……

罗平凡说：“你的婚姻问题，我知道这怨你爱人，她去过学院看你，我可以断定是个厚道老实人，你要允许人家有过失，何况说，一日夫妻百日恩，你要复婚才是咱七七级的真爷们儿……”不容丁奇峰说话，罗平凡指着他说：“你这事儿我搞定了！我就不相信，你不想孩子，嘿，让我看到了，那天晚上，你偷偷看夹在钱包里你两口子和孩子的照片呢！”丁奇峰尴尬地笑了：“现在太忙，你的和我的老婆出现的这些新情况，容我缓一缓处理。还是说引进人才的事儿，还有，你在清河县当过副书记，认识各县的领导，你去说一说，引进人才可以下崽儿，用人才培养出有实践经验的人才再输回去，特别是几个水稻大县，他们会同意的！”

“好，你不愧是我的高参呀，”罗平凡说，“我想过，但是又自否了，你这么一说，我有信心了……”

“好，就这么定，天快亮了，你该眯一会儿了，”丁奇峰说，“你忙你的，我明天还要和迎春书记深入研究元宝村旱改水的问题，力争一举成功，后年在全市推广。”

“好吧！”罗平凡说，“你才不愧是咱七七级的爷们儿呢！”

“你也别乱吹捧了——”丁奇峰给了罗平凡一拳走了。

罗平凡确实是太累了。他累的不仅是身子，更主要的是累脑子。他和衣往沙发上一躺，竟连个枕的东西也没有，就和衣睡着了。还打起了轻轻的鼾声。

声声鸡鸣啼破了乡村黎明的寂静，东啼西唱，南起北接，此起彼伏，在清新甜蜜的晨空中传送着，飘荡着。

罗平凡被啼声唤醒，朦胧中睁开眼睛，有一种沉睡了一宿的感觉，一看手表才知道，仅睡了四十八分钟。鸡鸣声声，他并没感到心烦，听来反而觉得那么惬意，那么亲切。他辗转侧身，又闭上眼睛，怕惊动了杨小柳，想再睡一会儿。不料，杨小柳辗转摩擦沙发的声音在向他报告，也睡醒了。索性提议：“小柳，咱俩在村里转转吧！”小柳应声，两人起身一起走出了村办公室。

村街上已经不平静了，有的启动小四轮车去市里卖秋菜，有的牵牛套车要去起土豆，有的开窝门放鸡鸭，有的抱柴做饭，家家炊烟袅袅……看到这些，罗平凡一阵高兴，一场堵塞铁路交通的大越级上访案，终归被制止了。他隐隐感到，如果这次调查处理不妥，再爆发起上访潮，将势不可挡，后果也不堪设想……

他想给史永祥打个电话，但犹豫了，市委办公会结束刚一个小时多点儿，自己睡了四十八分钟，史永祥回市里，大吉普需要跑四十分钟，最快的速度也就是刚躺下进被窝，算了，不能把干部们都累垮了呀。他刚把手机揣进兜里，铃声却响了起来。

“喂——我是李迎春，我犹豫好一阵子才给你打电话。我以为你正在梦里，犹豫中打通了你的手机，原来你还没睡，有件事情着急请示呀。”

“李书记，你在哪？”罗平凡感动地问，“你没休息？”

李迎春回答：“会后，我直接赶到原山乡了，这里是我们市典型的涝洼区，农民对发展水田和蔬菜棚室生产积极性相当高。现在有一个问题，按我们的计划必须把水稻育秧大棚和蔬菜大棚的架子搭起来。我和市有些物资部门联系了，生产资料公司的木杆很少，钢筋倒不缺货，他们答应，需要多少，他们可以立即组织进货。不过，我一算，用钢筋做棚架，成本比较高，农户又是头一年干，村民、村长和乡里的干部都提出要清山砍林，伐一批直径十公分左右的小树做棚架杆，你看怎么样？”

罗平凡一犹豫问：“什么林？”

“野生林，”李迎春回答，“我们市区的山，都是些漫冈，长的是野生林也是杂生林，多是些桦树、杨树、椴树和橡子树，也叫柞树，这种树最多，很难成材，长个十年八年也不见粗不见长，就像痴呆人似的。”

罗平凡停住脚步：“我在清河县，那里是一马平川，还真没遇到这问题。砍这种树是否合适，需要什么手续？”

李迎春：“这些漫冈林子丛生杂乱，前几年，市林业局曾一次次搞过清山，间伐了一些。只要市林业局批准，写个报告给省林业厅备案就行。”

“这不很简单吗，”罗平凡说，“你就和市林业局说一声，让他们积极支持市委市政府这一重大举措。什么是为经济建设服务？这就是。”

李迎春叹口气：“林业局长一般人不理，他是计市长的弟弟，叫计德山。我给他打电话了，他不耐烦地说，必须请示市政府领导。我又找到主管农业的副市长，副市长说必须请示计市长。”他放大声音强调说：“罗书记，这是一件非办不可的事情，你看，是你和计市长打招呼，还是我直接请示他？”

罗平凡说："你直接请示计市长，就说我说的，然后把情况告诉我。"

罗平凡和杨小柳没走几步，手机又响了，李迎春报告："罗书记，计市长回答很干脆，没打磕儿，说罗书记同意就照办。"罗平凡装起手机，一阵轻松驱光了倦意。

"罗书记，"杨小柳深有感触的样子，"你来芬河市后去省开会日夜兼程，干起工作昼夜不分，我怎么觉得有一种进了'大跃进'年代的感觉呢。"

"哈哈哈——"罗平凡被杨小柳比喻得笑了，"我不是领着大家在搞第二次'大跃进'吧？"

杨小柳急忙解释："'大跃进'，后来不也叫大冒进吗，那是不顾实际情况瞎胡整，劳民伤财；我们这是有的放矢。不不不。"杨小柳连连说，"比喻'大跃进'不好听，不吉利，换个新词儿叫大发展吧"。他不容罗平凡再说什么，感激地说，"罗书记——"他刚想说，"像你这样——"话到嘴边儿担心有吹捧之嫌，忙换口说，"现在干群关系所以紧张，不干正事的干部太多，像我们这种精神头干工作的还有吗？能有多少呢？"

"有有有，肯定不在少数。"罗平凡说，"不管别人，我们还是从自己做起。"

两人说着走着，迎面走来三个村民，走在前头的开口就说："罗书记，别村都在热闹地组织旱改水，建大棚种菜出口，我们这里没人管呀！"

杨小柳说："怎么没人管？村支书呢？"

"人家江村长和计市长是老铁，江村长在村里说一不二，村里事事处处都是村长说了算。你要不说，我们还真忘了村里还有个支书了呢！"

旁边一个村民说："我们要改水田，要盖蔬菜大棚，听说市里投资借款也有我们的份儿，没人组织我们自己干。现在的困难是，想解决点儿木杆。"

罗书记说："这样，刚才我接到了李书记一个电话，已经有办法了。你们找支书，让他去找李书记统筹解决。"

"太好了，"这位农民乘机而入，"罗书记，你给李书记写个条儿吧。"

罗平凡对旁边的杨小柳说："小柳同志，你下令，这项工作由村支书负全责。"杨小柳如实办了。

刚冲出地平线的朝阳，喷出了万道金丝般的光芒。罗平凡和杨小柳肩并肩由东向西，漫步着，交谈着。

"这个村子共多少户？"罗平凡问，"多少年的建村史了？"

杨小柳回答："六百多户，是咱们芬河市最大的村子，传说与建县相伴而生，是第一个移民点。计市长就出生在这个村里。计市长当官以后，他的许多亲属、好友随着进市的不少，江村长也是计市长一个远亲。有人统计过，计市长在市、乡镇机关的近亲远亲共一百二十八人。”

“嗬——”罗平凡还是第一次听人介绍这一情况，他想深问一下又停口了，作为市委书记还是不要向部下有意打听一个主要领导这种容易犯忌讳的话题，转题问，“上次我来村时，村长说这里人均收入二千八百元，准吧？”

杨小柳一皱眉头：“罗书记，允许我对着真领导不说假话吧！你知道老百姓为什么说是半个市，也说市长是半个市长，市委书记是半个市委书记吗？”

罗平凡回答：“高半格嘛。”

杨小柳摇摇头：“真正的含义不在这儿，这是从市统计局传出去的。咱们芬河市从上到下，数字虚一半。卦仙还编了四大虚的民谣，说什么‘领导的肾，统计的表，小姐的感情，林中的鸟’。实在收入也就是一千二百元左右。计市长下了命令，统计局恨不能把村民拉的屎、穿坏的衣服鞋，都让收购站定个废品销售价。统计的数字能虚一半。”

罗平凡笑笑：“这个卦仙可真是芬河市的人物了，某种意义上说，他左右着芬河市的民间舆论呀。”

“是啊，民间舆论也是一种民意，”杨小柳说，“要不，计市长很在乎他呢。”

罗平凡点点头，瞧着眼前一片草房和瓦房相间的村宅说：“村里的砖瓦化率也就是百分之三十吧？”

杨小柳回答说：“撑死。秃脑瓜顶上的虱子明摆着的事情，也要瞪着大眼珠子说谎虚报。市政府为把元宝村报小康村——因为有句话：小康不小康，进村看住房——上报砖瓦化率百分之八十五，比一半还虚十多个百分点。”他感叹说：“罗书记，这些年来我在这里当乡长，当书记，市里一直把元宝乡当典型。别任乡书记会虚能吹，迎合市领导，提拔得快，到了我这里，总是犹犹豫豫，特别是数字问题，我虽然按上级要求报了，总觉得添上一个假数字，就像对父老乡亲亏了一份良心，总而言之，也是虚了。所以，才吊着我，让我一年一年换届时当差额。比较看，因为这里的地理和土壤条件比较好，还是比别的乡镇发展快的。有的乡村乡镇企业还是秃毛儿。这次，罗书记来任市委书记，提议让我做常委实质候选人，其实我心里有愧，也决心，一定在自己身上恢复党的实事求是的优良传统——我豁出来了，相信，人间正道是沧桑！”

罗平凡问：“这怎么还豁出来了呢？”

“我经过一番思想斗争才决定，要向罗书记说实话，不打官腔。我认为，在我们市这弄虚作假的世界里，实事求是也是一场革命呀！”杨小柳瞧一眼罗平凡说，“我刚才在你和李书记的电话里听到了，别看计市长说罗书记怎么定怎么干，计市长深沉得像大海，从前两任市委书记都是匆匆而来，匆匆而去，计市长很会抓人事工作的‘关键’。我不是给罗书记泼冷水，别看我们现在轰轰烈烈，人心所向，计市长会使招儿，他可以把一百度的高温给你一下降到零度。他对前两任是采取不同的两招儿给起走了，难料对你这位新来的罗书记要使什么招儿，可不是省油的灯。”杨小柳又瞧一眼罗平凡说，“罗书记，今天能向你说实话，算是我向党向人民赎罪的开始。我要求不当这个常委候选人，跟着你背水一战，当一天实实在在的官儿，就干一天实实在在的事儿。我心里曾想过，我们明明是乡长，是书记，群众都叫我们半个书记，半个乡长，细品品，是什么滋味？”

“当初，我还以为群众叫我们半个书记，半个市长，是依据我们这里比县高半格呢，原来是一半水分的干部，讽刺得太具体了。”罗平凡心底深处被刺痛了，“实事求是的思想路线，是我们党一切工作的基础和核心，是否跟着这条路线走，不是我能否站住脚的背水一战。而是我们党生死存亡的背水一战。试想，如果都这样欺上瞒下，弄虚作假，我们怎么还能称得上人民公仆？不都成为荒唐官了吗！”

杨小柳点了点头。

“小柳同志，”罗平凡放慢脚步，“我觉得，我国改革开放进行了十多年，不少地方改革最不成功的是工业企业，从最初的承包，发展到租赁，现在所说的转换机制，应该说有进步的成分，也有不成功的因素，标志就是企业没有走出困境，困难企业比比皆是，尽管说得天花乱坠；而改革最成功的还是农村土地联产承包责任制，标志就是亿万农民的积极性被调动起来了，各地，以至全国范围讲，粮食产量大大增加。我认为，仅就这一点，还远远不够，你长期工作在基层，想没想过农村发展到这一步，制约前进的要害应该是什么？将来的方向是什么？”

“罗书记，这是个大题目、深题目，我可要随心所欲地说了。”杨小柳一触即发地打开了话匣子，“某种意义上说，群众是真正的英雄，从另一种意义说，我们的不少农民科技素质不高，小农意识浓厚，制约着农村改革的深入发展。具体打个比方说，大家见老王今年种红小豆的价格好，明年就呼啦一下子都种红小豆，结果红小豆又没了市场，还跌了价；大家见老李家买了台小四轮子到城里建筑工地搞短途运输挣了钱，就家家户户都买小四轮子去市里，结果小四轮子成了灾——”

“看来，如毛泽东同志所说，严重的问题是教育农民，这句话还很有现实意义。”罗平凡问，“面对这样的现实，你认为应该怎么办呢？”

杨小柳说：“毛泽东同志说的‘组织起来’也还有现实意义，要害是两点：一是组织起来找致富门路；二是组织起来找市场。”

罗平凡听着，为之一悦：“怎么找？”

杨小柳回答：“就像你这样，找到了发展水田、出口蔬菜这样的致富门路，找到了俄罗斯这个广阔的需求市场；就像你这样，组织考察、论证，研究如何实施、如何解决实施中的具体困难。”

“噢——”罗平凡说，“怎么又说到我身上了。”

杨小柳说：“我是从你来芬河后，通过你的思路，又身体力行受到的启发。可以说，你的就职演说、处理尤熠亮大会上的讲话以及要组织上的几个大项目，很得基层干部、农民的心。你昨天在群众面前讲的那些，所以能够劝退大家，有你来芬河后的所作所为代表着民意的基础，有着潜在的威力，否则那个场面光凭你那番话是达不到那种效果的。”

“照你这么说，看来，农村实行联产承包后，干部的责任不是小了，而是大了，”罗平凡说，“农村干部不是没事儿干了，而是肩上的担子更重了。”

杨小柳说：“我认为，严重的问题不仅仅是教育农民，更严重的问题是教育农村的基层干部。”

“对，”罗平凡说，“带领群众致富，是教育干部的第一主题。我想了，等水田、蔬菜发展形成规模，我们建立稻米、蔬菜的加工包装工厂，不用农民去一家一户找市场卖，我们统一收购，加工，销售，这就很自然地形成了向市场经济迈进的农业产业化。”

“太好了！”杨小柳说，“罗书记，你去俄罗斯考察的时候，李书记、曹书记分别召集直属单位主要领导开了几个座谈会，广泛征求了意见。大家对你临去省开会前做的那个经济发展战略研讨报告反映强烈，几乎一致感到你的那个‘一岸带全局，两轮互促进，三加促发展’的经济发展战略方针，对我们芬河市来说，太贴切、太有指导性了。”杨小柳像是仍沉浸在讨论的气氛中，“罗书记，你办事情先搞调查研究，做报告讲话，自己动脑动手，对我们启发教育太大了！现在官场上的官僚主义实在严重。你看吧，不大个小官儿，一个县长、县委书记，或是个司局级干部，出门有专车，前面、后面还跟个夹包、开车门的秘书，讲话稿由秘书们写。秘书们整天在办公室里待着，脑子里又没玩意儿，所以，写作任务一下来，就看上级领导讲话，翻报纸。我听过了，大多数讲话都是老三段：第一段是提高认识，第二段是精心组织，第三段是加强领导，成了新时代的八股文。开会不解决大问题，就再开，所以，就成了会议多，文件多。文山会海成了现代的主要特征。我建议，把今天你谈的一些有关今后农村发展的方向性问题，一起写进你的党代会报告中，一定是一个生动活泼、针对性强的好报告，也一定是幅气吞山河叫人兴奋的很快改变芬河面貌的宏伟蓝图，一定不逊于当年焦裕禄那种'为有牺牲多壮志，敢教日月换新天'的改造兰考的气势。"

"嗬，没那么恢宏吧！"罗平凡一侧脸笑笑，"即使有，那也不是我自己的，一些思路不都是你谈的吗，我可不能贪天下之功为己有呀！"

杨小柳也笑了："那就算是来自基层实践，来自基层干部的体会。"

两人会意地笑了。

"小柳同志，你大概体会很深。"罗平凡说，"现在有些人就认为，农村土地承包后，干部事儿少了。依我看，不是少了，而是更多了，更需要了，担子更重了，真真正正地当好一个农村干部更不容易了。"

"罗书记，你说得太实际，太深刻了。"杨小柳说，"只有当上几年乡村干部，才能真正感到农民兄弟的不容易，他们挣的才是真正的血汗钱。农业本身是弱质产业，所承担的自然灾害风险不说，现在官僚主义、腐败现象严重，又给农民加上了一些人为灾害，乱摊派，乱收费，卖粮打白条子——"他越说越激动，"农村改革的成功，我体会，主要成功在农民实行联产承包这种经营机制上。落后的经营方式并没有多大改变，尤其是农民经营上遇到的困难，有的更是不堪重负，特别是咱们芬河市的多数乡镇吃够了涝灾的苦，为了艰苦经营，有的险些命都搭进去了！"他指着前面的一所两间的破草房说，"比如说这老牛家，真像老黄牛那样干。他家分的土地和宝山乡搭界，有两块涝洼地，已经连种三年没收了。农民就是这样嘛，年年不收年年种。后来，他见市里吃喝的人多，抬了三万元钱开了个小羊汤馆。殊不知，经朋友介绍的这家抬钱的是黑社会那伙的，到了三个月没还钱，把他塞进了菜窖里，逼着他写条子让亲属来还钱。我听说以后，和乡里几个干部七凑八凑，才把老牛要回来——"

"黑社会？在哪儿？"

"老牛不敢说，"杨小柳说，"我一再问，他只是惊慌失色。罗书记，现在一个真正的领导干部，要管的事太多，要干的事情也太多，我看，千头万绪，万绪千头，是把经济工作搞上去安抚民心，稳定社会，其他问题就迎刃而解了。”

罗平凡点点头。他觉得，这个乡党委书记还真有些思想，和自己、和史永祥的思维脉络多处相通。自己又和梁威书记的思维脉络多处相通，这说明，在社会主义现代化建设的进程中，志同道合的还是大有人在。

罗平凡让杨小柳打头，到了老牛家一看，真可谓贫困不堪。老牛赶着牛车出去了，家人正在烧火做饭，两个孩子趴在炕上写作业，被子还没叠，一家四口两条被，补丁摞补丁，炕面是用水泥袋子糊的。他从兜里掏出二百元钱送给了孩子，让他俩买笔买本。这种情况，使罗平凡很吃惊，在清河县很少有这样的贫困户。他出门一问，杨小柳说，元宝乡还是全市的小康乡，这样的贫困户都很容易找到，这个村就有三十多户。罗平凡走了二十多户，几乎都是这样，有的比这还贫寒。他连续掏了四个二百元，到第五家时，兜里没得掏了。有些干部特意在电视记者面前，在走访贫困户当着众人时，从兜里掏钱抚慰贫困户，被电视观众斥之是“收买人心”，故意弄景搞宣传。这种舆论，罗平凡听得很多，所以，有清河县电视台记者跟着时，遇到这种情况从心里想做，也不做，回县后再寄去。这回可以不受制约地掏呀掏呀，直到怎么也掏不出来。仿佛这一掏，才是对他迈出这个门槛时的一种慰藉。罗平凡看着，问着，听着，心里簌簌地升起一股股凉气。解放快五十年了，这些农民还在贫困线上挣扎，当然了，农民自身有个努力不努力的问题，我们作为党的领导干部，是不是也应该有责任呢？他思绪万千起来。

杨小柳看看手表说：“罗书记，该吃早饭了。”

罗平凡点点头，随杨小柳朝房东家走去。

这时，外贸局局长和叶小冬下了车，连跑带颠过来向罗平凡报告说：“去俄罗斯的情况良好，已经签订了意向性协议书，待双方互相调查论证后，计划明年即可全部启动。”罗平凡接过意向书看了看说：“太好了，这几个大项目要分别成立筹备小组与对方对接，扎扎实实一步步做好，你们先回去准备材料，待我回去召开常委会认真研究落实措施。”

外贸局长和叶小冬应声走了。

37

计时策挤挤撞撞地走出上访人群，头脑发胀地进了大吉普。大吉普在驶进市区要右转弯奔市政府办公大楼时，他对司机不耐烦地说了一句：“回家！”这时，离下班时间还有五十分钟，要是以往，就是差十分钟，他也要去办公室坐坐，这已经成了多年一贯制的律条。他只要进楼腰一挺，就觉得生尊又生威，哪怕只是一分钟，也是一种享受。他一下车，正巧碰上小姨子秀娜买菜回来走到楼口。

秀娜在前，计时策在后进了门。秀娜说：“姐夫，今天学校里不少老师来看我姐姐，是不是听说什么了，心情真不太好。”

计时策瞧瞧秀娜心不在焉地说：“那能有什么说的，就是他们学校那点儿事儿呗！”

秀娜还想说什么，已经到了门口。他俩走上楼梯要开门时，就听见屋里电话铃响，直到开门进屋还在响。丽娜大概是听到外边脚步声和开锁声了，没去接，只是静静地躺着，没有一点要接电话的意思。近几天来，她一直是这样，只要家里有人，哪怕是秀娜做饭一时倒不出手，她也懒得接，因为每接一次都带来很大疲劳。

“喂，哪位？”秀娜接起电话，“你是——”她话到这里，眼光已经和站在门口的计时策的眼光对直了。她在这里侍候丽娜几个月，也知道干部家庭里的一些玄奥了。此时，正是上班时间，计时策在家里，那就要看来电话的是谁，是什么事情，说不说计时策在家，要看计时策眼色、脸色、手势和对方说话。

“林业局计局长——”秀娜拖长着时间，在看计时策的眼色或手势，因为即便是亲属，在工作方面也看不出计时策有什么两样，故意拖出一句话，“啊，是德山局长——”

计时策一摆手上去拿过电话：“德山呀，什么事？”他急忙补充一句，“我下乡刚回来，满脸灰土土的，就没去办公室。”

“大哥——”

计德山刚一开口，就被计时策顶了回去：“我不是告诉你了吗，在家过年过节团聚时，你叫我大哥，工作时间找我不准这么称呼，让外人一听，像是我搞什么家庭帮派似的。其实，咱们家庭里的人，包括能当上个局长、科长都是经过组织部考核，市委常委会正式任命的，特别是对于你来讲，对亲缘关系和工作要像小葱拌豆腐——一清二白。”

声音很大，丽娜听着听着直皱眉头。

“知道了，知道了——”计德山心里有点不耐烦，这样的训斥已听过几次，但又不能表示出来，说，“李副书记给我打电话，说是请示你了，也请示罗书记了，要清山砍林，低价出售，支持农民们搞水田开发和建蔬菜大棚。是不是按采伐规定办一个手续呀？”

“德山呀，你是林业局长，作为市里一个重要部门的主要领导，怎么这么条条框框。现在是改革开放大发展的年代，不能那么循规蹈矩了。”虽然不是面对面，计时策的表情和语言一样严肃，“邓小平同志说得好，生产力标准嘛，市委书记、市长都说话了，还办什么手续，你眼里还有没有领导了，还有没有市委、市政府了？”他一皱眉头又说：“发展水田和建设出口蔬菜基地可是市委、市政府的重大举措，人民群众的企盼，不得有误，马上告诉乡镇，可以有组织地进山砍，用多少砍多少。”他说到这里，觉得冒了一点，急忙收缩一下，“如果需要个什么向上申报的手续，后补也行嘛。你记住，呈报时一定要让我签字，一定要让我签字……”

计德山放下电话，有点儿发蒙，以往计市长是最循规蹈矩的，今天怎么一反常态呢？他又一琢磨，不对，计市长的闷葫芦里有秘方，他猜着听着社会上各种议论和传闻，从计时策那厉声厉语中觉出了一种味道，不可言状的味道，这不是芬河市长在对自己训话，而是自己的哥哥，是一母同胞。刚想放下电话，他突然问：“计市长，对这些大干快上的历史资料，我是不是需要有关乡镇的林业站去录录像，留点儿资料呀？”

“当然需要——”他脱口而出，又觉得不对劲儿，忙说，“光这一点资料怎么能反映罗书记来后全市大干快上呀，再说，这事儿也不是你们干的，我安排广播电视局记者，全面留资料，不不不，是全面宣传——”

“好吧，我马上通知各乡镇的林业局长，要大开绿灯。”他放下电话暗暗思量，计市长，不，我这个哥哥才真叫搞政治的呢，老谋深算，咬人不露齿，不愧是芬河市的常胜将军。再机灵的鸟，你只要飞进芬河这片天空，飞吧飞吧，别看你飞得欢，到时会有人拉枪栓……

秀娜在厨房忙乎着做饭。

“时策，”丽娜见计时策坐到了自己身边，努力睁大眼睛陌生的样子瞧着他，有气无力地歇歇停停，断断续续地说，“这几天哪，我在想个问题，想了很多很多——”

丽娜歇歇接着说：“你是市长，我是市长的妻子。我俩两小无猜，恋爱时，包括结婚后多少次手牵手跑进树林踏青、采花，多少次肩并肩去商店，你就帮我挑衣服。有一次，我选的裙子你看不中，你选了一件我却看不中，最后，我还是决定买了你看中的那件，虽然样式、颜色不顺我心意，那感情可顺我心意。我一穿上，心里就觉得很舒心，因为，你是用我劝你戒烟省下来的钱给我买的——”

计时策也仿佛回到了那个年代，瞧着丽娜说：“丽娜，你慢点说——”

“最使我难忘、心里最感动的是生小林坐月子。我真没想到，你的心那么细，那么会体贴你的妻子。”丽娜说着，一对泪珠儿涌了出来。计时策急忙给擦了擦，劝她不要激动，慢慢说。她停停，喘了几大口粗气，接着说：“我生下小林那天起，你一直给我烧洗脚水，漱口刷牙，烧完以后，还要放上温度计，热了兑凉的，凉了兑热的，准确无误得正好是三十六点五度，才让我洗脸，洗脚，刷牙漱口。我问，时策呀，怎么这么机械？你说，是在一本什么医学杂志上看到的，女人生孩子坐月子时最怕着凉，一着凉坐下病，就是一辈子的事情，这三十六点五度正好是你的体温。我开玩笑地说，也正好是你的体温。你听了以后，哈哈大笑，说我简直是个诗人，说话真有诗意。你紧紧抱着我亲了又亲，亲不够似的，足足半个小时——”

经这一提醒，计时策也历历在目，点头笑了笑。

“那时候，你不过是刚进市政府机关的普通工作人员，我不过是一个中学的普通老师。”丽娜说着，又有点儿激动了，但忍住了，“你看到我傍晚身上沾有粉笔末回来，晚上还要伏在灯下批作业，心疼地对我说，丽娜，我要当大官，第一件事就是给你换换工作；当教师是神圣，可你太累了，我真心疼。我当时感动得掉下了眼泪，当然你不知道，我怕你不了解我这眼泪。那年，我被评为全市的优秀教师，家外有人尊重我，家里有人心疼我，我曾经写了一篇日记，题目叫：我是最幸福的人。”

计时策笑笑：“我怎么没见过？”

“我没让你看。”丽娜说，“当时，我在想，同时也写在了那篇日记里，我一定要用更真挚、更深厚的感情去偿还你对我的感情。”

计时策点了点头。

"之后，我就努力偿还着，特别是自从你当上处级干部，当上市长，又代理书记以后，我觉得不仅偿还够了，而且有余了——"

计时策说："丽娜，别说了，我明白，我欠你的又很多很多了——"他这倒是心里话，当了市长以后，丽娜话里话外说过，时策呀，你在外边是市长，在家里也是市长。

"那都是过去的事情了。"丽娜喘口气，一闭眼睛又睁开，"时策，你知道吗？一个人将不久于人世的时候，他在想什么呢？"

计时策的眼圈湿了，他紧紧握着丽娜的手，嗓子里像堵着什么软绵绵的东西："丽娜，你不能那么想，你会好的——"

"别安慰我了，我心里清楚。"丽娜说，"时策，我本不想说的，后来又考虑，还是说说吧，我不想带着这份复杂的心事离开你们。"

计时策仍握着丽娜的手，点了点头。此时，他真猜不出来妻子想说什么。

丽娜终于下决心说出了多少天想说又不想说的话："时策呀，这些年我有种感觉，你当的官越大，我们越高兴，可活得越谨慎，越受拘束。你不是这个家妻子的丈夫，也不是孩子的爸爸，而是我们的市长。"

"丽娜，丽娜，"计时策伏下身子，"你怎么这么说呢？啊？"

丽娜紧紧闭上眼睛说："你当市长以后，我故意说，时策，你不是说过，等当大官要给我换换工作吗？你说，丽娜，当个人民教师这不是很光荣吗，咱们干部家属，可不能带这个头呀。其实呢，我是在说闲话，我很热爱自己的工作，舍不得离开学校、教室和孩子。昨天，校长领着各年级学生代表来看我，给我献花、献辞，我得到了一生最大的满足。"

计时策哑了。丽娜接着说："我白天上班，还要做饭洗衣，提出想雇个保姆，你说，可不能贪图安逸呀，这是剥削阶级的行为和思想；我的同事、左邻右舍来到这里帮着干点啥，你就说，他们是在联络感情，有事要相求，让我辞掉；家里一来官场上的人，其实，我和小林本来就要回避，你就先开口，快都到一边去，别参政。时策，你知道吗？"她睁眼时，泪水涌出了眼角，深深地叹气说："外人看着，我这个市长的太太多么享福，多么有身价，实质上他们哪里知道，我活得多么累，多么拘束，多么小心，我总算快挨到头了——"说着闭上眼睛，泪水涟涟起来，嘴抽搐着。

"丽娜，丽娜——"计时策的心比挨重锤敲击还难受，眼泪也掉了下来，"别说了，别说了，等你好了，我一定弥补，统统弥补欠下你的感情债。"

"时策呀，来不及了，我也不需要了。但是，有一点，如果真的世上所有大官的老婆都这么当，我能转世再做女人时，说什么也不嫁大官了。”说到这里，她反倒没有眼泪了。

计时策有点儿吃不住劲了，他这才真正认识了自己的妻子，她的感情世界这么丰富，这么刚强。他极力寻求解脱尴尬的话题：“丽娜，我也不是不讲感情呀！你数数吧，咱们家属你那一边，我这一边，有多少当官的？”

“要不说这，我还不生气，”丽娜振振有词，仿佛不是一个瘦骨嶙峋的病人似的，“我最清楚，这些亲属中除了秀娜是我约来的，几乎没有一个踏过咱家的家门。有多少来看看我的？对了，你是他们的市长呀！”

“其实，我心里都有他们！”计时策似乎觉得很委屈，“没有我，也没有他们的今天。”

丽娜说：“那倒是，可是他们并不感谢你呀，背后还骂你——”

计时策浑身生发了从来没有过的感觉，鼻子发酸，心里发皱，眼眶湿了，嗓眼憋塞——比起罗平凡就职演说的刺激，比起李迎春的挑战，比起决定挪用盖办公楼先斩后奏的无视——种种种种，也没有丽娜一席话在他心里引起这般轰隆隆的震撼。在这个骨瘦如柴、目光干涩无神、不久于人世的女人面前，计时策一下子觉得矮小了不少。不知为什么，脑海里现出了也不知在哪部什么外国爱情片子里看到的那个镜头，爱神把一个负心于爱情的男子紧紧地钉在十字架上。

在犀利的语言面前，在事实面前，计时策无地自容，双手紧握着丽娜的手说：“丽娜，我曾有个想法，我繁忙工作这几年，妻子为我献身，等退休了，无官一身轻了，我就给你当一名小卒，买菜、做饭，你说咋的就咋的——看来，太理想主义了，太不理解女人的感情了——丽娜，你谅解我吧，你会好的，欠你的感情债，我会加倍偿还——”

“时策，我理解你，只要我设身处地为你想想时，我就理解你了。”丽娜说，“这话，我是经过一番思想斗争才和你说的，不说出来的话，我心里像有块病，憋了多少年了。”她喘口气，让计时策擦完额上一片细碎的汗珠说，“我刚才的话你没回答，我是个快要离开人世的人了，此时想什么呢？在我心里什么最留恋呢？我知道，小林挣了不少钱，我不留恋这些，财物是有价之宝，丢了、失去了可以再赚回来，唯有感情这无影的东西，一旦失去，很难得到，得到也是有缺不圆，财物呢，丢时多大，得回多少还是多大——”

计时策突然觉得，现在才真正了解了自己的妻子，了解了她的为人，了解了她的品格和风范。他忏悔了。妻子的真情没有换来自己的真情，官气吞噬了夫妻真情，妻子的话能打动自己，世间大概唯有这感情是最珍贵、最让人留恋的。以前真不理解，一个人要诀别人世时，果真大多数是想谁，想看看谁，这都是在呼唤。很少有人临终时要求，我看看家里的存折，我看看什么地方还有一幢房子。啊，珍贵的感情！

计时策醒悟了，官场上多少手握手，多少杯碰杯，有多少是真情呢？好像假的太多，亲眼见到过多少，那些离退的市长、书记大概会有更真切的体会。在位时，那些献忠心的，那些围前拥后的笑脸，有多少是从心里流露出来的呢？是不是都是从脸皮底下挤出来的呢？是啊，现在我是市长，一旦被罗平凡挤掉，或到退休下岗，我到哪里去寻找真正的感情呢？第一去处当然应该是妻子儿女。

"丽娜——"计时策第一次失声落泪，"我不能没有你，不能没有你的真情啊——"

伴着他的哭泣，秀娜在厨房喊："姐夫，饭好了，你来吃吧，我给姐姐端过去。"

计时策偷偷擦掉眼泪，离开了床边。

38

罗平凡带领的调查组已经紧张地工作了三天三夜，房东的家既是调查组指挥联络部，又是市委书记办公室。从昨天到今天，市委办机要科送来的传阅文件中，连续两天都有通报或内参上报道南方几个市县发生的群众集体上访处理不当，酿成损失惨重的恶性事件，有的放火烧了办公楼，有的砸了市长、市委书记坐的轿车，有的卧轨堵截火车，有一个省，火车运输失去了正常秩序。他几次组织大家剖析这些恶性事件产生的原因、后果及其深刻的教训，然后结合元宝村的群访事件进行讨论，不断完善解决问题的工作方案。

调查组分成了三个小组，夜以继日地调查，摸情况。他们家访、个别谈话、座谈、问卷、抽样分析。每个小组阶段性地综合情况，罗平凡都亲自听每个组提出的重要情况，涉及的重点村民，他都再亲自谈一次，征求意见。

夕阳西下。

罗平凡正和秦大成等几名上访骨干在房东家开座谈会，忽听门口有人打听罗书记是否在家。因有约法三章，调查组驻地，尤其是罗书记住的地方，不准村民来纠缠，要反映问题，必须先向联络小组打招呼，统一安排时间接待，所以杨小柳急忙走了出去。

杨小柳一看，六七个人正站在门口向房东问话，对他们说，罗书记在是在，现在太忙，其他上访问题回市里再处理。门口的人七嘴八舌地说，不行，我们就在这里等着，不见到罗书记说说话，说什么也不回去。

“这样吧，”杨小柳见他们执意不走，说，“你们是哪个村的？什么事情上访？我先和罗书记打个招呼看怎么办，罗书记正在讲话呢。”

站在前面手提竹筐的妇女说：“哎呀，这位同志，你把我们看成上访的了，我们是罗书记的邻居。”

“邻居？”杨小柳莫名其妙，“你们从清河县赶来吗？”

“哎呀呀，”中年妇女嗔怪地说，“什么清河县呀，我们是芬河市爱民区的。”她指指身边的人补充，“我们这些，是罗书记的左邻右舍。”

罗平凡在屋里正讲话，听到外边声音耳熟，急忙赶出来，先上前去扶着年纪大的一位妇女说："哎，李大妈，你赶来干什么？"接着几乎挨个说："蔡主任，张维录，吴玉清，马广地，老王头，你们都赶来干什么？"

"我们能不来吗！"蔡主任说，"城里都传说，元宝村的村民，联合周围一千多名村民把你软禁起来了，还有的说把你绑起来了，逼着你答应他们上访的问题。"

"谣传，谣传。"罗平凡拉着李大妈的手说，"你们看，我这不是很好吗？再说，咱们的村民不会的。"

蔡主任掀开竹篮上蒙的毛巾对罗平凡说："罗书记，你看，咱们左邻右舍一听那些消息，可都急坏了，担心你被围困起来饿着，大家给你买了茶蛋、猪手、酱牛肉、面包、麻花。"

罗平凡一看，满满一竹篮，顿时感动得热血沸腾，忙说："蔡主任，快和大家进屋。"说着，他先去搀李大妈，"李大妈，你这么大岁数了，出门多不容易，怎么也赶来了！"他一进屋就对秦大成介绍说："老秦，这都是我的邻居，就请他们先炕上坐吧，我接待他们一下，咱们再接着开会。"

秦大成早听出了这些人的来意，帮着让座、倒茶水，然后提出要回避。罗平凡没让，这又不是研究工作，有什么秘密，回避什么，认识认识，交个朋友嘛。

蔡主任盘腿坐在炕上，掏出两张图纸递给罗书记说："罗书记，城建局齐局长听说我们要到你这里来，让我们捎给你看看，这两份厕所设计行不行？"

"哎呀，"罗平凡笑了，"蔡主任，这可不用了，你和齐局长说，我这当市委书记的，要是连盖个厕所的图纸都审查，我可真要忙得不亦乐乎了，你们同意就行了嘛。"

"不对不对，"蔡主任摇头递着图纸，"这阵子，这件事情，我们可不是拿你当市委书记呀，你是我们的邻居。盖两个厕所，对你这个书记来说，还不如个芝麻绿豆大点的事儿，可是，对咱居民委员会来说，可是大事了。罗书记，你还是看看吧。"

"嗬，我身上还是官僚味挺浓，"罗平凡脸红了，不好意思了，"乡亲们把我当邻居，我又拿自己当成市委书记了。看来非看看不可，还要好好看一看，我也是居民委员会的一员嘛。"

蔡主任说："罗书记，我们可不是这个意思啊。"

大家都笑了。

"哟——还真有问题。"罗平凡接过图纸一看，皱了下眉头，"厕所的大小、设计样式都可以，就是一点，我提出来大家想一想对不对。”他点划着图纸说，“我们芬河市已经有了现代城市的雏形，不能再盖这种厕所了。我们爱民区虽然偏离市中心一点，也是城区规划内的，要盖与地下排水道相通的厕所。前些天，分管城建的副市长和有关部门向我汇报城建工作时我就提了，市的辅助基础设置搞不好，比如上下水、煤气管道等都没有铺设，就不应该一味地盖楼。你们知道吧，现在一个小区一个小区，甚至一个单位一个单位地盖家属楼。一小片一个取暖锅炉，我查过，随着城建的发展，咱们芬河市向天空伸长出了四百多个大烟囱，污染环境不说，也浪费呀！咱们有个电厂，可以利用余热搞全市集中供热，到那时候还要再拆再扒，将造成多大的浪费！有的领导干部，就是顾眼前不顾长远，谁一上任都要大扩城建要政绩，所以，就这里扒，那里扒，扒得老百姓怨声载道，给咱们城建战线起了个名——叫共产党的‘扒路军’。”大家听得心服口服。罗平凡说：“厕所也是这样，必须和下水道联通，哪怕我们晚用几天呢，你们说怎么样？”

大家齐声说好。

蔡主任打趣地说：“刚才我光把你当成邻居不对了。你检讨说官僚气浓也不对了。你是市委书记和邻居的双重身份，我们这些人的水平是谁也说不出这种话的。”罗平凡笑了，大家也笑了。

“罗书记，”马广地赶紧插话，“你一有话，后面那栋空闲的房子就谈下来了，我和吴玉清想合伙养猪。罗书记，我们想问问你，现在养什么种猪最好？”

罗平凡说：“要说优良猪种，目前还数从美国引进改良的迪卡猪，瘦肉率高达百分之七十五以上，生长期短，七八个月就能出栏，市场看好。”

“哎呀，”马广地一拍大腿，“我到处打听，听说是叫什么迪，什么卡。罗书记，这种猪到哪里去买呀？”

罗平凡说：“这么样吧，我写个条子，你们到清河县去。我知道你俩手头紧，有我的条子作保，你俩再打个欠据，去弄几头没劁的仔猪做种猪繁殖，同时也养本地种，要不一下子成不了小规模，就不合算。这样，你就得坐公共汽车，辛苦辛苦，怎么样？”

马广地忽地站起来，“罗书记，太好了，天下这么好的父母官怎么就让我们摊上了，我们有福啊！别说坐公共汽车，就是走着去背着猪仔回来，我马广地也肯定不觉累，准得乐得屁颠屁颠的。”

他简直像小孩，把大家逗乐了。

“罗书记——”张维录瞧瞧罗平凡，不好意思低下头说，“真不好意思，对不起。我听说，市政府有的干部背后议论你呢，说在我这问题上你感情用事，不讲政策。别给你惹麻烦，就让公安局依法处理吧，谁让我犯了法了？我估摸，进去也待不多长时间……”

“什么？”罗平凡说，“这就要看办案下什么茬子了，如果按破坏生产盗窃罪，可以判五到七年呀！”

张维录吃了一惊：“要是真进笆篱子蹲上五年，老婆孩子怎么办呢？”

“行啦，就这样吧，你该干啥干啥。”罗平凡皱皱眉，压低嗓音，以后的话不能说了。他当时一时冲动，话说出去了，心里却明镜一样，确实是感情用事了，所以当时才说，这个案件再议一议，并没有说不法办，也没说法办，实质是在打感情与法律政策的擦边球。史永祥不是说过，计市长不想办的事情，大事想化了，就把复杂的事情简单化；想办的事，就是简单的事情，也搞成复杂化吗！就这么来吧。

罗平凡自己也不明白，自己怎么也搞起这小权术了呢，此时的心情复杂得很，感情，政策，怜悯，责任，民心，疑虑……种种交织在一起，纠缠成了一个团儿。

“罗书记，史秘书长一出面，我家的那些孽种都服了。”李大妈简单一句，像是禀告，就转了话题，“咱们别都叨叨自己那点儿事了，”转过身对罗平凡说，“罗书记，我来一看就放心了，不像市里传的那样，说是村民把你围起来了，关在屋子里了。说实话，我拄着拐杖来，他们要是孬种，是想和他们拼命的。”

秦大成在一旁吃不住劲了，给身边的几个村民使一下眼色，站起来说：“罗书记，你和邻居们唠吧，我们出去透透风，一会儿就回来。”

“别别，”罗平凡说，“你们不都听着了吗，他们来也没什么事儿，就是来看看我……”

“不不不，你们唠吧。”秦大成一带头，几个村民都跟着出了屋。秦大成和几个村民出门来到靠大道的房山头，刚点上一支烟，对面走来了个打竹板的算卦先生，他们一打眼就认出了是芬河市远近闻名的“卦仙”，都知道他上访胡须垂胸的故事。前些年上访，挫折不少，没包到土地种菜时，常走乡串屯算卦，不少村民都迷信他，说是算得准，算完之后总是有句口头禅“天意，天意”。村里人都称他是“天意诸葛”。特别是算一些当官的官位长不长，最有准星儿，有时还能把你要算的事儿编成歌，弄得家喻户晓。

“卦仙”哼着押韵小调儿，慢悠悠走了过来：“抽灵帖，算灵卦；算不准，分文不拿……”

元宝村的人很迷信“天意诸葛”，说他能代表天意把未来的事情算透算准。合资企业签合同时，村里人就找他算过，他编了一套歌谣，大意是不顺利；要组织上访的时候，秦大成派人去市里找他也算过，他也编了一套歌谣，说大家只要坚持到底，上访就能顺利。

“喂喂喂——”秦大成笑着招招手，“卦仙，快来快来，我们几个要算一卦。”

卦仙不紧不慢地走了过来，并不理睬秦大成等人，面向西天闭眼合掌，嘴里叨念着：天意，天意，天意……然后从斜挎包里掏出一个竹子签筒，双手捧着摇晃起来，上八下，下八下，左八下，右八下，向秦大成说：“抽吧。”

卦仙接过秦大成抽的签，问：“诸位乡亲想算哪方面呢？”几个村民随着秦大成七嘴八舌地说：“就算算眼前村里的事情。”卦仙闭上眼睛，用手抚摸着卦签上的图文，自言自语地祈祷起来，灵上卦，卦上灵，灵算卦，卦算灵，灵灵卦卦卜吉凶——

接着，嘴里叨念了几句“天意天意”，悠然自得地诵起了占卜歌：

身穿红袍登台阶，
天意已派贵官来；
谁违天意行风浪，
必有大祸灭顶灾！

几位村民你瞧瞧我，我瞧瞧你，一个大胡子农民扭身就要走。秦大成一把拽住他问：“你要干什么？要打退堂鼓呀？”大胡子说：“谁家都有三老四少的，弄个‘灭顶灾’还怎么活呀，天意不可违。”秦大成说：“你走什么呀，咱们按天意办就完了呗……”

这时，罗平凡出来送左邻右舍，让国产三菱大吉普把他们送回去，送到在房山头路边停的车前，蔡主任最后一个上车后说：“罗书记，你忙着吧，多保重呀，你这一说，我们都放心了……”

“谢谢了，邻居们——”罗平凡挥手送走了大吉普，发现了卦仙和秦大成他们在一起，便问：“喂，我说卦仙，你来这里干什么？”

卦仙回答：“我常走东村，串西屯呀！这占卜也是门学问呀，我说书记——”接着边慢悠悠要走开，嘴里叨念着，抽灵签，算灵卦，算不准，分文不拿……

罗平凡发现秦大成等都有些尴尬的样子，问："老秦，怎么，你们刚才算卦了？"秦大成有点儿不好意思，没有吱声，支吾着大步朝罗平凡的房东家走去。

"罗书记，"卦仙见秦大成等大步流星地走去，转回身来凑到罗平凡耳边悄悄说，"史秘书长派我来的。我的多年上访案就是史秘书长加大力度帮助解决的。虽然没全到位，够意思了，我们俩是老铁，这人可够意思，让我快来这里看看呀。"

"哈哈哈，卦仙，"罗平凡产生了兴趣说，"看来，你挺讲哥们儿义气呀！"

卦仙淡然一笑："我们老百姓讲啥，就靠哥们儿义气，你帮我，我帮你嘛。"他说着叹口气，"罗书记，不瞒你说，我也曾是政府序列的机关干部，我知道，官场是忌讳哥们儿义气这词儿的，是讲原则、讲党性的。我这事儿，就没遇上几个讲原则、讲党性的来处理，拿老百姓的事儿根本不当玩意儿。"他说完又补充，"我说这话，你可别当史永祥是个哥们儿的领导，我要从这种意义上讲，当领导的拿我们老百姓当哥们儿，不牛烘烘，我看，还真是个好事呢！"

"嘀——"罗平凡笑笑说，"你真不愧是仙，有政治，有义气，有民意。"他从第一次接触，就对这个人产生了浓厚的兴趣，此时，虽然很着急有事儿，也想借机聊上几句，"全市都说你编歌编得好，我听说过几个，是挺有味儿。有人说你卦算得不错，从小到现在，我怎么就猜不了这卦是怎么算出来的呢？"

"罗书记，说实话，我算卦跟别的算卦先生不同，跟编歌一样，专编当官的，算卦也是专算当官的。"他说着气不平起来，"你算算，我上访八年，八年呀，相当于国家的抗战。从上到下，从下到上，拿着我就像骨碌碌碌踢皮球，我恨透了那些官僚面孔！歌从激情来，除了写状子来回跑，收容了出来再去，剩下时间就琢磨给见过的官僚编歌。有的人说我成了专业编歌手。算卦呢，就是听说哪块儿有冤案，哪块儿的干部不得人心，我就通过算卦臭屁他们，然后编成歌，让人们到处唱。有的是民谣把那些家伙唱臭了，有的是他们连作祸加上民谣唱，弄得那种干部不好干了，自然就很快下台了。所以，又有诅咒性，不好用别的说，就用卦说。因为中国老百姓自古就有信卦的传统，真有个下台了，老百姓说我算得灵。其实，你知道，你们党内有交流干部的制度，对老百姓反映强烈一点的，我就肯定说，这家伙没有多久就垮台、滚蛋——罗书记，这都是实话呀。"

罗平凡点点头："噢，民意，民意，这就是民意。"他听卦仙侃侃谈来，很感兴趣，心想，多深刻的民意，多尖刻的反腐斗争形式呀，他握着卦仙的手说，“有时间咱们和史永祥一起吃小吃，我请客怎么样？”

“好，一定一定。”卦仙说，“我说了实话，你可能就觉得我不神秘了吧？”

罗平凡笑笑：“不不不，在我心里，不但神秘没抹掉，倒又加上神圣了。人民神圣，民意自然就神圣啊。”

“罗书记，你真会开玩笑，我可没那么神圣呀，”卦仙不好意思了，“我不过是一个固执己见的上访老户……”

罗平凡笑笑说：“好了，好了，我那边正开座谈会，找时间咱们细聊。”说完摆摆手走了。

前面，又有村民呼喊：“天意诸葛，来呀，我们算一卦……”

卦仙算了一家又一家，家家都是关心这场民告官的上访官司能不能打赢。家家户户传诵着卦仙的卦谣，传说着罗书记来元宝村的一言一行，包括乡里乡亲挎筐拎筐，更是说得神乎其神。

转眼已是调查组进村的第五天了。

晚饭后，在已反复听取各组汇报、反复征求村民意见的基础上，罗平凡召集调查组全体成员，并吸收部分村民参加，听取调查情况和初步处理意见。

村办公室会议室里灯光明亮。

“乡亲们，我带领调查组来我们元宝村，调查研究，解决大家上访提出的问题，已经紧张地工作了五个昼夜。可以这样说，这次调查非常认真，调查组的同志们非常辛苦，这是一次深入实际、广泛、反复听取村民意见、求实务实的调查研究，或者说是现场办公。”罗平凡说，“这次座谈会，本来是调查组内部通报调查情况，为了再征求大家意见，决定请一些乡亲参加。来的目的，就是对调查处理提出意见，主要是对涉及村民普遍利益的问题，直接点说，就是二轮承包，希望大家多发表意见。至于合资企业、腐败问题需要进一步调查取证，调查落实，到成熟的时候，才能向大家公布。在座的大都是党员同志和上访骨干，谁要是纠缠不该让调查组说的问题硬让答复，制造事端，挑动闹事，我将决不客气。”他随同严厉的声音扫视了会场的每一位村民，然后说：“奇峰，请你先说说你们组关于二轮承包问题的调查及处理意见。”

丁奇峰点点头：“那我就先说。二轮承包问题，是我们这次调查要解决的主要问题，成稿后我们已经用座谈会的形式，征求了三次意见，进行了修改。下面，我就照形成的材料念了。第一，元宝村第一轮承包以来存在的问题。

“元宝村是一九八三年开始推行土地联产承包责任制的，经过十多个年头的实践和运作，可以说，总体方案、方向和执行党的这方面路线是成功的，极大地解放了这里的生产力。当然，这里也出现了一些不能掩饰和回避的矛盾。

“一是人口和劳动力变化，造成土地占有不合理。我们调查组解剖了二十多户，有的增劳力增人但不增地，有的呢，减人减劳力不减地，造成有的户人多地少，有的户人少地多，人地矛盾日益突出，不合理成分已成为客观存在。”

“好，”一位参加会议的农民突然大喊一声，把不少人吓了一跳，说着还激动得站了起来，“我们早就说，我们告状有理嘛，那就看罗书记怎么解决吧！”

罗平凡笑笑：“这位乡亲先别着急，你慢慢听。”

会场本来很静，叫这位村民这么一搅，细语碎声多起来，多数在赞叹，罗书记带的这伙人是真办实事。这调查材料里，话说得真透，就是那么一回事。有的说，咱们心里知道是这么回事，总结不出来；也有的轻声埋怨秦大成，就是告，告什么，怎么告，这不，咱们那状子里没有的，人家调查组都说出来了，根是根，叶是叶，数算得多清楚呀。

“下面，我继续讲，我们这个组调查中发现的第二个问题是，开始实行的‘四田制’，当时是合理的，但人是动态数，地是个静态数。随着时间的延长，加剧了人地矛盾，时间越长，矛盾越突出，越尖锐，已经到了非认真解决不可的时候了，也不怪村民们反映强烈。”丁奇峰把本本式的调查报告又加了些口气和相关语，使村民听来感到更自然和亲切了。

丁奇峰接着讲了许多数字，讲的不过是些普通的通情理的话，村民们比听故事、听评书还全神贯注。不少人听着，心里在嘀咕，罗书记带领来的这帮子人，才真是共产党的干部，是干实事的好干部。这里曾来过多少干部啊！有的官不大，僚不小，西装革履，拿腔作调；有的是市里、乡里专门看农村大好形势的，就看几户富裕冒尖的所谓的小康户，上电视，上广播，就把全村说得富得不得了，上级来检查参观时，市里、乡里都有专人来教练；还有的领导干部，春节前下来走访贫困户，有时扔下二百元钱，有时扔下一袋大米，一块猪肉，也就算是送来党的温暖……村民看这些干部就像圣人一样。

丁奇峰接着说下去：“我们调查时发现的第三个问题，土地分配碎化，不利于市委市政府关于要把芬河市建成水稻产区的总体规划，也不利于日益明晰的农业产业化发展方向。土地承包时，元宝村既按‘四田’划分，又按不同地块等级划分，为了第二年种植，还有不少地块按作物茬口划分。农户承包的地块普遍分散，全村百分之六十三的农户每户平均经营八至十块地，有的雇用拖拉机翻地，在这块地干完再转移到那块地，干活的时间还没有拖拉机在路上跑空车的时间长。其中我们调查了一个地块最多的农户，他家一共十四块地，最小的才四条垅。春播后出苗时，站在山头上看元宝村，全村的土地用各种作物分出了块型，就像老和尚的百衲衣。这对于市委提出的水田发展规划和实现产业化都不利。”丁奇峰见村民们听得认真，听得入神，讲起来也显得格外有劲头了，“我们这个小组通过调查发现，土地占有的不合理性，导致了农民负担畸轻畸重，加上有些部门乱收费，乱摊派，这就加重了畸重户的不满，成了干群矛盾的导火索。本来联名上访的问题与这类户无关，他们也一股脑儿参加。这可以叫作群众不满现象。那么，由于人地矛盾存在，造成了土地经营权的流动，出现了有偿转让现象。在这自愿转让的交易中，人少地多的户获得了一定的收益，人多地少的户增加了生产成本。加上一些职能部门乱收费，多收费，目前，合理不合理的，我们这个组调查统计，已达四十八项收费，十分惊人，导致这些农民对现实不满，成为这次上访的骨干和先锋……”

“丁主任，你说得咋这么对呢。”一个大胡子农民站起来，心服口服地说，“你要是来帮着我们写状子上访，官司早打赢了。”

丁奇峰笑笑说：“以上说的这些问题是经过调查综合起来的，曾向罗书记做过三次汇报。昨天晚上最后一次汇报时，对如何从实际和农民愿望出发，找准与中央文件的结合点，尽快处理二轮承包中农民切盼解决的问题，一直讨论到后半夜。罗书记说，这个问题，要认真考虑考虑。”他接着把目光投向罗平凡，“罗书记，请你先说说吧。”

秦大成突然站起来：“乡亲们，你们再看看，这二轮承包问题，还有没有什么事了？有没有说得不对的？”

二十多名村民哑口无言。

秦大成说：“没有的话，那就看怎么解决了。”

“别忙，”罗平凡接过话，“乡亲们，中央关于第二轮承包的文件你们可能都听过传达了，主要是要解决第一轮土地承包中存在的问题和矛盾。我们把问题和矛盾摆出来了，有了针对性，解决问题的办法自然就会有了。中央要求解决问题的原则是‘大稳定，小调整’，调整后又要延长三十年承包期不变。我想，落实中央这些精神，对咱们元宝村来说，既不能死搬教条，又不能违反总的方针，具体落实起来，应该本着这么四个有利于的原则，一是要有利于进一步调动广大农民的生产积极性；二是有利于土地承包关系长期不变；三是有利于保护农民利益；四是有利于党在农村各项方针政策的落实。怎么样理解‘大稳定，小调整’呢？我理解，就是必须保持家庭联产承包责任制这一基本制度长期不变，必须延长三十年不变。小调整这个‘小’字，不是因为是个‘小’，就理解为小调小解，从某种意义上说‘小’是指所要解决的矛盾和问题，比起要‘三十年不变’这个大方针来是‘小’，但决不意味着就是轻描淡写，文过饰非……”

“罗书记，”秦大成又站起来，“我们找市里——”他刚要说名，又改了口，“我们找市里领导，怎么拿这个‘小’字压我们呢，说‘小’就是基本不变，就是小来小去的调整……”

罗平凡没有理睬，接着说：“说小就小，说大就大。大家刚才都听了，每一个问题都小，堆在一起还小吗？这样看来又大。还有一点体现大，如果处理不好，就要影响到这一改革成果的巩固和发展，这还小吗？还有一点体现小，有的矛盾只涉及几家几户，从整体比较来讲，又小。我想，这次调整我们要解决这么多问题，也不能达到百分之百农户的满意，能把涉及百分之八十五以上的不合理的东西调整过来，就应该算解决问题成功。我这么说，不知大家同意不？”

没人吱声。

“乡亲们，罗书记说的这些，就是中央文件和我们元宝村实际情况的切合点。”丁奇峰说，“昨晚十二点多了，我们从罗书记那里回去，又戗戗了两个多小时，根据中央精神和罗书记对最后确定解决上面矛盾和问题的具体办法，总的想法是：人均等量调整，四田合一，连片承包作为基本形式，具体有这么三条：

“第一，在保持土地生产队所有权限不变的原则基础上，四田合一，统称为承包田。

“第二，以现有农业人口为基数，包括新出生人口和经批准迁入人口，人均等量确定承包土地面积。

“第三，打破第一轮承包时‘见地分一块’的做法，根据地质差异，合理确定农户承包的土地块数，尽可能连片承包，提倡承包户自愿结合，将小块连成大块，极力减少土地分块过碎现象。首先要本着能达成一块万亩水稻开发区的原则，照顾并根据农户自愿的原则，集中在这一片土地上承包，以便连片打井和引水灌溉。

“第四，加大力度减轻负担，一条一条地清，然后市委、市政府下发红头文件，成立专门的督促检查组，如文件下发后再有顶风上或不纠不改者，一律清除干部队伍。”

“对，”罗平凡一敲桌子，“就应该下这个狠茬子。”随着罗平凡的敲击声，会议室响起了一阵叫好和鼓掌声。

“我有意见。”秦大成站起来说，“那几户违反计划生育条例乱生乱养的也给新生人口地？我不同意。要知道这样，我就一个姑娘，怎么也让我老婆生个小子。”

“哈哈哈——”会场响起了笑声。

大胡子农民说：“那十多户后入户的有的是领导批条子走后门从穷地方来的，也给地？我不同意，我家几个在山东沂蒙山区的亲戚也要进还没进来呢，给他们，我有意见。

杨小柳在众人一片哄笑中提高嗓门说：“那么多矛盾和问题都调查出来了，提出解决问题的办法了，怎么有一点问题，就能提到是瞎胡整呢？”

“当然了，一点问题也是问题，”罗平凡瞧着大胡子说，“是个问题，是个问题。”接着问办公室主任，“小高，你们调查时，没人提这问题的吗？”

小高回答：“有人提，为数不多。”

罗平凡问：“没议论出点办法吗？”

“议论了，”小高回答，“不统一，多数人说，生已经生了，计划生育办该罚款罚了，入户的该交入户费也交了，不能让他们没地种、没饭吃呀，以后不要再出现类似问题就是了。”

“这也得有点儿办法才好，”罗平凡自言自语说完，问大家，“看大家有什么好建议？”

靠墙旮旯坐着一位正卷旱烟抽的老汉说：“叫我看，不给也不对，共产党不兴饿死人嘛；给呢，也有问题，争了大家的嘴。我看干脆罚款。”

另一个墙旮旯里的农民把吸着的烟往地上一摔：“罚我们一次了，还罚，要人命呀？”

“那是两码事，”秦大成说，“那是市计生委罚的，和争我们的地没关系。”

“你——”扔烟的农民气得直哆嗦。

“好了好了。”罗平凡说，“大家静静，这个问题我看这么办。大家反映的问题中，不是有个重新组建村委会的问题吗，这个调查组对元宝村村级班子问题已经广泛征求了意见，认真研究剖析了村级班子这些年的工作情况，调查组集体成员进行综合讨论时，原则同意这个意见，那就是严格按着村民委员会选举条例进行。我们工作组撤离时的一件重要工作，就是要把村民委员会选举出来。罚不罚款，给不给地，这是涉及大家的事情，村民委员会是大家选举的，代表着大家的利益，这个问题，就叫新一届村民委员会讨论决定。”

刚才杨小柳在一旁为罗平凡捏了一把汗。其实，这是村民们的一种过激情绪，按理说，罚过一次，就算开了绿灯，再罚就有点说不过去。倘若罚了，再有涉及利益分配的事，还罚吗？不罚呢，村民们又在这里起哄。罗平凡这种策略实在太妙了。

“要是再罚，我就上北京告去。”墙旮旯处另一农民暴跳如雷地又站起来，“罚个没完没了，还让不让穷老百姓活下去了。”

“行了，你坐下。”罗平凡脸一板说，“村委会不是还没研究吗？研究出来你有意见再研究。”他接着说，“你们第三小组的把情况说一说吧。”

“我有意见。”一个矮粗胖的农民气呼呼地站起来，“我们两个被拘了半个多月，就白拘了，这个问题怎么没说咋办呢？”

“这——”罗平凡犹豫了，心想，这个问题倒真是个问题，上访有理，拘留又超期，是该有个说法。目前，刚稳定的局面，决不能让几个个别问题掀起一股小浪。他一犹豫，答复说：“你这个问题专门研究，只要有理，要求不过分，就按着理儿去办。”

招商办主任说：“前天，把香港老板也请回来了，对这个合资项目成了半截子工程，村民意见很大，反响强烈，香港老板也极为不满，他认为，设备丢失完全是乙方（村）的责任，甚至怀疑是合资代表人——村长的儿子监守自盗。还有一条就是市建筑工程总公司房小虎承包这一工程是转包，施工进的材料，如水泥标号、钢材等虽然合同里没具体写，但都不如意。部分村民主要是对建厂房占用了地，说是厂房建后失地的村民按地数量进厂当国营工人，迟迟不能兑现，极为不满。调查组经过调查，掌握了一些线索，尤其掌握了匿名举报的事实，提出要按问题的性质，分别移交检察院和公安局，请他们加大力度，成立强有力的小组，马上介入，抓紧工作。”

这些意见，罗平凡已听过，征问大家对这个问题还有什么意见，村民们无言。罗平凡宣布，明天上午召开村民大会，宣布这些调查处理意见，调查组多数人撤离，主要留下农委等部门的干部，负责帮助落实二轮承包问题，然后在这里召开全市二轮承包现场会。这项工作必须配合旱田改水、蔬菜基地建设，在一周内全部进行完毕。

“罗书记，”秦大成站起来说，“我们村也有不少村民要扣蔬菜大棚，把旱田改种水稻，没有木杆怎么办？”

罗平凡说：“我安排李书记已经和林业局研究完了，可以直接去找李书记安排。”

丁奇峰随罗平凡一出门，罗平凡就转身想给他一拳，见身后有人，忙缩回伸出的拳头说：“奇峰，行啊，调查得细，方法也得当……”

“你没看，我是谁呀！”丁奇峰特意避开身后的人，转向一边说，“七七级的爷们儿！”然后又说：“我这些天，就在琢磨，恢复高考这四年大学可真的没白念，那些先进的观念和理论方法，你都用上了！”

“我也这么觉得，”罗平凡说，“想想我在清河县当副书记比较比较，想问题路子宽了，气魄大了，好像不管什么歪风邪气，我有胆量了。”

“不是有胆量了，”丁奇峰说，“是有底气了。”

罗平凡说：“对，是有知识做底气了！”

“平凡——”丁奇峰说，“我这几天又反复看日本水稻和专家那本《叶龄诊断论》的专著，琢磨着画出一张图来，按水稻出土生长的叶子，该采取施肥、灭虫、扶壮等，死病害等描绘在上面，种田人一看就明白到什么时候该怎么办才能高产了。”

“好啊，这个我不懂，你边实践着边报给农户，我觉得这可是个致富经呀，”罗平凡问，“没什么问题吧？”

“没有，”丁奇峰说，“这都是日本成形的经验了，只是那么厚厚的一本子，有些农民可能看不懂，我就来个‘看图识字’！”

“发明——”罗平凡赞扬说，“快画出来，是一大发明呀！”

“没问题，”丁奇峰转了话题说，“关于招收咱们农学院校友问题，我已说明了咱俩商量的意图，他们都非常满意，只等你去那几个县和那里的领导打招呼了。”

“好，”罗平凡喘口粗气说，“这些日子确实太忙，等忙完这几天我就去，或者是觉得有把握商量通的就打个电话。”

“不管什么方式，你把人才弄来就行，”丁奇峰说，“我们脚下这片肥沃的土地，求才若渴呀！”

罗平凡感慨地说：“中国正处于历史大转折的头道转弯，百废待兴，到处是求才若渴的土地，恢复高考和科技是生产力的问题，邓小平出任副总理，这转弯的第一炮打得响，打得好，我们的国家和民族繁荣富强有希望了……”

丁奇峰说：“一提起恢复高考我就兴奋……”

罗平凡见周围没人，给了他一拳说：“别兴奋过去！”然后手一点划说：“我告诉你，你老婆要是有悔过的那天，你可不准起刺儿啊……”

丁奇峰笑了。

39

罗平凡赶回市里，连夜召开了常委会，常委和列会的部委办领导们对二号禁令和与俄罗斯合作大项目，还有以叶小冬为经理在对面俄罗斯城市建立芬河市边贸集团总公司的问题，都格外关注，发言不绝，畅所欲言，在项目实施安全和讲诚信方面提了不少好的建议，在叶小冬担任总经理问题上有些分歧意见，计时策也迎合一部分人的意见持反对态度，提出另换人选，叶小冬一通发言，赢得了认可，会议结束已是深夜十二点多，罗平凡又乘车返回了元宝村。

朝阳缓缓升起，喷射出万道灿烂的光芒，驱散了淡淡的晨雾，溶化了渐渐飘浮在天空的袅袅炊烟。

村办公室门口电线杆上的高音喇叭传送着集合开会的通知。这里，不像城里机关那样，通知几点准时开会，有掐点来的，有提前几分钟到的；只要大喇叭一声呼喊，不消十几分钟，就呼啦一下子集中到村办公室门前。

罗平凡正要出门，李迎春乘坐的大吉普戛然停在路旁，急急火火地走了进来。

“罗书记，我向您报告一个好消息呀。”李迎春说，“我从这里回去以后，一面安排水田开发和出口蔬菜基地建设，一面召集刑警队的干警研究追捕蒋永庆。我一瞪起眼珠子，那些干警每根神经都紧张起来，昨天夜里把蒋永庆抓到了。”

罗平凡使劲握握李迎春的手说，“好哇，太好了，你给今早的大会送来了及时雨一样，审讯了没有？”

“能不审吗？”李迎春说，“我安排干警连夜审讯，这回弄清楚了。村长的儿子是合资企业村方的代表，被抓获的蒋永庆是村长儿子雇用的帮手，负责施工材料的采购工作。他利用少买多报，以劣抵优等手段，开假发票打白条，工程仅投入八百多万，他初步交待，就已套出现金一百二十多万。其中村民反映强烈的防火通电设备被盗又重买的问题，就是他雇人偷走，拉回来，说是又新买的，从厂方开的双发票、只进一套货的证据都齐全了。蒋永庆交待，他给村长送礼十万，给房小虎十万，给了计小林二十万。”

“看来，”罗平凡一皱眉头，“元宝村的集体上访解决人民内部矛盾与敌我矛盾搅和在了一起。坏人，具体说就是蒋永庆这些犯罪分子，借我们改革中出现的问题和群众对干部的一些不满，大肆煽动群众闹事，想把水搅浑，他便从中渔利。看来，这是目前群访中一个必须引起高度重视的问题。”

李迎春说：“是的。我听说，调查组处理解决村民反映的问题已经透了亮，再在这混搅在一起的两种矛盾中，把敌我矛盾这条线择出来，余下的问题就更好处理了。”

“有道理，有道理。”罗平凡相信李迎春办事求真把握，而且疾恶如仇，问：“证据确实没问题是吧？”

“确凿无疑。”李迎春从手兜里掏出厚厚一沓子纸说，“罗书记，这是审讯笔录和采到的证言。”接着又掏出一盘小录音带说，“蒋永庆这小子不仅是表面上能喊能煽动，还藏有杀机，诡计多端。他送给村长、房小虎钱时兜里都揣着高档袖珍录音机，送收的声音特别清楚。”他打开给罗平凡听了一遍。

罗平凡点点头：“现在都说犯罪分子猖獗，其实也心虚，作案时就考虑犯事儿时了。”他突然想起什么：“喂，李书记，蒋永庆不是交待还给了计小林二十万吗，他怎么没录下来。”

李迎春淡然一笑：“办案组反复审了蒋永庆，交待时说了，听说计小林收礼有两条，一是先兵后礼，看看身上带录音机没有；二是双手打哑语，一言不发。”

“抓住了嘎牙子，溜走了大泥鳅。”罗平凡攥紧拳头一捶桌子，“总算是初有战果。李书记，这样就可以增加这次村民大会的内容了。在召开骨干村民讨论调查组调查情况和处理意见时，一个村民激昂地站起发问，村民上访有理，拘留了他们半个多月怎么算？虽然在我面前没再提出要在电视台公开道歉曝光包赔损失，可语言、情绪还都有火药味。我当时还真有点尴尬为难，只是用搪塞之词，表示就此专门研究后再答复。这回没问题了，可以答复了，因为当时要拘留蒋永庆，蒋永庆跑了。”

“哎呀——”李迎春激动得一拍罗平凡的肩膀说，“罗书记，我还没来得及说呢，一解百解呀！那两个被拘留的村民，其中一个是蒋永庆的小舅子，另一个是村长同意，帮着乡里、市里跑手续，外地来的，据说，也是蒋永庆的一个什么亲戚，偷走合资企业里的通电、防火设备，就是他俩干的，蒋永庆有交待。你看——”说着从一沓子证言里嗖地抽出了两张。

罗平凡高兴地又反手拍了李迎春一下说：“李书记，你分管政法，这回，就可以增加一项解决问题的新内容了，当场宣布逮捕蒋永庆、村长的儿子，再拘留那两个村民归案处理。昨天晚上，其中一个还叫号，这回，我就不用再动脑筋了。不过，房小虎暂时不要惊动他。”

“明白。”李迎春点点头说，“罗书记，不谋而合，我把缉捕罪犯的手续都办好了，包括曾拘过的那两个村民，干警已经分头行动了。真是无巧不成书，我事先也不知道今天调查组结束，宣布处理结果，结果却仿佛就是踩着这个点儿来的。”

“李书记，”罗平凡说，“是不是把调查处理情况向计市长通报一下。”

“不用。”李迎春说，“蒋永庆缉捕归案的事，我向计市长汇报了。计市长很得意，给我当了半个小时的事后诸葛，说什么，我当时就有政治敏感性，就觉得抓蒋永庆和那两个村民没问题。看样子，还有点对调查处理元宝村上访问题感到后悔呢！”他停停说，“其实你是不知道，我在芬河市工作这些年，从没见过计市长这么丢派，当时被围攻难堪的样子，要是地上有条缝，他肯定会钻进去，特别是刚进村时站在树上用望远镜往村里看，给我一种当年鬼子要进村时的感觉。不说了，不说了。”他摇摇头，诙谐地说，“不管怎么，他毕竟是我的上级呀。”说到这儿，他还是忍不住内心的抑郁，“这话只能给你说，而且也是从表面现象推理，计市长集中精力、财力大抓城建，就是让人怀疑，有不可告人的目的。工程全由齐贵山直接领导，由房小虎承包，就像这元宝村的合资企业一样，房小虎再往外发包，坐享渔利，干得好处费。一些搞建筑的说，这个行当就像有条不成文的规定，一般提取工程总造价的百分之五。市纪检委办过一个案，就是百分之五，我们可以算一算，这些年来，芬河市搞了这么多基本建设，齐贵山、房小虎、计小林这些人要吃多少回扣？卦仙编了顺口溜说：‘要致富，抓建筑。’真就是这样。”

李迎春说：“在用公款吃喝的问题上，建筑部门很值得关注。今天市电视台的《早间新闻》和《芬河时报》，都在头条发表了市委、市政府的二号禁令，督察组今天就开始行动了。”

“迎春书记，”罗平凡说，“以后我们就是要抓住有令必行这一点！”

罗平凡接着刚才的话题说：“像这种情况大概多了，包括计小林收受蒋永庆给的二十万，是哑语二人转，只凭蒋永庆口供，毫无证据，计小林就是一个嘴硬，到了办案机关也是难题。”他激愤地叹口气，看看表说：“村民该集合差不多了，走，参加大会去，加一项内容，宣布逮捕蒋永庆和拘留那两个村民，交司法机关依法审理。”

“走。”李迎春说，“估计，那两个村民已经归案了。”

村民大会进行第一项内容，李迎春宣布蒋永庆和两个被拘留村民的犯罪事实，惊动了会场。接着就是罗平凡宣布调查组调查情况和处理意见，引起了村民们一阵又一阵热烈的掌声。远处传来了卦仙的吟唱，“抽灵签，算灵卦，算不准，分文不拿……”

罗平凡一进办公室就发现，办公桌上又摆满了厚厚的报纸、刊物、信件，刚坐下，文书就敲门送来了厚厚的一个文件夹。他一边拣重要的批阅，一边想，关于处理元宝村集体上访的问题应该布置给小高，认真地总结一下经验教训。仅仅把调查组归纳的情况向省委和有关部门写个报告还不够。常言不是说，问题在下面，根子在上面吗？这回得到了真实的验证，应该总结一下市委常委班子在这个问题上的经验教训，一并写进去上报。同时就此召开全市信访工作会议，用上面出现问题的经验教训去指导下面的工作，才有说服力，才能有效地处理好当今群访日益增多的问题。又一想，要总结经验教训，就免不了要查找在处理这个问题上常委成员们各自存在的问题，实质上是一个专题性质的民主生活会。可是，这些年，据自己所知，莫说是来芬河市了解到的情况，就是在许许多多县、市级领导班子的民主生活会，每年还分什么上半年下半年各一次，上面层层发文件，提要求，会后写专题报告，几乎都成了走形式，基本上没有了那种批评与自我批评的内容，而是成了专题工作会；就是有点儿生活会的味道，不过是就此项工作轻描淡写检讨式地捎上几句，果真如此，还不如不开。细细分析，这个班子还具有开好正常民主生活会的条件，李迎春与计时策之间还有火药味，李迎春这人又主持正义，敢于直言，史永祥也是不听邪的。决心下定，开！他找来小高，说了题目、要求，请他立即准备召开就元宝村集体上访问题的专题民主生活会，查找教训，制定下步整改措施，明天一上班就召开市委常委班子民主生活会。

尽管罗平凡来芬河市就任以后，已经明显表现出了与前几任不同的工作思路和工作方式，但仍没有引起班子中诸多成员的留心和重视。从表面上看，这次民主生活会布置仓促，比以前还简练，连事先要常委们先写成书面材料交书记签阅都没有，多数常委猜想，无非是大家凑一凑，秀才做文章，向上级写个报告。其实不然。罗平凡有在清河县的教训，他是想：签署同意后，对在民主生活会上的发言，就不能说什么了，否则，那不是当面一套，背后一套吗？签署不同意呢，还得让你重新写。干脆，罗平凡主持民主生活会，就取消了要领导看材料再上会这一繁文缛节。

罗平凡主持会议，开宗明义地讲了这次民主生活会的议题、要求和要达到的目的。

沉默。常委们都低着头，看样子是不想和罗平凡的目光对撞，都没有第一个发言的意思。他也看不出哪个人做了认真准备。多数常委都在低头看以市委办名义下发的那个关于召开常委班子民主生活会的通知。

“没有说的，我先说吧，”市委常委、宣传部长杜文礼略带有卖关子的口气说，“反正早说晚不说，早晚都得说……”

杜文礼这腔调，像在罗平凡理想的民主生活会上蒙了一层淡淡的薄雾。这个杜文礼，被机关干部称作是理论痞子部长，讲起话来以大理论套小理论，有时讲一个理论，能把无产阶级领导的，资产阶级政客的，现实提法的扭绞在一起，让你感到博大精深，奥妙难测。他抓工作的拿手戏，就是喜欢组织大讨论，什么创造良好经济环境大讨论，发展私营经济大讨论，城市建设大讨论，等等。有人数过，他任宣传部长九年，一共搞了七七四十九个大讨论和讲座，讲座来讨论去，没有多大实效。基层干部又叫他空头理论家。他历任九年，要求换岗当个副书记或副市长，一直没能如愿以偿，常发个小牢骚，说个俏皮嗑儿，或以反喻正，或以正讥反。这回本指望换届换个岗位，计时策也有暗示，没曾想来了个罗平凡，在拟定的名单里没有他，心里淤积起了不满；算算年龄，再干它一届，过去五年之后，就怎么伸手也够不着副书记、副市长的位置了，只能向人大和政协转移，因此，有一种不在乎的味道。

罗平凡把双眉一挑：“好，那就请文礼部长先说。”

杜文礼把身子往沙发背上一靠说：“我先就上半年的宣传工作总结一下，然后就元宝村群访问题联系自己分管工作查找查找经验教训……”

“停，”罗平凡脸色一沉，直冲杜文礼，“这次民主生活会有总结上半年工作的内容吗？”

杜文礼慢条斯理地说：“过去一直是这样——”

罗平凡说：“现在是现在，不是过去。这次民主生活会的议题已经很明确，形式和方法是最简单的党内生活常识，就是开展批评和自我批评，与议题无关的请你就不要在这儿浪费时间，没准备好，就先听别的常委发言。”

民主生活会的气氛顿时紧张了，有好几位常委都在琢磨，看来，罗平凡是在要求常委们揭疮疤，评短处，开展思想斗争呀！这些年来，特别是“文化大革命”以后，这里的民主生活会就没有正常过，怕得罪人，互相护短，已经成了风气，根本就没听说过谁在民主生活会上揭露过谁，批评过谁，都是你说我好，我说你好，大家好好好，只是任凭下边老百姓在给领导们评说。

计时策心里也犯了嘀咕，罗平凡是不是冲自己安排的这个专题民主生活会呢？他虽然有些尴尬，心里却在蕴着底气，心想，你罗平凡不用在这里暗算，我计时策多年的政治饭不是白吃了的，等到适当时候，就重炮猛击，就是整不垮你罗平凡，也要让你闷昏在地，让你苟延残喘！眼下，无事防有事，就权当是冲自己来的吧，自己说自己，批评自己，即使过头了，别人都以为是谦虚。如果从别人嘴里批评来，再轻的事情也难为情，果然是这样，还是主动迎战为上策。

“平凡书记，我谈吧？”计时策瞧一眼罗平凡就收回目光，那样子根本不是请示需要等回答，只是一种招呼而已。他作为市长，也是常委班子里的副班长，怎么能像杜文礼那样呢，没等罗平凡开口，就开始了发言：“元宝村的集体上访，所以闹得这么大，影响了上级领导，特别是影响了省委梁威书记的工作，截了梁威书记的车，在市内外产生了很不好的影响，又险些闹出阻截火车的重大事故，想来有些后怕。这些，我应该负主要责任，因为罗书记刚来不久，还有上次书记会研究元宝村上访处理问题时，我主动提出自己亲自处理元宝村的问题……”

计时策说出这些，已使在座的很吃惊，与以往比，已判若两人。那个在芬河大地叱咤风云，不容任何侵犯的尊威赫赫的计时策怎么成了罗平凡这样年轻干部面前一个俯首帖耳的绵羊了呢……

静。市委常委会议室出奇的静。

计时策继续发言：“从元宝村上访事件中，我应该吸取些什么教训呢？从昨天看到今天要开民主生活会这个通知，我一直在反省自己。我觉得，我身上存在着官僚主义作风。在这件事上的表现主要是推诿。平凡书记没来时，上访的苗头就暴露了出来，我没有认识到问题的严重性，拖拖拉拉。再一点就是群众观念有所淡薄。我从市农委丁奇峰那里要了一份罗书记领着搞的调查报告才看到，元宝村还有那么多贫困户，群众温饱都没有实现，我们再有官僚主义，群众能不闹事吗？再一点就是缺少深入调查研究的求实作风。我一直把元宝村当小康村，原来数字这么虚，真叫我吃了一惊。我作为共产党员，作为一市之长，昨晚失眠了，真正地难过了，我要深刻吸取元宝村集体上访事件的教训，制定整改措施，在市委领导下，使解决群众上访和有关工作，出现一个新的起色……”

他接着讲了产生这些问题的根源，整改的具体措施，然后话一转：“这话可以说，也可以不说了，我想，还是说一说。元宝村的集体上访问题产生的客观原因还有一条，是敌我矛盾混淆在一起的产物，是由于坏人煽动所致。这个问题一开始我就有清醒的认识，拘留了两个村民，只是后来老部长来芬河市不幸逝世，使我缠身难脱，嗨——”计时策叹口气，“事情这样了，没什么可说的，只有吸取教训了。请大家批评吧！”

大家看来，计时策本来自我批评得不错，就自我批评达到这种深度，是多少年来没有的，而且他又不是一般常委，是副书记，是市长，然而后面这一叹，给了人以不得已而为之的感觉。

“计市长开了一个好头啊！”罗平凡也出乎意料，他说，“计市长能引火烧身做自我批评，态度很端正，给大家做出了榜样。下面请大家接着发言，是对计市长的自我批评进行再批评也行，对自己的问题进行自我批评也行……”

计时策瞧着罗平凡，不收缩腮帮，暗暗地用门牙狠狠咬了几下，心想，果然不出所料，罗平凡是冲自己来的，还在煽动别人对自己的自我批评进行批评。他浑浆浆的脑子里一下子浮现出：就职演说大会的挑衅，筹建市委大楼资金的主观挪用，先斩后奏起用李迎春，改换已拟定的市委常委候选人……特别是今天这个会，这个民主生活会，罗平凡这不是分明在步步为营、步步紧逼、步步都是在向自己发动攻势，想把自己撵下台吗？罗平凡啊罗平凡，你现在如意算盘打得太早了吧，你要是以为我计时策白吃了这五十来年的咸盐，那可就大错特错了！

“好，我发言。”李迎春说：“可以说，听了计市长的发言很受教育，首先是感到计市长作为我们市的一位主要领导，能够引火烧身，欢迎大家批评，体现了一位领导干部、一位共产党员敢于修正错误以求进取、为人民负责的责任心。我所以受感动，是觉得在我们这里，党内已有很久没有这样的正常生活了，老好主义，一团和气，明知不对，少说为佳，其实质呢，是坑害了事业，也坑害了自己。我所以说这些话，就是受计市长感动而发，否则，我不会积极发言，而且说心里话。”

计时策急忙掏笔，笔尖根本就没落纸，全部精力都在凝神细听，而且脑子里升腾起一个信号：李迎春开始反攻了，开始报复了。

“既然计市长对这次民主生活会这么有诚意，我就对计市长开展一点批评。”李迎春说，“计市长不同于普通常委，是主要领导。我认为计市长在元宝村集体上访问题上应吸取的深刻教训，是贯彻执行党的路线方针政策缺乏自觉性、求实性和创造性。”

常委们无不惊讶，这可是上纲上线的提法呀！

李迎春脸色自然，语气和谐，他是极力控制着用一种“和风细雨”的基调来对计市长提意见，或者说是开展批评的，以便排除常委们说自己“小肚鸡肠”或说是“报复”。他犹豫一下说：“据我所知，元宝村最初反映的问题是二轮承包中的问题。土地承包是改革开放以来我们党在农村的一项重大改革，应该说很成功，二轮承包直接关系到巩固这一改革成果。村民反应这么强烈，计市长并没有认真对待，只不过是推诿。这一推，元宝村的村民就把合资企业、腐败问题、村级班子建设问题都搅在一起了。这也好，问题都摆出来了，就更应该引起重视，认真解决。”他停停说，“现在看来是有点特殊情况，老部长的事情缠身，罗书记又不在家，市长应该会弹这个钢琴，不应顾了那头扔这头，去处理老部长的事。要是先派个调查组下到元宝村，也不至于闹这么大乱子。现在想来后怕，要是没有罗书记去及时处理，说不定闹成什么大乱子。我们都看到全国几个通报了，有烧乡政府的，堵截火车的，闯中南海的……好，我说得太多了，说这些，也算是有感而发吧。计市长批评自己是官僚主义，我看定性合乎实际，而官僚主义在计市长身上突出的表现是把简单的事情复杂化，又把复杂的事情简单化。比如，元宝村村民上访的二轮承包这样一件涉及党的路线方针政策的贯彻落实、涉及千家万户村民利益的非常重要而复杂的事情，都简单化处理。就是决定带领我和晓林副书记去时，也是准备靠二百名干警用威慑来解决，太简单化了。有时呢，这官僚主义作风又把简单的事复杂化，比如，交警队长尤熠亮打了罗书记，罗书记抛开他是市委书记，挨了干警殴打，算不了什么大事；干警打人要野蛮，欺压百姓，就事论事，严肃处理就行了。可是呢，计市长又把这一件相对简单的事搞得复杂化了……”

“我有意见，”计时策受不了了，内心很激动，表面显得很冷静，“迎春同志，罗书记不是说了吗，这么长的民主生活会，和元宝村上访事件无关的事还是不说为好，以免冲淡主题。其他问题，可以会后我们两个人以谈心的形式交换，也可以向罗书记建议，召开漫无边际内容的民主生活会，那时，你再发言不迟吧？”

计时策虽然神色坦然，口气平和，常委们从那“漫无边际”的用词和“不迟吧”的带有小拖音的语气中，品察出了酸溜溜的滋味和回击的力量。

罗平凡手心里出了汗。从实际而论，李迎春刚才开口并不过分，倘若计时策真这么想就好了，就事论事吸取教训，大家也会理解。可怕的是，从他微微显露出的情绪看，他心底深处埋上了一层积怨。不管怎么样，他这头一炮，倒是给以后开好民主生活会奠定了一个基础。既然他有这种情绪，就不能再让班子里那种见机行事又没看出火候的干部，当当当对计时策再一顿重锤了，在地委、省委没有意图要大调这个班子的前提下，自己还是要求大同、存小异，稳定住一班人，哪怕表面的稳定，也是很必要的。他知道曹晓林与计时策的特殊关系，说："晓林书记，你说说吧。"

"好，说说——"其实，曹晓林不想说，他又知道这样的会议，作为副书记是要带头的，不说是不行的。他已经看出罗平凡在芬河市站住脚的可能性，在这种场合又不能公开去批评计市长。现在时髦的是，除了讲工作、讲原则之外，同时要讲人性、讲德性，要是像李迎春那样批评计时策，莫说计时策接受不了，不少常委恐怕也要瞧不起自己，甚至日后更难混事。他在激烈的思考中，终于找到了这样一个角度，他知道计时策的心态，对他无论如何也不能路线上呀、方针上呀、改革上呀这么联系，想了想，爽朗地说："我批评计市长两点，一是在处理信访问题上虽有良好的主观愿望，但是付诸具体的实际不够。刚才计市长说了，问题看得很准，元宝村群访是敌我矛盾和人民内部矛盾交织一起的。当然了，是忙些，主要还是缺少应有的行动，自己忙，可以在你指导下派调查组嘛。再一点就是，还要注意一点方法，比如派干警的问题，派时我也觉得行，一实践就看出来了，老百姓根本不在乎。好在计市长没下令干警强行去干预，如果干预，矛盾可能被激化——看来，方法问题很重要。"他说到这儿，恐怕计市长有想法，又补充，"我不是说计市长所有问题都不注意方法，是指在处理元宝村群访问题上，民主生活会不就是就此事论此事吗。"他接着说："下面，我对这个问题进行自我批评。然后再请大家批评，罗书记，可以吧？"

罗平凡点点头。

曹晓林说："关于元宝村群访问题，我应该做两点自我批评：一是我在认识上没有上升到位，二是跟随计市长去处理问题，没有发挥好助手作用。"

曹晓林的发言，从实质上论，罗平凡是不满意的。就这个场合，罗平凡又感到适用。为了维护班子稳定，罗平凡说："好，重复的内容大家就像晓林同志这样，就不再说了。晓林同志发言完了，还有补充可以继续说。"

罗平凡的发言使计时策增加了几分嫉恨，他既没有补台，说一下自己是严于律己，又没有说一下李迎春言辞过激，还振振有词地称曹晓林是补充，这不是把自我批评又加上李迎春和曹晓林的发言笼统在一起，作为一体承认了吗？

不出罗平凡所料，几乎其他常委们都是蜻蜓点水地说几句，就刹车没有发言的了。

“好，大家没说的，该我说说了。”罗平凡说，“我认为，这次民主生活会开得很成功，在于时策市长严于解剖自己，在开展自我批评上开了好头。而且针对这个问题找出了是官僚主义所致这一根源，认识也很深刻，如果不是立党为民，不是想丢掉包袱继续前进，是不会做出这种批评的。其他常委的批评与自我批评，紧紧围绕会议要求，也有深度，可以说，这次民主生活会是一次成功的民主生活会，是大家出以公心，修正错误，也可以说是继续前进的加油站。可以说，大家越是深刻做自我批评，我越是心里不安。元宝村集体上访事件对上下造成不良影响，我应负主要责任，官僚主义在我身上也有明显的暴露。第一点体现，我刚到芬河市第二天，计市长陪同我看市容时，元宝村村民就要截车，要见我，我却不问他们见我为什么，任凭干警把他们撵走了，这种视而不见，充耳不闻，是多么严重的官僚主义作风呀！可以说，那避而不见，更加剧了干群矛盾，成为事态发展的重要原因。第二，我来到芬河市时，全国全省都在传达贯彻中央关于农村二轮土地承包问题的文件，我明知道，却置这一大事于不顾，搞了些具体工作方面的调查。这种抓芝麻丢西瓜的作风，体现了执行党的路线、方针、政策的不自觉性，也导致了事态的发展，这也是官僚主义的体现——”

计时策听着，觉得罗平凡并不是在牵强附会，而且很实在，思想上有了一点平衡。

罗平凡又举了几条说:“目前，特别是改革开放以来，在‘搞活’的这个‘活’字面前，官僚主义作风严重地滋生着，特别是在私利面前，官僚主义更是横行起来。这一横行，就侵吞了人民群众的利益。所以克服官僚主义势在必行。不克服这一问题，就不能实现我们党全心全意为人民服务的宗旨，也就不能顺利地执行党的一系列改革开放的政策。就元宝村集体上访一事，官僚主义制约了我们，造成了影响和损失。首先，我应该负主要责任，因为我是芬河市的主要领导。前几天，省委召开的信访工作会议，是我与省长签订的第一责任人责任状——”罗平凡又查找了自己的思想根源以后，单就个人和常委班子如何克服官僚主义问题提出了整改措施。他最后强调说：“通过元宝村集体上访事件，我们一定要牢记教训，做到以下四点：一是要牢固树立宗旨观念，坚决克服官僚主义作风；二是要注意深入实际调查研究，正确处理新形势下人民内部的矛盾；三是必须坚持实事求是的思想路线，从实际出发搞好二轮承包，制定切合实际的经济发展战略，各乡镇、企业也要这样做；四是这次会议之后，要加大力度推行政务公开制度，而且作为密切联系群众的一种必要措施——”

罗平凡慷慨激昂地讲着，常委们刷刷地记着，讲话声，书写声，像交织成的一支美妙庄严的乐曲在常委会议室里传送着。

罗平凡说："最后，我讲三点。第一，关于元宝村群访问题，以我个人的名义给梁威书记、地委领导以及省信访办等写一份检讨，请办公室主任小高同志负责，根据我讲的内容加以整理、补充，要在两天内完成。第二，将元宝村群访问题写成报告材料，即发市直有关部门，引以为戒，提出要求，各级党政组织要认真切实地处理好群众上访问题。适当时候，召开全市信访工作会议，结合实际传达贯彻省里召开的信访工作会议精神，我在会上讲话，这件事由市信访办负责筹备，办公室协助。第三，督促落实调查组在元宝村制定的二轮承包方案，三天内落实到位；在元宝村召开全市二轮承包工作现场会，这件事由史永祥同志负责筹备。届时，我与时策市长参加，请计市长在会上讲话——"

计时策急忙说："平凡书记，还是你讲。"

"不不，"罗平凡态度坚决，"还是你讲，我最后可以强调几点。由你讲，可以树立政府的形象和威信。问题都已经解决了，方案也有了，村民没多大意见了，你也就好讲了。请永祥同志安排农委参加调查组的同志为时策市长起草一个讲话稿，要拿出点高水平来，最后请时策市长修改定稿，讲后即发全市。"

计时策低下了头，笔尖刷刷地写着，字出了格线。连自己也不知为什么，笔尖下流出的，不是罗平凡讲话记录，而是与此无关的一些字句。

常委们听着，记着，心里受到了震撼。

罗平凡越讲越激动："伴随二轮承包工作，可以交叉，也可以结束后，抓紧落实旱改水和出口蔬菜基地建设的地块，市直各相关部门要积极支持，搞好服务，县级领导包乡镇，部门包村，要确保这项工作万无一失地顺利进行——"

罗平凡正说着，办公室通讯员进来报告，说是去考察论证两个大项目的考察团回来了，要向市委、市政府的领导汇报。罗平凡点点头又面向大家说："考察团已给我来过两次电话，工作非常顺利，我们四位书记先听听工作情况汇报。我建议：下一个市委常委会议，我们到俄罗斯去开现场办公会，让考察团团长带队，请常委们实地考察，如果合适，我们就地拍板，大家看怎么样？"

罗平凡见几位常委一齐说行，计时策也点了点头，放大了点声音："好，关于在俄罗斯召开市委常委现场办公会的问题，请迎春副书记负责筹备，争取在一周内开上！"

40

计时策这些年，特别是在共产主义劳动大学当班长的时候，说老实话，没有什么学习任务，多数是和学校里的教授对着干，或参加劳动。那些学生不少是“文化大革命”中的实力派，根正苗壮，个个都不服，很硬气，他就得琢磨这些人。可以说，重整以后，多数时间琢磨人、研究人，认准了投其所好提拔起来，还从来没像现在这样难辨罗平凡是个什么人。他是党章上说的那种人呢，还是权术老手，阴阳难分，暗藏杀机，听人说，他和丁奇峰、叶小冬几个人称自己是爷们儿，这都是些什么狗屁爷们儿！也不过小老爷们儿。论爷们儿的话，我这大老爷们儿，别看一些事儿顺从了，主要是矮在老部长死上，等这事儿压一压，我这老爷们儿，也可以说是老爷子，还真不服呢！他在想等党代会后坐稳交椅，再冲自己下家什呢？

他参加党内民主生活会后，乘车直回了家里，端起饭碗吃了几口，就在书房里来来回回踱起步来。丽娜安慰他，他摇头摆手不说话；秀娜问他有什么烦恼事儿，他仍然是摇头摆手也不说话。走了不知多少圈儿，他才决定要打几个电话，调来几个人谈谈。

房小虎一进屋，计时策就把他引进书房问：“小虎呀，元宝村合资企业的事，你们在运作施工合同时，提没提我的名字呀？”

“计市长——”房小虎一咧嘴，“混官场这些年，我还能四六不懂吗！虽说是你引的外商，我们去联系工程，压根儿没提你一个字。村里、乡里知道小林参加投标承揽工程了，那关你什么呀，很正常，小林就是经商的嘛！”

“噢噢，”计时策点点头，“这就好这就好。”接着问：“和小林没有什么问题吧？”

房小虎刚想说，有能怎么的，都是二人转，他计时策明知道有计小林的回扣，偏偏这么问，自己就偏这么说吧：“计市长，你想想，罗平凡下这么大茬子，亲自带队去调查，要是有小林的事情，肯定就少不了我，他不下茬子才怪了，我还能这么稳稳当当地来见你？！”

计时策心里稍稍松弛了一点儿，点点头：“小虎呀，现在这时候人心隔肚皮，一看来了新书记，我当不上书记了，还不去巴结大的？别说有事儿，就是没有事儿还往你脑袋上扣屎盆子呢！”

“计市长，我小虎可不是那种人，你就在大风大浪中品吧，脑袋掉了碗大个疤！再说，遇事要往远处看——”房小虎说，“你大概听不到市里的中层干部都在议论些什么吧？”

计时策忙问：“小虎，都在议论些什么？”

“议论得多了。”房小虎瞪大眼珠子说，“不少人在一起都说，现在共产党的事业还有个好？来一个领导另搞一套。计市长带着大家撤县设市，把一个土里土气的县城建成这样，多大的功劳呀，可是新来的书记却不是继续带领大家把芬河市建好——否定前届……”

计时策忙问：“这种议论多吗？”

“当然多喽，”房小虎说，“比如，城建口的干部就说，这姓罗的外来户也太霸道了，筹建市委大楼的事情，政府常务会都已经通过，计划委员会报告都到地区了，他一个人就决定撤项。市委的一些干部常说，眼里还有没有市委了？我们也得问问，眼里还有没有政府了？市委书记主要是分管干部，市长主要是分管经济工作，他总不能胡子眉毛一把抓吧？”

如果说得再策略一些，加上一些限制词，可以说，房小虎的话完全说到计时策的心里去了。计时策摇摇头说：“小虎，我真想不到，你一个搞工程的，政治上还这么敏感。敏感虽敏感，你不能让人牵着鼻子走，就这个问题，你的议论可不正确，党要以经济工作为中心嘛！”

“计市长——”房小虎说，“你真宽宏大度，怎么也不能这么个中心法呀！”

计市长摇头说：“小虎呀，不说这个，不说这个，社会上还有些什么舆论呀？”

“群众眼睛是亮的。”房小虎说，“啤酒厂王厂长就说，细品品呀，还是计市长是帅才，干大事，有素质，大家反映不过是有点架子；可有的人呢，动不动就训人，把自己当成救世主，像是别人不改革，就他改革似的。改革呀联系群众呀，有点儿联系大劲儿了，这么大领导，怎么联系上白华了呢，有热闹瞧哟——”

计时策忙问：“他怎么这么说，这种舆论大吗？”

“你问这种舆论大不大？都开锅了！”房小虎说，“王厂长说的不算盛，那盛的，有鼻子有眼地说，多着哩！不少都说，白华和罗平凡在房间里正搂着睡让你给堵屋里了，还说，罗平凡是没有脸在宾馆住了，才搬到居民区去了。计市长，到底有这事儿没有？”

计时策故作焦急的样子说：“房小虎，有这事也罢，没这事儿也罢，像你，还有王厂长，都是这市里一些重要部门的干部，又是共产党员，可不能混同普通老百姓乱说呀。”他避开回答，这样未置可否，更使房小虎确信无疑，罗平凡玩上女人啦！他诡秘地说：“罗书记、晓林副书记已安排各单位开基层党的代表会，选举出席市代会的党代表，有的已经选出来。好几位当我说，管他上级定谁当书记呢，我们是得投好这神圣的一票呀！听，这不是话里有话吗，这人心所向可不得了！”

计时策暗喜，板起面孔，口气里却有着与吐字相悖的滋味：“老百姓嘛，管他们怎么说去，你们这些当领导的可不能乱说。”他叹口气，“唉，现在这年代人的思想，可不像‘文革’前那么好规范了，小道消息多，传言多，才怪呢，有些舆论你越压越厉害。还有，有些事情，群众就是和领导想的不一样。比如说罗书记提出以稻治涝，建设蔬菜出口基地，这本来是好事嘛，要砍点儿野生林做育秧棚架，这林业战线上的工人就是想不通，三番五次给我打电话，说这是乱砍滥伐，违反森林保护法。是有这么一说，他们也不想一想，罗书记还不是为了老百姓的利益吗！这些人就是本位主义严重，说什么，我要不制止，他们就要上告，也真叫我左右为难——”

房小虎明白计市长的寓意了，问：“这么说，罗书记不办手续，指挥起乱砍滥伐了？这事儿可不得了啊，多少地方的干部就是为这个受处分被撤职的呀——”

“别大惊小怪，”计时策说，“这和那个不一样，就是称得上是乱砍滥伐，也是为了群众——”

房小虎心里明白，计市长一倒台，他以后也不会有好果子吃，说不准还会出事儿，保帅才能稳卒。他已经完全明白了计市长的意思，试探说：“计市长，罗平凡今天训这个，明天抓那个，我要一看有苗头，不等他琢磨我，我就先下手！不用别的，光就组织乱砍滥伐这一炮，我就把他轰到西天门上去。”

“不行，不行，千万可不行啊，”计时策一副很着急的样子，“群众瞎整，阻挡不了没办法，我们要积极做工作。像你这个级别的干部千万可别这么干，有意见公开提嘛。”

这些年，房小虎和计小林揽包工程，计时策明知装不知。房小虎通过接触交谈，也掌握了他的处世哲学，这心里一阵高兴，言不由衷地说：“计市长，我明白你的意思了，决不乱整。群众愿意整，就让他们整去吧。”说完临走时，微微露出了诡秘的一笑。

计时策的暗藏杀机，房小虎心领神会；房小虎的心机，计时策也明白了。

门铃响过一下，很快又响了一下，尤熠光和曹晓林先后来了。

“秀娜，”计时策冲着正在厨房忙碌的小姨子说，“再多做两个菜，熠光和晓林肯定没有吃饭，随便吃点，下午还都要按时上班。”

秀娜回答：“嗯，知道了。”

尤熠光和曹晓林跟随计时策进了书房。他俩知道，要是没有紧要的事情，是不会让中午到他家来的，一是计时策有午睡的习惯，二是家里又有个病妻子，看来，是到了“最危险的时候”。

“熠光呀，”计时策让他俩坐下开了口，“最近，市里出了这么多遮不住、盖不住的事情，关键的时候，我本想让你去省里找找那位领导，可又一想，他又不分管这些工作，这梦能自己圆就自己圆，按说，总算圆过去了。罗平凡挨打，老部长之死，元宝村闹事儿，特别是让你作为常委候选人，是我心上的一件大事，原打算借助老部长的力量，万万没想到又出了这事，教训，教训，真是沉痛的教训呀——”他叹了口气，这叹气是欣然自得的样子，“唉，要是没有我们这几年的工作基础，这几件事，每件事都不会有今天的结果。我的意思是要珍惜，要珍惜呀。”

两人听着，琢磨着，还没领会，没猜出今天被叫来的意图。

计时策把目光盯在了尤熠光脸上：“熠光，我想，有件事情需要请省里那位领导帮忙。”尤熠光问：“计市长，什么事？”

“咱们市提出的御寒补贴和边境地区津贴问题，应该拿到日程上来了。”计时策说，“这事情也怪我抓得不紧，报告递上去也没有消息，你能不能跑一跑，在党代会召开之前跑下来？这可是关系到全市每一个人的切身利益的事情呀。罗书记正在组织旱改水，建设蔬菜出口基地，那是为老百姓做好事儿；我们这件事做到了，是更直接为老百姓做的好事儿！”尤熠光眼睛一亮：“计市长，我明白了。”明白的话又不能说出来，心里在暗暗赞叹，好，太好了，是该卖力气的时候了，计市长是在加足马力，在党代会召开之前，和罗平凡夺民心，争群众呢。

“好，明白就好办，我就不再说了。”计时策说，“居民御寒补贴和边境地区津贴批下来，要是不早不晚，正好在党代会召开前，让参加会议的代表领完津贴，带着市委、市政府的关怀走进选举会场，会像一阵东风一样。”

尤熠光从来没听到计时策这么露骨的谈话，以往你要猜呀，猜呀，总得画几个魂儿才能猜到。他果断地说：“请计市长放心。”

“放心，你办这种事我放心。”计时策转过脸对曹晓林说，“晓林副书记，听说基层选市党代会代表的工作已经全面铺开，罗书记刚来不熟悉，在代表物色上可不能犯自由主义呀。”

曹晓林是最能破译计时策话里含意的，他有点毛了，难道自己想两头靠的微妙心理已经让计时策掌握了？目前，他还要利用自己，这几句话比以往都寓意深，都尖刻。在这种场合，计时策是从不称自己副书记的，都是晓林、晓林的，今天一遍遍加了副书记三个字，明明是对民主生活会上自己发言不满意。难，太难了。

罗书记刚来不熟，这是个操纵党代会的好机会，好就好在不熟上。

代表物色上可不能犯自由主义呀，要把那些能投计时策票的都选进来，甚至有的该点名的点名，该戴帽的戴帽，这是多年的办法，那就是不点名老张却非让老张当上。这就是下文时框住条件，比如说，可以交代下面，为了代表的比例构成，要在某村选个村长，某企业应选一个有高级职称的知识分子，某局应选个少数民族代表，某单位应选个老干部代表等等。

“姐夫——”秀娜在客厅边往桌上端菜边喊，“饭好了，和尤局长、曹书记吃饭吧！”

尤熠光和曹晓林到金丽娜房间里看了看，以示关心，然后三人围着餐桌坐了下来。

“来，”计时策主动拿起酒瓶子，“今天没有外人，下午还要上班，咱们就不多喝了，每人三杯。”说着先给曹晓林倒上了酒。

曹晓林用手罩着杯，恭让的样子：“计市长，我自己来，我自己来。”恭让中，计时策已经把酒倒上了，又去给尤熠光倒，尤熠光却硬把酒瓶子拿到后，先给计时策倒上，后又给自己倒上。刚才，计时策在自己名后面冠以官职，这回，又给自己斟酒，更使曹晓林心里疙疙瘩瘩不是滋味。他心里清楚计市长很少提议喝酒，尤其是中午喝酒，这说明，此时此刻，计市长是一种极不平常的心态。

此时，曹晓林的心像在腹中空落落被吊了起来。这些年，他跟随计时策养成了一种灵敏度很高的政治嗅觉，民主生活会上，李迎春发言像重炮猛轰时，从罗平凡的表情上，他已经猜出了罗平凡的心理；罗平凡点名让自己发言，也猜出了他的意图。他执行了罗平凡的意图，尽管是也符合自己的心愿，轻描淡写地批评了计时策，计时策还是不满意，心里直流苦水。自己已经是两头不是人了。自己和计市长不一样啊，计市长是省管干部，且年过五十，班子出了矛盾，就是罗平凡站住脚，省里一张纸，也可以易地做官。自己就不行了，易地的范围比较小，而且对这类副职，罗平凡的意见很重要，难道察觉出罗平凡要站住脚了，还能像鸡蛋一样硬去碰石墙吗?

尽管曹晓林神不知鬼不觉地巧妙安排党代会的代表人选，他还是觉得太渺茫。

哎，到了这个分儿上，曹晓林才真正体会到，升官难，当官也难呀!

计时策寒暄几句，带头一饮而尽。曹晓林主动拿过酒瓶先给计时策，后给尤熠光，最后再给自己杯子倒上，举起来说："计市长，我先说句话，今天上午的民主生活会上，我一听李书记的发言——"

"行了行了，不说这个。"计时策说，"李书记的发言，你的发言，我都理解，毛主席他老人家不是有句名言吗?叫作有则改之，无则加勉，批评激进不激进，符不符合实际，我都不计较——"他说着把杯举起来，剥夺了曹晓林的敬酒权，句凝字重地说："晓林呀，你的心思要投到党代会的筹备上，如果我没培养错、没看错人的话，我始终认为，你是有能力、有心计把这次会议筹备好的。"

曹晓林心里更乱了。那心不仅像是空吊着，还来来回回悠荡起来。

计时策举着杯"咣"一声和曹晓林碰了一下，尤熠光说了句："我赞助！"三个人又是一饮而尽。

突然，门铃响了，秀娜去开门。酒桌上的三人一看是疯疯癫癫的崔二妮，都有点毛了。自从上次让尤熠光训斥一次，她安稳了几天，这几天又像发毛的驴子，到处乱踢乱找。计时策每次都是躲着，看来这回是躲不过去了。

"计市长，"二妮一副豁出来的样子，"我家熠亮的工作，你们——"

计时策就怕一句话不对这疯婆娘心思，当着他的面把罗平凡挨打的窗户纸捅破，像快刀斩乱麻一样截住她的话："我知道，我知道，熠光已经和我说过几次了，事情既然已经这样了嘛，你就不能太急。"

二妮见尤熠光怒眼直瞪，放低了嗓门："不急?不摊到谁家头上谁不知道这滋味呀。"

"知道，一想就知道，我经过的事情多了。"计时策笑笑，"二妮，你坐。"二妮不坐，他接着说，"刚才，我们议论，党代会一开，尤熠光一当上常委，不用说别人，他还不着急呀！再说，这事儿时间还不算长，也得沉淀沉淀。"

二妮缓和了："你们心里别没事儿就行，我家熠亮真够委屈的了。"

"行了行了，"尤熠光一听她的话又要出辙，厉声说，"快回去吧！"

二妮转身走了，临迈出门坎时又说了一句："你们可都当个事儿呀！"

尤熠光盯着她的背影说："这个母夜叉。"接着拿起酒瓶又给计时策倒上了酒……

41

芬河大地伴着芬河市委、市政府一号和二号禁令的实施和三次通报、免职等公开处理和媒体曝光，在经济发展环境深入净化中涌起了春潮秋闹的热浪。迎来送往的少了，史永祥还专门召开了一次公车拍卖会，公款大吃大喝的少了，深入基层，帮助农民致富的多了。

二轮土地承包工作很快结束了。市委、市政府在这里召开完现场会以后，秋收秋翻，送交订购粮，打井，稻田起埂，清山间伐，蔬菜温室和大棚成片地平地而起，附近几个县城的机井队都来了，田野上架起了临时电线，连续多少个夜晚都是灯火辉煌。外来打工的，市里职能部门下来服务的，村民们更不用说，日夜地奋战着，按着市委、市政府的要求，要在大地封冻前把应做的工作都抢做完毕。可谓名副其实的时间紧，任务重。年龄大点儿的人都有种感觉，仿佛芬河市又像当年的“大跃进”一样。

罗平凡带领常委们在俄罗斯召开了常委会，和常委们察看了贮有铁矿的两座山，听取了贮量勘探、含铁量化验以及开采规划设计，察看了蔬菜批发市场的选址，听取了市场消费测算报告。常委们一致叫好这两个大项目，几乎都说，真的实施方案以后，芬河市的经济可就要插翅高飞了！罗平凡又走遍了二十八个乡镇，察看了二十八个万亩水田开发区，又察看了口岸附近几个乡镇的蔬菜开发区，一直浸沉在疲劳、兴奋和幸福的感觉之中。

傍晚，罗平凡回到家，洗脸刷牙，坐到饭桌旁时，史永祥端上菜和米饭。

“罗书记，”史永祥已经憋了多少天了，罗平凡忙，他也忙得不可开交，今天终于憋不住了，“我怎么就不明白。元宝村群众集体上访事件，是计时策这些年来公开认输的唯一的一件事，李书记已经抓住他的心理，狠狠地进行了批评，为什么不火上加油，继续对他进行批评，追查责任，借机把他交流，反倒让曹晓林出来降温灭火，唉——”他叹口气，放下筷子，“真不明白呀，我的书记，这是从人民的利益出发，从党的事业出发，也是为计时策本人负责任——”他见罗平凡也放下了筷子，听得很入神，激动地说：“平凡书记，通过从种种现象分析，凭着我的政治敏感，我总是感觉到，自从你来芬河市那天起，计时策就没放松一时一刻在你的位子上打主意。对他这样的官僚，好不容易抓住狠狠剖析教育的机会，你却抬胳膊放行了。唉——后悔去吧，姑息养奸，姑息养奸呀！”他惋惜而气不过的样子拿起了筷子端起了碗。

“永祥同志，我的秘书长，”罗平凡也端起碗，说，“李书记的发言，可以说就事论事并不过分，我发现计市长已经冒汗了。倘若你再猛猛来一炮，也是这个激昂的调子，你要是放开思想，比李书记还有针对性，还要尖刻，那样，会让计市长以为，我是事先布置的。会开得本来就有点儿突然，也别让别的常委误会，我在搞感情的小圈子。你应该想到，有时候，实质上没问题，而有些现象，往往给人以错觉，形成解不开的疙瘩。”他笑笑说，“永祥，我当时看出你那跃跃欲试要发言的样子了，当即点名让曹书记发言，我真为你那天没发言而庆幸。”

“行啦，行啦。”史永祥又把筷子放下了，“我的书记同志，我知道，共产党员要襟怀坦白，要姿态高昂，工作方法要讲究策略。可是，这得因人而异，因事而异。这和平年代党内的思想斗争、意识形态的斗争比战争年代隐蔽而诡秘，我看哪，也不比战争年代少多少残酷性。他见罗平凡也放下了碗筷，更加来劲了，“计时策做了多少年要当市委书记的梦了？全市人民都清楚，天上突然掉下了你这么个七七级爷们儿，他能不忌妒吗？当然，并不是说这种安排就会有这种忌妒，省里有过不少这种调整，我有意听人说过这种情况，多数都很好。这就得因人而异了，因到计时策身上，恐怕就是另一码事了。那就职演说大会上，你看出计时策的架势来了吧，有些事等你回过味来后，怕已经不赶趟了——”他脑子里一转，把想说又想不说的几句话还是说了出来：“过去，我们在党校萍水相逢，相处甚好，那时只是观点一致，并没有处理具体事情的碰撞。那时候，我就觉得你是帅才。来后这段时间证明了那时我的朦胧判断。我曾思量过，从思想路线、工作方法以及能力水平，特别是你那种创造性的思维，令我佩服，简直是一个无可挑剔的完人。通过这次民主生活会我才隐隐感到，你还有那么多书生气，还有那么多温良恭俭让，你还缺乏政治上的成熟度——”他说完最后一句话，觉得有点过分，又说：“可能只有我才能对你有啥说啥。”

“哈哈哈——”罗平凡笑了，“还是第一次有人这么直接对我论是道非呢！太好了，太好了。”他说着去拿酒，找酒杯，“永祥，古人不是说，话不投机半句多，酒逢知己千杯少吗，咱俩喝一盅怎么样？”

史永祥连说好好好，你坐你坐，很快找来酒和酒杯，先人后己斟满了杯子。

史永祥端端杯子又放下说："平凡，有些领导在评价下属干部时常用'成熟'或'不成熟'这两个词，今天叫我用了一个，而且颠倒了，不是上级说下级，而是下级说上级。我觉得，旁观者清是很有道理的。我在地区办公室当副主任时，我的主任和主管副书记也这么说过我，他们用土话评价我好拔犟眼子，他们用政治俗语，就说我不成熟。我当时不服，觉得自己提的问题有理有据，比如给领导写的报告里有虚假数字等问题，一时弄得他们很尴尬。我相信，自己坚持正义，不是不成熟而是成熟，为此，还和一个要好的朋友嘀咕过，这位朋友也没犟过我，但直摇头。不久领导决定流放我到这个地方，那时还是个边疆小县。那位朋友惋惜地对我说，永祥啊永祥，你还记得咱俩对'成熟'问题的争论吧？某种意义上说你成熟，你有理，可以说是成熟；可是把你扒拉走了，你再没机会在这里实施你的成熟，这就说明你不成熟。这我才知道，一些词语本来内容很确切，有一定的含意，只要和政界一搭上，内涵就丰富了。成熟，有人指的是有见解的，有人指的是果断，有人指的是善于驾驭复杂的局面，有人还指处事油滑——"罗平凡刚要接话，史永祥又说，但平稳了口气，"平凡书记，我刚才一时冒出这句话来，也不知道是从哪个角度切入的。"

"永祥，不管是从哪个角度，也给了我很大的启发。"罗平凡说，"我只意会不言传，这是个很大很深的课题，等我的心静下来，或者说开完党代会以后，经过一段实践，咱俩把酒细谈。"

沉默，喝了一阵子酒后，两人一口菜一口饭地吃了起来。

罗平凡边吃边从心底觉出舒服坦然的滋味。群众厌恶大吃大喝，从中央到地方三令五申刹吃喝风，有些干部顶风上，吃到挨批评受处分，自己怎么就感受不出满桌鱼肉，喝得醉醺醺，是一种享受呢？还有比这顿饭再惬意、再舒心的吗？

"平凡书记，你说的我明白，你做的我也明白，可是，得因人而异啊。"史永祥吃完碗里最后一口饭，把碗筷一推说，"我就隐隐约约感觉到，平静和随和的背后有着一种意会到的不平静。"

罗平凡也放下了碗筷："怎么，有什么迹象？"

"听说尤熠亮的老婆二妮吃安眠药自杀了，"史永祥说，"尤熠亮的老丈人、丈母娘，还有大舅子、小舅子和尤熠亮吵喊成了一锅烂粥了。社会上也舆论纷纷，有的说，尤熠亮打了书记被撤职以后，没了职没了权，二妮那个母夜叉给尤熠亮气受，尤熠亮哪听这个，叮咣二五给她好一顿揍。二妮想要泼吃安眠药吓唬尤熠亮，尤熠亮以为她瞎胡闹没管，假死当真的了，解剖尸体时，果然发现了大剂量的安眠药。也有的说，尤熠亮这小子蔫人坏心，在外边玩小姐，玩大了肚子，那小姐找到他家里赖着不走，二妮是为着这个和尤熠亮干仗，尤熠亮两头为难，怕老婆大闹，又怕那小姐上告，二妮要泼时打了她。二妮想以死威胁尤熠亮，尤熠亮就任她去了，正好那小姐逼着尤熠亮离婚娶她哩。”

罗平凡问：“传得这么有鼻子有眼儿，有没有影儿啊？尤熠亮家到底有没有小姐呀？”

史永祥说：“我听法院民事厅的一位副厅长说，案发时，尤熠亮家确实有个怀孕的女孩，尤熠亮一口咬定是他哥哥尤熠光给介绍来家里做保姆的。尤熠光认账，还说来时就怀了孕，正好不想干了，出了这事儿，就辞职走了，还写下了证言。”

“噢——”罗平凡纳闷儿，“怎么这么有戏剧性。”

“这好像没什么疑问。”史永祥说，“我问了，法医解剖报告单、照片都属实无误。尤熠亮的口供就是，因他被免职问题争吵后，自己不在家，小保姆外出买东西的空儿，二妮吃了药。”

罗平凡问：“没了解了解尤熠亮的反应吗？”

“我已了解了，”史永祥回答，“都说，尤熠亮和二妮是吵吵闹闹的夫妻，吵了好，好了吵。尤熠亮每次都是吵几句就没电了，一股火上来，只能请神不能送神，二妮就没完没了地发泼，每次都是尤熠亮让着她。这二妮一死，尤熠亮的表现是闷坐，抓头发顿足捶胸，痛苦不已，只是不善于表达，别人问一句答一句，尤熠亮是这个性子。”

罗平凡点点头听着，琢磨着，不管是在什么地方，偶尔有人有话题议论起尤熠亮，自己就有点感觉，和打自己的情形对不上号，越琢磨越觉得应该是尤熠光，而不是尤熠亮——当然也常否认自己这种感觉，有曹晓林亲自安排调查，调查组成员又不是一个，这还能差了，自己常有幻觉错了的时候。

“平凡书记，”史永祥说，“听说，反正我也是听说，计市长对这事很关心，打电话给尤熠亮好一阵子安慰，还嘱咐有关部门要公平合理、实事求是地处理好这件事情。”

“永祥，看来，在芬河市你的耳目不少啊，”罗平凡说，“我可是很闭塞。”

史永祥说：“大概是和我当这个秘书长有关，分管办公室，又兼机关工委书记，自然，有什么情况他们都会向我报告。再一点，我和他们很随和，他们中不少人都能如实给我说些情况。”

罗平凡说："永祥，这么说，计市长都这么关心这事情，我作为市委书记，更应该关心关心了，况且尤熠亮又是因为打了我受的处分。"

"不用不用，"史永祥说，"我听说后已经以你的名义打了电话给尤熠亮，这件事，属于家务事，管他什么原因，法院只要处理了，他们认可就行了。"

"这些天，社会上还有一种舆论像刮西北风似的越刮越盛，"史永祥对罗平凡在计时策的问题上不听他的劝告，很有意见，故意加重语气刺激罗平凡，"那就是传说罗书记与白华的桃色新闻，也是有鼻子有眼。"他见罗平凡脸沉了下来，严肃地说，"有人向我报告，齐贵山就在海鲜大酒店吃饭时大加散布——"

史永祥说："你可能没听说过，社会上还有一种很广的舆论，说是计市长和白华如何如何，说的有鼻子有眼，听说计市长的妻子为此上过火，也为此病情加重，听学校的校长说，他的妻子丽娜是名很优秀的教师，前几天教师节，我特意买了营养品和鲜花，代表你去看她，她很感动，说话有气无力，但是，每句话都深沉而有道理，她说听了你不少传闻，想见见你呢！"

"那得等我妻子明白过来——"罗平凡一下子想起妻子误会不接电话的事，顿时火冒三丈，"啪"地一拍桌子站起来，"我——我撤——我起诉——"

史永祥慢慢站起来，忧郁地说："你撤他理由充足吗？你起诉他，谁出证呀？"

"我——"罗平凡来回在屋子里踱起步来，越踱步子越急，心里的火越烧越旺。

史永祥笑笑说："这件事情你别操心了，我来处理，包你满意，我要为你这个七七级的顶级爷们儿保驾护航。"

罗平凡瞧着史永祥笑了："好，我实在没精力，就全权交给你处理吧！"

42

美娟把小林从俄罗斯招了回来，一个负责用冷藏壶从地区医院取来了DNA生物免疫治疗回输液，一个去市医院请护士来给扎针挂吊瓶，当一切准备就绪，针尖插入丽娜手腕的血管时，只见丽娜奄奄一息地说：“小林、美娟，你们要好好活着，妈不行了……”美娟和小林含着眼泪谁也说不出话来，只是一人抱着丽娜的一只胳膊滴着眼泪点头。然后，丽娜对计时策说：“计市长，你要有心思照顾好两个孩子，跟了你算一辈子了，我只想说一句话：你要好自为之吧。”计时策不知如何是好了。

丽娜话一说完，护士见滴瓶停止滴液了。丽娜已经永远闭上了眼睛。

计时策处理丽娜的丧事，可以说是干脆利索。傍晚病逝，连夜通知亲属，安排火葬事宜。等第二天早晨传开消息时，一切一切已经处理完毕，计时策及其亲属已经从火葬场返回了。

这一夜，计时策算是没合眼。

这一天，计时策没有上班，一直沉浸在悲痛之中。

傍晚，罗平凡从地区打来电话：“时策市长，大嫂的走，你千万要节哀，要注意身体。”

计时策声音很沉，有些沙哑：“谢谢罗书记。”

“办公室给我打来电话时，说是丧事已经处理完了。”罗平凡说，“这次座谈会很重要，地委书记胡晓冬同志亲自主持，几位副书记都参加了，布置各地相继召开的党代会问题。会议很严肃，传达了南方一些地区召开党代会的情况，人代会更突出一些，出现了不少自由化现象，其中有一个县，三名县长候选人落选——好，不说了，回去再说吧，主要是要求我们开好党代会。”他又把话拉回来：“时策市长，要是一般会议我就赶回去了，我和晓冬书记一说，他们也都不知道大嫂的丧事。你处理得太匆忙了，怎么也要等一两天嘛。”“平凡书记，谢谢你。”计时策声音沙哑，却很沉稳，包裹着悲痛，“民间倒是有个说法，人走后必须三天，至少两天后才出丧，咱们是共产党员，又是这一级领导干部，就不能依着亲属们遵循那些陈规陋习了。这你也知道，不光是咱们芬河市，眼下婚丧嫁娶的随礼风很严重，这个送三头五百，那个送千儿八百的，硬往兜里塞，这种场合你还没法拉脸来推辞，有些干部还就是专门找这样的机会和领导联络感情，有的办婚事，事后还追补表示表示。咱芬河地区可是有这个民间不成文的规矩，办丧事只要一启动灵车，再表示就犯大忌了。可以向组织上说，在廉政建设上我是很注意的。”

“这就好。”罗平凡说，“时策市长，这样也好，我回去再去看你，这几天你就注意休息吧，晓冬书记也让我给你捎话，让你节哀，注意身体，说忙完眼前几件事要去看你。”

计时策连连说：“谢谢了，谢谢了。请你转告晓冬书记，请他放心，我会调整自己的心态……”

他放下电话，听见厨房传来锅碗瓢盆的撞碰声，走过去说：“秀娜，你和妈妈回去吧，从今晚起就别在这里住了。这些日子，丽娜没少拖累你，你也该回去休息休息了。”

“时策呀，你说啥呢，”老丈母娘说，“丽娜在，你是我的姑爷；丽娜不在，你还是我的姑爷。就打着说你是当领导的，心宽能装住事儿，丽娜刚走，空荡荡的这大房子，你一个人在这里也不是那么回事儿。我娘俩陪你住几天，你心情好好，我娘俩就回家住去。”她说完又觉得不对心思，又补充说，“时策，我知道你忙，一个月在家里吃不了几顿饭，可这里总得有个人呀，洗洗涮涮——”

“妈，”秀娜在一旁接话说，“我看，咱俩就在这里陪姐夫住一段时间吧！”

计时策低下头，转身朝书房走去，心绪纷乱起来。娶秀娜继房倒是如意，眼下尸骨未寒，需过段时间再说。过去她住在这里，伺候她姐姐，丽娜过世了，还住在这里，人们就要说闲话，有个老丈母娘夹在中间陪着还好说一点儿，但也免不了人们瞎议论。秀娜娘俩明明是心里一致，往这一住就是在向社会发广告，秀娜要嫁给计时策。细一想这也没啥，难的是如何抖搂掉那一心一意做了准备的白华，处理不好要弄出全市的花花新闻，计时策呀计时策，别说竞争市委书记，恐怕这个市长的座位也保不住了。

“得了，得了，”老丈母娘一阵悲切之后，又把心思集中到撮合秀娜和计时策的婚事上，乍初觉得不合适，计时策比秀娜大近二十岁，经丽娜一撮弄，也通了。时下，老夫少妻多着了，人家还有大二三十岁的呢。她想到这里，大声说：“秀娜，我回家有点事儿，饭好了，你就和你姐夫吃吧。”她说着让你姐夫吃饭，吃了好让你姐夫静下心来休息休息。”

“别走，别走——”计时策说着走出书房，丈母娘却头也不回地推开门走了。

夜，静悄悄。

秀娜刷刷地拉上了每个卧室的窗帘，遮住了一个个向窗内眨眼的星星。

“姐夫，说起大道理你比我懂得多，走的走了，咱们留下的还得活着，”秀娜走进书房说，“你可不能再折磨自己。我何尝不难过呢？怎么的也是一母同胞呀，你就放松放松吧。”她说着转身往外走，自言自语地说：“我去卫生间放热水，吃完饭洗洗澡，好好睡一觉吧，你从昨晚到现在还没合眼呢。”

秀娜拉着计时策来到饭桌旁吃完饭，又拉他到卫生间脱衣服进了浴缸。秀娜知道，计时策喜欢她洗完澡，或热水洗完头以后那红晕的脸蛋儿，更加油黑亮的披肩发。她故意把洗头水加热，洗完后，也脱了个精光，搂着计时策的脖子，一侧身滑进了计时策的怀里。秀娜的多情温柔，水温的刺激浸泡，还没有使计时策从感情半麻木的状况中解脱出来。从丽娜开始卧床不起时起，他偷偷滴过眼泪，知道丽娜将不久于人世，可是她毕竟还活着，还对自己的权势和活动能力能有拯救妻子的可能而寄托一线希望。他虽然情撩白华，也想占有秀娜，只要妻子有一口气，他嘴上没说过也没有真心思娶她们任何一个为妻。如今，丽娜悄悄地走了，再次娶妻成了现实，不管过去是许愿，还是想占秀娜的便宜，眼下都在向既成事实急骤逼近，丈母娘的主意，变成了秀娜接受的行动，对计时策来说，已经再没有别的选择，只是个早晚公开的时间问题。秀娜依偎在计时策怀里，她认为，柔情地瞧一眼计时策，轻轻地闭上了眼睛，计时策也由半麻木到清醒，缓缓地侧头吻去……

突然，外边传来了咔啦啦的钥匙开门声，接着就是推门和锁链的挣响声，两人一怔，计时策急忙披上浴巾走了出去问：“谁？”

“谁？听不出来呀，”白华在门外上瞧下瞧看是否有人，似乎无所顾忌，“我是白华。”

计时策情不自禁地问：“噢？你怎么有钥匙呀？”

“嘀——”白华往里瞧着问，“我早就知道，早晚有一天，我就是这间房子的主人，怎么就不该有钥匙呢？”

计时策想起来了，他只在白华住处过了一次夜，第二天早晨上班时发现钥匙不见了，只好让办公人员给开了门。左想右想，钥匙应该在兜里。他多年养成了一个习惯，出门，不管是家门办公室门，先摸钥匙在兜里没有，临要回家或去办公室时，先伸手摸一下，钥匙是不是在兜里。他清楚记得，进白华家楼梯口时，还摸了摸沉甸甸的一串钥匙。给家打完电话又给白华打电话，才知道钥匙丢到了白华家里，现在想来，不是丢在了白华家里，而是白华趁自己不注意偷偷拿走了钥匙。

“白华，”计时策瞧瞧身后见秀娜没有跟出来，小声说，“这么晚了还来干什么？”

白华催促说：“快开门吧，这么晚了才来看看你呢。”

“这——”计时策支吾了。

白华问：“没人吧？”

“没有。”计时策回答，“我正洗澡呢。”

白华说：“我在门外，看见你老丈母娘走后，又拉窗帘，又关灯，估计就不会有人了，快开门！我陪你洗澡。”

计时策回答“没有”时，连自己也不知是怎么说出口的，话一出口就像泼出的水，怎么也收不回来了。应该说，某某副市长，或者说是曹晓林在这里和自己做伴过夜，正聊天呢，不就得了吗！他有点慌乱了：“等我去穿衣服。”

“穿衣服干什么，快开门吧。”白华又上下瞧瞧，放低声音说，“穿什么衣服，我和你一块儿洗。”

“这哪行呢。”计时策说着，转身往回走，他知道，这一个“没人”说出去是定要开门的，不然会在白华身上惹出事的，就是不要她、甩她，也得慢慢施脱壳计才行。可是，要是放她进来，屋内藏娇，还有个秀娜，不就热闹了吗？

计时策在三五步走进卫生间的刹那，是挖空心思琢磨着……

“姐夫，谁呀？”秀娜以为是来探望安慰的，计时策把人打发走了呢，生气地说，“这么晚了还来，真不礼貌！”

“多晚呢，才九点钟。”计时策若无其事的样子，说，“秀娜，快穿上衣服，是小林对象和她妈妈，我一个‘没人’说错了话，她们非要进来看看，这没过门的儿女亲家不好谢绝。你快穿上衣服到你姐姐那套间里躲躲，我三言两语就把她们打发走。”他知道，丽娜住的房间是小里间，拐个弯不说，门窗封闭得也好，里边听不到外边说话的声音。

计时策穿好衣服开了门，见白华走了进来。

白华瞧瞧，见屋里确实没人，叹口气说：“我来帮你散散心，解解苦闷，看来你是不感兴趣……”

“白华，谢谢你。”计时策恢复了稳重的样子说，“我现在脑子里很乱，工作上的，家庭上的，你等我情绪稳定稳定，我看你去。”

白华赌气地说：“我来就不行啊？”

“行行，”计时策忙回答，“谁说不行了，太行啦。”

白华问：“怎么，看样子是要驱客？”

“不不不，”计时策焦躁地摇摇头，“这是什么话，你的一片好意我接受。没说吗，让我稳定稳定情绪。”

白华说：“我可有言在先，你那个老丈母娘神叉子似的，到处散布要把秀娜续给你。你可是和我说过，你老婆一走，非我不娶。我还是那句话，当初你要我的时候，你妻子并没有病，我也根本不想破坏你的家庭，哪怕给你当一辈子第二个枕头，也心甘情愿，这你是知道的，我说话从来算数。事到如今，我就不能不想了，你可掂量点儿，反正我跟了你以后，是不想再嫁人的。有了这个想法，我什么都不顾了……”她口气里透露出了威胁的味道。

“知道，知道。”计时策想把话拉回来，让她快走，她还是在这个主题上打转转，只好许愿，“这么样，三两天我找你……”

计时策话音没落，响起了门铃声。他一阵紧张，要是来个生人，有个小姨子还勉强，因为左邻右舍都知道，秀娜一直在这儿伺候她姐姐，现在，又关门闭户地坐着这么个全市风骚有名的白华，可就不好解释了。他心里直嘀咕，这个白华，胆子也太大了，冷静一下问：“谁呀？”

“计市长，我是永祥。”外面回答，“我陪罗书记来看你来了。”

计时策在慌乱中很快稳定住情绪，悄悄对白华说：“快，你到小林的卧室里躲一躲，我把罗书记引进书房坐坐，我不关大门，你悄悄走开，三两天咱俩找时间谈谈。”不由分说，他起身去开门。白华也有几分紧张，起身悄悄进了小林的小卧室。

计时策迎进了罗平凡和史永祥，一边往书房里让，一边说：“不用脱鞋，不用脱鞋，这几天屋子已造得不像样，还要彻底打扫……”

“来这么长时间了，才第一次来家看看，太不关心搭档了。”罗平凡边往书房里走边道歉，“听说嫂子身体不好，早就想来看看，没想到嫂子走得这么快……”

“是，”史永祥在身后说，“罗书记几次说让我领着来看看嫂子。”

“请坐请坐，”计时策坐后说，“让你们二位费心了，事到如今，我也想通了，痛苦只能是折磨自己……”

……

43

罗平凡接到地区组织部要来考核干部的通知，正要找曹晓林研究一下怎么接待，怎么配合地区组织部考核组搞好考核，办公室主任小高来报告，考核组已经到了，而且是地委常委、组织部长别大河亲自带队。

芬河市作为比地市低半格又比县高半格的体制，按着干部管理权限，市委书记、市长由省委组织部考核，省委研究任免；其他副职均为正处级干部，由地委组织部考核，地委研究任免。这次芬河换届选举，缺位的市委常委、组织部长人选，差额代表理所当然就由地委派组织部长考核并研究任免。组织部长人选考核后必须向省委组织部汇报，同意后再上会研究，最后要去省委组织部备案。

罗平凡感到奇怪，要是按照党政惯例，考核个组织部长人选，地区要是派个副部长，甚至派党政干部处来个处长或是个“员”，也就够了，来个组织部长，还有党政干部处长和副处长，可见是足够重视了。

饭桌上，别大河顺便传达了地委组织部长与省委组织部的沟通情况：这次芬河市常委班子换届选举，虽然涉及书记、市长两位省管干部，考虑是刚定位干部，省委组织部根据两位主要领导的情况，就不派人考核了，由地委组织部考核新增成员，一并报省委组织部批复，然后按党代会的要求，履行选举程序。

最后，别大河交代要立即印制两种表，一是印制现有常委民意测验表，分优秀、称职、不称职三栏；二是印制推荐两名常委人选表，包括了差额代表。别大河一再说明，芬河市委呈报的候选人已经地委书记碰头会原则同意，书记会决定，组织上要对推荐人选掌握一下民意，把民意与组织推荐结合一起最后确定，再进行考核，对现有常委评议和推荐人选，均在直属单位副局级以上干部中进行，两名推荐人选要采取海推的方法，评议和海推都是无记名方式进行。考虑通知、印制推荐表时间紧张，明天下午一时三十分准时进行。

别大河在晚饭前要结束的时候说，本应和四位书记单独汇报一下以上安排，你们都在，咱们不开会了，没有意见就这样进行。

这是工作，别说地委组织部，就是省委组织部也是这样，说是商量进行，不过是公式，动身之前就有了行动方案，到了工作地点以后，就像饭店老板给厨师下菜单子一样，让你炒什么菜你就烧火快炒。

计时策心里骤然兴奋起来，和罗平凡角逐，尤其这个科级以上的范围太令他满意了。细算算吧，当县长、市长七年，代理市委书记两年，这代理两年中又加大了提拔干部的力度，把所有空位的、该升格的统统配齐了，哪个科级以上干部越过了我计时策的眼皮底下？再说，那沾亲戚的就不下几十人……罗平凡、罗平凡，来芬河市之后不就是凭念了个七七级靠嘴皮子要了几次小聪明吗？有人说每次讲话都有热烈的掌声，掌声值多少钱？一响即逝，再说了，官场的掌声，换个名叫作凑热闹，大家坐在一起，前前后后，左左右右，你鼓他也鼓。我计时策的掌声刻在芬河人民心里了，我的政绩，这个热热闹闹的市立在芬河大地上了！所说的社会舆论未必虚夸，谁英雄谁好汉，那就在这次评议中比试比试吧！

自从丽娜逝世以后，计时策脑瓜子转速格外快起来了，不用说别的，就光对付秀娜和白华就得一天两个计谋、一天两个心眼儿地哄骗，到现在为止，计时策自己也忘了在她俩身上使用了多少计谋，多少心眼，每回都能把她俩稳定住，说服住，又互不露馅，刚一露馅又能巧妙地补上，连他自己都不敢相信自己的心计竟这么多。脑海里像是有个老谋的洞，深算的坑，那里装满着锦囊妙计，随用随调遣，信手就拈来。

眼下，暗暗调理好这次考核是头等大事，他陪考核组吃完晚饭，没有回家，到办公室，又悄悄地调来了曹晓林和尤熠光。

“晓林、熠光呀，”计时策让他们坐在沙发上，自己双手抱扶压着写字台说，“地委组织部这次考核常委班子换届人选，可是至关重要啊。这你们知道，对于某个人选，在班子主要领导之间，在上级领导之间，要是有些不大统一的时候，民意就是很好的裁判员了。你们俩可都是我心眼子里的人，这你们清楚。关于计划让熠光当常委班子、组织部长人选的事，尽管书记碰头会被否定了，我作为个人服从集体的决定，但是，我有保留个人意见的权利，也有向上级组织反映个人意见的权利。我已经向地委胡晓冬书记反映了个人意见，引起了胡书记的高度重视。因为我们的候选人名单要报省委批复，胡书记很尊重我的意见。已经向省委常委、组织部长嵇文斌做了汇报。你们应该知道，胡书记作为一把手，可就不是代表个人意见了，是代表地委的意见，嵇部长对胡书记的意见很重视，答复是考核以后，他要亲自听听考核情况的汇报。所以说，这次考核非常重要，非常有学问，重要性你们知道了，学问在哪里？可就值得你们研究了……”他说到这儿站起来，直向曹晓林，语重心长地说：“晓林哪，我知道罗书记来后你的心态。你还年轻，还有前途，我完全可以理解，你知道，我也要再重复一下。原打算是我接市委书记以后，你接任市长，罗书记这一来也落了空。我曾设身处地为你想过，我虽然年纪大了一点儿，可距退休时间还早，年龄不饶人，等那时候你再接班，形势有什么变化不说，你从政的黄金年龄段也就有点儿过了。再说，罗书记是全省地市委书记中最年轻的一个，就是要重用提拔，也得干一届，太长、时间太长，我就觉得你是成熟的瓜了，该摘了，该上市了。”他说到这儿，来回踱起步来，“关于你的使用问题，我也向胡晓冬书记做了汇报。我提议，能不能提拔交流使用？胡书记未置可否，也是说考核考核再研究。从口气来看，对我的建议很有倾斜度。我们应该理解，干部问题这是原则问题，胡书记是不能张嘴就来的……”

两个人听得都很入神。

尤熠光边听边琢磨：老部长酒桌前一命呜呼以后，一时怎就觉得与当这个常委、组织部长没缘了？省里倒是有那棵大树，但他不管组织人事，这方面很不会周旋，仿佛罗平凡一只手就遮住了天，怎么就忘了胡书记和计市长的关系呢！罗平凡官大，还是有比他大的，还有管他的嘛！现在有些事情，多半是长官意志，有时候必须用民意做幌子，往往民意的幌子恰恰又是强奸民意。学问在哪里，就是这里。

曹晓林边听边判断：罗平凡是省委书记梁威点将派来的。且不说罗平凡来芬河后初露锋芒，已经得到了一部分干部群众的信任，当然，根基还不深，因为他要实施的两个大项目还没有变成现实，有的还在散布是天方夜谭，计市长是想让他选举时不够半数，有没有可能呢？有，可要是搞小动作败露了可就麻烦了。再说，只要罗平凡没什么大的原则性问题，梁书记是不会轻易让罗平凡退出芬河市这个政治舞台的。别看胡书记这么运筹，那么运筹，到了梁威那里，还不是一句话吗……不管怎么说，自己还是要谨慎行事，既不能让计市长看出自己是心有小九九，又不能让罗书记看出是死抱计时策大腿不放。至于计市长说了提拔交流，他向胡书记谈没谈还是两码事儿，他觉得自己难，难就难在左不是，右不是……

“有一点你们是知道的，”计时策把语气变得很重，“这些年来，不管刮来什么风，我计时策只要想干，还没有干不成的事情……”

尤熠光说：“计市长，我让卦仙算算怎么样？”

“不行不行！”计时策连口否定，“他是什么天意，刁民，满嘴狗屁经！”

曹晓林听着，看着，想着，从罗平凡来芬河市后这短短的时间里，他在痛苦的思考和寻找中，特别是经过了调查讨论罗平凡挨打，老部长之死，元宝村集体上访，常委班子民主生活会等一系列较大事情，他觉得自己仿佛成熟了，能看透的东西更多了。回顾跟随计市长当秘书、办公室主任、副县长、市委副书记的过程，自己就像个能塑的泥球，计市长愿怎么捏就怎么捏，对他，心实在得就像石滚子一样，没有一点儿空瓤。听了他的讲话，仿佛更成熟了，更明白了，在成熟与明白的无形之中仍然很难离开那条轨迹：“计市长，这些年，你对我的培养和关怀，我是铭记在心里的，从一个普通干部成长为市委副书记，每一步都有计市长的心血。计市长，你放心，一些单位党代表的产生，已经体现了您的意图，比如啤酒厂的王厂长、齐贵山、房小虎，还有林业局局长等等，都已经当选上了代表，在计市长最需要的时候，我一定赴汤蹈火，在所不辞……”

计时策喜欢听这样的话，希望他所信任的人心里是这么想的，行动上也这么做。他又一反思，曹晓林在民主生活会上的发言，也可以理解，从降调来看，还是靠近自己这一边的，于是突然间又对曹晓林满意起来。出乎意料的是，这个曹晓林今天的话这么露骨，大概是他察觉出了自己内心对人的微妙感觉。不能，不能让他察觉出来，在自己培养的这些干部中，唯一能心领神会自己意图又会办事的还就这么一个。他笑笑说：“晓林，这些年，你没有辜负我对你的培养，对我，不，严格地说，不是对我的工作给予很大支持，而是对党的事业，你呀你呀，不应该把恩德都记在我的账上，还是组织的力量。”他还是要拐弯抹角渗透，来调动曹晓林在这次党代会期间实现自己意图的主观能动性，“比如说，这次考核领导，要通过民意测验，选拔一名成熟的、可以提拔交流的干部，细看看吧，谁呀，就是你呀……这我是向胡晓冬书记汇报过的，胡晓冬书记又向嵇部长请示，嵇部长表示同意，考核组没明说，已经纳入工作步骤了！”

“所以，这些年，计市长一直在这么说，我一直在想，”曹晓林说，“感谢组织，组织还不是体现在领导身上吗？常听说的是，我是某某领导提拔的，不能忘了人家呀！依我看，过年过节，每个人都有选择地去看对自己有好处的领导，没听说有谁买个锦旗去看看组织的……”

“有意思，有意思。”计时策笑笑说，“晓林，熠光，这次考核你俩可一定要持积极再积极、慎重再慎重的行动和态度呀！”

“计市长，有句话我一直闷在心里。”尤熠光说，“罗平凡改变了组织部长人选，要用史永祥，你积极努力还是用我，我理解你的心情，也相信计市长的能量。可你说，罗平凡都以市委名义报地区了，这罗平凡是省委书记梁威派来的，如果他找到梁书记，那梁书记一句话，咱们这通忙不就全泡汤了吗！”

计时策也想给他俩解释解释这个问题，但话不好说。他无论如何是不能把严肃的政治问题庸俗化了，主动去谈论领导之间这类深层次问题。可这话要是不说透，打消不了顾虑，他们也就不能放胆、放量地按自己的意图去干。他显出稳重端庄的样子，在他俩面前来来回回踱着步说：“今天就多说一点吧！我说得深层次一点吧！你俩固然很聪明，也在官场多年，还是对官场不了解。我早就熟透了。梁威书记和罗平凡之间不过就是一种普普通通的上下级工作关系。梁书记到清河县视察工作，见罗书记某些方面干得不错，进入了他的良好感觉，之前来过我们这里，觉得这里有发展前途，也可能是下意识的，也可能要在别人面前体现出点人才意识来，就把罗平凡派来了。说穿了，就这么简单。派罗书记来，也是要在实践中考察培养，在用革命的尺码丈量他。革命的尺码是无情的，现在按尺码干事儿是很可怕的，我是尝到滋味的。不信你们走着瞧，罗书记要是有一点闪失，这尺码是不留情的……”

计市长的话像注射器，一下子给尤熠光身上注入了一股强大的力量。他站起来说：“计市长，现在官场上干部之间的流行色是个人感情加革命感情，这两种感情凝在一起，地位才能巩固，才能晋升，这改革开放的年代，法制不健全，经济秩序又有些混乱，用你说的那尺码来检验衡量……你所以在芬河市德高望重，能长久站住脚，就是这种个人感情加革命感情的代表性干部，由于革命感情，激发了个人感情。这年头要说没问题的干部不多，要是有了个人感情，工作中有了失误，掺有个人感情去处理，说道说道就过去了；反过来，个人感情有深度了，又加深了革命感情，配合越来越默契，这改革开放年代没这个不行。”

“喂喂喂，不对不对，”计时策截断尤熠光的话，“我知道目前这种流行色，但我可不是这种流行色的干部。你俩可不要这么认为，这么认为就是大错特错了。我自己对自己最了解，严格来说，我是属于梁威书记这类干部的，但又稍有区别：对信赖的好干部，一旦有闪失，就让那尺码上的革命感情稍稍倾斜，这叫看大节，看主流。”他有点激动了，终于第一次这样显露，“但是，再倾斜，也不能拿党性、拿原则问题同个人感情做交易。其实，平凡同志毕竟是年轻啊，他也是聪明一世，糊涂一时。你们大概知道，现在干部中反映有多大？！咱们且不说那捕风捉影的事儿，说罗书记和白华怎么怎么样了，这纯粹是有意见的人瞎造，罗书记根本不可能有这种事情……不过，罗书记也是年轻糊涂啊，你再密切联系群众，再同情贫困职工也不能胆大妄为，对那种盗窃国家财产，像这种电缆线一类的重要生产设施，该抓不抓，该判不判；还有，你再想发展经济，也不能为了向农民倾斜个人感情，就同意毁坏森林，乱砍滥伐呀！那个李迎春，就是靠不住，怎么不给罗书记出点好主意呢？我说过，谁用他谁倒霉……你们要知道这属严惩的犯法行为。你们看报纸看电视了没有，有的地方干部乱砍滥伐还没有这么严重都被撤职了。这也难怪，他工作过的那个清河县一马平川，没有山没有林子，哎……没有经验呀！”他说着放慢脚步，叹口气，“哎，不管怎么样吧，我是个老同志，咱们又是省委交代的全省加速班子建设以老带新的典型单位，他现在心很盛，恐怕说不了他，等适当时候，我再好好和他谈谈。一句话，在一起搭班子是缘分。我这个人，从来都是顾全大局的。”

曹晓林和尤熠光都瞪圆了眼睛。

曹晓林瞪眼睛的刹那，更明白了计市长的心术和战术。心术是暗示自己和尤熠光要多方出击，战术是对罗平凡用男女关系搞臭。刹那间，他的心在战栗，手在微颤。就在这刹那间，他突然发现这位尊贵人物的脸上闪出了阴险可怕的冷光，不知为什么，不知凭什么感觉，计市长说的要通过民意测验选拔一名成熟干部提拔交流，似乎是在愚弄自己，是在用这个来激励自己按他的暗示去冲锋陷阵。在他的印象和记忆里，计市长对别人施尽权术，多是装枪让自己放，多年感恩负重，让干啥就干啥的意识，如今掺上了被愚弄的感觉，使他本来清醒的头脑，有点儿晕晕乎乎了。他眯一下眼睛想清醒清醒，脑子里一下子倏地幻出两幅图画来：

计时策躲在市委大院收发室里端着一支枪，正瞄准着要走进来的罗平凡……

计时策牵着一只羊在草原上走着，这羊，怎么竟像自己……

尤熠光瞪圆眼睛的刹那，脑子里产生了一种幻觉。在恍恍惚惚的视线里，他发现计时策的脑袋就像自己小时候看到的一本童话里描写的宝葫芦，光芒四射，闪闪发光。从罗平凡奇妙演绎“狸猫换太子”的招法看，计市长可谓料事如神，佩服，佩服！他幕后正导演的这场人事安排，十有八九会成功……跟着他干不白干！

计时策从两位得力部下瞪圆的眼睛和异常的表情中，看出了他俩已陷入认真积极的思考中，又故意放低放平声音，像是对刚才那露骨的一种暗示的收敛，恢复了他平时严谨的形象和语调：“好了，我不再说了，这次考核组的考核和民意测验一定要齐心协力支持地区的工作，把这次党代会开成一次团结的大会，胜利的大会！好，就这样，没什么说的了，你们都忙去吧！”

两人起身示意，离开了计时策的办公室。

尤熠光把齐贵山和房小虎用传呼传到了公安局招待所三楼麻将室。他俩进屋后，尤熠光一拍大腿，从麻将椅上站起来一副忘乎所以的样子：“弟兄们，我这个常委、组织部长又大有希望了……”他得意地拍一下房小虎的肩头说：“我早就看出来了，你小子能干，不愧是省级劳动模范，要是我成功那天，咱们哥儿几个好好喝一顿，来他个一醉方休……”

“喂……”齐贵山也来了兴趣，猜是这次考核组带来了好消息，一闭眼忽地睁开说，“可别像老部长似的，一下子休过去呀！”

“哈哈哈……”

三人一阵大笑后，尤熠光又拍了一下齐贵山的肩膀说：“只要不休过去，我就给你们个营长连长干干！”

“尤局长……”房小虎问，“不是说罗平凡推荐史永祥当常委、组织部长吗？他俩是党校同学，还有，都说罗平凡和省委书记梁威的关系挺铁……”

尤熠光没好气地说：“咳，这你就不懂了！我也没必要和你说那么深层次的问题。有一点我算服了，计市长这老爷子太厉害了！有的人手中有权不会用，你看咱这老爷子，当一把手时啪一声能定盘子，现在当了二把手能耍盘子，耍得那盘子滴溜溜转，耍来耍去，就耍成了定盘子！”他伸出一个手指头神秘兮兮地说：“老爷子说了，这次民意测验很重要！”

“我接到通知了，明天下午副局级以上干部画票推荐一名常委、组织部长和一名常委，”齐贵山说，“什么民意测验很重要，我怎么就觉不出重要来呢？不是说，说你行你就行，不行也行，说你不行就不行，行也不行吗？你看看，咱们市哪些干部是画票画出来的……”

尤熠光不耐烦地说：“别啰唆了，时间宝贵，这政治上机密的事儿有的需要和你们说透，有的不需要和你们说透，时间宝贵，不得浪费。要你们干的事儿我得说透。就这一个晚上的时间，你俩对照全市副局级以上干部的电话号码本，凡是和咱们关系好的，和计市长关系好的，尤其是计市长那些亲亲故故，你俩就在这里，一人把着一台电话。打电话要分清情况，有的可以直言直语，有的含蓄点儿，有的点点计市长的名字，有的点点我的名字，有的还可以说我尤某对他不错，给许点儿小愿……”

房小虎摩拳擦掌："尤局长，你要当上常委、组织部长就好办了，过两年再弄个副书记，说不定还能混个一把手干干！"

尤熠光友好地一瞪眼睛："什么叫混个一把手干干呢，讲话不注意政治！"

齐贵山笑笑说："嗬，真是什么师傅带什么徒弟，未来的尤大部长学会讲政治、讲含蓄了！"

"行了行了，"尤熠光着急地说，"时间宝贵，浪费不得，快行动，再晚，你往人家里打电话就不方便了！"

"最高批示，坚决照办！时间宝贵，浪费不得！这么样吧，"房小虎看看手表说，"就我们两个人不行，我再找三个哥们儿，一共五个人行动，一个人打五十个电话，五个人就五五二百五，有效率百分之六十的话，作为无记名海推就不错了，肯定领先。我的意思是每个电话里面都带许愿或要事后感谢什么的带点儿小郎当。"

尤熠光说："你小子聪明，就看着办吧！"

"好！"房小虎说，"我再找三个铁哥们儿，今晚就在这里给他来个五鼠闹东京！"

"你别他妈的和我屁郎嘎叽，"尤熠光严肃地板起脸，"画完票以后，还有第二个小战役，就是在公布票之前，还要好好联络联络地区考核组来的六位大臣，听说现在兴这个。他们来时上面有渗透，他们六个要是再站在我这边，那可就成功一半了，民意不可违，考核组的统一意志，否定起来也不那么容易！"

齐贵山仗义地说："需要币子我出，他们这些小虾米做糖不甜做醋酸呀，你说得对，得维护好……"

"我看应该，联络靠啥，市场经济了，就得靠币子！"房小虎说，"咱们这里差点，计老爷子不干这种事。听说有些地方主事儿说了算的都明码实价，你想从一般干部当副乡长、副局长多少钱，从副的提正的多少钱，送上去就好使！"

"你以为你们搞工程承包呢，明码实价要回扣，送不好怕要送出事儿来！"尤熠光说，"那可就黄瓜菜——全盘凉了！"他想了想说："我承认市场经济光靠甜言蜜语是联络不出什么感情的，这样吧，每人给他们选一件珍贵的东西，物不大起眼，一打听，价格还挺贵，比如说二万多块钱的金壳手表呀，想想还有什么，临走时表示表示，吃这一口的，咱们就礼品加币子，不吃这一口的，就光带礼品，要分开档次，重点是别部长和搞综合考核材料的那小子！"

两人几乎同时点了点头。

尤熠光嘱咐说：“房小虎，钱你先出，就由你去办吧。去时就说我的意思。单兵教练，一个一个送。要是遇到真心拒绝的就别勉强，告诉我，我随意打个招呼，就说你去时我没怎么同意，也好圆个场。”

房小虎一挥手：“没问题，币子我出！”接着唱起来，“妹妹你大胆地往前走啊，往前走，莫回头……”

“哎呀，行啦行啦！”尤熠光说，“什么时候了，还在这里唱个屁！”

房小虎说：“好，马上就行动！”他说着又打电话招来了三个人，五个人开了五个房间把着五部电话忙碌起来。

齐贵山拨通了第一家：“喂，张局长吗……你好，你好，地区来考核组了，明天下午要海推常委、组织部长……噢，咱俩想到一块儿了，我们俩关系是不错，我代表尤局长谢谢你了！”

房小虎也拨通了第一个电话：“喂，马副主任，你提职的事儿我和计市长通话了，过几天我再催催，你就准备请宴吧。我说哥们儿，明天下午地区考核组海推常委、组织部长，你可务必参加会议投尤局长一票……”

……

此时，现代语中那些许愿的、相求的、套近乎的、扯大旗做虎皮的词句在芬河市市达到了利用率最高的时刻，它们从公安局招待所五个房间的电话筒里输入，通过纵横交错、密如蛛网的电话线向副局级以上干部家重重叠叠地飞流着，传递着……

44

这是市委、市政府下达第三号禁令，包括机关干部及其亲属结婚不准大操大办、公费旅游，包括取消领导干部上下班乘公车的第十天。

罗平凡从办公室朝家走去，边走边琢磨，别部长给自己单独通报的民意测评票数能不能有假呢？要说有假，跟随别部长来通报情况的处长还拎着一兜子测评票，而且有意无意往自己办公桌上一推，意思是，票的真实情况可以接受监督和检查。当然，他们明知即使是有假，作为市委书记也不会拿来一张张去验证。越是假越真做，倒越没问题。罗平凡又一想，弄假没有可能，统计票时还有市委组织部的人参与，那么，这票相差也太悬殊了。自己的优秀票没有计时策的优秀票多，可以理解，计时策毕竟是在这块土地上经营了二十多年了，那么推荐常委、组织部长的票，尤熠光遥遥领先，已经超过了到会人数的一半，作为海推干部，这应是相当有群众基础和威信的干部了。他想起这些天，市里的新闻媒体常宣传尤熠光，什么舍身斗歹徒，勇救落难少女，什么人民称赞的公安战线好干部……连续两三个专题片。尤熠光也确实有些露面的政绩摆在市面上。史永祥呢？市委秘书长，听来挺大个官儿，不过是个兵头将尾，多数又是协助领导工作，很少有独立出头露面的时候。前几天，翻阅一本省里下发的各地处理久拖不决上访案件的材料，其中表扬了计时策如何如何重视处理卦仙的上访案件。听史永祥讲，明明是他处理的，就是因为在最后处理意见上签了个“同意”的字样，功劳就归到了领导身上了。凭着这几年来积累的用人识人的经验，尽管与尤熠光缺乏接触和了解，不管媒体怎么宣传，计时策怎么介绍，总觉得在他身上缺点什么，总是朦朦胧胧从他身上投在自己心里一些阴影。平心而论，与史永祥在党校是同学不错，在考虑让他做常委、组织部长人选时，心里没一点儿私心杂念。史永祥为人正派，政治嗅觉敏锐，能坚持正义，当然，也有他的毛病，耿直尖刻……

他边走边琢磨，路上有人打招呼，只是哼哈点头擦身而过，史永祥、尤熠光，史永祥、尤熠光……尤熠光，大概确实有些群众基础？

他常告诫自己：在对人对事有疑团的时候，要首先用善意去猜测推论。

罗平凡走了一路，想了一路，回家打开门坐在沙发上闷头喝起白开水来，心里头罩上一层阴影。他起初没怎么在意，要进屋取钥匙开门的刹那，又对比起自己与计时策的票来。怎么啦，一向襟怀坦白的自己，怎么计较起个人得失来。平心而论，我自己的政治素质、心理，来芬河市的所作所为，应该得到群众和基层干部的认可了，在去清河任职还没这样潜心劳作就得到了高度拥护，那么，自己在一次次会上讲话后那一阵阵热烈的掌声都是礼仪吗？随波逐流吗？还是空心掌呢？

罗平凡喝完一杯水，又提起暖水瓶时，史永祥拎着在市场上买的菜走了进来。他一看罗平凡的情绪就猜出了大概，把菜往旁边一放，说："平凡书记，我听到点儿反映，说是尤熠光这小子拉选票。"

"啊？"罗平凡一怔，"怎么拉法？"

史永祥拿过暖瓶来自己也倒一杯白开水，喝一口说："有两个人向我反映，再问就说不知道了。平凡书记，是不是别部长和你通报民意测评票了？怎么样？"

罗平凡点点头说："是。我们总是说为人民服务，要把为群众办实事的心贴紧在芬河大地上。要是人民不买我们的账，怎么办？"他敏感地由这次测评想到了即将召开的党代会。

史永祥问："票的情况很严重？"

"不理想，"罗平凡说，"参加海推和民意测评的副局级以上干部共六百八十八人，尤熠光获推荐常委、组织部长的票是四百二十七票，你仅得票三百五十票，其他就分散在十多个人身上了；我获优秀测评票四百九十票，计时策获优秀测评票五百七十四票，曹晓林还比我多六票。"

史永祥说："平凡书记，我建议你，这个票数是无论如何不能对外透露的，要让组织部把关。"

罗平凡呼口粗气："别部长和我通报完情况，还在鼓励我说我刚来这么短的时间就有这么多拥护者，已经不简单。我说没有必要，按惯例，这种票两种通报方式，一是只向第一书记通报，或者是向四位书记通报。我这一说，别部长没再说什么……"

"不是我说尖刻了，"史永祥接过话来，"这是别有用心。我走出办公室的时候，别部长刚从你那里出来，我顺便礼貌地问了一句要干什么去，他身后那位处长说要去和计市长通报一下测评情况。别部长斜了一眼处长，那斜一眼的动作像是有点儿不正大光明。平凡书记，我和你说过，这个别大河原是胡晓冬书记的秘书，胡晓冬和计时策关系可不是一般的亲密，派上任市委书记来时，胡书记就不同意，省里硬要派，他也就没办法了。说得直白一点，计时策往外排挤前任书记，胡晓冬起了推波助澜的作用……”

“永祥，如果说过去你给我说这些情况，我还在观察和思考，现在已经成为严峻的现实了。”罗平凡站起来踱着步说，“没有好的招数，我们还是要集中精力把芬河市的经济工作搞上去，以实际行动去赢得群众的拥护和信赖。永祥，你现在就该组织人着手了，要把我在党代会上的报告写得生动，精彩，富有号召力和感染力……”

史永祥点点头，但抛开了他的话题：“平凡书记，我的同志，民意测评要开始时，我就给你建议，你自信心太强，没听我的话。你作为新来的市委书记，才几天呀，不应该参加测评。我看，这种安排的初衷就是别有用心，扫你威风！”

罗平凡说：“这样也好，要像你说的有拉票问题，这也就打了个预防针，要是在党代会上这么搞，给我们来个措手不及呢？”

“我看，你有点清醒了！”史永祥说，“这话可能只有我说，你抓经济工作力度大，智慧多，这没有什么毛病。在这种特殊情况下，你光这么说把经济工作搞上去就是最大的政治，是中心工作。可是遇上这么一把子人，没等你把经济工作搞上去，他们把你先搞下去了，你还搞什么经济？现在，我得提醒你，你不要认为上边有个梁书记他们就拿你没办法，这帮子人，特别是计时策，老谋深算，而且不是一般的老谋深算，他会算计得让梁书记说话都没有余地……”

罗平凡一眨眼：“问题真这么严重？”

“平凡书记，”史永祥感慨地说，“我倒不是真想当这个组织部长。我知道，就是当上组织部长也不是自己说了算，而是给市委当好管干部的参谋长。我可以出些好主意，真正任人唯贤！”他忽地站起来走到罗平凡面前，“我建议，你要亲自抓党代会的筹备工作，怎么能放手交给曹晓林去办呢？我看，你是——太掉以轻心了，太没全身心投入到芬河市复杂的社会环境里去了……”他说完觉得有点过分，过于带有谴责的味道了。两人尽管是同学，人家毕竟是市委书记，然后缓缓口气说：“我用词不当，语言尖刻，你可不要在意。”

罗平凡点点头，陷入了深深的思考中。

“平凡书记，”史永祥思考一下接着说，“我想，能不能借元宝村合资企业的行贿受贿案把房小虎抓起来，顺藤摸瓜……”

罗平凡摇摇头："不行，想象归想象，我们必须有证据。要是房小虎是个亡命徒，他们来个舍卒保帅，反倒把问题搞夹生了。这些现象要认准，我们一定好好研究，认真研究，包括崔二妮之死……我有一种猜想，不想说，也不好说，现在唯一的最重要任务就是开好党代会。看来，芬河市就像梁书记所推测的那样，是这改革开放年代，集经济建设、政治思想建设和社会问题为一体的全省典型地区，现象掩盖着实质，实质又当现象浮现，我再一次感到梁书记压给我的担子的分量实在是太重了，我的自信……"

"唉，"史永祥回到沙发上，"砰"地捶了一下茶几，"梁书记啊梁书记，你倒是早一点让平凡来这里呀，要不就开完党代会再来，偏偏来在要开党代会这个节骨眼上！"

罗平凡的心也沉稳下来了："永祥，我们只有面对现实了。"

史永祥一转话："平凡书记，听迎春书记说，你同意清山砍林？"

"是……"罗平凡说，"我让李书记找林业局，林业局说请示计市长了，计市长说他没意见，请我定。怎么，这里有事了？"

史永祥说："没听说有什么事儿。按理，就是事先应该有个采伐手续，不过，领导都同意了，也就符合手续了。农民的积极性很高，李书记日夜奔波在农村，这项工作进展很快。在俄罗斯开的常委会结束后，我就让办公室列入了重点督办，小高负责，已经有了实质性进展。我们的采矿技术人员已经在铁矿山搭篷，挖掘机等正陆续到位。为了减少进出口的麻烦，我拍板定了，这些生产资料就从俄罗斯就近购置。"

"好好，这几项大工程一定要抓住不放！"罗平凡说，"关于清林采伐问题，你负责协调一下，要做到合法。国家对森林保护要求是很严的，这一点我清楚。"

史永祥说："严格说，我们这里不是森林，漫山冈的野生杂林。前些年，乱砍滥伐，将树木当烧火柴的情况很严重，现在制止住了，而且还专门搞过清林，适当间伐，事先请示了省林业厅。"

罗平凡说："永祥，这个事情你和李书记再商量一下，一定让其合法化。"

史永祥点了点头。

45

别大河分别与罗平凡、计时策通报完情况之后，与考核组成员研究提出了拟补常委的两名考核人选：尤熠光和杨小柳，鉴于史永祥已是常委，这次民意测验优秀票又占一半以上，准备和考核整个班子一起粗略考核，就不再作为重点考核了，只要考核做常委没问题了，至于能干什么，另做别议。他把这意见又征得罗平凡和计时策同意后开始组织谈话考核，谈话对象是五大班子全体成员、综合部门主要领导和被考核人所在单位中层以上干部。谈话工作整整进行了五天，分别进行，最后综合，形成了文字材料，向罗平凡通报：尤熠光作为市委常委、组织部长候选人，杨小柳作为市委常委差额人选。由于史永祥位置不变，按市委呈报的新增常委候选人少了一名。其他现职常委不变，仍作为这次市委换届的常委候选人。

罗平凡一听，仍是自己来前计时策定的既定方案，急了，火了，真的急了！真的火了！

“别部长，我作为芬河市的市委书记，”罗平凡有些激动，“你们尊不尊重点我的意见？”

别大河不紧不慢，显出一副有修养的样子：“罗书记，你冷静一下，你的意见很重要，可是，民意也不可违呀！你来到芬河市后，不就是抓民心工程吗！”

罗平凡气得简直鼻子都要歪了：“别部长，芬河市缺组织部长，民意测验时，可以让大家海推，作为尤熠光和史永祥，两人的票相对集中，而且都超过半数，都具备民意条件，都可以进常委班子。至于怎么分工，应该怎么分工，应该是我这个班长的事情，你们上级组织部门，不该管得这么具体。”

“罗书记，你这话可不对，”别大河板起脸来，声音仍很柔和，“省委有规定，各县和县级市的组织部长可原则上是由地委组织部去管，省委有文件，省委组织部协管，何况芬河市是比县高半格的！”

罗平凡说：“管，只是根据当地党委提出的意见进行考核，看是否合格，也绝不是包办代替。”

“罗书记，我们都了解，你原则性强，可在这个问题上怎么就迈不出小圈子呢？”别大河开始解释，“话说白了，我们这么考虑也是为你着想，史永祥是你党校的同学，你知道，班子成员中对你提议史永祥做组织部长人选有多大意见吗？你还是回避回避吧！”

“别部长，党校同学和这有什么内在联系？！”罗平凡一感觉出过于激动，就立刻克制住了，“关于史永祥、尤熠光、杨小柳作为候选人的意见，我已经谈得很透彻，希望你们能尊重一下我的意见。”

别大河笑笑：“罗书记，这样吧，回地区以后，我们考核组把情况向地委领导汇报一下，最后请地委定。你也可以把你的意见向胡书记汇报一下。”

罗平凡说：“好吧，我还是请你们尊重一下我的意见！”

“罗书记，”别大河站起来说，“就这样吧，说句心里话，我可是为你好，谁当组织部长不都是在你领导下工作嘛……好了，好了，我不多说了。”他说着握了握罗平凡的手走出了办公室。几名候在门口的市委组织部的干部迎上来，陪着回到了市宾馆。

罗平凡送走了考核组后，心情更加郁闷起来，他总觉得自己能言善辩，可是，这次在别大河面前，就没找到更尖刻更据理的表达方式使他尴尬而闭口无言，让他以民意票为挡箭牌，弄得自己有些被动；又一想，不，无论如何也不能听之任之。他决定去地区一次，找胡书记和其他几位副书记谈谈，史永祥不是听说尤熠光拉票吗？应该想法查一查，找到可靠证据，拉多少？怎么拉的？如果地区领导执意坚持考核组的意见，回来就在拉票问题上搞调查，到省委组织部去谈，万不得已，就去找梁书记谈去！主意拿定，他给胡书记的秘书打了个电话，胡书记的秘书请示胡书记后回答，说要谈，今天晚上就得谈，明天一早，胡书记要去省城。他匆匆吃了饭，带着办公室主任小高上了路。

国产三菱大吉普在夕阳映照下，以每小时一百四十公里的速度在通往地区的白色路面上风驰电掣般疾驶着。

芬河市距地委所在地一百五十公里，大吉普行驶到九十公里处时，小高指着前面飞驰的一辆凯迪拉克轿车说：“罗书记，前面像是建筑集团总公司房老板的车。”

司机细瞧一眼说：“是，是房老板的车。”

“这车好气派呀，”罗平凡问，“咱们芬河市坐这种凯迪拉克轿车的有多少？”

小高说：“只此一家。”

罗平凡点点头，有意无意地说了一句："这么晚了，还急着进城。"

"罗书记，"司机和罗平凡有点熟了，无关紧要的闲嗑儿也能说了，"其实，并不怎么远，一百多公里，这种道好车跑起来也就是一个多小时。听司机们说，咱们芬河市的一些老板们常到城里去过夜生活，有的玩完了再回来，啥都不耽误。"

小高补充说："一般都是有客人，招待上头来的领导什么的。"

罗平凡说："芬河市这么大地方，还不够招待的？依我看，咱芬河市的夜总会、洗浴厅、保龄球馆各种玩乐场所不少，外表看，档次也不低！"他话里语气很重，小高听得出，他对这些现象不满意，平时也透露过，只是觉得还没到伸手大整顿的时候。其实，整顿这一行业也有些棘手，说不让干吧，公安和工商为个体业主不停地办执照；说"取消"吧，不少地方又给小姐办理了上岗证。有了这种土壤，就容易产生色情服务，怎么规范，需要认真研究政策，拿出切实可行的办法。有人比较说，上海、北京这些大地方比比皆是，这边陲小城又何妨呢？

司机说："大概是不方便吧！能到那里消费得起的，都是有头有脸的人，远点儿走，是想回避熟人。都说那边比咱们芬河市还开放，城郊河边一些地方，听人说，光度假村就有一百多家，都是吃喝玩乐嫖赌一条龙的。"

"哟……"小高笑笑，"你还挺了解情况的呢！"

司机一听，怕担嫌疑，忙解释："我给咱上任书记开车时，书记一到，不就要刹大吃大喝风，要取消夜总会、练歌厅、桑拿浴吗，听说这里抓得紧了，不少人都到地区城郊去潇洒。书记不信，专门去考察过。考察回来的路上，书记直摇头，一个劲儿说，这是大环境呀，这是大环境……"

罗平凡瞧着前边飞驰的车子说："看来，是急着去潇洒去了……"

小高像是要说什么，话到嘴边又咽了回去。司机倒是不想说什么，他心里对房小虎早就憋着一股子劲儿，但作为给市委主要领导开车的司机，要格外约束自己。那是上任书记抓吃喝和扫黄的时候，在大会上不点名地点过房小虎，批评有的干部坐凯迪拉克去外地潇洒，如何如何，房小虎怀疑是司机使的坏。他的司机与市委书记的司机住邻居，没事儿时常在一起喝小酒。为这个，他把自己的司机炒鱿鱼了，对一号车司机一直耿耿于怀，酒桌上说过不少过分的话。到了这里，司机想让房小虎亮亮相，一下子车速提到每小时一百四十公里，警笛声声。房小虎坐的车像是发现了后边追上来的是国产大吉普，也加快了速度。大吉普边加速边鸣警笛，凯迪拉克不让路不好，前边正好有一条通往一家度假村的小路，凯迪拉克来了个急转弯，像刚出膛的子弹嗖嗖地朝度假村飞驰而去。

这正中司机的下怀："是下去潇洒去了！"

罗平凡瞧一眼飞下路的凯迪拉克，身子向后一靠，轻轻合上了眼睛。

胡晓冬没有在家里接待客人的习惯，特别是谈工作，看完《新闻联播》来到办公室时，罗平凡已经在收发室里等他了。

"平凡同志，"胡晓冬等秘书分别倒完茶水说，"你说有重要事情汇报，不然就不安排你今晚过来了。明天一早我就赶路去省城，一去就是好几天。"

罗平凡把端起的杯子又放下："胡书记，谢谢您对我工作的支持。"

罗平凡正要说明来意，胡晓冬先说开了："平凡，屈指一算，你来芬河市已经两个多月了，本来应该早点去看看你，看看工作上有什么困难没有，连着去省里开了两次会，急着安排地区党代会筹备工作，特别是这个报告，算是把我缠住了，到现在改了七稿了，我还是不满意，现在呀，就是缺搞文字的……"

应该说不是缺搞文字的，是缺有思路、有创新精神的干部。

胡晓冬发现罗平凡直眼瞧他，转到了开头的话题："别看我没去，你那里的消息可不断呀。不错不错，工作热情很高，又很注意联系群众，一些工作思路也都很新鲜。有人向我反映说，罗书记四次讲话都有新点子，都是掌声雷鸣，有些夸张吧？"

"胡书记，"罗平凡有点儿不好意思地说，"我只不过是搞了点儿调查，尊重事实说话。"

胡晓冬咂口水，笑着点划一下罗平凡说："平凡，你可别仗着你年轻就不注意休息呀，时策同志就和我反映过，称赞你是个工作狂，你可要注意身体呀，不然就未老先衰。多少人都有深切体会，年轻时不注意，一出五十头，各种病就找上来了！"

罗平凡点点头，感到了一股温暖："谢谢胡书记。"心情感到一股温暖的是，计时策在胡书记面前能说些好话，刹那间，又有点儿自愧的感觉，是不是史永祥把计时策看得太过分了？是不是自己也受感染，产生了对他的怀疑？计时策毕竟是有多年经验，毕竟是相当一级的基层领导干部……刹那间又想起和计时策之间发生的事情，心里疙疙瘩瘩的，在胡晓冬面前，心想，大概还是自己在政治上不够成熟的缘故吧？他见胡晓冬话头已尽，便说："胡书记，这次来汇报主要两件事，我抓紧说，耽误你休息时间，太不好意思了……"

"哈哈哈……"胡晓冬笑出了声来，"可不能这么说，要说，我还占用了你的休息时间呢，总之，都是为了工作，为了党的事业嘛！”

罗平凡笑笑，不想再说应酬的话了：“我这次来，主要向您汇报两件事情，一个是根据调查情况理出的芬河市今后一段时间经济发展战略构想，再就是汇报一下换届选举涉及市委常委、组织部长人选问题。”

“唉，平凡同志，我看这样，明天一早我还要去省城，咱俩就长话短说。前几天我到省委去，见到了梁书记，他提了几句，说你提出了一个好的经济发展战略构想，时间匆忙，梁书记没细说你提的什么构想，梁书记说好的东西还能差了吗？！我就不听了……”

罗平凡心里一悸，这里怎么像有股醋味儿？怎么？胡书记是不是挑理，觉得自己隔着锅台就上炕了？他忙解释说：“那是省委、省政府召开扩大对外开放会议时，梁书记让秘书找我，了解老部长在芬河市逝世一事，我顺便说了几句关于芬河市经济发展战略的初步构想，谈得很简单……”

“平凡，这个题目要是谈起来还有个完吗！这样吧，芬河市党代会的报告初稿形成后你报给我一份，我从头到尾认真看一看，然后咱俩再交换意见。”胡晓冬先声夺人，“这里我提醒你一下，在制定今后一个时期工作思路和发展战略构想时，一定要体现承前启后，要在前几届甚至十几届班子的基础上加砖筑石，保持一个地区经济和社会发展的连续性。比如说，芬河市这几年城市建设工作很出色，如何完善它，发展它……有些地方就不这样，新上任的主要领导翻个花样，靠否认上一届提高自己，这是当前官场一大弊端……当然，我不是说你，因为你的战略构想我还不知道，而是说这种现象应提醒我们做主要领导的同志注意……”

是这样，应该这样，可是一个地区如果把经济发展的路子搞偏了，还能继续维护上届搞下去吗？罗平凡已经明明白白地听出来了，自己讲了要把芬河市城市建设立即转移已经传到地委书记耳朵里。

胡晓冬抛开那个话题说：“平凡，这样，你说说第二个问题吧。”

“胡书记，芬河市党代会换届人选，常委就缺组织部长一职，经过这一段观察，又征求班子成员们的意见，我们已经以市委的名义向地委写了报告……”罗平凡说，“我们想提议史永祥同志做常委、组织部长，让尤熠光同志和杨小柳同志做常委候选人……”

胡晓冬点点头：“让尤熠光做差额吗？”

“不，”罗平凡忙说，“通过党代会上选举，选上谁是谁。至于史永祥做组织部长也只是个设想，如果当选上常委，就这么分工，这事得先和您汇报一下。”

“哎呀……”胡晓冬有点儿轻蔑地一笑，“平凡，我在地区，你在县里，都较长时间做主要领导工作，你还不明白吗，选谁差谁事先都是很明确的嘛！为了贯彻组织意图，还要召集团长会议，个别谈话渗透，差谁就是差谁……”

罗平凡想说，这不成了玩选举，愚弄代表了吗？！话到嘴边又改了口：“我在清河就没这样，没有这样透露和暗示，让候选人在同等条件下竞选……”

胡晓冬话不饶人，虽然和蔼，话锋很尖刻：“那还考虑谁是组织部长干什么？”

“这不对呀，胡书记……”罗平凡据理辩驳，“在物色候选人的时候，必须考虑他们的特长，就我们提议史永祥当组织部长，因为他正派，敢说敢为……杨小柳善于应酬，又懂文字，有基层经验，有耐性，适合做综合工作……尤熠光政绩突出，见义勇为，思想敏锐，但缺乏基层工作经验，作为常委兼元宝乡党委书记，锻炼一段再上来怎么用都好说……”

“这个设想很好，也有道理，我尊重你的意见。”胡晓冬说，“前天我到省委梁书记那里汇报工作，梁书记嘱咐我，芬河市的干部问题，要多听听你的意见。我也告诉组织部了，各县区干部的任用问题，一定要充分尊重一把手的意见，作为党委书记的主要任务就是出主意，用干部，因为书记在这问题上考虑得多，自然就成熟一些；再一点，书记能在全局高度上观察使用干部，但是……”胡晓冬一改话头，“但是，你到芬河市的时间比较短，对人的认识可能还不那么深透，我分析有个先入为主的问题。在这个人选上，应该回避你俩的同学关系。如果你不同意尤熠光做组织部长的话，我看可以，史永祥并不是合适人选，能不能换一个……对于史永祥我太了解了，他在地委办公室当了五年多的办公室副主任，理论水平较高，敢于直言，处理问题太简单化，做组织部长就应该深沉一点儿……”

“胡书记，”罗平凡失望了，还是诚恳地解释，“使用史永祥，我绝没有私心……”

胡晓冬不想再多解释了。他对史永祥的看法已经一成不变了，知道罗平凡上面有个梁书记，要是别人的话，他早就拍板了，话仍然委婉：“平凡，这样吧，永祥同志当个市委秘书长还是称职的。这我没有异议，只是个分工问题。要不就这样吧，该怎么选举就怎么选举，人选就这么定了。至于分工问题，还有段时间，抽时间咱俩再商量商量。”他又嘱咐说，“平凡同志，党代会的选举可是个十分严肃的问题，你可能看到最近的一些通报和内部文件了，现在，有些地方干群关系紧张，选举失败的不少，你可一定要依靠那里的老同志，确保党代会胜利召开，圆满结束。”

罗平凡点点头：“请胡书记放心，我会积极努力实现这一点的。”他没敢说得很把握，因为已经预感到了问题的严重性。胡晓冬和计时策这样一脉相承，难说出现什么问题……

“对了，还有个问题，”胡晓冬说，“关于李迎春的问题，就尊重你的意见了……”他看过芬河市委呈报的报告，也听计时策说过，怀疑是李迎春写的上告信，一时觉得按芬河市上报意见处理有点偏激，就拖了下来。

罗平凡说：“谢谢胡书记的支持。”他心底都冒着凉气，觉得这个胡书记太油滑了。

罗平凡见话题已尽，主动起身告辞走了。

罗平凡走出地委大楼上了车，小高问：“罗书记，咱们还到哪儿去？”罗平凡有些心焦，来芬河市后就听说胡晓冬很霸道，他不同意的事情找专员或那两个副书记，恐怕也是无济于事，他身子往后一靠说，回芬河市。

国产大吉普缓缓驶出地委大院，拐弯要驶向大直街时，就着明亮的路灯，罗平凡一眼发现在一座院门封闭、门口有警卫的住宅楼侧停放着一辆凯迪拉克豪华轿车，问司机：“是不是咱们在路上碰见的那辆？”

司机看一下车牌号回答：“是。”

罗平凡纳闷：“不是拐弯去度假村潇洒去了吗，怎么转眼又跑到这里来了？”他脑子里正在画问号，小高说：“主人准是进这个大院了。”

罗平凡猜测，主人肯定是房小虎了。听说房小虎和齐贵山是计时策的左膀右臂，又是尤熠光的左右手，听好几个人说过，房小虎在地委的路子很通，进地区领导家就像踏平道一样。考核组刚回来，他晃一下佯装去度假村又杀进城里，肯定和考核有关系，也许就是听人说的跑官买官，当然不是自己跑，十有八九是给尤熠光跑，说不定尤熠光也来了。他灵机一动让车开到大院门口下了车，拿出工作证，边递给警卫边自我介绍：“我是芬河市市委书记，请问别部长家在这大院里吧？”

“是，”警卫一看是位市委书记，显得很热情，“你们要到别部长家？真巧，别部长今天出差刚回来。”

罗平凡点点头。

警卫说：“等等吧，刚进去两位也是芬河市的。”

“也是芬河市的？”罗平凡问，“什么样的人？”

“个子……”警卫觉得描绘不清楚，转身一看窗台上的来客登记簿，说:“一个叫尤熠光，一个叫房小虎。”

罗平凡点点头深吸一口气，说：“麻烦你给别部长挂个电话，就说芬河市市委书记罗平凡要去他家串门，问问什么时候能接待？”

警卫拿起电话：“喂，别部长吗？我是门卫小王，芬河市的市委书记罗平凡要去你家串门，想问一下可以去吗？”警卫一怔，“什么，别部长不在，啊……啊……好，不在不在，我就说不在。”

“明白了！”罗平凡气得两眼直冒金花，对警卫说，“谢谢了！”说完一转身走了。

46

“爸爸，爸爸……”罗平凡连夜从地区赶回芬河市，拉开门一进屋，女儿小芸扑进怀里抱住他一只胳膊，撒着娇喊，“我想你了，我想你了！”

罗平凡哈腰把小芸抱起来在小脸蛋上亲了一口问：“小芸，你怎么来的？”

小芸转身一指说：“妈妈领我来的！”

玉芬正在捅炉子烧开水，脸上泛起了一层薄薄的红晕，扭头嗔怪地说：“小芸，你说得不对，咱们是让你史叔叔骗来的……”

“嫂子，你可不能这么说呀，我从来还没落过骗子的名声呢。”一旁的史永祥冲着玉芬来了一句，又对罗平凡说，“平凡，这件事一直没告诉你，是这么回事儿。要说起由头来，是昨天中午，你陪省厅领导，没回来吃饭，居委会蔡主任给咱们送来一盘新腌好的高丽咸菜时问我，有房子住了，罗书记怎么不搬家，爱人怎么不来。我把情况一说，蔡主任气得直喘粗气，扭身要去长途公共汽车站，说是要去接嫂子。我把你回城吃闭门羹、打电话不接的情况细细一说，和蔡主任一商议，搞了个小圈套，我让法院搞了个假公函，说是法院要开庭审判罗平凡所谓与白华的桃色新闻诬陷案。蔡主任带上信，当天赶到了清河县。嫂子一看急了，安排完家里和单位的事，急忙赶来了。因为我写的是明天要开庭，请嫂子参加呀……”

玉芬进屋边倒暖瓶开水边说：“你说你是不是骗人呢？”

“不对呀，”史永祥说，“蔡主任对我讲，火车开出清河县以后，蔡主任就把知道的一切一点一点地都给嫂子你讲了，快到芬河站的时候也给你说了，这开庭请柬是假的，你也没说往回返嘛！这样看来，我们就不算骗了，这是嫂子惦记着平凡想来。”

“你……”玉芬顺手拿起苍蝇拍对准史永祥就要拍，“我听说你俩是党校同学，一个鼻孔出气儿……”

史永祥一闪，躲到罗平凡身后：“平凡，快帮忙呀！”

蔡主任在一旁笑着加杠子：“玉芬打你，该打，这由头还是骗人，就该狠狠地打！”她见此场面，高兴得眼泪要挤出来了，转身对罗平凡说：“罗书记，天不早了，你们该休息了，我走了。”

旁边一直抿嘴乐的李迎春也说：“罗书记，我也走了。”

“千万不能走，”玉芬说，“平凡，李书记等你有时候了，蔡主任也说有事儿，你们说吧。”说完牵着小芸的手去卧室了。

蔡主任坚持己见，觉得事情该说，倒不那么紧急：“罗书记，算了吧，你休息，都十点多了，明天再说。”

“我让你们说就说，”罗平凡把他俩拦回来，“说不定明天我又忙什么去了呢。”

“好，不管李书记，你们怕还有要避讳的事，我说完就走。”蔡主任转身回来又坐下，说，“罗书记，这事有好几天了，见你忙没打扰你。你来我们居民委员会以后，很快在全市居委会主任中传开了，有十多个居委会主任都想见见你，说有事儿请你帮着出出主意。”

“哎哟，我的主任同志……”李迎春接话说，“你不见罗书记忙呀！我说呀，那些鸡毛蒜皮的事……”

“那些鸡毛蒜皮的事，当市委书记的也应该过问。”罗书记说，“老百姓家里的事情对芬河市来说比鸡毛蒜皮还小，对老百姓来说，却成了大事。李书记，你看行不行，召开一个全市居民委员会主任座谈会，市委常委都参加，专门研究研究怎么解决老百姓家里鸡毛蒜皮的事……”

“好！好！好……”李迎春赞不绝口，“这样还行，我看就叫作解决老百姓鸡毛蒜皮现场办公会！”

史永祥说：“李书记起的这个会议名堂新鲜，有创造性。如果我判断不错的话，这可能是咱芬河史上的‘破天荒’！”

蔡主任乐得直咧嘴：“那样，我们居委会主任可就抖起来了！”

“说干就干，我负责抓紧安排！”史永祥对咧嘴笑的蔡主任说，“蔡主任，其实，罗书记已经把老百姓的鸡毛蒜皮会列到议事日程来了，前几天，罗书记安排我抓紧筹备一个为民应急服务中心，我已经组织工会、民政、妇联、共青团等几个部门研究拿出具体意见了，也准备今晚向罗书记汇报。如果没有大意见，就列为市委常委会议题研究，正式推出。”

蔡主任问：“这为民应急服务中心是什么意思？”

史永祥说：“这是罗书记的仿造小发明。你们都知道公安的110报警吧？很受老百姓欢迎。老百姓常批评有的部门是门难进，脸难看，事难办。这次要配合整纪刹风，成立180服务台，群众有急事要办，又难办，直接拨打180，180

台由市领导牵头，综合部门联合办公，有什么问题，值班领导当即与联合办公的部门商量，当即拍板，立即解决。罗书记自己要担当为民应急服务中心主任并兼180台台长！”

“新鲜！”蔡主任问，“这个180台什么时间上班，什么时间下班？”

“正常上下班呀！”罗平凡说，“每天带班的必须是市委、市政府的主要领导，四位书记再加上常务副市长！”

李迎春说：“是，别看是鸡毛蒜皮的事，有的可能真要主要领导拍板才解决呢！”

史永祥由回答问题变成了汇报工作：“平凡书记，我组织几个群团和综合部门讨论研究的时候，大家都非常赞成，认为是当前形势下我们党密切联系群众的一种创造性的好方法，这样既方便群众，又会抑制推诿扯皮、勒拿卡要的不正之风。大家提了两点：一是觉得某些部门风气不正，腐败现象蔓延，官僚主义作风严重，对群众欠账较多，如果提出一些涉及需要动用资金的问题，恐怕一时也难以答复。如我们这个居委会的上厕所难问题就是一例。”

“那就这样嘛，”罗平凡说，“向常委会提交方案时，可以界定一个动用资金的范围、数额，超出的需要哪一级批，需要谁领着研究，需要多少天给拨打180的人答复，要有个明确的规定。这个问题，你应该事先拿具体方案，先征求一下计市长的意见，免得到会上主要领导意见不一致，影响决策，耽误时间。”

史永祥说：“我已经征求计市长的意见了，计市长很赞成这件事。我提到这一点，他说好说，现在咱们芬河市的资金管理上有个漏洞，就是预算外资金太松散，有收费职能的一些部门，比如广播电视局、工商局、防疫站、质检站等，收费以后除了一部分合理支出外，几乎都用来请客送礼、买小轿车了，把预算外资金统管起来，就可以解决一些老百姓的问题。”

“计市长支持，你就好办了。”罗平凡心里暗暗思量，这位搭档太了不起了，了不起就了不起在什么都考虑得这么周全。

史永祥接着说：“大家担心一个问题，就是能不能持之以恒。如果三天新鲜，或者是解决力度不大，那可就后患无穷，别说树立党的形象，可就败坏党的形象了！”

“是这个问题！”李迎春说，“我们既然要抓，就一抓到底，决不松松垮垮，要及时总结每一位领导值班时解决问题的含金量。”

罗平凡点点头：“我赞同！”他接着说：“这里我要提醒大家一点，那就是解决了一点问题，千万不要在媒体上大做文章，搞大宣传。这件事情的原则是，多做少说，光做不说，让群众自己去说。现在，群众对浮夸风、吹牛谎报非常反感，对领导总上电视也很反感，我们现在到了需要把心和群众贴紧，踏踏实实为群众办实事的时候了！”

“是。”史永祥说，“罗书记，这样吧，我把方案再整理一下，明天就开常委会研究，通过以后，搞个简单的剪彩仪式，意在发个告示，180就开始正式运转！”

罗平凡点点头：“好，你再向各常委征求一下意见，看常委会还有什么需要研究讨论的没有。”

“你们都汇报完了，该我的了……”李迎春看看表，虽然觉得时间已经很晚，还是想说。他知道罗平凡已经很累，其实自己也累，他非常迷恋这种工作氛围。蔡主任见李书记要说话，告辞走了。

李迎春说：“平凡书记，有两件事汇报一下。关于二十八个乡镇的万亩水田开发区进展顺利。我统计了一下，打一眼机井平均成本是三千五百元左右，可以浇七十亩地左右。二十八个乡镇，如果都打上一百眼井，就算基本完成任务，估计抓紧一下问题不大。再就是百分之八十的旱改水地块都已秋翻结束，完成了田间起埂工作，有一点非常好，办事情也从来没这么顺利过，林业局和主管农业的副市长积极支持这件事，对清林间伐大开绿灯。现在，各乡镇正在水田地头搭育秧棚，请你抽空看看去。出口蔬菜基地的几百个大棚一个接一个，平地而起，漂亮极了……平凡书记，拆用的那六千八百万元盖大楼的资金，可解决大问题了，还借手续办得非常严谨、有把握，你放心，三年之内我保证分文不少地收回来！”

“这是件大事。”罗平凡说，“李书记，你把水田开发和出口蔬菜基地开发建设进展情况整理一下，也向常委会做一下汇报，看看还有些什么问题需要解决，也起到沟通情况的作用，让常委们都支持这项工作。”

“我去准备。”李迎春说，“有一件事必须定一定了，你从清河县请的六十名水稻和蔬菜专业户，县农业技术推广站的专家来电话了，问什么时候给咱们办培训班呀？只要咱们一定时间，他们就立即出发，意思是抓紧点为好。”

罗平凡说：“这问题我想着了。前天，我又打过一次电话，春节前这一段怕人员不好集中，秋翻地、征购粮……想安排在春节过后，他们县长带队，初四出发，初五开始，在咱们这里过十五，大约十天时间。考虑那时双方面时间都好集中，来个冬闲变冬忙，你看怎么样？”

“那可正是串门子走亲戚的时候，”史永祥插话问，“平凡书记，没问题吧？”

“没问题，”玉芬在屋里接话，“县长把人都定好了，有的专业户直接给我打电话问什么时候来，我说等你们忙过这一阵子再说吧，他们都说，随叫随到。”

李迎春笑笑：“平凡书记，这回，我可真看出你在清河县的威信了！人在时不算啥，大权在握，人走了指挥还灵，就说明问题了！”

罗平凡兴奋起来，忘记了已疲劳，忘记了是深夜，说：“我和省农业科学院的水稻研究所和蔬菜研究所都打招呼了，院长是党校同学，永祥，你也认识，就是那个齐永新，咱们的生活委员，他答应到时候派一流的教授、专家来讲栽培技术，这样土洋结合，万无一失！”

“啊，想起来了，细高挑儿，大眼睛！”史永祥兴奋地说，“看来人们说得不错呀——关系也是生产力！”

这句话倒引发了罗平凡的感慨：“现在，有的人是从一个极端走向另一个极端，一说有点什么同学了，师生了，亲属了，就视为都是回避的对象，同学之间往来，就认为是拉关系、搞私情了，真不理解！”

史永祥知道罗平凡这番话的意思，有人暗地散布言论，说他重用自己是搞个人关系。

“平凡书记——”李迎春还没觉出这里的奥妙，把几天来积压的一股怨气说了出来，“几个大项目纳入正常轨道以后，我建议，你要亲自挂帅抓抓纠正行业不正之风问题，你要不挂帅不够力度。现在是晓林副书记借尤熠亮事件正抓整纪刹风，不能说不起作用，但我看是成效甚微。这不说是癌症，也是顽症，不下番狠茬子抓，就像在麦地里轰雀，吓唬吓唬走了，一会儿又起来了。如果不刹刹这些不正之风，说笼统一点儿，影响经济建设；说具体了，影响这几个大项目顺利进行。不正之风普遍存在，晓林抓的这个，光抓局级以上干部不行。群众说了，现在不少地方是小二管大王，有时是主要头说了，副职打横，有时是副职说了，具体管事的科员在打横，层层设障，层层扒皮，不治治已经不行了。罗书记，项目顺利开展后，你挂帅吧，大家都说，千难万难，老大一挂帅就不难！”

“你的提醒很好，我听到不少强烈的反响，也考虑过。”罗平凡陷入了沉思，“这种现象普遍存在，不过有轻有重，我在清河县时，就是根据群众的反映和要求先刹风后干事，也可以说是兼而行之。我来芬河后一看，这里不行，前任书记已经给我提供了深刻的教训，如果我一上任就抓这个非陷入困境不可，所以，是先干起事来，让大家基本认可。现在，老百姓都喜欢干实事的干部，再整纪刹风时就有号召力了。再说，还要有一个班子统一思想的认识过程，这里情况复杂，我所处的时间也特殊……”

李迎春点点头：“我明白了！”他还是忍不住激愤，听罗平凡这么一说，本想不再讲，终归又讲了，“你说，这还像话吗，昨天下午，水田打井工地上砸伤了一名工人，轻微骨折。我好不容易叫来救护车送到了医院，手术师就是不安排上手术台。后来才听说，这里有规矩，上手术台前家属必须送小红包。我想骂娘，家属担心一骂骂出事来，担心口服心不服，把手术做出毛病，偷偷给大夫一千元钱。手术虽然做得不错，手术后，家属又请手术师、麻醉师和护士们吃饭，我赶到饭店好一顿骂娘。手术师不承认，家属也支吾，我倒成了尴尬角色，这是一次。还有那石油公司，听说全市要打井大量用柴油，不是想法积极服务，反倒每公斤又加价两毛钱。你不要行吧，他们独家经营；要是到外地去买，加上运费，也不比这便宜，叫你干生气。说理不听，教育不服，人家说讲经营效益。这些省直、中直、地直部门也得想办法整治整治……”

“不要急，有办法！”罗平凡每一字都吐得很重，“我们的老一辈革命家领着全国人民打下了江山，又有了今天的初步繁荣，我们连几个蛀虫都踩不住，还叫什么共产党员？梁书记交给我要全面治理芬河市的任务，就得统筹规划，一步一步来，大的环节打开以后，就可以多头兼而并行！”

李迎春点点头：“我明白了。”

“平凡书记，”史永祥说，“还有件事情需要补充一下，检察院来汇报说，芬河市抓起来的那几个人，挤出那点儿牙膏后再就一问三不知了，请示怎么办，问是不是把房小虎抓起来？”

罗平凡说：“有一个问题你们想一想，要是抓起来，他们干的事情都是二人转，都死不承认怎么办？要是房小虎承认了，供出了更多的问题又怎么办？党代会在即……我看这样，这个问题必须稳准妥，你们先想一想，找个时间我们专题议一下，拿出几个怎么办，每一个怎么办中都要有具体方案。”

李迎春、史永祥同时点点头：“还是罗书记考虑得缜密。”

罗平凡刚要开口，叶小冬闯了进来，接着，计美娟和一名抱孩子的年轻妇女几乎同时迈进了门槛，年轻妇女怀里的孩子拼命挣下怀来，冲着丁奇峰喊着扑过去：“爸爸，我和我妈妈可算抓住你了！”丁奇峰抱起孩子亲一口说：“丁丁，爸爸也没跑呀，怎么是抓住爸爸了呢？”丁丁说：“怎么没跑，你和我妈妈吵架走的，还说什么离婚……”众人哈哈大笑起来，李迎春怔在一旁问：“这是怎么回事儿呀？”史永祥说：“还用问，这肯定是平凡师兄导的戏。”李迎春也笑着说：“我明白了。”丁奇峰正显尴尬时，丁丁说：“爸爸，小冬叔叔和美娟阿姨说，你要和我妈妈复婚，是真的吧？”丁丁妈妈说：“小孩家知道什么，你妈和爸本来也没离婚，我给他的那套手续是托人办的假的！想试试你爸考上大学了，是不是真的成陈世美了。”叶小冬插话说：“我在路上就和嫂子说了，当陈世美不是咱七七级爷们儿干的事儿！”罗平凡说：“丁奇峰，懂了吗，你妻子呀，比有文化的人还有文化！”

大家都笑了。

47

朔风吹来了第一场大雪。

市信访办小楼门前彩旗飘扬，人山人海，为民应急服务中心——180台开张剪彩仪式在大雪纷飞中进行着。计时策主持大会。鞭炮声中，罗平凡做了简洁的讲话，五大班子主要领导一起剪彩后，有关部门的主要负责人跟随着一起上了楼，这“群众应急服务中心”就设在二楼。八点五十八分，180台正式开通使用。

“丁零零……”时针刚刚指向八点五十八分，第一个电话铃响了。

“喂，180台吗？”电话机里传来了扩放声。

“是。”罗平凡问，“今天值班负责人是市委书记罗平凡，请讲吧。”

“我是家住前进居民委一百六十八号楼的退休工人老王头。我们这栋楼是去年八月份交工的，由市建筑集团总公司房小虎总经理承包，又转包给外县工程队的。交工验收时，市劳动局锅炉科安装的锅炉是不合格产品。我们找到房老板，房老板说已找工程队了，今天推明天，明天推后天，到现在不给烧炉送暖，我们一百多户居民差不多家家都有冻感冒的……”能听出来，老王头说这番话时很激动。

罗平凡着急地问：“天这么冷，一百多户居民还都没有取暖？”

“没办法，这楼房不是平房，要是平房没有钱买煤可以烧柴火，”老王头说，“冻得受不了了，家家都装个电炉子。”

罗平凡说：“危险，太危险了！你们找管城建的胡副市长了没有？”

“找了，我们找了胡副市长五次了。”

“胡副市长没管吗？”

“管了，胡副市长还领着房老板来看过，说承包的人是地区工程队的，当时，房老板就给地区的包工头打了手机。包工头说很快就来，很快就来。我们又不能总找胡市长呀，又找房老板，房老板还是说，很快就来，很快就来。很快两个月了，光很快就是不见人影……”

“你们都是哪些单位的？”

“我们都是服务局下属小单位的，市里动员我们集资盖楼，我们的单位又都不景气，这不是饥寒交迫吗！”

“你等一等，”罗平凡转身问，“胡市长，电话里说的都对吗？”

坐在窗口的胡副市长有点紧张了：“罗书记，我正在让房小虎快找地区工程队，警告他再不来的话，群众就要反了……”

“正在，正在？！”罗平凡由激愤变成了激怒，“你听见老百姓讲了没有？都已经饥寒交迫了，还‘正在’‘正在’，这么点事情，要‘正在’到什么时候呀！城建市长同志，官僚主义的最近表现形式就是‘我正在’‘马上’‘我考虑考虑’‘我研究研究’……”他狠狠地瞪了胡副市长一眼，对周围人说，“市建筑集团公司是承包单位，老百姓理应冲房小虎说话，找没找到地区工程队没关系，就限今明两天，由胡副市长负责，必须解决这栋楼的锅炉问题，要做到安全无误！”他又转向胡副市长，“你现在就可以撤离中心去抓落实，一百多户居民由你负责安排，由建筑集团总公司负责出费用，现在开始就住进宾馆、吃在宾馆，两天把锅炉问题解决了，再都回去！如果有误，我就唯你是问！”他接着问大家，“这么处理怎么样？大家同意不？”

你瞧瞧我，我瞧瞧你，没人吱声。

对面电话里传来了激动的声音：“罗书记，我们太谢谢你了！太谢谢你了！”

计时策接话说：“太好了，刚才主持会时我不是说了吗，我们一定要把为人民服务的宗旨树得牢牢的。这件事层层扯皮推诿，哪是为人民服务？简直是骑在人民头上的官老爷！不收钱都应该办，收了老百姓钱还不好好办？！说来我也有责任，胡副市长，你马上去抓落实！”

“是。”胡副市长转身走了。

罗平凡冲着电话说：“老王头，你都听见了吧？”

“听见了！”

罗平凡歉意地说：“老王头，我这个市委书记没当好，让乡亲们吃苦了……”

罗平凡刚放下电话，电话铃又响了：“喂，180台吗？我是新民村的村民叫张老三，我是在路口电话亭打电话。我开着小蹦蹦车来市里给我大姐送菜，交通征费处把我截住了，让我交养路费。我说省里有文件，我们农民用的这种生产自用车不按城市车辆交养路费。稽查员说，谁管你自用公用的，只要上市级以上公路就要交费，我不交就要扣我的车。你们不是说180台是为民应急服务中心吗？我着急呀，送完菜马上就要回去，我老婆正坐月子呢，家里没人呀！”

罗平凡问："稽查员在吗？"

"在。"

"你让稽查员接电话，就说我是市委书记罗平凡！"罗平凡等对方接过电话，报完姓名说，"你说叫王蕾，我听你的声音，年龄不大，就叫你小王吧。你回去向你的陈处长汇报。就说今天 180 台值班组负责人罗平凡说，要把农村小蹦蹦车的用途搞一下调查。属于来城市打工搞建筑的，在工地等场所运输，要按规定收养路费；属于农民养车生产自用的，即使来城市办个一次两次的事儿，也就算了。你截的这辆小蹦蹦车，请认真调查一下，如果这个张老三所说属实，就放行吧，怎么样，小王同志？"

"好，罗书记，我照你的指示办。请放心，七天内将落实情况向您反馈。"

"七天？"罗平凡说，"太长了吧，三天怎么样？"

王蕾说："书记说了，三天就三天，我就这么向我们处长汇报，建议三天办完。办怎么样我说了不算，三天之内处长怎么汇报我不管，我负责向您汇报。"

罗平凡高兴地说："谢谢我们的小王同志！"

"这 180 台怎么这么难打通呀？"电话铃响后，罗平凡接起来，一听是名女同志，哭咧着嗓子说，"听说 180 台是专门为老百姓办急事的，我有件急事求领导帮忙。我叫程小花，是红旗乡马家村的。我前年嫁到老李家，十月份生了个女娃娃，刚进门时家里过得挺好，就打生了这个女娃娃后，婆婆公公总是甩脸子给我看。昨天，还鼓捣儿子和我离婚，让我把孩子抱走，要再娶一个媳妇生男孩。180 呀 180，我怎么办哪？哇哇哇……"说着哭了起来。

罗平凡说："程小花同志，不要哭嘛，我问你，你爱人态度怎么样？"

"我爱人态度挺好的，见我哭他也哭。"

"这就好办了。"罗平凡向右一侧身对妇联主任说，"郝主任，这个事儿就请你去办！"

郝主任站起来说，"罗书记，你放心，我一定能圆满做好工作回来向您汇报。"说完就往外走。

"等一等，"罗平凡说，"郝主任，你去了以后，把他一家四口召集在一起，先出个题，让老爷子答完，再让老太太答。你就说市委书记罗平凡让我给你五十斤豆种，让地里长出小麦来，问他能不能做到？要说做不到，你解决不了这问题，让他们来找我一趟！"

屋里人哄的一声都笑了。

罗平凡刚放下话筒，电话铃又响了，一个接着一个：

“喂，180吗？我们是胜利居民委员会八组的居民，我们楼下开了个夜总会，吵死了，吵得我们后半夜还不能睡觉……”

“……”

“我们是纺织厂的下岗职工，我们要吃饭，我们要上班……”

“……”

“喂，180吗……”

“……”

出乎罗平凡意料，他没想到180一开通就这么繁忙，电话不停，解决问题不断，大家只好就地吃盒饭。罗平凡边吃边接电话边处理问题，大家听着传来的一件件事情，看着罗平凡一件件处理，每个人都觉得边吃边听很有意义。按规定，180应在五点钟结束，每天早晨八点钟开始，是按八小时制接群众电话。罗平凡见电话不断，群众要求急迫，又延长工作了两个小时，一直到七点，才勉强关机收场。结束时，罗平凡向在座的讲了三点：

一、实践证明，创建180台应急服务中心是很受群众欢迎又能迅速地为群众服务的一种好形式，这项工作一定要坚持下去，决不能虎头蛇尾。

二、通过180开通证实，我们各级党政组织在解决群众生活问题上欠账很多，因此，各级党政组织要把重视解决群众的鸡毛蒜皮问题纳入议事日程。明天要以市委、市政府的名义，召开一个各直属单位一把手会议，号召全体干部掀起为群众解决鸡毛蒜皮问题的热潮，要解决在群众向180报警之前，成为不用电话的180，让不用电话的180和用电话的180共同成为密切联系群众的纽带。

三、从明天开始，180台按这种方法运转，先由市四位主要领导值班，由史永祥同志负责总结经验教训，制定更详细的工作方案和解决问题的办法。运转一段时间后，由四个书记值班变成五个班子中副市级以上领导值班。

罗平凡讲完刚要离开180台，接线员放下话筒转身说：“罗书记，找您的！”

罗平凡接起话筒：“喂，你是哪一位？”

“我知道这180线很忙，就不啰唆了，”对方回答说，“我们是黄河涛、楚永祥、王大为呀。”

罗平凡兴奋地问：“黄河涛，你们怎么把电话打到这儿来了？”

黄河涛说：“县委书记和我们说了你要招聘我们的消息，在报纸上看到180台的消息报刊，一猜就知道这是你的点子，在你的点子上找你不是方便得很吗……好，不啰唆了，我三个办好商调手续了，明天就去芬河市见你了。”

罗平凡说："河涛，你和师兄师弟说，我这两天很忙，让我的秘书长和叶小冬接待你们，可别挑我理呀。"

"这话说哪儿去了，"黄河涛说，"要是那样，还是七七级爷们儿吗？"

罗平凡说："特爷们儿，那我期待了！"

……

48

地区把一年一度的各界人士迎新春茶话会看得很重要，年年都是以地委和行署的名义发请柬，指名道姓，点桌就座。凡是参加这次会议的都是全地区各行各界的头面人物或有威望的人物，尽管没有实际内容，不少人却把能否参加这次会看得很重，特别是那些离退休老干部，把参加这次会看成是荣耀的体现。

罗平凡参加完茶话会午宴，见史永祥按着电话约定时间来到了宴会厅门口。他来时是乘半截子小客货来的，车上拉满了酒、肉、油和山里的土特，代表市委、市政府看望曾在芬河市工作过的老同志，每家送上一份，算是提前拜年，完事之后就把小客货打发走了，准备乘罗平凡的一号车一起返回市里。玉芬来芬河市之后一直没走，正在办理调转关系，史永祥那天就搬出去和妻子孩子一起住了，接触就不那么方便了，惦记着两件事儿，正想问问他呢。

“平凡书记，”大吉普一开，史永祥先开了口，“茶话会开得怎么样？”

罗平凡说：“还问我，这你该知道，还是老一套。但是这老一套年年都得套。”

“我也知道，这老一套套得真乏味。”史永祥说，“我在地委当办公室副主任时分管文秘工作，每年都负责起草书记在茶话会上的讲话。第一次写的时候，我也没参照上一年的内容，以为是茶话会，就多写点儿人情味的话。领导一审不行，必须是三部分，先是代表地委和行署给大家拜年，接着就报告主要经济数字和比上年增长的幅度，最后祝参加会议的合家欢乐。你说那些数字，在政府工作报告、市委全会上都说两次了，还在这里重复干什么？所以，书记讲稿子下面唠闲嗑，这讲话，又成了老一套中的老一套。我觉得内容太俗，第二次又改了，可是，到了领导那里又枪毙了。我后来才知道，这官场形式主义的东西根深蒂固，江山易改，老一套难移。我细一想，自己算是通了，动那脑筋呢，就把那讲话稿一印就是五十份，只是空着数字，明年再给领导审这一讲话稿子时填上数字就行了，领导满意，我又省事儿，何乐而不为呢？后来，要调我到芬河市工作与新任副主任交接工作时，我把那五十份材料也做了填数字法交代：如果领导一届一届都喜欢这套数的话，你就留着一届一届往下传，可以够用五十年的，足够半个世纪，也算我为世世代代的副主任们做件好事。那副主任听了乐得前仰后合，后来把这件事当段子讲，很快传到了领导的耳朵里。你猜领导说什么，说我愚弄、耍戏领导……”

“哈哈哈……”罗平凡笑了，“你也真能干得出来。”

“你别说，我越来越觉得梁书记选中你，让你在芬河市各方面探索经验，为全省提供典型经验，还真有眼力。”史永祥说，“比如，我们市今年的各界人士迎新春茶话会开得就与以往不同，从开始到结束充满了欢乐气氛，你那讲话也别具风采，最后又每人发了一张纸，用无记名的形式给市委、市政府提一条明年工作的建议，或者是提一点批评。梳理完那些意见和建议，我很高兴，你真会集思广益，要是专门召集这些成员开这样的会还不太容易，这样，我一举两得了。这些人智商很高，提的问题有深度，有价值，我已经安排办公室整理了，等打印出来请你仔细看一看，有的是一纸值千金呀！”

“是的，我们的一些干部什么时候能从形式主义的老一套中解脱出来，什么时候不亦步亦趋了，符合实际有点儿创意了，工作就有起色了。”罗平凡也感慨起来，“大概你听到过，不少地方的大官们都为难说，我们这里缺搞文字的，其实不是缺搞文字的，是缺有工作思路的，缺有工作经验的，缺有创新精神的。依我看，这类领导还算是动脑筋的，他知道这材料写得不行，想有点新意，但自己又不动脑筋，现在，说不上有多少干部都是秘书班子的传声筒呢！”

“还怪吗！”史永祥说，“我听说，过去够级别的领导配秘书，多半是配文字秘书，能整理领导平时的思路，帮助领导搞调查研究，领导出路子，秘书归纳整理起草讲话，或是领导亲自写，秘书抄抄，或者是整理整理。现在配秘书的风越来越盛，要说省级干部可以配，倒好，市里书记、市长也配，那些副市长、副书记、局长什么的，甚至县长、乡长也配。这秘书干什么呢，几乎是专门给领导夹包开车门的。这些人尚且不知为官还有羞耻事，官不大，派头不小，前面走，后面跟着个夹包的秘书。当秘书的呢，也不嫌丢人，越人多越往上凑，像是比谁高一头似的，这本身就损坏了党在群众中的形象！”

罗平凡见史永祥说话有些挖苦又有些激愤的味道，说：“永祥，你可真是疾恶如仇呀！”

“不是我疾恶如仇，而是恶让我仇！”史永祥气哼哼地说，“你可是不知道，别大河就是胡晓冬的秘书，胡晓冬就是已故老部长的秘书。时间来不及了，如果老部长能当省委书记，胡晓冬就是当然的省委常委、组织部长，我在地委办公室当副主任时，大家幽默地称这叫秘书系列、秘书楼梯、秘书现象！”

罗平凡说："我听说过很多的秘书故事，这秘书现象是该整治整治了！"

"谁来整治呀！必须上边下个文，规定哪级才能配秘书。可是上边偏偏不下，下边就胡整！"史永祥说，"平凡，这些事情，我很佩服你，你入乡不随俗……"

"哈哈哈……"罗平凡嘿嘿一笑，"真辛辣，你的意思就是说，我洁身自好，明知不对，少说为佳吧？"

"不不不，说真格的！"史永祥说，"现在，计时策所以不敢公开和你叫号，不会是因为你是梁威书记所爱，主要是你在这个环境中，分寸掌握得特别好，体现在与计时策的关系上是绵里藏针，特别是面对污泥浊水，没有像有的人那样慷慨陈词，抓又抓不出大成效，而是只从大力发展经济入手，争取民心，然后再依靠民心去除污铲恶……"

罗平凡笑了。

史永祥说："平凡书记，现在需要研究探索出有效治理办法的事情太多了，官僚主义脱离群众，大吃大喝问题，党内拉帮结伙问题，行业不正之风问题，工程承包回扣问题，色情服务和赌博问题……重要的一点是，怎么紧紧抓住经济建设这个中心问题！我们无论如何也不能辜负梁书记的希望，凡是将来需要下功夫整治的，我都一条一条给你记着呢！"

罗平凡点点头："好。"

"还有，还有个很值得深思的问题，"史永祥瞧着嗖嗖嗖飞驶而过的一辆一辆车子说，"这春节民意，已经在逐渐演变着。"

罗平凡有点不理解："春节民意还能演变？"

"听我说，看有道理没有。"史永祥说，"这几年，离春节越近，我这种感觉越强烈。我已觉得，我们中华民族几千年来留下的习俗正在官场中强烈演变着。"

罗平凡一听觉得这话题很新鲜，问："说说。"

"你想想看——"史永祥说，"我们中华民族是从封建社会走过来的。解放前，百姓饥寒交迫，一年一度的春节是家庭团聚的日子，特别是农村，有的是辛苦一年省吃俭用，到过春节时，才买新衣，刷扫房，杀猪宰羊，买肉买菜，喜气洋洋团聚……"

罗平凡说："现在不也是这样吗？"

"不，不全是这样了，已经不全是那种淳朴的风俗了。当然，生活好了，质量提高了，不刻意在吃穿上操劳了，那是另一码事儿。"史永祥感慨地说，"一些干部借题发挥，有了新的含意和内容，那就是利用春节之际，密切联系领导，调整人际关系，这种联系和调整多数是用公家东西送礼，掌权小的少送，掌权大的多送，有送简单年货的，有送猪肉柈子的，有送币子的，当然，也有个人出钱出物送的，多数都是为了借这个机会联络感情。有的是要办个什么事情，平时送礼不方便，借此机会铺垫铺垫，有人说是平时领导下基层联系群众，春节时，群众上门联系领导。这里还有个规律，不管多大官儿，一退休，上门联系的就少了，这还不是春节官场现象吗？”他说着指指一辆辆飞驰的大吉普、轿车、客货说，“这些单位不像我这次去地区的意图，只是表示表示市委、市政府对在芬河市工作过的老同志的心情，他们是大码大码真送！”

罗平凡指着一辆一闪而过、轮胎压瘪的小轿货问：“知道不，这是哪个单位的？”

“我的书记同志，”史永祥说，“你就别问哪个单位的了，这个是你碰上了。实权单位，不少都是这样。说来，过节看望看望有让人心平的一面，要是落了这个礼，说不定给工作带来很多不便。”

罗平凡问：“这么严重？”

史永祥肯定地说：“我说的是有过之而无不及！现在这事也怪，形成一种好的风气不容易，一些坏的东西都能一哄而起。”

一号车进了灯光辉煌的城区。

史永祥指着路灯下来来往往的车辆说：“平凡书记，今天已经是腊月二十九了，可以说，每个单位都没什么事了。可你看，这公家的大小车辆几乎都在东奔西窜地忙碌着，不说倾城而出，也百分之八九十。不信你派人查一查，安安稳稳停在库里的车恐怕不多。”

“这也是要下功夫狠狠整治的问题之一，”罗平凡紧皱着眉头瞧着一辆辆穿梭往来的车说，“公车私用现象确实很严重。”

史永祥身子往后一靠，调子低沉地说：“前天，我在一份报纸上看到，说是据不完全统计，全国要为各级官员配备一百三十万辆左右公车，买每辆车平均按十六万元计算，共需资金三千亿左右，按每年每辆车需要费用两万元计算，又是一大笔支出。这个数字相当于现在国家财政收入的一半还多。再加上公款大吃大喝的费用、迎来送往、高档轿车等，真不得了，光屁股底下就坐着这么大费用，要是完全为工作也好说，不好说的是私用耗费也占相当比例，想来真有点儿不可思议。”

“如果不是统计有误的话，这是一个多么惊人的数字！我也看过一个材料，上面说，每年公款吃喝大约也有两千多亿！”罗平凡感叹不已，“要是这两个数字紧缩一下，不该用的不用，该省掉的省掉一部分，用在经济建设上能干多少事呀！”

说来也怪，当国产大吉普行驶到中心大街十字路口时，南来北往、东来西去的公车显得更多了，史永祥瞧着车窗外说：“平凡书记，你看，这么多公车为私事忙忙碌碌，咱们社会主义制度优越性里的这大锅饭太抗吃了，太抗造了！”

“太抗吃，太抗造？！”罗平凡的话中带着强烈的愤慨，“抗吃、抗造？！等吃到造到一定时候，就该成为空碗空锅了！这些东西屡禁不止，还是没找到可行的办法。所以说，等到经济发展的热头上来，我一条一条地整治，非清理出一片片净土不可。当然，这是何其艰难！”他一转话问，“永祥，你说春节前有没有给老百姓送礼的？”

史永祥回答得很干脆：“有啊！”

“哪些？”

“每年春节前都有惯例，”史永祥说，“也可以说是例行公事，五大班子领导带队分成几个组，慰问军烈属、贫困户、离退休老干部，等等。”

“永祥，前几天我给你布置的那些事情，其实应是反其道而行之，与春节群众普遍给领导送礼唱对台戏！”罗平凡问，“除夕之夜心连心活动准备完了？”

史永祥说：“上周我们召开了各直属单位负责人会议，说明了市委的号召：除夕之夜的十点钟，每名党员领导干部带着一名普通干部，自己准备面粉、猪肉、蔬菜和鞭炮，到贫困户家去过春节。我强调说了，这项活动罗书记带头，希望党员干部带头参加，但不强迫……我和办公室小高分好了范围，各乡镇和企业十点钟以后都有领导在办公室等候，要求必须用自己的钱买东西给贫困户送礼，到时候，我要看看能有多少人自觉主动……”

罗平凡问：“大家对这项活动有什么反应没有？”

“有，”史永祥说，“听说有人背后议论，说这是形式主义、花架子。”

罗平凡说：“就是形式主义、花架子，也要把一些干部逼进、引进贫困老百姓家，让贫困老百姓感受点党和干部的温暖。还有一点意义，到集合时我再讲！”

史永祥说：“既然定了，不管他们怎么说，都要坚持搞！”

国产三菱大吉普从市委家属房前的大道穿过，驶向平房区的时候，史永祥说：“平凡书记，前几天，晓林副书记对我说，要让房产局给你串串房子，串到市委家属楼里来……”

罗平凡说：“大家都住着怎么串？”

“副市级以上领导住的房子，倒是有应该串出来的。”史永祥说，“有位老干部原是人大主任，不久前去世了，老伴也早就去世了，就剩他姑娘在里住着，可以把她串到别的楼房去，给个适当面积，很正常。当时我也想，住进市委家属楼里也安全些。”

“暂时这么住着，以后再说吧。”提起曹晓林，罗平凡问了一句，“永祥，前几天，我听晓林汇报关于党代会筹备情况后，怎么觉得他有些低沉呢，也可能是我的错觉……”

史永祥说：“不是错觉，你的感觉很准确。我也察觉到了，前任书记来时，他配合计时策搞排挤活动，蹦得很欢。现在，在你和计时策之间，他已经看出你不是好欺负的茬子了，是进亦忧，退亦忧呀。”

“是这样？”

“当然，”史永祥说，“他想转向靠近你，那边又有个计时策用小绳子拽着；想扑在计时策怀里，又看出了你能站住脚的趋势。我看，他已经做好了第三手准备。”

“什么是第三手准备？”

史永祥说：“就是姥姥不亲、舅舅不爱的时候，到一个清闲的岗位上去混官度日。”

“这是什么意思？”

“搂钱呀！他那个老婆不是东西，晓林怕老婆是机关干部中出名的，都是他老婆的招儿。”史永祥说，“你记得一个半月前，我陪你到医院去看他吧？有人传说，晓林做痔疮手术是他老婆的主意，听说他的痔疮都二三年不犯病了，为什么还要割？有人说，曹副书记往医院里躺那么十天八天，这一个屁眼子就能割出几十万元的效益来；还有的说，第七天就该出院回家了，他老婆一算计，还有几个中层干部该来但没来，就打电话或让别人捎信儿，拐弯抹角儿等着来看他，来表示表示。”

罗平凡说：“他这样？你这么了解？”

“你放心吧，没错。”史永祥说，“我倒不是向书记表白我的洞察力怎么样，对计时策和曹晓林这两个人，可以说我把他们透视得入木三分。”

罗平凡细细回味，自从来到芬河市以后，史永祥没少谈及这两个人，他越来越觉得除了言辞偏激点儿外，越来越和自己观察、感受的贴近了，也从心里佩服史永祥善于观察人。

史永祥轻蔑地冷笑一下，说："你大概不会听说，曹晓林副书记又有新段子了。"

"什么新段子？"

"他本来是住在市委家属大楼里，距春节还差八九天的时候，突然搬进原宅的独院平房里去了。"史永祥说，"住在这市委大楼里，来人送礼的出出入入，抬头不见低头见，再说，那个门铃总响，让左右前后听着也不好。"

罗平凡问："住进市委家属大楼，原来的旧房不交吗？"

"交什么！名义上是什么房改卖给个人，实际上有些实权部门对自己单位盖的楼房，特别是一些领导的房子都是以很低的价钱卖给个人的。对，这也是群众反映的一个强烈问题，就这个小小的芬河市，有两处以上房子的不在少数。先别问这个，你听我先把晓林副书记的段子讲完。晓林原先住那幢独院平房时，养了一条狗，又威武又凶，用粗铁链拴在门口，说是晚上防小偷防坏人，这是一点；谁要是想到家去谈点事儿，下属要进去请示请示工作，那是没门儿。他搬进市委大楼以后，他老母亲在里住着，那条狗还在那里拴着，听说要过年了，他一住进去，就把狗拴进仓房，还戴上了牲口的嚼子。"

罗平凡说："这不是狗戴嚼子——胡勒吗！"

两人都发出了笑声。

史永祥说："你那黄河涛和你那几个师兄师弟已经到芬河了，丁奇峰和叶小冬，还有人事局长在接待他们。咱们回去再晚，你也要去见见他们。"

"当然了，"罗平凡说，"我请他们吃串，喝啤酒。"

……

49

眼瞧就是除夕之夜十点钟了。

各单位办公楼门前，家家户户平房门口立起的木杆上、楼房晾台的门口上，几乎都挂起了盏盏红灯，芬河城的除夕之夜更加辉煌灿烂、耀眼夺目了。在大街小巷稀稀拉拉的鞭炮声中，一辆辆轿车、大吉普、小吉普向市委大楼门前驶去。

罗平凡坐在市委会议室主席台中央，瞧瞧左右，本来应是九名常委，因组织部长空缺，现有八名，只来了四名，计时策、曹晓林、常务副市长和宣传部长都没有到，李迎春看看手表，已经十点了，对罗平凡说："大概该来的都来了，我们开吧？"

"再等几分钟，"罗平凡扫视着台下掂量，不用统计，直属单位的副局级以上干部，也就是一半左右。他觉得无论如何计时策是该来的，又等了十多分钟，仍不见来人，别说主席台上的空缺，就是台下也再没来一个人。在干等的这十多分钟里，台上瞧台下，台下瞧台上，因为市委的号召是自愿，一束束神秘的目光里像是在"自愿"这个包裹中搜寻什么奥秘，这种搜寻是那种独白，那种静谧。搜寻中几乎每个人都在问：计时策等四名常委都成了另一种自愿，说明了什么呢？绝不是为了与亲人团聚，是对罗平凡来后大刀阔斧拨航向、做决策，显得自愧不如的一种低沉呢，还是低沉中蕴藏着激烈呢？

右侧的李迎春又看看手表问罗平凡："开吧？"左侧的史永祥也说："开吧！"罗平凡这才点了点头。市委的号召，常委才来了一半，中层干部能来一半就不错了，一半？这个一半说明了什么呢？

李迎春主持会，宣布："同志们，市委号召自愿参加的'除夕夜心连心活动'现在举行启程仪式，大家欢迎市委书记罗平凡同志讲话！"

室外一阵劈劈啪啪的鞭炮声响起后，罗平凡说："同志们，除夕之夜按我们中华民族的传统，是一年中家家户户亲人团聚的黄金强档时段，市委一再强调自愿，还来了这么多的同志，我很受感动——"他说到这里，眼圈有点儿湿了，声音已略显哽咽："我代表中共芬河市委员会，代表大家将去和他们一起过春节的全体贫困村民和企业职工向你们表示最最衷心的感谢！”

台下爆发出了热烈的掌声。

罗平凡在掌声中站了起来，心情更激动了：“同志们，在座的各位作为中层干部，我看，大家自己出点钱买些冻水饺、面粉、猪肉、蔬菜和喜庆品可能都无所谓，大概是选择这个时间有点儿强人所难。可能是儿子、姑爷从遥远的大城市赶来了，兄弟姐妹从四处聚来了，亲人们要一起团聚呢，家中的重要成员走了，也真是有点儿扫兴。可是我又一想——”他一下子把声音提高了，“咱们芬河市还有那么多农村贫困户，那么多停产企业职工春节吃不上饺子。我们是共产党员，又是领导干部，用自己的钱买东西，与他们一起包饺子、放鞭炮，就这一点行动，把与团聚亲人的时间腾出来与他们团聚，起码我们是把贫苦群众看成了亲人，会给他们一些慰藉。我们的真正目的还不在这里，其中一项重要内容要布置给大家：那就是你们到了贫困户家，一起坐在炕头上包饺子、吃饺子的时候，细细地搞搞这个家庭的调查：一是人口和困难状况；二是造成困难的原因，包括客观原因和主观原因；三是确定出一个脱贫致富的办法；四是根据以上得到的情况制定从春节放假上班后就开始帮扶的具体措施。当然，这里就要有脱贫的目标和时限。”他说到这里，见大家听得都很认真，稍停停，放低了声音，“既然大家自愿来了，有积极性有觉悟参加这次活动，就要提要求了：市委要求大家按着以上内容，写成一个简单扼要的小调查报告，初八一上班，第一件事就是把这小调查报告交到我的办公室，我八点钟准时在办公室恭候大家……”他沉寂了一下又说：“这项活动可能是太特别了，也可能又有人会说这是形式主义，甚至提这个建议时，就都隐隐约约有这种意念。多少人可能要问，什么时间不行呀，偏偏这除夕之夜，真别出心裁胡折腾。同志们——我说句心里话，从搜集到的全国各地一些资料，从我们元宝村集体上访的事件中看，目前的干群矛盾，既有普遍性，又有局部和地区的尖锐、特殊性，市委所以号召大家搞这样的自愿活动，是想把心掏给贫困户看看。共产党的干部是把他们当亲人看待，是急着让他们快点脱贫富起来，让贫困户看到我们的真心，相信我们，拥护我们……”

台下又响起了热烈的掌声。

启程仪式进行完以后，罗平凡第一个走出会议室，走上车，带着自己买的东西，向最偏远的乡村驶去。

……

计时策露骨地没有参加这次“自愿”活动，自然有没参加的借口与算盘；

曹晓林也有没参加的具体情况，那常务副市长，压根儿就认为这是形式主义，借要看望发电厂、邮电局话务室等在岗职工而推托不去；宣传部长是因为自己在常委民主生活会上挨批评不服，对罗平凡有意见，还没转过弯子来，用不参加以示对抗不满。

想陪同计时策父子俩过除夕之夜的有几个人，一个是小林的女朋友莎莎，天一擦黑就来到计时策家了，和小林一起剁馅子、择菜洗菜，忙乎着准备午夜的饭。不论是莎莎，还是外人看来，都觉得得体。另外是秀娜，和叶小冬、美娟脚前脚后来到了计时策家。

计时策赶着参加"除夕夜心连心"活动，走进市委大院，一上三楼，碰见机要科的小艾手拿一个阅文夹，对他说，"计市长，今天下午地委传来一份密件，你们主要领导我一个也找不到，我先去给罗书记看完，接着就给您看。"计时策问什么件，小艾说是一份市党代会常委候选人批复名单。计时策兴趣极浓地说，来，先给我签阅一下吧。小艾明知这种密件应该先交市委书记罗平凡签阅，但计时策是大市长，又是市委副书记，他话一出口，心里觉得不得体，小小机要员哪敢得罪大市长，况且只是签阅，也不须罗书记批示什么落实意见，不过就是签一句"请各位书记阅，晓林副书记纳入党代会选举议程按规定办理"，便顺势递给了计时策。计时策展开一看，兴奋不已，见上楼参加心连心活动启程仪式的干部陆续上了楼，便走进了机要室，打曹晓林的手机，把他也叫了来。

"晓林，"计时策左手撑着写字台，右手指着名单说，"你看出这名单批复的名堂来了没有？"

曹晓林也有点儿兴奋，点着头说："看出来了，看出来了！我知道，咱们地委对这种事情的批复惯例是按着职务顺序排列，从市委书记打头开始，依次是市长、常务副书记、党群副书记、常务副市长……最后一个是差额的陪榜人选。这份批复名单到后，市委先召开各直属单位党委书记会议，公布这个名单和召开党代会的日期及有关事宜，像是一个会前的打招呼会议。这个会议一宣布批复名单，参加会议的人们也就知道上级组织意图了。这次会议按和上级保持一致的要求，给谁画"√"号，给谁画"×"号……尽管开会时把这个名单再按姓氏笔画排列，选谁差谁，大家心里都有组织上的数了。"

"啃，你太明白了！太通晓党群工作的业务了！"计时策指着批复名单问，"你看这个呢？"

曹晓林早看出名堂了，从头细看了一下是：计时策、史永祥、李迎春、罗平凡、曹晓林……最后有个小括号，里面有句话：以上人选名单按姓氏笔画排列。他看完抬起头来瞧瞧计时策说：“计市长，这里有意思啊！”

计时策问：“你说什么意思？”

“芬河市这次党代会的选举并不明确谁是书记人选，谁是差额人选，要完全按着民意选票。谁的票多，谁的威信高就由谁来当书记。”曹晓林说，“这也是一种渗透。我建议节后一上班，抓紧召开各直属单位党委书记会议，把这个批复传送下去，给大家点酝酿时间！”

“对，”计时策一眯眼睛又睁开说，“有一点你还不知道，谁的票多谁不一定当书记，票多票少只要不是最后两个，都当选为委员，委员中选常委，常委中再产生书记和副书记，关键是……”他终于说露骨了，“关键是谁连委员都选不上谁就……你还不知道，其实当选的和差下去的差不多少票！”

曹晓林在点头说“明白了”的时候，脑海里又浮现出罗平凡站在主席台上讲话时那挺拔坚毅的奕奕神采，耳边又响起了那铿锵有力的语音……

计时策就这样和曹晓林议论着，等他俩赶到会议室时，启程仪式已经结束，参加“除夕夜心连心”活动的汽车队已经出发了。去不去呢？他俩反复商量，还是决定找一个不远不近的贫困村走走形式，当然主要是为了与罗平凡见面时有法解释，找出了没有出席启程仪式的由头。他俩应酬完回来，已过午夜，城里还时断时续地响着鞭炮声。计时策回到家里空空如也，估计年轻人都出去玩了。打开电视，想看一下《春节联欢晚会》，看了一个节目觉得没意思，就关上电视，脱了衣服上了床。倒好，此时，他真喜欢清静，躺下以后，思索了一阵子党代会选举的事情，情不自禁地思索起秀娜和白华这两个女人来。按心迹走势，是要再选择一个人，眼前看也就是二者必居其一了，要是再有第三者，就更要出麻烦了。按着曾有过的念头，现在想想更加坚定，要尽快甩掉白华。尽管她几次费尽口舌解释那天晚上去罗平凡宿舍的来龙去脉，似乎可信，也觉得厌恶，只是个甩干净的时间问题。反正妻子过世不久，尸骨未寒，起码也要一年以后才能纳入日程不让世人察觉。那么，抉择的对象就是秀娜了。秀娜年轻漂亮，虽比不上白华，却也有独特的风姿，那腰肢，那两个小酒窝，那粲然一笑，都是迷人的，可贵的是那种现代女性的大方，不像白华那样会撒泼……想着想着便昏昏入睡了。

“姐夫。”伴着一声悄悄又很凝沉的声音，计时策被搂住了，昏昏中曾听得开门的钥匙响，还以为是儿子小林，晕睡中下意识地没有理。他睁眼一看是秀娜，轻轻地拨开她说：“秀娜，你先坐一会儿，听我说，压得我喘不过气儿来……”

秀娜见计时策睁眼就是一脸严肃的表情，坐好在床沿上问：“要说什么？”

计时策也披上衣服坐了起来：“秀娜，假日一过，市里就要开党代会选举了，本来地委定的是我接这个书记，省里又派来了个罗平凡，咳——”

“姐夫，”秀娜说，“这官当到多大是个头呀，知足者常乐，咱当不上书记，当个大市长也不错了！”

“倒也是，”计时策又叹口气说，“在家里说话，也就是对你说，群众对我呼声很高，我觉得心里有点儿不平衡……”他说着一脸倦容，带着犹豫、担心、企盼的神色说，“秀娜，你叫我时，我正迷迷糊糊地做梦，一会儿这么一段，一会儿那么一段，听说这梦里有说道。我看见过一本叫《释梦》的书，那么厚厚的一本，翻了翻也没看进去，要是梦真有说道的话，也不知是吉是凶……”

“姐夫，走——”秀娜说着就去拽计时策的手，“咱妈会圆梦，让妈给圆圆去！”

计时策瞧瞧天已大亮，说：“到你家去，路上碰见熟人多不好。”

“那是照你的理解，我看别人不一定这么看。老婆刚过世，去看看老丈母娘，外人看着会说你这个市长大人懂情理呢！”秀娜说着让计时策穿衣服，“你要有那个想法，这时辰也是对你关照，别看天大亮了，家家半夜吃饺子，看春节联欢会，没几个起床的。走，快走！”

“好吧，”计时策穿好衣服，简单洗漱一下说，“你头前走我在后头跟，不管别人怎么评价，咱们还是暂且回避一下为好。”

秀娜前面走，计时策拉开着距离在后面跟，不知不觉来到了城东郊小河旁的一座三层砖瓦房的独门独院。

“哟——这是哪阵风把我这个大市长姐夫吹来的呀？”秀娜的三妹秀莉踩着门槛，背倚门框，俏皮地挑话，“秀娜姐急火火进屋说你要来，让我收拾收拾屋子，急着去喊我妈妈爸爸去了。我妈妈、爸爸也不知接着谁的电话说是要打麻将，也不知上谁家去了。姐夫，你别着急，不能太远，反正也就是亲亲友友的那几家，快进屋里。”

平时，不当别人面时，计时策也有挑逗秀莉的艺术语言、眼神和小动作，虽然不过格，秀莉凭着姑娘的敏感，又是小姨子，也猜出了计时策的心理，对这个市长姐夫也发点俏皮；她从妈妈的嘴里，也知道点儿二姐与计时策的暧昧关系，因此，也就更能放肆贫嘴了：“姐夫，这么大早就来找咱妈，能不能给小妹透露透露是多大的事儿，反正是你要不说，你前脚走我就知道，到时候别说我……”

“哎哟，有啥大事儿，这不是要开党代会选举了吗，我和秀娜说做了几个破破碎碎的梦，牵牵扯扯好像和这选举有关系。秀娜说妈会圆梦，”计时策说，“不知妈玩去了……”

“过年不就是玩吗！”秀莉给坐在沙发上的计时策端上瓜子、水果，一撩飘洒的一肩黑发说，“姐夫，你也真是，早知这个，还让二姐找什么妈呀，不就是圆梦吗，妈那点圆梦的道眼儿都传给我了，而且有过之而无不及，青出于蓝而胜于蓝。来，你说吧，我给你圆圆。”她也往沙发上一坐，又自卖自夸：“妈是老一套，我还学了些科学释梦的本领呢，你就说吧！”

其实，计时策从心里最喜欢的还是这老三。真正萌生喜欢老三的念头不是在亲属来往上，而是一年前市里举行的国庆文艺演出大会上。秀莉和单位一个同志连演带唱红极一时的《纤夫的爱》，秀莉歌声悠扬不说，那番羞涩加深情的表演那么惟妙惟肖，弄得他心里热辣辣的。平时真没看出这小小女子还有这般柔情、绵爱，要是移植到实践中该有多少想象不到的甜蜜与温柔。因此，之后每见到秀莉，在没人的时候只不过是撩逗撩逗解解心痒，不敢深入。当时，和秀娜已经眉来眼去，而这秀莉只是贫嘴挑逗，看不出有一点献媚。没有一点基础，计时策是不轻易明显暴露心态的。有一次，借开玩笑的由头像无意其实是有意隔衣服摸了一下她的乳房，让她转脸吐了自己一脸唾沫星儿……

计时策抓起一把瓜子说：“真不知，小妹也有这两下子！”

“你信得着就行啊，”秀莉说，“姐夫，你做的梦要和什么相圆呢？”

计时策说：“刚才不是说了吗，要开党代会了，能不能实现心中想法。”

“这几天，社会上舆论不少，我明白了。”秀莉说，“姐夫，你做了哪些破破碎碎的梦，先从第一个说吧！”

“好，你可上心给我圆啊，要是灵了，我重赏你……”

秀莉娇柔又不耐烦地说：“快说吧！”她是想趁妈妈没来嬉戏一下这个当面正经、背后不尊重小姨子的姐夫。

计时策说：“我做梦还是住在当年那独院有围墙的平房里，下大雨，着急赶着去参加选举大会，一出门发现，自己穿着雨衣还打着雨伞……”

“别说了！”秀莉说，“穿雨衣就行了，还打什么伞！你这心里想多此一举，算了算了……心中想没什么，别胡思乱想了。”

计时策一怔，这秀莉还真是有据而发，可以这样联想，心里有点不悦，忙说："秀莉，你再圆圆这第二个梦，我穿着雨衣打着伞，走出门不下了，回头想送回雨伞，脱下雨衣，一抬头，发现墙头上长出一片芦苇。"

秀莉又截住他的话说："俗话不是说吗，这墙头芦苇头重脚轻根底浅。这梦是说你没根，也就是说你上头没有大的靠山，还心中想呢，想什么，想也是猴子捞月亮，当个大市长就不错了。"她后一句俏皮话刺痛了计时策的心。

计时策见秀莉似乎是对摸她那一下子吐口唾沫还不够，是在继续报复，嘿嘿一笑说："秀莉，第三个梦不说了，说出来更不好，算了，我走了，也不等妈了……"

秀莉急忙拉住："越不好才越有戏，书上说梦是心中想，也有梦是反意回照的说法。"她是想缓和缓和，自己又何尝不想这个姐夫，有更美的想法呢，自己的工作就是借了光嘛！忙催道："姐夫，一个大的好梦能压十个小邪梦呢！"

计时策迷恋地瞧着秀莉说："我说了第三个你可别生气呀，我梦见和你一个被窝儿……"

"你真坏，占我的便宜，"秀莉站起来举手就要打，"你真坏，你真坏……"

计时策一躲，站起来用手挡着后闪着身子连连说："别打别打，一个被窝是一个被窝，背靠背不说，还没脱衣服……"他躲闪着退到门口，刚要用后身推门出去，门一下子被拉开，丈母娘见势说："秀莉，大过年的跟你姐夫闹什么？！"

秀娜在身后嗔怪加醋意："没大没小的！"

秀莉抢白一句："就你有大有小！"

"哎呀，一家儿嘛，不说不笑不打不闹不热闹，过年嘛，就是个打闹说笑的乐呵日子。"计时策嘴上这么说，还是觉得这一打闹让丈母娘和秀娜堵住了有点儿尴尬，说，"妈，秀娜，秀莉，我走了！"

丈母娘一惊："怎么走呢，不是要圆梦吗？"

"秀莉已经给我圆了！"

"圆得怎么样？"

"不好！"

"嘿，她小毛孩子懂个啥，"丈母娘又挡又推，把计时策又让到了沙发上，"来，吃点水果，我来圆。难得你休息一天，别着急，慢慢说，我好好圆。秀娜回来一说，我还真惦着这事儿呢！"

计时策能到这里一坐，是她梦寐以求的呢。

计时策手举葡萄没往嘴里送，说了第一个梦，丈母娘啧啧赞叹说："好啊，这梦好啊，穿雨衣就不错了，又打伞，这是双保险，心中想有双保险，没问题！”

计时策高兴地把葡萄放进嘴里又说了第二个梦，丈母娘随之是更响的赞叹：“太好了，墙头上长芦苇谁家能排上呀，就是我姑爷家吧，这说明你又要高人一头了。好，心中想得好。”

计时策高兴得心神飞驰，说了些推诿不好意思的话，在老丈母娘的催促下，斜了秀莉一眼，终于说出了第三个梦。老丈母娘听了哈哈大笑，一拍大腿说：“哎呀，过去是不能脱衣服翻身，马上就可以翻身了……”

秀莉在一旁一噘嘴：“妈，你怎么这么说！”

“哎呀——”丈母娘嗔怪道，“我的老姑娘，你妈还没说完呢！你姐夫做的这个不翻身的梦是让你给你二姐托的梦！”

秀娜说，妈呀，你真坏；秀莉也说，妈呀，你真坏。两个姑娘一边一个坐在妈跟前撒着娇又捶又撕又嚷起来。

计时策坐在旁边只顾乐。

50

大年初三的晚饭后。

这是全市典型的低洼地区——希望乡。窗外冷风嗖嗖，屋内温暖如春。乡政府会议室里，罗平凡陪同丁奇峰以及从清河县请来的水稻专业户正给济济一堂的村民们讲授水稻旱育稀植的整地、施肥、育秧、插秧的环环技术，会议室中间一张大方桌上堆有细土、稻种，那专业户边讲边操作怎样育苗，乡亲们都听得入耳入神。

整整一下午，罗平凡看了三个乡镇，干部和农户旱改水的积极性都很高涨。来到希望乡，听清河县的水稻大王张大伯说，他要和这里的乡亲一起推广刚学来的钵育摆栽法。妻子带着小芸去省城父母那里过年，然后就直奔清河县准备搬家去了。他就给史永祥打了个电话，今晚就宿在希望乡，也学学这钵育摆栽法。

天刚亮，罗平凡的手机响了，他听史永祥刚说了几句，就呼啦一掀被坐起来，惊愕地问："永祥，你说什么？城区墙上到处贴了我的小字报，还有撒的传单？"

"简直他妈的不像话，城里一夜之间的气氛像是在搞第二次'文化大革命'！"可以判断出史永祥暴跳如雷的样子，"我已经安排尤熠光组织几名干警逐街逐巷地清撕，告诉他保护好几张上的手纹，非要下功夫破案，追究闹事分子……"

罗平凡紧皱眉头问："永祥，小字报上写的什么内容？"

"肯定不是一般人干的！"史永祥拿起巡警送来的一份传单说，"第一条是亲自指挥，安排老百姓乱砍滥伐国家山林树木，砍伐掉一万八千六百棵桦树、柞树、杨树，什么他妈的罪大恶极严惩毁坏山林的腐败分子，追究刑事责任……第二条是以情徇法，包庇盗窃煤矿电缆的坏人……第三条是腐化堕落，乱搞男女关系，公开调白华到宾馆陪睡，被 ××× 和 ××× 堵在了房间……第四条是……"

"恶毒，太恶毒了！"罗平凡忽地跳下床，来来回回急速地走着说，"把小字报统统撕下来留着，我要起诉他们，我要告他们！”

史永祥声音仍不失暴躁：“为什么在党代会即将召开之前搞这个名堂？这是阴谋！你听这标题多恶毒：腐败分子罗平凡从芬河市滚出去；还有副标题，罗平凡第一批腐败材料，小字报最后还在括号里写着待续！”

罗平凡问：“那小字报是一张一张抄的？”

“不是，”史永祥回答，“八开纸，用毛笔写后复印的。”

罗平凡问：“署名没有？”

“他妈的，要署名我就不这么火了，”史永祥说，“落款是芬河市广大群众。”

罗平凡从惊讶、木然中渐渐清醒了，有目的，这确实是有目的搞的！哎，李迎春曾经提醒过关于清林的事情，怎么就不抓紧让林业局办一个审批手续呢？那盗窃电缆的事自己确实是感情用事，并没造成什么生产上的损失，如今让钻空子的人上纲上线了。至于和白华的事情还有其余那几条纯属造谣诬陷！好恶毒呀，策划者是想把自己一棍子打死，那伐木和偷电缆的事怎么办呢，他脑袋发涨了，哎——还是怪自己处事不严谨呀……

“永祥，天塌不下来，我马上回去！”他刚关上手机穿好衣服，手机又响了，还是史永祥：“罗书记，刚刚尤熠光打来电话报告一个消息说，白华披头散发、气急败坏地正在街上贴辟谣大字报，我告诉尤熠光必须立即制止。乱套，简直要把芬河市搅乱套了……”

“什么乱套！”罗平凡对史永祥发起了脾气，“我不是说了吗，天塌不下来，天塌了我撑住！”他说完连脸也没洗，给乡里的干部打了个电话，还没等来送他的人赶到乡政府，他已经上路了。

国产三菱大吉普迎着朝阳，压着乡路上的残雪冰碴，发着咯咯吱吱的脆响，抖起一股股春寒料峭的冷风，很快驶上白色路面，驶进了城区。透过窗户的玻璃，他发现路人格外注目他的大吉普，还有三三两两的人在围着一个拿着一张纸的人在叽叽喳喳议论着什么，这大概就是史永祥在电话里说的那小字报……

瞧着这议论的人们，瞧着注目着大吉普的行人，罗平凡觉得这座刚熟悉了的城市似乎又有些陌生了。

城区蒙上了一层杀气腾腾的阴影。

今天是星期日，罗平凡让司机把车一直开到了家门口。

“你看——”罗平凡一进屋，史永祥就递给他一张比较完整的小字报，“简直是丧心病狂，竟达到了这般地步！”他摇晃着手里的小字报，“平凡书记，你要是同意，我就正式报案，向地区公安局、省公安厅报案，只要下功夫，肯定能挖出这别有用心的家伙来，不杀杀这股歪风邪气还得了……我们在这里干事儿，有人专门在阴暗角落里端着枪瞄着咱，还能有好？！”他说着说着竟对罗平凡也来了火，“你口口声声说，要两手抓，两手都要硬，你抓物质文明建设是硬，比钢手还硬；可你抓精神文明建设这只手软得像摊稀泥，比稀泥还要软……”

“天塌不下来！”罗平凡说，“看来，这里有的人是根本不用心用力抓组织建设这个根本，受‘文革’派性斗争流毒太深，太深，一心研究权术，研究占山为王，专门钩心斗角。你想想，如果我一下子就往他们的肺窝子上捅，要是捅不进去，必落个大伤锐气。现在看，我们的组织战略基本确定了，群众基本接受。那个党代会报告我细改了三遍了，党代会以后……”

“同志，同志！”史永祥气急地说，“我怕等不到党代会以后，你应该看出他们在党代会之前下茬子了！”

罗平凡说：“一些地方的人大会议选掉市长、副市长，选掉县长、乡长的不少见，恐怕想在党代会上选掉市委书记的还没听说过吧？”

“没听说过的，也可能就要让你自己连见见带尝尝。”史永祥说，“你不是说过，连梁威书记都说过，他来到芬河市住了两天，就觉得这里特殊，这里典型，这里集各地组织发展和社会矛盾为一体吗？目前，国家正处于历史转折时期，转折中难免有险滩，有激流，我们是七七级的爷们儿，什么艰难险阻也要闯过去……”

罗平凡接过小字报一看，前几条就是史永祥电话里说的那些，后面写的就是什么拉帮结伙，任人唯亲，重用被地区贬用的严重个人主义、风头主义、无组织无纪律者史永祥，还有什么去俄罗斯考察嫖娼。他刚要撕小字报，被史永祥一把夺了过去：“这是撕下的最完整的一张……”

“说得好！永祥——”罗平凡一阵疑虑迅疾地旋上心头，“我怎么就不信，这党代会是代表选委员、委员选常委、常委选书记，要是选上委员，况且这委员在市里都是较高层次组成的，他们就能把我的常委资格选掉？”

史永祥不假思索地点划着小字报哗哗直响：“这里已经把你的形象塑造得别说是书记、常委、委员了，连共产党员都不是了。现在就是下的这个茬子！我知道，你在清河县多年，恰是开党代会去的，这委员的当选和被差掉之间并没有多少票。我不是和你说了吗，地区考核组测评时，他们就搞了小动作，搞得计时策优秀票比你高，搞得尤熠光的赞成票比我多。当然，党代会都是党员，比人代会人员政治性更强一些，但是，也不能否认，拉他个几十票并不难，少几十票就有落选委员的可能。你别不提高警惕，不用一天，你的十大罪状很快就会传遍全市的大街小巷。现在，腐败风刮的，群众对干部有意见，拿流言蜚语当喜事的太多了。你还不知道，去臭一个人太容易了，一个谣言就能臭透一个人；要是想树立一个形象呢，就像盖楼一样，一块砖一块砖地，一把一把地往上垒……”

“永祥——”罗平凡紧紧握住史永祥的手，激动了，眼眶湿了，“这帮别有用心的人说我任人唯亲，对于你，我是任定了。党校同学结的亲，是党性之亲，如果说开始我还觉得你有些激进，现在才又深认识了你一层。你的政治敏感性和洞察力太强了，要是没有你的提醒，我还说不上什么时候才能看透这层……”他皱皱眉头，一挥拳说，“到时候了，到了我彻底警觉的时候了……”

“平凡书记，”史永祥说，“梁威书记这棵大树你到了该搬搬的时候了，能不能……”

罗平凡苦笑着说：“省委书记总不能下令让代表们都选我吧？”

“要不就把党代会延期，再想别的办法。”史永祥又说。

罗平凡摇摇头：“这可不行，我们这次党代会要选举出省党代会的代表，省党代会的日期已定。我们召开党代会的时间，因为我晚到芬河市，已经比其他地市晚了，可能也是最后一个了。省里要求春节前就要全部开完，只是允许我们芬河市可以推到节后。过完正月十五就是省党代会，不行，不行，我们要是不开会，选不出参加省党代会的代表，对全省都难以解释。了解的人知道这里复杂，有人兴风作浪；不知道的，还以为我罗平凡如何如何呢！再说芬河市是全省不可短缺的一部分呀……永祥，车到山前必有路，背水一战！”罗平凡的脑子又高速旋转起来，“永祥，你抓紧时间想法把地区考核中他们搞的一些小动作的情况有理有据地搞一份情况给我，抓紧，一定要抓紧！”

“我明白了！”史永祥看一下表说，“平凡书记，我知道你回来，就赶到这里来。临来的时候，我接到一个通知，说是十点钟计时策市长在政府常务会议室召开一个在家领导参加的紧急会议。所说‘在家’就是除你和迎春副书记，你俩在乡镇检查水稻育秧技术培训。我觉得有问题，通知李书记赶回来。走，你也应该去，现在我真猜不出计大市长的葫芦里又卖的是什么药呢！”

“噢——”罗平凡像被针扎了一下，“在家领导紧急会议？”他又一想，静下心来，凭着计时策的处事方法和心机，不会是党代会前的夺权动员会，但心里还是一阵疑虑，说：“走，回来不就也算是在家领导了吗！”

市政府常务会议室里一派严肃的气氛。

罗平凡和史永祥走进会议室，距通知的开会时间还有五分钟。李迎春已经坐到和计时策对应的位子上了。罗平凡发现，人大、政协的班子成员也都来了。

会议室里的人把目光一齐投向罗平凡，这目光也让人觉得陌生，这目光让人觉得像是罗平凡身上会发生什么灾难，又像是罗平凡身上有什么瘟疫……小小人群里就这么复杂：同情的，气愤的，观望的，幸灾乐祸的……

罗平凡还没等坐下，计时策就笑容可掬地说："平凡书记，我不知道你回来，也没请示，既然我让通知的，我就主持开这个紧急会议了，最后请你做指示……"计时策变得这么谦虚、客气，他指指桌子上的几份小字报和传单，脸又一下子变得阴沉冷峻："同志们，简直不像话了，我们芬河市自从'文化大革命'以来还没发生过这种事情咧，这种蛊惑、煽动、造谣是别有用心的，我们的五大班子领导，对这种现象应该统一思想，分清是非，积极支持平凡书记的工作。平凡书记来到芬河市以后非常敬业，一身正气，这些人怎么能这样呢？"他停停，瞧瞧罗平凡说："平凡书记，我开这次紧急会议的内容就是面对这一邪恶现象，在五大班子中统一一下思想，然后再做下面的工作，你看怎么样？"

计时策说完，自己也觉得苍白无力，但又只能这么说了。

"我说说，"史永祥激动得放大了嗓音，"我看，这不仅仅是个统一思想的问题，面对这种极其恶毒的人身攻击，我们五大班子连思想都不统一，还叫什么党的领导干部！我看是研究如何惩治邪恶的问题。国家法律上不是有诬告罪这一条吗，我建议向地区、向省公安报案，下功夫侦破，将犯罪嫌疑人绳之以法！"

"在五大班子中统一思想很重要，"计时策根本不理睬史永祥的发言，但是也并不予以否认——他心里却觉得，史永祥是在向他挑战——仍念自己的既定经，"只有我们统一思想了，下面才好办，不是有句话说，干部不领，水牛掉井吗！"

"我说——这就是诬陷！"李迎春声音有些颤抖，"为什么是诬陷呢？其中有两件事是望风扑影，其余的可以说统统是造谣生事！关于清山砍林、支持村民兴建蔬菜大棚和水稻育秧棚问题，我亲自找的林业局长，林业局长请示了主管副市长，副市长又请示了计市长，计市长说同意，请罗书记定，对吧？"

没人吱声，计时策在低头往本上写什么东西，像是没入耳。

李迎春大声问："计市长，对吧？"

“啊，啊？……”计市长像是在茫然中回答，“对，这个问题怪我，我要是要求他们立即办采伐手续，也就不会引起思想混乱了。我有责任，我有责任……”

“那就马上补一个！”李迎春说完，没人吱声，他又说，“关于那个煤矿工人盗窃电缆一事，情节大家都知道了，罗书记从来也没说不处理，明确要求成立一个小专案组，深入到矿井去调查调查，造成生产损失有多少以及盗窃电缆的过程，包括犯罪动机等，调查后请我先听一下意见。到现在，公安局也没向我汇报……我敢保证，其他那八条，包括说什么还有待续的第二批材料，统统是无中生有，造谣诬陷！我同意永祥秘书长的意见！”

“我看，五大班子领导统一一下思想很必要，要求上面立案侦察也必要。”人大主任李景海搞起了折中，还摆出了要害，“关键问题是说是诬陷，抓紧把诬陷的依据拿出来，问题是我们市马上就要召开党代会，出现这种事情很不利于选举……”

深知其人的都听出来了，李景海心底深处是在看热闹，他曾因和计时策竞争市长失败而不老不小地去了人大，肚子里憋了好几年的气。他知道，这些小字报是计时策与罗平凡竞争的产物，这些年，计时策又搞城建，又兼市委书记，他红眼嫉妒得气都喘不匀，希望他败下来出出气；他见罗平凡一个外来人大会讲话下面掌声不断，要干的几个事情群众没少叫好，也是嫉妒，也希望罗平凡败，他毕竟是外来炮。因此，他是谁胜他都不愉快，谁败他都看笑话。

到现在，罗平凡已经完全冷静下来，思维也清晰起来。他一言不发，不接，只是静默自然地听着。

市委办公室主任小高气喘吁吁地跑进来，把着门框直喘粗气，急着想说，却一句话也说不出来。

罗平凡急得站起来：“小高，怎么了？出什么事儿了？”

“乱……乱……”小高上气不接下气地说，“街上乱……套了。”他终于把话说成句子了。

罗平凡问：“什么乱套了？别着急……”

小高走到会议桌前，一手扶着桌沿，一手指着外面说：“罗书记。清河县来的一百多名水稻和蔬菜专业户呼啦都进城了，有的在小字报上贴抗议书，抗议诬陷罗书记。公安干警不让贴，说有意见到公安局、市委、市政府说都行。那些专业户不听，非要贴，吵的吵，撕的撕，扭成了一团又一团的……”小高喘口气接着说，“三十多个乡镇的乡镇长和一些村民也都坐大客进城了，清河县来的水稻和蔬菜专业户不少喊着口号，跺着脚叫号要撤离芬河市，抗议诬陷罗书记。我往这里跑时，清河县那一百多人正在集合，有的说要游行抗议，有的说要到市委市政府说道说道，路上碰上的，各局出来看热闹的，人山人海……”

罗平凡听着，眼眶湿了，眼泪簌簌掉下来了，这是他来芬河市后第一次落泪。

“你们……开……会……”罗平凡哽咽着说，“我看看去！”他一挺胸走出了会议室。罗平凡走下楼出了门口站在台阶上时，激昂的清河县一百多农民已经像潮水般涌来。他本是想着怎么阻止，怎么劝说，此刻脑子里却成了一片空白，不知该继续往前走，还是等着他们拥来，只有泪水模糊了眼睛……

51

罗平凡把清河县的乡亲劝回各乡镇以后回到办公室，坐不安站不稳，发现桌上有半盒招待客人的红塔山香烟，抽出一根点着，破天荒地大口大口吸起烟来。来来回回正踱步走着，史永祥推门进来报告，计时策演的戏已经结束，最后决定是，“关于贴小字报的问题是别有用心，要召开全市局级以上干部大会开展思想教育，统一思想。”罗平凡猛地一转身，瞪着眼睛盯着史永祥，使劲掐灭了红红的烟头，伴着一阵钻心的烧疼，掷进纸篓里，气愤地说：“你问问他，是统一思想，还是混乱思想！”

“平凡书记——”史永祥深深地吸了口气呼出来说，“这回，矛盾已经爆发到最顶点上了，对计时策的看法，你才算和我统一起来！”

“唉——”罗平凡叹了口气，捶捶头，紧张的情绪渐渐松弛，往沙发上一坐，瘫软地倚着靠背，极度疲劳的样子，叹口气说，“允许我有个认识的过程嘛！”

史永祥说：“平凡书记，你信不，要是政治舞台上要评选演员的话，我一定投计时策是最佳男演员！”

罗平凡沉默。

“平凡书记，”史永祥走近罗平凡说，“你大概不会认为我神经过敏了，依我看，党代会选举面临的形势并不乐观。组织部一名干部悄悄向我透露，这回选的代表中，不少是戴帽下去的，这戴帽下去的，几乎都是平时和计时策、曹晓林关系不错的，据说还有不少是计时策的拐弯亲戚。”他停停，放大声音，加重语气，“平凡书记，梁威书记既然选派你来，关键时刻该支持支持你了。据我所知，都知道你来芬河市背后有棵大树，可这棵大树的阴凉你迄今为止，一点儿也没乘着……”

办公桌上的电话铃响了。

“罗平凡同志吗？”罗平凡接起电话，一听就知是梁威书记，“我往你的住处打电话没人接，猜想可能在办公室。平凡同志，这是怎么搞的呀？！芬河市怎么总闹小地震呢？今天一早我们收到了特快专递，省长那边，还有省纪委的领导都收到了特快专递，内容是一样的，告你到芬河市后的十大罪状……”

“梁书记，占用你些时间，我向你汇报一下，”罗平凡有些激动了，“关于乱砍滥伐问题……关于包庇盗窃分子问题……关于和白华问题……关于党代会问题……”

梁威听着听着，渐渐被激怒到了极点，他忽地站起来，“啪”地一拍桌子，大声冲着话筒说：“我马上派工作组去芬河市，果真如此，我将要采取超常措施……”

梁威拍桌子和激怒的声音震得罗平凡手里的话筒嗡嗡直响。

这时，久久站在门口的丁奇峰、叶小冬，还有黄河涛等三人一起涌进了办公室。丁奇峰激动地说：“大师兄，在这历史转折的激流中，咱们只有站得住，才不愧是七七级的爷们儿！”

罗平凡激动地说，又像是喊：“是！”

丁奇峰等急切地跑上去，紧紧围抱住了罗平凡。

2014 年 5—10 月于哈尔滨

图书在版编目（CIP）数据

七七级的爷们儿/韩乃寅 著.—北京：东方出版社，2015.3
ISBN 978-7-5060-8130-6

Ⅰ.①七… Ⅱ.①韩… Ⅲ.①长篇小说—中国—当代 Ⅳ.①I247.5

中国版本图书馆CIP数据核字（2015）第071927号

七七级的爷们儿
（QIQIJI DE YEMENER）

作　　者：韩乃寅
责任编辑：王　艳　李文彧
出　　版：东方出版社
发　　行：人民东方出版传媒有限公司
地　　址：北京市东城区朝阳门内大街 166 号
邮政编码：100706
印　　刷：北京京都六环印刷厂
版　　次：2015年9月第1版
印　　次：2015年9月第1次印刷
开　　本：660 毫米 × 960 毫米　1/16
印　　张：24.5
字　　数：326 千字
书　　号：ISBN 978-7-5060-8130-6
定　　价：45.00 元
发行电话：（010）64258117　64258115　64258112